suhrkamp taschenbuch 5464

Ruth Rothwax ist Anfang vierzig, überzeugter Single und notorisch auf Diät. Wann immer sie als Leiterin eines Korrespondenzbüros Zeit dafür findet, quält sie sich beim Joggen. Für eine New Yorkerin im Jahr 1991 nichts Besonderes. Doch Ruth, Tochter zweier jüdischer Auschwitz-Überlebender, ist in Australien aufgewachsen und erst später nach New York übergesiedelt. Die Frage nach ihren europäischen Wurzeln lässt sie nicht los, und so beschließt sie nach dem Fall der Mauer, mit ihrem verwitweten Vater Edek nach Polen zu reisen und auf Spurensuche zu gehen. Es wird eine Reise zu den Orten seiner Vergangenheit und ein tiefes Eintauchen in die Traumata der zweiten Generation, in die Sprachlosigkeit und die unausgesprochene, tiefe Liebe zwischen Vater und Tochter.

Zu viele Männer wurde 2024 von der Regisseurin Julia von Heinz verfilmt, mit Lena Dunham und Stephen Fry in den Hauptrollen.

Lily Brett wurde 1946 in Deutschland geboren. Ihre Eltern heirateten im Ghetto von Lodz, wurden im KZ Auschwitz getrennt und fanden einander erst nach zwölf Monaten wieder. 1948 wanderte die Familie nach Brunswick in Australien aus. Die Autorin lebt seit vielen Jahren in New York. In regelmäßigen Kolumnen der Wochenzeitung *DIE ZEIT* hat Lily Brett diese Stadt porträtiert. Sie ist mit dem Maler David Rankin verheiratet und hat drei Kinder.

Melanie Walz, geboren 1953 in Essen, wurde mit mehreren Preisen ausgezeichnet, darunter mit dem Zuger Übersetzer-Stipendium, dem Heinrich Maria Ledig-Rowohlt-Preis und dem Übersetzerpreis der Stadt München.

Lily Brett

ZU VIELE MÄNNER

Roman

Aus dem Amerikanischen von
Melanie Walz

Suhrkamp

Die englische Erstausgabe erschien 1999 unter dem Titel
Too Many Men
bei Pan Macmillan Australia Pty Limited, Sydney.

Die deutschsprachige Erstausgabe erschien 2001 in der
Franz Deuticke Verlagsgesellschaft m. b. H., Wien.
Die Erstveröffentlichung im Suhrkamp Verlag,
Frankfurt am Main, erfolgte 2002.

Für David, meinen Liebsten, mit all meiner Liebe

Klimaneutral
Druckprodukt
ClimatePartner.com/14438-2110-1001

Erste Auflage dieser Ausgabe 2024
suhrkamp taschenbuch 5464
© Lily Brett 1999
© der deutschsprachigen Ausgabe
Suhrkamp Verlag AG, Berlin, 2010
© der deutschen Übersetzung
Deuticke in der Paul Zsolnay Verlag Ges. m. b. H., Wien 2001
Alle Rechte vorbehalten.
Wir behalten uns auch eine Nutzung des Werks
für Text und Data Mining im Sinne von § 44b UrhG vor.
Umschlaggestaltung unter Verwendung
des Filmplakats von Alamode Film
Umschlagmotiv: © Alamode Film 2024
Druck und Bindung: CPI books GmbH, Leck
Printed in Germany
ISBN 978-3-518-47464-8

www.suhrkamp.de

ZU VIELE MÄNNER

Erstes Kapitel

Als Ruth Rothwax zum letztenmal mit einer Gruppe von Deutschen zu tun gehabt hatte, hätte sie ihnen am liebsten die Augen ausgestochen. Diesen Wunsch hatte sie so unvermittelt und unerwartet verspürt, daß ihr fast schwindlig geworden war. Woher kam dieser Wunsch? Es war ein vollständig ausgebildeter grausamer Wunsch gewesen, nicht irgendeine halbausgegorene undeutliche Aggression. Ohne Vorankündigung, ohne Entwicklung. Eben noch war sie in Gedanken versunken gewesen, und im nächsten Augenblick hätte sie einer alten Frau am liebsten die Augäpfel herausgedrückt, Mittel- und Zeigefinger in die runzligen Augenhöhlen gesteckt, bis die Augäpfel sich herauslösen ließen.

Nach diesem Zwischenfall war ihr stundenlang übel gewesen. Er hatte sich in Polen ereignet, in Danzig. Sie hatte im Hotel Marta gewohnt. Das Marta galt als Luxushotel. Aber sie hatte sich nicht wohl gefühlt. Das große, trostlose Gebäude wirkte ungeschlacht und abweisend. Einsam und von der Umgebung abgekapselt stand es auf seinem weitläufigen Grundstück. Sich im Marta wohl zu fühlen, war ein Ding der Unmöglichkeit.

Jedesmal wenn die Eingangstüren geöffnet wurden, heulte der Wind durch die große Eingangshalle. Und nichts befand sich dort, wo man es erwartet hätte. Die Theke des Portiers war hinter den Damentoiletten versteckt, und die Aufzüge befanden sich an der Gebäuderückseite in einer Entfernung von fünf Minuten Fußmarsch zur Empfangstheke.

Das Hotel befand sich in der Nähe der Innenstadt. Man hatte den Eindruck, es liege mitten im Nichts. Ruths Zimmer war im siebten Stock. In Danzig wurde gerade ein internationales Golfturnier abgehalten. Jeder Gast im Marta sah aus, als habe er eine Mütze auf und schleppe Golfschläger mit sich herum. Der Gesamteindruck, den die Leute machten, war nicht weniger uniform. Die Frauen trugen helle Strickjacken und pastellfarbene Röcke oder Hosen. Die Männer trugen grobgestrickte Pullover und karierte oder anderweitig gemusterte Hosen.

Die Golfer waren Ruth auf die Nerven gegangen. Sie war im Golfsport nicht sonderlich bewandert, aber es schien ihr wenig wahrscheinlich, daß Polen unter den Ländern mit den exquisitesten Golfplätzen einen weltweit führenden Rang innehatte. Sie hatte noch nie jemanden sagen hören, er fahre nach Danzig, um Golf zu spielen. Wenn der Name Danzig den Leuten überhaupt etwas sagte, dann als Name der Hafenstadt, in der die Gewerkschaftsbewegung Solidarność gegründet worden war. Dennoch wohnten im Marta eine Menge deutscher, schottischer und englischer Golfer.

Die Deutschen, denen Ruth das Augenlicht hatte auslöschen wollen, stiegen an ihrem zweiten Abend in Danzig zusammen mit ihr in den Aufzug. Es waren vier Deutsche, zwei Männer und zwei Frauen, Mitte bis Ende siebzig. Es war spät, nach elf Uhr abends. Ruth war sehr müde. Sie trat zur Seite, um Platz zu machen. Die zwei Männer trugen Smokings, die Frauen Abendkleider. Allem Anschein nach kamen sie von einer Abendveranstaltung.

Eine der Frauen flirtete lachend mit einem der Männer. Ihr Lachen war das im Ton leicht danebenliegende Lachen einer Beschwipsten. Der Mann lächelte. Die Frau lachte abermals. Ein hohes, schrilles Lachen. Und da geschah es, ohne Vorankündigung. Ruth hatte nur gespürt, wie ihr das Blut in einem heißen Schwall in den Kopf gestiegen war. Ihr Gesicht war plötzlich vor Anspannung wie versteinert gewesen. Sie hatte die lachende Frau angesehen. Sie hätte ihr das Lachen am liebsten aus dem Gesicht gerissen, es für alle Zeiten beendet. »So komisch ist das nicht«, hätte sie am liebsten gesagt. Sie hätte am liebsten ihre Finger tief in die blaßblauen Augen der Frau gegraben und noch einmal gesagt: »So komisch ist das nicht«. Ruths Herz hatte zu rasen begonnen. Sie hatte ihre Arme hinten im Aufzug eng an den Körper gedrückt. Sie hatte die Hände auf die Hüften gepreßt, um ihnen Halt zu geben. Sie hatte zu fürchten begonnen, die Arme könnten ihrem Willen nicht mehr gehorchen, könnten unabhängig von ihrem übrigen Körper handeln. Sie hatte gefürchtet, ihre Finger könnten zuschlagen und graben und wühlen, bis sie das Gehirn der Frau erreichten.

Der Aufzug fuhr ganz besonders langsam. Es war Ruth vorgekommen, als werde er den siebten Stock nie erreichen. Ihre Hände brannten, ihre Haut schmerzte. »So komisch ist das nicht«, hätte sie am liebsten gesagt, »so komisch ist das nicht.« Sie hatte die Lippen aufeinandergepreßt gehalten. Die Frau lachte weiter. Schließlich hielt der Aufzug im siebten Stock. Ruth stieg aus. Unsicheren Schritts ging sie in ihr Zimmer. Sie setzte sich auf das französische Bett mit dem Überwurf aus blauem Brokat und zitterte.

Das war vor einem Jahr gewesen. Ruth schauderte bei der Erinnerung daran. Ihr war kalt, obwohl sie seit zwanzig Minuten gelaufen war. Sie befand sich wieder in Polen. In Warschau. Was tat sie in Polen? Das war eine gute Frage. Sie war nicht aus einer Augenblickslaune hier. Sie hatte zwei Jahre lang auf ihren Vater eingeredet, den einundachtzigjährigen Edek Rothwax, damit er sie auf dieser Reise begleitete. Er würde morgen mit dem Flugzeug aus Melbourne eintreffen.

Ruth warf einen Blick auf den Schrittzähler an ihrer Taille. Sie lief sieben Meilen in der Stunde. Sie drückte einen anderen Knopf und las ab, daß sie fast drei Meilen gelaufen war. Der Schrittzähler war an einen Gürtel geschnallt, an dem sich außerdem eine Flasche und ein Kassettenrecorder befanden. Ihre Kopfhörer besaßen ein kleines Mikrofon, das ihr erlaubte, beim Laufen aufzulisten, was sie zu erledigen hatte. Es waren atemlose Aufzeichnungen, aber Ruth konnte sie entschlüsseln. Ihre Kreditkarten und ein paar Zloty hatte sie in ihren Socken verstaut.

In New York, wo sie wohnte, sah sie aus wie alle Jogger. Die meisten von ihnen hatten sich Wasserflaschen umgeschnallt und die Kopfhörer ihrer Walkmans in den Ohren. Aber nicht in Polen. In Polen sah Ruth seltsam aus. Im Hotelfoyer hatten Leute sie angestarrt, als sie heute morgen zum Laufen aufgebrochen war – Türsteher, Gepäckträger und mehrere Deutsche. Die Deutschen hatten nachgerade Bauklötze gestaunt. Sie hatte ihnen zugelächelt. Das hatte die Deutschen noch ratloser gemacht, und sie hatten alle den Blick abgewandt.

Ruth lief sehr gerne. Es gefiel ihr, die Hüftknochen zu spüren, die Bauchmuskulatur, die Beine. Dreimal wöchentlich ging sie außerdem in Manhattan zum Gewichtheben. Es gefiel ihr, wie ihr Brustkasten sich zu dehnen schien, wenn sie das Gewicht langsam zu Boden ließ. Und sie genoß das Ziehen in ihrer Brustmuskulatur, wenn sie das Gewicht zu stemmen versuchte.

Manchmal unterbrachen Männer ihre eigenen Übungen, um ihr bei den Hockübungen zuzusehen. Das amüsierte sie immer. Sie absolvierte drei Sätze von zwölf Übungen. Sie tat es nicht, um anzugeben, sondern weil sie es gerne machte, aus reiner Freude daran, ihren Rücken und ihre Beine zu spüren, wenn sie mit fünfzig Kilo Gewicht auf den Schultern in die Knie ging und sich wieder aufrichtete. Wenn sie Gewichte hob, fühlte ihr Körper sich lebendig an. Sie konnte seine Einzelbestandteile spüren. Ihre Füße und ihre Finger fühlten sich stark an. Sie war auf ursprüngliche Weise mit sich selbst in Einklang. Am Ende einer Trainingsstunde kam sie sich wie neugeboren vor.

Sport, dachte sie, war ein vernünftiger Ersatz für Sex. Er ließ durchaus Wünsche offen, aber das tat, wenn man es recht bedachte, schließlich auch das Sexualleben. Ruth hatte den Eindruck, daß immer mehr Frauen in absehbarer Zeit mehr Erfüllung in ihrer Sportausrüstung als in ihren Partnern finden würden. In New York wimmelte es von Frauen, die sich über ihre Männer beklagten, und von Frauen, die sich über den Männermangel beklagten. Ruth paßte gut nach New York. Sie war dreiundvierzig, zweimal geschieden, alleinstehend und kinderlos.

Eigentlich war sie dreimal geschieden, aber die letzte Ehe war eine Scheinehe zum Erlangen einer Arbeitserlaubnis gewesen, die für Ruth folglich nicht zählte. Ihren ersten Ehemann hatte Ruth als Neunzehnjährige geheiratet. Sie war rundlich gewesen und dankbar, daß überhaupt jemand bereit war, sie zu heiraten. Daß er länger als nötig brauchte, wenn er sich von gewissen Freunden verabschiedete, war ihr nicht aufgefallen. Die Ehe endete, als sie ihn in ihrem Bett vorfand, wo er in einem jungen Mann steckte. Von Homosexuellen hatte sie in Büchern gelesen. Sie hatte nicht gewußt, daß sie welche kannte.

Ehemann Nummer zwei heiratete sie aus Mitleid. Er wußte einfach nicht, was er mit seinem Leben anfangen sollte. Er war zweiunddreißig. Sie fand ihn sehr klug und dachte, er könne alles tun, was er nur wollte. Er sah gut aus – groß, blauäugig und blond. Sie schätzte sich glücklich, mit ihm verheiratet zu sein. Gutaussehende Männer fühlten sich normalerweise zu schlanken Mädchen und Frauen hingezogen. Sie bemühte sich, nachts im Bett das Licht auszumachen, und entschuldigte sich dauernd dafür, daß sie mehr verdiente als er.

Die Ehe zerbrach, als er sie beschuldigte, seiner Suche nach einer Berufung im Weg zu stehen. »Du machst alles, was du machst, so perfekt«, sagte er, »und dadurch fühle ich mich eingeschüchtert. Wie plattgewalzt. Heute weiß ich noch weniger, was ich will, als damals, als wir geheiratet haben.« Immerhin wußte er, daß er die Hälfte des Häuschens wollte, das sie im zweiten Jahr ihrer Ehe gekauft hatte. Zu guter Letzt hatte sie eingewilligt. Sie verkaufte das Haus und gab ihm die Hälfte des Erlöses. Zu ihrer Überraschung merkte sie, daß sie ohne ihn glücklicher war.

Zwei Jahre nach der Scheidung schlug er vor, sie sollten sich aussöhnen. »Nein, besten Dank«, sagte sie. Angesichts ihrer Gewißheit hatte sie ein Glücksgefühl verspürt und hatte mit dem rechten Fuß zehnmal auf den Boden klopfen müssen, um eventuelles Unheil abzuwehren, das solchem Glück auf den Fuß folgen konnte. Es war ihre Marotte, zehnmal mit dem rechten Fuß zu klopfen, um Unheil abzuwehren. Sie wußte, daß es idiotisch war. Sie wußte, daß Unheil sich nicht abwehren läßt, schon gar nicht, indem man mit dem Fuß auf den Boden klopfte. Wenn das Klopfen etwas nützen würde, dann hätte jeder Jude im Europa der Kriegszeit Tag und Nacht geklopft. Ganze Städte wären von dem Geklopfe erzittert.

Zehn Klopfer waren schwer zu vertuschen. Vor allem bei Geschäftsbesprechungen. Außerdem mußte sie die Klopfer zählen, so daß sie oft nicht mitbekam, was gesagt wurde. Sie verfügte über ein paar weniger machtvolle Schutzmechanismen wie fünfmal mit einem Auge – egal mit welchem – zu blinzeln, um kleine Glücks- oder Erfolgserlebnisse vor Gefahr zu schützen. In einem Jahr hatte sie sich immer dreimal über die Schulter spucken müssen, wenn sie Gefahr witterte. Das hatte sich in der Öffentlichkeit als schwer durchführbar erwiesen, und sie war froh gewesen, als sie sich sicher genug gefühlt hatte und es bleiben lassen konnte.

Ruth versuchte das Klopfen und Blinzeln zu unterdrücken, so gut es ging. Sie wußte, daß sie innerhalb weniger Minuten wie eine Tob- süchtige wirken mußte, wenn sie all ihren Idiosynkrasien freien Lauf ließ. Die abergläubischen Handlungen waren seit ihrer Kind- heit nicht wegzudenken. Dennoch glaubte sie nicht an das Über- natürliche. Sie rümpfte die Nase über Tierkreiszeichen, Tarotkarten, Handlinienlesen, Hellseher und Medien.

Es war Ruths dritte Reise nach Polen. Sie wußte nicht genau, warum sie gekommen war. Und sie wußte nicht, warum sie wollte, daß ihr Vater nachkam. Ihre erste Reise nach Polen hatte sie gemacht, um sich zu vergewissern, daß ihre Eltern von irgendwoher stammten. Um ihre Vergangenheit als etwas anderes als ein abstraktes Gebilde nicht abreißenden Entsetzens zu sehen. Um Ziegel und Mörtel zu sehen. Die zweite Reise war ein Versuch, weniger überwältigt zu sein als beim erstenmal. Der Versuch, nicht Tag und Nacht zu wei- nen. Und sie hatte beim zweiten Besuch weniger geweint. Jetzt war sie gekommen, um mit ihrem Vater auf diesem Flecken Erde zu stehen.

Edek Rothwax hatte nicht nach Polen kommen wollen. Als Ruth ihn zum erstenmal darauf angesprochen hatte, hatte er abgelehnt. »Was willst du in Polen?« hatte er gesagt. »Dort gibt es nichts. Alle sind tot. Dort gibt es nichts zu sehen.« Eines Tages hatte Ruth einen Riß in Edeks Panzer bemerkt. Sie hatte ihm erzählt, daß sie wieder nach Polen fahren werde, allein fahren werde.

»Willst du immer noch unbedingt nach Polen fahren?« hatte er gefragt.

»Ja«, hatte sie gesagt. »Ich wäre dort wirklich gerne mit dir zusammen.«

»Du bist ja verrückt«, sagte Edek. »Was denkst du denn, wo wir da sein sollen? An einem wichtigen Ort? O nein. Dort gibt es nichts Wichtiges. Dort gibt es überhaupt nichts.«

»Wir könnten hinterher nach Monte Carlo fahren«, hatte sie gesagt. Edek liebte Spielautomaten, und obwohl Ruth Monte Carlo noch nie besucht hatte, war sie davon überzeugt, daß es dort Spielautomaten geben mußte.

»Pah«, sagte Edek, »solche Spielautomaten haben wir heutzutage in Melbourne.«

»Wir werden in einem richtig feinen Hotel wohnen«, sagte Ruth.

»Du kannst dir die besten Hotels leisten«, sagte er, »ob in Las Vegas, Monte Carlo oder Polen.«

Er erklärte ihr dauernd, was sie sich alles leisten konnte. »Du kannst es dir erlauben, etwas kürzer zu treten«, sagte er regelmäßig. »Du solltest nicht soviel arbeiten. Du kannst es dir leisten, jemanden anzustellen, der für dich arbeitet. Du kannst dir alles leisten.«

Er wollte sie auch dazu bewegen, Anschaffungen zu tätigen. Autos vor allem. Er rief sie dauernd an, um ihr Vorschläge zu unterbreiten. Es handelte sich immer um Lincoln Continentals, Cadillacs oder Pontiacs. Er liebte amerikanische Autos und konnte es nicht fassen, daß Ruth sich nicht dafür interessierte. »Eine Garage in Manhattan kostet vierhundert Dollar im Monat«, sagte sie zu ihm. »Du kannst es dir leisten«, lautete seine Antwort.

Auch mit anderen Vorschlägen, was sie sich leisten konnte, wartete er auf. Großenteils ging es um Geräte, Geräte, die Zwiebeln hacken oder Abflüsse reinigen oder Währungen umrechnen konnten. Ruth hatte eine Verlängerungsschnur mit Selbstaufwickelmechanismus ebenso abgelehnt wie einen Ultraschallinsektenvertreiber, einen Aktenvernichter für den Handbetrieb, ein Innen- und Außenthermometer, einen Unterwasserfüller, einen tragbaren Bewegungsdetektor sowie Hunderte von Telefonen, Faxgeräten und Fotokopierern. Hätte sie Edeks Ratschläge befolgt, wäre sie längst nicht mehr in der Lage gewesen, sich irgend etwas zu leisten.

Als sie sich selbständig machte, war Edek sehr nervös gewesen. »Schließlich hast du so eine gute Stelle«, hatte er gesagt. Edek hatte davon geträumt, daß Ruth Rechtsanwältin wurde. Für ihn war ihre Tätigkeit bei Schoedel, Firth und Thomson, einer großen New Yorker Anwaltskanzlei, wo sie Briefe und Vorträge formuliert hatte, eine Enttäuschung. Im selben Maße, in dem Ruths Gehalt stieg, legte sich Edeks Enttäuschung. Ruth hatte die Stelle durch Zufall erhalten. Sie hatte einen Universitätsabschluß in moderner Literatur, etwas, wonach die Nachfrage denkbar gering war, und war vier Jahre lang Privatsekretärin in Melbourne gewesen. Sie hatte als Zeitsekretärin bei Schoedel, Firth und Thomson gearbeitet und sich überlegt, ob sie in New York bleiben oder nach Australien zurückkehren sollte. Sie lebte seit drei Jahren in New York. Eines Abends, als sie gerade gehen wollte, bat einer der Teilhaber der Kanzlei sie, einen Vortrag für ihn abzuschreiben. Es war spät. Sogar die Sekretärinnen von der Spätschicht waren schon gegangen. Es war ein fürchterlicher Vortrag. Ruth schrieb ihn ab. Und sie setzte eine Alternativfassung auf. Beide Vortragsmanuskripte legte sie dem Teilhaber auf den Schreibtisch. Zwei Wochen später war sie bei Schoedel, Firth und Thomson fest angestellt mit vierwöchigem jährlichen Urlaubsanspruch und firmeneigener Krankenversicherung.

»Es macht mich ganz hibbelig«, hatte Edek zu ihr gesagt, als sie ihm zwei Jahre später von ihren Plänen erzählte, sich selbständig zu machen. Eine eigene Firma zu gründen, ein Korrespondenzbüro. Das Holzschild, das sie für ihre Firma anfertigen ließ, gefiel Edek. »Rothwax Correspondence, gegr. 1991«, besagte es und: »Briefe zu allen Themen und Anlässen.« Und die schiere Menge von Büromaterial und Gegenständen, die sie erstehen mußte, um ihr Unternehmen zu beginnen, hatte seine Ängste gemindert.

Jetzt, da Rothwax Correspondence erfolgreich war, glaubte Edek fest daran, die Firma sei seine Idee gewesen. »Ich hab' dir schon immer gesagt«, sagte er regelmäßig zu Ruth, »daß diese Briefeschreiberei eine wahre Goldmine sein muß, wenn diese Anwälte dich so gut bezahlen und dabei immer noch einen ordentlichen Reibach machen können.«

Ruth sah auf die Uhr. Ihr Vater würde in etwa dreißig Stunden ankommen. Edek Rothwax war mit dreiundzwanzig Jahren aus seinem Haus in Polen vertrieben worden. Seitdem war er nie wieder hergekommen. Jetzt war er fast zweiundachtzig. Er war dreiundzwanzig gewesen, als er, seine Schwester, zwei seiner Brüder und seine Eltern gezwungen worden waren, ihr Haus zu verlassen. Wie alle Juden von Łódź ließen sie alles zurück, die Möbel, das Klavier, die Bettwäsche, die Bücher, das Porzellan, das Silber, das Geschirr, die Fotos, die Kleidung. Sie nahmen nur mit, was sie tragen konnten.

Es war im Februar 1940. Zusammen mit allen anderen Juden gingen sie die einzige Straße entlang, die sie bei ihrer Vertreibung benutzen durften. Mütter, Väter, Kinder, Großmütter und Großväter transportierten ihre Habe in Säcken, Bettbezügen, Koffern, Kinderwagen und auf umgedrehten Tischen. Bärtige Männer trugen mit Bindfaden zusammengehaltene Bücherbündel. Eisiger Wind umheulte und peitschte sie. Es war ein ausnehmend kalter Winter. Den Bürgersteig durften sie nicht benutzen. Mehr als hundertfünfzigtausend Juden gingen am Straßenrand. Jedesmal wenn ein Automobil oder ein Lastwagen vorbeikam, mußten sie den Weg freimachen. Der Marsch dauerte Tage.

Die Nazis hatten 5,8 Juden pro Zimmer in die neuen Heime eingewiesen. Zu diesen Zimmern in dem heruntergekommenen Elendsviertel, die man ihnen zugewiesen hatte, gingen die Juden und klammerten sich an ihre Habseligkeiten und aneinander. Sie wanderten aus ihrem eigenen Leben hinaus, und sechs Jahre später konnten die wenigen Juden, die überlebt hatten, keine Spuren ihres früheren Lebens wiederfinden.

»Ich weiß nicht, warum ich mit dir zusammen in Polen sein will«, hatte Ruth zu ihrem Vater gesagt, als sie zuletzt von ihrer geplanten Reise gesprochen hatte.

»Ich weiß es mit Sicherheit nicht«, hatte er gesagt.

»Ich weiß nur«, sagte Ruth, »daß ich es will.«

»Du bist doch so ein kluges Mädchen«, hatte Edek gesagt. »Wenn du es nicht weißt, wer soll es dann wissen?« Ruth spürte, daß sich massive Kritik an ihr zusammenballte. Sie begann sich zu verabschieden. Edek unterbrach sie. »Mir bedeutet es nichts, ob ich nach Polen fahre«, sagte er. »Für mich ist dort alles vorbei. Aber wenn es dir wirklich so wichtig ist, dann fahre ich mit dir nach Polen.«

Ruth war sprachlos. »Wann willst du fahren?« fragte Edek.

»Nächsten Monat«, hatte sie gesagt.

»In Ordnung«, sagte Edek. »Du kümmerst dich um die Fahrkarten und holst mich unterwegs ab.«

Ruth war so überrascht gewesen, daß es ihr die Sprache verschlagen hatte. »Danke, Dad«, war alles, was sie herausbrachte. Sie hatte nochmals anrufen und ihm erklären müssen, daß Melbourne nicht auf dem Weg von New York nach Warschau lag. Sie würde ihn nicht abholen können. Sie würde sich mit ihm in Polen treffen müssen.

Ruth fühlte sich ein wenig schwindlig. Sie war es gewohnt, größere Strecken zu laufen. Sie war den Wegen und den sie kreuzenden Spazierwegen im Sächsischen Garten gefolgt. Diese Anlage am Piłsudskiego-Platz, einem großen Platz, war einer der beliebtesten Warschauer Parks. Am einen Ende des Platzes bewachten zwei Soldaten mit den frischgeschrubbten Gesichtern junger Menschen das Grab des Unbekannten Soldaten. In zackigem Gleichschritt marschierten sie um das Denkmal. Ihre schwarzen, auf Hochglanz polierten Stiefel mit Metallkappen klickten laut und synchron, so daß es über den ganzen Platz hallte.

Das graue, fahle Winterlicht verlieh dem Park ein karges, spartanisches Aussehen. Den Barockskulpturen, dem Brunnen und den Bänken gelang es nicht, eine wärmere Note zu erzeugen. In den zweihundert Jahre alten Anlagen gab es mehr als hundert Baumarten. In Ruths Augen sahen sie alle gleich aus. Sie besaßen Stämme und Äste. Vielleicht wäre es im Sommer, wenn sie Blätter trugen, leichter, zwischen ihnen zu unterscheiden.

Ruth wußte nicht allzu viel über die Natur. Für sie waren Bäume grün. Gras war grün. Die Natur war grün. Zuviel Grün verursachte ihr klaustrophobische Gefühle. Sie war froh, daß es Winter war. Von Juden erwartete man nicht, daß sie sich mit Bäumen auskannten.

Man erwartete nicht, daß sie zwischen Pappeln und Eichen, zwischen Birken und Ahorn oder Weiden unterscheiden konnten. Im Jiddischen gab es ein einziges Wort für Baum: Baum. Es bezeichnete alle Bäume.

Nicht wenige Leute gingen auf dem Weg zur Arbeit durch den Sächsischen Garten. Sie sahen nicht besonders glücklich aus, sondern wirkten wie von Trübsal umschlossen. In New York vertat niemand seine Zeit damit, lächelnd herumzulaufen, aber die schroffe, ungeduldige Art der New Yorker hatte etwas Waches und Lebendiges. Hier in Polen wirkten die Menschen bedrückt. 1983, bei ihrer ersten Polenreise, hatte Ruth gedacht, sie wirkten bedrückt, weil die meisten von ihnen unter so schrecklichen Lebensbedingungen litten. Damals hatte prekäre Lebensmittelknappheit geherrscht. In langen Schlangen standen die Leute für Brot an, für Milch. Für alles stand man Schlange. Für Seife, für Shampoo, für Toilettenpapier. Die Lage war 1983 für alle Polen alles andere als rosig gewesen. Die Luxusgeschäfte in Warschau präsentierten auf ansonsten leeren Regalen Zahnpastatuben und Waschmittelpakete.

Seitdem hatte sich wahrhaftig einiges geändert. Inzwischen konnte man Artikel von Chanel, Armani, Guerlain, Ralph Lauren und Calvin Klein kaufen. Und die Lebensmittelgeschäfte quollen über vor Würsten und Käselaiben, vor eingemachtem und eingelegtem Fleisch und Fisch und gebratenen Enten und Hühnern. Und trotzdem sahen die Leute noch immer trübselig aus. In Restaurants, Läden und Behörden hatte der Gedanke der Dienstleistung noch nicht wirklich Fuß gefaßt. Zugführer, Verkäufer, Beamte und Kellner schalteten mit unerquicklicher Schnelligkeit von kriecherisch auf mürrisch um. Fast alle Behördenvertreter konnten in fast jedem Wortwechsel ohne erkennbaren Anlaß von unterwürfigem zu herrischem Ton wechseln. Ruth fand, daß es wahrhaftig nicht leicht war, die Polen zu mögen. Viele Juden mochten die Polen nicht. »Sie sind immer mißtrauisch und übellaunig, und außerdem haben sie das Monopol auf ungepflegte, braune Zähne«, hatte ihr Freund Aaron, ein Anwalt, mit dem sie zusammengearbeitet hatte, gesagt, als er erfuhr, daß sie nach Polen fahren wollte.

Über Deutsche hörte man Juden so etwas selten sagen. Juden konnten Zorn oder Feindseligkeit oder Furcht Deutschen gegenüber zum Ausdruck bringen, aber sie machten sich nicht über sie lustig, wie sie es mit den Polen taten. Ruth fand das eigenartig. Und doch verhielt auch sie sich so. Deutschen gegenüber bewies sie selten Feindseligkeit, während sie beim geringsten Anlaß Gift und Galle spuckte, wenn es um Polen ging. »Sobald sie vierzig werden, sehen sie abstoßend aus, erledigt und zerknittert und uralt, so als wäre ihnen die Seele aus dem Leib gefahren und zu Leder geworden«, hatte sie erst kürzlich zu jemandem gesagt. Wie konnte man so über andere Menschen sprechen? Sie verabscheute sich selbst, wenn sie solche Dinge sagte.

Eine Männerstimme ließ sie zusammenzucken. »Ich glaube, Sie können mich hören«, sagte der Mann. Sie sah sich um. Niemand war in der Nähe. Sie lief langsamer. Wer konnte das gesagt haben? Woher kam die Stimme? Es war eindeutig niemand in der Nähe. Die nächste Person befand sich etwa zehn Meter entfernt am Ende des Wegs. Sie mußte sich die Worte eingebildet haben. Vielleicht aus Heimweh nach New York. In New York sprachen andere einen dauernd an oder führten Selbstgespräche. Sie lief jetzt nicht mehr, sondern ging. Wahrscheinlich war sie angespannter und litt stärker am Jetlag, als sie wahrhaben wollte. Sie beschloß, ins Hotel zurückzukehren.

Ein Paar ging an ihr vorbei. Ruth hörte Gesprächsfetzen, die ihr nichts sagten. *Ja nie mogę*, ich kann nicht. *Ja ci mówię*, ich sag's dir. Ihr Leben lang hatte sie ihre Eltern Polnisch sprechen hören, und doch verstand sie so wenig Polnisch. Ein Lieferwagen mit hebräischen Buchstaben und den Worten OUR ROOTS auf der Seite fuhr vorbei. Ruth erinnerte sich an die Broschüre, die sie bei ihrem letzten Aufenthalt in Warschau in ihrem Hotelzimmer vorgefunden hatte. Diese Broschüre, »Das jüdische Warschau« betitelt, wurde von der Organisation Our Roots herausgegeben, einer »jüdischen Informations- und Touristenagentur«. Die Broschüre führte sechs Rundfahrten samt den Abfahrtszeiten auf, zu denen man von sechs verschiedenen Hotels abgeholt werden konnte. Der Preis für die Fahrten war in US-Dollars angegeben.

Rundfahrt Nr. 1 führte durch das Warschauer Ghetto und den Jüdischen Friedhof, zur Nozyk-Synagoge, zum Jüdischen Historischen Institut und zur Ghettomauer. Tour Nr. 2 unterschied sich von ihr nur in den Abholungszeiten. Tour Nr. 3 wurde als Warschau–Auschwitz/Birkenau–Warschau angegeben. Tour Nr. 4 bot Warschau–Treblinka–Warschau an und Tour Nr. 5 und Nr. 6 enthielten außerdem noch Majdanek. Weder die Fremdenführer noch die Touristen im Büro von Our Roots machten auf Ruth einen jüdischen Eindruck.

Ruth gelangte zum Rand des Parks, wo eine junge Frau von etwa zwanzig Jahren neben einem Baum hockte. Als Ruth näher kam, sah sie, daß die junge Frau kackte. Eine dicke Wurst brauner Kacke hing aus dem Hintern der jungen Frau. Ruth wurde übel. Sie wünschte, sie hätte die Kacke nicht so deutlich gesehen. Wie konnte eine junge Frau so etwas tun? Nicht weit von hier gab es Hotels mit öffentlich zugänglichen Toiletten. Ruth fragte sich, warum dieser verhältnismäßig ungewohnte Anblick ihr so polnisch vorkam. Nie zuvor hatte sie in Polen jemanden in aller Öffentlichkeit kacken sehen. Warum fand sie Polen so grobschlächtig und vulgär? Es war sehr voreingenommen von ihr. Zwei Frauen gingen vorbei. Wahrscheinlich, dachte Ruth, waren sie in ihrem Alter, obwohl sie aussahen, als wären sie um die Sechzig. Beide beäugten Ruth von Kopf bis Fuß; dann stießen sie einander mit dem Ellbogen an und starrten wieder zu Ruth herüber. Ihr war unbehaglich zumute. Warum verhielten sie sich so aggressiv?

Wie viele Polinnen trugen sie zuviel Lippenstift, dessen grelles Rot sich über den Mund hinaus erstreckte, und die mit schwarzem Stift auf ihre Stirn gemalten Bögen befanden sich nicht dort, wo die Augenbrauen, die sie nachahmten, je gewesen sein mochten. Sie sahen barsch und unnachgiebig aus. Am Morgen, als Ruth nach Polen geflogen war, hatte die *New York Times* Fotos von zwei anderen Polinnen veröffentlicht. In dem dazugehörigen Artikel ging es um die Häufigkeit von häuslicher Gewalt in Polen. Vielleicht dienten die ganzen Verbeugungen und Handküsse, in denen so viele Polen schwelgten, nur dazu, weniger erfreuliche Gewohnheiten zu kaschieren. Die *Times* zitierte ein polnisches Sprichwort: »Wenn ein Mann seine Frau nicht schlägt, verdirbt ihre Leber.«

Die polnische Regierung hatte eine Anzeigenkampagne begonnen, um die Leute darüber aufzuklären, daß Brutalität nicht als Familienzwist verharmlost werden dürfe. Ein Foto aus einer der Anzeigen, das in der *New York Times* abgedruckt war, zeigte ein blondes Mädchen mit geschwollenem und blutendem Gesicht. Die Bildunterschrift lautete: *Bo musiał jakoś odreagować* – Weil er Dampf ablassen mußte. In einer anderen Anzeige wurde eine Frau mit Schürf- und Stichwunden zusammen mit ihrem kleinen Sohn gezeigt. *Bo zupa była za słona* besagte die Bildunterschrift – Weil die Suppe versalzen war. Für mißhandelte polnische Frauen gab es keine Zuflucht. Frauenhäuser waren so gut wie unbekannt. In Warschau gab es kein einziges. Es gab niemanden, an den die Frauen sich wenden konnten. Polizei, Staatsanwälte und die polnische Öffentlichkeit betrachteten Männer als Könige in ihren vier Wänden. Es war schwer, Gehör zu finden, wenn man sich über Männer beklagte. Es war auch schwer, in diesem überaus katholischen Land die Scheidung zu erlangen. Polen war eines der Länder Europas mit den niedrigsten Scheidungsraten.

Ruth ging schnell an den zwei Frauen im Park vorbei. Es waren noch fünf Minuten Weg bis zum Hotel. Wenn sie dort war, würde sie die Liste der zu erledigenden Dinge, die sie beim Laufen diktiert hatte, aufschreiben. Der Gedanke, Dinge in Ordnung zu bringen, hatte etwas Tröstliches. Sie liebte die Ordnung. Sie sah es gern, wenn alles einen ordentlichen Verlauf nahm. Unordnung machte sie nervös. Sogar Wetterveränderungen verstörten sie. In ihren Augen waren sie ein Zeichen von Unordnung.

Das Leben ihrer Mutter war auf schreckliche Weise aller Ordnung beraubt und zerrissen worden, als Ruths Mutter fünfzehn war. Ruths Mutter besuchte das Gymnasium, als die Deutschen in Łódź einmarschierten. Das geschah am siebten September 1939. Am siebten September, beinahe auf den Tag siebzehn Jahre, bevor Ruth Rothwax auf die Welt kommen würde, ein stilles Kind. Ein Kind, das zu wissen schien, daß in seiner Welt nichts im Gleichgewicht war, und das auf Jahre hinaus unsicher und unausgeglichen sein würde. Fotos von Ruth zeigen ein ernstes Baby mit großen Augen auf dem Arm einer Mutter, deren schüchternes Lächeln nichts von ihren Qualen übertünchen kann.

In Łódź konnten die Leute an jenem Tag im September 1939 Kanonendonner und Granaten und das Grollen des Artilleriefeuers näher kommen hören. »Es war so still auf den Straßen«, hatte ihre Mutter ihr erzählt. »Es war so still, als hätten sogar die Vögel und die Fliegen zu atmen aufgehört«, hatte Rooshka Rothwax zu Ruth gesagt. »Sogar die Kinder gaben keinen Mucks von sich.« Wenn Ruth Rooshka das erzählen hörte, konnte sie selbst die Stille spüren, eine Stille, die die Juden von Łódź eingehüllt hatte. Alle Alltagsgeräusche schienen verstummt, als hätten alle geahnt, was sie erwartete.

Wenige Tage später waren deutsche Soldaten zu Hunderten einmarschiert. Mit Behagen sangen sie Lieder, in denen Judenblut vom Messer troff. »Man konnte das Böse förmlich riechen«, hatte Rooshka gesagt. Täglich erließen die Deutschen in Łódź neue Vorschriften. Juden durften sich nur zwischen acht Uhr morgens und fünf Uhr nachmittags auf den Straßen aufhalten. Jedem Juden, der zu einer anderen Zeit draußen gesehen wurde, drohte die Erschießung. Die Deutschen begannen jüdische Männer zu jagen. Sie zwangen sie, auf der Straße zu hüpfen und zu springen. Sie schnitten Männern die Schläfenlocken ab und zündeten ihre Bärte an. Rooshkas Mutter schickte Rooshka Brot holen, weil es für sie weniger gefährlich war als für ihren Vater oder einen ihrer vier Brüder.

Die Polen wollten den Deutschen ihre Loyalität demonstrieren. *Heil Hitler*, riefen sie. *Heil Hitler*. Sie denunzierten Juden bei den Deutschen. Polen, die mit Juden zusammen die Schule besuchten, denunzierten ihre früheren Freunde. Polen, die seit Jahren Geschäfte mit Juden gemacht hatten, zeigten sie bei den Deutschen für die geringste Übertretung der neuen Vorschriften an. »Es wird dir noch leid tun, daß du nicht mit mir gevögelt hast«, sagte ein Junge aus Rooshkas Schulklasse zu ihr. »Jetzt will dich niemand mehr anrühren, du Stück Dreck«, sagte er zu ihr. »Dein Pech, daß du nicht mit mir vögeln wolltest.« Rooshka schwieg und ging davon. »Du hast dich für was Besseres gehalten«, rief er hinter ihr her, »aber da hast du dich getäuscht. Die Deutschen wissen, wer ein Stück Dreck ist und wer nicht.«

Rooshka Rothwax, damals Rooshka Spindler, war ein schüchternes Mädchen gewesen. Ein Bücherwurm trotz ihrer auffallenden Schönheit. Für Jungen interessierte sie sich nicht. Sie wollte Ärztin werden, Kinderärztin. Sie wußte, daß ein jüdisches Mädchen aus armem Haus sich nicht ablenken lassen durfte, wenn es auf der Schule bleiben wollte. »Ich möchte, daß du Edek Rothwax heiratest«, hatte Rooshkas Mutter an dem Tag zu ihr gesagt, als man sie ins Ghetto einwies. »Seine Familie ist reich. Dort bist du sicherer und kannst uns helfen. Er ist seit Jahren hinter dir her. Ich glaube, er wird dir ein guter Gatte sein.« Am siebzehnten Dezember 1940 wurden Edek und Rooshka im Ghetto getraut. Die Braut war sechzehn.

Ruth wischte sich den Schweiß vom Gesicht. Es überraschte sie, daß sie so schwitzte. Sie hatte nicht erwartet, bei diesem kalten Wetter viel zu schwitzen. Sie war tief in Gedanken gewesen. Sie dachte oft beim Laufen nach. Gedanken, die sie sonst zu meiden verstand, kamen ihr oft mitten unter dem Laufen.

Ruth dachte an ihre Mutter. In Melbourne in Australien schien sich in Rooshka Rothwax' Welt wieder Ordnung eingestellt zu haben. Kojen, Baracken, Läuse und Schmutz schienen daraus verschwunden zu sein. Doch dieser Eindruck herrschte nur an der Oberfläche. Seidenbluse und Sonnenbräune konnten die Toten nicht auslöschen, die Toten, deren Arme und Beine bisweilen noch zuckten. Sie konnten den Eiter, das Erbrochene, die Scheiße, die Pisse nicht auslöschen. Sie konnten den Gestank all des verbrannten Fleisches nicht auslöschen. Rooshkas Mutter und Vater, ihre drei Schwestern und vier Brüder hatten mit ihren Leichen einen Teil dieses fürchterlichen Gestanks ausgemacht.

Rooshkas Haus in Australien roch nach Chanel Nr. 5 und nach Cremes und Wässerchen von Christian Dior. Alles war an seinem Platz. Rooshka bügelte und faltete Handtücher und Geschirrtücher, Servietten und Laken. Sie bügelte Taschentücher. Sie bewahrte die

Dinge in ordentlichen, sorgfältig aufgeräumten Regalfächern auf. Jeden Gegenstand konnte man auf Anhieb finden. Alles war an seinem Platz. Rooshka brauchte das. Wenn Edek hin und wieder etwas an den falschen Ort räumte – einen Kissenbezug auf die Handtücher oder zwei Schalen dorthin, wo die Untertassen standen –, war Rooshka jedesmal außer sich. Ordnung war das ganze Leben.

Ruth Rothwax bemühte sich nach Kräften, unordentlich zu sein. Sie wollte nicht so sein wie ihre Mutter. Im Büro versuchte sie, ihren Schreibtisch unordentlich zu gestalten. Sie verschob Papierstapel, damit sie nicht im rechten Winkel dalagen. Es war nicht einfach, und Ruth war stolz, wenn sie ein wenig Chaos zuwege brachte. An dem Tag, an dem sie es fertigbrachte, ihre Wohnung zu verlassen, ohne ihr Bett gemacht zu haben, kannte ihre Freude keine Grenzen. Sie beschäftigte sich auch damit, Unordnung zwischen den Kleiderbügeln in ihrem Schrank einzuführen. Den Großteil ihres Lebens über war es ihr ein Bedürfnis gewesen, die Kleiderbügel alle gleich auszurichten. Wenn sie jetzt einen Bügel zufällig andersherum aufhängte, versuchte sie, ihn so hängen zu lassen. Zumindest einen Tag lang. Ruth wußte sehr wohl, wie absurd manche der Dinge waren, die sie zu bewältigen versuchte. Wie viele normale Menschen kämpften mit ihren Kleiderbügeln? Sie begann zu lachen und wäre beinahe gestolpert. Man konnte nicht gleichzeitig lachen und laufen. Sie straffte die Schultern.

Sie erlegte sich auf andere Weise Disziplin auf. Sie erlaubte sich maximal zwölf Minuten für die Lektüre von *People*. Sie wußte, daß *People* ein Schundblättchen war, und es machte ihr oft Kopfweh, vom Kampf dieses Sternchens gegen die Bulimie oder vom langen Weg jener Schauspielerin aus der Alkoholabhängigkeit zu lesen. Sogar die Scheidungen und Hochzeiten waren schwer zu verdauen. Kaum hatte sie die zweite Verehelichung einer Berühmtheit registriert, wurde sie mit der dritten konfrontiert. Ein Zeitlimit von zwölf Minuten für derartige Informationen schien Ruth am ehesten geeignet zu bestimmen, wieviel Platz diese Zeitschrift in ihrem Leben beanspruchen durfte.

Den Platz, den New York in ihrem Leben einnahm, hatte die Stadt sich schleichend erobert. Die ersten fünf Jahre hatte Ruth behauptet, auf der Durchreise zu sein, im Begriff, nach Australien zurückzukehren. Heute, nach zwölf Jahren, mußte sie zugeben, daß sie New York liebte. Am meisten liebte sie die Stadt, wenn alles in Ordnung war. Wenn ein Taxi kam, sobald man den Arm hob. Wenn der Zug nach Greenport auf Long Island freitags um 19.04 Uhr abends abfuhr und die Fähre, die sie nach Shelter Island brachte, in Greenport auf den Zug wartete.

Shelter Island gefiel ihr, weil es ruhig war, aber auch, weil jedermann die Vorschriften einhielt. Überfuhr man ein Stopzeichen, wurde das unfehlbar im Polizeibericht des *Shelter Island Reporter* in der nächsten Woche erwähnt. Ruth wußte, daß Shelter Island entspannend für sie war, und versuchte mindestens sechs Wochenenden im Jahr dort zu verbringen. Sie brauchte den Seelenfrieden und die Freiheit, die ihr die Insel gewährte.

Ordnung ermöglichte Ruth ein Gefühl der Freiheit. Kinder von KZ-Überlebenden fällt es schwer, sich frei zu fühlen. Das hatte Ruth viele Male gelesen. Es fällt ihnen schwer, sich unabhängig von ihren Eltern zu sehen, ein eigenes Leben zu haben, überhaupt ein Leben. Sie sind gezwungen, sich Hindernisse und Bürden zu schaffen, sich ihren Eltern anzugleichen, wenigstens einen Teil des Entsetzlichen nachzuempfinden. Unter der Last von Ängsten, Befürchtungen und Depressionen sind sie dann frei genug weiterzuleben. Kinder von Überlebenden müssen die Leere ihrer Eltern ausfüllen. Sie müssen verlorene Gegenstände und Menschen und Ideale ersetzen. Wen nimmt es da wunder, daß Freiheit für viele von ihnen alles andere als selbstverständlich ist!

Warnungen vor drohender Gefahr, die Kindern von Überlebenden durch ihre Eltern zuteil wurden, erfolgten nie absichtlich oder bewußt. Ihre Eltern gingen mit ihrem Wissen um die Feindseligkeit der Welt nicht hausieren. Das war auch nicht nötig. Die Botschaft von der allgegenwärtigen Bedrohung hatte ihre Kinder schon lange zuvor erreicht. Die Kinder hatten auch begriffen, daß sie Wut und Zorn für sich behalten mußten. Wie konnte man Zorn auf Eltern verspüren, die so viel durchgemacht hatten? Die Kinder brachten es zur Meisterschaft darin, ihren Zorn gegen sich selbst zu richten, und darin, mit Eltern umzugehen, die zu geistesabwesend waren, um Zorn und Aufregung des Alltagslebens wahrzunehmen – Eltern, die immer geistesabwesend waren, immer mit den Gedanken anderswo, außer Reichweite, in einer unerreichbaren Vergangenheit.

Auch mit sonderbaren Neidgefühlen und Ressentiments mußte man zurechtkommen. Ruth wußte, daß ihre Mutter sie darum beneidete, daß sie eine Mutter hatte. Und als Halbwüchsige begriff sie, daß ihre Mutter ihr übelnahm, daß sie eine Jugend hatte. Ruth versuchte sich von ihrer Jugend zu befreien. Sie trug Ernsthaftigkeit und Überdruß zur Schau. Als sie mit zwölf die Blicke der Jungen anzog, versuchte sie sich auch ihrer zu entledigen, indem sie ihre neuen Brüste mit unförmigen Gewändern verhüllte, die sie fast ganz verbargen.

Rooshka Rothwax' Schönheit gehörte zu den wenigen Dingen an ihr, die unbeschadet überlebt hatten. Rooshka war überwältigend schön. Und Ruth wachte ängstlich darüber, daß nichts dies beeinträchtigte. Deshalb nahm Ruth zu, Pfund um Pfund, und schon bald sah sie niemand mehr an, es sei denn voller Mitleid. Als Ruth Rothwax sich traute, zum Vorschein zu kommen, war Rooshka Rothwax tot und begraben.

Ruth trauerte jahrelang um ihre Mutter. Als ihre Mutter mit sechzig an Krebs starb, war sie achtundzwanzig. Rooshkas Schönheit hatte bis in den Tod ungemindert bestanden, so strahlend wie je. Wenn Ruth jetzt an ihre Mutter dachte, weinte sie oft noch immer. Ein Psychologe hatte sie einmal gefragt, ob sie den Tod ihrer Mutter mit dem Umstand, daß sie abnehmen konnte, in Verbindung bringe. Bei dieser Frage wäre Ruth fast in Ohnmacht gefallen. Eine solche Verbindung war ihr nie in den Sinn gekommen. Die Unfähigkeit, Zusammenhänge und Komplikationen darin zu sehen, daß man das Kind Überlebender war, war nicht der einzige Defekt, der die meisten Kinder von Überlebenden auszeichnete. Kinder Überlebender deprimierten Ruth. Sie versuchte, ihnen aus dem Weg zu gehen. Sie fand sie merkwürdig leer und leblos. Freudlos. Die Erfolgreichen wirkten nicht minder matt als die verloreneren Seelen.

Sogar bei freudigen Anlässen wirkten Kinder Überlebender bedrückt. Ruth hatte Leon Wasserstein bei seiner Hochzeit mit Ehefrau Nummer zwei beobachtet. Ruth war in Melbourne mit Leon zur Schule gegangen. Er war ein kleiner, schmaler Mann. Wissenschaftler. Selbst wenn er Glück bekundete, sah er ängstlich aus. Leon war nach dem Krieg in Bergen-Belsen geboren. Als Ruth ihn nach Bergen-Belsen fragte, sagte er, er könne sich nicht daran erinnern und sei sicher, daß es sich auf seine Psyche nicht ausgewirkt habe. »Meine Eltern, die haben gelitten«, sagte er.

Leon Wasserstein war zum Zeitpunkt seiner zweiten Eheschließung dreiundvierzig. Seine Frau, eine große, grobknochige blonde Australierin, um einiges älter als er, kündigte an, daß sie und Leon vor den Gästen tanzen wollten. »Meine Frau Lee-Anne hat die Tänze selber choreographiert«, sagte Leon, bevor sie zu tanzen begannen.

Auf der Tanzfläche wirkte Leon Wasserstein wie ein Kind, das zu antizipieren versucht, was als nächstes geschieht. Lee-Anne schleuderte ihn hin und her. Er folgte ihren Bewegungen, komplizierten Bewegungen, so gut es ging. Die beiden mußten die Hände heben, dann senken, sie mußten erst das rechte, dann das linke Bein ausstrecken, mit ausgestreckten Armen aufeinander zugehen und sich dann umdrehen und in die Hände klatschen. Sie mußten sich so herum und andersherum bewegen und sich drehen und wirbeln.

In einer Phase des Tanzes bauschte sich das blaue Satinkleid der Braut so sehr, daß der arme Leon fast darin verschwand. Als er sich herausmühte, kämpfte er noch immer mit dem Stoff. Ruth fiel auf, daß seine Finger und Zehen sich zwar bewegten, seine Miene jedoch auffallend steinern blieb. Als der dritte Tanz begann, mußte Ruth den Raum verlassen. Sie konnte den Anblick Leons, der den Kopf in einem ihm eindeutig nicht zugänglichen Rhythmus bewegte, nicht länger ertragen.

Ruth wollte gerade in das Bristol treten. Es war eines der teuersten Warschauer Hotels. »Ich glaube, Sie können mich hören«, sagte eine Stimme. Ruth wäre beinahe hingefallen. Es war die gleiche Stimme wie zuvor. Ihr Herz begann zu pochen. Sie blickte sich um.

Niemand war zu sehen. Sie war allein. Sie sah nach vorne. Hinter den großen gläsernen Hoteltüren stand der Türsteher. Niemand sonst war zu sehen. Der Türsteher trat vor, um die Tür für Ruth aufzuhalten. Sie wandte sich ab. Schnell ging sie Krakowskie Przedmieście entlang. Dann blieb sie unvermittelt stehen und blickte zurück. Niemand war zu sehen. Niemand folgte ihr.

Sie ging zum Hotel Bristol zurück. »Ich glaube, Sie können mich hören«, sagte die Stimme wieder, diesmal mit Betonung auf dem Wort *Sie*. Ruth begann sich zu fürchten. Sie begann zu zittern. Sie riß sich zusammen. Sie war nur übermüdet, niemand war in der Nähe. »Ich kann Sie nicht hören«, sagte sie herausfordernd zu der fast menschenleeren Straße. »Ich wußte, daß Sie es sind«, sagte die Stimme triumphierend. Ruth schüttelte sich. Das war zu lächerlich. Sie hatte schon immer eine allzu lebhafte Phantasie gehabt. Sie mußte wirklich sehr erschöpft sein.

Zweites Kapitel

Zwei Anrufe im Abstand von fünf Minuten weckten Ruth. Sie verlangte in Hotels immer zwei Weckanrufe, weil das die Möglichkeit, den Anruf zu verschlafen, um fünfzig Prozent verringerte. Drei Minuten später läutete ihr Wecker. Zu Hause, in ihrem Alltagsleben, hatte sie sich einer Vielzahl verschiedenartigster Weckmechanismen entwöhnt. Inzwischen beschränkte sie sich auf zwei Wecker.

Es fiel Ruth schwer, nachts einzuschlafen. Die Nacht hatte etwas Endloses. Zu viele unstrukturierte und unbekannte Stunden, die sie erschreckten. Wecker interpunktierten diese Zeit, bezeichneten ihr Ende mit lautem Läuten. Wecker ermöglichten Ruth so etwas wie Gewißheit, wieder zu erwachen.

Sie hatte gut geschlafen. In Hotels schlief sie oft gut. Dort gab es weniger, was einen besorgt stimmen konnte. Jemand wachte die ganze Nacht. In teuren Hotels wachten sogar mehrere Leute. Es gab Sicherheitsvorkehrungen, Kameras, die die Aufzüge überwachten, die Treppen und Flure. Es gab Feuer- und Rauchmelder. Fast nichts wurde übersehen.

Ruth fühlte sich erfrischt. Ihr Kopf war klar. Ihre Vasomotoren hatten sie gestern offenbar im Stich gelassen. Sie wußte nicht ganz genau, was ihre Vasomotoren waren, und vermutete, daß sie etwas mit ihrem Nervensystem zu tun hatten. Sie stellte sie sich als Reihe von Drähten vor, die mit ihrem Gehirn verbunden waren. Wenn einer der Drähte sich lockerte, gab es ein wenig Chaos.

Sie dachte, daß sie als erwachsener Mensch genauer über die Funktionen ihres Gehirns Bescheid wissen sollte. Aber sie wollte es nicht. Wenn man zu gut darüber Bescheid wußte, wie irgendein Körperteil funktionierte, dann, so schien es Ruth, war man dadurch möglichen Störungen hilfloser ausgeliefert. Manche Dinge, davon war Ruth überzeugt, konnten im Stromkreis des Gehirns Unterbrechungen bewirken, Jetlags beispielsweise. Ihr Jetlag war schuld daran, daß sie sich eingebildet hatte, jemand spreche zu ihr.

Sie hatte eine Suite im Bristol, eine Suite aus Schlafzimmer und Salon. Im Salon gab es ein Sofa, einen Sessel, einen Couchtisch und ein Bücherregal. Die Bücher im Regal simulierten eine echte Privatbibliothek. Es waren zerlesene alte Bände und zeitgenössische Bücher. Ein paar Bücher waren zerfleddert. Das Sammelsurium imitierte die Bibliothek eines wohlhabenden Hauses. Es gab mehrere ledergebundene Bände und keine Taschenbücher.

Ruth hatte am Vorabend versucht, in den Büchern zu blättern, aber im Salon war das Licht nicht hell genug gewesen. Je mehr man für ein Hotelzimmer bezahlte, um so weniger bekam man zu sehen, so als würde die Beleuchtung tatsächlich in direktem Verhältnis zu den Dollars, die die Gäste ausgaben, heller oder dunkler werden.

Ruth stand auf. Sie konnte sich nicht im Spiegel sehen. Wenn sie in noch teureren Hotels als diesem zu wohnen beabsichtigte, würde sie eine Taschenlampe mitnehmen müssen. Alle Telefone in der Suite läuteten gleichzeitig. Ruth sah um sich. Sie konnte kein Telefon entdecken. Auf jeder Oberfläche befand sich eine Figurine oder eine Vase oder eine Schale. Es dauerte ein paar Minuten, bis sie ein Telefon fand.

»Können wir jetzt Gespräche zu Ihnen durchstellen, gnädige Frau?« fragte die Telefonistin des Hotels.

»Ja«, sagte Ruth. Sie hatte ganz vergessen, daß sie gebeten hatte, bis acht Uhr morgens nicht gestört zu werden.

»Auf Apparat zwei ist ein Anruf von Maximilian«, sagte die Telefonistin. »Apparat zwei befindet sich im Schlafzimmer.«

»Maximilian?« sagte Ruth.

»Ja, gnädige Frau«, sagte die Telefonistin. »Sie wartet bereits seit fünf Minuten.«

Ruth nahm den Hörer des anderen Telefons ab. »Hallo, Max«, sagte sie. »Die Telefonistin hat gesagt, Maximilian sei am Apparat.«

»So hat sie mich genannt«, sagte Max. »Ich finde Maximilian besser als Maxine. Ich hab' ihr gesagt, sie soll mich Max nennen. Ich hab' ihr gesagt, daß meine Eltern meinen Bruder bei meiner Geburt einbeziehen wollten, damit er sich nicht übergangen fühlt, und ihn deshalb den Namen aussuchen ließen. Ich hab' ihr gesagt, daß er sechs Jahre alt war und mich Max genannt hat. Ich hab' es ihr erklärt, aber ich glaube, sie hat es nicht kapiert.«

Ruth lachte. Max brachte sie oft zum Lachen. Max war sechsundzwanzig und arbeitete seit fünf Jahren für Ruth. Max kommunizierte immer maßlos. Manche trieb das in den Wahnsinn, aber Ruth betrachtete es als liebenswerte Marotte. Wenn Max' Eloquenz ihr zuviel wurde, sagte sie einfach: »Schnitt, Max, Schnitt.« Max war nie beleidigt, sondern verkniff sich dann die unnötigen Einzelheiten. Ruth hatte Max sehr gern.

»Max, ist es für Sie nicht mitten in der Nacht?« sagte Ruth. »Sie sind doch nicht etwa immer noch im Büro?«

»Nein, ich bin zu Hause«, sagte Max. »Es ist zwei Uhr morgens.«

»Zwei Uhr morgens?« sagte Ruth.

»Ich dachte, um diese Zeit könnte ich Sie am besten erreichen«, sagte Max. »Ich bin sowieso immer lange auf. Ich werde mich knapp und kurz fassen. Ich will nicht stören bei etwas, was eine seelisch sehr aufwühlende Reise sein muß.«

»Mit dem Aufwühlen lassen wir uns noch etwas Zeit«, sagte Ruth, »aber fassen wir uns ruhig kurz. Ist alles in Ordnung?«

»In der Firma läuft alles wie geschmiert«, sagte Max. »Wenn mein Privatleben annähernd so glatt liefe, wäre ich schon auf und davon. Im übertragenen Sinn selbstverständlich.«

»Gut«, sagte Ruth.

»Bern macht sich gut«, sagte Max. »Er ist heute zu spät gekommen, aber er hat gesagt, in der U-Bahn hätte es einen Überfall gegeben, und das glaube ich ihm. Sie mußten eine halbe Stunde bei geschlossenen Türen im Waggon warten, und er konnte nicht raus. Heute passiert sowas nicht mehr so oft, aber früher ist mir das regelmäßig passiert.«

»Schnitt, Max, Schnitt«, sagte Ruth. Berns Ringen mit dem Verkehrssystem interessierte sie nicht. Sie hatte ihn vor zwei Monaten eingestellt. Er hatte bei einem Schreibwarengeschäft in der Nähe als Bote gearbeitet. Ruth hatte ihn vom ersten Tag an gut leiden können. Sie hatte ihn gefragt, warum er nicht zu rauchen aufhöre. »Ich bin kein Typ, der aufhört«, hatte er geantwortet.

Ruth war von seiner Eloquenz und seiner Freundlichkeit beeindruckt gewesen. Er hatte ihr oft Fragen über ihre Firma gestellt.

»Sie sind nicht auf den Kopf gefallen«, hatte er einmal zu ihr gesagt. »So eine Firma hätte ich auch gerne.«

»Vielleicht haben Sie eines Tages eine«, hatte sie gesagt.

»Erst muß ich das Geschäft lernen«, hatte er gesagt. »Hätten Sie einen Job für mich?« Auf so eine Frage war sie nicht gefaßt gewesen. Bern war noch sehr jung, erst achtzehn.

»Ich kann für Sie Botengänge und -fahrten machen«, sagte er. »Ich kann das Büro saubermachen. Ich kann alles tun, was sonst keiner tun will, bis ich die Arbeit besser kenne und mich nützlich machen kann.«

»Ich werde darüber nachdenken«, sagte sie. Eine Woche später stellte sie ihn ein.

Bern hatte seither nicht mehr zu lächeln aufgehört. Seine Mutter hatte Ruth aufgesucht, um ihr zu danken, daß sie Bern diese Chance gab. Ruth war sich schäbig vorgekommen. Sie hatte nicht das Gefühl, sonderlich viel für ihn zu tun.

»Wir haben sowieso jemanden gebraucht«, sagte sie zu Berns Mutter.

»Nicht viele weiße Frauen würden einem jungen Schwarzen eine Chance geben«, hatte Berns Mutter geantwortet. »Am Sonntag werde ich in der Kirche für Sie beten.«

»Danke«, hatte Ruth geantwortet.

Ruth wußte, wie schwer es junge Schwarze hatten, vor allem Jungen. Die amerikanische Segregation war ihr nicht verborgen geblieben. In Theatern und Museen oder bei Abendessen begegnete man kaum Schwarzen, aber bei öffentlichen Veranstaltungen welcher Art auch immer wollte jedermann in New York unter Beweis stellen, wie gut er sich mit den zweieinhalb Schwarzen verstand, die anwesend waren.

Ruth hatte Bern sehr gern, aber sie wollte nicht vom Hotel Bristol in Warschau seine Probleme mit der New Yorker U-Bahn diskutieren müssen.

»Tschuldigung«, sagte Max. »Wir haben einen Auftrag für fünfzehn verschiedene Dankschreiben. Von Mr. Newton, Newton Labs.
Er will fünfzehn Briefe, in denen er sich für die freundliche Fürsorge
während seiner Krankheit bedankt. Seine Sekretärin hat gesagt, daß
es ihm besonders wichtig ist, daß die Briefe nicht an seine Dankschreiben für die Geschenke zur goldenen Hochzeit erinnern. Aber
aus unseren Unterlagen kann ich keine fünfzehn Versionen zusam-
menbasteln, schon gar nicht, wenn sie sich nicht mit den Dankschreiben für die goldene Hochzeit überschneiden dürfen. Es waren
fünfundsiebzig Briefe, ich hab' sie gezählt, und jeder war ein bißchen anders.«

»Ich kümmere mich darum«, sagte Ruth. »Was war los mit
Mr. Newton?«

»Bypass-Operation«, sagte Max.

»Rufen Sie ihn an und fragen Sie ihn, ob er etwas dagegen hat, daß
ich etwas über Bypass-Operationen erkläre«, sagte Ruth. »Natürlich keine blutrünstigen Details. Wenn er einverstanden ist, dann
drucken Sie mir die Bypass-Informationen aus unseren medizinischen Unterlagen aus und faxen Sie sie mir.«

»In Ordnung«, sagte Max, »mache ich.«

Die Arbeitsräume des Hotel Bristol waren von einer vornehmen,
erlesenen und sehr männlichen Atmosphäre geprägt. Sie waren mit
großen, gutgepolsterten ledernen Sofas und Sesseln ausgestattet.
Ledergebundene Bücher säumten die Bücherregale, und geschmackvolle Stiche, Zeichnungen und historische Dokumente säumten die
Wände.

»Suchen Sie jemanden, gnädige Frau?« fragte sie der Mann an der
Informationstheke.

»Ich muß ein paar Unterlagen faxen«, sagte sie. Er wirkte überrascht. »Heutzutage gibt es eine Menge Geschäftsfrauen«, sagte sie,
»vielleicht sogar in Polen.«

»Natürlich haben wir ein Faxgerät«, sagte er und erhob sich eilig,
um einen sehr dicken Mann zu begrüßen, von dessen gestreifter
Weste eine goldene Taschenuhr hing.

Ruth richtete an ihrem neuen Laptop-Computer eine Datei ein, der sie den Namen Post-Operations-Dankschreiben gab. Es war der kleinste und leichteste Computer, den es gab. Ihr Vater, dachte sie, wäre mit dem Kauf einverstanden gewesen.

Ruth blinzelte fünfmal mit dem linken Auge. Das tat sie immer, wenn sie Schreiben verfaßte, die Themen wie Gesundheit oder Sterben betrafen. Es war eine sonderbare Sicherheitsvorkehrung, deren Sinn ihr nicht ganz klar war. Ein Zeichen vielleicht an die Adresse eines möglicherweise höheren Wesens, da sie wußte, daß man mit dergleichen nicht spielen durfte. Aber an höhere Wesen glaubte sie nicht. Sie glaubte nicht an Gott.

»Es gibt keinen Gott«, lautete die einzige Aussage zur Religion, die Ruth in ihren Jugendjahren zu hören bekommen hatte. »Es gibt keinen Gott«, sagte ihre Mutter, dabei unweigerlich zum Himmel blickend. Ruth hatte sich oft gefragt, warum ihre Mutter bei diesen Worten nach oben blickte. Gefragt hatte sie nie. Sie wollte nicht erneut die Geschichten von Babys hören, mit denen die Gestapo Fußball spielte oder denen man die Köpfe an Ziegelmauern einschlug.

Ruth beendete die Dankesbriefe, ohne nochmals zu blinzeln. Während sie arbeitete, setzte sich ein Mann ihr gegenüber an den Tisch. Sie erkannte ihn wieder. Als sie gestern zum Laufen gegangen war, hatte er an der Rezeption gestanden. »Ich bin Arzt«, hatte er mit seinem mißtönenden deutschen Akzent immer wieder gerufen, »ich bin Arzt, und mit dem Zimmer, das Sie mir gegeben haben, bin ich nicht einverstanden!«

Fünfundvierzig Prozent der deutschen Ärzte waren während des Dritten Reichs NSDAP-Mitglieder geworden. Das wußte Ruth aus ihrer Lektüre. Ärzte waren der größte Anteil jedweder Berufsgruppe, der in die Nationalsozialistische Partei eingetreten war. Im März 1933 hatte der NS-Ärztebund – NSÄB – an die Ärzte appelliert, die sich bisher ferngehalten hatten. »Kein Beruf ist so judenverseucht wie der Ärztestand«, hatte es in der Verlautbarung geheißen, »jüdische Ärzte beherrschen die Lehrstühle an den Fakultäten, sie berauben die ärztliche Kunst ihrer Seele und haben Generationen von jungen Ärzten mechanistisches Denken verordnet.«

Mechanistisches Denken. Ruth stellte sich eine Gruppe deutscher Ärzte vor, die Wärme und Warmherzigkeit und Zärtlichkeit verströmten, nachdem sie sich von den mechanistisch gesinnten Juden befreit hatten. Im April 1933 stürmten NS-Ärzte und SA-Truppen Krankenhäuser und Kliniken und Universitäten, um jüdische Kollegen zu vertreiben. Mit den jüdischen Ärzten entfernten sie die Konkurrenz. Die Karrieren der deutschen Ärzte florierten.

Ruth betrachtete den deutschen Arzt, der ihr gegenübersaß. Heute morgen sah er ruhiger aus. Vielleicht hatte man ihm das Zimmer gegeben, das er haben wollte. Er war ein schwerfälliger Mann in den Siebzigern mit ungeschlachten Gliedmaßen und einem großen, finsteren Gesicht. Ruth fragte sich, ob er wohl noch Patienten behandelte. Sie hätte ihre Gesundheit nicht gern den Händen dieses Mannes anvertraut.

Ruth hatte lange gebraucht, bis sie in Amerika einen Arzt gefunden hatte, den sie leiden konnte und der bei ihrer Krankenversicherung zugelassen war. Das Gesundheitswesen war für die meisten Amerikaner ein Problem, besser gesagt, die Krankenversicherung – wie man Mitglied wurde, wie man sie bezahlte, wieviel Gesundheit tatsächlich von ihr abgedeckt wurde.

Oft munkelte man, daß Krankenversicherungen mehr am eigenen Profit als an den Leiden der Kranken interessiert seien. Das alte Bild der Versicherungen als väterlicher, vertrauenswürdiger Einrichtungen, die ihren Versicherten Seelenfrieden verschafften, war im heutigen Amerika weitgehend verschwunden.

Manche Versicherungsgesellschaften hatten eine finstere Vergangenheit. Kurz nach der Reichskristallnacht im November 1938, als deutscher Pöbel einhunderteinundsiebzig Synagogen und Tausende von jüdischen Läden und Firmen geplündert, zerstört und in Brand gesetzt hatte, nutzten deutsche Versicherungen die Gelegenheit, Geld zu sparen. Neunzehn von dreiundvierzig deutschen Brandschutzversicherungen hätten in diesem Jahr mit Verlusten rechnen müssen, wenn sie ihre jüdischen Versicherungsnehmer ausbezahlt hätten.

Die Isar-Lebensversicherungs-Gesellschaft sprach das Problem eloquent in einem Schreiben vom 17. November 1938 an, in dem sie darlegte, daß so viele jüdische Klienten ihre Policen ausbezahlt haben wollten, daß »für das weitere Bestehen unserer Gesellschaft das Schlimmste zu befürchten« stehe.

Sie mußten sich nicht lange Sorgen machen. Man nahm sich ihrer an. Die Nazis führten die Praxis ein, die Versicherungswerte deutscher Juden zu konfiszieren. Deutsche Versicherungen mußten Juden ihre Brandschutz- oder Lebensversicherungen nicht mehr auszahlen.

Im Dezember 1938 teilte eine Pensionskasse der deutschen Regierung mit, daß sie hinfort keine Pensionen oder Witwenrenten mehr auszahlen werde, »sofern es sich bei den Beziehern um Juden« handle. Die deutsche Regierung hatte nichts dagegen einzuwenden.

Ruth legte ihre Arbeit weg. Ihr war speiübel. Sie dachte, es wäre besser, wenn sie frühstücken ging. Ihr war oft übel, wenn sie nicht frühstückte. Das Speisezimmer war voller Geschäftsleute. Ruth entdeckte einen leeren Tisch. Sie aß nicht gern mit Fremden. Sie holte sich etwas Melone und ein paar Erdbeeren und Kiwis vom Frühstücksbüffet.

Die Männer am Nebentisch waren Deutsche. Sie beobachtete sie beim Essen. Sie benahmen sich so ordentlich und säuberlich. Nach jedem Bissen wischten sie sich mit der Serviette den Mund, und ihr Brot butterten sie mit architektonischer Präzision. Diese kleinen Gesten wurden von großen Männern ausgeführt, großen, grobknochigen Männern. Ihre Hände, die breiten Hände ausgewachsener Männer, paßten nicht zu den Gesten. Die Vornehmheit ihres Gebarens gehörte zu einer kleineren Rasse.

Und die Männer aßen schweigend, anders als amerikanische Geschäftsreisende, die sich so laut unterhielten, daß die Speiseräume, in denen sie sich aufhielten, davon widerhallten. Auch in anderer Hinsicht benahmen die deutschen Geschäftsleute sich förmlich. Sie aßen in Anzügen ohne Knitterfalten. Keiner von ihnen hatte das Jackett abgelegt. Ihre Hemden waren frisch und faltenlos und ihre Schuhe blankgeputzt.

Ruth konnte den Blick nicht vom Tisch mit den Deutschen abwenden. Sie behandelten sich gegenseitig mit höflicher Achtung, ohne die Burschikosität amerikanischer oder australischer Männer. Zu Kellnern und Kellnerinnen waren sie überaus wohlerzogen. Für jeden Tropfen Tee und jeden abgeräumten Teller bedankten sie sich mit Worten und Gesten, so höflich, daß es fast wie eine Karikatur wirkte. Diese ganze Vornehmheit und Zurückhaltung weckte in Ruth den Wunsch, laut zu furzen oder zu rülpsen. Sie beschloß, spazierenzugehen. Bis zur Ankunft ihres Vaters hatte sie noch sieben Stunden totzuschlagen.

Ruth ging spazieren. Sie hatte kein bestimmtes Ziel. Sie ging einfach vor sich hin. Warschau, dachte sie, war eine ganz normale Stadt. Abgesehen von der Altstadt, die nach dem Krieg Stein für Stein vollendet rekonstruiert worden war, gab es nicht viel zu besichtigen. Sie wußte, daß sie sich in der Nähe der Warschauer Universität befand. Sie ging in die Richtung, in der die Universität ungefähr lag.

Sie kam an einem Wedel-Schokoladengeschäft vorbei. Ihr Vater führte den Namen Wedel ständig im Mund. Er pries die Schokolade in den gleichen Superlativen, in denen er von polnischem Schinken schwärmte. »Polnischer Schinken ist nicht von dieser Welt. So schmackhaft, daß es nicht zu glauben ist«, sagte er gern. Wedel-Schokolade war in Edeks Worten ebenfalls »nicht von dieser Welt«.

Man hätte meinen sollen, sein Leben in Polen wäre eine einzige Abfolge von Schinkenscheiben und Schokoladenriegeln gewesen. Vielleicht war es das in seinen Augen. Gewiß war es leichter, an Schinken und Schokolade zu denken als an tote Eltern und Geschwister. Sie waren tatsächlich nicht mehr von dieser Welt, dachte Ruth.

Edek hatte immer einen entrückten Blick, wenn er sich an den Geschmack des Schinkens oder der Schokolade erinnerte. Ruth betrachtete die Schokolade in der Auslage. Sie sah gut aus, aber für Ruth sah fast alle Schokolade gut aus. Sie dachte, daß der Anblick eines ganzen Schaufensters voller Wedel-Schokolade für ihren Vater allein schon die weite Reise wert sein müsse.

Ruth kaufte ihrem Vater auf jeder ihrer Reisen Schokolade. Sie hatte ihm mexikanische Schokolade geschickt, englische, französische und solche von den Bermudas. Regelmäßig versorgte sie ihn von New York aus mit Hershey's Zartbitterschokolade. Sie verstand seine Leidenschaft für Schokolade. Ihr ging es so mit Kuchen – Mohnkuchen und Käsekuchen.

In Warschau gab es herrliche Konditoreien, Konditoreien mit den Kuchen und Torten ihrer Kindheit. In ihrer Jugend hatte es bei ihnen zu Hause keine Apple Pies oder Kuchen mit Konfitüre oder Vanillecremetorten oder sonstiges australisches Gebäck gegeben. Es gab Strudel und Biskuit und Marzipan und Käsekuchen. Die Kuchen der Vergangenheit. Die Kuchen, die Ruth jetzt überall sehen konnte.

Sie betrachtete gerade einen großen Mohnstrudel auf der Theke einer kleinen Konditorei in einer Fußgängerpassage nicht weit von der Universität, als jemand am Saum ihres Mantels zupfte. Ruth blickte nach unten. Eine Frau saß mit gekreuzten Beinen auf dem Boden, zwischen den vorbeieilenden Studenten fast verborgen.

Es war schwer zu schätzen, wie alt sie sein mochte. Ihre Haut war fahl unter dicken Schmutzspuren, ihre Augen waren leer vor Erschöpfung. Die vielen Schichten von Baumwollkleidung, die sie trug, waren vor Ruß und Schmutz schmierig und grau. Ein breiter, einst farbenfroher Schal war in komplizierten Windungen um ihren Kopf geschlungen.

Sie zupfte abermals an Ruths Mantel und blickte flehend hoch. Ruth nahm ihren Rucksack ab. Sie mußte der Frau etwas Geld geben. Sie hatte mehrere Zigeunerinnen in Warschau gesehen. Die meisten bettelten. Ruth lächelte die Frau an.

Zwischen den Falten der Kleidung der Frau bewegte sich etwas. Vergraben in einen Schmutz, mit dem es nichts hätte zu tun haben dürfen, war ein Baby. Das Baby saugte an einer Brust der Frau. Ruth sah das Baby an. Es lag wie reglos da. Beinahe leblos. Die Brust, eine braune, faltige, flache, ausgezehrte Brust, sah nicht aus, als könne sie irgendwelche Nahrung enthalten. Ruth war den Tränen nahe. Sie öffnete ihre Geldbörse. Die Frau hielt die Hand auf. Es war eine erstaunlich junge Hand. Ruth gab ihr fünfzig Zloty.

Fünfzig Zloty waren etwas weniger als zwanzig Dollar. Ruth wußte, daß es nicht viel war. Sie wollte der Frau mehr geben, aber es war ihr peinlich. Sie wollte die Diskrepanz zwischen ihren Einkommensverhältnissen nicht noch betonen. Sie dachte, was für ein Idiot sie war. Als wäre es nicht offenkundig, daß sie mehr Geld hatte als die Bettlerin.

Sie förderte noch einmal fünfzig Zloty zutage und gab sie der Frau. Die Frau lächelte. Es wäre ein reizendes Lächeln gewesen, wenn ihr nicht so viele Zähne gefehlt hätten. Die Frau sagte etwas zu Ruth. *Nie mówię dobrze po polsku*, sagte Ruth.

Nie mówię dobrze po polsku – »ich spreche nicht sehr gut Polnisch« –, konnte Ruth sagen. Es verwirrte die Leute. »Ihre Aussprache ist ausgezeichnet«, sagte man ihr hin und wieder. Wenn sie mit dieser ausgezeichneten Aussprache mehr hätte sagen können, wäre sie wirklich nützlich gewesen.

Die Frau wiederholte, was sie gesagt hatte. Ruth zuckte die Schultern und schüttelte den Kopf. Sie hatte keine Ahnung, was die Frau sagte. Die Frau wiederholte ihre Worte langsam und indem sie jede einzelne Silbe betonte.

»Es bedeutet ›zu viele Männer‹«, sagte ein junger Mann, der vorbeikam, zu Ruth. »Sie sagte zu Ihnen, es gebe zu viele Männer in Ihrem Leben.« Ruth lachte. Zu viele Männer. Es gab überhaupt keine Männer in ihrem Leben. Die Zigeunerin wirkte aufgeregt. Sie fuchtelte mit dem Zeigefinger und wiederholte ihre Worte.

»Sie sagt, in Ihrem Leben gebe es zu viele Männer«, sagte der junge Mann. »Diese Zigeuner haben übersinnliche Fähigkeiten«, sagte er. »Gott hat ihnen diese übersinnlichen Fähigkeiten verliehen.« Das irritierte Ruth. Warum waren alle Polen so auf Gott fixiert? »Gott?« sagte sie. »Wenn es einen Gott gibt, dann hätte er ihnen besser Nahrung und ein Dach über dem Kopf gegeben.«

Der junge Mann hob die Augenbrauen, als gehöre er zu einer älteren Generation, und bekreuzigte sich. »Sie müssen sich nicht schützen«, sagte Ruth zu ihm. »Es war meine Gotteslästerung, nicht Ihre.«

Do widzenia, sagte sie zu der Frau. Auf Wiedersehen konnte Ruth auch sehr gut sagen.

Do widzenia, sagte die Frau.

Ruth fragte sich, wie das Zigeunerbaby überleben sollte. Das

Baby hatte nicht die geringste Zukunft. Ruth war deprimiert. Sie hatte das Gefühl, daß sie etwas für die Zigeunerin und ihr Baby tun sollte. Etwas für alle Zigeunerinnen und ihre Babys.

Genauso empfand sie gegenüber den Obdachlosen in New York. In den ersten Jahren hatte sie jedem Obdachlosen, der ihr über den Weg lief, Geld gegeben. Heute spendete sie jedes Jahr an verschiedene Wohlfahrtseinrichtungen. Trotzdem hatte sie den Eindruck, daß das nicht genügte. Die Beträge, die sie verschenkte, schmälerten ihren Lebensstil nicht wirklich. Leute aus der Mittelschicht wie sie bildeten sich immer viel auf das ein, was sie für andere taten. In Wirklichkeit taten die meisten – wie sie – sehr wenig.

Ruth sah die Studenten um sie herum an. Dieser Teil Warschaus mit seiner studentischen Bevölkerung wirkte etwas lebendiger. Hier gab es Lebhaftigkeit und Kraft, die anderswo in der Stadt fehlten. Die Studenten hatten die typische studentische Ernsthaftigkeit und Jugendlichkeit. Sie redeten und lachten und diskutierten miteinander voller Inbrunst und Leidenschaft. Sie war froh, unter ihnen zu weilen.

Sie dachte an die Zigeunerin zurück. Zu viele Männer. Was meinte sie damit? Es klang wie ein Scherz. Ein New Yorker Scherz. In New York beklagten alleinstehende Frauen regelmäßig den Mangel an passablen Männern. In New York schien Männermangel zu herrschen. Und die Männer, die es gab, hielten sich nachgerade für Traumprinzen.

Ruth wollte nicht zu viele Männer haben. Mit Männern fühlte sie sich nicht sonderlich wohl. Sie fühlte sich mit niemandem sonderlich wohl. Der einzige Mann, mit dem sie sich wirklich wohl gefühlt hatte, war zu seiner Frau zurückgekehrt. Er hatte von ihr getrennt gelebt, als er Ruth kennenlernte. Und Ruth war frisch geschieden. Eines Tages war seine Frau auf die Idee gekommen, ihn wiederhaben zu wollen. Sie heulte und zeterte und fuhr mit dem Wagen in ein Restaurantfenster, um ihm zu zeigen, wie sehr sie ihn brauchte. Er kehrte zu ihr zurück. Danach rief er Ruth oft an. Er sagte, er liebe sie, aber er fürchte sich vor dem, was seine Frau sich antun könne, wenn er nicht da war.

Es war ein scheußliches Gefühl für Ruth, um eines anderen Menschen willen verlassen zu werden. Sie kam sich vor wie ein Mensch zweiter Kategorie. Wie ein Läufer, der es nicht schafft, als erster ins Ziel zu kommen. Sie wußte, daß die Vorstellung von einem Mann als einem Preis nicht sehr zeitgemäß war. Keine Frau sollte einen Mann als Preis betrachten.

Ihre Gedanken waren nicht allzu klar gewesen, als sie ihn kennengelernt hatte. Sie wußte, daß er noch verheiratet war. Aber zwei Tage nach ihrer ersten Begegnung, genauer gesagt: vierunddreißig Stunden nach ihrer ersten Begegnung, war sie verrückt nach ihm. Sie war wie wahnsinnig verliebt und begriff zum erstenmal in ihrem Leben, warum es hieß »wie wahnsinnig«. Beide waren neunundzwanzig Jahre alt. Er war Maler. Er malte große, meditative abstrakte Bilder, die fast etwas Mönchisches hatten. Graue und schwarze Pinselstriche, die er gelassen auf der Leinwand anbrachte.

Sie sah ihm für ihr Leben gern beim Malen zu. Er malte die geheimnisvollen Zeichen mit ausladenden, entschiedenen Bewegungen. Wenn er Farben verwendete, waren sie dezent und elegant. Blasse längliche Ellipsen, von den eigenen Schatten begleitet, schwammen wie Fische über eine nackte Leinwand. Ruth fand seine Bilder überraschend beruhigend.

Die Malerei und überhaupt jede Art von Kunst hatte nicht zu ihrer Welt gehört, bevor sie Garth Taylor begegnet war. Er selbst war nicht selbstgenügsam wie seine Bilder. Er berührte und lachte und weinte. Er war nicht selbstzentriert. Seine Kleidung war nicht die sorgfältig ausgewählte, gewollt lässige Kleidung der Künstler. Er kleidete sich eher wie ein halbwegs erfolgreicher Buchhalter. Er trug Gabardinehosen und einfarbige Hemden. Aber er ähnelte keinem Buchhalter, den Ruth kannte.

Er ähnelte fast niemandem, den Ruth kannte. Er war sinnlich und berührungsfreudig. Wenn er eine Mango aß, störte es ihn nicht, daß der Saft ihm am Kinn herabrann. Hummer zerteilte er mit den Fingern, und er saugte das Fleisch aus den Scheren. An Fischgräten, Innereien und Säften, die vom Teller hochspritzten, fand er nichts auszusetzen.

»Ich habe noch nie jemanden so kompromißlos geliebt«, sagte Garth Taylor wenige Tage nach ihrer ersten Begegnung zu ihr. Er schien alles an ihr zu lieben. Er liebte ihren Körper. Niemand, Ruth eingeschlossen, hatte bisher ihren Körper geliebt. Als Garth zu ihr sagte, wie schön sie sei, wies sie ihn auf das Mißverhältnis zwischen Oberkörper und Unterkörper hin. »Ich liebe es, dich zu spüren«, sagte er immer wieder. »Ich bin zu dick«, erwiderte sie.

»Dick« war das Schlimmste, was Rooshka Rothwax von einer anderen Frau sagen konnte. Dicke Männer wurden etwas weniger streng beurteilt. »Sie ist so schlank«, lautete das höchste Lob aus dem Mund ihrer Mutter. Ob die schlanke Person klug oder dumm oder nett oder arrogant war, schien keine Rolle zu spielen. Wer schlank war, verdiente Bewunderung. Auch Edek machte sich über dicke Leute lustig. Dabei schien ihm nicht aufzufallen, daß er selbst zu ihnen gehörte. Den Großteil seines Erwachsenenlebens hatte er mit zwanzig, dreißig Pfund Übergewicht verbracht. Selbst heute war er noch rundlich.

Ruths Mutter wurde von jedermann für ihre schlanke Figur bewundert. »Ich war schon immer schlank«, pflegte Rooshka Rothwax zu sagen. »Ich war nie dick.« Ruth hatte den Eindruck, daß für ihre Mutter jede einzelne Fettzelle von Gier und mangelnder Selbstbeherrschung geprägt war. »Im Ghetto habe ich mich nie auf mein Brot gestürzt«, sagte ihre Mutter zu ihr. »Ich war ein Mensch, kein Schwein. Sogar kurz vor dem Verhungern.« – »Bei dicken Leuten in Auschwitz«, sagte Rooshka, »wußte man, daß sie Dinge taten, die das Leben der anderen Juden noch schwerer machten.«

Die Nazis karikierten Juden als klein und dick. Rooshka Rothwax war den Rest ihres Lebens nach dem Krieg fest entschlossen, groß und dünn zu sein. Sie mogelte sechs Zentimeter zu ihrer Körpergröße hinzu und aß nie zuviel. »Bist du sicher, daß du einsvierundsechzig groß bist?« hatte Ruth einmal ihre Mutter gefragt. In der Schule war Ruths Größe gemessen worden. »Du bist einsachtundfünfzig groß«, hatte die Turnlehrerin zu Ruth gesagt. »Das kann nicht sein«, hatte Ruth gesagt. »Ich bin größer als meine Mutter, und sie ist einsvierundsechzig groß.« – »Natürlich bin ich einsvierundsechzig groß«, hatte Rooshka Rothwax auf Ruths Frage geantwortet. »Ich bin groß für eine Frau«, hatte sie hinzugefügt. »Du bist zu groß. Das kommt daher, daß du so viele Süßigkeiten ißt.« Ruth hatte geglaubt, ihre Mutter wisse über die Süßigkeiten nicht Bescheid. Rooshka hatte nie ein Wort über die leeren Verpackungen verloren, die Ruth herumliegen ließ.

Als Ruth die Größe von einsfünfundsiebzig erreichte, versuchte sie, auf Süßigkeiten zu verzichten. Sie war inzwischen größer als alle Jungen ihrer Klasse. Eine Woche lang aß sie keine Schokolade und keine Süßigkeiten. Sie wurde nicht kleiner. Sie aß wieder ihre zwei Riegel Lifesavers nach dem Unterricht und die Tüte schokoladenüberzogenen Keksbruch, die sie jeden Morgen im Lebensmittelladen kaufte. Sie blieb einsfünfundsiebzig groß.

Für Garth Taylor war Ruth nicht zu groß. Sie war gar nichts zu sehr. Er fand sich mit all ihren Eigenheiten ab. Sie amüsierten ihn. »Du bist vielleicht komisch«, sagte er zu ihr. Garth hatte keine komische Vergangenheit hinter sich. Seine Mutter war Engländerin, sein Vater Ire. Alkoholsüchtig, analphabetisch und irisch. Ruth konnte nicht verstehen, warum Garth keine Verbindung zu seinen Eltern hatte, bis sie sie kennenlernte. Sein Vater stellte spöttische Herzlosigkeit zur Schau, seine Mutter Indifferenz. Als Ruth die Taylors kennenlernte, begriff sie, was Garth meinte, wenn er erzählte, daß er von seinem Vater geschlagen worden war und seine Mutter vor solchen Schlägen zu schützen versucht hatte.

Ruth hatte sich gewundert, daß Garth überhaupt mit seinen Eltern in Kontakt getreten war. Sie schienen ihn nicht zu lieben. »Du bist als Taugenichts geboren und wirst als Taugenichts sterben«, hatte Garths Vater zu ihm gesagt, als er ihnen Ruth vorgestellt hatte. Ruth war zusammengezuckt und hatte gewünscht, sie hätte die Taylors nicht kennenlernen wollen. Ruth wußte, daß Garth als Kind sehr wenig besessen hatte. Wie wenig, war ihr nicht klar gewesen. Sie wußte, daß er die fünf Kilometer zur Schule und zurück bis zum Alter von zwölf Jahren barfuß gelaufen war. Die Gefühlskälte und das offenkundige Desinteresse seiner Eltern raubten ihr die Fassung. Sie konnte es kaum erwarten, ihr Haus zu verlassen.

Die Taylors wohnten noch immer im selben kleinen plattenverkleideten Haus in einem Vorort von Sydney, in dem Garth aufgewachsen war. Garth hatte es weiter gebracht. Er war in die Mittelklassewelt von Kunst und Literatur aufgestiegen. Er schrieb Kunstkritiken für eine australische Zeitung und stellte regelmäßig seine Bilder in Galerien im ganzen Land aus.

»Ich hätte lieber alle Neurosen aller jüdischen Verwandten als deine Eltern«, hatte Ruth zu Garth gesagt, als sie gegangen waren. »Sie sind gefühlskalt«, sagte sie.

»Sie haben sich Mühe gegeben«, sagte er. »Meine Mutter war sechzehn, als ich auf die Welt kam, und mein Vater war neunzehn.«

»Das ist kein Grund, so hartherzig zu sein«, sagte sie.

»Sie können nicht anders«, sagte er.

»Warum bist du nicht wütend auf sie?« fragte sie.

»Ich bin es eben nicht«, sagte er. »Sie tun mir leid.«

Es fiel Garth schwer, wütend zu sein. Abschätzige Bemerkungen über Leute, die er kannte, brachte er nicht über die Lippen. Er gab sich jede erdenkliche Mühe, um niemanden zu verletzen. Ruth war an seiner Stelle grob. Sie hatte eine spitze Zunge, der sie keinen Zaum anlegte. Ressentiment und Verärgerung machte sie freigebig Luft. Garth lachte darüber.

Garth lachte viel. Und Ruth lachte mit ihm. Sie lachten, weil sie so glücklich miteinander waren. Und Garth weinte. Er konnte vor Freude weinen. Ruth, der es schwergefallen war zu weinen, selbst wenn sie Schmerzen hatte, weinte mit ihm.

Ihre Ängste und ihre Furchtsamkeit schienen ihn nicht zu stören. »Ich nehme dir diese Empfindungen ab«, sagte sie im Scherz zu ihm. »Ich erlebe sie stellvertretend für dich.« Er lächelte sie an. Sein Lächeln ließ ihr leicht ums Herz werden. Es hob ihre Lebensgeister und nahm ihr viele ihrer Ängste. Noch nie war sie so glücklich gewesen. Sie wußte, daß es nicht ewig so bleiben konnte. Es endete an dem Tag, als seine Frau anrief und sagte, sie wolle ihn zurückhaben.

Er hatte eine Frau geheiratet, die er nicht besonders gern hatte, und war mit ihr verheiratet geblieben, obwohl sie ihn demütigte, indem sie ihn in seinem gelben Nylonpyjama auslachte oder ihn über die Männer belog, die ihre Liebhaber waren.

»Sie hat mir den Pyjama gekauft«, sagte Garth zu Ruth.

»Warum hast du ihn angezogen?« fragte Ruth.

»Ich dachte, es wäre bloß ein Pyjama«, sagte er. Garth sprach freundlich und verständnisvoll von seiner Frau. »Sie ist kein schlechter Mensch«, sagte er, »sie hat nur Probleme.«

»Die Demütigung durch ihre Affären hat dich sicher an die Demütigungen erinnert, die dein Vater dir angetan hat«, sagte Ruth zu ihm. »Demütigung und Erniedrigung hast du wahrscheinlich für Liebe gehalten.«

Als Garths Frau mit dem Wagen durch ein Restaurantfenster fuhr, kam er zu Ruth. »Sie braucht mich jetzt«, sagte er weinend zu ihr. »Ich mache mir Sorgen, daß sie sich etwas antut, wenn ich nicht bei ihr bin.«

»Tja, dann gehst du wohl besser zu ihr«, sagte Ruth.

»Du hättest um ihn kämpfen müssen«, hatte ihre Schulfreundin Cathy gesagt.

»Ich brauche niemanden, der mich nicht braucht«, sagte Ruth.

»Natürlich braucht er dich«, sagte Cathy. »Aber ohne Hilfe kann er sich nicht von ihr befreien.«

»Dann braucht er mich nicht genug«, sagte Ruth. Zwei Monate später zog sie nach New York.

Im Verlauf der letzten Jahre hatte Garth Ruth hin und wieder angerufen. Seine Frau hatte er drei Jahre nach der Rückkehr zu ihr endgültig verlassen. Er hatte ihr das Haus überlassen und den Wagen, der denjenigen ersetzte, den sie zu Schrott gefahren hatte. Immer wenn Garth anrief, war Ruth sorgsam bemüht, Herzlichkeit und Wärme auszustrahlen. Doch sie ließ sich keine Informationen über ihr Leben entlocken. Sie war nur höflich, weiter nichts. Und sie achtete stets darauf, daß sie es war, die sich als erste verabschiedete.

Manchmal, wenn Ruth in teuren Hotels wohnte, dachte sie an Garth. Er liebte billige Motels. Das konnte sie verstehen. Billige

Motels hatten etwas Unmittelbares. Alles war, was es zu sein schien. Nichts war herausgeputzt oder hinter einer Vielzahl von Kissen und Polstern oder Schlafmasken, Pantoffeln und Schuhlöffeln versteckt. Der Kessel war zum Wasserkochen da und nicht zum Beweis, wie einfühlsam man sich um die Gäste kümmerte. Es gab das Keuchen und Husten anderer Gäste und manchmal anderer Leute Schamhaare an der Bettdecke. Doch sie konnte verstehen, warum Garth solche Unterkünfte dem Fünf-Sterne-Zirkus vorzog, den sie jetzt mitmachte.

In teuren Hotels nahmen Gäste einander nicht zur Kenntnis. Niemand richtete beim Frühstück das Wort an jemand anderen, es sei denn, man kannte sich bereits. Das schien ein unausgesprochenes Gebot zu sein. Übertrat man es und sagte guten Morgen, beäugten die anderen einen argwöhnisch. Reiche und Erfolgreiche, so wollte es Ruth scheinen, bezeigten ihren Status und ihre Macht durch Unfreundlichkeit im Umgang. Wie affektiert, dachte Ruth, den anderen auf diese Weise zu demonstrieren, daß sie schon zu viele Leute kannten. Als würde Interesse an jemand Fremdem eine Schwachstelle oder Neugier enthüllen, die eine Disqualifizierung zur Folge haben mußte.

Warum dachte sie jetzt an Garth, fragte sich Ruth. Wahrscheinlich weil sie wußte, daß ihr Vater noch immer mit ihm verkehrte. Edek und Garth telefonierten hin und wieder miteinander und gingen ein- oder zweimal im Jahr miteinander essen. Edek erzählte Ruth von Zeit zu Zeit, wie es Garth ging.

Er versuchte immer, das Thema diskret anzugehen. »Ich habe Garth gesehen«, sagte er. »Noch immer alleine. Nicht verheiratet.« Edeks Nonchalance währte keine Minute.

»Was für ein dummes Mädchen du bist, Ruthie«, sagte er. »Was hat er dir denn so Böses angetan?«

»Nichts«, sagte sie dann.

»Warum willst du ihm keine Chance geben?« sagte Edek dann.

»Wie lange soll er noch leiden?« hatte Edek beim letztenmal, als er das Thema zur Sprache gebracht hatte, gefragt.

»Niemand leidet, Dad«, hatte sie gesagt. »Wenn du ihn so wahnsinnig liebst, dann heirate ihn doch selber!« hatte sie unvermittelt gerufen. »Ich bin es leid, die Ohren mit ihm vollgedröhnt zu bekommen.«

»Tut mir leid«, hatte Edek gesagt. »Ich dachte, du würdest es jetzt vielleicht ein bißchen anders sehen.« Das war vor zwei Jahren gewesen. Ihr Ausbruch hatte sie selbst überrascht und hatte Edek erschreckt. Seither hatte er Garth nie mehr erwähnt.

»Alles Unangenehme empfinden Sie, als wäre es ein dauerhafter Zustand«, hatte einer ihrer Seelenklempner einmal zu ihr gesagt. »Wenn es regnet, denken Sie, es würde nie mehr aufhören. Wenn in einer Nachbarwohnung Lärm ist, denken Sie, es würde immer so bleiben. Es fällt Ihnen schwer, Situationen als etwas Vorübergehendes zu begreifen. Das ist der Grund, warum Sie anderen Leuten nichts verzeihen können. Sie denken, die anderen wären noch immer genau wie Sie mit dem Vorfall oder dem Streit oder dem Problem, das Ihnen beiden die Schwierigkeit eingebrockt hat, beschäftigt. Die anderen haben es vergessen, aber Sie nicht.« Es gibt Dinge, dachte Ruth, als der Seelenklempner zu Ende gesprochen hatte, die man nicht vergessen sollte.

So viel hatte Ruth seit Jahren nicht an Garth gedacht. Sie hatte zu sehr an ihm gehangen. Diese Art Anhänglichkeit war für sie mit einem Meer von Ängsten verbunden. Sie hatte sich Sorgen über sein Wohlbefinden gemacht. Wenn sie mitten in der Nacht aufwachte, lauschte sie, ob er noch atmete. Wenn er sich bei einer Verabredung mit ihr verspätete, stellte sie ihn sich blutüberströmt und schwerverletzt in einem Krankenwagen vor. Wenn er sich erkältete, malte sie sich aus, daß die Krankheit sich zu einer Bronchopneumonie oder einer neuen Grippeinfektion auswuchs, für die es noch kein Gegenmittel gab. An jemandem zu hängen war nervenaufreibend.

Seit sie ungebunden war, hatte sie weniger Ängste auszustehen gehabt. Im Lauf der Jahre war sie mit verschiedenen Männern ausgegangen. Sie haßte das Wort »ausgehen«. Amerikaner verwendeten es unabhängig davon, ob man mit einer Sechzehnjährigen oder einer Sechzigjährigen ausging. Aber es war schwer, ein besseres Wort zu finden. »Rendezvous« oder »Verabredung« deutete etwas Geheimnisvolles an, das die meisten dieser Verabredungen vermissen ließen. »Geselliger Abend« war als Formulierung zu umständlich, obwohl es die gestelzte Förmlichkeit hatte, die viele dieser Abende auszeichnete. Folglich sprach auch Ruth von »ausgehen«.

Die meisten Männer, mit denen sie ausging, waren nicht bemerkenswert gewesen. New Yorker Männer kamen ihr unerwartet unreif vor. Sie zerbrachen sich über Nebensächlichkeiten den Kopf, über Kleinigkeiten wie die Wahl einer Tasse Kaffee, und das so unentschlossen und aufgeregt wie Backfische. »Ich nehme einen *café latte* mit Magermilch und einer Spur Zimt, nicht Kakao«, hatte der letzte, mit dem sie ausgegangen war, gesagt. »Nein, warten Sie, lieber einen Cappuccino mit Magermilch und ohne Zimt«, hatte er gesagt, bevor er sich für einen Eiskaffee mit entrahmter Milch und kalorienarmem Süßstoff entschied.

Es war nicht männlich, sich so aufzuführen, fand Ruth. Aber in New York genügte es schon, wenn man ein Mann war. Männer waren begehrenswert und begehrt. Vielleicht machte das die New Yorker Männer so ichbezogen. Wenn Frauen an ihrer Stelle wären, würden sie vielleicht auch keine Notwendigkeit sehen, rücksichtsvoll und interessant zu sein.

»Was haben Sie gegen mich?« hatte der Latte/Cappuccino/Eiskaffeemann sie gefragt, als sie seine zweite Einladung abgelehnt hatte. »Ich bemühe mich um Mäßigung in meinen Beziehungen«, hatte sie geantwortet. »He«, hatte er gesagt, »ich hatte nicht vor, Sie als nächstes um Ihre Hand zu bitten.«

Ruth war schwindlig. Sie war bis an den Stadtrand von Warschau und zurück gegangen. Die Außenbezirke der Stadt waren so unattraktiv wie die jeder anderen Stadt, die sie zu sehen bekommen hatte. Graue Betonklötze überall. Ein Gebäude wie das andere. Trostlos, ungepflegt und deprimierend. Sie war froh, wieder in die Nähe der Universität zu kommen. Sie mußte etwas essen. Sie ging in ein Café voller Studenten. Wenn so viele Studenten dort essen gingen, dachte sie, mußte das Essen entweder sehr gut oder sehr billig sein.

Drinnen war es laut und feucht. Ruth wartete in der Schlange an der Theke. Sie nahm sich einen großen Teller Kascha und eine

Schüssel mit Rote-Bete-Salat. Kascha, Buchweizengrütze, hatte ihre Mutter oft gekocht. Sie saß mit zwei jungen Frauen am Tisch, die lächelten, als sie zu ihnen trat, und zusammenrückten, um ihr Platz zu machen. Ruth war dankbar für ihre Freundlichkeit. Mit Genuß aß sie die Kascha. Sie schmeckte sehr gut.

Ruth dachte an die Zigeunerin. »Diese Zigeuner haben übersinnliche Fähigkeiten«, hatte der junge Mann gesagt. Wenn sie übersinnliche Fähigkeiten hatten, dachte Ruth, warum konnten sie dann nicht ihren Unglauben erkennen und sie in Ruhe lassen? Als sie sechzehn war, hatte eine Zirkuswahrsagerin Ruth geweissagt, sie werde eines Tages einem Mann mit einer großen Narbe begegnen, der eine sehr wichtige Rolle in ihrem Leben spielen werde. Es war ein kleiner Zirkus, der in einem Strandvorort von Melbourne für den Sommer Quartier bezogen hatte. Im Zirkuszelt waren Löcher, und die Perücke des Conférenciers verrutschte dauernd. Die zwei Zirkuslöwen sahen mottenzerfressen und schlaftrunken aus. Die Wahrsagerin saß an einem Tisch neben dem Zelteingang. Nebenbei verkaufte sie Erfrischungsgetränke.

»Eine sehr große Narbe«, hatte sie zu Ruth gesagt. Ruth und die Freundin, mit der sie gekommen war, wechselten Blicke.

»Wirklich?« sagten sie. Es war das »Wirklich?« überheblicher, blasierter Sechzehnjähriger. Als Ruth gehen wollte, rief die Wahrsagerin sie zurück. »Ich kann die Narbe sehen«, sagte sie. »Auf seiner Brust. Sie verläuft senkrecht von der obersten Rippe bis zum Bauch.« Ruths Sarkasmus verstummte kurzzeitig. »Danke«, sagte sie zu der Wahrsagerin. Jahrelang machte Ruth Witze darüber, daß sie in den Notaufnahmen der Krankenhäuser nach dem Mann ihres Lebens suchen wolle.

Der Lärm und die Hitze in dem Studentencafé waren unerträglich. Ruth beendete ihre Mahlzeit und ging. Sie war zu alt, schloß sie, um sich mit so vielen jungen Leuten abzugeben. Sie wollte in ihr Hotel zurückgehen. Sie sah auf die Uhr. Sie hatte noch genug Zeit, kurz schwimmen zu gehen.

Das Schwimmbecken im Bristol war klein. Ruth schwamm auf und ab. Wenn sie das Ende des Beckens erreichte, versuchte sie jedesmal zu wenden, ohne anzuhalten. So konnte sie aus dem Schwimmen ein wenig kardiovaskulären Nutzen ziehen. Es war nicht leicht, durch Schwimmen die Herztätigkeit anzuregen, außer man war ein sehr guter Schwimmer, was auf Ruth nicht zutraf.

Ihre Eltern waren sehr beeindruckt gewesen, als sie in ihrer Kindheit schwimmen gelernt hatte. »Sieh nur, wie sie schwimmt«, sagten sie zueinander. Es war keine besondere Leistung. Alle australischen Schulkinder erhielten Schwimmunterricht. Doch Rooshka und Edek hielten es für etwas Außergewöhnliches. »Sieh nur, wie sie schwimmt«, sagten sie zueinander und zu jedermann in der Nähe, wenn sie an den Strand gingen. Ihre übermäßige Bewunderung war Ruth unangenehm, aber sie ließ es sich nicht anmerken. Sie freute sich, daß es ihnen Freude machte. Ruth nahm an, daß es in Polen nicht viele Schwimmkundige gegeben hatte. Oder vielleicht waren es nur die Juden, denen das Wasser kein vertrautes Element gewesen war.

Etwas störte Ruths Gedanken. Es war eine Stimme. »Ich sollte Ihnen meine Initialen nennen«, sagte die Stimme. »Sie lauten R.F. F.H.« Ruth hielt im Schwimmen inne. Niemand außer ihr war im Wasser. Niemand war im Raum.

»Soll ich es etwas leichter für Sie machen?« fragte die Stimme. »Meine Initialen lauten R. H.«

Ruth schwamm zum Beckenrand. Sie kletterte aus dem Becken. Sie schüttelte den Kopf. Sie mußte Wasser in die Ohren bekommen haben. Wasser in den Ohren brachte sie durcheinander. Sie hätte eine Badekappe nehmen sollen. Ihr war übel. Von Wasser in den Ohren war ihr schon früher übel und schwindlig geworden. Sie trocknete sich ab.

Sie sah sich um. Es stand außer Zweifel, daß niemand im Schwimmbecken war. Oder im Raum. Sie begann sich besser zu fühlen. Es gab keine Stimme. Sie mußte sich das eingebildet haben. »Du hast mehr Phantasie, als dir guttut«, hatte eine Lehrerin zu ihr gesagt, als sie sechs Jahre alt war.

In ihrem linken Ohr war immer noch Wasser. Sie beugte sich vor und hüpfte auf einem Bein. Sie spürte, wie das Wasser herauströpfelte. Sie sah sich noch einmal um. Niemand war da. Ihre Phantasie hatte offenbar Überstunden gemacht.

Ständig bildete sie sich Dinge ein. Dachte sich aus, was andere Leute sagten. Erfand, was sie sagen sollten. Das tat sie in ihrem Berufsleben und in ihrem Privatleben. Auf jede Begegnung bereitete sie sich mit ausgiebigen Proben des Gesprächs vor, wie sie es sich vorstellte. Sie erfand Dialoge mit ihrem Zahnarzt und ihrem Allgemeinarzt. »Ich muß den Kopf hochhalten können, und zwischen den Behandlungsschritten möchte ich aufrecht sitzen«, übte sie vor jedem Zahnarztbesuch ein. »Kein Problem. Ich weiß, daß Sie sich vor der zahnärztlichen Behandlung fürchten«, lautete die Antwort, die sie für den Zahnarzt erfunden hatte.

Ruth probte ihre Dialoge so gründlich, daß sie oft vergaß, daß das Gespräch in Wirklichkeit gar nicht stattgefunden hatte. Und es erschreckte sie, wenn im wirklichen Leben Leute von den Dialogen abwichen, die sie ihnen zugewiesen hatte. Am meisten erschreckte sie, wenn sie selbst davon abwich.

Wochenlang hatte sie ihre Worte eingeübt, bevor sie ihrem Ehemann Nummer eins eröffnete, daß sie ihn verlassen werde. Als er sagte: »Du kannst mich nicht verlassen, ich werde mich vor deinen Wagen werfen«, hatte sie gesagt: »Kein Problem. Ich werd' dich überfahren.« Sie hatte sich ein Gespräch ausgemalt, in dem sie einander ewige Freundschaft gelobten.

Ruth ging auf ihr Zimmer. Sie hatte eine Stunde Zeit, um zu duschen und sich umzuziehen, bevor sie zum Flughafen fuhr, um ihren Vater abzuholen.

Drittes Kapitel

Edek Rothwax kam aus der Paß- und Zollkontrolle. Gleich hinter der automatischen Tür blieb er stehen und sah sich um. Verwirrung und Besorgnis malte sich auf seiner Miene. Sobald er durch die Tür getreten war, hatte Ruth seine abgehackten, furchtsamen Kopfbewegungen wiedererkannt. »Dad«, rief sie von der Absperrung aus, hinter der sie stand. Edek erblickte sie. Auf seinem Gesicht breitete sich ein Lächeln aus. Ein erleichtertes Lächeln. Ein Lächeln, wie man es bei kleinen Kindern sieht, die fürchteten, sie hätten ihre Mutter verloren. Er lief auf sie zu, eine Aktentasche und eine Reisetasche in den Armen.

Edeks Anblick ließ Ruth die Tränen kommen. Sie blinzelte, um sie zu unterdrücken. Er hatte ihr gefehlt. Die meiste Zeit bemühte sie sich, nicht zu beachten, wie sehr er ihr fehlte. Am anderen Ende der Welt kümmerte sie sich um seine Telefonrechnungen, seine Kreditkartenabrechnungen, seine Krankenversicherung und seine Autoversicherung. Aber sie wußte, daß sie sich dabei nicht um ihn kümmerte.

Wäre sie wirklich eine gute Tochter, würde sie näher bei ihm leben. Sie wäre nicht Zehntausende von Meilen von ihm getrennt und würde nicht ihre Liebe zu ihm in Form von etwas Geld und Buchhaltung aus der Ferne übersenden. Sie biß sich auf die Lippen. Sie wollte nicht weinen. Zwei Dinge hatte sie sich vorgenommen, auf dieser Reise nicht zu tun: Sie wollte nicht weinen und sie wollte nicht wütend oder verärgert über Edek sein.

Sie sah ihn an. Er versuchte eine Frau im Rollstuhl zu überholen. Er sah gut aus. Er sah nicht aus wie jemand, der gerade um die halbe Welt geflogen ist. Ruth war erleichtert. Sie hatte gefürchtet, Verfallserscheinungen an Edek zu sehen. Sie hatte den Gedanken gefürchtet, daß er merklich älter aussehen müsse. Sie hatte ihn fast ein Jahr lang nicht gesehen. Sie bewegte sich zwischen den Wartenden vorwärts, auf ihn zu. Er war noch immer durch den Rollstuhl aufgehalten.

Edek sah zu Ruth auf und zuckte die Schultern. Plötzlich bremste die Frau im Rollstuhl. Edek erkannte seine Chance und verlor keine Zeit. Mit gewandtem, sicherem Schritt sprang er an ihr vorbei. Ruth lief ihm entgegen und schloß ihn in die Arme.

»Ich bin so glücklich, dich zu sehen, Ruthie, mein Schatz«, sagte er. »Jetzt, wo ich dich gesehen habe, geht es mir gleich viel besser.«

»Was ist los, Dad?« sagte Ruth.

»Ach, die kleine Stange, wo man abstellt die Füße, ist nicht rausgegangen«, sagte Edek.

»Was für eine kleine Stange und wo?« fragte Ruth.

»Die kleine Stange, wo man draufstellt die Füße. Die kleine Stange, wegen der man fliegt Business Class«, sagte Edek.

»Ach, du meinst eine Fußstütze.«

»Richtig. Eine Stütze für die Füße«, sagte Edek. »Und meine Füße hatten keine Stütze den ganzen Flug. Ich mußte die ganze Zeit sitzen mit meinen Füßen auf dem Boden, obwohl ich bezahlt hatte für meine Füße auf der Stütze.«

»Hatte dein Sitz denn keine?« fragte Ruth.

»Selbstverständlich hatte er eine. Alle Sitze in Business Class haben so eine Stütze. Aber meine ist nicht rausgegangen. Sie war eingeklemmt«, sagte Edek.

»Oh, wie ärgerlich!« sagte Ruth.

»Das ist noch nicht alles«, sagte Edek. »Sie haben mich gesetzt in die letzte Reihe, und mein Sitz ging nicht weit genug nach hinten. Andere Leute konnten fast schlafen in ihrem Sitz. Ich konnte nicht schlafen. Die ganze Zeit habe ich lesen müssen in meinem Buch.«

»Ich werde morgen anrufen und mich beschweren«, sagte Ruth.

»Nein, nein, nein«, sagte Edek. »Ich habe es schon geklärt. Ich muß zum Manager der Fluglinie gehen und mit ihm sprechen.«

»Jetzt?« sagte Ruth. »Was willst du mit ihm besprechen?«

»Ich muß mit ihm sprechen«, sagte Edek. »Du gehst meinen Koffer holen an dem Gepäckdings.«

»Dad, morgen spreche ich mit wem du willst«, sagte Ruth. »Es ist neun Uhr abends. Wir sollten ins Hotel fahren. Du brauchst dringend Schlaf.«

»Ich weiß, was ich brauche«, sagte Edek. »Ich muß mit diesem Mann sprechen. Mein Koffer ist braun.«

»Braun?« sagte Ruth.

»Du wirst ihn erkennen«, sagte Edek. »Ich habe gelbes Klebeband, was man nimmt zum Verpacken, um den Griff und um den Koffer geklebt, damit ich ihn gleich wiedererkenne.«

»Und wo wollen wir uns treffen?« sagte Ruth.

»Der Flughafen ist nicht so groß«, sagte Edek. »Wir treffen uns hier wieder, wo wir stehen.«

»Hier sind so viele Leute«, sagte Ruth. »Wir treffen uns lieber bei der braunen Bank dort drüben.«

»Okay«, sagte Edek. »Du meinst, ich sehe dich nicht, wenn du nicht neben der braunen Bank stehst. Aber ich finde dich schon.«

»Wir treffen uns in der Nähe der Bank«, sagte sie. »Dad«, sagte sie, »kannst du es fassen, daß wir zusammen in Polen sind?«

»Ja, ja«, sagte er. »Ich muß jetzt in das Büro von diesem Mann.«

»Dad, ich liebe dich«, sagte sie.

»Ich liebe dich auch«, sagte er im Fortgehen.

Ruth hörte, wie er auf polnisch einen Mann vom Aufsichtspersonal nach dem Weg fragte. Zwei Minuten lang unterhielten die beiden Männer sich gestenreich. Der Aufseher deutete nach rechts, dann nach links und schwenkte zuletzt den Arm mit einer Bewegung, die Entfernung bedeutete. Edek dankte ihm mit mehreren knappen Verbeugungen. Ruth sah zu, wie Edek durch den Flughafen lief, mit den schnellen kleinen Schritten, die ihr so vertraut waren. Ein kleiner geschwinder Schritt nach dem anderen.

So lief er immer. Als wäre alles ein Notfall. Wenn ihm die Milch ausging, rannte er zum Laden an der Ecke. Er rannte ans Telefon. Doch seine Eile hatte nicht nur etwas Verzweifeltes, sondern auch etwas Enthusiastisches. Er sah glücklich aus, wenn er lief. Wenn Ruth in New York irgend etwas benötigte, was in Australien gekauft oder besorgt und ihr geschickt werden mußte, rief sie Edek an.

Edek kaufte, verpackte und verschickte australische Gesichtscremes und Körpermilch, australische Regenmäntel und Gummistiefel für Ruth. Er erledigte Behördengänge für sie wie die Verlängerung ihrer australischen Fahrerlaubnis und vergewisserte sich, daß ihr Name noch im Wählerverzeichnis stand.

Sie bat ihn um kleine Dinge und um große Dinge. Dinge, die erledigt werden mußten, wirkten auf Edek unwiderstehlich. Ruth wußte, daß ihre Anliegen mit unerbittlicher Gründlichkeit erledigt werden würden. Die Stiefel oder Cremes oder Dokumente würden in Rekordzeit in New York eintreffen. Sie wußte, daß ihr Vater alles stehen- und liegenließ, um eine Besorgung auszuführen.

Früher hatte er eine Besorgung nach der anderen für Henia erledigt. Henia war eine New Yorkerin, die Edek vor dem Krieg in Łódź gekannt hatte. »Wir sollten uns zusammentun«, sagte sie zu ihm anläßlich eines seiner Besuche bei Ruth. »Ich habe deine Rooshka gekannt, und du hast meinen Josl gekannt. Wenn wir uns zusammentun, kann ich von meinem Josl und du kannst von deiner Rooshka erzählen.«

Ruth hatte ihren Vater zu dieser Liaison ermuntert. Seit dem Tod ihrer Mutter war Edek so niedergeschlagen gewesen. Und Henia wirkte lebendig und munter. »Es wäre nicht wie mit Mum«, hatte Edek zu Ruth gesagt, als er schließlich einwilligte, Australien zu verlassen und mit Henia zusammenzuziehen.

»Natürlich wäre es nicht das gleiche wie deine Ehe mit Mum«, hatte Ruth geantwortet.

Damit Edek in den USA bleiben konnte, benötigte er eine Green Card. Edek und Henia mußten heiraten. Josl hatte Henia als reiche Frau zurückgelassen. Ihre zwei erwachsenen Söhne waren nicht bereit, den Reichtum weniger werden zu sehen. Sie waren gegen die Eheschließung. Aber Henia wollte Edek und setzte sich über die Einwände ihrer Söhne hinweg. Die Söhne bereiteten eine dreißigseitige Vereinbarung vor, die Edek vor der Hochzeit unterzeichnen sollte. »Das finde ich äußert ungehörig«, hatte Ruth zu Edek gesagt. »Ich an deiner Stelle würde das nicht unterschreiben.« – »Was ist da schon groß dabei?« hatte er gesagt und hatte das Schriftstück unterzeichnet. Die Ehe hatte vier Jahre gehalten.

Henias Zauber hatte nach der Heirat einiges von seinem Glanz eingebüßt. Solange sie hinter Edek her gewesen war, hatte sie zu allem, was er sagte, ein Lächeln und ein Lachen gehabt. Sie hatte ihm Kopf und Hände getätschelt und ihm auf der Straße Kußhände zugeworfen. Als sie verheiratet waren, verhielt sie sich weniger geschickt. Unermüdlich kritisierte sie an Ruth herum. »Sie ist nicht verheiratet. Sie hat keine Kinder. Was ist das für ein Leben?« sagte sie jedesmal zu Edek, wenn Ruth anrief. Edek gab ihr nie eine Antwort.

Edek und Henia gingen regelmäßig zu Henias Söhnen und ihren Familien zum Essen. Sie aßen jeden Mittwoch bei dem älteren Sohn und dienstags bei dem jüngeren. Wenn Ruth sie einlud, bekam Henia Zahnweh oder Magenweh oder Kopfweh. »Das Wehwehchen bin ich«, sagte Ruth einmal zu Edek. »Das ist nicht so komisch«, sagte er. Er sah unglücklich aus.

»Schau sie dir an«, hatte Henia das einzige Mal, als sie Ruth zum Lunch eingeladen hatte, gesagt. »Sie ißt nichts.«

»Vielleicht mag sie dein Essen nicht«, sagte Edek.

»Das kann nicht sein. Meine Jungen lieben mein Essen«, sagte Henia. »Aber du bist nicht schuld daran, daß sie so ist. Denken wir nicht mehr dran.«

»Meiner Tochter geht es prima«, hatte Edek gesagt.

»Mit ihr stimmt was nicht«, hatte Henia erwidert. »Sie bewegt das Bein unter dem Tisch. Der ganze Tisch wackelt und klappert.«

»Vielleicht fühlt sie sich in deiner Gegenwart nicht wohl«, sagte Edek.

»Sie ist ein Snob«, sagte Henia. »Und immer in Schwarz. Wie eine Witwe.«

»Eine luxuriöse Witwe«, sagte Edek. »Weißt du, was diese schwarzen Sachen kosten?« Sobald er das gesagt hatte, bedauerte er es. Er wußte, daß er unbeabsichtigt Henia neue Munition verschafft hatte, die sie auf Ruth abfeuern konnte.

An einem Freitagnachmittag kamen Henias Söhne gemeinsam vorbei. Sie hatten neue Schriftstücke dabei, die Edek unterzeichnen sollte. Noch mehr Papiere, um Henias Besitz zu schützen.

»Uns ist aufgefallen, daß die Telefonrechnung unserer Mutter seit Ihrem Einzug an die hundert Dollar monatlich höher ist als früher«, sagte der Ältere. »Und wir finden, daß Sie das bezahlen sollten.«

»Das finde ich auch«, sagte Edek, »und deshalb tue ich es. Ich bezahle alle Telefonrechnungen und alle Stromrechnungen und Lebensmittelrechnungen direkt Ihrer Mutter auf ihr Bankkonto.«

»Ist das wahr?« fragte der ältere Sohn seine Mutter.

»Ja«, sagte Henia.

»Merken sie denn nicht, wieviel besser Henia es hat, seit du da bist?« fragte Ruth Edek, als er ihr diesen Zwischenfall berichtete. »Du nimmst ihr alles ab – du gehst einkaufen, du spülst das Geschirr. Henia lebt wie im Paradies.«

»Für mich heißen sie die Geier«, sagte Edek zu Ruth. »Sie warten bloß auf den Tod ihrer Mutter.«

Als die Söhne mit einem dritten Satz Unterlagen zum Unterschreiben erschienen, signierte Edek schicksalsergeben jede Seite. Während dieser Sitzungen sagte Henia nie ein Wort. Als der ältere Sohn aufbrach, beugte er sich zu Edek. »Sie geben Ihrer Tochter doch nichts von unserem Geld, oder?« sagte er. Edek war sprachlos. Er blickte zu Henia. Henia schwieg. Da wußte Edek, daß es ihm reichte. Er ging nach Australien zurück.

Er hatte ein schlechtes Gewissen, weil er Henia verließ. Als hätte er sie im Stich gelassen. »Sie hat sich wie eine dumme Kuh benommen«, sagte Ruth. »Sie hat dich im Stich gelassen, als sie nicht für dich eingetreten ist.« Ruth versuchte Edek zu überreden, in New York zu bleiben. Aber er wollte nicht in New York bleiben. Er wollte weder Henia noch ihren Freunden begegnen. »Du kannst in New York wohnen, ohne jemals Henia oder ihren Freunden zu begegnen«, sagte Ruth. »Es ist eine Großstadt. Außerdem wohnen die alle in Queens. Du brauchst nur nie nach Queens zu fahren.« Aber Edek ließ sich nicht erweichen. Er wollte weg. Er buchte seinen Flug nach Australien und reiste ab.

Das erste Jahr, als er wieder in Australien lebte, war Edek unglücklich und unzufrieden gewesen. Doch nach und nach hatte er aufgehört, sich die Schuld am Zerbrechen der Ehe zu geben. Und allmählich hatte er wieder begonnen, Karten zu spielen und Schokolade zu essen und Besorgungen für andere zu erledigen.

Man sah Edek seine einundachtzig Jahre nicht an. Sein silbernes Haar war dicht und kräftig; sein Gesicht hatte kaum Falten. Ruth freute sich, einen Vater zu haben, der so gut in Form war. Sie wollte ihn nicht verlieren. Nach dem Tod ihrer Mutter war sie zu lange Zeit durcheinander gewesen. Wenn sie irgendwohin flog, ertappte sie sich noch immer dabei, daß sie aus dem Flugzeugfenster sah und sich fragte, ob sie in zehntausend Meter Höhe ihrer Mutter näher war. Ob es möglicherweise einen Himmel gab, und wenn ja, ob ihre Mutter jetzt dort lebte. Sie wußte, daß das ein alberner Gedanke war. Es gab keinen Himmel. Und kein Leben nach dem Tod. Nach dem Tod war nichts. »Mums Geist lebt in mir weiter«, hatte sie einmal zu Edek gesagt. »Ich denke die ganze Zeit an sie. Ich koche das Essen, das sie früher gekocht hat. Ich benutze die gleichen Gesichtscremes wie sie. Ich liege sogar so in der Sonne, wie sie es früher tat, und weiß, warum ihr das so gut gefallen hat.«

»Es gibt keinen Geist«, sagte er. »Mum ist tot. Nichts hat sich verändert.«

Am Gepäckausgabeband waren viele Leute. Das Gepäck von Edeks Flug traf bereits ein. Ruth sah Edeks Koffer sofort. Zehn Zentimeter breit war leuchtendgelbes Klebeband mitten um den Koffer geklebt. Sie hob ihn vom Laufband. Er war sehr leicht. Sie hoffte, daß Edek genug Kleidung eingepackt hatte.

Ihr war aufgefallen, daß er den dunkelblauen Pullover trug, den sie ihm gekauft hatte. Ihre Mutter hatte immer alle Kleidungsstücke für ihren Vater ausgesucht. Rooshka hatte einen guten Geschmack. Sie kaufte gutgewebte Hemden aus reiner Baumwolle und gutgeschnittene schlichte Hosen für Edek. Rooshka sorgte dafür, daß er immer einen guten Anzug für alltägliche Anlässe und einen etwas eleganteren Anzug für Abendeinladungen besaß.

Sich selbst überlassen, hätte Edek dieselben Kleidungsstücke getragen, bis sie sich in ihre Einzelbestandteile auflösten. Er merkte nie, was er anhatte. Wenn Rooshka ihre jährlichen zwei Wochen

Ferien in Surfers Paradise machte, mischte und kombinierte Edek seine Kleider mit einer Sorglosigkeit, die Ruth verstörte und ihre Mutter wahnsinnig machte. »Sandalen mit Socken kann man in Australien nicht tragen«, waren Rooshkas erste Worte, als er sie nach ihrem allerletzten Urlaub in der Sonne am Flughafen abholte. »Wir sind hier nicht in Polen«, sagte sie. »Für meine Füße ist es aber bequem«, sagte Edek. Doch als sie nach Hause kamen, wechselte er die Schuhe.

Sobald ein Kleidungsstück Edeks den kleisten Flecken, die kleinste Verschmutzung aufwies, riß Rooshka es ihm vom Leib und steckte es in die Wäsche. Sie weichte es in Salzlauge oder Bleichmittel oder irgendein Präparat ein, das ihr am geeignetsten erschien, den störenden Flecken zu beseitigen. Edek hatte sich damit abgefunden. Er zog die Socken aus, die er Rooshkas Ansicht nach zu lange getragen hatte, und die Hosen, deren Aufschläge einen Schlammspritzer zeigten. Er wußte, daß Rooshka in ihrem Leben zu viele Flecken und Verschmutzungen hatte hinnehmen müssen. Edek wechselte seine Kleidung so oft am Tag, wie Rooshka es verlangte, wenn es Rooshka glücklich machte. Er liebte sie über alles. Bis zu ihrem Todestag war sie für ihn das schöne junge Mädchen, dem er in Łódź nachgestellt und das er erobert hatte.

Ruth ging zum verabredeten Treffpunkt zurück. Ein Paar mit zwei halbwüchsigen Kindern saß auf der Bank. Ruth stellte den Koffer ab und blieb daneben stehen. Der Sohn, ein mürrischer bleichgesichtiger Knabe, starrte unverwandt ins Leere, als hätte er sich aus dem Familienporträt entfernt, indem er seinen Blick in die Ferne richtete. Das Mädchen sah auf seinen Schoß hinunter. In ihren dreiundvierzig Lebensjahren hatte Ruth bisher nichts erlebt, was sie davon hätte überzeugen können, daß es sinnvoll sei, Kinder zu haben. Die ganzen Mühen, um jemandem zu ermöglichen, einen mit Vorwürfen, Verbitterung, Ressentiment und Feindseligkeit zu überhäufen. Das schien nicht zu sein, was man sich unter gerechtem Lohn vorstellte. Ruth bedachte den Halbwüchsigen mit einem finsteren Blick. Warum konnte er sich nicht zusammenreißen und anständig benehmen? Schließlich zahlten seine Eltern ihm einen

Flug von sonstwo nach dortwo. Sie sah auf ihre Uhr. Wo steckte Edek? Sie hätte ihn fragen sollen, in welches Büro er ging. Was wäre, wenn er ihren Treffpunkt vergessen hatte? Lockere Vereinbarungen wie diese konnte sie nicht ausstehen. Ihr war es am liebsten, alles auf die Sekunde und den Ort genau festzulegen.

Sie wanderte durch den Flughafen in der Hoffnung, Edek zu finden. Vor einer Konditorei hielt sie inne. Sogar am Flughafen sahen die Kuchen und das Gebäck verlockend aus. Sie betrachtete ein pralles Stück Apfelstrudel. Sie fragte sich, zu wieviel Prozent so ein Apfelstrudel aus Äpfeln bestand. Aber die Apfelfüllung badete in Zucker und Butter, wie sie vermutete. Vielleicht würde sie sich an ihrem letzten Tag in Polen ein Stück erlauben. Wenn sie jetzt schon damit anfing, wäre sie verloren.

Edek war nirgends zu sehen. Ruth ging zu ihrem Treffpunkt zurück. Mutter, Vater und die zwei trübsinnigen Teenager saßen noch immer dort. Ruth wurde nervös. Wo steckte Edek nur? Wie konnte er ankommen und dann einfach verschwinden? Sollte sie ihn vielleicht ausrufen lassen?

Im selben Moment erschien er. Er war aufgeregt und hatte rote Wangen. »Wo warst du nur?« fragte Ruth. »Ich habe mir Sorgen gemacht.«

»Was soll mir schon passieren?« sagte Edek. »Wir sind in einem Flughafen. Was soll mir in einem Flughafen passieren? Ich mußte erst mit dem einen Manager und dann mit dem anderen Manager sprechen und dann mit einem Aufseher, aber jetzt ist alles erledigt. Noch zehn Minuten, und wir sind hier fertig.« Schon war er wieder verschwunden.

Ruth blieb neben der Familie auf der Bank stehen. Alle blickten jetzt trübsinnig drein. Vielleicht hatten die Eltern begriffen, daß die Reise an ihre Kinder verschwendet war. Ruth sah sie an. Wie konnte irgend jemand Kinder haben wollen?

Ruth wußte, daß ihre Mutter nach dem Krieg nicht sonderlich darauf aus gewesen war, Kinder zu haben. Sie wußte, daß ihre Mutter nicht gerade überglücklich gewesen war, als sie merkte, daß sie mit Ruth schwanger war. Rooshka und Edek lebten noch nicht lange in Australien, als Rooshka merkte, daß sie schwanger war. Beide waren Fabrikarbeiter. Sie hatten kein Geld und sprachen kein Englisch. »Welches Recht hatten wir, ein Kind in diese Welt zu setzen?« hatte ihre Mutter zu ihr gesagt. Ruth dachte sich, daß die Welt, von der ihre Mutter sprach, mehr war als die Welt der Armut und der mangelnden Sprachkenntnisse. Es war eine Welt, in der alles vom Zufall regiert war und nichts je wieder einem Sinn gehorchen konnte. Eine Welt voller Trauer und voller Toter – Toter, die nicht einfach gestorben waren, sondern ermordet worden waren.

Die Mörder dieser Toten wurden selten erwähnt; als Kind hatte Ruth sich oft gefragt, wer sie sein mochten und ob sie sie erkennen würde, wenn sie ihnen auf der Straße begegnete. Jahrelang schaute sie die Gesichter vorbeigehender Fremder aufmerksam an, um zu sehen, ob die Mienen verrieten, daß es sich um Mörder handelte.

Ruth hatte eine deutsche Schulfreundin namens Elfriede gehabt. Elfriede hatte lange blonde Zöpfe und drei Brüder, eine Mutter, einen Vater und vier Großeltern. Als Zehnjährige hatte Ruth bei Elfriede übernachtet. Sie hatte Bratwurst und Kartoffelklöße zum Abendessen gegessen und den deutschen Wörtern und Sätzen gelauscht, die am Tisch gewechselt wurden. Mitten in der Nacht war sie mit Magenschmerzen aufgewacht. Befand sie sich in einem Haus voller Mörder? Am nächsten Tag hatte sie ihre Mutter gefragt, ob Elfriede und ihre Familie die Mörder seien. »Wer weiß?« hatte Rooshka erwidert. Es war eine beunruhigende Antwort.

Rooshka hatte Ruth erzählt, daß sie versucht hatte, die Schwangerschaft zu beenden, die zu Ruth geworden war. Rooshka sagte, sie sei auf und ab gesprungen, sie habe sich in heißes Wasser gesetzt und Rizinusöl geschluckt. Doch es hatte alles nichts genützt. Die Schwangerschaft hatte ihren Verlauf genommen. »Ich schämte mich, schwanger zu sein«, hatte Rooshka gesagt. Ruth hatte nicht recht verstehen können, warum ihre Mutter sich geschämt hatte. Sie glaubte nicht, daß es etwas mit ihr zu tun hatte. Sie wußte, daß ihre Mutter sich jeden Morgen im Zug übergeben mußte, nachdem sie Ruth in der Tagesbetreuung abgegeben hatte. Sie fand, daß das ein überzeugender Beweis der Zuneigung ihrer Mutter zu ihr war.

Ruth wußte, daß ihre Mutter zwei Babys verloren hatte. Einen Jungen im Ghetto und einen zweiten Jungen nach dem Krieg. Für Rooshka Rothwax hatten Schwangerschaften nicht viel Glück bedeutet. Früher einmal, dachte Ruth, mußte ihre Mutter Babys geliebt haben. Rooshka hatte Ruth erzählt, wie sie einmal voller Verwunderung in Stutthof, dem Konzentrationslager, in das Rooshka von Auschwitz »überstellt« worden war, auf dem Abort ein Baby gefunden hatte. »Ich konnte kaum glauben, daß ich ein Baby gefunden hatte«, sagte Rooshka. »Es war wie ein Wunder. Ein Neugeborenes. Auf dem Boden im Block mit den Latrinen. Ich rannte wie eine Wahnsinnige zum Krankenbau. ›Ich habe ein Neugeborenes gefunden‹, sagte ich zu einer Krankenschwester. ›Ich glaube, es ist gesund.‹ Sie haben mir das Baby weggenommen und es in den Abfallkübel geschmissen. Ich weiß nicht, wie ich so dumm sein konnte, mit dem Baby in den Krankenbau zu rennen.« – »Das war nicht deine Schuld«, sagte Ruth. »Es geht mir nicht um Schuld«, sagte Rooshka.

Der Krankenbau von Stutthof war der Grund, warum Ruth vor einem Jahr in Danzig gewesen war. Sie wollte sehen, wohin ihre Mutter all diese Jahre zuvor in solcher Hoffnung gerannt war. Stutthof war mit dem Auto von Danzig aus in einer dreiviertel Stunde zu erreichen. Ruth hatte sich diesen Krankenbau viele Male ausgemalt. Sie stellte sich ein kleines Krankenhaus vor, mit blitzblanken weißen Kacheln und Behandlungswerkzeugen aus blinkendem Chrom und Edelstahl. In Stutthof hatte sie eine halbe Stunde gebraucht, um den Krankenbau zu finden. Mit einer Karte des Lagers war sie umhergewandert und hatte versucht, das, was übriggeblieben war, mit den Details auf einem alten Lageplan des Todeslagers in Einklang zu bringen.

Zuletzt hatte Ruth den Krankenbau gefunden. Wie alle Gebäude im Todeslager Stutthof war er genauso erhalten worden, wie man ihn vorgefunden hatte. In diesem Krankenrevier gab es keine Kacheln und keinen Edelstahl. Es war aus den gleichen billigen Holzbrettern gebaut wie die Baracken. Mitten in einem der Räume standen zwei kaputte Operationstische. In einer Ecke gab es ein paar leere Regale. Hie und da waren alte Geräte verstreut. Auf dem Holzfußboden lagen zerbrochene Lampen. In diesem Krankenbau hatte fraglos kein Bedürfnis nach Hygiene geherrscht. Er war kahl und barbarisch. Kein Versuch, so zu tun, als wolle man hier jemanden heilen. Ruth hatte geweint und geweint. Wie hatte sie sich weiße Kacheln und Edelstahl einbilden können? Sie wußte genug, um zu erkennen, daß so etwas eine lächerliche Vorstellung war.

Sie hatte Hunderte von Büchern über den Holocaust gelesen. Bücher von Überlebenden. Bücher von Historikern. Trotz aller Bücher, die Ruth kaufte und las, konnte etwas in ihr sich die Wahrheit noch immer nicht vorstellen. Etwas in ihr wollte noch immer glauben, daß es nicht ganz so schrecklich gewesen sei. Daß ihre schöne Mutter nicht wirklich inmitten von Leichen geschlafen hatte und viele Male für tot gehalten und liegengelassen worden war. Etwas in ihr wollte glauben, es sei alles nur ein böser Traum.

Als Ruth von Stutthof in das Hotel Marta zurückgekehrt war, hatte sie über eine Stunde lang geduscht. Sie war außerstande gewesen, die Dusche zu verlassen. Sie war außerstande gewesen, abzuwaschen, was sie wegzuwaschen versuchte. Sie hatte geduscht, bis ihre Haut ganz runzlig war.

Ruth war erschöpft. Der Warschauer Flughafen war beinahe menschenleer. Es war fast zehn Uhr. Wo blieb Edek? Wie konnte er ihr so etwas antun? Einfach wegzulaufen! Was stellte er an? Ein Priester kam auf Ruth zu und fragte, ob sie Geld für notleidende Kinder spenden wolle. Ruth sagte nein. Sie wollte einem polnischen Priester nichts geben. Sie mochte keine Priester und sie mochte keine Polen. Ihr Vater zeigte keine sonderlichen Vorbehalte gegenüber Polen. Er wußte aus erster Hand, was die Polen den Juden angetan hatten, wußte aus eigener Anschauung, daß Polen es kaum hatten abwarten können, die Juden loszuwerden. Doch er verbreitete sich nicht darüber. Auch den Deutschen gegenüber äußerte er wenig Zorn. Ruth konnte nicht verstehen, warum er die Deutschen nicht haßte. Ihr war aufgefallen, daß weder Edek noch Rooshka angesichts dessen, was ihnen widerfahren war, viel Zorn zeigten.

Was Ruth an ihrer Mutter und ihrem Vater sah, waren Schmerz und Schock. Sie standen noch immer unter Schock, so als könne keiner von beiden wirklich glauben, was sie durchlebt hatten. Ruth sah auch die Schuldgefühle ihrer Eltern. Schuldgefühle ob des eigenen Überlebens. Das Schuldgefühl, noch am Leben zu sein, während alle anderen aus ihrer Welt tot waren. Vielleicht, dachte sie, hatten Edek und Rooshka zuviel niedrige Taten mit angesehen, um sich von einer so unerheblichen Empfindung wie Zorn hinreißen zu lassen. Von Tag zu Tag weiterzuleben schien ohnedies alle emotionale Energie, über die ihre Mutter verfügte, aufzuzehren. Für Zorn blieb nicht viel übrig.

Edek brachte seine Tage herum, indem er arbeitete und Kriminalromane las, wenn er von der Arbeit nach Hause kam. Edek liebte die Arbeit. In den vier Jahren seit seiner Rückkehr nach Australien hatte er sich um mehr als zwanzig Stellen beworben. Stellen als Zuschneider in einer Kleiderfabrik, als Musterzeichner bei einem Hemdenschneider, als Apothekenverkäufer und als Leiter der Versandabteilung eines Sportartikelgeschäfts. Edek verstand nichts von Sport und noch weniger von Sportausrüstungen. Die einzigen Produkte, die er identifizieren konnte, waren Gesundheitsfahrräder. Er lerne schnell, erklärte er dem verblüfften Inhaber, der mit ihm sprach. Die Stelle bekam er nicht.

Die meisten Stellen, für die er vorsprach, bekam er nicht. Er konnte es nicht verstehen. »Ich glaube, du bist aus dem Alter heraus, das sich die meisten für einen Angestellten wünschen«, hatte Ruth gesagt. »Ich habe ihnen nicht gesagt, daß ich einundachtzig bin«, sagte Edek. »Ich habe immer gesagt, ich wäre sechsundsechzig.« Er schien nicht zu begreifen, daß auch sechsundsechzig zu alt war, wenn man eine Stelle suchte.

Eine Stelle bekam er. Es war eine Aushilfstätigkeit in der Warenannahme im Hinterzimmer eines Reformhauses. Edek packte die neuen Waren aus, notierte, was nachbestellt werden mußte, und abends nach Ladenschluß putzte er. »Es ist sehr wichtig für diese Läden, was verkaufen gesunde Lebensmittel, sehr sauber auszusehen«, hatte Edek zu Ruth gesagt. »Sie müssen sauberer aussehen als Läden, was verkaufen normale Lebensmittel. Leute, die solche Sachen essen, wollen einen sehr sauberen Laden haben.«

Edek kam zwei Stunden vor Ladenöffnung und blieb länger als alle anderen Angestellten. »Der Geschäftsführer vertraut mir«, sagte er stolz zu Ruth. »Schon nach einer Woche hat er mir den Schlüssel zur Firma gegeben.« Edek war überglücklich. Unaufgefordert übernahm er Zusatzarbeiten, und zum Vormittagstee brachte er Schokoladenkekse für alle mit. Als die Aushilfstätigkeit endete, lud der Geschäftsführer Edek zu einer Tasse Kaffee ein und sagte ihm, wie sehr er bedaure, daß der Mann wiederkomme, den Edek vertreten hatte. Edek hatte seine Stellensuche wieder aufgenommen.

Ruth spürte wachsende Aufregung. Wo steckte ihr Vater? Sie hatte ihn nur für eine Minute gesehen, bevor er verschwunden war. Sie versuchte sich zu beruhigen. Sie würde sich nicht über Edek aufregen, sagte sie sich; nicht schon am ersten Tag. Sie knirschte mit den Zähnen und blinzelte fünfmal mit dem rechten Auge, als Edek wieder auftauchte. Er war voller Triumph. Sein Ticket hielt er in die Luft.

»Alles paletti«, sagte er. »Sie haben mir für den Rückflug ein Ticket erster Klasse gegeben. Ich habe Sitz 2 B. Der Manager wollte erst nicht, aber der Oberaufseher war dann doch meiner Meinung. Ich habe für Business Class bezahlt, und mein Sitz war kein richtiger Business-Class-Sitz.«

»Dad, ich habe über eine Stunde auf dich gewartet«, sagte Ruth.

»Ich bin nicht mehr der Jüngste«, sagte Edek. »Ich wollte sichergehen, daß ich so ein Fußdings habe. In meinem Alter ist das Reisen nicht mehr so einfach.«

»Ich hätte es morgen für dich erledigt«, sagte Ruth.

»Warum sollst du dich damit plagen?« sagte Edek.

Ruth faßte sich. »Dad, du bist sicher müde«, sagte sie. »Hast du bei deinem Aufenthalt in Bangkok ein bißchen schlafen können?«

»Um ehrlich zu sein«, sagte Edek, »hatte ich keine besonders gute Nacht in Bangkok.«

»Oh!« sagte Ruth. »Was ist passiert? Ich dachte, dein Hotel wäre direkt am Flughafen.«

»Es war auch am Flughafen«, sagte Edek. »Ich habe es gefunden. Ich habe nämlich den Bus genommen. Ich wollte kein Taxi nehmen. Wer weiß, wohin so ein Taxifahrer mich gebracht hätte.«

»Und was war nicht in Ordnung?« fragte Ruth.

»Alles«, sagte Edek. »Ich war der einzige Gast in dem ganzen Hotel. Kein Mensch sprach Englisch. Ich hatte Angst, mein Zimmer zu verlassen. Ich habe nicht gesehen einen Menschen, der kein Chineser war. Lauter Chineser. Und man weiß nie, was die mit einem anstellen können.« Edek sagte immer Chineser statt Chinese.

»Es sind keine Chinesen, Dad, es sind Thai«, sagte Ruth. »Und nur weil sie nicht genauso aussehen wie du, sind sie deshalb noch lange nicht anders als du. Sie hätten dir schon nichts getan.«

»Ich will jetzt nicht mit dir streiten«, sagte Edek. »Wer von uns weiß, was Leute tun können? – Es war eine schwachsinnige Idee, in Bangkok zwischenzulanden«, sagte Edek.

»Es war deine Idee«, sagte Ruth.

»Nein, du hast den Flug gebucht«, sagte Edek.

»Ich wollte, daß du mit Qantas fliegst«, sagte Ruth.

»Dieses Qantas ist zu teuer. Ich habe dein Geld gespart«, sagte Edek.

Ruth holte tief Luft. »Ich kann es nicht fassen, daß wir uns über Bangkok streiten«, sagte sie. »Dad, wir sind in Polen. Du und ich sind zusammen in Polen.«

»Dieses Bangkok ist keinen Besuch wert«, sagte Edek.

»Du kennst nur den Flughafen«, sagte Ruth.

»Das hat mir genügt«, sagte Edek.

»Wünschen Sie ein Mercedes-Taxi?« fragte sie ein Mann.

»Einen Mercedes?« sagte Edek. Er wandte sich zu Ruth um. »Ich spreche mit ihm«, sagte er. »Wieviel kostet Ihr Mercedes?« fragte Edek den Fahrer.

»Wohin fahren Sie?« fragte der Fahrer.

»Wohin fahren wir?« fragte Edek Ruth.

»Zum Hotel Bristol«, sagte Ruth.

»Wir fahren zum Hotel Bristol«, sagte Edek zu dem Fahrer. Der Fahrer wollte Edek den Fahrpreis nennen, als Edek sich plötzlich an die Stirn schlug.

»Ich bin ein Idiot«, sagte er zu Ruth. »Ich spreche englisch mit ihm.«

»Ich bin sicher, daß er Englisch versteht«, sagte Ruth.

»Das kostet hundertunddreißig Zloty«, sagte der Fahrer.

Edek antwortete ihm auf polnisch. Sie unterhielten sich ein paar Minuten lang. »Hundertundzehn Zloty«, verkündete Edek. »Warum nicht?«

»Okay«, sagte Ruth. Sie folgte ihrem Vater und dem Fahrer.

»Das ist ein schönes Auto«, sagte Edek im Wagen zu Ruth. »Es ist ein sehr großer Mercedes.« Er sah sich im Wagen um, öffnete und schloß den Aschenbecher, klopfte auf die Ledersitze. »Ein schönes Auto«, sagte er. Er lehnte sich zurück und schwieg ein paar Minuten. Ruth machte sich Sorgen um ihren Vater. Wie war es für ihn, in Polen zu sein? Sie wollte ihn nicht alle zwei Minuten fragen, wie er sich fühlte. Sie wollte diese Reise nicht noch schwerer für ihn machen, als sie schon war. Sie fühlte sich selbst ganz schön angespannt. Sie versuchte sich zu entspannen.

»Entschuldigen Sie«, sagte Edek zu dem Fahrer. »Wieviel kostet so ein Wagen in Polen?«

»Dieser Wagen ist nicht billig«, sagte der Fahrer.

»Warum spricht er englisch mit mir?« fragte Edek.

»Weil du englisch mit ihm gesprochen hast«, sagte Ruth.

»*Oj Cholera!*« sagte Edek. Wörtlich bedeutete das »O Cholera!«, aber Ruth wußte, daß es eher »O Scheiße!« hieß.

»*Oj Cholera!*« wiederholte Edek. Er beugte sich vor und begann auf polnisch mit dem Fahrer zu sprechen.

Ruth konnte nicht genau erfassen, worum es ging. Sie begriff, daß es sich um Autopreise handelte und um den Benzinverbrauch der Autos. Polnische Zahlen waren ihr unverständlich. Sie klangen in ihren Ohren alle gleich. Sie konnte keinen Unterschied zwischen den Zahlen zwei, drei, acht, zehn, zwanzig, dreißig und vierzig ausmachen. Sie wußte, daß es alles Zahlen waren.

Was für Zahlen es auch sein mochten, Edek belebten sie. Er gab Meinungen und Ratschläge zum besten, als wäre er Automechaniker oder Rennfahrer. Ruth lehnte sich zurück. Es begann zu schneien. Schnee machte alle Städte attraktiver.

»Schau, Dad, Schnee«, sagte sie. Edek unterbrach sein Gespräch mit dem Fahrer und sah um sich.

»Wann hast du zum letztenmal Schnee gesehen?« fragte sie.

»Was ist so wichtig an Schnee?« sagte Edek. »Ich hab' schon viel Schnee gesehen. Schnee ist Schnee.«

»Ich mag Schnee«, sagte Ruth.

»Was haben wir vor?« sagte Edek.

»Mit dem Schnee?« sagte sie.

»Nein. Was haben wir vor?« fragte er. »Wohin gehen wir? Was sind unsere Pläne? Wie sieht die Reisereroute aus? So heißt es doch – Reisereroute?«

»Es heißt Reiseroute«, sagte Ruth.

»Reisereroute«, sagte Edek.

»Wir bleiben einen Tag in Warschau, und dann fahren wir –«

»Wir müssen keinen ganzen Tag in Warschau bleiben. Wozu?« unterbrach sie Edek.

»Okay«, sagte sie. »Wenn du keinen ganzen Tag bleiben willst, sind wir vormittags in Warschau und fahren mittags nach Łódź. Von Łódź, dachte ich, können wir nach Krakau fahren«, sagte sie. »Ich will nach Auschwitz, aber wenn du Auschwitz lieber nicht sehen willst, bin ich einverstanden. Ich habe ein gutes Hotel für uns gebucht, und du kannst im Hotel bleiben.«

»Nein«, sagte Edek. »Ich gehe, wohin du gehst. Um wieviel Uhr können wir aus Warschau abfahren?«

»Gegen halb eins«, sagte Ruth. »Dann haben wir genug Zeit, uns die Stadt ein bißchen anzusehen.«

Edek beugte sich vor und sprach mit dem Fahrer. »Er sagt, er fährt uns für dreihundert Zloty nach Łódź«, sagte Edek. »Er hat dreihundertundfünfzig verlangt, aber ich habe gesagt, dreihundert oder gar nicht.«

»Dad, ich habe Zugfahrkarten gekauft«, sagte Ruth.

»Warum sollen wir nicht mit einem Mercedes nach Łódź fahren?« sagte Edek. »Warum soll ich ihm nicht zeigen, daß ich mir einen Mercedes leisten kann?«

»Ich dachte, er versteht Englisch«, sagte Ruth. Edek sprach leiser. »Warum soll ich es ihm nicht zeigen?«

»Okay, Dad«, sagte Ruth. Edek wirkte überaus aufgeräumt. »Wie geht es dir, Dad?« sagte sie.

»Prima«, sagte er. »Warum fragst du mich, wie es mir geht? Mir geht es prima.«

»Nun ja, wir sind in Polen«, sagte Ruth.

»Große Sache«, sagte Edek. »Wir sind in Polen. Was ist daran die große Sache?«

Große Sache. Das sagte er gerne. Es war eine seiner Lieblingswendungen. Einmal hatte sie ihn gefragt, ob er ihr jedesmal, wenn er »große Sache« sagte, einen Dollar geben würde. »Es gibt zu vieles, was eine große Sache ist«, hatte sie zu ihm gesagt. »Für dich vielleicht, für mich nicht«, hatte er erwidert. Doch er hatte versucht, es zu reduzieren.

»Nun ja, für mich ist es eine große Sache«, sagte Ruth zu ihrem Vater. »Gleich kommen wir zum Hotel«, sagte sie. »Du bist sicher müde. Und hast Jetlag.«

»Warum soll ich müde sein?« sagte er. »Ich bin nicht müde. Und ich habe noch nie Jetlag gehabt. Warum soll ich jetzt einen haben?«

Ruth beschloß, das Thema zu wechseln. »Ein schönes Auto«, sagte sie.

»Mercedes baut sehr schöne Autos«, sagte Edek. »Die besten Autos, die man für Geld kaufen kann.«

»Hättest du gerne einen gebrauchten Mercedes?« fragte Ruth.

»Ich? Einen Mercedes?« sagte Edek. »Ich würde mir nie einen Mercedes kaufen.«

»Warum können wir einen Mercedes fahren, aber keinen kaufen?« fragte Ruth.

»Bist du nicht bei Trost?« fragte Edek. »Ich werde doch nicht den Deutschen Geld geben. Wenn ich so wie jetzt in einem Mercedes fahre, habe ich es bequem, aber ich gebe nicht den Deutschen Geld.«

»Du gibst einem Polen Geld«, flüsterte Ruth.

»Psst, psst«, sagte Edek.

»Ich glaube nicht, daß es der deutschen Wirtschaft etwas ausmacht, ob wir einen Mercedes kaufen oder nicht. Sie kommt auch ohne uns gut zurecht. Und ein Gebrauchtwagen wurde vorher schon von jemand anderem gekauft.«

»Aber dieser andere muß sich einen neuen Wagen kaufen und kauft sich wieder einen Mercedes«, sagte Edek.

Ruth seufzte. Nichts, was sie sagte, paßte Edek heute abend. »Wie geht es Moniek?« fragte sie. Sie mochte Moniek Steinberg. Er war ein stiller Mann. Sie wußte, daß er in Bergen-Belsen gewesen war. Oft hatte sie gedacht, daß ein Teil von ihm noch immer dort war. Vielleicht war es nicht anders möglich für jemanden, der an einem solchen Ort gewesen war.

»Ach, Moniek«, sagte Edek, »der ist tot.«

»O nein«, sagte Ruth. »Wann ist er gestorben?«

»Er ist nicht gestorben«, sagte Edek. »Aber man kann nicht mehr mit ihm sprechen. Er geht nicht mehr ans Telefon, und wenn man ihm auf der Straße begegnet, sagt er nur ›guten Tag‹ und geht weiter. Manchmal kann ein Toter tot sein, und manchmal muß jemand nicht tot sein, um tot zu sein.«

»Sich selbst oder anderen gegenüber?« fragte Ruth.

»Du bist ein kluges Mädchen, Ruthie«, sagte Edek. »Du siehst immer etwas, was andere nicht sehen. So warst du schon immer. Du konntest schon als kleines Mädchen Sachen sehen.«

»Was willst du damit sagen, daß ich Sachen sehen konnte?« fragte Ruth.

»Du hast sehen können, daß Malka Feldman ein sehr trauriger Mensch war«, sagte Edek.

»Woher willst du das wissen?« fragte Ruth.

»Weil du mir gesagt hast«, sagte Edek, »als du sechs Jahre alt warst, daß sie traurig war, weil sie eine Perücke tragen mußte. Du hast mir gesagt, daß Malka eine Perücke trägt, weil man ihr die Haare ausgerissen hat. Selbst die anderen Frauen aus der Kartenrunde haben nicht gewußt mit Sicherheit, ob ihr Haar eine Perücke war. Es war schon komisch, um ehrlich zu sein, daß du es gewußt hast, aber du hast gewußt, daß es eine Perücke war.«

»Wahrscheinlich hat Malka es mir erzählt«, sagte Ruth.

»Ich habe Malka gefragt«, sagte Edek. »Sie war entsetzt. Sie hat gesagt, seit es passiert ist, hat sie niemandem ein Wort davon gesagt. Sie hat angefangen zu weinen. Um ehrlich zu sein, war mir nicht wohl in meiner Haut, als ich das Thema zur Sprache gebracht habe. Malka hat mir erzählt, daß sie in den letzten Monaten in Auschwitz keine Zeit mehr hatten, den Frauen die Köpfe zu scheren, und deshalb wurden die Frauen, die ins Arbeitslager kamen, nicht geschoren und sie eben auch nicht. Aber weil sie einen Kapo gefragt hat, ob sie nachschauen darf, ob ihre Schwester da ist, hat er sie an den Haaren zur nächsten Baracke geschleift.«

»Ein Kapo?« sagte Ruth. »Ein Jude?«

»Ja«, sagte Edek. »Und wer weiß, was ich getan hätte, wenn ich Kapo gewesen wäre. Gott sei Dank war ich keiner.«

»Ich habe Malka erzählt, daß du wußtest, daß man ihr die Haare ausgerissen hat«, sagte Edek, »und sie hat gesagt, daß das nicht sein kann. Sie hat gesagt, daß du es nicht wissen kannst. Du warst sechs Jahre alt. Du warst nicht in Auschwitz.«

»Wahrscheinlich habe ich es erraten«, sagte Ruth.

»So muß es sein«, sagte Edek. »Du bist ziemlich gut im Raten. Du hast immer viel erraten. Sogar deine Mum war manchmal ganz schon verblüfft.«

Ruth war fassungslos. Sie versuchte sich zu sagen, daß es keinen Grund gebe, so etwas ernst zu nehmen. Als Kind hatte sie alles mögliche mit angehört. Und die Leute vergaßen oft, was sie gesagt hatten. Wahrscheinlich hatte Malka Rooshka die Sache mit ihrem Haar beim Kartenspielen erzählt. Rooshka hätte sie sicher vertraut. Rooshka war keine Schwatzbase. Sie konnte den Mund halten. Sie spielte auch nicht mit, sondern las ein Buch, während die anderen Karten spielten. »Selbst Mum wußte das mit Malkas Haaren nicht«, sagte Edek. Ruth spürte Schwindel.

Sie waren am Bristol angekommen. Ein livrierter Diener öffnete die Wagentür für Ruth. Ein anderer Diener half Edek aus dem Wagen. »Es ist kalt«, sagte Ruth zu Edek. »Mach deine Jacke zu.« Edek atmete tief ein.

»Diese Kälte geht einem nicht durch Mark und Bein«, sagte er. »Nicht wie die Kälte in Amerika oder Australien.«

»Hier ist es zweimal so kalt wie in Australien«, sagte Ruth.

»Aber es geht einem nicht durch Mark und Bein«, sagte Edek.

»Man kann spüren, daß es das nicht tut. Ich hab' dir schon immer gesagt, daß die Kälte in Polen einem nicht durch Mark und Bein geht.«

»Dad, so war es vielleicht, als du einundzwanzig warst«, sagte Ruth, »aber jetzt bist du einundachtzig. Mach bitte deine Jacke zu. Es ist eiskalt.«

»Ich bezahle noch den Fahrer«, sagte Edek. »Geh schon mal rein.«

Ruth wartete auf ihn. »Hast du dem Fahrer fünfzig Zloty als Trinkgeld gegeben?« fragte sie.

»Warum nicht?« sagte er. »Ich habe eine reiche Tochter.«

Ruth ging hinein, während Edek stehenblieb und mit dem Türsteher plauderte. Sie ging zur Rezeption, um Edek anzumelden. Sie war noch immer damit beschäftigt, die endlosen Eintragungen zu machen, die in Polen noch immer verlangt werden, als Edek zu ihr gelaufen kam. »Gib mir zwanzig Zloty«, sagte er. »Ich habe keine mehr.« Ruth gab sie ihm. Er lief zum Türsteher zurück.

»Es ist sinnvoll, dafür zu sorgen, daß er sich um uns kümmert«, sagte Edek zu Ruth, als er wiederkam.

»Was für eine wunderhübsche junge Frau«, sagte er auf polnisch zum Fräulein am Empfang. Sie errötete. »Vielen Dank«, sagte sie auf englisch.

»Wir können ruhig polnisch sprechen«, sagte Edek.

»Warum überschüttest du alle Leute mit Trinkgeldern?« fragte Ruth ihren Vater.

»Warum nicht?« sagte Edek. »Wir können uns das leisten. Du verdienst genug. Für ein Mädchen verdienst du sehr gut.«

»Ich verdiene nicht nur für ein Mädchen sehr gut«, sagte Ruth.

»Und warum willst du dann kein Trinkgeld geben?« sagte Edek.

»Ich gebe immer Trinkgeld«, sagte Ruth. Edek brachte sie jedesmal aus der Fassung. Warum mußte er dauernd widersprechen? Und warum glaubte er immer, er sei im Recht?

»Warum denkst du, du müßtest so tun, als hättest du kein Geld?« fragte Edek.

»Ich tue nicht so«, sagte Ruth. »Wir wohnen im Bristol. Das setzt voraus, daß wir Geld haben.«

»Mich stört es nicht, den Leuten zu zeigen, daß du reich bist«, sagte er.

Ruths letzter Seelenklempner hatte zu ihr gesagt, sie verberge, was sie besitze, vor sich selbst und vor anderen. »Es fällt Ihnen schwer, sich einzugestehen, daß Sie es zu etwas gebracht haben, daß Sie erfolgreich sind«, hatte er zu ihr gesagt. »Sie wollen es verstecken. Sie fürchten, man könnte es Ihnen wegnehmen, wenn Sie es zeigen. Deshalb tun Sie so, als gäbe es nichts. Das hat auch mit Ihren Neidgefühlen anderen gegenüber zu tun«, hatte er hinzugefügt.

»Das kann nicht sein«, hatte Ruth gesagt. »Was soll ich anderen neiden?« – »Seelenfrieden«, hatte er geantwortet.

»Ich bin nicht reich«, sagte Ruth zu Edek.

»Natürlich bist du reich«, sagte er. »Du hast eine Eigentumswohnung.«

»Ich bin dreiundvierzig«, sagte sie. »Viele Vierzigjährige haben Eigentumswohnungen.«

»Du hast eine Wohnung in New York«, sagte Edek. Ruth war verärgert. Ein Apartment an der Vierzehnten Straße, dachte sie, war kein Zeichen von Reichtum.

»Dein Apartment hat drei Schlafzimmer und zwei Bäder«, sagte Edek. Sie funkelte ihn erbost an.

»Das ist ein großartiges Hotel«, sagte Edek auf polnisch zu der Frau am Empfang.

»Danke sehr«, erwiderte sie.

»Meine Tochter wohnt immer in solchen Hotels«, sagte Edek.

»Dad, bist du nicht müde?« sagte Ruth.

»Nein«, sagte er. »Nicht im geringsten.«

»Ich bin völlig erledigt«, sagte sie. »Ich habe Jetlag und bin einen Tag vor dir angekommen. Und dabei habe ich geschlafen.«

»Ich habe keinen Jetlag«, sagte Edek. »Nur meine Tochter bekommt so etwas.«

»Ich muß ins Bett«, sagte Ruth.

Die Frau am Empfang überreichte Edek und Ruth zwei Schlüsselsätze. »Zimmer 579 für Sie, Mr. Rothwax«, sagte sie auf englisch.

»Wo ist mein Zimmer?« sagte Edek zu der Frau am Empfang.

»Ihr Zimmer ist im fünften Stock, Sir«, sagte sie.

»Wo ist das Zimmer meiner Tochter?« fragte Edek.

»Das Zimmer Ihrer Tochter ist Nummer 310 im dritten Stock«, sagte die Frau. Edek sah bedrückt drein.

»Was ist los, Dad?« fragte Ruth.

»Ich komme mir vor wie ein Fisch auf dem Trockenen«, sagte Edek.

»Ein Fisch auf dem Trockenen?« sagte Ruth. »Mach dir keine Sorgen; wir wollen hier in Polen nichts tun, was du nicht tun willst.«

»Polen macht mir keine Sorgen«, sagte er. »Ich bin wie ein Fisch auf dem Trockenen. Weißt du nicht, was das heißt? In Australien verwendet man diese Redensart. Ich komme mir vor wie ein Fisch, was ist auf dem Trockenen.« Ruth sah die Frau am Empfang an. Die Frau wirkte ratlos.

»Mein Zimmer ist weit weg von deinem Zimmer«, sagte Edek.

»Ich habe Ihnen ein sehr gutes Zimmer gegeben, Sir«, sagte die Frau am Empfang.

»Ich will ein Zimmer in deiner Nähe«, sagte Edek zu Ruth. Ruth besorgte ihm ein neues Zimmer.

Viertes Kapitel

In New York waren zu dieser frühen Stunde immer Leute unterwegs, Leute, die liefen oder joggten, Leute auf dem Weg zur Arbeit, Leute, die in Cafés frühstückten. Es war sechs Uhr fünfundvierzig. Auf den Straßen Warschaus war niemand unterwegs.

Ruth war die ul. Krakowskie Przedmieście, die Al. Solidarnośći, Gen. Władysława Andersa und ul. Marszałkowska entlanggelaufen. Polnische Straßennamen klangen für sie militant, um nicht zu sagen militärisch. Und unaussprechlich. Sollte sie sich verirren, dachte sie, wäre es schlechterdings unmöglich, im Hotel anzurufen und zu erklären, wo sie sich befand. Und sie konnte keinen Passanten fragen, weil sie nie und nimmer den Klang der Straßennamen mit den Buchstaben auf den Straßenschildern in Zusammenhang zu bringen vermochte. Bevor sie das Hotel verließ, hatte sie zehn Minuten lang geübt, Krakowskie Przedmieście zu sagen. Krakowskie war leicht. Przedmieście war aussichtslos.

Beim Erwachen hatte sie gespürt, daß sie laufen mußte. Der erste Tag in Polen mit ihrem Vater würde gewiß schwierig werden. Sie würde alle Endorphine brauchen, die das Laufen ihr gab. Mit Edek hatte sie sich für acht Uhr zum Frühstück verabredet. Mahlzeiten mit ihrem Vater waren voller Fußangeln. Sie mußte dafür sorgen, daß sie ihm so ausgeglichen wie möglich gegenübertrat. Es ging ihr jetzt schon viel besser als beim Aufwachen. Sie bog in die Al. Jerozolimskie ein. Wenigstens zeigten sich inzwischen ein paar Leute auf der Straße.

Max hatte sie um fünf Uhr morgens angerufen.

»Ich wußte, daß Sie schon auf sein würden«, hatte sie munter gesagt.

»Warum rufen Sie wieder von zu Hause an, Max? Was ist los?« hatte Ruth gefragt.

»Nichts weiter«, sagte Max. »So spät ist es nicht, erst elf Uhr abends. Ich hätte nur ein paar Fragen. Weiter nichts Besonderes. Ich weiß, daß Sie die Zeit für sich selber brauchen.«

»Liebe Max«, hatte Ruth gesagt, »Schnitt. Ich liege im Bett und habe Bauchweh.«

»Ich wußte, daß die Reise zu anstrengend für Ihre Nerven sein würde«, sagte Max.

»Ich habe Bauchweh, weil ich meine Tage bekomme«, sagte Ruth. Sie hatte im Bett gelegen, sich ihren Bauch gewärmt und an ihre Mutter gedacht.

In Auschwitz hatten die jüdischen Frauen keine Menstruation, hatte ihre Mutter ihr erzählt. Man hatte ihnen Medikamente gegeben, um die Menstruation zu unterdrücken. »Das Mittel nannten wir Brom«, hatte ihre Mutter gesagt. »Sie taten es in die graue Brühe, die sie Suppe nannten. Sogar in dieser stinkenden Suppe konnte man das Zeug schmecken, das wir Brom nannten.«

»Ich fass' mich kurz«, sagte Max. »Können wir einen Brief zum Thema ›der Morgen danach‹ aufsetzen?«

»Der Morgen nach was?« fragte Ruth.

»Na ja, Sie wissen schon, der Morgen danach«, sagte Max, »nach einer Affäre. Eine Kundin möchte einen Brief, in dem sie sich für die Nacht bedankt. Sie hat verschiedene Dankschreiben bei uns machen lassen.«

»Sag ihr, daß wir deutlich, aber nicht drastisch sein werden«, sagte Ruth.

»Machen Sie es?« fragte Max. »Ich meine den Entwurf.«

»Das habe ich mir schon gedacht«, sagte Ruth.

»Etwas Vergleichbares haben wir nicht in den Unterlagen«, sagte Max.

»Ich mach' es«, sagte Ruth. »Suchen Sie mir die Basisinformationen zusammen – Name, Ort und so weiter und ein paar allgemeine Einzelheiten.«

»Danke«, sagte Max. »Nur noch eine Frage. Seit Ihrer Abreise habe ich alle Routinesachen erledigt, aber offenbar hatten wir in dieser Zeit mehr ungewöhnliche Anfragen als sonst.«

»Ich bin erst seit drei Tagen verreist«, sagte Ruth. »Was für eine Frage?«

»Richtig«, sagte Max. »Der Bursche in dem Architektenbüro im Stock über uns will wissen, ob wir einen Liebesbrief schreiben können.«

»Was soll daran schwierig sein?« sagte Ruth.

»Er will ihn einem anderen Mann schicken, und ich war mir nicht sicher, ob ich einen unserer heterosexuellen Briefe einfach abkupfern kann«, sagte Max.

»Warum nicht?« sagte Ruth. »Es sind alles Briefe von Verliebten an die Menschen, in die sie verliebt sind.«

»Ich bin mir nicht sicher, daß ich es kann«, sagte Max.

Ruth wurde klar, daß es falsch gewesen war, für Max erreichbar zu sein. Wenn Max sie nicht erreichen konnte, kam sie prima zurecht und leitete die Firma erstaunlich effizient. Sobald sie sich an Ruth wenden konnte, gewannen ihre entscheidungsunfreudigeren Eigenheiten die Oberhand.

»Ich habe ihm gesagt, daß wir Briefe jeder Art schreiben«, sagte Max, »damit er nicht denkt, bei uns würden Minderheiten diskriminiert.«

»Schicken Sie mir die Einzelheiten zu dem Brief, den er schreiben lassen will«, sagte Ruth.

»Tausend Dank, Ruthie«, sagte Max.

Max war der einzige Mensch außer Edek, der sie Ruthie nannte. Zu Anfang hatte es sie gestört, doch mittlerweile hatte sie sich daran gewöhnt. Letztlich, dachte sie, war es doch richtig gewesen, Max ihre Reiseroute zu sagen. Sie war keineswegs davon überzeugt, daß Max einen homosexuellen Liebesbrief ohne Hilfe verfassen konnte. Gewisse Grundregeln beim Briefeschreiben hatte sie Max einzubleuen versucht. »Mit Lob nie zu verschwenderisch sein«, hatte sie gesagt. »Und nicht kriecherisch werden, wenn man um Entschuldigung bittet. Kein Herumphilosophieren in Briefen des Mitgefühls und möglichst wenig Personalpronomen in Kondolenzschreiben.«

Für Geschäftsbriefe hatte Ruth andere Regeln aufgestellt. Geschäftsbriefe waren unverblümter, und die meisten dieser Schreiben wurden inzwischen von Max erledigt. Für die Liebesbriefe war noch immer Ruth allein zuständig. Max wurde bei Liebesbriefen zu phantasievoll. Sie verlieh ihnen eine Eindringlichkeit, die abschreckend wirken konnte. Ruth vermutete, daß Max zu jung war, um gute Liebesbriefe zu schreiben.

Liebesbriefe schrieb Ruth gerne. Oft mußte sie dabei weinen. Sie ging so in dem Brief auf, daß es einem Schock gleichkam, wenn sie merkte, daß sie die Gefühle, die sie zum Weinen brachten, selbst erfunden hatte, daß die Liebe, von der sie schrieb, sie gar nichts anging – daß es nicht ihre Liebesbriefe waren, sondern letztlich – was sie betraf – Geschäftsbriefe.

Ruth hoffte, den Empfängern der ausführlicheren Liebesbriefe aus ihrer Feder niemals zu begegnen. Sie hatte das Gefühl, mit diesen Fremden in allzu enge Intimität getreten zu sein. In der Woche vor ihrer Abreise aus New York hatte sie zwei besonders intime Briefe schreiben müssen. Einen Brief von einer Mutter an ihre Tochter, den die Mutter ihrem Testament beilegen wollte. Sie wollte, daß ihre Tochter erfuhr, wie sehr sie sie liebte. Die Mutter war fünfundfünfzig Jahre alt und machte einen gesunden Eindruck auf Ruth. Sie hatte gemerkt, daß Ruth sie anstarrte. »Ich liege nicht im Sterben«, sagte sie, »ich will nur meine Vorkehrungen treffen.«

Wenn ich nicht mehr bin, hatte Ruth in dem Brief an die zweiundzwanzigjährige Tochter der Frau geschrieben, *sollst Du wissen, daß ich dennoch bei Dir sein werde. Ein Teil von mir wird immer Teil von Dir sein. Ich habe Dich nicht verlassen. Du hast einen großen Platz in meinem Herzen eingenommen. Den besten Platz in meinem Herzen. Du wirst mich nie vermissen und nie etwas bedauern müssen. Ich werde immer bei Dir sein. Du hast mir am Tag Deiner Geburt Dein ganzes Herz geschenkt und hast mich mit all meinen guten wie schlechten Seiten in Dein Herz genommen. Ich werde für immer bei Dir sein, mein Schatz. Und im Wissen, wie gut Du mich gekannt hast, wirst Du ein gutes Leben leben. Es wird keine unbeantworteten Fragen geben, nichts Ungesagtes, das hätte gesagt werden sollen. Wir hatten einander auf die bestmögliche Weise, und wir werden einander in alle Zukunft haben.* Die Frau hatte geweint, als sie den Brief holen gekommen war. Ruth hatte zu ihrer Beschämung ebenfalls geweint.

Der andere ungewöhnlich intime Brief stand zufälligerweise auch mit einem Testament in Zusammenhang. Der Kunde, Graham Long von Graham Long Bridal Designs, einer großen Brautkleiderfirma auf Long Island, bestellte oft Schreiben zu emotionalen Themen. Ruth verdankte ihm die Erkenntnis, daß das Geschäft mit Bräuten mit seelisch aufwühlenden und überspannten Transaktionen verbunden war. Mr. Long hatte sie um einen Brief gebeten, der die Diskrepanz zwischen dem, was er seiner Tochter vererben wollte, und dem, was er seinem Sohn zu vererben gedachte, erklären sollte. Mr. Long wollte seiner Tochter den Großteil seines Vermögens vermachen. Aus einem unerklärlichen Grund hatte Ruth sich darüber gefreut.

Sie hatte keine Ahnung, warum Mr. Long seine Tochter testamentarisch bevorzugen wollte. Sie fragte ihre Kunden nie mehr als das strikte Minimum, das sie wissen mußte, um den Brief schreiben zu können. Das hatte mit ihrer Professionalität zu tun, aber auch damit, daß sie ihren Kopf nicht mit anderer Leute Sorgen befrachten wollte. Sie hatte genug eigene Schwierigkeiten.

Ruth ermunterte ihre Kunden, in allen Schreiben offen zu sein, besonders jedoch in Schreiben, die nach ihrem Tod gelesen werden sollten. »Wenn Sie tot sind, können Sie sagen, was Sie wirklich sagen wollen«, erklärte sie. »Vor der Antwort brauchen Sie sich nicht mehr zu fürchten.« Religiöse Kunden waren der Ansicht, daß sie nach ihrem Tod auf die eine oder andere Weise anwesend sein würden, daß sie mitbekommen würden, was man über sie sagte. Ein Vorteil der Religiosität, an den Ruth nie zuvor gedacht hatte.

Meistens ließen die Kunden sich von Ruth überzeugen. Sie drückten sich direkt aus und sagten, was sie sich zu Lebzeiten nicht zu sagen getraut hatten. Mr. Long hatte zu Ruth gesagt, seit er die Dinge schriftlich festgehalten habe, empfinde er seinem Sohn gegenüber viel weniger Irritation als vorher.

»Unsere Beziehung hat sich merklich verbessert«, sagte er.

»Sie können jederzeit den Brief vernichten und Ihr Testament ändern, wenn Sie sich mit ihm aussöhnen«, sagte Ruth.

»Sie sind vielleicht komisch«, hatte er gesagt. Leute sagten das oft zu ihr. Ruth fand sich überhaupt nicht komisch. Sie fand, daß sie lediglich vernünftig war.

Ruth hatte den Eindruck, daß Briefe ein Wohlwollen ausdrücken konnten, das im persönlichen Umgang schwer aufrechtzuerhalten war. In Briefen konnte man die eigene Unbeholfenheit überwinden und mußte sich nicht von der Antwort des anderen ablenken lassen. In Briefen konnte man über sich hinauswachsen, und wenn sich Unerwünschtes einschlich, konnte man es eliminieren.

Man konnte Gefühle in einem Brief aussprechen, eine Wärme und Intimität bekunden, die verbal zu äußern den meisten peinlich gewesen wäre. Und Briefe machten ein Ende weniger abrupt – das Ende eines Essens, einer Besprechung, eines Abends, eines Telefongesprächs. Ruth konnte sich mit diesem abrupten Beenden intimer Situationen nie abfinden. Wenn sie ein Essen mit jemandem genossen hatte, war sie versucht, ihn anzurufen, sobald sie nach Hause kam. Nach einem angenehmen Telefongespräch hätte sie oft am liebsten zurückgerufen. Meistens beherrschte sie sich. Sie wollte nicht für eine Irre gehalten werden.

Ruth hatte den Eindruck, daß die Vertrautheit, die sich im Verlauf eines Abends oder eines Telefongesprächs zwischen Leuten einstellte, sich schnell in Luft auflöste, daß es schwer war, sie aufrechtzuerhalten. Sie hatte den Eindruck, daß beim nächsten Treffen oder Telefonat die Unbeschwertheit vom letztenmal verschwunden war und man wieder bei Null anfangen mußte.

In Manhattan war diese Problematik wahrscheinlich besonders ausgeprägt, in Manhattan, wo die Leute einen Bogen umeinander machten. Diese Distanziertheit war mit großer Freundlichkeit und einem Übermaß an Kosenamen garniert. Herzchen und Schätzchen titulierte man einander bis zum Gehtnichtmehr. Verbale Liebesbezeigungen wurden auf der Straße, in Cafés und Restaurants, in Büros und Bussen und der U-Bahn überschwenglich dargeboten. Nur als Toter konnte man ihnen entgehen. Und jeder drückte sich in dieser Sprache aus. Man hätte meinen können, in Manhattan liege wahrhaftig Liebe in der Luft.

In Wahrheit war es fast ein Ding der Unmöglichkeit, über eine oberflächliche Bekanntschaft hinauszugelangen. Über eine förmliche Bekanntschaft, die Art von Förmlichkeit, mit der Leute miteinander verkehren, die kaum etwas über den anderen wissen.

Wenn man in New York jemandem begegnete, wußte man nie, was er seit der letzten Begegnung getan oder erlebt hatte. Man erfuhr weder vom Glück noch vom Unglück der anderen. Hin und wieder erfuhr man vom Unglück, wenn es aus der Welt geschafft war. Über Krankheiten durfte man in New York nur sprechen, wenn sie geheilt waren. Über den Verlust der Arbeitsstelle nur, wenn man sicher in einer neuen Position verankert war. New Yorker ertrugen keine schlechten Nachrichten. Mit schlechten Nachrichten konnte man sie noch unfehlbarer vertreiben als mit der Eröffnung, daß man ihnen nicht nützlich sein konnte. Nützlichkeit galt in New York als äußerst karrieredienlich.

Ruth interessierte sich für anderer Leute Leiden und Probleme. Freunde und Bekannte wurden dadurch wirklicher, dreidimensionaler. In New York war man oft versucht, das Leben der anderen als lückenlose, wenn auch frustrierende Abfolge von Transaktionen zu betrachten. Wenn Ruth erfuhr, daß jemand, den sie kannte, krank und vernachlässigt gewesen war, hatte sie ein schlechtes Gewissen. Eine australische Journalistin, die in der Nähe von Ruths Wohnung lebte, hatte im Vorjahr zwei Wochen lang mit einer schweren Bronchitis das Bett gehütet. »Warum haben Sie mich nicht angerufen?« hatte Ruth gefragt, als die Journalistin ihr erzählte, daß ihr sterbenselend gewesen war. »Ich wollte niemandem lästig fallen«, hatte die Journalistin geantwortet. »Versprechen Sie mir, daß Sie mich beim nächstenmal anrufen?« hatte Ruth gefragt. »In Ordnung«, hatte die Journalistin gesagt. Doch Ruth wußte, daß sie es nicht tun würde. Und sie wußte, daß sie selbst in einer ähnlichen Lage nicht anders handeln würde. So war es eben in New York City.

Bei den seltenen Anlässen, wenn Ruth sich in New York in der Gesellschaft oder in der Wohnung anderer wohl gefühlt hatte, wäre sie am liebsten nicht mehr fortgegangen, wie ein Kind, das von einer Kinderparty nicht nach Hause gehen will oder das sich nicht von seinen Freunden trennen will. Doch als Erwachsener konnte man nicht sagen: »Ich will bei euch bleiben!« Von Erwachsenen erwartete man, daß sie Trennungen ertrugen. Daß sie von anderen getrennt existierten.

Max hatte heute morgen erhebliche Schwierigkeiten gehabt, sich von ihr zu trennen, dachte Ruth. Dreimal hatte sie angerufen, und der letzte Anruf war Ruth völlig überflüssig erschienen. »Wir brauchen noch jemanden für handgeschriebene Briefe«, hatte Max gesagt. »Ich habe dafür keine Zeit.«

»Wie wäre es mit Bern?« sagte Ruth.

»Seine Schrift ist ein hoffnungsloser Fall«, sagte Max.

»Ich werde mir was überlegen, wenn ich wieder da bin«, hatte Ruth gesagt.

Ruth blieb an der Ampel Ecke Krakowskie Przedmieście und Królewska stehen. Bisher war es ihr heute morgen beim Laufen gelungen, keine Ampel bei Rotlicht zu erreichen. Sie freute sich, wenn ihr das gelang. Die Ampel schaltete auf Grün. Ruth lief wieder los. Noch zehn Minuten, und der Morgenlauf war beendet.

»Ich sehe, daß Sie noch immer nicht wissen, mit wem Sie es zu tun haben«, sagte die Stimme. Ruths Herz pochte heftig. Nicht schon wieder! »Ich will es Ihnen leicht machen«, sagte die Stimme. »Ich heiße Rudolf.« Ruth brach der Schweiß aus. Er lief ihr Gesicht hinunter. Ihr ganzer Körper fühlte sich feucht an. Sie hörte zu laufen auf.

»Den Namen Rudolf kennen Sie ja wohl«, sagte die Stimme. Ruth nahm ihre Kopfhörer ab und blickte um sich. Niemand war in der Nähe. »Rudolf«, wiederholte die Stimme. Ruth hielt sich die Hände auf die Ohren. »Sie hören mich nicht über Ihre Ohren«, sagte die Stimme.

Ruth war, als müsse sie sich erbrechen. Schon andere Male, wenn sie zu abrupt zu laufen aufgehört hatte, war ihr so zumute gewesen. Sie nahm an, daß sie ihres Vaters wegen so angespannt war. Niemand sprach zu ihr. Es gab keine Stimme. Es gab nichts als eine ganz normale Warschauer Straße.

»Ich sehe, daß ich nicht umhin komme, mich Ihnen vorzustellen«, sagte die Stimme. »Ich bin Rudolf Franz Ferdinand Höß.« Ruth lehnte sich an das Gebäude, vor dem sie stand. Vielleicht würde ihr wohler sein, wenn sie sich erbrochen hatte. »Rudolf Höß«, sagte die Stimme. »Kommandant von Auschwitz von 1940 bis 1943.« Ruth versuchte tief einzuatmen. Offenbar war sie nervöser, als sie sich eingestehen wollte. Angstsymptome erlebte sie nicht zum erstenmal. Sie würde zum Hotel zurückgehen und ein warmes Bad nehmen. Ein warmes Bad würde ihr guttun.

»Bitte verwechseln Sie mich nicht mit Rudolf Heß«, sagte die Stimme. »Ich kann es nicht leiden, mit ihm verwechselt zu werden. Er ist erst seit 1987 hier. Wie Sie zweifellos wissen, hat er Selbstmord begangen. Er war dreiundneunzig. Aber lassen wir dieses Thema.«

Ruth erbrach sich in den Rinnstein. Sie verspürte ein wenig Erleichterung. »Wovor fürchten Sie sich?« sagte die Stimme. »Vor mir fürchtet sich niemand mehr.« Das laute Klopfen ihres Herzens übertönte fast alle Geräusche. »Ich möchte Ihnen von mir erzählen«, sagte die Stimme. »Ich möchte Ihnen erzählen, was mir widerfahren ist.« Ruth begann zu gehen. »Ich muß es Ihnen erzählen«, sagte die Stimme.

»Ich muß es nicht hören«, sagte Ruth.

»Ich wußte, daß Sie bald genug mit mir sprechen würden«, sagte die Stimme.

Ruth wischte sich mit einem der Papiertaschentücher, die sie immer bei sich hatte, das Gesicht ab. Langsam ging sie zum Hotel. Im Mund hatte sie einen üblen Geschmack. Sie hatte ganz vergessen, wie ekelhaft der Nachgeschmack von Erbrochenem war. Nur zwei-, dreimal in ihrem Leben hatte sie sich erbrochen. Wahrscheinlich eine Lebensmittelvergiftung, dachte sie. Das würde auch die Halluzinationen erklären.

»Ich habe Sie in Polen ankommen sehen«, sagte die Stimme. »Ich habe schon viele in Polen ankommen sehen. Aber ich wußte, daß Sie die Richtige sind. Ich wußte es.«

»Wo sind Sie?« fragte Ruth unvermittelt. Sie war entsetzt, als sie ihre eigenen Worte hörte.

»Ich bin im Zweiten Himmelslager«, sagte die Stimme. »So heißt das. Eine Unterabteilung des Himmels, ein Satellitenlager. Mein

Englisch ist gut, finden Sie nicht?« Ruth blieb stehen. »Manche Leute nennen es Zweite Himmelsabteilung«, sagte er, »weil das weniger militärisch klingt. Aber ich weiß, daß es ein Lager ist. Über Lager weiß ich schließlich Bescheid, im Unterschied zu manchen unserer Insassen.

Und ich weiß, daß es nicht das Zweite Himmelslager ist. Wir sind nicht im Himmel. Es heißt nur nicht so wie das, was es ist. Wen wollen sie damit hinters Licht führen? Die meisten von uns wissen, daß wir in der Hölle sind. Schauen Sie nicht so überrascht. Die Hölle ist hier oben. Nicht unter der Erde. Das ist ein Ammenmärchen. Es war keine schlechte Idee, sie hier oben einzurichten. Ganz nah am Himmel. Wenn die Leute herkommen, wissen sie nicht genau, wohin sie kommen. Wer würde sich schließlich freiwillig unter die Erde begeben? Kein Mensch.«

Ruth hatte nicht gemerkt, daß sie überrascht dreinsah. Sie hatte gedacht, vor Verblüffung sei ihre Miene ausdruckslos.

»Sie sind Rudolf Höß?« sagte sie.

»Aber gewiß doch«, sagte die Stimme. »Wer sollte schon so tun wollen, als wäre er Rudolf Höß?« Er schwieg einen Augenblick. »Natürlich bin ich nicht der, der ich einmal war. Ich habe Arthritis in der rechten Schulter, mit meinem Bein ist etwas nicht in Ordnung, mein Magen macht mir zu schaffen, und meine Knochen tun mir weh.

Schauen Sie nicht so entgeistert. Im Zweiten Himmelslager kann man seine Knochen spüren, selbst wenn man eingeäschert wurde. Man kann noch immer jeden einzelnen Körperteil spüren. Das ist fürchterlich. Im Zweiten Himmelslager kann nichts geheilt werden. Wenn man ein Leiden hat, gibt es keine Behandlung. Im Himmel ist das anders. Dort habe ich Leute in sehr guter Verfassung gesehen. Seit vielen Jahren bemühe ich mich, aus dem Zweiten Himmelslager entlassen zu werden, aber das ist nicht so einfach.

Als ich herkam, gab es hier kaum Juden«, sagte er. »Die Juden schienen sich hauptsächlich im Hauptlager, im Himmel, aufzuhalten. Das war eine Erleichterung für mich. Mittlerweile haben wir gar nicht so wenige Juden hier im Unterlager Zweites Himmelslager. Sie sind zu mir nicht unfreundlicher als zu jedermann sonst.«

»Wenn ich mit Ihnen sprechen kann«, sagte Ruth, »warum kann ich mich dann nicht mit meiner Mutter in Verbindung setzen?« Die Frage war eine Falle, eine Frage, für die sie sich keine Antwort ausgedacht hatte, ein Test, um zu sehen, ob sie wirklich Selbstgespräche führte. Um zu sehen, ob sie die Grenze zwischen Normalität und Wahnsinn überschritten hatte.

»Ich mußte mich mehr anstrengen, um Sie zu erreichen«, sagte Höß.

»Wollen Sie damit sagen, daß meine Mutter nicht mit mir sprechen will?« sagte Ruth.

»Ich will gar nichts sagen«, sagte Höß.

»Warum frage ich Sie nach meiner Mutter?« sagte Ruth.

»Weil ich ihr näher bin, als Sie es sind«, sagte Höß.

»Körperliche Nähe hat nichts zu bedeuten«, sagte Ruth. »Sonst wäre man in jeder Menschenmenge den anderen nahe. Außerdem sind Sie tot. Sie existieren nicht körperlich; warum sollen Sie mir dann körperlich nahe sein können?«

»Wenn ich nicht körperlich existiere, warum tun mir dann meine Knochen weh?« sagte Höß.

»Das weiß ich nicht«, sagte sie. »Sie wissen doch so gut Bescheid.«

»Warum hören Sie zu gehen auf, wenn Sie mit mir sprechen?« fragte Höß. »Ich bin auch noch da, wenn Sie gehen. Ich stehe nicht irgendwo. Das Zweite Himmelslager – nennen wir es lieber, was es ist: die Hölle – ist überall.«

»Ich kann nicht zwei Dinge gleichzeitig tun«, sagte Ruth. »Es ist mir schon immer schwergefallen, mich auf zwei Sachen gleichzeitig zu konzentrieren.«

»Vielleicht gehören Sie nicht zu den schlauen Juden«, sagte Höß. »Das war natürlich ein Scherz.« Ruth lachte nicht. »Es sollte erlaubt sein, Scherze über Juden zu machen«, sagte Höß. »Man kann Juden nicht nur ernst oder in tragischem Licht betrachten. Juden gelten als humorvoll. Von jeher. Obwohl ich nicht sagen kann, daß sie in Auschwitz den Eindruck gemacht hätten, als fänden sie es dort amüsant oder lustig. Erst seit ich eingeäschert und in das Zweite Himmelslager verbracht wurde, habe ich begriffen, was mit diesem jüdischen Sinn für Humor gemeint war. Es verletzt Sie doch nicht, wenn ich über die Juden spreche? Sogar Deutsche sollten heutzutage über Juden lachen dürfen.«

»Über Juden lachen«, sagte Ruth, »das war Ihr Versprecher. Mit Juden lachen vielleicht.« Sie hörte Stöhnen und Zähneknirschen. »Scheiße«, sagte Höß, »wenn ich solche Fehler mache, komme ich nie in den Himmel.«

»Ich weiß, was Scheiße heißt«, sagte Ruth.

»Ich wollte nicht Scheiße sagen, und ich wollte nicht sagen: über Juden lachen«, sagte Höß. »Ich wollte selbstverständlich sagen: mit Juden lachen.«

»Selbstverständlich«, sagte Ruth.

»Es ist mir noch nicht gelungen, das Sensibilitätstraining im Zweiten Himmelslager erfolgreich abzuschließen«, sagte Höß. »Daß man dieses Training erfolgreich absolviert hat, ist Voraussetzung dafür, daß man sich für die Verlegung in den Himmel überhaupt bewerben darf. Seit einundfünfzig Jahren und acht Monaten mache ich diese Ausbildung.

Am Tag nach meiner Hinrichtung wurde ich gezwungen, den Kurs zu belegen. Sensibilitätstraining. Was für ein Fach. Es war nicht sehr sensibel von dem polnischen Militärgericht, mich in Auschwitz hinrichten zu lassen, gleich neben dem Haus, in dem ich mit meiner Frau und meinen fünf Kindern gewohnt habe. Nur zwei der Richter sind hier oben bei mir. Auf die anderen habe ich immer gewartet.«

Schockiert stellte Ruth fest, daß ihr nicht mehr übel war. Es ging ihr fast wie immer. Plötzlich kam es ihr ganz normal vor, sich mit jemandem zu unterhalten, den es nicht gab. Irgend etwas stimmte nicht mit ihr, dachte sie.

»Warum kann ich Sie hören?« fragte sie Höß.

»Manche Menschen sind sensibler für das, was um sie ist, als andere«, sagte er. »Sie sind es. Wahrscheinlich würden Sie das Sensibilitätstraining, das mir solche Schwierigkeiten bereitet, ohne weiteres bestehen. Verblichene hören zu können ist ein ganz normaler

Aspekt der Sensibilität. Daran ist nichts Außergewöhnliches. Es ist nur Sensibilität. Vergessen Sie nicht, daß ich mich seit fast zweiundfünfzig Jahren mit diesem Thema beschäftige.«

»Verblichene ist ein idiotisches Wort«, sagte Ruth. »Leute sterben, sie verbleichen nicht. Im übrigen ist es nicht weit her mit Ihren Sensibilitätskenntnissen. Jahr für Jahr bleiben Sie sitzen.«

»Sie sind gegen mich voreingenommen«, sagte Höß. »Sobald die Prüfer mich sehen, sagen sie ›durchgefallen‹. Ich sehe jede Menge unintelligente Leute das Training bestehen. Und ich weiß, daß ich sensibler bin als sie. Ich spüre viel mehr Dinge als früher. Ich kann zum Beispiel spüren, daß Sie wissen, warum Sie so sensibel sind.«

»Was reden Sie da?« sagte Ruth. Sie wußte, daß sie unablässig Worte und Handlungen interpretierte und übersetzte, daß sie unablässig Mienenspiel und Gesten erforschte und beobachtete.

»Ich spreche von der Sensibilität«, sagte Höß. »Ein sehr irritierendes Thema. Kürzlich sagte jemand zu Himmler, er sei so sensibel. Sie wissen, wer Himmler ist, Miss Rothwax?«

»Sie kennen meinen Namen?« sagte Ruth.

»Selbstredend kenne ich Ihren Namen«, sagte Höß. »Der Name ist das, was man von einer Person am leichtesten in Erfahrung bringt. Aber ich sprach nicht von Ihnen, sondern von Himmler. Heinrich Himmler, Reichsführer-SS, Leiter der Gestapo und der Waffen-SS. Der zweitmächtigste Mann in NS-Deutschland. Sensibel, daß ich nicht lache! Nur weil er kleinwüchsig ist und wie ein Bankangestellter aussieht, halten die ihn für sensibel.« Höß seufzte. »Niemand spricht hier mit mir. Seit Jahren hat niemand mit mir gesprochen. Selbst meine früheren Kollegen tun so, als kennten sie mich nicht.«

Ruth merkte, daß sie schnell geblinzelt und mit dem Fuß geklopft hatte. Sie fragte sich, ob es Höß aufgefallen war.

»Was für eine Aktion machen Sie da mit Ihrem Bein?« fragte Höß.

»Nichts«, sagte sie. »Das ist nur eine nervöse Marotte von mir.« Sie hielt still.

»O Gott«, sagte sie. »Ich muß gehen. Ich bin mit meinem Vater zum Frühstück verabredet.« Sie machte sich auf den Rückweg zum Hotel. Sie fühlte sich erstaunlich wohl.

»Gott?« sagte Höß. »Sie glauben doch nicht etwa an Gott? Doch nicht nach dem, was Sie gesehen haben?«

»Was soll ich gesehen haben?« sagte Ruth. »Ich war nicht dabei.«

»Manchmal muß man nicht körperlich zugegen sein, um etwas zu sehen«, sagte Höß. »Ich dachte, das wüßten Sie.«

»Absurd«, sagte Ruth. »Ich weiß nur einen Bruchteil dessen, was meinen Eltern widerfahren ist.«

»Man muß nicht alles wissen, um zu wissen, daß es keinen Gott gibt«, sagte Höß.

»Komisch; das hat meine Mutter immer gesagt: ›Es gibt keinen Gott‹«, sagte Ruth.

»Wenn es ihn gäbe«, sagte Höß, »denken Sie, daß ich dann so von ihm sprechen würde? Das würde ich natürlich nicht tun, denn sonst würde ich mir damit einen Platz im Himmel für alle Zeiten verscherzen.«

Ruth sah zum Himmel. Die ganze Zeit, als sie mit Höß gesprochen hatte, hatte sie auf ihre Füße gesehen.

»Sie können mich nicht sehen«, sagte Höß zu ihr. »Sie können mich erst sehen, wenn Sie in das Zweite Himmelslager kommen. Allerdings weiß ich nicht, ob das Ihr Geschick sein wird. Vielleicht kommen Sie in den Himmel? Und vom Himmel aus kann man nicht in unser Zweites Himmelslager hineinsehen. Im Himmel werden den Leuten Anblicke erspart, die allzu unerquicklich sein könnten.«

Ruth sah wieder auf ihre Füße. Sie sahen aus wie immer. So, wie sie ausgesehen hatten, bevor sie in dieses Gespräch mit SS-Obersturmbannführer Rudolf Höß verwickelt worden war. Ihre schwarz-grün-gemusterten Joggingschuhe waren vom gestrigen Laufen im Sächsischen Garten leicht verschmutzt. Ihre Socken waren nur Socken. Etwas in ihr hatte sich kurz gefragt, ob sie gestorben war. Sie betastete ihr Gesicht. Es war warm trotz der Kälte. Sie befühlte ihre Hüften. Es waren noch immer die breiten Hüften, die sie immer schmaler zu machen versuchte.

»Lassen Sie mich darauf zurückkommen, warum ich meinen Glauben verlor«, sagte Höß.

»Vielleicht will ich davon nichts hören?« sagte Ruth.

»Ich denke, Sie können offen mit mir sein«, sagte Höß. »Sie wollen davon hören, ich sehe es Ihrem Gesicht an. Ich hatte meine Gründe, Sie auszuwählen. Obwohl ich mich im Zweiten Himmelslager langweile und nichts Richtiges zu tun habe, würde ich meine Zeit nicht mit jedem x-beliebigen verschwenden. Sie habe ich ausgewählt, weil ich wußte, daß Sie es wissen wollen.«

Höß räusperte sich. Ruth fand es bemerkenswert, daß man sich auch in der Hölle räuspern muß. Es verlieh Höß' Behauptung, er könne seine Knochen spüren, Glaubwürdigkeit. Wenn man seine Stimmbänder nicht spürte, brauchte man sich nicht zu räuspern. In diesem Punkt mußte Höß die Wahrheit gesagt haben, dachte sie.

»Ich war dreizehn, als ich den Glauben an Gott verlor«, sagte Höß. »Es ereignete sich in der Folge einer völlig harmlosen Begebenheit. Versehentlich schubste ich einen Mitschüler in der Schule die Treppe hinunter, und er brach sich den Knöchel. Sie können sich denken, wie viele Hunderte Schüler diese Treppe hinuntergestürzt waren, ohne sich etwas zu brechen. Mir selbst ist es so ergangen. Es war ein großes Pech, daß dieser Knabe sich verletzte.

Ich ging zur Beichte wie jede Woche«, sagte Höß. »Hören Sie mir zu?«

»Ich dachte, Sie könnten erkennen, ob ich Ihnen zuhöre«, sagte Ruth. »Sprechen Sie weiter, ich höre zu.«

»Ich ging zur Beichte«, sagte Höß, »und beichtete den ganzen Unfall. Zu Hause sagte ich nichts davon. Ich wollte meinen Eltern nicht den Sonntag verderben. Zufällig war der Priester, der mir die Beichte abnahm, ein guter Freud meines Vaters, und zufällig war er an jenem Abend bei uns zum Essen eingeladen.

Der Priester beging einen Verrat, den ich mir nie hätte träumen lassen, und erzählte meinem Vater von dem Vorfall«, sagte Höß. »Mein Vater bestrafte mich natürlich. Ich war fassungslos, entsetzt, aufs tiefste getroffen. Nicht durch die Schläge, sondern angesichts dieses Verrats. Mein ganzer Glaube an das heilige Priesteramt war zerstört«, sagte Höß. »Nie wieder konnte ich einem Priester vertrauen. Ich bin nie mehr zur Beichte gegangen.«

»Das war doch alles in allem ganz gut für Sie«, sagte Ruth.

»Was wollen Sie damit sagen?« fragte Höß.

»Ihre Beichten wären notgedrungen ziemlich umfangreich ausgefallen. Sie hätten Ihnen eine Menge Lebenszeit geraubt«, sagte Ruth.

»Ich verstehe, was Sie sagen wollen«, sagte Höß. »Von jenem Tag an glaubte ich nicht mehr, daß Gott meine Gebete hörte. Wie gesagt war mein Vater ein frommer Katholik. Unerbittlich drängte er darauf, daß ich Priester zu werden hätte. In dem Jahr nach dem Unfall in der Schule starb er ganz unerwartet. Ich kann mich nicht entsinnen, seinen Tod allzu sehr betrauert zu haben. Dann brach der Krieg aus, und ich wollte an die Front. In meinen Adern floß Soldatenblut. Geschichten von der Front konnte ich stundenlang lauschen, ohne Überdruß zu empfinden. Meine Familie wollte mich an ein Institut verfrachten, wo Missionare ausgebildet wurden. Meine Mutter wollte nicht, daß ich an die Front ging, weil auch sie dachte, ich sei zum Priester bestimmt. Aber ich bin eigensinnig, und schließlich gelang es mir, in das Regiment einzutreten, in dem mein Vater und mein Großvater gedient hatten. Ich war fünfzehn.«

»Ein Wunderkind«, sagte Ruth.

»Danke«, sagte Höß. »Für mich war der Soldatenberuf eine Berufung. Als ich zum erstenmal einen Mann erschoß, war ich kalt wie Eis. Ich war völlig beherrscht. Ich sagte mir: ›Mein erster Toter.‹ Die Hemmung war überwunden.«

»Die Hemmung zu töten?« sagte Ruth.

»So ist es«, sagte Höß. »Ich denke, Sie kennen sich mit Hemmungen und Zwangshandlungen und Illusionen gut aus.«

»Mit dem Töten kenne ich mich nicht aus«, sagte Ruth.

»Während des Krieges dachte ich über den Wunsch meiner Eltern nach, daß ich Priester werden sollte«, sagte Höß. »Wie Sie wissen, war ich vom Priesteramt enttäuscht, doch selbst wenn das nicht der Fall gewesen wäre, hätte ich an meiner Eignung für dieses Amt gezweifelt. Im letzten Brief, den meine Mutter mir vor ihrem Tod schrieb, schärfte sie mir ein, nie von dem Pfad abzuweichen, für den mein Vater mich bestimmt hatte. Mein Vormund und alle meine Verwandten wollten mich dazu bewegen, sogleich in ein Priesterseminar einzutreten. Sagte ich, daß der Krieg, von dem ich spreche, der Krieg vor jenem anderen Krieg ist, an dem Ihre Eltern beteiligt waren?«

»Das ist die originellste Verwendung des Wortes ›beteiligt‹, die mir je zu Ohren gekommen ist«, sagte Ruth. »Meine Eltern waren nicht ›beteiligt‹. Meine Mutter hat gehungert und wurde geschlagen und vergewaltigt und gequält auf jede Weise, die Ihre Leute sich nur ausdenken konnten. So etwas kann man kaum als ›beteiligt‹ bezeichnen. Sie sollten Ihr Englisch aufpolieren.«

Ruth war wieder schwindlig. Höß sagte: »Wörter sind Ihnen wohl sehr wichtig?«

»Bei manchen Wörtern wird mir speiübel«, sagte sie.

»Die Zeit, von der ich spreche, war keine leichte Zeit für mich«, sagte Höß. »Die volle Bedeutung des Todes meiner Mutter wurde mir bald darauf klar. Ich begriff, daß ich kein Zuhause mehr hatte. Meine Verwandten hatten unseren Besitz unter sich aufgeteilt; keinen Augenblick zweifelten sie daran, daß ich Missionar werden würde und meine Schwestern in dem Kloster bleiben würden, in das man sie gesteckt hatte. Da wußte ich, daß ich mir meinen Weg in der Welt ganz allein erkämpfen mußte.«

Ruth blickte um sich. Jetzt waren viele Leute auf Krakowskie Przedmieście unterwegs. Sie dachte, daß sie merkwürdig aussehen müsse, so wie jemand, der Selbstgespräche führt. Ihre Joggingkleidung war für die Polen schon exzentrisch genug. Jetzt wirkte sie gewiß wie jemand von einem fremden Planeten.

»Sie hören mir nicht zu«, sagte Höß. »Ich sehe, daß Sie sich Gedanken machen über das, was andere von Ihnen denken.«

»Ich sehe sicher ziemlich merkwürdig aus«, sagte Ruth.

»Machen Sie sich keine Sorgen«, sagte Höß. »Niemand sonst kann hören, was ich zu Ihnen sage.«

»Aber mich kann man hören«, sagte Ruth. »Ich muß wirken, als würde ich Selbstgespräche führen.«

»Wenn Sie mit mir sprechen, fällt das anderen keineswegs auf«, sagte Höß.

»Das ist nicht logisch«, sagte Ruth.

»Nicht sehr viel in der Welt ist logisch«, sagte Höß, »wie Sie zweifellos wissen.« In Ruths Kopf begann sich alles zu drehen. Sie war erschöpft. »Machen Sie sich keine Sorgen«, sagte Höß. »Sie machen sich immer zuviel Sorgen. Niemand beachtet Sie. Niemand wird Sie verhaften. Ich selbst wurde als junger Mann für einen sehr bedauerlichen Zwischenfall verhaftet. Am 28. Juni 1923. Das Datum weiß ich genau. Zahlen kann ich mir gut merken.«

»Wird das eine lange Geschichte?« fragte Ruth.

»Nein, überhaupt nicht«, sagte Höß. »Ich war im Freikorps. Das waren Freiwillige, die sich zusammenschlossen, um die Grenzen zu überwachen und Unruhen im Inneren zu verhindern.«

»Unruhen im Inneren«, sagte Ruth. »Das klingt wie Verdauungsbeschwerden.« Was für eine alberne Antwort, dachte sie. Sie merkte, daß sie nicht mehr klar denken konnte. Sie mußte in ihr Hotel zurückgehen.

»Was für eine alberne Antwort«, sagte Höß. »Ich werde nichts dazu sagen. Die deutsche Regierung brauchte die Freikorps für Situationen, denen die Polizei und später die Armee nicht gewachsen war. Folglich konnten Gesetzesverstöße durch Freikorpsangehörige nicht bestraft werden. Wir schufen uns deshalb unsere eigene Justiz. Verrat wurde mit dem Tod bestraft, und es gab viele Verräter. Unsere Gerichtsverfahren orientierten sich an den mittelalterlichen Femegerichten, die in geheimer Sitzung ihre Urteile fällten und sie im Geheimen vollstreckten. Das war genau das Richtige für uns, aber ich hatte Pech. Ein Femegerichtsverfahren, an dem ich beteiligt war, wurde öffentlich bekannt, und ich wurde vor Gericht gestellt. Wir hatten einen Mann hingerichtet, der einen der Unseren an die Franzosen verraten hatte. Schlageter, der von ihm Verratene, war ein alter Waffenkamerad von mir.«

»Können Sie sich etwas kürzer fassen?« fragte Ruth. »Mir ist nicht wohl.« Warum hörte sie ihm überhaupt zu? Sie konnte doch einfach in ihr Hotel zurückgehen.

»Ich werde mich kurz fassen«, sagte Höß, »weil ich sehe, daß Ihnen nicht wohl ist. Natürlich war ich bei der Hinrichtung des Verräters zugegen gewesen. Aber selbstverständlich hatte ich keine entscheidende Rolle gespielt. Während meines Verhörs merkte ich, daß der Kamerad, der die Hinrichtung vollzogen hatte, durch meine Aussage belastet werden konnte, und deshalb nahm ich die Schuld auf mich.«

»Ich habe mich schon gefragt, wann Sie wieder mit Ihrer Unschuld anfangen würden«, sagte Ruth. »Erst stoßen Sie jemanden zufällig die Treppe hinunter, und jetzt wollen Sie einen Mord nicht begangen haben. Ich bin richtiggehend gespannt, was Sie mir als Nächstes auftischen werden.«

»Wie kommen Sie dazu, in diesem Ton mit mir zu sprechen?« sagte Höß. »Ich bemühe mich, Ihnen mein innerstes Inneres darzulegen, die psychologischen Höhen und Tiefen meines Lebens.«

»Was für eine Aussicht!« sagte Ruth.

»Ich bemühe mich, so ehrlich wie möglich zu sein«, sagte Höß.

»Ich kann mir vorstellen, wie schwer Ihnen das fällt«, sagte Ruth. Die Ironie in ihrer Stimme schien Höß zu entgehen.

»Es ist schmerzlich für mich«, sagte Höß. »Bedenken Sie, daß wir im Zweiten Himmelslager Schmerzen empfinden können.«

»Das gehört zum Interessantesten, was Sie mir gesagt haben«, sagte Ruth. »Das werde ich nicht vergessen.«

»Am 15. März 1924«, sagte Höß, »wurde ich zu zehn Jahren Festungshaft für die Ermordung dieses Verräters verurteilt. Ich darf Ihnen verraten, daß die Verbüßung einer Haftstrafe in einem russischen Kerker ein Erlebnis ist, das ich niemandem empfehlen kann.

Als politischer Gefangener wurde ich in Einzelhaft gehalten. Das war meine Rettung.

Ich beobachtete meine Mithäftlinge vom Zellenfenster aus. Ich beobachtete sie beim Hofgang. Ich beobachtete sie in der Wäscherei und beim Barbier. Ich hörte ihnen zu, wenn sie sich Nacht für Nacht unterhielten. Ich hörte ihrem verbitterten Geist zu, ihren abscheulichen Gedanken, ihrer Verkommenheit, ihrer Abscheulichkeit und ihren Lastern. Eine Welt, von der ich nichts geahnt hatte, eröffnete sich vor meinen Augen. Im Kerker hatte ich Zeit, über mein Leben nachzudenken. Fehler zu erwägen, die ich gemacht hatte, und Schwächen, die ich gezeigt hatte.

Ich tat einen feierlichen Schwur. Ich schwor mir, alles in meiner Macht Stehende zu tun, um dafür zu sorgen, daß meine Zukunft so bequem und sorgenfrei wie möglich sein würde. Nach und nach paßte ich mich der ordinären Sprache der Gefängniswärter und der scheußlichen, widerlichen, obszönen und schmutzigen Ausdrucksweise der Gefangenen an, obwohl ich mich nie mit dem Zynismus abfinden konnte, mit dem die Gefangenen alles Schöne behandelten. Ihre anstößige, verdorbene Sprache benutzten sie zur Schilderung von Dingen, die vielen Menschen heilig sind. Aus Selbstbeobachtung lernte ich auch, daß ein sensibler Gefangener unter ungerechtfertigten verbalen Attacken mehr leidet als unter jeder körperlichen Grausamkeit.«

»Kotze, Scheiße, Drecksau, Arschgesicht«, rief Ruth. Die Wörter entfleuchten ihrem Mund und ließen sie verblüfft zurück. Woher waren sie gekommen? »Arschficker!« rief sie Höß zu.

»Damit können Sie mich nicht verletzen«, sagte Höß. Ruth kam es vor, als könne sie seinen Konsonanten und Vokalen eine Spur puritanischen Naserümpfens entnehmen.

»Ich glaube, es geht Ihnen jetzt besser«, sagte Höß. »Ihr Gesicht sieht wieder frischer aus.« Ruth schwieg. »Gegen Ende meines zweiten Jahrs im Gefängnis machte ich eine schwere Zeit durch«, sagte Höß. »Ich konnte nicht mehr essen und nicht mehr schlafen. Ich konnte mich auf nichts mehr konzentrieren und ging den ganzen Tag in meiner Zelle auf und ab. Der Arzt diagnostizierte Haftpsychose. Man gab mir Beruhigungsmittel und Invalidennahrung. Eines Nachts sah ich meine toten Eltern neben mir stehen und sprach mit ihnen. Das habe ich noch nie jemandem erzählt.«

»Ich muß jetzt gehen«, sagte Ruth. »Ich muß mich duschen und umziehen, bevor ich meinen Vater zum Frühstück treffe.«

»Es ist wenig sensibel von Ihnen, in genau diesem Moment zu gehen«, sagte Höß. »Aber wie auch immer, ich hatte Glück. Im Reichstag bildete eine Koalition aus extremer Rechter und extremer Linker die Mehrheit, als ich noch fünf Jahre abzusitzen hatte. Am 14. Juli 1928 wurde eine Amnestie erlassen. Ich war frei.«

»Hurra«, sagte Ruth.

»Sarkasmus ist überflüssig«, sagte Höß. »Mir macht das nichts aus. Die Freiheit war anfangs nicht leicht zu ertragen. Ich ging nach Berlin. Gutherzige Freunde schickten mich ins Kino und ins Theater und zu allen möglichen Festlichkeiten. Es war zu anstrengend. Ich sehnte mich nach Frieden. Ich mußte dem Lärm und der Aufregung in der Großstadt entkommen. Und ich hatte Glück. Zehn Tage später verließ ich Berlin, um als Agronom tätig zu werden. Ich wünschte mir, auf dem Land zu leben. Ich wollte Deutschland wiederaufbauen. In der Haftzeit hatte ich beschlossen, für eine einzige Sache zu kämpfen und zu arbeiten, meinen eigenen Bauernhof zu besitzen und ihn mit einer großen und gesunden Familie zu bewohnen.«

»Sie reden daher wie ein seniler Hippie«, sagte Ruth.

»Wie bitte?« sagte Höß. »Was sagten Sie?« fragte er.

»Nichts«, sagte sie.

»Ich mußte dem frivolen, ungesunden und moralisch verwerflichen Großstadtleben entkommen«, sagte Höß.

Ruth wurde klar, daß ihr nicht mehr genug Zeit blieb, vor dem Frühstück zu duschen. »Und ich fand die Frau, nach der ich mich in all meinen einsamen Jahren gesehnt hatte«, sagte Höß. »Es war, als hätten wir uns schon immer gekannt. Diese Übereinstimmung und Einigkeit und Harmonie hat unser ganzes gemeinsames Leben gekennzeichnet. So war es während der harten Zeiten und während der guten Zeiten und während der schlechten Zeiten. Nichts, was in der Außenwelt geschah, hatte Einfluß auf unsere Liebe.«

»Augenblick mal«, sagte Ruth. »Das muß ich mir nicht anhören.«

»Was paßt Ihnen nicht an dem, was ich sage?« fragte Höß.

»Das würden Sie nicht verstehen«, sagte Ruth. »Im übrigen haben Sie dreimal in einem Satz ›während‹ gesagt.«

»Ich verstehe viel mehr als Sie denken«, sagte Höß.

»Ich gehe jetzt«, sagte Ruth. Es reichte ihr. Sie wandte sich abrupt um und entfernte sich. Höß schrie auf. Es war ein Schmerzensschrei. Ruth wandte sich um, dorthin, wo sie ihn wähnte. »Was ist los?« fragte sie.

»Nichts, gar nichts«, sagte Höß. Seine Stimme klang schwach.

»Warum halten Sie mich dann auf?« sagte Ruth. »Ich bin in Eile.« Sie drehte sich um und ging weg. Wieder schrie Höß, diesmal lauter. Ruth blieb stehen und sah dahin, wo sich ihrer Vorstellung nach Höß befinden konnte. »Was ist los?« fragte sie mit fester Stimme. »Können Sie Abschiede nicht ertragen?«

»Ich kann alles ertragen«, sagte Höß. Ruth wandte sich angewidert ab. Der Schrei, den Höß ausstieß, tat ihr in den Ohren weh. Sie hielt inne.

»Das hier hat nicht das geringste mit Ihnen zu tun«, sagte Höß.

»Tatsächlich?« sagte Ruth. Bedächtig erwog sie ihre letzten Bewegungen. Sie grub die Ferse in den Boden, als wolle sie kehrtmachen. Höß schrie auf. Sie tat es noch einmal. Er brüllte wie am Spieß.

»Das hat nicht das geringste mit mir zu tun?« sagte sie. Höß schwieg.

»Ich gehe jetzt«, sagte sie. Fröhlich schritt sie Krakowskie Przedmieście entlang. Sie war bester Laune.

Fünftes Kapitel

Fast hätte Ruth ihren Vater übersehen. Er saß im Foyer des Hotels Bristol in einem Sessel und verschwand beinahe in der Sesselpolsterung. Seine Schultern sahen eingefallen aus. Den Kopf hatte er vorgebeugt, das Kinn berührte die Brust. Wangen und Mund sahen aus, als befänden sie sich weiter unten im Gesicht, als sie es normalerweise taten. Er saß so reglos da wie ein Toter. Einen Moment lang war Ruth erschrocken. Dann sah sie, daß seine Augen sich bewegten. Er beobachtete, wie sie auf ihn zuging.

»Was machst du hier, Dad?« fragte sie.

»Ich warte auf dich«, sagte Edek. »Wir hatten ausgemacht, daß ich mich um acht Uhr mit dir treffe.«

»Aber warum wartest du hier?« sagte Ruth. »Warum bist du nicht in das Restaurant gegangen?«

»Hier ist es doch gemütlich«, sagte Edek. »Was soll ich ganz allein in dem Restaurant?«

»Ach, schon gut«, sagte sie. Er sah müde aus. »Ist alles in Ordnung?« fragte sie.

»Natürlich ist alles in Ordnung«, sagte Edek. »Was soll denn nicht in Ordnung sein?«

»Die Art, wie du dasitzt«, sagte Ruth. »Deshalb dachte ich, es wäre vielleicht etwas nicht in Ordnung.«

»Was sollte schon nicht in Ordnung sein?« sagte Edek. »Ich bin mit meiner Tochter hier in Polen. So wie du es wolltest. Es muß nicht immer sein etwas nicht in Ordnung.« Er stand auf und sah Ruth an.

»Du siehst zum Fürchten aus«, sagte er. »Vielleicht war es keine so besonders gute Idee, nach Polen zu kommen?« Er sah sie abermals an. »Du siehst nicht aus gesunnt«, sagte er. »Wir können die ganze Reise abblasen. Wir können heute abend in einem netten

Lokal essen, vielleicht *pierogi*, und dann unsere Tickets umtauschen. Ich komme mit dir nach New York für eine Woche oder vielleicht für zwei Wochen.«

Edeks Aussprache des Wortes »gesund« brachte Ruth sonst immer zum Lächeln. Unzählige Male hatte sie ihm die richtige Aussprache beizubringen versucht. »Gesund«, sagte sie. »Gesunnt«, wiederholte er jedesmal. Diesmal konnte sie nicht lächeln. »Wenn du wirklich fahren willst, können wir fahren«, sagte sie. »Ich wollte dich nicht zwingen, hier zu sein.«

»Ich will die Sache nicht meinetwegen abblasen«, sagte Edek. »Mir geht es gut. Mit mir ist alles in Ordnung. Du siehst zum Fürchten aus.«

»Ich glaube, ich bin heute früh zu lange gelaufen«, sagte Ruth. »Ich war länger als eine Stunde draußen.«

»So etwas *Meschuggenes* wie dieses Laufen«, sagte Edek. »Irgendwohin zu laufen, wohin zu laufen es keinen Grund gibt, das ist *meschugge*. Wenn man es eilig hat, soll man laufen, aber ohne Eile zu laufen, das ist *meschugge*.«

»Danke, Dad«, sagte Ruth. *Meschugge* war eines der ersten jiddischen Wörter gewesen, die sie gelernt hatte. Es bedeutete »verrückt«, »bescheuert«.

Ruth sah sich im Spiegel des Hotelfoyers an. Sie sah blaß aus, aber nicht zum Fürchten.

»Du siehst erschreckend aus«, sagte Edek. Sie sah Edek an. Er sah müde aus. Jahre älter, als er gestern abend ausgesehen hatte, als er aus dem Flugzeug gestiegen war.

»Du bist über eine Stunde lang gelaufen?« sagte Edek. »Deshalb mußte ich in diesem Sessel auf dich warten.« Ruth warf einen Blick auf die Uhr. Es war zwei Minuten vor acht.

»Ich habe mich nicht verspätet«, sagte sie. Natürlich hatte sie das nicht. Sie war immer pünktlich. Sie bemühte sich nach Kräften, nicht krankhaft pünktlich zu sein, aber sie kam nicht dagegen an. Sie war immer und überall pünktlich. Egal wie sehr sie in Zeitnot war, verspätete sie sich nie.

Ruth fand ihre Unfähigkeit, sich zu verspäten, ungesund. Sie hatte versucht, Abhilfe zu schaffen. Sie hatte sich bemüht, bei unbedeutenden Anlässen zu spät zu kommen, doch ohne Erfolg. Es war zu zermürbend gewesen, als daß sie es hätte ertragen können. Dann hatte sie ihren Ehrgeiz darauf beschränkt, ihren Hang zum Zu-früh-Kommen zu korrigieren. »Sie sind immer früh dran«, sagten der Fußorthopäde, der Zahnarzt, die Leute in der Reinigung und jedermann sonst, mit dem sie zu tun hatte. Sie hatte die Waffen gestreckt und sich damit abgefunden, daß es ihr Los war, pünktlich zu sein.

Sie gab sich auch Mühe, sich nicht öfter als einmal in der Woche zu wiegen. Sie hatte sich heute morgen nach dem Duschen sehr beherrschen müssen, um die Waage im Hotel Bristol nicht zu besteigen. Sie wußte, daß die Angaben der Waage in Kilogramm gehalten waren, und sie hatte das genaue Umrechnungsverhältnis in angloamerikanische Pfund nicht im Kopf. Ein Kilogramm entsprach 2,2 Pfund. Aber waren es ungefähr 2,2 Pfund oder genau 2,2 Pfund? Sie wußte es nicht. Und eine ungefähre Gewichtsangabe war etwas, was sie nicht ertragen konnte.

Sie war versucht gewesen, sich zu wiegen. Sie war immer versucht, sich zu wiegen, wenn sie glaubte, weniger als sonst zu wiegen. An Morgen, an denen sie besonders rege Verdauungstätigkeit gehabt oder beim Sport besonders stark geschwitzt hatte, war sie immer versucht, auf die Waage zu steigen.

Heute morgen war ihr der Zeitpunkt, nachdem sie einen Großteil der gestrigen Abendmahlzeit und eine Menge Körperflüssigkeit erbrochen hatte, als geradezu ideal erschienen, um auf die Waage zu steigen. Doch sie war stark geblieben. Darauf war sie stolz. Zu Hause war sie stolz, wenn sie vergaß, vor dem Wiegen auszuatmen, oder wenn sie versehentlich die Armbanduhr auf der Waage anbehielt.

»Laß uns etwas frühstücken, Dad«, sagte Ruth. Sie verspürte Hunger.

»Ich habe keinen Hunger«, sagte Edek. »Vielleicht ein Ei und etwas zu trinken, mehr nicht.«

»Ach Gott«, sagte Ruth. »Ich habe vergessen, dir zu sagen, daß du kein Leitungswasser trinken und dir nicht die Zähne damit putzen sollst.«

»Das hast du mir mindestens zehnmal gesagt, bevor ich abgeflogen bin«, sagte Edek.

»Aber ich habe vergessen, dich daran zu erinnern«, sagte Ruth.

»Ich bin noch nicht so alt, daß ich etwas vergesse, was man mir hat gesagt zehnmal hintereinander«, sagte Edek.

»Und womit hast du dir die Zähne geputzt?« sagte Ruth.

»Mit dem Wasser, was meine Tochter für mich bestellt hat«, sagte Edek.

»Ich bin froh, daß das Personal es nicht vergessen hat«, sagte Ruth.

»Alle sechs riesengroßen Flaschen haben sie gebracht«, sagte Edek. »Sechs Flaschen für einen Tag.«

»Du solltest dir keine Sorgen machen, daß dir das Wasser ausgehen könnte«, sagte Ruth.

»Ich müßte mir mehr Sorgen machen, wenn ich das ganze Wasser austrinken würde«, sagte Edek. »Ich würde platzen. Ich habe die restlichen fünf Flaschen in meinen Koffer gepackt, um sie nach Łódź mitzunehmen.«

Im Restaurant des Bristol suchte Ruth einen Tisch am Fenster aus. »Das scheint ein schöner Tisch zu sein«, sagte sie.

»Ein Tisch ist ein Tisch«, sagte Edek.

»Frühstücksbuffet oder à la carte?« fragte eine Kellnerin sie.

»Ich nehme ein gekochtes Ei«, sagte Edek.

»Dad, in diesem Hotel gibt es eines der besten Frühstücksbuffets, die ich je zu sehen bekommen habe«, sagte Ruth.

»Ich habe keinen rechten Hunger«, sagte Edek.

»Dad«, sagte Ruth. »Schau dir das Buffet wenigstens an.«

»Gibt es gekochte Eier auf dem Buffet?« fragte Edek die Kellnerin.

»Ja, mein Herr«, erwiderte sie.

»Dann hole ich mir mein Ei am Buffet«, sagte er. »Sehen Sie, wie brav ich meiner Tochter gehorche?«

Die Kellnerin lächelte ihnen zu.

»Du hast Glück, daß ich da bin«, sagte Edek. »Ich kann für dich mit allen Kellnern und Kellnerinnen sprechen.«

»Du hast englisch mit ihr gesprochen«, sagte Ruth.

»*Oj Cholera!*« sagte Edek.

Wie gebannt stand Edek vor den Fischgerichten des Buffets. Es gab geräucherte Forelle, geräucherte Makrele, geräucherten Lachs, Wittlinge, frische Sardinen und Heringe in allen erdenklichen Erscheinungsformen.

»Ich nehme ein Stückchen Fisch«, sagte er schließlich und legte ein Stück Räucherlachs mitten auf seinen Teller.

»Dad, wir bezahlen für dieses Frühstück«, sagte Ruth. »Also können wir es ruhig auch essen.«

»Das ist wahr«, sagte Edek. Er legte sich mehrere Scheiben Wittling und Makrele auf den Teller.

»Schau mal, dort drüben«, sagte Ruth. »Polnischer Schinken.«

»Nicht für mich«, sagte Edek. »Ich nehme ein bißchen Fisch, weiter nichts.«

»Aber seit Jahren hast du mir von polnischem Schinken vorgeschwärmt«, sagte Ruth.

»Ich esse nicht mehr so viel zum Frühstück«, sagte Edek.

»Ich nehme ein bißchen Schinken zu unserem Tisch mit, und du kannst dann entscheiden, ob du ihn willst oder nicht«, sagte Ruth. »Und schau dir das Brot an! Sieht es nicht herrlich aus? Ich hole dir etwas.«

»Nein, nein, nein«, sagte Edek. »Ich esse nicht mehr so viel Brot. Soll ich dick werden? Ich passe inzwischen auf mein Gewicht auf. Ich muß aufpassen. Gib mir nur eine Scheibe Roggenbrot.« Ruth suchte eine kleine Scheibe Roggenbrot aus. »Wo sind die gekochten Eier?« sagte Edek. »Ich esse immer ein gekochtes Ei zum Frühstück.« Sie fanden die Eier.

Ruth trug Edeks Frühstück zu ihrem Tisch. Sie ging zum Buffet zurück, um ihr eigenes Frühstück zu holen. Als sie wiederkam, hatte Edek seinen Fisch aufgegessen. »Der Fisch ist nicht von dieser Welt«, sagte er.

»Ich freue mich, daß der Fisch dir geschmeckt hat«, sagte Ruth. »Er sieht sehr gut aus.«

»Was ißt du?« fragte Edek. »Was ist das?«

»Das ist Müsli«, sagte sie. »Mit Flachs und Sesam angereichert.«

»Das ist Futter für Vögel, nicht für Menschen«, sagte Edek. »Warum ißt du nicht ein paar Rühreier? Auf dem Buffet gibt es Unmengen Rühreier. Und sie sehen aus wie nicht von dieser Welt.«

»Ich mag keine Eier«, sagte sie.

»Was gibt es an einem Ei nicht zu mögen?« sagte Edek. »Ein Ei ist bloß ein Ei. Jeder Mensch ißt Eier, nur meine Tochter nicht. Sie zahlt fünfundzwanzig Dollar, um Vogelfutter zu essen.«

»Willst du mir den Appetit verderben?« fragte Ruth.

»Ich will, daß du Appetit bekommst«, sagte Edek. »Wenn du etwas Vernünftiges ißt, wird es dir besser gehen.«

Edek aß schweigend den Rest seines Frühstücks. Ruth war dankbar für das Schweigen. Bedächtig aß sie ihr Frühstück.

»Fertig«, sagte Edek plötzlich. Er schob all seine Teller weg. »Ich bin fertig«, sagte er. Ruth sah zu ihm hinüber. »Fertig«, wiederholte er. »Ende für mich.« Auf keinem seiner Teller war etwas übriggeblieben. Der Fisch war verschwunden, der Schinken, die Eier waren weg, und vom Roggenbrot war keine Spur zu sehen.

»Wünschen Sie Tee oder Kaffee, mein Herr?« fragte die Kellnerin Edek. Ruth hatte sich bereits einen Kamillentee bestellt.

»Haben Sie heiße Schokolade?« fragte Edek die Kellnerin.

»Selbstverständlich, mein Herr«, sagte sie.

»Ich nehme eine heiße Schokolade«, sagte Edek. »Vielleicht esse ich ein Stück Käse zu meiner heißen Schokolade?« sagte Edek zu Ruth. »Der Frischkäse sieht besonders gut aus. Polnischer Frischkäse war immer besonders gut.« Ein paar Minuten später kam Edek mit einem Berg Frischkäse und mehreren Brotscheiben wieder. »Der Frischkäse ist hervorragend«, sagte er.

Ruth beendete ihr Müsli. Nach dem Essen ging es ihr besser. So war es oft. Juden, dachte sie, machten sich mehr aus dem Essen als die meisten anderen Leute. Auf einem Foto der Knesset war ihr aufgefallen, daß die meisten Parlamentsmitglieder vor sich auf den Bänken etwas zu essen hatten. Bei fast allen Versammlungen sorgten Juden dafür, daß es zu essen und trinken gab, und die Verpflegung wurde nicht minder ernst genommen als alle anderen Punkte der Tagesordnung.

Bei einer der wenigen jüdischen Wohltätigkeitsveranstaltungen in New York, die Ruth besucht hatte, schienen die Gäste sich mit der Qualität der gereichten Speisen nicht weniger zu beschäftigen als mit den Ergebnissen des Abends. Sie hätte von New Yorkern ein weltstädtischeres Verhalten erwartet, doch die Anwesenden schwelgten in gefüllter Hühnerbrust und gegrillten roten Paprika nicht anders als auf einer jüdischen Party in Melbourne.

»Wir haben dreieinhalb Stunden Zeit bis zu unserer Abfahrt nach Łódź«, sagte Ruth zu ihrem Vater. »Der Fahrer holt uns um halb eins ab.«

»Das weiß ich«, sagte Edek, »schließlich habe ich ihn bestellt.«

»Ich wollte dich nur daran erinnern«, sagte Ruth.

»Glaubst du, ich wäre so alt, daß ich alles vergesse?« fragte Edek.

»Natürlich nicht«, sagte Ruth. »Ein kleiner Rest der Mauer um das Warschauer Ghetto steht noch«, sagte sie. »Den würde ich gerne besichtigen.«

»Du willst ein Stück Mauer besichtigen?« sagte Edek.

»Du mußt nicht mitkommen«, sagte Ruth.

»Ich tue, was du tust«, sagte Edek.

»Na gut«, sagte sie. »Zuerst machen wir einen Spazierganz durch Warschau.«

»Wozu?« fragte Edek.

»Um uns umzuschauen, um zu sehen, was es zu sehen gibt«, sagte Ruth.

»Was es zu sehen gibt, weißt du schon«, sagte Edek. »Eine Stadt und ein paar Polen.«

»Dad, du mußt nicht mitkommen«, sagte sie. »Bleib im Hotel und lies ein Buch. Das Hotel hat eine sehr gute Bibliothek.«

»Ich habe meine eigenen Bücher dabei«, sagte er.

»Ich brauche nicht lange«, sagte sie. »Höchstens eine Stunde. Dann hole ich dich ab, und wir gehen zusammen zur Ghettomauer.«

»Okay, ich gehe ein Stückchen mit dir«, sagte Edek.

»Zieh dich warm an«, sagte Ruth. »Es ist kalt.«

»Ich habe dir schon gesagt, daß einem diese Kälte nicht durch Mark und Bein geht«, sagte Edek.

»In einer Viertelstunde treffen wir uns im Foyer«, sagte Ruth. Sie beschloß, ihrem Vater auf dem Spaziergang einen Mantel zu kaufen. Bis sie zu einem Herrenbekleidungsgeschäft kamen, dachte sie, würde er genug frieren, um einverstanden zu sein.

Ruth hatte gedacht, in Edeks Begleitung müsse sie langsamer gehen, doch Edek wanderte forschen Schritts vor ihr her. Er ging zu schnell, um irgend etwas zu sehen. »Langsamer, Dad«, sagte sie. »Wozu?« sagte er. Sie gab es auf und ließ ihn voranlaufen. Sie ging schnell, um Edek nicht aus dem Blick zu verlieren. Sie ging die Krakowskie Przedmieście entlang, Nowy Świat und Aleje Ujazdowskie. Sie kam am Denkmal des romantischen polnischen Dichters Adam Mickiewicz vorbei. Sie kam an der Karmeliterkirche Kościół Karmelitów aus dem achtzehnten Jahrhundert vorbei, am Karikaturenmuseum, am Palais Potocki, am Palais Radziwiłł, an der Kirche der Heimsuchung Mariens, am Ethnographischen Museum, am Palais Kazimierz, an der Heilig-Kreuz-Kirche, am Palais Staszic, am Kopernikus-Denkmal, am Palais Ostrogski, am Palais Zamoyski und am Armeemuseum Wojska Polskiego.

Edek hatte nicht einmal aufgeblickt. Mit gesenktem Kopf war er den ganzen Weg gelaufen. Plötzlich blieb er vor einer Gaststätte stehen. »Schau mal«, sagte er und deutete auf das Restauracja Hoang Kim. »Ein Chineser. Ein Chineser in Polen.« Er begann zu lachen.

»Ein Chinalokal in Polen ist ein ganz schön komischer Anblick«, sagte Ruth.

»Ganz schön komisch«, sagte Edek. Zwei Minuten später blieb er abermals stehen. »Schau mal, hier gibt es *flaki* und *kapusta*«, sagte er und las die übrige Speisekarte laut vor. »*Flaki* habe ich seit Mums Tod nicht mehr gegessen«, sagte er. Auch Ruth aß gern *flaki*, Kutteln. »Wir könnten sie einmal zum Abendessen bestellen«, sagte sie.

»Vielleicht«, sagte er.

»*Pierogi!*« rief Edek eine Minute später. »*Pierogi* mit Fleisch, mit Käse, mit Kartoffeln, mit Pilzen und mit Kohl.« Er stand vor einer kleinen Milchbar, der Bar Pod Gołębiami. Polnische Milchbars waren keine Trinklokale, sondern kleine, billige Speisegaststätten.

»Hättest du Lust auf *pierogi*?« fragte Ruth.

»Nein, nicht für mich«, sagte Edek. »Warum nimmst du keine?«

»Ich habe noch keinen Hunger«, sagte sie.

»Ich auch nicht«, sagte er. Er schaute in das Fenster der Bar. »Es gibt Schnitzel und Gerstensuppe«, sagte er.

»Warum willst du nicht etwas essen?« sagte sie.

»Nein, nicht für mich«, sagte er.

»Ich weiß, daß wir erst vor einer Stunde gefrühstückt haben, aber wir sind weit gegangen, und du bist sehr schnell gelaufen«, sagte Ruth.

»Es war vor eineinhalb Stunden, nicht vor einer Stunde«, sagte Edek.

»Nimm doch ein paar *pierogi*«, sagte Ruth.

»Okay, okay, ich nehme eine«, sagte Edek.

Er lief in die kleine Bar. Ruth ging ihm nach. Sie setzte sich an einen kleinen Tisch an der Wand, während Edek seine *pierogi* an der Theke bestellte. Mit einem Teller voll dampfender *pierogi* auf einem Tablett kam er zurück. Die *pierogi* rochen gut. Edek hatte zwei *pierogi* mit Fleischfüllung und zwei mit Kartoffelfüllung bestellt.

»Willst du wirklich keine?« fragte er Ruth.

»Ein andermal«, sagte sie. Drei Minuten später schob Edek den leeren Teller weg. »So, fertig«, sagte er. »Das reicht mir für den ganzen Tag.«

»Waren sie gut?« fragte Ruth. Edek wischte sich den Mund mit der Serviette. »Sie waren nicht von dieser Welt«, sagte er.

Edek und Ruth näherten sich der Warschauer Universität. Edek lief noch immer einige Schritte vor ihr. Sie kamen an einem Herrenausstatter vorbei. »Dad«, rief Ruth. Edek kam zu ihr zurück. »Ich würde dir gern einen Mantel kaufen«, sagte sie. »Bitte! Es ist jetzt schon kalt, und es wird noch kälter werden.«

»Willst du mich wahnsinnig machen?« sagte Edek. »Ich brauche keinen Mantel. Ich hab' dir doch schon gesagt, daß diese Kälte einem nicht durch Mark und Bein geht. Wenn du einen Mantel kaufen willst, kauf einen für dich.«

»Kann ich dir wenigstens ein Paar Handschuhe kaufen?« sagte Ruth.

Edek seufzte. »Okay, okay«, sagte er.

Sie betraten den Laden. Edek sprach mit dem Verkäufer. Es kam Ruth wie ein langes Gespräch vor, um ein Paar Handschuhe zu kaufen. Einige der Wendungen erkannte sie wieder. Edek beklagte sich über sie bei dem Verkäufer. Sie einigten sich auf ein Paar braune Lederhandschuhe. Die Handschuhe schienen Edek gut zu gefallen. Er zog sie noch im Laden an. Eine Weile ging er neben Ruth und bewunderte seine Handschuhe.

»Warst du früher schon mal in Warschau?« fragte sie. »Bist du je aus Łódź hierher gekommen?«

»Ein- oder zweimal«, sagte er.

»Das hast du nie erwähnt«, sagte sie.

»Warum sollte ich alles erwähnen?« sagte er.

Selbst die harmlosesten Fragen über die Vergangenheit waren gefährlich, dachte Ruth. Jede Frage zur Vergangenheit konnte ihre Eltern zu unvorhersehbaren Ausflüchten greifen lassen. Es gab keine einfachen Fragen und einfachen Antworten zur Vergangenheit. Alles Einfache war aus ihrer Erfahrung getilgt worden. Es konnte kaum etwas gesagt werden, ohne Ausbrüche zu bewirken, die jeden in ihrer Reichweite erschrecken mußten. Schon früh hatte Ruth gelernt, daß eine gewöhnliche Frage bei Edek wie bei Rooshka verheerende Folgen haben konnte. Ruth hatte die Anspannung in den Zügen ihrer Mutter gesehen, wenn Rooshka sich bemühte, die Ausbrüche und Explosionen zurückzuhalten, mit denen sie leben mußte. Sie hatte gesehen, wie ihre Mutter sich bemüht hatte, sich nichts davon anmerken zu lassen, den Tumult nicht nach außen dringen, nicht überquellen und ihre Umgebung verseuchen und infizieren zu lassen.

»Ich muß nicht alles wissen«, schrie Ruth Edek an. Er lief wieder vor ihr. Sie holte ihn ein. »Ich will nur ein paar Dinge wissen«, sagte sie. »Nichts allzu Persönliches. Manchmal kommt es mir vor, als wolltest du mir überhaupt nichts sagen. Als wolltest du es für dich behalten, als sollte ich nichts davon wissen.«

Sie spürte, wie aufgeregt sie war. Warum konnte er nicht normal über etwas so Einfaches sprechen wie die Frage, wie es vor dem Krieg in Warschau gewesen war? Die Antwort lag in dem Wort Krieg. Der Krieg. Der Krieg hatte alles verändert. Hatte alles kompliziert gemacht. Alles Gewöhnliche zu etwas Außergewöhnlichem. Nichts war geblieben, was nicht beschmutzt, befleckt war.

Krieg war nicht einmal das richtige Wort. Für die Juden war es kein Krieg gewesen, sondern Mord. Doch Mord oder Vernichtung waren als Wort ebenfalls nicht angemessen. Genozid klang zu aseptisch, Holocaust zu verniedlichend. Es gab kein einziges angemessenes Wort. Nicht einmal eine Aufreihung der machtvollsten und stärksten und eindringlichsten Wörter wäre eloquent genug gewesen.

»Wovon soll ich wollen, daß du es nicht weißt?« sagte Edek verärgert.

»Ich weiß es nicht«, sagte Ruth.

»Es gibt nichts zu wissen«, sagte er. Mit großen Schritten ging er vor ihr. Plötzlich drehte er sich um. »Schau mal«, sagte er. Er deutete zum Ende eines kleinen Fußwegs, der von der Krakowskie Przedmieście abging. »*Pontshkes.*« Am Ende des Wegs befand sich eine kleine Konditorei.

»Wo siehst du *pontshkes*?« fragte Ruth.

»Im Schaufenster«, sagte Edek.

»Ich kann nichts sehen«, sagte sie.

»Vielleicht sehe ich doch noch ganz gut«, sagte Edek.

»Du mußt wirklich gut sehen, wenn du auf diese Entfernung *pontshkes* erkennen kannst«, sagte Ruth.

Sie gingen näher hin, und Ruth sah, daß er recht hatte. Das halbe Schaufenster füllten frische Krapfen. Edek liebte *pontshkes*. Die runden, schmalzgebackenen Krapfen waren mit Konfitüre gefüllt und mit Staubzucker überpudert.

»Sollen wir einen kaufen, Dad?« sagte sie.

»Warum nicht?« sagte er. »Nur einen.«

»Kannst du für mich eine Tasse Tee bestellen?« sagte Ruth. »Frag sie, ob sie Kamillentee haben.«

»Warum nimmst du nicht einen Cappuccino?« sagte Edek.

»Einen Cappuccino in Polen?« sagte sie.

»Warum nicht?« sagte Edek.

»Ich brauche jetzt einen Kamillentee«, sagte Ruth.

»Okay, okay«, sagte Edek.

Kaffee wäre das letzte gewesen, was sie brauchte. Ihr Magen war vom Erbrechen noch immer etwas durcheinander und übersäuert. Wahrscheinlich hätte sie kein Müsli zum Frühstück essen dürfen. Wahrscheinlich hätte sie etwas weniger Belastendes essen sollen. Aber beim Frühstück hatte sie sich gut gefühlt. Außerordentlich gut.

Eine Wolke Staubzucker wehte über den Tisch, als Edek in seinen Krapfen biß. »Dieser *pontshke* ist besser als alle *pontshkes* von Acland Street zusammen«, sagte er mit vollem Mund. Acland Street war eine Straße voller Konditoreien – europäischer Konditoreien – in Melbourne. »Dieser *pontshke* ist nicht von dieser Welt«, sagte er. »Er hat ganz dunkle Marmelade als Füllung, nicht dieses rote Zeug, was sie in Melbourne in die *pontshkes* tun.« Edek sah glücklich aus.

»Nimm noch einen, Dad«, sagte Ruth.

»Okay, noch einen, und dann ist Schluß«, sagte Edek. Ruth sah auf ihre Uhr. Es war halb elf.

»Ich glaube, wir nehmen besser ein Taxi zur Ghettomauer«, sagte Ruth, als sie wieder draußen waren.

»Soll ich nicht den Fahrer anrufen, der uns nach Łódź bringt?« sagte Edek. »Er kann uns ein bißchen früher abholen, und wir können unterwegs an der Mauer halten?«

»Ich will nicht schnell zur Ghettomauer fahren, während wir auf dem Weg nach Łódź sind«, sagte Ruth.

»Warum?« sagte Edek.

»Es scheint mir einfach nicht richtig zu sein«, sagte sie.

»Du kannst so lange dort bleiben, wie du willst«, sagte Edek. »Du kannst es dir leisten. Du kannst es dir leisten, den Fahrer den ganzen Tag warten zu lassen.«

»So will ich es aber nicht haben«, sagte Ruth. »Du mußt nicht mitkommen. Ich bringe dich ins Hotel zurück und nehme ein Taxi.«

»Ich komme mit dir«, sagte Edek.

»Wir sind in der Nähe des Marriott«, sagte sie. »Dort gibt es sicher genug Taxis.«

Edek lief voraus. »Ich kümmere mich darum«, sagte er.

Ruth atmete tief ein. Sie war entschlossen, nicht mit ihrem Vater zu streiten. Keine Verärgerung, keine Irritation zu zeigen. Wenn sie sich über ihn aufregte, bewies das ihrer Meinung nach nur, daß sie trotz aller Attribute der Reife, die man sich mit etwas Geld verschaffen konnte, unreif geblieben war.

Alle gemeinsam reisenden Paare mußten Reibungen ertragen, dachte sie. Sie war froh, Teil eines Paars nur in dem Maße zu sein, in dem sie es jetzt war. Die Paarung mit Edek strapazierte ihre Duldsamkeit bereits weit genug. Paarung? Warum hatte sie diesen Begriff verwendet? Er hatte eine sexuelle Konnotation, die sie nicht beabsichtigt hatte. Ihr war schwindlig. Sie atmete nochmals tief ein.

Sie stand vor dem Hotel Marriott. Edek war nirgends zu sehen. Sie sah zur Hoteltür hinein. Er stand drinnen und unterhielt sich angeregt mit jemandem, wahrscheinlich dem Portier. Sie beschloß, vor der Tür zu warten. Wahrscheinlich brauchte Edek auch eine Pause von ihr.

Sie stand vor dem Hotel und betrachtete die Passanten. Sie war froh, ein paar Minuten allein zu sein. Sie war es gewohnt, allein zu sein. Es gefiel ihr. Sie beklagte sich nie über die Einsamkeit, über die sich viele Alleinstehende beklagen. Sie war nicht einsam. Sie war gerne allein. Es erlaubte ihr, so zu leben, wie sie leben wollte. Sie mußte sich nicht den Wünschen eines anderen annähern. Sie mußte nichts erklären oder rechtfertigen und für nichts um Verzeihung bitten. Und ihr Leben war so erfüllt und befriedigend wie das jedes verheirateten Menschen aus ihrer Bekanntschaft.

Sie las viel. Jeden Abend entspannte sie sich mit einem Buch. Hauptsächlich las sie Sachbücher – Biographien, Autobiographien, Erinnerungen, Jugend- oder Alterserinnerungen. Sie las politische Biographien und historische Biographien. Manchmal, wenn sie sehr müde war, las sie Biographien von Prominenten. Im Verlauf der Jahre hatte sie eine Menge Wissen über eine Menge Leute angehäuft. Es war kein sonderlich nützliches Wissen. Manchmal dachte sie, mit der Menge an Lesestoff, den sie in Form von Biographien verschlungen hatte, hätte sie sich autodidaktisch Quantenphysik oder etwas vergleichbar intellektuell Herausforderndes beibringen können. Sie hätte gern gewußt, ob die Quantenphysik intellektuell herausfordernd war oder bloß mathematisches Geschick erforderte. Schon die gewöhnliche Physik bereitete ihr Schwierigkeiten. Sie hatte keine Ahnung, worum es bei der Quantenphysik ging.

Ruth las jeden Abend mindestens eine Stunde lang. Lesen entspannte sie. Es war für ihr Wohlbefinden so notwendig wie das Laufen und das Gewichtheben. Auch in anderer Hinsicht hielt sie sich in Form. Sie ging zur Pediküre und zur Maniküre. Sie ließ ihre Augenbrauen zupfen und wachsen und ihre Beine wachsen. Sie ließ ihr Haar schneiden, und sie ließ es färben. All diese Prozesse und Prozeduren mußten in regelmäßigen Abständen wiederholt werden. Anderswo mochten solche Maßnahmen übertrieben erscheinen, doch in New York waren sie die Norm.

Diese Pflegemaßnahmen verliehen ihrem Leben Rituale und Muster. Die Frauen, die ihre Zehen und Finger und Augenbrauen bearbeiteten, kamen ihr wie Familienmitglieder vor. »Hallo, Herzchen«, lauteten die Begrüßungsworte Olgas, die seit zehn Jahren ihre Pediküre war. »Hallo, Herzchen, wie geht's?« sagte Olga, und sobald Ruth ihren schweren russischen Akzent hörte, wich alle Anspannung von ihr.

Christine, die Chinesin, die Ruths Augenbrauen wachste und formte, drückte sich so unverblümt aus wie eine Mutter. »Ihre Augenbrauen sind der reine Urwald«, sagte sie, wenn Ruth sich eine Weile nicht hatte blicken lassen. Vor kurzen hatte Christine ein dickes schwarzes Haar von Ruths Kinn entfernt. »Chinesinnen haben kaum Gesichtsbehaarung«, hatte sie gesagt, »aber Sie werden im Alter immer mehr Haare auf dem Kinn bekommen. Die müssen Sie immer auszupfen.« Großartig, hatte Ruth gedacht. Ein Bart. Wieder etwas, worauf man sich so richtig freuen konnte. »Ich zupfe sie aus, wenn ich sie sehe«, hatte Christine gesagt. Ruth hatte sich bemuttert gefühlt. Daß sie ihre Barthaare Christines Wachsamkeit überlassen konnte, hatte sie getröstet.

Es kam selten vor, daß Ruth nichts zu tun hatte. Sie las jeden Tag mehrere Zeitungen, sie ging ins Theater und hin und wieder ins Kino. Sie traf sich hin und wieder mit Freunden und unterhielt sich mit Bekannten, die ihr über den Weg liefen. Sie war im Genossenschaftsbeirat des Hauses, in dem sie wohnte, und ging zu allen Sitzungen. Und sie arbeitete. Das ergab ein Leben, das so sinnvoll war, wie man sich nur wünschen konnte. So sinnvoll wie das Leben irgendeiner Frau mit Ehemann, zwei Kindern und Doppelgarage.

Ruth hatte kaum Zeit, sich einsam zu fühlen. Sie sorgte stets dafür, daß sie an Feiertagen wie Thanksgiving oder Weihnachten nicht in der Stadt war, an Feiertagen, an denen niemand in der Stadt war, an denen alle mit ihren Familien zusammen waren. Sie machte Urlaub in Städten, wo sie etwas unternehmen konnte. Von ihren Urlaubsorten schickte sie Postkarten, auf denen sie Cafés beschrieb und interessante Museen auflistete.

Auch nach den genußvollsten Urlaubstagen freute Ruth sich auf die Arbeit. Sie war glücklich mit ihrem Leben. Sie hatte Edek und war dankbar, ihn zu haben. Sie hatte Max, und sie hatte Bern. Sie hatte viel. Von Zeit zu Zeit erwog sie die Anschaffung eines Haustiers, doch sie entschied sich immer dagegen. Es fiel ihr schwer, Zuneigung zu einem Wesen zu entwickeln, das sich nicht verbal ausdrücken konnte.

Im Unterschied zu vielen Alleinstehenden machte es Ruth nichts aus, mit Paaren auszugehen. Sie kam sich nicht wie ein fünftes Rad am Wagen vor, sondern dachte auf dem Nachhauseweg meistens, wie froh sie war, allein zu sein. Die Verhandlungen und Diskussionen und Kompromisse, die das Leben eines Paars erforderte, hatten etwas Unangemessenes und Unbehagliches. Ruths Leben war geregelt. Sie bezahlte ihre Rechnungen pünktlich, stand genau dann auf, wann es ihr paßte, und mußte nur die eigene schlechte Laune ertragen. Manche Routinehandlungen erfüllten sie mit Vorfreude. Freitags frühstückte sie bei Jerry's in der Prince Street. Dort gab es den besten Haferbrei von ganz Manhattan und das in riesigen Portionen. Sie beobachtete das Gewimmel der New Yorker Kunstszene, während sie ihren Haferbrei bei Jerry's aß.

Dienstags aß Ruth im Il Carallo zu Abend, einem kleinen italienischen Bistro. Im Il Carallo dämpfte man den Brokkoli mit Knoblauch und Zitronensaft und grillte ihr Snapperfilet ohne Fett. In New York war es nicht schwer, allein zu leben. Eine Frau, die allein essen ging, erregte dort kein Aufsehen. Viele Leute gingen allein essen. Es wurde nicht als Indiz von Einsamkeit oder sozialer Unverträglichkeit gewertet. Frauen, die allein in Restaurants aßen, hatten eine Ausstrahlung des Besonderen, fand Ruth. Wenn sie essen ging, nahm sie nie ein Buch oder eine Zeitung mit. Ihre eigenen Gedanken genügten ihr als Gesellschaft.

Oft gab sie sich in Cafés und Restaurants Tagträumen hin. Auch zu Hause träumte sie. Ihre Wohnung war ein Refugium für sie, eine Oase der Stille in einer lauten Stadt. Im Wohnzimmer gab es Fotos von Edek und Rooshka, Fotos von den beiden beim Tanzen, am Strand, vor ihrem Haus. Es waren Bilder aus einem normalen Leben. Edek und Rooshka taten, was normale Menschen taten. Sie standen lächelnd vor ihrem Gartenzaun. Sie saßen im Garten von Freunden. Sie redeten. Auf einem der Bilder lachte Ruths Mutter. Die Alpträume waren nicht auf den Bildern, die Angst war nicht auf den Bildern. Die Tränen waren nicht auf den Bildern.

In einer Ecke des untersten Bretts im Bücherregal ihres Arbeitszimmers hatte Ruth ein Foto von Garth. Es war das einzige Bild von ihm, das sie behalten hatte. Garth lächelte. Ruth wußte, daß er sie angelächelt hatte. Sie hatte das Bild aufgenommen. Garths große dunkelbraune Augen sahen sie an. Er strahlte ein Glück aus, das beinahe fühlbar war. Einmal hatte sie das Foto berührt und sich eingebildet, sie könne seine Freude spüren. Auf ihrem Schreibtisch stand ein Foto von Edek. Er lächelte. Und sie mußte zurücklächeln.

Alles in ihrer Wohnung war an seinem Platz. Alles hatte einen Platz. Ihre Wohnung war so ordentlich aufgeräumt wie ihr Leben. Am ersten Montag jeden Monats lud Ruth Max in ein Restaurant zum Abendessen ein. Zu diesen Essen brachte Ruth eine Liste von

Dingen mit, die es zu besprechen und zu klären galt, eine Liste harmloser Meinungsverschiedenheiten, ungelöster Konflikte und kleiner Reibereien ebenso wie von Lob, Rat und Vorschlägen. Es war eine Liste, die helfen sollte, die Dinge im Griff zu behalten.

Vor zwei Jahren hatte Max begonnen, eine eigene Liste mitzubringen, die ihre Beschwerden und Probleme aufführte. Ruth und Max besprachen bei der Vorspeise alle Punkte der beiden Listen. Danach konnten sie unbeschwert ihr Essen genießen. Und das taten sie. Beide freuten sich auf diese Essen.

Ruth überließ Max die Auswahl der Restaurants und die Reservierung des Tischs. Max hatte sich zu einer eindrucksvollen Kennerin der New Yorker Restaurants entwickelt. Sie hatten in der Bouley Bakery gegessen, im Balthazar, im Blue Ribbon, im Nobu und in anderen Lokalitäten, in denen man nur unter größten Schwierigkeiten einen Tisch bekam. Sie hatten im East Village, in Chelsea und in Chinatown gegessen. Eines von Ruths Lieblingslokalen war das ukrainische Restaurant an der Third Avenue. Die Dekoration aus Plastikblumen und Plastikfurnier war nicht gerade einladend, und die Kellner waren sauertöpfisch dreinblickende Nervenbündel. Ruth wunderte sich, wie sehr sie sich in diesem Lokal zu Hause fühlte. Sie fand, daß solche Essen mit Listen für Ehepaare Vorschrift sein sollten. Sie war davon überzeugt, daß das monatliche Lüften aller Dinge, die man auf Listen schreiben konnte, die Scheidungsrate senken mußte.

Wenn Ruth über ihr Leben nachdachte, kam es ihr so erfüllt wie das jeder verheirateten Frau vor. Sie hatte nicht oft Sex, aber das traf auch auf die verheirateten Frauen zu, die sie kannte. In New York schien Sex keinen hohen Stellenwert zu haben – zumindest nicht bei Ehepaaren. Die Leute verausgabten sich in der Arbeit, erschöpften ihre Leidenschaften im Büro und im Aufsichtsrat. Wenn sie abends nach Hause kamen, mußten sie sich vor dem Fernseher entspannen, bevor sie todmüde ins Bett fielen. Das schien zu den Grundbedingungen des Ehelebens in dieser Stadt zu gehören.

Sie durfte nicht vergessen, dachte sie, Max zu fragen, wie der Stand der Dinge zwischen ihr und dem Mann war, mit dem Max seit einem halben Jahr befreundet war. Er war verheiratet, und Ruth hatte Max eindringlich geraten, sich von ihm zu trennen. »Er lügt Sie an, es kann nicht anders sein«, hatte sie zu Max gesagt. »Er lügt seine Frau an; warum sollte er Sie nicht auch anlügen?« Max hatte nicht erfreut dreingeblickt.

Mit einemmal kam Ruth zu Bewußtsein, daß ihr Vater länger als zehn Minuten weg war. Sie ging in das Hotel, um ihn zu suchen. Er war gerade auf dem Weg nach draußen. Ein Mann folgte ihm. »Ich habe einen Wagen für uns«, sagte Edek. »Er ist nicht so gut wie der andere. Er ist etwas kleiner.« Er führte sie um die Ecke zur Nebenstraße. »Schau«, sagte er. Er deutete auf einen Wagen, einen Mercedes.

»Wir möchten zur Ghettomauer«, sagte Ruth zu dem Fahrer. »Es ist nicht weit von hier, ul. Złota Nummer sechzig.« Edek wiederholte ihre Worte auf polnisch. Der Fahrer nickte. »Wissen Sie, wo das ist?« fragte Ruth. »Ja, das weiß ich«, sagte der Fahrer. Edek wiederholte die Frage auf polnisch. Der Fahrer sagte ja, ja auf polnisch.

»Wo warst du so lange?« sagte Ruth zu Edek.

»Ich wollte mich umsehen ein bißchen im Marriott«, sagte Edek. »Es ist fast genauso teuer wie das Bristol, und um ehrlich zu sein, finde ich es ein bißchen hübscher.«

»Ich bin mit dem Bristol zufrieden«, sagte Ruth.

»Im Marriott gibt es im Restaurant jeden Abend etwas anderes«, sagte Edek. »Einen Abend polnische Küche, einen Abend deutsche, einen Abend indische oder sonstwas.«

»Du magst doch kein indisches Essen«, sagte Ruth.

»Ich mag bloß kein Kerry«, sagte Edek. Er sprach Curry immer Kerry aus.

»Indisches Essen besteht hauptsächlich aus Currys«, sagte Ruth. Sie schaute sich um. Wo waren sie? »Sind Sie sicher, daß Sie in die richtige Richtung fahren?« fragte Ruth den Fahrer.

»Ja, ja«, sagte er. Edek fragte ihn noch einmal. Diesmal antwortete der Fahrer weniger zuversichtlich. Seine polnische Antwort war wortreicher.

»Das ehemalige Ghetto«, sagte Ruth. »Wo sie alle Juden Warschaus eingesperrt haben«, sagte sie. Sie hatte jedes einzelne Wort ganz langsam ausgesprochen. Der Fahrer drehte sich zu ihr um. Er sah verwirrt aus. »Das Ghetto«, wiederholte sie.

Polen wußten nicht viel über Juden und die Geschichte der Juden in Polen. Vor kurzem hatte ein polnischer Historiker einen Bericht veröffentlicht, aus dem hervorging, daß in polnischen Schulbüchern der Holocaust für gewöhnlich nicht vorkam, ebensowenig wie die Geschichte der Juden in Polen vom siebzehnten bis zum neunzehnten Jahrhundert. Der Holocaust wurde als Facette eines Plans zur Auslöschung des polnischen Volkes dargestellt. Deutscher oder polnischer Antisemitismus fand in den Schulbüchern keine Erwähnung.

»Er hat offenbar nicht die geringste Ahnung, wovon ich spreche«, sagte Ruth zu Edek. »In der Schule erfahren sie nicht, was mit den Juden geschehen ist.«

»Psst, psst«, sagte Edek.

»Ich habe einen Stadtplan dabei«, sagte Ruth. Sie holte ihn hervor. Edek schaute aus dem Wagenfenster.

»Wir befinden uns auf der Świętokrzyska«, sagte er.

»Dann ist es nicht mehr weit«, sagte Ruth. Der Fahrer fuhr langsamer. Ruth zeigte ihm die Stelle auf dem Stadtplan.

»Ja, ja, ja«, sagte er. »Jetzt weiß ich, wohin Sie wollen.«

»Wieviel kostet es, wenn Sie eine Viertelstunde auf uns warten, während wir die Mauer besichtigen?« fragte Ruth ihn.

»Eine Viertelstunde?« sagte Edek. »Warum eine Viertelstunde? Es ist nur ein Stück Mauer. Fünf Minuten reichen dreimal.« Edek begann mit dem Fahrer Zloty und Minuten zu erörtern.

»Fünf Zloty!« verkündete Edek. »Kein schlechter Preis für fünf Minuten Warten.«

»Sag ihm, ich zahle zehn Zloty, und er soll zehn Minuten warten«, sagte Ruth.

Edek und Ruth traten durch den Torbogen von Nummer sechzig der ul. Złota und gelangten in einen Hof. Zur Rechten befand sich am Ende des Hofs eine drei Meter hohe rote Backsteinmauer, ein Teil jener Mauer, die vierhundertfünfzigtausend Juden eingesperrt hatte. Einhundertfünfzigtausend Personen pro Quadratkilometer. Die Nahrungsrationen für die im Ghetto eingesperrten Juden beliefen sich auf zweihundertdreißig Kalorien am Tag. Das entsprach weniger als drei Äpfeln, drei Eiern oder drei Scheiben Roggenbrot. Doch die Juden im Warschauer Ghetto hatten keine Äpfel, keine Eier und fast kein Brot. Sie hatten Rüben, Kartoffelschalen, etwas Mehl und etwas Zucker, wenn sie Glück hatten.

Gegen Ende 1941, keine zwei Jahre nach der Errichtung des Ghettos, waren mehr als hunderttausend Juden an den Strapazen und am Hunger gestorben. Bis zum September 1942 waren dreihunderttausend Juden gestorben oder zur Liquidierung deportiert worden. Indem man die Juden ins Ghetto sperrte, tötete man sie ähnlich, wenn auch nicht ganz so effizient wie im Konzentrationslager.

Ruth und Edek standen vor der Mauer. Ruth fühlte sich den Tränen nahe. Sie starrte auf die Ziegel. Sie sahen wie alle Ziegel aus. Mit gewöhnlichem Mörtel aneinandergefügt. Diese Ziegel hatten ganze Arbeit geleistet. Nur die wenigsten Juden waren dem Zugriff dieser Ziegel entkommen. Zwei Ziegel fehlten. Sie befanden sich in Yad Vashem in Jerusalem und im Holocaust-Museum in Melbourne, stand auf einem Schild. Ruth fragte sich, was das Ausstellen eines solchen Ziegels den Besuchern dieser Gedenkstätten bedeuten mochte. Die meisten Besucher würden nie erfahren, wie getränkt von Judenhaß ein großer Teil der Welt war und daß dieser Haß bewirkt hatte, daß man die Juden eingemauert hatte, bevor man sie beseitigt hatte.

Es war schier unmöglich, das Ausmaß des damaligen Antisemitismus zu begreifen. Es überstieg das Begriffsvermögen, den Haß zu erfassen, der ermöglichte, daß Säuglinge und Kleinkinder ausgehungert und erschossen und vergast und erschlagen worden waren. Es war schier unmöglich, die Begeisterung nachzuvollziehen, mit der Leute den Rassenmord begrüßt hatten. Es schien unbegreiflich.

1943 hatte in Warschau eine Ausstellung stattgefunden, die dem polnischen Volk drastisch vor Augen führen sollte, wie gefährlich die Juden waren. Mit Dias und Vorträgen und Filmen erklärte und demonstrierte die Ausstellung, daß Juden von Natur aus Typhus im

Blut und Läuse am Körper hatten. Wenn man einen Juden berührte, jüdische Haut berührte, vergiftete man sich, hämmerte die Ausstellung einem immer wieder ein.

Warschauer Schulkinder mußten die Ausstellung besuchen. Viele Kinder fürchteten sich vor den Exponaten. Sie hielten Abstand zu den Karten und Diagrammen und Fotos, um sich nicht anzustecken. Die Ausstellung war ein Erfolg. Fünfzigtausend Besucher kamen, bevor die Ausstellung in andere polnische Städte weiterwanderte.

Ruth weinte. »Es ist nur eine Mauer«, sagte Edek. »Es ist nur eine Mauer«, wiederholte er. Doch sein Gesichtsausdruck strafte seine Worte und seinen Tonfall Lügen. Er sah aus, als weinte er. Seine Miene war die eines Trauernden. Augen und Mund und Nase waren voll Kummer und Leid. Er wußte nicht, daß er weinte, vermutete Ruth.

»Bei der Tür dort drüben ist jemand«, sagte Edek und wies auf den einzigen anderen Menschen im Hof. Der Mann erhob sich von den Stufen, auf denen er gesessen hatte, und kam auf Edek und Ruth zu. Edek stellte sich neben Ruth. Der Mann sprach sie an. Ruth konnte nicht verstehen, was er sagte. Er roch nach Alkohol, und seine Kleidung war abgerissen. »Er fragt, ob wir von ihm fotografiert werden wollen«, sagte Edek. Der Mann hatte offenbar scharfe Augen, dachte Ruth. Ihre Kamera war winzig.

»Ich habe nein gesagt«, sagte Edek. Der Mann sah Ruth an.

»Warum nicht?« sagte sie zu Edek. »Es wäre nett, ein paar Bilder von dieser Reise zu haben.«

»Ich glaube, wir sollten ihm lieber nicht die Kamera geben«, sagte Edek.

»Er wird schon nicht damit weglaufen«, sagte Ruth. »Außerdem ist er nicht gerade in bester Verfassung. Ich könnte ihn jederzeit einholen.«

»Wir sollten sie ihm nicht geben«, sagte Edek.

»Sie hat nur zweihundert Dollar gekostet«, sagte Ruth. »Wenn er sie stiehlt, kaufe ich eine neue.«

»Für dich sind zweihundert Dollar kein Geld«, sagte Edek.

»Das stimmt nicht«, sagte sie. »Ich hätte nur nichts gegen ein Foto von uns.«

»Okay, okay«, sagte Edek.

Er sprach mit dem Mann. Der Mann nickte lächelnd. Ruth trat vor und händigte dem Mann die Kamera aus. Er stank. Sie wich zurück und stellte sich neben Edek. Der Mann hielt die Kamera vor sein Gesicht. Er machte einen Schritt zurück. Edek machte einen Schritt vor.

»Dad, er läuft nicht weg«, sagte Ruth. »Er geht nur ein Stück zurück, damit er uns beide auf das Bild bekommt.«

»Ich bleibe hier stehen«, sagte Edek. »Er sieht mir aus wie so eine Type.«

»Was für eine Type?« sagte Ruth.

»So eine Type, was stiehlt«, sagte Edek. »Und wer weiß, was er uns noch alles antut.«

»Dad, ich bin doppelt so stark wie er«, sagte Ruth.

Edek sprach den Mann an. »Was hast du zu ihm gesagt?« fragte Ruth.

»Ich habe ihm gesagt, die Köpfe genügen«, sagte Edek. Ruth merkte, daß ihr Vater sich vor diesem abgemagerten, betrunkenen Wrack ernsthaft fürchtete. Sie trat vor.

»Ein Brustporträt ist eine gute Idee«, sagte sie zu Edek.

Edek strahlte in die Kamera. »Fröhlich müssen wir nicht dreinschauen«, sagte Ruth. »Wir sind schließlich nicht im Luna Park.« Edek lächelte trotzdem. In die Kamera. Das Lächeln zeigte all seine Zähne. Ruth wünschte, er würde sich ein besseres Gebiß besorgen. Er weigerte sich, Geld für seine Zähne auszugeben. Er ließ sein Gebiß von einem halbschaurigen Dentaltechniker in einem Außenbezirk von Melbourne machen. Ruth hatte ihn angefleht, sich ein besseres zu kaufen, doch er weigerte sich. Sie wußte immer, wann er ein neues Gebiß hatte. In den ersten Monaten pfiff es, wenn er sprach. Edek grinste breit in die Kamera.

»Noch eins, um uns Glück zu bringen«, sagte Edek zu dem Mann. Der Mann schaute ihn verständnislos an. Edek wiederholte seine Worte.

»Wahrscheinlich solltest du lieber polnisch sprechen«, sagte Ruth.
»*Oj Cholera*«, sagte Edek. Er sprach auf polnisch zu dem Mann.
Ruth wollte weder den Mann berühren noch die Kamera, nachdem der Mann sie berührt hatte. Sie zog sich den Ärmel über die Hand, als er ihr die Kamera zurückgab. Edek holte ein paar Zloty für den Mann hervor. »Faß ihn nicht an«, sagte Ruth. »Laß die Zloty in seine Hand fallen.« Edek und Ruth gingen zu dem Taxi zurück. »Es war ein sehr bewegendes Erlebnis, die Ghettomauer zu sehen«, sagte Ruth.

»Warum hast du so einen Schulranzen dabei?« fragte Edek mit einem Blick auf ihren Rucksack.

»Das ist ein Rucksack, Dad«, sagte sie. »So etwas tragen heutzutage nicht nur Schulkinder.«

»Ich bin froh, daß wir hergekommen sind«, sagte Ruth im Wagen. Edek schaute aus dem Fenster.

»Kennst du irgend jemanden in dem Wiedergutmachungsdings?« sagte er. Wiedergutmachung nannten die Deutschen die verschwindend geringen Entschädigungszahlungen an die wenigen Juden, welche die Konzentrationslager der Nazis überlebt hatten. *Wiedergutmachung*. Dieses Wort fand Ruth anstößig. Man sollte meinen, die Deutschen hätten einen passenderen Begriff finden können. Selbst ein Schwachsinniger mußte begreifen, daß nicht ein Bruchteil der Untaten jemals wiedergutgemacht werden konnte.

»Wie soll ich jemanden in Deutschland kennen, der mit der Wiedergutmachung zu tun hat?« sagte Ruth zu Edek.

»Du hast gesagt, du hättest einen deutschen Kunden«, sagte Edek.
»Ich dachte, vielleicht kennt der Kunde jemanden in Deutschland. Die Wiedergutmachungsleute haben sich geweigert, mir hundert Dollar mehr im Monat zu geben. Manche kriegen ein bißchen mehr Geld, wenn der Arzt sagt, daß sie es brauchen. Ich habe dem Arzt gesagt, daß ich nicht schlafen kann. Und er hat einen Brief für mich geschrieben.«

»Du nimmst seit Jahren Schlafmittel«, sagte Ruth.

»Aber ich wußte nicht, daß sie dafür extra zahlen«, sagte Edek.

»Warum geben sie es dir nicht?« fragte Ruth.

»Das haben sie nicht gesagt«, sagte Edek. »Deshalb wollte ich wissen, ob du jemanden in Deutschland kennst.«

»Mein Kunde ist ein Lufthansa-Mitarbeiter«, sagte Ruth. »Ich glaube nicht, daß er Beziehungen in Deutschland hat. Er lebt seit Jahren in New York. Ich bin einmal mit der Lufthansa geflogen«, sagte sie. Edek unterbrach sie.

»Das ist die beste Fluglinie«, sagte er.

»Du bist doch noch nie Lufthansa geflogen«, sagte Ruth.

»Trotzdem weiß ich, daß sie die beste ist«, sagte er. »Ganz sicher.«

»Na ja, auf jeden Fall wissen sie, wie man abhebt«, sagte Ruth. »Sie heben so ab, wie es keine andere Fluglinie macht, die ich kenne. Dieses Flugzeug stieg steil in die Höhe. So steil, daß mir schlecht wurde. Bei jeder Etappe des Flugs war es das gleiche: steil nach oben.«

Edek schüttelte den Kopf. »Ganz sicher sind sie die Besten«, sagte er.

»Wie kommt es, daß wir die Deutschen bewundern?« sagte Ruth.

»Weil sie so gut sind«, sagte Edek.

»Willst du sagen, sie hätten sich vielleicht nicht ganz grundlos für die Herrenrasse gehalten?« sagte Ruth. Sie hatte es als Scherz gemeint. Edek lachte nicht.

»Vielleicht«, sagte er.

Eine Stunde später waren sie auf dem Weg nach Łódź. Es war eine Erleichterung, auf dem Weg nach Łódź zu sein. Ruth dachte, Edek werde sich jetzt vielleicht beruhigen. Von seiner Ankunft an war er nervös gewesen und hatte es nicht erwarten können, Warschau zu verlassen. Er war so ungeduldig und zappelig gewesen, daß sie vergessen hatte, ihm das Wedel-Schokoladengeschäft zu zeigen. Sie machte sich im Geist eine Notiz, ihn hinzubringen, wenn sie nach Warschau zurückkehrten.

Edek war still. Als der Fahrer erschienen war, um sie im Bristol abzuholen, war Edek nach draußen gestürzt und hatte ihn begrüßt. Er hatte ihm die Hand geschüttelt und ihm den Arm in einer liebevollen Geste um die Schulter gelegt. »Du mußt ihn nicht gleich umarmen«, hatte Ruth zu Edek gesagt. Edek hatte sie empört angefunkelt. »Er kann Englisch«, hatte Edek auf jiddisch zu ihr gesagt. Ruths Jiddisch war nicht flüssig, doch normales Alltagsjiddisch verstand sie. Sie konnte sagen: Ich bin müde, ich habe Kopfschmerzen, ich habe Magenschmerzen, meine Kinder sind noch mal mein Tod. Kein sonderlich nützliches Sortiment von Wendungen. »Er kann Englisch«, wiederholte Edek auf jiddisch.

Edek saß vorne im Mercedes neben dem Fahrer. Sie hatten Warschau vor einer halben Stunde verlassen. Die meiste Zeit hatte Edek geschwiegen. Ruth war erleichtert, als er mit dem Fahrer zu plaudern begann. Auch der Fahrer machte einen zufriedenen Eindruck. Sobald Edek zu reden begann, schaltete er das Radio aus. Ruth versuchte, ihrem Gespräch nicht zuzuhören. Sie sah in ihrer Handtasche nach, ob sie alles aus dem Safe im Bristol mitgenommen hatte. Ihr Paß und Edeks Paß waren in dem braunen Umschlag, in den sie sie gesteckt hatte. Ihre Brieftasche war da. Ihre Travellerschecks und beide Flugtickets waren da. Sie war erleichtert.

Edek und der Fahrer waren jetzt völlig in ihr Gespräch vertieft. Es ging um Autobahnen und Schnellstraßen. Das meiste konnte Ruth nicht verstehen. Sie hörte Edek sagen: »Long Island Expressway« und fragte sich, was Edek dem Fahrer über den Long Island Expressway mitzuteilen haben konnte. Edek war wie ausgewechselt. Er sprudelte einen Satz nach dem anderen heraus. Er schien sich prächtig zu unterhalten.

Sie fuhren an einem Gebäude vorbei, das aussah wie die Ruine eines mittelalterlichen Schlosses. Ruth berührte Edeks Schulter. »Kannst du den Fahrer fragen, was das ist?« sagte sie und wies auf die Ruine. Der Fahrer schaute in die Richtung, in die sie wies. Er sprach mit Edek. Sie unterhielten sich mehrere Minuten lang. Jedesmal wenn Edek sich an Ruth wenden wollte, um ihr die Auskunft zu geben, fiel dem Fahrer eine weitere Einzelheit ein.

»Er sagt, es ist ein altes Gebäude«, sagte Edek zu guter Letzt.

»Das sehe ich selber«, sagte Ruth.

»Er sagt, dort wohnt heute niemand mehr«, sagte Edek.

»Tatsächlich?« sagte Ruth. »Was hat er noch gesagt?«

»Das ist alles, was er gesagt hat«, sagte Edek.

»Er hat gesagt, daß es ein altes Gebäude ist? Ihr habt zehn Minuten lang darüber geredet«, sagte Ruth.

»Er hat gesagt, daß es alt ist und so weiter«, sagte Edek.

»Und so weiter« war einer von Edeks Lieblingsausdrücken. Es gab nichts, was sich nicht mit »und so weiter« oder zur Abwechslung mit »und so fort« beschreiben ließ. Ruth gab es auf. Sie lehnte sich zurück. Der Rücksitz war sehr komfortabel. Bei Mercedes wußte man, wie man Autos baute.

Sie fuhren an mehreren kleinen Bauernhöfen vorbei. Die Polen waren sehr ordentliche Bauern. Alles war säuberlich angeordnet. Vollendet quadratische Kartoffelfelder. Parallele Reihen von Kohlköpfen und unzählige Reihen von Bohnenstangen. Reihen von Grünkohl neben Reihen von Rotkohl. Zwischen den Reihen herrschte peinliche Sauberkeit. Bei keinem der Bauernhöfe sah Ruth einen Strohhalm herumliegen oder Unkraut zwischen den Reihen. Auch die Tiere waren sauber. Die schwarz-weißen Kühe hatten ein schimmerndes Fell. Sogar die Schweine wirkten gepflegt und geschniegelt.

Es mußte etwas Tröstliches daran sein, die eigene Nahrung anzubauen, dachte Ruth. Ihr eigenes Leben war vom Pflanzen und Ernten von Grundnahrungsmitteln so weit entfernt. Was tat sie? Sie schrieb kostspielige Briefe für Leute, die nicht mehr in der Lage waren, sich auszudrücken. Ihr war sehr flau zumute.

Plötzliches heiseres Gelächter vom Vordersitz ließ sie zusammenfahren. Edek und der Fahrer hatten leise vor sich hingekichert, doch jetzt prusteten sie laut heraus. Edek brüllte vor Lachen. Er drehte sich zu Ruth um. »Er hat mir einen nicht sehr anständigen Witz erzählt«, sagte er. »Soll ich ihn dir erzählen?« – »Nein, danke«, sagte sie.

Sie näherten sich einer Kleinstadt, die Ruth in der Ferne sehen konnte. Sie kamen an einem großen Fabrikkomplex vorbei. Auf eine Wand hatte jemand einen Penis gemalt. Über die Hoden war ein Davidstern gezeichnet, neben dem Penis standen die Buchstaben LKS. Ruth hatte schon früher in Polen antisemitische Wandschmierereien gesehen. Sie war jedesmal schockiert gewesen. Die Juden waren aus Polen entfernt worden, doch antisemitische Schmierereien waren geblieben und nicht zu übersehen.

Sie berührte Edek an der Schulter und deutete auf die Schmiererei. »Frag ihn, was es bedeutet«, sagte sie zu Edek. Beide Männer schauten aus dem Fenster. Der Fahrer sagte etwas zu Edek.

»Er sagt, es ist nur ein Scherz«, sagte Edek zu Ruth.

»Findet er es lustig?« fragte Ruth.

»Natürlich nicht«, sagte Edek. Der Fahrer fügte etwas hinzu. »Er sagt, sie haben es nicht böse gemeint«, sagte Edek.

»LKS ist die örtliche Fußballmannschaft, die auf dem absteigenden Ast ist«, sagte Ruth. »Und deshalb bezeichnet man die Mannschaft mit dem Wort Jude oder mit dem Davidstern.« Edek schwieg. »Verstehst du nicht, Dad?« sagte sie. »Sie benützen den Davidstern als Zeichen für die Schwachen, die Verlierer.«

»Ich verstehe«, sagte Edek. Eine Weile fuhren sie schweigend.

»Möchten Sie beim Haus Chopins anhalten?« fragte der Fahrer Ruth laut.

»Nein, danke«, sagte sie.

»Żelazowa Wola, Chopins Geburtshaus, ist sehr interessant«, sagte der Fahrer.

»Nein, danke«, sagte Ruth.

»Warum nicht?« sagte Edek.

»Weil wir sonst nie nach Łódź kommen«, sagte Ruth.

»Komm schon, fünf Minuten können wir uns erlauben«, sagte Edek.

»Ich bleibe im Auto«, sagte Ruth. »Ich kenne Chopins Geburtshaus. Ich kenne sein Klavier, das Klavier seiner Mutter, sein Schlafzimmer, das Schlafzimmer seiner Mutter, sein Badezimmer und seinen Garten.« Edek tat, als hätte er nichts gehört.

In Żelazowa Wola blieb Ruth im Wagen und las. Die zwei Männer kehrten von ihrer Hausbesichtigung in bester Laune zurück. Der Fahrer summte eine Polonaise. Edek bat Ruth, ihn mit dem Fahrer im Garten von Chopins Geburtshaus zu fotografieren. Sie stieg aus und machte das Foto. »Mach noch eins von uns vor dem Mercedes«, sagte Edek. Sie fotografierte die beiden vor dem Mercedes. Sie sahen glücklich aus. Sie sahen aus wie Brüder.

Edek und der Fahrer begannen sofort wieder zu reden, als sie im Wagen saßen. Der Fahrer erzählte Edek etwas über Chopins Mutter. Edek redete ebenfalls über Chopin. Ruth hatte nicht gewußt, daß er irgend etwas über Chopin wußte. Die zwei redeten ohne Punkt und Komma.

Ruth staunte nicht wenig. So redselig war Edek in Australien nie. Und dann begriff sie. In Australien mußte er Englisch sprechen, ein fehlerhaftes, stockendes Englisch. Hier konnte er Polnisch sprechen. Perfektes Polnisch. Die Sprache seiner Kindheit, die Sprache seiner Mutter und seines Vaters. Kein Wunder, daß er sich hier zu Hause fühlte. Er war zu Hause. Ein ernüchternder Gedanke.

»Ist es schön für dich, nach Herzenslust Polnisch sprechen zu können?« fragte sie ihren Vater.

»Es ist in Ordnung«, sagte er. »Ich kann Polnisch sprechen, ich kann Englisch sprechen, ich kann Deutsch sprechen.« Er schwieg. »Weißt du, wie sie den Weg in die Gaskammern genannt haben? *Himmelsweg.* Den Weg zum Himmel.«

»Wie kommst du darauf?« fragte Ruth.

»Hör mal, bist du nicht ganz bei Trost?« sagte er. »Was glaubst du, woran ich denke? Du denkst, ich würde nicht über Sachen nachdenken. Heute morgen, das war ein großes Trauma für mich.«

»Was war ein Trauma?« sagte Ruth.

»Was glaubst du, wovon ich spreche?« sagte Edek enerviert. »Ich meine natürlich die Ghettomauer.«

»Warum hast du mir das vorhin nicht gesagt?« sagte Ruth.

»Warum soll ich dir jede Kleinigkeit erzählen?« sagte er.

»Eine Kleinigkeit war das nicht«, sagte Ruth.

»Genug jetzt von diesem Zeug«, sagte Edek. Er wandte sich wieder zum Fahrer. Sie hatten fast den Stadtrand von Łódź erreicht.

»Wir sind bald in Łódź«, sagte Ruth zu Edek.

»Ich kann bisher nichts wiedererkennen«, sagte er. Seine Stimme klang erschreckend tonlos.

»Wir schaffen das schon, Dad«, sagte sie.

»Natürlich«, sagte er.

Sie wünschte, der Fahrer würde wieder mit Edek plaudern. Als hätte er ihre Gedanken gelesen, sagte er etwas zu Edek. Edek antwortete. Schon bald unterhielten sie sich wieder angeregt. Diesmal schien es um Autos und deren Fahrleistung zu gehen. Und um Mercedes. Edek klang wieder wie der Edek, den sie kannte.

»Jesus, noch mehr Schmierereien«, sagte Ruth. Sie waren an einer Mauer mit mehreren Davidsternen und den Initialen der glücklosen Fußballmannschaft vorbeigekommen. Sobald sie es gesagt hatte, bereute sie, Edek und den Fahrer unterbrochen zu haben.

»Ich finde, du solltest nicht ›Jesus‹ sagen«, sagte Edek.

»Kinder tun so etwas. Das sind nur Kindereien«, sagte der Fahrer, der einen Blick zu den Graffiti zurückwarf.

Jetzt befanden sie sich in Łódź. Ruth wollte nicht abermals stören, indem sie meldete, daß sie angekommen waren. Edek schien sich nicht für Łódź zu interessieren. Er hatte das Handschuhfach geöffnet und bewunderte den Mechanismus. Edek und der Fahrer waren sich einig, daß deutsche Ingenieurleistungen schwer zu schlagen waren.

Łódź sah so düster und häßlich aus, wie Ruth es in Erinnerung gehabt hatte. Sie waren im Zentrum der Stadt. Die Leute auf den Straßen hatten blasse, ausdruckslose Gesichter. Łódź, eine Stadt, die im Zeichen der Textilindustrie entstanden war, wurde oft das Manchester Polens genannt. Neben Łódź, dachte Ruth, sah Manchester aus wie Monte Carlo.

Sie hielten vor dem Grandhotel Victoria. Der Türsteher eilte herbei, um die Wagentüren zu öffnen, und kollidierte mit dem Fahrer, der das gleiche im Sinn hatte. Der Türsteher riß Ruths Wagentür mit großartiger Geste auf. Er spähte in den Wagen. »Stehe jederzeit zu Diensten«, sagte er zu Ruth. Er war widerwärtig. Ruth zog die Schultern hoch, um sich beim Aussteigen so fern von ihm wie möglich halten zu können. Er wich nicht von der Wagentür. »Es ist mir ein Vergnügen, einer so schönen Frau zu Diensten zu sein«, sagte er, als Ruth halb ausgestiegen war.

Er war wirklich abstoßend, dachte sie. Auf einem sehr dicken Körper hatte er einen sehr dicken Hals. Um diesen dicken Hals hingen mehrere goldene Ketten, und aus Ohren und Nasenlöchern quollen abstoßende Haarbüschel. Ruth schüttelte sich. Wie kam es, daß solche Männer nicht merkten, wie abstoßend sie waren? Offenbar kamen Männer nicht ohne weiteres auf den Gedanken, sie könnten unattraktiv sein.

»Ich werde mich persönlich davon überzeugen, daß in Ihrem Zimmer alles nach Ihren Wünschen ist«, sagte er zu Ruth. »Nein, vielen Dank«, sagte sie laut. Er war wirklich ekelhaft. Abscheulich genug, um einen an der eigenen Haltung zum Genozid irre werden zu lassen. Man hätte ihn schon vor Jahren erschießen sollen. Ob der Anstößigkeit dieses Gedankens mußte sie insgeheim lächeln.

Ruth sah zu ihrem Vater. Er überreichte dem Fahrer einen wahren Berg Zloty und schüttelte ihm die Hand. Er verabschiedete sich ein letztes Mal von ihm und folgte Ruth in das Hotel. Edek lächelte dem Türsteher zu und stellte sich vor. »Dad, ich habe ihn gerade abgeschüttelt«, zischte Ruth ihm ins Ohr. »Er ist widerwärtig.« Edek funkelte Ruth empört an und entfernte sich. Er begann eine Unterhaltung mit dem Portier. Ruth ging zur Rezeption. Sie bat um nebeneinanderliegende Zimmer. Sie hörte Edek lachen.

Das Grandhotel Victoria hatte schon bessere Tage gesehen. Überall waren Zeichen der Abnutzung und des generellen Verfalls unübersehbar, sogar im Foyer. Der Portier kam, um ihre Koffer hochzutragen. Sein Kragen war voller Schuppen. Sein Haar war fettig und schmierig. Ruth verzog das Gesicht und trat von ihm weg. Wie komisch, dachte sie, daß man den Unterschied zwischen ungewaschenem Haar und Haar, das ungewaschen aussehen sollte und mit Gel, Schaum, Pomade, Frisiercreme und wer weiß was eingeschmiert war, sofort erkannte.

Sie betastete ihr eigenes Haar. Alle Locken lockten sich zu Löckchen, wie sie es gern hatte. In letzter Zeit hatte ihr Haar gut ausgesehen. Dieses gute Aussehen hatte seinen Preis, genauer gesagt, hundertfünfzig Dollar pro Haarschnitt. Geoffrey im Salon John Frieda an der Ecke Madison Avenue und Siebenundsechzigste Straße schnitt ihr Haar immer perfekt. Er war Engländer, und sie mochte seinen vertrauten Akzent, die vertrauten Wendungen. Er machte Späße mit ihr. Er war das jüngste von zehn Kindern und behandelte ihr Haar mit der Selbstsicherheit und Vertrautheit eines Mannes, der schon immer unter Frauen gelebt hat.

Geoffrey fragte sie jedesmal, ob sie verliebt sei. Nein, sagte sie jedesmal. »Ich auch nicht«, erwiderte er dann. »Da bin ich nun im Schwulenparadies New York und lerne niemanden kennen«, sagte er. »In dieser Stadt ist es ein Ding der Unmöglichkeit, echte Menschen kennenzulernen«, sagte sie. Manchmal ging sie mit Geoffrey ins Kino. Im Salon John Frieda ließ Ruth sich auch die Haare färben. Bryan, ihr Farbspezialist, war einer der beruhigendsten Menschen, die sie je erlebt hatte. Sie fiel beinahe ins Koma, wenn er ihr die Haare kolorierte. Sie ließ sich durchschnittlich alle drei Wochen die Haare färben. Auf diese Weise mußte sie nie erfahren, ob sie ergraute.

Für die meisten Frauen waren Haare etwas Problematisches. Als Zwölfjährige hatte Ruth ihre langen Locken vom Barbier um die Ecke abgeschnitten bekommen. Ihre Mutter war mit ihr zu Mr. Brown gegangen, dem Barbier auf der gegenüberliegenden Straßenseite in Carlton. Mr. Brown hatte nicht mehr zu schneiden aufgehört. Ruth verließ seinen Laden mit einer Kurzhaarfrisur. Mr. Brown hatte ihr sogar den Nacken ausrasiert. Mit ihrer neuen Frisur sah Ruth wie eine Schwachsinnige aus. Als sie nach Hause gekommen war, hatte sie in den Spiegel geschaut; sie wußte, daß Rooshka sie nicht absichtlich verunstaltet hatte. Etwas, was sich der Kontrolle ihrer Mutter entzog, hatte sie veranlaßt, Ruth die Haare abschneiden zu lassen. Ruth wußte, daß es damit zu tun haben mußte, daß man Rooshka ihre langen, dicken Zöpfe in Auschwitz abgeschnitten hatte.

Als Auschwitz evakuiert wurde, blieben fünfzehntausend Pfund Menschenhaar zurück. In den letzten Kriegstagen hatten die Nazis zuviel zu tun, um diese Ladung Haar noch auf den Weg zu bringen. Es war in Ballen zu fünfundfünfzig Pfund verpackt, die darauf warteten, nach Bayern in die Fabriken zu gelangen, wo das Haar verarbeitet wurde. In den Fabriken wurde es zu Stoff verarbeitet. Zu Futterstoffen für Herrenmäntel. Die Fabriken zahlten fünfundzwanzig

Pfennig für das Pfund Haar, das als Futterstoff die Fabrik verließ. Schneider nähten es auch in Herrenanzüge. Irgendwo in Deutschland waren Männer in die Arbeit gegangen, die das Haar ihrer Mutter am Leib getragen hatten. Das Haar enthielt Spuren von Blausäure, von Zyklon B, dem Gas, mit dem die Besitzer des Haars vergast worden waren, doch das machte den Deutschen nichts aus. Schließlich kam es nicht in Berührung mit der Haut von Deutschen.

Das Horten und Verkaufen der Habseligkeiten anderer Leute war ein gewaltiges Geschäft. Gold und Platin aus Zahnfüllungen wurde geschmolzen und zu Barren geformt. Uhren wurden nach Oranienburg geschickt, Brillen der SS-Gesundheitsbehörde ausgehändigt, einer Behörde, die den Gesundheitsbegriff recht eigenwillig auslegte. Kleidung wurde dem Finanzministerium übereignet. Als die Deutschen aus Auschwitz flohen, ließen sie unter anderem achthundertsechsunddreißigtausendfünfhundertundfünfundzwanzig Damenkleider zurück.

Ruth fühlte sich in ihrem Zimmer im Grandhotel Victoria eingesperrt und unruhig. Sie mußte aus dem Zimmer hinausgelangen. Es war vier Uhr nachmittags und fast dunkel. Sie dachte, es werde ihr besser gehen, wenn sie im Foyer saß. Sie ergriff ihre Handtasche und ging zur Tür. Der Türknauf ließ sich nicht drehen. Er steckte fest.

Sie rief Edek in seinem Zimmer an. »Ich sitze fest«, sagte sie. »Ich kann nicht aus meinem Zimmer raus.«

»Was ist passiert?« sagte er.

»Der Türknauf läßt sich nicht drehen«, sagte sie. Edek begann zu lachen.

»So gut wie das Bristol ist dieses Hotel sicher nicht«, sagte er.

»Das Grandhotel Victoria hat schon grandiosere Tage gesehen«, sagte sie. Er lachte wieder.

»Du warst immer schon ein gewitztes Mädchen«, sagte er.

»Dad, kannst du den Portier anrufen und ihm auf polnisch das Problem erklären?« sagte sie.

»Natürlich«, sagte er.

»Den Portier, nicht den Türsteher«, sagte sie.

»Soll ich kommen und schauen, ob ich es reparieren kann?« sagte Edek.

»Nein, ruf nur den Portier an.«

»Du hast recht«, sagte Edek. »Ich bin nicht so gut in solchen Dingen. Tatsächlich ist Garth gekommen und hat mir geholfen, als ich mußte anbringen so ein Geländer neben der Badewanne, wo man sich festhält.«

»Garth hat ein Badewannengeländer für dich angebracht? Warum?« fragte Ruth.

»Er wollte es so«, sagte Edek. »Ich wollte einen Handwerker kommen lassen, aber Garth hat gesagt, er kommt sowieso nach Melbourne und macht es für mich. Tatsächlich ist er kein so guter Handwerker. Das Geländer, was er hat angebracht, ist einen Meter breit. Es sieht ganz schön albern aus.«

»Du hättest ihn das nicht tun lassen dürfen«, sagte Ruth. »Ich bin mir sicher, daß er genug zu tun hat, wenn er nach Melbourne kommt.«

»Er mußte nur zwei oder drei Stunden früher kommen, und hinterher sind wir im Scheherezade Tscholent essen gegangen«, sagte Edek. »Er ist der einzige Goj, den ich kenne, der Tscholent mag. Und danach hatten wir jeder ein Stück Apfelkuchen.«

»Du brauchst ihn nicht als Handwerker in deiner Wohnung«, sagte Ruth.

»Ich brauche ihn nicht als Handwerker«, sagte Edek, »sondern ich bin gern mit ihm zusammen. Und um ehrlich zu sein, er ist gern mit mir zusammen. Das kann ich spüren.«

Ruth wußte, daß Garth nicht zum Handwerker geboren war. Er hatte zwar die großen, breiten Hände eines Handwerkers, aber er war hoffnungslos ungeschickt. Alles, was er baute, fiel auseinander. Obwohl er jeden Tag mit seinen Händen arbeitete, fehlte ihm jedes handwerkliche Geschick. Ruth dachte an Garths Hände. Manchmal erinnerte sie sich an Momente ihres Liebeslebens. Mit erstaunlicher Deutlichkeit erinnerte sie sich an Sex mit Garth. Vielleicht, weil sie sich dabei so gut gefühlt hatte. Gesättigt, ganz, erfüllt. Alles in allem dachte sie nicht oft über Sex nach. Vielleicht war sie einfach keine sonderlich sexualisierte Person. Vielleicht mußten sexuelle Gedanken für sie mit Liebe verbunden sein.

Sie kam zur Besinnung. Wie konnte sie über Sexualität nachdenken, während ihr Vater am anderen Ende der Leitung wartete?

»Laß uns spazierengehen, Dad«, sagte sie. »Ruf den Portier an, damit er mich befreit, und dann gehen wir ein bißchen spazieren.«

Edek zögerte. »Okay«, sagte er schließlich. »Okay, wir gehen ein bißchen spazieren. Nicht weit vom Hotel habe ich ein McDonald's gesehen. Bei McDonald's gibt es einen sehr guten Schokoladenshake.«

»Ich kann es nicht fassen, daß du bereits ein McDonald's ausfindig gemacht hast«, sagte Ruth. »Ich dachte, du wärst damit beschäftigt gewesen, dich mit dem Fahrer zu unterhalten.«

»Ich habe mich mit dem Fahrer unterhalten, und ich habe ein McDonald's gesehen«, sagte Edek.

»Kannst du dir das vorstellen – ein McDonald's in Łódź?« sagte Ruth.

»Es ist schwer, sich das vorzustellen«, sagte Edek.

Der Portier brauchte eine Viertelstunde, um den Türknauf in Ordnung zu bringen. Ruth suchte nach ein paar Zloty für den Portier, als das Telefon läutete. Es war Max.

»Wo sind Sie?« fragte Ruth. »Sie können unmöglich im Büro sein. Es ist Samstag vormittag.«

»Ich bin zu Hause«, sagte Max.

»Wir müssen es kurz machen«, sagte Ruth. »Ich gehe gleich mit meinem Vater spazieren, und es ist das erstemal, daß er in Łódź ist, seit er dreiundzwanzig war.«

»Okay«, sagte Max. »Ich habe nur eine Frage. Ich hätte nicht angerufen, wenn es nicht um etwas gegangen wäre, worüber Sie sicher Bescheid wissen wollen. Ich möchte nicht in dieser emotionsgeladenen Situation mit Ihrem Vater stören.«

»Max, Ihre Frage!« sagte Ruth.

»Mr. Kendall will wissen, ob er das Copyright für den Brief kaufen kann, mit dem er sich geweigert hat, seinen Namen für die

Unterschriftenaktion herzugeben«, sagte Max. »Er sagt, es wäre einfach ein brillanter Schachzug, im ersten Absatz die Aktion über den grünen Klee zu loben.«

»Er will die Rechte an diesem Brief?« sagte Ruth.

»Ja«, sagte Max.

»Das ist schwer zu entscheiden«, sagte Ruth. »Über diese Problematik hätte ich mir schon früher Gedanken machen sollen. Möglicherweise gehört ihm das Copyright ohnedies, weil es sein Brief ist.«

»Aber Sie haben ihn geschrieben«, sagte Max.

»Ich weiß«, sagte Ruth. »Heutzutage ist alles schwierig, sogar das Eigentumsrecht an den eigenen Briefen.«

»Aber wem gehört der Brief?« fragte Max. »Ihnen oder ihm?«

»Ihm und mir«, sagte Ruth. »Warum will er ihn überhaupt für sich haben?«

»Er sagt, er will nicht, daß jemand anders den gleichen Brief benutzen kann«, sagte Max. »Ich habe ihm gesagt, daß es sicher teuer ist. Er hat gesagt, daß ihn das nicht stört.«

»Sagen Sie ihm, daß er warten muß, bis ich wieder da bin«, sagte Ruth.

»Apropos, Mr. Newton war mit dem Brief, in dem er sich für die Anteilnahme an seiner Krankheit bedankt, sehr zufrieden«, sagte Max. »Sie haben mir sechzehn Fassungen gefaxt, und ich habe ihm eine mehr ohne Aufpreis gegeben.«

»Es freut mich, daß er zufrieden war«, sagte Ruth.

»Er klang ziemlich munter für jemanden, der gerade einen Bypass gelegt bekommen hat«, sagte Max. »Munterer als der Hund meines Nachbarn.«

»Was reden Sie da?« sagte Ruth. Sobald Max antwortete, bereute sie ihre Frage.

»Der Labrador meiens Nachbarn hatte eine Bypass-Operation«, sagte Max. »In der Veterinärklinik der Universität von Michigan, die für ihre hochwertigen Operationen am offenen Herzen berühmt ist.«

»Operationen am offenen Herzen bei Hunden?« sagte Ruth.

»Selbstverständlich. Es ist schließlich eine Veterinärklinik«, sagte Max. »Man kann Blutwäsche für Katzen haben und Herzschrittmacher für Hunde. Dieser Labrador hat vor der Operation monatelang Prozac bekommen. Man kann dort auch Katzen das Gebiß richten lassen. Kieferorthopädie für Hunde und Katzen ist der letzte Schrei.«

»Woher wissen Sie das alles?« fragte Ruth.

»Das hat mir mein Nachbar erzählt, der mit dem Labrador«, sagte Max.

»Ich muß gehen«, sagte Ruth.

»Passen Sie auf sich auf«, sagte Max.

»Ich werde mich bemühen«, sagte Ruth. Sie rief Edeks Zimmernummer an. »Ich bin soweit«, sagte sie.

Ruth und Edek gingen die Piotrkowskastraße entlang. Wenige Passanten waren unterwegs. Ruth war bedrückt. Sie gingen schweigend. Sie beherrschte sich und fragte ihren Vater nicht, wie es ihm ging. Sie wollte ihm nicht auf die Nerven fallen. Die Mienen der Leute, denen sie begegneten, waren leer und unbeteiligt. Ruth fand das alles deprimierend. Es war fünf Uhr an einem Samstagnachmittag. »Komm, wir gehen zu McDonald's«, sagte sie zu Edek. Sie gingen in Richtung des McDonald's.

Der beißende Geruch von Kohlenrauch erfüllte die Luft. Ruths Augen begannen zu brennen. »Tun dir auch die Augen weh?« fragte sie Edek. »Nichts tut mir weh«, sagte er. Jeder zweite, dem sie begegneten, schien zu husten und zu spucken. Es mußte am Kohlenrauch liegen, dachte Ruth. Łódź war wirklich eine bedrückende Stadt, dachte sie. Inzwischen war es dunkel. Sehr dunkel. Und still. Die schwarze Luft war fast unbewegt.

Wo war der Mond? fragte sich Ruth. Trug er Trauer? Auf den Straßen war nicht viel Leben zu sehen, als hätte Łódź seine Bewohner für die Nacht eingesammelt. Zu beiden Seiten der schwarzen Straßenbahngleise kauerten unförmige, graue Gebäude. Auf den Straßen schien sich die Hundescheiße zu türmen. »Paß auf, daß du nicht in die Hundescheiße trittst«, sagte sie zu Edek.

»Schau«, sagte er, »McDonald's.« Der McDonald's in der Piotrkowskastraße war so grellbunt wie jeder McDonald's auf der
ganzen Welt. Ruth war überglücklich, als sie ihn erblickte.

Edek trank seinen Schokoladenshake in kleinen Schlucken. Ruth
und er waren die ältesten Kunden im ganzen Laden. Die übrigen
Gäste waren weitgehend Teenager. Ruth hatte nichts gegen Teenager. Sie war zum erstenmal in einem McDonald's und fühlte sich
merkwürdig heimisch.

»Dieser Schokoladenshake ist sehr gut«, sagte Edek.

»Das freut mich«, sagte sie.

»Vielleicht probiere ich morgen mal ein Eis«, sagte Edek. »Auf
polnisch heißt Eis *lody*. Polnisches *lody* war immer sehr gut.«

Ruth hatte das aus seinem Mund schon oft gehört. Sie hatte es in
den Geschichten gehört, in denen Edek eine *doroszka* gemietet
hatte, um zum Eissalon zu fahren. In Geschichten, in denen Edek
all seinen Freunden Eis kaufte. Was für ein Playboy er gewesen sein
mußte, dachte Ruth. Sie sah ihn an. Er sah so glücklich aus mit seinem Schokoladenshake. Tränen stiegen ihr in die Augen. »Morgen
kaufen wir soviel *lody*, wie wir wollen«, sagte sie.

»Samstagabends war die Piotrkowskastraße immer voller Leute«,
sagte Edek. »Die Leute spazierten auf und ab. Die Luft in der Straße
war voller Erregung. Jungen und Mädchen spazierten miteinander.
Paare spazierten miteinander. Alle redeten. Alle waren glücklich.
Und wenn man jetzt nach draußen schaut, ist niemand dort. Kein
Mensch.« Er schwieg und sah auf die Straße hinaus. »Du machst dir
keine Vorstellung, wie die Piotrkowskastraße früher war«, sagte er.
»Alle hatten sich fein angezogen. Mädchen waren mit Jungen verabredet. Jungen waren mit Mädchen verabredet. Und wer ist jetzt
dort draußen? Niemand.«

»Bist du auch an den Samstagabenden ausgegangen?« fragte Ruth.

»Aber natürlich«, sagte er. »Alle jungen Leute taten das.« Er blickte traurig. »Die schönsten Mädchen waren die jüdischen Mädchen«,
sagte er. »Und deine Mum war die Allerschönste.«

Die Vorstellung ihrer Mutter an einem Samstagabend auf der
Piotrkowskastraße war mehr, als Ruth ertragen konnte. Sie brach in

Tränen aus. Sie versuchte ihre Tränen vor Edek zu verbergen. Vielleicht war diese Reise doch ein Irrtum gewesen.

»Heute gibt es hier keine Juden mehr«, sagte Edek und schüttelte den Kopf.

Sechstes Kapitel

»Ist es nicht merkwürdig, wie viele unserer Namen mit dem Buchstaben H beginnen?« sagte Rudolf Höß.

Ruth saß in einem Café, das direkt gegenüber dem Grandhotel Victoria lag. »Ich kann es nicht fassen, daß Sie es schon wieder sind«, sagte sie.

»Ich meine selbstverständlich meine Kollegen. Meine ehemaligen Kollegen, um genau zu sein«, sagte Höß. »Diese auffällige Häufung von Namen, die mit H beginnen, finde ich äußerst interessant. Höß, Heß, Hanfstaengl, Harlan, Hauptmann, Heyde, Heydrich, Himmler, Hoffmann, Hugenberg, Hoßbach und natürlich nicht zuletzt Hitler.«

»Ich kann es einfach nicht fassen«, sagte Ruth. »Ich hatte gedacht, Sie wären ein Produkt meiner Phantasie oder ein schlechter Traum.«

»Beides ist in gewisser Hinsicht durchaus zutreffend«, sagte Höß.

»Wollen Sie jetzt den Esoteriker abgeben?« sagte Ruth. Ihr war scheußlich zumute. Rudolf Höß sprach, und sie, Ruth Rothwax, konnte ihn hören.

»Glauben Sie nicht an das Übersinnliche?« sagte Höß.

»Ich glaube nicht an Sie«, sagte Ruth. »Ich war mir sicher, daß ich mir die ganze Sache eingebildet hatte. Ich dachte, mein Schlafmangel wäre schuld daran, daß ich mir einbildete, ich hätte mit Ihnen gesprochen. Oder der Streß. Oder daß ich etwas gegessen habe, was mir nicht bekommen ist.«

»Ich bin nicht das Ergebnis von Verdauungsstörungen oder Magenübersäuerung«, sagte Höß.

»Warum lassen Sie mich nicht in Ruhe?« sagte Ruth.

»Ich tue Ihnen nichts an«, sagte Höß. »Ich tue Ihnen nicht weh. Ich störe Sie nicht.«

»Sie scherzen wohl«, sagte Ruth. »Ich finde Sie ausgesprochen verstörend. Können Sie mich nicht in Ruhe lassen? Ich hatte einen anstrengenden Tag.«

»Das weiß ich«, sagte Höß.

»Ich wäre nicht hergekommen, wenn ich gewußt hätte, daß Sie erscheinen würden«, sagte Ruth.

»Sie müssen nicht allein sein«, sagte Höß. »Ich kann überall zu Ihnen sprechen.«

Ruth sah sich um. Niemandem schien aufgefallen zu sein, daß sie Selbstgespräche führte. Im Café waren nicht viele Leute. Es war noch früh am Abend. Doch gewiß würde es bald voller im Café werden, selbst in einem Łódźer Café. Es war Samstag abend.

Edek hatte sie nicht gesagt, daß sie das Hotel verließ. Er hatte so müde ausgesehen. Und er hatte sie mehrmals gefragt, ob sie sofort ins Bett gehen würde. Offenbar war es ihm wichtig zu wissen, wo sie war. Sie hatte der Telefonistin im Hotel aufgetragen, sie in dem Café anzurufen, wenn Edek ihre Zimmernummer wählte. Sie hatte gewußt, daß sie keinen Schlaf finden würde. Sie wußte, daß sie sich erst entspannen mußte. Cafés halfen ihr normalerweise zu entspannen. Sie konnte sich Träumereien und Tagträumen hingeben. Außerdem hätte sie gern ein paar Zeichen von Leben in Łódź gesehen.

Eine junge Frau in einem Abendkleid spielte Melodien aus *My Fair Lady* auf einem Klavier gleich neben der Kühltheke mit Kuchen. Das Café hatte weiße gehäkelte Vorhänge wie ein Landgasthof und ausladende Plastikkandelaber über den Tischen. Ruth hatte gerade den Mut zur Geschmacklosigkeit in der Inneneinrichtung bewundert, als Höß ihre Gedanken unterbrochen hatte.

»Finden Sie das nicht interessant, Miss Rothwax?« sagte Höß. Ruth fuhr zusammen. Sie hatte vergessen, daß er ihren Namen wußte. Sie fragte sich, warum sie das so verstörte. Gewiß war es nicht verstörender als seine Anwesenheit. Genauer gesagt, seine Anwesenheit in ihrem Leben.

»Ob ich was interessant finde?« fragte sie.

»Daß so viele unserer Nachnamen mit dem Buchstaben H beginnen«, sagte Höß.

»Nein, das finde ich nicht interessant«, sagte Ruth. »Es gibt so viele Nazis, daß man unter jedem Buchstaben des Alphabets mehr als genug führende Nazifunktionäre finden kann.«

»So viele Hs. Was mag das nur bedeuten?« sagte Höß.

»Fragen Sie sich lieber: Warum so viele Nazis?« sagte Ruth. »So viele Parteimitglieder, so viele laute Bekenner und leise Mitläufer und heimliche Freunde. So viele Abhängige und Anhänger und Anhängsel. So viele Speichellecker.«

»Das Wort Speichellecker kenne ich«, sagte Höß.

»Knechtseelen, Arschkriecher«, sagte Ruth.

»Der Begriff ist mir vertraut«, sagte Höß. Er hüstelte.

Hüstelte er, weil ihn die Vorstellung seiner selbst als eines Speichelleckers unangenehm berührte? dachte Ruth. Sie schüttelte den Kopf. Sie konnte es nicht fassen, daß sie sich über Rudolf Höß' Gedanken den Kopf zerbrach. Über die Gedanken eines toten, vor langem gestorbenen einstigen Ackerbauern, Agronomen und Nazis.

»Himmler, dieser magere kleine bankrotte Hühnerzüchter, der sah aus wie ein Speichellecker«, sagte Höß. »Aber er war keiner. Das lag nur an seinem pedantischen Auftreten und an seiner übertriebenen Förmlichkeit. Ein demütiger Speichellecker. Oder sind Speichellecker notwendigerweise demütig?«

»Da bin ich mir nicht sicher«, sagte Ruth. »Arrogante Speichellecker sind zweifellos denkbar. Ist der magere Hühnerzüchter, von dem Sie sprachen, zufällig Heinrich Himmler, Reichsführer-SS?«

»Bankrotter magerer kleiner Hühnerzüchter«, sagte Höß. »Er war Diplomlandwirt. Er war Vertreter einer Düngemittelfirma, bevor er es mit der Geflügelzucht versuchte.«

»Wie Sie war er der Sohn eines sehr frommen und autoritären katholischen Vaters, nicht wahr?« sagte Ruth.

»Was tut das zur Sache?« sagte Höß.

»Weiß ich nicht«, sagte Ruth.

»Himmler ließ sich durch seinen Mißerfolg als Hühnerzüchter nicht entmutigen«, sagte Höß. »Daß seine Hühner keine Eier legten, gab ihm nicht weiter zu denken. Es hinderte ihn nicht daran, sich an der Humangenetik zu versuchen. Himmler war es, der den *Lebensborn* ins Leben rief. Sie wissen, was ich meine?«

»Gewiß«, sagte Ruth. »Lebensborn war das Programm zur Erschaffung reines arischen Lebens. Eure NS-Begriffe waren gut gewählt. Lebensborn und Lebensraum.«

»Danke«, sagte Höß. »Himmler war ein erstklassiger Organisator und Verwalter, das muß ich einräumen. Er konnte ein Thema von begrenztem Interesse wie den Rassismus aufgreifen und es zu einem Steuerungsmechanismus ausbauen, mit dem sich ganz Deutschland lenken ließ. Für einen deutschen Patrioten war es unumgänglich zu begreifen, was an Gutem aus dem Rassismus entstehen konnte.«

»Sie mußten alle anderen aus Selbsterhaltungsgründen hassen«, sagte Ruth.

»Sehr treffend«, sagte Höß. »Die staatlich gelenkte Zuchtanstalt, die Himmler einrichtete, war eine Notwendigkeit. Wir mußten größere Mengen reinrassiger Deutscher erzeugen. Am 28. Oktober 1939 erfolgte ein Zeugungserlaß Himmlers an die ganze SS. Soldaten hatten die moralische Verpflichtung, sich mit deutschen Frauen und Mädchen mit sauberem Blut fortzupflanzen. Von überallher kamen Soldaten, um sich mit den deutschen Mädchen zu paaren, die zu Zuchtzwecken ausgewählt worden waren. Ich muß sagen, daß die jungen Frauen gut ausgewählt waren. Sie sahen alle nordisch aus.« Bei der Erinnerung an die Pflicht, sich mit deutschen Mädchen sauberen Blutes fortzupflanzen, klang Höß erregt. Ruth verspürte Übelkeit.

»Dachau richtete Himmler 1933 ein. Es war das erste Konzentrationslager«, sagte Höß. »Wußten Sie das?«

»Ja«, sagte Ruth.

»Himmler studierte die Insassen von Dachau«, sagte Höß. »Im Januar 1937 hielt er übrigens eine diesbezügliche Rede. Er sagte, es gebe keinen besseren lebenden Beweis von Vererbung und Rassengesetzen als das, was man in einem Konzentrationslager zu sehen bekomme – Hydrozephalitis, schielende und verwachsene Individuen und Halbjuden, kurz eine beträchtliche Anzahl von Untermenschen. So sagte er. Es war eine gute Rede.«

Ruth schwieg. Ihr war nicht gut.

»Himmler wurde immer als unerschütterlich geschildert«, sagte Höß. »Es hieß, er sei gefühlsarm. Und dennoch wurde er fast ohnmächtig, als er mit ansah, wie hundert Juden ihm zuliebe an der russischen Front exekutiert wurden. Was für eine Seelenstärke soll das sein? Er hätte sich selbst aus seinem eigenen Zuchtprogramm eliminiert«, sagte Höß und lachte.

»Himmler litt an zahlreichen psychosomatischen Beschwerden«, sagte Ruth. »Er hatte schwere Migräne und unerträgliche Krämpfe.«

»Das stimmt«, sagte Höß. »Und außerdem war er ein glühender Anhänger von Homöopathie, Kräuterheilmitteln und Reformkost.«

»Homöopathie und Kräutermittel interessieren mich nicht«, sagte Ruth.

»Sie trinken Kräutertee«, sagte Höß.

»Woher wissen Sie das?« sagte sie. »Lassen Sie die Antwort«, sagte sie, »es interessiert mich wirklich nicht.«

»Ich lebte auf dem Land, als Himmlers Aufruf erfolgte, in die aktiven Reihen der SS einzutreten«, sagte Höß. »Drei unserer Kinder waren bereits geboren, um an der wolkenlosen Zukunft teilzunehmen, die wir uns ausmalten. Es war im Juni 1934. Normalerweise bin ich entschlußfreudig, aber ich brauchte lange, um mich zu der Entscheidung durchzuringen, in die SS einzutreten. Zu guter Letzt war die Versuchung, wieder Soldat zu sein, stärker als alles andere, stärker als die Bedenken meiner Frau. Meine Frau machte sich Sorgen, ob der Soldatenberuf mir die wahre Erfüllung bringen würde.«

»Nun, da hat sie sich wohl getäuscht, oder?« sagte Ruth.

Höß überhörte ihre Bemerkung. »Heute bedaure ich es außerordentlich, das bäuerliche Leben aufgegeben zu haben«, sagte er. »Es war nicht der Weg zu Geld und Gut, und ich würde heute genauso ohne Heim und ohne materiellen Besitz dastehen.«

»Was soll denn das heißen?« sagte Ruth. »Ich dachte, dort, wo Sie sind, verfügt niemand über Besitz?«

»Ich spreche über die Zeit im allgemeinen«, sagte Höß.

»Ich finde das verwirrend«, sagte Ruth.

»Sieh mal an, wie interessiert Sie sind«, sagte Höß.

»Schmeicheln Sie sich nicht zu sehr«, sagte sie. »So interessiert bin ich nicht.«

»Sie sind interessiert«, sagte Höß. »Es ist Ihr Los.«

»Sie meinen, es sei mein unausweichliches Schicksal, diesen Kontakt mit Ihnen zu haben?« sagte Ruth. »Ein vorausbestimmter Gang der Dinge? Das glaube ich nicht.«

»Sie und ich stehen in Verbindung, und dem können wir uns nicht entziehen«, sagte Höß.

»Sie als Meister des Einsperrens«, sagte Ruth, »dürften am besten wissen, wie man sich entzieht.«

»Ich weiß, wie man es vereitelt, das ist wahr«, sagte Höß.

»Ich kann mich ohne weiteres entziehen«, sagte Ruth. Sie stand auf, drehte sich um und bohrte ihre Ferse in den Boden. Höß heulte vor Schmerzen auf.

»Soll ich weitersprechen?« sagte Höß nach ein paar Minuten.

»Es ist sehr entgegenkommend von Ihnen zu fragen«, sagte sie. »Okay, sprechen Sie weiter.«

»Ich sprach vom Schicksal«, sagte er. »Wer von uns vermag die verworrenen Wege eines Menschenschicksals zu erkennen?« Ruth setzte sich wieder in den Cafésessel. Es klang nach einer langen Geschichte. »Als ich Himmlers Einladung las, in die Reihen der SS einzutreten, bedachte ich nicht, daß die Einheit, in die ich eintreten würde, ein Konzentrationslager bewachen sollte. Von einem Konzentrationslager hatte ich nicht die geringste Vorstellung. Für mich ging es nur um die Frage, ob ich wieder als Soldat Dienst tun wollte. Ich ging nach Dachau.

Ich erinnere mich daran, wie ich zum erstenmal Zeuge war, als jemand ausgepeitscht wurde. Zwei Gefangene, die in der Kantine Zigaretten gestohlen hatten, waren zu je fünfundzwanzig Peitschenhieben verurteilt worden. Das war 1934. Juni 1934, verstehen Sie, und Dachau war noch kein Todeslager.«

»Todeslager – das ist eine für Sie sehr deutliche Sprache«, sagte Ruth.

»Sie brauchen nicht sarkastisch zu werden«, sagte Höß.

»Natürlich weiß ich, daß Dachau damals noch nicht die Todes-fabrik war, zu der es dann wurde«, sagte Ruth. »Sobald man erst ein-mal neue Begriffe von Lagern und Todesarten entwickelt hatte, konnte man schnell auf Peitschenhiebe verzichten. Man konnte auf Umwege verzichten und geradewegs den Tod anvisieren.«

»Sie müssen mir nicht Ihr Wissen über dieses Thema vorführen«, sagte Höß. »Ich war gerade im Begriff, Ihnen zu erzählen, wie ich auf die erste Auspeitschung reagiert habe, die ich mit ansah.«

»Es war sicher eine bemerkenswerte Reaktion«, sagte Ruth. Höß ging auf ihren Sarkasmus nicht ein. Offenbar wollte er unbedingt mit seiner Geschichte fortfahren.

»Der erste Gefangene blieb stumm«, sagte Höß. »Es war ein klei-ner Mann, ein unbedeutender Kleinkrimineller. Der andere, ein großer, körperlich gesunder Politiker, schrie wie am Spieß und ver-suchte beim ersten Schlag seine Fesseln zu zerreißen. Er schrie die ganze Züchtigung hindurch. Als er zu schreien begann, lief es mir den Rücken hinunter. Erst wurde mir ganz heiß und dann ganz kalt.

Später bekam ich meine erste Hinrichtung zu sehen, aber sie hat mich nicht bei weitem so stark beeindruckt wie die Auspeit-schungen.

Im Juni 1936 haben Himmler und Bormann Dachau besucht«, sagte Höß. »Sie haben mich zur Versetzung empfohlen.«

»Herzlichen Glückwunsch«, sagte Ruth.

»Bormann leitete Hitlers Kanzlei«, sagte Höß.

»Ich weiß«, sagte Ruth.

»Ich wurde im Mai 1938 nach Sachsenhausen versetzt«, sagte Höß.

»Es freut mich, daß wir mit der Geschichte vorankommen«, sagte Ruth. »Ich bin müde. Stört es Sie, wenn ich mir etwas zu essen bestelle?« sagte sie.

»Warum sollte es mich stören?« sagte Höß. »Ich muß zuschauen, wie andere im Himmel die feinsten Dinge essen, während ich mich im Zweiten Himmelslager mit Nahrung zufriedengeben muß, die keinem Menschen zumutbar ist.«

»In diesem Fall möchte ich einen Apfelstrudel bestellen«, sagte Ruth.

Sie bestellte eine Portion Apfelstrudel und ein Glas Kamillentee mit Zitrone. Die Kellnerin war so schroff und unfreundlich wie die meisten Kellner und Kellnerinnen in Polen. Ruth betrachtete es als Beweis, daß sie so normal wie alle anderen Gäste aussah. Sie hatte die Kellnerin nicht aus der Fassung gebracht. Sie durfte nicht den Eindruck erwecken, als würde sie Selbstgespräche führen.

»Ich weiß nicht, warum die Polen so unhöflich sind«, sagte Höß. »Ich habe immer die Gepflogenheiten und Gewohnheiten der Leute, mit denen ich zu tun hatte, beobachtet, und die Polen sind ein unfreundlicher Menschenschlag.«

»Anders als die Deutschen«, sagte Ruth.

»Ganz genau«, sagte Höß. »Ganz anders als die Deutschen.«

»Die Deutschen sind auch fleißige Arbeiter, nicht wahr?« sagte sie.

»Ja«, sagte Höß. »Ganz anders als die Polen.« Ruth lachte. »Lachen Sie gern über die Polen?« sagte Höß.

»Manchmal«, sagte Ruth.

»Ich habe mein Lebtag hart gearbeitet«, sagte Höß. »Harte Arbeit hat mich nicht geschreckt. Ich war nie mit mir zufrieden, wenn ich nicht gute Arbeit geleistet hatte.«

»Nun ja, Sie haben in der Tat gute Arbeit geleistet«, sagte Ruth.

»Ihr Strudel wird gleich kommen«, sagte Höß.

»Gut«, sagte sie. »Ich brauche den Zucker. Ich wußte nicht, daß ich Ihre Leistung lobend erwähnen würde.«

»Ich erfüllte meine Pflichten lückenlos und gewissenhaft«, sagte Höß. »Vergessen Sie nicht, daß ich selbst Gefangener war. Ich war gerecht, vielleicht streng, aber für die Bedürfnise der Gefangenen empfänglich. Manches, was sich im Lager ereignete, traf mich im Innersten. Menschliches Leiden ließ mich nie gleichgültig. Doch weil es mir in meiner Stellung nicht erlaubt war, Schwäche zu zeigen, mußte ich solche Gefühle unterdrücken. Ich hätte dem Reichsführer-SS offenbaren müssen, daß ich mich tief im Innersten dem

Dienst in einem Konzentrationslager nicht gewachsen fühlte, doch dazu brachte ich den Mut nicht auf. Die schwarze Uniform war mir zu sehr ans Herz gewachsen.«

Höß' Worte vergällten ihr den Strudel. Ruth schob den Teller weg. Höß' Erinnerung an die SS-Uniform klang wehmütig. Er schwieg für eine Minute. »Natürlich verwechselt man von allen, deren Name mit einem H beginnt, mich am häufigsten mit Heß«, sagte er schließlich. »Ich finde es äußerst unerquicklich, mit Heß verwechselt zu werden. Wir waren so verschieden voneinander, wie zwei Leute es nur sein können. Er war schüchtern und introvertiert. Als Zwanzigjähriger trat er in die Armee ein, um der Tyrannei seines Vaters zu entkommen. Übrigens war er auch Freikorpsmitglied. Trotzdem ist jede Ähnlichkeit zwischen Rudolf Heß und mir, Rudolf Franz Ferdinand Höß, rein oberflächlich.«

»Sie sind beide freiwillig in die Armee eingetreten, ins Freikorps und in die NSDAP«, sagte Ruth. »Das klingt nicht gerade nach einem oberflächlichen Zufall.«

»Sie haben keine Ahnung«, sagte Höß. »In der ersten Zeit war Heß Hitlers Privatsekretär. Seine hündische Ergebenheit dem Führer gegenüber war peinlich mit anzusehen. Er war nicht besonders intelligent. Ha! Was für eine Untertreibung! Heß verdankt alles nur seiner blinden Ergebenheit, seinem Eifer, seiner Hingabe und Treue im Dienst des Führers.«

»Gilt das nicht für alle von Ihnen?« sagte Ruth.

Höß räusperte sich. »Wir waren treue und loyale Gefolgsleute«, sagte er, »aber dieser ausgesprochen widerliche Heß war von kriecherischer Servilität, Liebedienerei und Unterwürfigkeit seinem Meister gegenüber. Heß war Sekretär«, sagte Höß verächtlich. »Den größten Teil von *Mein Kampf* bekam er diktiert. Von ihm stammt nur ein einziger Beitrag, die Idee vom Lebensraum.«

»Das ist aber ein ziemlich umfangreicher Beitrag, oder?« sagte Ruth.

»Er fand den Namen für etwas, worüber viele Deutsche nachgedacht hatten«, sagte Höß. »So beeindruckend ist das auch wieder nicht. Heß hatte auch die Aufgabe, Hitler bei Massenkundgebungen einzuführen. Bei diesen Anlässen riß er die Augen immer wie Suppenteller auf. Er sah aus wie ein geistesgestörter Fanatiker.«

»Taten Sie das nicht alle?« sagte Ruth.

»Warum unterbrechen Sie mich mit diesen wirklich störenden Nebenbemerkungen?« sagte Höß.

»Ich will Sie nicht stören«, sagte Ruth, »ich konstatiere nur das Unübersehbare. Sie sprechen von Heß und seiner widerlichen Kriecherei, seiner Unterwürfigkeit, seiner Hingabe. Aber ich habe den Eindruck, daß Sie alle so waren.«

»Heß war dämlich«, sagte Höß.

»Aha, darum geht es«, sagte Ruth. »Das wußte ich nicht.«

»Er hat Hitler als menschgewordenen Verstand bezeichnet«, sagte Höß. »Sogar bei den Nürnberger Prozessen 1946 hat er gesagt, es sei ihm vergönnt gewesen, viele Jahre seines Lebens unter dem größten Sohne zu wirken, den sein Volk in seiner tausendjährigen Geschichte hervorgebracht habe.«

»Das klingt, als wäre Heß in Hitler verliebt gewesen«, sagte Ruth.

»Jetzt reden Sie daher, als wären Sie dumm«, sagte Höß. »Heß war dumm. Er beendete seine Karriere mit der allergrößten Dummheit. Im Mai 1941 sprang er mit dem Fallschirm über England ab. Er landete in der Nähe des Wohnsitzes eines Herzogs, dem er nur einmal begegnet war. Er hoffte, der Herzog könne die Briten dazu bringen, Hitlers Aktivitäten zu ignorieren. Er versicherte ihnen, Hitler habe nicht die Absicht, Großbritannien zu vernichten, das schließlich eine nordische Brüdernation sei. Die Briten inhaftierten ihn natürlich als Kriegsgefangenen. Hitler bezeichnete ihn als verwirrt, verstört, geistesgestört.« Höß lachte. Es war ein auffallend unsympathisches Lachen. Ein schrilles Quieken, ein Mittelding zwischen Kichern und Hohnlachen.

»Die meisten unserer höherrangigen SS-Führer sahen nicht gerade wie der typische Arier aus«, sagte er. »Himmler sah aus wie ein verklemmter Buchhalter oder ein kleinkrämerischer Bürokrat, und der schüchterne, unsichere, nervöse und dämliche Heß war wohl kaum der Prototyp des Menschenschlages, von dem Hitler meinte, er solle die Weltherrschaft ausüben.«

Ruth spürte Ermüdung. Sie hätte im Hotel bleiben sollen, dachte sie.

»Sie haben letzte Nacht nicht gut geschlafen«, sagte Höß.

»Das stimmt«, sagte sie.

Sie hatte sich die ganze Nacht im Bett herumgeworfen. Sie hatte einen ihrer ständig wiederkehrenden Alpträume gehabt. Den schlimmsten, in dem sie eine Mutter war. Die Kinder waren fast immer Säuglinge. Hin und wieder war ein Kleinkind darunter, das gerade laufen gelernt hatte. In diesen Träumen verlor sie ihre Babys oder ließ sie verhungern. Sie kamen ihr abhanden. Sie ließ sie in Bussen oder Zügen zurück. In Kaufhäusern und geparkten Autos. Die Kindesaussetzungen in ihren Träumen geschahen nie absichtlich. Sie vergaß einfach, daß sie ein Baby geboren und nach Hause gebracht hatte. Wenn sie im Traum begriff, was sie getan hatte, war sie zutiefst beschämt. Entsetzt über sich selbst. In manchen Träumen hatte sie ein entzückendes Kinderzimmer eingerichtet, in dem sie dann das Baby vergaß, das starb. In anderen konnte sie dem Kind keine Milch geben. Ihre Brüste gaben keine Milch, oder sie hatte keine Babynahrung mehr zur Hand. In manchen Träumen gab es Milch und Babynahrung, und sie vergaß nur, das Kind zu füttern.

Aus solchen Träumen erwachte sie jedesmal schweißgebadet. In letzter Zeit waren die Träume erträglicher geworden. In den letzten Jahren gelang es ihr in letzter Minute, das Kind zu retten. Sie hatte sich gefragt, ob die Nähe zu den Wechseljahren die Alpträume milderte. Es waren so lebhafte Träume, daß sie sie oft tagelang nicht vergaß. Tagelang empfand sie das Entsetzen ob ihrer Nachlässigkeit, ihrer Verantwortungslosigkeit, ihrer Grausamkeit.

In einem Traum war das Baby ein Junge. Ein Junge, bei dessen Geburt etwas schiefgegangen war. Irgend etwas an ihm war nicht in Ordnung, aber was, wurde nicht klar. Gegen Ende des Traums verschwand das Kind jedesmal, und sie suchte nach ihm. Nach diesem Traum erwachte Ruth jedesmal in Tränen. Sie hatte ihn zum erstenmal als Zwanzigjährige geträumt. Einmal hatte sie Rooshka davon erzählt. Ihre Mutter hatte den Raum verlassen. Ruth wußte, daß ihre Mutter zu viele echte Verluste erlebt hatte, um sich für Leute zu interessieren, die in Träumen verlorengingen. Ruth wußte, daß ihre Träume aus eingebildetem Verschwinden bestanden und daß man sich wegen eingebildeter Dinge keine Sorgen zu machen brauchte.

»Ich habe selbst nicht sehr gut geschlafen«, sagte Höß.

»Sie schlafen?« sagte Ruth.

»Selbstverständlich schlafe ich«, sagte Höß. »Tote können schlafen und wachen. Ich persönlich muß auf einer Holzpritsche schlafen und habe nicht einmal einen Strohsack als Matratze. Über meiner Pritsche hängt eine nackte Glühbirne, und vor dem Fenster Sackleinen, das schrecklich durchhängt.«

»Sie haben Fenster in der Hölle?« sagte Ruth.

»Selbstverständlich haben wir Fenster im Zweiten Himmelslager«, sagte Höß. »Wir haben Drinnen und Draußen. Durch unsere Fenster sehen wir nach draußen.«

»Kein Wunder, daß Ihnen die Knochen weh tun, wenn Sie auf einer Holzpritsche schlafen müssen«, sagte Ruth. Sie ließ keine Genugtuung in ihrem Ton mitschwingen. Es war eine Anstrengung.

»Es ist nicht leicht, im Zweiten Himmelslager zu schlafen«, sagte Höß. »Es ist sehr laut dort. Leute weinen. Manche übergeben sich, und wenn man nicht aufpaßt, übergeben sie sich auf einen, und dann übergibt man sich auch. Und wie ich bereits sagte, gibt es keine ärztliche Behandlung und keine Hilfe für Tote. Im Zweiten Himmelslager sind wir ja alle tot.«

Höß seufzte. »Im Himmel haben sie die besten Ärzte der Welt. Und täglich kommen neue dazu, und sie bringen die neuesten Entwicklungen auf medizinischem Gebiet mit. Leider finden die neuesten Entwicklungen auf diesem Gebiet nicht mehr in Deutschland statt, sondern scheinen allesamt aus Amerika zu kommen.«

»Sind viele der Ärzte Juden?« fragte Ruth.

»In der Tat gibt es wieder viele jüdische Ärzte auf der Welt«, sagte Höß, »und viele von ihnen sind im Himmel. Wenn ich in den Himmel komme, werde ich aus diesem Grund weit weniger Wahlmöglichkeiten haben als andere, was meinen Hausarzt betrifft.«

»Wollen Sie damit sagen, daß die jüdischen Ärzte gegen Sie voreingenommen sind?« sagte Ruth.

»Ich sage nichts gegen Juden«, sagte Höß. »Es war selbstverständlich nie meine Absicht, wenn ich in den Himmel komme, Patient bei einem der deutschen Ärzte jüdischer Herkunft zu werden. Die meisten von ihnen sind schon lange im Himmel, aber ich bezweifle, daß einer von ihnen mich vergessen hat.«

»Schmeicheln Sie sich nicht«, sagte Ruth. »Ich bin mir sicher, daß es mehr gibt, was sie beschäftigt, als ausgerechnet Sie.«

»Ich lese Bücher von Juden«, sagte Höß. »Das ist Vorschrift für mich. Warum schreiben Juden so viele Bücher? Warum sind Juden so wortbesessen?«

»Weil wir so viel reden«, sagte Ruth. »Wir brauchen alle Wörter, die wir kriegen können.«

»Das ist eine unfeine Antwort, oder?« sagte Höß. »Sie haben Glück, daß Sie nicht dieses Sensibilitätstraining bestehen müssen.«

»Es ist nicht unfein, wenn ich es sage«, sagte Ruth. »Es ist nicht dasselbe, ob ich etwas über Juden sage, oder ob Sie es tun. Wenn Sie diesen Unterschied nicht begreifen, werden Sie noch lange im Zweiten Himmelslager bleiben.«

Ruth stand auf. Sie mußte auf die Toilette. Sie drückte den Absatz beim Gehen fester auf als nötig. Höß schrie auf.

»Können Sie sich bitte langsamer umdrehen?« sagte er.

»Sie haben eine niedrige Schmerzschwelle, stimmt's?« sagte sie und grub ihre Ferse noch tiefer in den Teppich.

»Ich habe keine niedrige Schmerzschwelle«, sagte Höß mit gurgelnder Stimme, »ich bin nur kein Freund des Unerwarteten. Ich bin ein ordnungsliebender Mensch wie Sie.«

Ruth hatte genug. Die Gleichsetzung von Höß und ihr ließ ihren Kopf schmerzen. Warum konnte er sie nicht in Ruhe lassen? Diese Reise wäre schon anstrengend genug gewesen, wenn sie nur ihren Vater zu ertragen gehabt hätte. »Was haben Sie vor?« fragte sie Höß. »Mich durch ganz Polen zu verfolgen?«

»Ich muß Sie nicht verfolgen«, sagte Höß. »Ich bin Teil von Ihnen.«

»Nein, das sind Sie nicht«, sagte sie und drehte ihren Absatz auf dem Teppich. Höß mußte seine Schreie zurückgehalten haben; kein Laut war zu hören.

»Wir sind alle Teil voneinander«, sagte er schließlich; seine Stimme klang etwas japsend.

»Lassen Sie mich mit diesem Quatsch in Frieden«, sagte Ruth. »Sie sind weder von mir noch von irgendwem, der mit mir zu tun hat, Teil. Sie sind nicht Teil irgendeines Juden. Tot oder lebendig. Welche Teile von Ihnen sind in Rauch aufgegangen? Nicht Ihre Seele. Die gab es schon lange nicht mehr. Nicht Ihr Herz, weil Sie keines hatten.« Sie hielt inne. Ihre Kehle schmerzte. Sie hatte das Gefühl, geschrien zu haben. Das konnte nicht sein. Kein Mensch im Café beachtete sie. Höß war nicht Teil von ihr. Er repräsentierte nicht das kriminelle Element in ihr, den Nazi in ihr.

»Beruhigen Sie sich bitte«, sagte Höß.

»Dann verschonen Sie mich mit dieser animistischen Kacke«, sagte Ruth. »Sie und ich sind in keiner Weise kompatibel.«

»Dann sehen Sie das Ganze eher existentialistisch?« sagte Höß.

»Ich wußte nicht, daß Sie mit Begriffen wie Existentialismus oder individuelle Verantwortung oder Moral etwas anfangen können«, sagte Ruth.

»Deutschland hat einen existentialistischen Philosophen hervorgebracht, der als einer der größten Denker aller Zeiten gilt«, sagte Höß. »Ist Ihnen übrigens aufgefallen, daß ich auf keinen Ihrer aggressiven Köder eingegangen bin? Ich habe Sie nämlich nicht hergebracht, um mit Ihnen zu streiten.«

»Sie haben mich nicht was?« sagte Ruth. »Was soll das heißen?«

»Was denken Sie eigentlich, warum Sie Polen schon zweimal besucht haben?« sagte Höß. »Sie wollten mit mir Kontakt aufnehmen. Ich habe Sie hergelockt.«

»Ich wollte keineswegs mit Ihnen Kontakt aufnehmen«, sagte Ruth. »Niemand, der bei Trost ist, würde das wollen. Ich bin hier mit meinem Vater. Ich will hier sein, auf diesem Flecken Erde, wo es geschehen ist, und zusammen mit ihm. Mit ihm zusammen.«

»Und glauben Sie, daß er das auch will?« sagte Höß.

»Ich glaube, daß ich über seine Gefühle besser Bescheid weiß als Sie«, sagte sie. Sie rief die Kellnerin und bat um die Rechnung. Den ungegessenen Apfelstrudel schob sie außer Reichweite. Mit Höß zu tun zu haben, half ihr zumindest, Kalorien zu sparen.

»Heideggers Schriften über Angst und Entmenschlichung deuteten schon Ende der zwanziger Jahre die Verbindung zur NS-Partei an, die sich später einstellte«, sagte Höß.

»Was soll mich daran beeindrucken?« sagte Ruth. »Heideggers Herumreiten auf Blut und Nähe ist mir nicht neu. Ich habe seine Bücher gelesen. 1933 war er Rektor der Universität Freiburg. Er hat Hitler als Genie bezeichnet und ihn dafür gelobt, daß er den Deutschen zeigte, wie man dem ›uferlosen Treiben der verstandesmäßigen Zergliederung und Zersetzung‹ entkommt.«

»Sie wissen eine Menge über Heidegger«, sagte Höß. »Sie wissen mehr als ich.«

»Die Alliierten haben Heidegger ein Lehrverbot erteilt, das von 1945 bis 1951 gültig war«, sagte Ruth. »Es hat ihm nicht geschadet. 1951 wurde er als Honorarprofessor an die Universität Freiburg berufen und nahm seine Lehrtätigkeit wieder auf.«

»Die Hs sind wirklich interessant, finden Sie nicht?« sagte Höß.

Ruth spürte, daß ihr Gesicht feuerrot war. Es fiel ihr schwer, die Verehrung, die Achtung, die Anerkennung, die Heidegger entgegengebracht wurden, mit seinem Desinteresse an seiner Nazivergangenheit in Einklang zu bringen. Sie konnte sich nie damit abfinden, daß die Vergangenheit von Gestalten der Öffentlichkeit gerne mit dem Mantel des Schweigens bedeckt wurde. »Finden Sie nicht auch, daß die Hs interessant sind?« sagte Höß.

»Sie können Nazis jeder Denomination nehmen und etwas Interessantes finden«, sagte Ruth.

»Das ist wahr«, sagte Höß. »Aber ich bin nach wie vor davon überzeugt, daß die Hs noch interessanter sind.«

»Sie können überzeugt sein, wovon Sie wollen«, sagte Ruth. »Es interessiert mich nicht.«

»Warum regen Sie sich auf?« sagte Höß. »Sie regen sich über Heidegger mehr auf als über den unfähigen Hühnerzüchter Himmler.«

»Ich glaube, Sie haben eine Himmler-Fixierung«, sagte Ruth. »Sie hacken ständig auf ihm herum.«

»Wollen Sie Himmler in Schutz nehmen?« sagte Höß.

»Großer Gott, nein«, sagte sie. Die Frage brachte sie zum Lachen.

»Ich dachte, wir hätten uns geeinigt, Gott zu eliminieren?« sagte Höß.

»Nun ja, der Meister im Eliminieren sind zweifellos Sie«, sagte Ruth. »Reden Sie weiter.«

»Lassen Sie uns auf die Hs zurückkommen«, sagte Höß. »Denken Sie an Veit Harlan. Den Filmregisseur. Er war der Sohn des Romanciers Walter Harlan.«

»Romanciers können schwierige Kinder in die Welt setzen«, sagte Ruth.

»Veit Harlan heiratete die schwedische Schauspielerin Kristina Söderbaum«, sagte Höß. »Seine besten Filme machte er mit ihr. Sie waren von unbedingter Anhängerschaft an unsere Ideologie geprägt. Einer seiner Filme war besonders nützlich für uns. Wir ließen ihn immer aufführen, wenn wir eine Liquidation oder Deportation planten.«

»Das war *Jud Süß*«, sagte Ruth.

»Richtig«, sagte Höß. »Diesen Film drehte Harlan 1940.«

»Der Antisemitismus in *Jud Süß* übersteigt alle Maßstäbe«, sagte Ruth.

»Ist das bei Antisemitismus möglich?« sagte Höß.

»Sie werden dieses Training nie bestehen«, sagte Ruth.

»Gewiß doch, gewiß«, kreischte Höß. »Wie dämlich von mir. Es war als philosophische Frage gemeint. Ich wollte sagen, daß Antisemitismus immer schlecht ist. Rassistisches Denken ist immer schlecht. Es gibt keinen annehmbaren Grad von Rassismus.«

»Sie klingen wie ein Papagei«, sagte Ruth. »Sind das Sätze aus Ihren Lehrbüchern?«

»Selbstredend«, sagte Höß. »Diese Sätze muß ich auswendig lernen.«

»Nun ja, da Sie sie zweifellos nie verstehen werden, können Sie sie ebensogut auswendig lernen«, sagte Ruth. »Wußten Sie, daß Harlan nach dem Krieg inhaftiert wurde, aber bei seinem Gerichtsverfahren für unschuldig an Verbrechen gegen die Menschlichkeit befunden?

Er drehte weiter Filme, in denen Söderbaum die Hauptrolle spielte, bis zum Jahr vor seinem Tod 1963.«

»Selbstverständlich wußte ich, daß er freigesprochen wurde«, sagte Höß. »Harlan wurde freigesprochen, und ich wurde hingerichtet.«

»Sie hätten Ihre Juden besser gefilmt, statt sie zu erschießen und zu vergasen«, sagte Ruth.

»Klingt das nicht wie ein antisemitischer Ausspruch?« sagte Höß.

»Nein«, sagte sie. »Ihnen kann man wirklich nicht helfen. Gibt es im Zweiten Himmelslager keinen Unterricht darin, wie man Heuchelei und Vorurteile erkennt?«

»Doch, selbstverständlich«, sagte Höß, »aber ich muß zuerst das Sensibilitätstraining absolviert haben, bevor ich diese Kurse besuchen kann.«

»Da haben Sie noch einen langen Weg vor sich«, sagte Ruth.

»Und dabei war ich früher so ein guter Schüler«, sagte Höß.

»Es ist nicht immer leicht, die Laufbahn zu ändern, vor allem wenn man nicht mehr jung ist«, sagte Ruth.

»Das stimmt«, sagte Höß. »Am 1. August 1938 wurde ich in Sachsenhausen zum Adjutanten befördert. Damals war ich erst achtunddreißig.«

»Ich bin wahnsinnig beeindruckt«, sagte Ruth.

»Meine inneren Fragen und Zweifel hinsichtlich meiner Befähigung, Bereitschaft und Eignung für das Leben im Konzentrationslager traten in den Hintergrund, als ich mich unmittelbarem Kontakt mit den Häftlingen nicht mehr ausgesetzt sah.«

»Wie praktisch«, sagte Ruth. Höß überhörte es.

»Die erste Hinrichtung des Krieges wurde in Sachsenhausen durchgeführt«, sagte Höß. »Ich hatte sehr viel zu tun mit Vorbereitung und Planung dieser Hinrichtung. Erst als alles vorbei war, begriff ich, was geschehen war.«

»Selbst damals scheinen Sie schwer von Begriff gewesen zu sein«, sagte Ruth. Höß ignorierte es.

»Alle Offiziere, die an der Erschießung teilnahmen«, sagte er, »waren selbstverständlich zutiefst betroffen.«

»Selbstverständlich«, sagte sie.

»Doch in späteren Zeiten sollten wir diese Erfahrung noch viel öfter machen«, sagte Höß.

»War es schwer für Sie?« fragte Ruth.

»O ja, eine sehr schwierige Aufgabe«, sagte Höß. »In Sachsenhausen hatten wir viele Bibelforscher, Zeugen Jehovas, die sich weigerten, Dienst an der Waffe zu leisten. Der Führer hatte ihren Tod angeordnet.«

»Noch mehr Hinrichtungen, die Sie durchstehen mußten«, sagte Ruth.

»Diese Hinrichtungen, die zu Beginn des Krieges in Sachsenhausen stattfanden, lehrten mich vieles«, sagte Höß. »Die Menschen gingen auf die unterschiedlichste Weise in den Tod.«

»Wie erstaunlich«, sagte Ruth. Sie fand es beunruhigend, daß Höß auf ihren Sarkasmus nicht mehr reagierte. Warum wollte sie einen toten Nazi mit sarkastischen Sticheleien ärgern, fragte sie sich. Sie sagte sich, daß es ein sinnloses Unterfangen war.

»Die Zeugen Jehovas gingen mit einem merkwürdigen Seelenfrieden, einer merkwürdigen Gefaßtheit in den Tod«, sagte Höß. »Sie waren im Stand der Gnade, ihre Augen strahlten. Beinahe euphorisch. Sie zweifelten nicht daran, daß sie im Begriff standen, in Jehovas Königreich einzugehen. Von den anderen Häftlingen gingen die Politischen, die Wehrdienstverweigerer und die Regimegegner ruhig und gelassen in den Tod und fügten sich in ihr unausweichliches Schicksal.«

»Muß ich mir das anhören?« sagte Ruth. Es wurde spät. Sie mußte ins Hotel und ins Bett gehen.

»Das Verhalten der Leute angesichts des Todes ist ein höchst interessanter Punkt«, sagte Höß.

»Ich muß etwas Schlaf bekommen«, sagte sie.

»Die Berufsverbrecher waren am schlimmsten«, sagte Höß. »Auf den ersten Blick hielt man sie für todesmutig. Sie traten voller Dreistigkeit, voller Frechheit und Unverschämtheit auf. Nach außen gingen sie prahlerisch in den Tod, doch in Wahrheit zitterten und jammerten sie. Man konnte es ihnen ansehen. Manche dieser asozialen

Typen konnten ihre Todesangst nicht verbergen. Sie schrien und weinten oder wimmerten und flehten um einen Geistlichen. Sie fürchteten sich tatsächlich ganz entsetzlich vor dem, was sie im Jenseits erwartete. Natürlich war es für diese Brüder viel zu spät, um geistliche Unterstützung nachzusuchen«, sagte Höß und lachte schallend.

»Am 1. Mai 1940 trat ich meine neue Stelle als Kommandant von Auschwitz an«, sagte Höß. »Sie dürfen nicht vergessen, daß meine Aufgabe in Auschwitz nicht gerade leicht war. Es ist weitaus einfacher, ein nagelneues Konzentrationslager zu errichten als eines aus vorhandenen Gebäuden zusammenzuschustern, die seit Jahren verfallen. Und die Zeit war knapp. Man erklärte mir, daß ich es in denkbar kürzester Zeit zu bewerkstelligen hatte.«

»Natürlich«, sagte Ruth. »Millionen Juden warteten schon darauf.«

»Es war sehr anstrengend«, sagte Höß. »Ich wollte ein vorbildliches Lager errichten – das Gegenteil dessen, was in anderen Konzentrationslagern praktiziert wurde. Ich wollte die Häftlinge anständig unterbringen und ernähren, weil ich wußte, daß dies der beste Weg war, gute Leistungen von ihnen zu erhalten. Doch schnell mußte ich begreifen, daß meine Anstrengungen vergebens waren. Mit den dummen und unfähigen Mitarbeitern, die man mir zugewiesen hatte, konnte ich kein gutes Lager einrichten. Alle meine Eingaben, um gute und befähigte Offiziere und zivile Mitarbeiter zugeteilt zu bekommen, blieben ergebnislos. Der ganze Kern, das ganze Rückgrat dessen, was ich schaffen sollte, war von vornherein verfault, beschädigt, beschmutzt.«

Ruth war sprachlos. »Was für eine Untertreibung«, sagte sie schließlich.

»Wir waren es nicht allein«, sagte Höß. »Warum geben alle den Nazis die Alleinschuld? Die Nazis waren es nicht allein. Es waren alle Deutschen. Es ist ungerecht, nur den Nazis die Schuld zuzuweisen. Das meine ich wirklich ernst.«

»Das glaube ich Ihnen«, sagte Ruth.

»Es wurde behauptet, wir hätten keine Mühen gescheut, um unser Tun zu verbergen und zu bemänteln«, sagte Höß. »Man behauptet, wir hätten das getan, weil wir wußten, daß der Großteil des deutschen Volkes mit unserem Tun nicht einverstanden gewesen wäre. Aber es ist idiotisch zu denken, daß nur ein paar tausend Individuen dafür verantwortlich waren, Millionen von Menschen umzubringen«, sagte Höß. »Und diese paar Tausende sollen in der Lage gewesen sein, ihre Taten zu kaschieren? Lächerlich, einfach lächerlich. So etwas war von Parteiseite aus gar nicht vorgesehen. Warum hätte es das auch sein sollen? Wir wußten, daß alle Deutschen so fühlten wie wir. Die Schuld nur den Nazis in die Schuhe zu schieben, das ist das Unanständigste und Ungeheuerlichste an der ganzen Sache.«

»Wenn Sie das finden, werden Sie es nie bis in den Himmel schaffen«, sagte Ruth.

»Ich spreche über ein wirklich ernstes Thema«, sagte Höß, und für einen Augenblick war in seiner Stimme ein Schatten des beißenden und bellenden Tons seiner einstigen Position zu hören. »Die Deutschen wollten den Tod der Juden«, sagte Höß. »Es war Wunsch und Wille des deutschen Volkes, sich von den Juden zu befreien. Seit Jahren hatte man den Deutschen erklärt, daß die Juden ihr Blut befleckten, Bazillen seien, eine Krankheit. Eine Krankheit, die die deutsche Kultur vernichten würde. Das erklärten Politiker und meinungsbildende Kreise den Deutschen. Es wurde ihnen in Vorträgen und Büchern erklärt. Glauben Sie mir, die Deutschen waren bereit, sich der Juden zu entledigen. Wir Nazis benötigten ihre Mithilfe. Wir benötigten ihre Begeisterung und ihre Mitarbeit. Nicht nur die stillschweigende Zustimmung, sondern die aktive Mitarbeit von Verwaltungsbeamten, Ingenieuren, Rechtsanwälten, Ärzten, Architekten, Fabrikanten und Politikern. Hören Sie mir zu? Hören Sie, was ich sage?« rief Höß.

»Ich höre«, sagte sie.

»Kein kleiner Buchhalter oder Schreiberling oder Ingenieur oder Lokführer oder Chemiker oder Physiker, die sich an den Morden beteiligt haben, wurde je vor Gericht gestellt«, sagte Höß. »Nur jene, die direkt zur Partei gehörten oder direkt mit der Verwaltung der Todeslager und Arbeitslager zu tun hatten, wurden vor Gericht gebracht. Alle anderen Deutschen entwickelten über Nacht Gedächtnisschwäche.« Höß war jetzt richtig aufgeregt. Ruth konnte hören, daß er schwer atmete.

»Ich glaube, Sie sollten sich nicht so aufregen«, sagte Ruth. Höß' Zorn und Anspannung machten sie nervös.

»Ich bin ruhig, ganz ruhig«, sagte er. »Sie sollten die ganzen Deutschen im Zweiten Himmelslager sehen. Hier wimmelt es von Deutschen. Deutsche, wohin man tritt. Im Zweiten Himmelslager gibt es mehr Deutsche als Angehörige irgendeiner anderen Nation.« Er begann zu lachen. »Und selbst inmitten all dieser Deutschen bin ich noch immer unbeliebt.« Er lachte noch einmal laut auf. »Wohin gehen Sie?« fragte Höß.

»Ich muß raus«, sagte Ruth. »Mir ist schlecht.«

Draußen auf der Piotrkowskastraße atmete Ruth tief ein. Die Luft war dick. Was sie spürte, war nicht die geballte Mischung von Steinkohlenrauch und Autoabgasen. Die Luft war mit mehr als den üblichen Verunreinigungen verstopft und angedickt. Sie war wie Gelee, klamm vor Gespenstern.

Aus dem Café erklangen Klaviertöne. Die polnische Pianistin versuchte sich zum drittenmal an diesem Abend an einer Melodie aus *My Fair Lady*. Höß und *My Fair Lady* – eine Mischung, die genügte, um jeden an seinem Verstand zweifeln zu lassen.

»Ihr Gärtner Stanislaw Dubiel«, sagte Ruth, »hat ausgesagt, daß Ihre Frau wiederholt gesagt haben soll, in Auschwitz wolle sie bis an ihr Lebensende bleiben.«

»Wir hatten dort ein sehr gemütliches Leben«, sagte Höß. »Dienstboten und andere Erleichterungen waren mit meiner Tätigkeit verbunden. Warum hätten wir damit nicht glücklich sein sollen?«

»Alle Häftlinge, die bei Ihnen zu Hause arbeiteten, erhielten besondere Unterwäsche«, sagte Ruth. »Unterwäsche aus ›Kanada‹, wie die Baracken hießen, in denen die Habe aufbewahrt wurde, die man den Juden gestohlen hatte. Die Baracken hießen so nach dem Land, dem man Reichtum und grenzenlose Möglichkeiten zuschrieb. Andere Häftlinge bekamen keine Unterwäsche aus Kanada.«

»Als Kommandant hatte ich ein Vorbild zu sein«, sagte Höß. »Unsere Angestellten mußten saubere Unterwäsche haben. Wir konnten keine Infektionen riskieren. Schließlich lebten wir an einem Ort, wo Infektionen an der Tagesordnung waren, vor allem Typhus.«

»Natürlich«, sagte Ruth. »Juden starben an Typhus wie die Fliegen.«

»Hausangestellte müssen ordentlich aussehen«, sagte Höß. »Sie müssen anständig und sauber aussehen.«

»Anstand und Sauberkeit sind nicht gerade die Begriffe, die einem einfallen, wenn man an Ihre Frau denkt«, sagte Ruth.

»Können Sie meine Frau bitte aus dem Spiel lassen?« sagte Höß.

»Als ihr die Unterwäsche übergeben wurde, die sie an die Häftlinge austeilen sollte, die für sie arbeiteten, behielt sie sie. Sie gab den Angestellten abgetragene, abgelegte Unterwäsche ihrer Familienmitglieder. Ihre Kinder trugen die Unterwäsche der Vergasten.«

»Stanislaw Dubiel war ein unverschämter polnischer Aufschneider. Ein zwanghafter Lügner«, sagte Höß.

»Dubiel sagte, Ihre Frau habe ihm nie einen der Koupons gegeben, die alle SS-Mitglieder benötigten, um in Auschwitz Lebensmittel zu kaufen. Sie gab ihm nur Listen dessen, was sie haben wollte. Fleisch, Obst, Brot, Wurst, Zigaretten. Und Sie, Herr Höß, der Sie damit beschäftigt waren, Ihren Mitoffizieren ein so edles Vorbild zu sein, Sie setzten sich jeden Abend zu Tisch, ohne daß Ihnen aufgefallen wäre, wieviel Überfluß bei Ihnen herrschte, von den regelmäßig stattfindenden Festivitäten ganz zu schweigen?« sagte Ruth.

»Wir hatten nicht mehr als unsere Ration von Brot und entrahmter Milch«, sagte Höß. »Wenn wir mehr hatten, bezahlten wir es mit unseren Koupons.«

»Wie schade, daß andere sich da anders erinnern, finden Sie nicht?« sagte Ruth.

»Ich war mit zu vielen anderen Dingen beschäftigt«, sagte Höß. »Vor Auschwitz war ich bereit gewesen, in meinen Mitmenschen, insbesondere meinen Kameraden, immer nur das Beste zu sehen. In Auschwitz sah ich jedoch, daß meine sogenannten Kollegen logen und betrogen und stahlen, wo sie nur konnten. Jeden Tag mußte ich neue Enttäuschungen erleben. Unmerklich wurde ich selbst mißtrauisch und überaus argwöhnisch. Ich zog mich in mich selbst zurück. Ich wurde distanziert, unnahbar und merklich härter. Ich wurde hart zu meiner Frau. Sie wollte mich immer mit anderen Leuten zusammenbringen. Zu meinem Besten, verstehen Sie?«

»Ich verstehe, was Ihre Frau umtrieb«, sagte Ruth. »Das ist nicht schwer zu verstehen.«

»Sie war eine sehr gute Ehefrau«, sagte Höß. »Sie lud Leute zu uns ein. Alte Freunde aus der Welt außerhalb des Lagers, Kameraden, die ebenfalls in Auschwitz beschäftigt waren. Manchmal lockerte ich mich mit etwas Alkohol auf und mischte mich um ihretwillen unter die Gäste.«

»Sie haben ein H ausgelassen«, sagte Ruth.

»Nein«, sagte Höß, »das habe ich nicht. Hitler hat schon viel Aufmerksamkeit erhalten. Jeder kennt Adolf Hitler. Die ganze Welt hat sich für Herrn Hitler interessiert.« Höß klang verschnupft.

»Macht Ihnen das etwas aus?« fragte Ruth.

»Keineswegs«, sagte Höß. »Aber es ist unangemessen, daß Hitler so berühmt ist. Weltberühmt. Das ist nicht sein eigenes Verdienst. Wir haben alle schwer gearbeitet und sind alle in gleichem Maße für den Verlauf der Dinge verantwortlich. Warum ist Hitler so bekannt? Ich gebe zu, daß er eine gewisse rhetorische Begabung hatte. Aber so etwas halte ich für eine zweitrangige Begabung. Und seine Stimme klang so schrill.«

»Sie glauben, sein albernes heiseres Gebrüll wäre eine Art Rhetorik gewesen?« sagte Ruth.

»Es war Rhetorik«, sagte Höß. Er atmete tief ein. Ruth hörte ihn einatmen.

»Schluß jetzt mit Hitler«, sagte er.

»Besser spät als nie«, sagte sie. Doch Höß antwortete nicht. Vielleicht hatte er es nicht verstanden.

Siebtes Kapitel

Ruth erwachte singend. Im halbwachen Zustand des Halbbewußtseins hatte sie gemerkt, daß sie die Melodie aus *My Fair Lady* summte, die sie am Vorabend gehört hatte. Sie hatte das Musical nie gesehen. Sie hatte nie einen der Liedertexte dieses Musicals gekannt, und dennoch war sie hier in ihrem Hotelzimmer in Łódź und sang immer wieder die gleichen Zeilen von »*All I want is a room somewhere*«. Sie sang das Lied nicht schwermütig, sondern in einer weit flotteren Fassung als jener der Musicalkomponisten Lerner und Loewe.

Ruth imitierte das Tempo der Klavierspielerin vom Vorabend, die flotte Version, die sie im Café gehört hatte. Eine Stakkatonote nach der anderen, und jede davon fröhlich und in sich geschlossen. Auch der Text hatte nichts Sehnsüchtiges oder Trauriges. Ruth mußte das Lied aus dem Kopf bekommen. Es machte ihr allmählich Kopfweh. Sie schickte sich an, das Bett zu verlassen. Ihr Gehirn schmerzte. Sie wußte, daß so etwas nicht sein konnte. Sie wußte, daß Gehirngewebe keine schmerzempfindlichen Nerven besitzt. Langsam stieg sie aus dem Bett. Die Worte kreisten unaufhörlich in ihrem Kopf.

Sie schenkte sich etwas Mineralwasser ein und suchte die fünfzehn verschiedenen Vitaminpräparate zusammen, die sie jeden Tag nahm. Sie schluckte die Tabletten und trank einen Schluck Wasser hinterher. Dehydrierung konnte Kopfschmerzen verursachen. War sie möglicherweise dehydriert? Sie trank noch etwas Wasser.

Es war das richtige Lied für sie, dachte sie. Jedes Zimmer wäre diesem Zimmer im Grandhotel Victoria vorzuziehen gewesen. Jedes Zimmer an jedem Ort. Nichts in diesem Zimmer funktionierte. Am Vorabend hatte Ruth ein Bad nehmen wollen. Das Rinnsal, das aus der Leitung getröpfelt war, hätte tagelang laufen müssen, um eine Wanne zu füllen. Sie hatte sich bei dem Mann an der Rezeption beschwert. »Ist unmöglich«, hatte sein einziger Kommentar gelautet. »Ist unmöglich.«

Was wollte er damit sagen? War es unmöglich, den Zustand zu beheben? War es unmöglich, das zu glauben? Was meinte er? Zeigte er Anteilnahme? Wollte er sagen, ein Zimmer ohne funktionierendes Bad sei unmöglich? Ruth hatte nicht die leiseste Ahnung. »Ist unmöglich«, wiederholte er noch, als sie auflegte.

Ruth drehte den Wasserhahn am Waschbecken auf. Wasser sprühte über den Teppich und über sie, sowohl aus dem Kaltwasserhahn als auch aus dem Warmwasserhahn. Ruth versuchte die Hähne zuzudrehen, doch nichts bewegte sich. Offenbar hatten sie sich seit Jahren nicht bewegen lassen. Vielleicht wuschen sich die meisten Gäste des Grandhotels Victoria nicht? Alles in dem Zimmer war beschädigt. Die Wählscheibe des Telefons drehte sich nach eigenen Gesetzen. Die Toilettenspülung war so kraftvoll, daß ein Teil des Schüsselinhalts gleich ins Zimmer gespült wurde. Die Matratze sackte an beiden Enden herunter und ballte sich in der Mitte zu einem Wulst. Die Kissen waren schlaff und mit den Einkerbungen der Köpfe anderer Leute versehen. Ruth verabscheute das Hotel.

»So müde habe ich dich noch nie gesehen«, sagte Edek, als sie zum Frühstück erschien. Er unterhielt sich gerade mit dem Türsteher, dem mit den goldenen Ketten. Der Türsteher schien in das Gespräch mit Edek ganz vertieft. »Wir sehen uns im Frühstücksraum«, sagte Ruth zu Edek. »Nein, ich komme mit dir«, sagte Edek. Er klopfte dem Türsteher auf den Rücken, während die beiden Männer ausgiebig Abschied voneinander nahmen.

»Findest du ihn nicht widerwärtig?« sagte Ruth.

»Was ist bloß mit dir los?« sagte Edek. »Warum nennst du ihn widerwärtig?«

»Ich bin müde«, sagte sie. »Ich habe nicht gut geschlafen.«

»Ich habe auch nicht so gut geschlafen«, sagte Edek. »Aber mir geht es gut. Ich habe ein Buch gelesen ab vier Uhr. Ich habe ein bißchen Schmerzen im Bein gehabt. Aber in meinem Alter muß man sich damit abfinden.«

»Seit vier Uhr morgens hast du wachgelegen?« sagte Ruth.

»Ja«, sagte Edek, »aber ich bin nicht müde.«

»Meinst du, du warst vielleicht nervös, weil wir heute in Łódź sein werden?« fragte sie.

»Vielleicht ein bißchen«, sagte er. »Ich habe solche Schmetterlinge.«

»Du meinst Schmetterlinge im Bauch? Nerven?« sagte sie.

»Ja, ein paar«, sagte er. »In meinem Bauch drinnen habe ich ein paar von diesen Schmetterlingen.«

»Wir werden es überstehen, Dad«, sagte sie. »Wir sind zusammen. Wir haben einander.«

»Ich habe eine Tochter, was nicht so gesund aussieht«, sagte Edek.

»Mein Bett war das Letzte«, sagte Ruth. »Wie ein Sack. In der Mitte ein Klumpen und an den Enden lumpig.«

»Meines war genauso«, sagte Edek. »So ein Bett ist gut für sexuelle Sachen.« Er hielt sich eine Hand an das Rückgrat, um zu demonstrieren, wie das Bett den Bauch vorschieben konnte. Ruth fand das verstörend.

»Dad!« sagte sie streng.

»Ich habe nur etwas ganz Normales gesagt«, sagte er.

»Nun, dann sag es zu jemand anderem«, sagte sie. »Dein Freund, der Türsteher, wäre sicher dankbar für die Information.« Sie ging voraus, ohne auf ihn zu warten. Warum waren Männer so abstoßend? Merkte ihr Vater nicht, wie vulgär seine Bemerkung war?

Ihre Mutter zuckte bei den Vulgaritäten ihres Vaters immer zusammen. Rooshka hatte viel Energie in ihre Bemühungen investiert, alle Obszönität und Vulgarität aus ihrem Leben fernzuhalten. Sie hatte zuviel Vulgarität ertragen müssen. Das hatte sie übersensibel gemacht. Bei jedem schlüpfrigen oder grobschlächtigen Witz fuhr sie aus der Haut. Sie war außerstande, Schlüpfrigkeit oder Grobschlächtigkeit zu ertragen.

Eine attraktive Blondine ging an Edek und Ruth vorbei. Sie trug ein schwarzes Schneiderkostüm und hielt eine Aktentasche unter dem Arm. Ruth sah sie an. Ruth vermutete, daß sie mit jemandem im Hotel zum Frühstück verabredet war. Die Frau wirkte in Łódź völlig fehl am Platz. Ihre Kleidung war zu elegant. Ihr Auftreten war zu gepflegt. Ihr blondes Haar schimmerte und war stumpf geschnitten. Sie hatte helle Haut. Ihre helle Haut und ihre großen blauen Augen verliehen ihr ein unschuldiges und gesundes Aussehen. Ruth fand ihre Gegenwart beruhigend. Sie war ein Antidoton zu dem Eindruck alles umfassender Obszönität.

Im Frühstücksraum waren hauptsächlich Männer. Polnische Männer, die jetzt schon tranken und rauchten. Beim Essen redeten sie. Goldene Zähne und goldene Ringe, die aufblitzten. »Bauern«, sagte sie zu Edek. Er funkelte sie empört an. Er hatte recht. Sie durfte nicht so sprechen. Es war ungerecht und fühllos. Sie wünschte, sie wäre den Polen gegenüber weniger voreingenommen.

»Ich habe keinen Hunger«, sagte Edek.

»Wir essen nur eine Kleinigkeit«, sagte Ruth. »Du mußt etwas essen, wir werden lange laufen.« Edek holte zwei Scheiben Schinken mitten auf einem großen Teller. »Ist das nicht zu viel?« fragte er. Ruth wurde nervös. Wie konnten zwei Scheiben Schinken zu viel sein? Warum hatten Juden ein so neurotisches Verhältnis zum Essen? Warum waren sie auf jede Einzelheit aller Dinge fixiert, die sie in den Mund steckten? »Nein, das ist nicht zu viel«, sagte sie zu ihrem Vater.

Sie betrachtete die Schüssel mit Fruchtkompott, die vor ihr stand. Sie sah schön aus. Ganze gedämpfte Reneklöden mit Aprikosen und Zwetschgen und Birnen. Sie wollte gerade davon essen, als sie spürte, daß sie angestarrt wurde. Es war die blonde Frau. Sie starrte Ruth an. Unverwandt. Warum?

Ruth sah schnell an sich herunter. Heute morgen hatte sie es eilig gehabt, ihr Zimmer zu verlassen. Vielleicht hatte sie etwas vergessen. Sie sah auf ihre Kleidung, ihre Schuhe. Alles schien in Ordnung zu sein. Sie betastete ihr Haar. Vielleicht war es unordentlicher als beabsichtigt. Nein, ihre Locken waren so, wie sie sie arrangiert hatte.

Die Frau starrte sie noch immer an. Ruth sah ihr in die Augen. Das schien die Frau gar nicht zu merken. Sie war wie in Trance. Ruth wurde nervös. Sie sah zu Edek. Ihm war nichts aufgefallen. Sie kehrte der Frau den Rücken zu.

Arbeiter hämmerten und klopften in einer Ecke des Frühstücks-raums vor sich hin. Das Grandhotel Victoria wurde offenbar reno-viert. »Das war ja wohl höchste Zeit«, hatte Ruth vorhin zu dem Mann an der Rezeption gesagt. »Warum muß das gerade jetzt sein?« sagte sie zu Edek. »Man sollte meinen, sie könnten sich einen weni-ger belebten Winkel des Hotels vornehmen und später herkommen, wenn niemand mehr hier ist.«

»Erst beschwerst du dich, weil alles kaputt ist«, sagte Edek, »und jetzt beschwerst du dich, weil sie es reparieren.«

Die Männer hämmerten ohne Eile. Nagel um Nagel. Für jeden einzelnen Nagel schien es mehrere Arbeiter zu geben. Diese Reno-vierungsarbeiten würden noch lange dauern, dachte Ruth. Sie sah zu ihrem Vater. Er sah glücklich aus. Er hatte mehrmals das Buffet auf-gesucht. Er hatte die zwei Scheiben Schinken gegessen, vier Spiegel-eier, etwas geräucherte Makrele, etwas Kompott und ein paar Schei-ben Toast. Ruth hatte ihr Essen nicht angerührt.

»Sollen wir heute vormittag zur Kamedulskastraße gehen?« sagte sie zu Edek.

»Wenn du willst«, sagte er.

In der Kamedulskastraße war Edek aufgewachsen. In Nummer dreiundzwanzig. Der ganze Häuserblock und der daneben hatten seinem Vater gehört. Edek und seine Eltern hatten im zweiten Stock der Nummer dreiundzwanzig gewohnt. Edeks Brüder und Schwe-stern hatten im selben Haus gewohnt.

Nachdem sie einige Minuten lang durch die Piotrkowskastraße gegangen waren, erklärte Edek, er wisse genau, wo sie sich befanden und welchen Weg sie nehmen mußten, um zur Kamedulskastraße zu gelangen. »Es ist nicht so weit«, sagte er, »vielleicht fünfzehn oder zwanzig Minuten.« Er lief voraus. »Die nächste Straße muß die Pustastraße sein«, rief er ihr über die Schulter zu. An der Straßen-ecke schaute er zum Straßenschild und lief dann zu Ruth zurück. »Es muß die nächste Straße sein«, sagte er und lief wieder los.

Ruth konnte nicht verstehen, warum er laufen mußte. Warum bedeutete jedes Ereignis einen Notfall – eine Straße identifizieren, einen Schnürsenkel binden, ein Eis kaufen? Edek kam im Laufschritt zurück. Er war etwas außer Atem. »Das ist auch nicht die Pusta«, sagte er. »Es muß die nächste sein.«

»Ganz ruhig, Dad«, sagte Ruth. »Wir haben genug Zeit.«

»Ich bin ruhig«, sagte er. »Ich bin nicht aufgeregt. Du siehst aus, als würdest du sehen Gespenster.« Schon lief er wieder los.

Ruth lief hinterher. Sie konnte nicht zulassen, daß ihr einundachtzigjähriger Vater auf den Straßen von Łódź hin und her rannte. Er würde am Ende seiner Kräfte sein, lange bevor sie die Kamedulskastraße erreichten. Sie holte ihn an der nächsten Ecke ein. Er sah geknickt aus. »Ich hatte gedacht, wenn die letzte Straße nicht die Pusta ist, dann muß diese hier die Główna sein.« Er starrte zum Straßenschild hoch. Auf dem Schild stand Piłsudskiego.

»Vielleicht sind Pusta und Główna noch etwas weiter weg«, sagte Ruth.

»Ich kenne Łódź«, sagte Edek. »Ich kenne jede Straße. Ich kann es einfach nicht verstehen.«

»Laß uns noch ein paar Blocks gehen«, sagte Ruth. »Wenn wir nichts finden, gehen wir zum Hotel zurück und nehmen ein Taxi.«

»Okay«, sagte Edek. Er begann wieder zu laufen.

Ruth ging hinterher. Sie war zu müde zum Laufen. »Was ist das bloß?« sagte Edek, als sie ihn drei Häuserblocks weiter an der Piotrkowskastraße einholte. »Diese Straße müßte die Gubernatorska sein, ist es aber nicht«, sagte er. Er sah sehr bekümmert aus. »Was ist bloß los?« wiederholte er.

»Dad, es ist lange her, daß du hier warst«, sagte Ruth. »Es ist achtundfünfzig Jahre her. Vieles hat sich verändert.«

»Nichts hat sich verändert«, sagte Edek. »Ich erkenne alles wieder.« Sie näherten sich einer Straßenecke. Edek lief voraus, um den Straßennamen zu lesen. »Orla«, hörte sie ihn rufen. »Das ist die Orlastraße. Sie sieht genauso aus, wie ich sie in Erinnerung hatte.« Er lief zu Ruth zurück. »Wenn das die Orla ist, dann muß die davor die Gubernatorska sein. Ich muß zurückgehen und nachschauen.« Ruth folgte ihm.

Sie war ratlos. Edek reckte den Hals, um ein kleines Straßenschild an einem Gebäude zu entziffern. Er drehte sich schwungvoll zu ihr um und wäre beinahe hingefallen. Seit sie das Hotel verlassen hatten, war ihr Vater gelaufen und gerannt und gesprungen. Er war durch die Straßen von Łódź getänzelt und gewirbelt. Es hätte komisch sein müssen, aber das war es nicht.

»Da steht Abramowskiego«, sagte Edek, der das Gleichgewicht zu halten versuchte. »Eine Straße, die so heißt, gab es hier nie.« Plötzlich fiel Ruth etwas ein, was sie vergessen hatte. In ihrer Tasche hatte sie einen Stadtplan. In ihrer Tasche hatte sie mehrere Stadtpläne. Einen neuen Stadtplan von Łódź, einen Plan von den einstigen jüdischen Stadtteilen und einen Plan vom Jüdischen Friedhof. Wie konnte sie das nur vergessen haben? Sie bereitete sich immer mehr als gründlich auf alles vor. Sie holte die Pläne aus der Tasche und breitete sie aus. Edek kam zu ihr zurück. »Ich glaube«, sagte sie nach ein paar Minuten zu ihm, »daß einige der Straßen neue Namen haben.«

Auf dem Plan der ehemaligen jüdischen Bezirke von Łódź waren andere Namen verzeichnet als auf dem neuen Stadtplan. »Ich glaube«, sagte Ruth, »die Pustastraße heißt jetzt Wigury und die Główna heißt Piłsudskiego.« Sie war sich nicht ganz sicher. Kartenlesen war nicht ihre Stärke. Sie betrachtete es als Erfolg, daß sie sich inzwischen auf einem Stadtplan zurechtfand. Von Karten bekam sie Kopfschmerzen. Jahrelang waren ihr alle Karten wie Labyrinthe vorgekommen. Farbige Linien, die sich kreuzten und schnitten.

»Die Geographie bereitet Ihnen Schwierigkeiten«, hatte ihr erster Analytiker zu ihr gesagt. »Sie wollen nichts über andere Orte erfahren. Für Sie ereignen sich dort Katastrophen.«

»Aber ich reise doch«, hatte sie gesagt.

»Nur dorthin, wo Sie sich auskennen oder worüber Sie sich auskennen; vor dem Unbekannten fürchten Sie sich«, hatte ihr Analytiker erwidert. Das Unbekannte, auf das er anspielte, war keine Örtlichkeit. Es war die Vergangenheit ihrer Eltern. Seitdem hatte sie sich mit diesem Unbekannten auseinandergesetzt. Sie hatte ihren Eltern Fragen gestellt. Sie hatte Bücher gelesen; und jetzt war sie hier, in Łódź, und konnte einen Stadtplan entziffern. Was für eine Leistung, dachte sie.

»Warum hast du dich nicht daran erinnert, daß du so eine Karte hast?« sagte Edek zu ihr.

»Tut mir leid, Dad«, sagte sie. Sie reichte ihm die Stadtpläne. Edek lehnte sich an ein Schaufenster und sah auf die Karten.

»Du hast recht«, sagte er. »Die Straßennamen sind nicht die Straßennamen, die ich gekannt habe. Sie haben sie geändert. Ich hab' dir ja gesagt, daß ich alles wiedererkennen würde. Und ich habe alles wiedererkannt. Achtundfünfzig Jahre, und nichts habe ich vergessen.« Er war aufgeregt. Er zählte eine lange Liste von Straßen auf, an denen sie auf dem Weg zur Kamedulskastraße vorbeikommen würden, und lief los. Sie hörte, wie er im Laufen die Straßennamen aufzählte.

Die Umgebung erschien Ruth jetzt vertraut. An einige Straßen erinnerte sie sich von ihrem letzten Besuch. Die jüdischen Wohngebiete lagen alle in der Nähe der Innenstadt von Łódź. Wie in der übrigen Stadt waren die Häuser in schlechtem Zustand, alt und verfallen. Eingefallene Mauern, dunkle, gesprungene Fensterscheiben. Alles an diesen Behausungen sprach von Abschied, vergangenen Leben, Leblosigkeit.

Haus für Haus fiel auf, daß Kacheln fehlten, Balken, der Verputz abfiel und der Beton schadhaft war. Fenster waren mit Draht gesichert, Türen waren zusammengeflickt. Die Polen hatten sich nicht um die Gebäude gekümmert. Es war ihnen ein Anliegen gewesen, sich nicht um die Juden zu kümmern, deren Platz sie mit ihrem Einzug in diese Wohnungen eingenommen hatten. Damals hatten die Polen sich gefreut – über die Wohnungen, das Mobiliar, das Porzellan, die Kleider und alle Gebrauchsgegenstände, die die Juden zurückgelassen hatten. Jetzt war diesen bewohnten Behausungen nur wenig Leben anzumerken.

Ruth holte Edek ein. Er sah nicht müde aus, sondern schien sich wohl zu fühlen. Sie fühlte sich erschöpft. Erledigt. Vielleicht litt sie an lichtmangelbedingter Depression. Das war in Amerika zur Zeit ein verbreitetes Leiden. Lethargie und Antriebsschwäche als Folge von zu wenig Sonnenlicht. Die polnische Wintersonne war besonders schwach. Ruth war davon überzeugt, daß das Licht dieser

Sonne nichts enthielt, was ihr helfen konnte, Lethargie und Antriebsarmut abzuschütteln.

»Hast du im Jüdischen Zentrum angerufen?« fragte sie Edek. Sie hatte ihn gebeten, im Jüdischen Zentrum in der Zachodniastraße anzurufen, denn dort mußte man die Schlüssel des Jüdischen Friedhofs abholen. Ruth wollte den Friedhof auf jeden Fall besichtigen.

»Ich habe angerufen«, sagte Edek, »und ich habe gesagt, daß ich mich für das Zentrum interessiere. Der Mann, mit dem ich sprach, hat gesagt, er hätte viel zu tun. Dann hat er aufgelegt den Hörer.«

»Viel zu tun?« sagte Ruth. »In Łódź gibt es noch genau sieben Juden. Was kann er da zu tun haben? Ich werde morgen selbst anrufen.«

Ruth wußte, daß das Jüdische Zentrum in Łódź sich nur um eine Handvoll alte Männer kümmerte. Es hatte die Aufgabe, jüdische Religion, Kultur und Tradition in Łódź aufrechtzuerhalten. Edek war ein Jude aus Łódź. Warum sagte der Leiter des Zentrums, er sei beschäftigt? Das Zentrum hatte eine zweite Aufgabe: die Wiederbelebung jüdischen Lebens, jüdischer Kultur in Polen. Leuten eine Identität zu geben, die sich heute für polnische Juden hielten. Juden, die sich ihrer Wurzeln nicht gewiß waren, die einen jüdischen Großvater oder eine jüdische Großmutter besaßen. Leute, die adoptiert worden waren. Leute, deren Eltern jüdischer wirkten, als diese Eltern zugeben wollten. Edek war ein echter Jude. Nicht einer dieser neuentdeckten Juden, die plötzlich in den paar Synagogen auftauchten, die es in Polen noch gab. Juden, die in Ruths Augen sehr polnisch aussahen.

Vielleicht war der Leiter des Zentrums Juden leid, die nur als Touristen nach Łódź kamen. Vielleicht kümmerten ihn nur diejenigen, die in Łódź lebten. Ruth hatte nicht erwartet, mit offenen Armen vom Jüdischen Zentrum in Łódź aufgenommen zu werden, aber mit einer Abfuhr hatte sie auch nicht gerechnet. Zu viel zu tun. Verärgerung kam in ihr auf. Warum hatte er nicht einfach gesagt, daß er nicht interessiert war? Sie war überzeugt, daß er zu einer Ausrede gegriffen hatte. Warum hatte er gelogen? Sie ärgerte sich. Sie riß sich zusammen. Warum war sie so wütend auf den Mann, der das Jüdische Zentrum in Łódź leitete? Allem Anschein nach war sie übermüdet. Sie war froh, daß Max sie heute morgen nicht angerufen hatte. Sich über Mr. Newton oder Mr. Long Gedanken machen zu müssen, wäre wirklich zuviel des Guten gewesen.

Ruth dachte über Max' verheirateten Freund nach. Max war felsenfest davon überzeugt, daß er sie nicht belog. »Er braucht mir nichts vorzulügen«, hatte sie zu Ruth gesagt. »Ich bin ja nicht seine Frau.« Die Unlogik ihres Denkens schien Max nicht aufzufallen. Aber vielleicht hatte Logik in Liebesaffären nichts zu suchen. »Ich sehe ihn drei- oder viermal in der Woche«, hatte Max zu Ruth gesagt. »Er ist sehr verständnisvoll. Die Wochenenden verbringt er mit seiner Frau. Das macht mir nichts aus. Sie stört es offenbar nicht, daß er von Montag bis Freitag nicht da ist. Nur am Samstag und am Sonntag muß er zu Hause sein.«

Als Ruth nicht antwortete, hatte Max gesagt: »Wahrscheinlich bin ich gut für sein Eheleben. Der aufregende Sex mit mir hilft ihm, den langweiligen Sex mit ihr zu ertragen.« Ruth hatte geschwiegen. »Okay«, hatte Max gesagt, »vielleicht ist der Sex mit ihr nicht langweilig. Ach, Mist, warum denke ich an sie?«

»Vermutlich teilen Sie etwas ganz schön Intimes mit ihr«, sagte Ruth.

»Ganz schön und intim«, sagte Max. »Sein Sie-wissen-schon-Was.« Beide hatten gelacht.

Die Moral war eine komplizierte Angelegenheit. Jeden Tag kam Ruth mit winzigen Aspekten dieses Problems in Berührung. Eine Kundin, die sie nur flüchtig kannte, hatte sie gefragt, ob es unredlich von ihr wäre, schwanger zu werden, ohne ihren Partner in ihr Vorhaben einzuweihen.

»Wie wollen Sie das anstellen?« hatte Ruth gefragt.

»Ich würde mich nach dem Sex mit dem Inhalt des Kondoms künstlich befruchten«, hatte die Kundin gesagt. »Er überläßt es immer mir, das Kondom wegzuwerfen.«

»Nun ja, er hätte keine weitere Verwendung dafür«, sagte Ruth. »Sie würden etwas benutzen, was sonst weggeworfen würde.« Sie hatten gelacht.

»Aber wäre es unredlich von mir?« hatte die Kundin wiederholt.

»Unredlich?« sagte Ruth. »Ich weiß es nicht. Die Welt ist voller Männer, die Frauen im Namen der Gesetze, der Regierung oder Gottes manipulieren. Ich weiß nicht, ob es unredlich wäre.«

Hinterher hatte sie gedacht, daß sie sich vor einer Antwort gedrückt hatte. Natürlich war es unredlich. Natürlich gab es im Leben jedes Menschen verschiedene Grade der Unredlichkeit. Sie empfand stets leises Unbehagen, wenn Kunden bei Dingen, die sie geschrieben hatte, weinten. Einer ihrer Kunden hatte zu ihrer Überraschung wahre Sturzbäche geweint, als er einen Kondolenzbrief abgeholt hatte. »Ich dachte, Sie hätten Ihren Onkel nicht ausstehen können«, sagte Ruth zu ihm. »Aber ich habe ihn noch nie von dieser Seite gesehen«, sagte der Kunde. Ruth hatte gewußt, daß es keinen Sinn gehabt hätte, ihn darauf hinzuweisen, daß sie seinen Onkel nicht gekannt hatte. »Alles, was Sie in diesem Brief sagen, ist wahr«, hatte der Kunde gesagt und war weinend gegangen.

Was wahr war und was nicht, war nicht immer zu erkennen. Seit ihrer Kindheit hatte Ruth ein prekäres Verhältnis zur Wahrheit. Sie hatte als Kind viel gelogen. Sie erfand Geschichten. Als Sechsjährige schmückte sie diese Geschichten großzügig aus, Geschichten von Entbehrungen und Armut. Die Rothwax waren arm, doch in Ruths Erzählungen litten sie schreckliche Not. Sie und ihre Eltern mußten sich eine einzige Bettdecke teilen, erzählte Ruth ihren Schulfreundinnen, und sie mußten auf Zeitungspapier auf dem Boden schlafen. Ihre Freundinnen waren von diesen Geschichten gebannt. Die Schule, die Ruth besuchte, lag in einem Vorort, den Einwanderer und Flüchtlinge bewohnten. Den meisten Kindern fiel es nicht schwer, sich Ruths Armut vorzustellen. Als Ruth älter wurde, wurden die Geschichten raffinierter. Sie wurden komplexer, waren besser konstruiert und hatten bessere Pointen.

Auch als Erwachsene log Ruth. Alberne, harmlose Lügen. Als sei keine Realität es wert, wiederholt zu werden. Als müsse alles verbreitet und gesteigert werden. Sie konnte nicht anders. Oft war sie selbst über ihre Lügen entsetzt. Überrascht und hilflos, wenn Worte aus ihrem Mund kamen, von denen sie wußte, daß sie gelogen waren. Das Entsetzen hielt nie lange vor.

Ruths Erfindungen und Ausschmückungen waren kompliziert und wahrheitsnah, jedenfalls für sie. Kaum hatte sie sie ausgesprochen, begann sie zu glauben, daß sie die Wahrheit gesagt hatte. Ruth begriff, daß ein guter Lügner überzeugend und stets auf der Hut sein mußte. Ein gutes Gedächtnis war Grundvoraussetzung. Ein guter Lügner mußte den Überblick über die Tatsachen wie über seine Lügen behalten. Gar nicht so einfach.

Inzwischen ließ Ruth sich nur noch selten zu aufwendigen Lügenkonstrukten oder Hirngespinsten verleiten. Sie hatte bei mehreren Analytikern eine Menge Geld gelassen, um sich von diesem Charakterzug zu befreien. Sie war froh, daß sie nicht mehr viel log. Die Lügen hatten sie selbst nicht weniger verwirrt und irregeführt als ihre Zuhörerschaft.

Als Kind hatte Ruth sich Verwandte zusammenfabuliert. Tanten, Onkel, Cousins und Cousinen. Cousins und Cousinen, die sie mochte, und solche, die sie nicht mochte. Lieblingstanten und Lieblingsgroßeltern. Sie hatte acht Großeltern erfunden, weil sie sich mit Großeltern nicht auskannte. Als sie alt genug war, um zu merken, daß nur die wenigsten mehr als vier Großeltern hatten, ließ sie vier der acht verschwinden. Sie hatte die überzähligen Großeltern durch Adoptionen erklärt und sie dann beherzt aus der Geschichte entfernt. Schon damals hatte sie gewußt, daß Glaubwürdigkeit Grundbedingung beim Geschichtenerzählen war.

Auch die Einzelheiten galt es zu berücksichtigen. Ruth war mit den körperlichen Besonderheiten und den Macken und Marotten all ihrer erfundenen Tanten und Onkel und Cousins und Cousinen bestens vertraut. Sie hatte ihre Welt mit lauter erfundenen Menschen bevölkert. Sie hatte beste und zweitbeste Freundinnen und oberflächliche und ernsthafte Jungenbekanntschaften, die allesamt erfunden waren. Sie hatte sich nie einsam gefühlt.

Manchmal, wenn sie an ihre Vergangenheit dachte, wußte sie nicht mehr, welche Freunde echt und welche Erfindungen gewesen waren. Heute hatte sie jedenfalls zumindest eine bessere Verwendung für ihre Phantasie: Sie schrieb erfundene Briefe. An sechs

Tagen in der Woche. Von 8.30 Uhr morgens bis 19.00 Uhr abends. Am Ende jedes Tages hatte sie genug erfunden und gelogen.

Das Thema der Verwandtschaft, ihrer Verwandtschaft, beschäftigte sie noch immer von Zeit zu Zeit. Wenn sie Museen oder Holocaust-Gedenkstätten besuchte, erkannte sie sich auf vielen der ausgestellten Fotos wieder. Natürlich wußte Ruth, daß nicht sie auf diesen Bildern zu sehen war, doch die Vorstellung, sie sehe möglicherweise Verwandte, schien so abwegig nicht zu sein. Ruth sah Fotos von Juden im Ghetto. Sie sah Fotos von Juden, die aus Konzentrationslagern befreit wurden. Fotos von jüdischen Familien vor dem Krieg. Auf all diesen Fotos sah sie sich selbst.

Sie hatte einen Mitarbeiter des Wiesenthal Center in Los Angeles gefragt, ob er etwas über die Identität einer jungen Frau auf einem Bild wisse, das im Ghetto von Łódź aufgenommen worden war. Jeder, der Ruth kannte, hätte sie für die junge Frau mitten auf dem Bild halten können. Der Mitarbeiter konnte ihr nicht sagen, wer die junge Frau war. Ruth hatte ihm eine Liste von Leuten gegeben, mit denen sie verwandt war. Die Buchbinders, die Spindlers, die Knobels und die Brajsztajns waren alle mit den Rothwax verwandt. Sie stammten alle aus Łódź. Und sie waren alle tot. Ruth hatte den Mann gefragt, ob es möglich sei, auf irgendeinem der Fotos, die im Wiesenthal Center ausgestellt waren, einen dieser Namen zu finden. Er hatte ihr erklärt, daß das nicht zu bewerkstelligen sei.

Edek rannte nicht mehr. Er ging jetzt neben Ruth her. Sie kamen an einer jungen Frau mit Kind vorbei. Die Frau schien um die Dreißig zu sein. Sie schlug das Kind. Schlug auf das Kind ein. Ruth zuckte beim Geräusch der Ohrfeigen zusammen. Was mochte das Kind angestellt haben? Etwas, was die Mutter verärgert hatte. Die Mutter war vor Wut rot im Gesicht. Wieder und wieder holte sie aus und schlug zu. Der Junge schrie wie am Spieß. Warum hatten solche Leute Kinder? War das Schlagen eine der Freuden des Elterndaseins? Viele Eltern schlugen ihre Kinder.

»Wir haben dich nie verhauen«, sagte Edek. »Niemals.«

»Juden neigen im großen und ganzen nicht zur Anwendung körperlicher Gewalt«, sagte Ruth. Sofort befürchtete sie, Edek könne ihre Worte als verletzend auffassen. Als wolle sie damit unterstellen, Juden neigten zu seelischer Grausamkeit. Sie sah Edek an. Er wirkte nicht verletzt.

Der Junge plärrte immer noch. Die Mutter bemerkte Edek und Ruth. Sie forderte den Jungen mit einer Geste auf, den Mund zu halten. Er plärrte weiter.

»Du wolltest nie Kinder«, sagte Edek zu Ruth. »Schon als Teenager wolltest du keine.«

»Ich will noch immer keine«, sagte Ruth. »Alle meine Alpträume handeln von Kindern. Von meinen Kindern. Ich verliere sie. Ich lasse sie in Zügen und Bussen und an öffentlichen Orten liegen. Ich vergesse, sie zu füttern. Ich vergesse, daß es sie gibt. In meinen Träumen bekomme ich ein krankes Kind, das gleich nach der Geburt verschwindet.«

»Was hat das Kind?« fragte Edek.

»Welches Kind?« fragte sie.

»Das Baby in deinem Traum«, sagte er.

»Ich weiß es nicht«, sagte sie. »Das erfahre ich nie. Im letzten Traum hat mir jemand das Baby weggenommen.« Edek starrte sie an. »Was ist los?« sagte sie zu ihm. »Nichts«, sagte Edek.

Irgend etwas, was sie gesagt hatte, hatte ihn verstört. Aber was? Ruth wußte nicht, was es sein mochte. Sie war sich bei einem Großteil ihrer Kommunikation mit ihren Eltern nie sicher gewesen, ob sie sie richtig deutete. In knappen, mehrdeutigen Sätzen und in halbverständlichen Wendungen hatte man mit ihr gesprochen. Ausbrüche schier unverständlicher Ratschläge und Anweisungen, Warnungen und Anordnungen. Nichts wurde ausführlich erklärt. Alles erfolgte in schnell gesprochenem englischen Kauderwelsch. Edek und Rooshka sprachen Englisch, eine Sprache, die ihnen fremd war, stockend und unsicher.

»Warum habt ihr nicht Jiddisch mit mir gesprochen? Oder Polnisch? Oder Deutsch?« sagte Ruth zu Edek. »Warum habt ihr immer nur Englisch mit mir gesprochen und nie in einer Sprache, in der ihr zu Hause wart?«

»Mum war sehr zu Hause im Englischen, und ich bin sehr zu Hause im Englischen«, sagte Edek.

»Aber nicht, als ich klein war«, sagte Ruth. »Ihr wart nicht mehr ganz jung und hattet keine Zeit, Englischunterricht zu nehmen.«

»Das ist wahr. Ich habe in der Fabrik gearbeitet und deine Mum auch«, sagte Edek.

»Warum habt ihr dann nicht in einer Sprache mit mir gesprochen, die euch leichtfiel?« sagte Ruth.

»Mum wollte, daß du sollst lernen Englisch«, sagte Edek.

»Das hätte sich sowieso nicht vermeiden lassen«, sagte Ruth. »Wir lebten schließlich in Australien.«

»Es ist nicht so wichtig, in welcher Sprache man spricht mit einem Kind«, sagte Edek.

»O doch, das ist es«, sagte Ruth. »Wie willst du vertraulich mit einem Kind sprechen, wenn dein Vokabular begrenzt ist?«

»Tatsächlich«, sagte Edek, »war es Mums Idee. Ich war selber nicht so wild darauf. Mum hat gesagt: ›Wir werden sprechen Englisch mit diesem Kind.‹«

»Mit diesem Kind?« sagte Ruth. »Die zwei anderen haben nicht lange genug gelebt, um eine Sprache zu lernen, nicht wahr?« Warum hatte sie das so hart ausgedrückt? Das hatte sie nicht beabsichtigt. »Vielleicht hätte Jiddisch Mum zu sehr an die Babys erinnert, die sie verloren hatte«, sagte sie schnell.

»Mum hat gesagt, das Baby soll keine Sprache der Vergangenheit lernen«, sagte Edek. »Damit hat sie gemeint Jiddisch. Und sie hat nicht gewollt, daß es die Sprache lernt, was sprechen die Polen. Und sie war keine Deutsche. Und ich hätte nicht gewollt sprechen Deutsch mit einem Baby. Welcher Jude könnte wollen sprechen Deutsch mit einem Baby?« sagte Edek.

»Aber Mum hat verlangt, daß ich in der Schule Deutsch lerne«, sagte Ruth.

»Das war etwas anderes«, sagte Edek. »Mit dir hat sie nicht gesprochen Deutsch. Bei uns zu Hause wurde nicht gesprochen Deutsch.«

»O doch, das wurde es«, sagte Ruth. »Ich habe ständig Verse von Goethe aufgesagt, die ich für den Deutschunterricht auswendig lernen mußte. Weißt du noch, daß ich einen Preis dafür bekommen habe? Mum war ganz aufgeregt.«

»Ich weiß«, sagte Edek.

»Mum dachte, wenn die Nazis nach Australien kämen, wäre ich in der Lage, mich mit ihnen zu verständigen«, sagte sie.

»Das ist nicht so komisch«, sagte Edek. »Das war, was Mum gedacht hat.«

»Ich habe nicht gesagt, es sei komisch«, sagte sie.

Mutter und Kind gingen hinter Edek und Ruth her. Das Kind weinte noch immer, aber leise, ein leises Wimmern. »Am liebsten würde ich etwas zu dieser Mutter sagen«, sagte Ruth. »Was heißt ›schurigeln‹ auf polnisch?« – »Bist du verrückt geworden?« sagte Edek. Er beschleunigte den Schritt. Ruth drehte sich um und bedachte die Mutter mit einem finsteren Blick. Die Mutter erschrak. Sie lächelte Ruth an. Ruth schüttelte den Kopf, strafend, wie sie hoffte. Warum wurden die meisten Mütter Mütter? dachte Ruth. Sie wirkten so unfroh.

Hin und wieder bemutterte Ruth gern jemanden. Anderer Leute erwachsene Kinder, und das nur hin und wieder. Manchmal konnte man mit dem Kind anderer Leute kurzfristig Vertrautheit und Austausch erleben. In gewisser Weise weckte so etwas mütterliche Gefühle. Ruth hatte im K-Mart an der Ecke Cooper und Union Square einen Unterrock gekauft, als eine junge Frau oder eher ein Mädchen, höchstens neunzehn Jahr alt, sie gefragt hatte, ob ihr das schwarze Kleid stehe, das sie gerade anprobierte. »Sieht das okay aus?« hatte das Mädchen gefragt. »Es sieht umwerfend aus«, hatte Ruth gesagt. Das stimmte. Es gab einige erstaunliche Artikel bei K-Mart. »Ist es richtig für ein förmliches Essen?« hatte das Mädchen Ruth gefragt. »Oder ist es zu förmlich?«

»Es ist gerade förmlich genug, um richtig förmlich oder lässig förmlich zu wirken«, hatte Ruth erwidert. Sie hatte dem Mädchen geholfen, ein paar passende Schuhe auszusuchen. Strahlend hatten beide die Ankleidekabinen verlassen. »Vielen Dank für die nette Hilfe«, hatte das Mädchen gesagt. Ruth war versucht gewesen, dem jungen Mädchen einen Abschiedskuß zu geben, doch sie hatte sich mit einer Kußhand begnügt. »Ich wünsche Ihnen einen wunderbaren Abend«, hatte sie gesagt.

Ruth liebte K-Mart-Läden. Sie hatten bis zehn Uhr abends geöffnet, und sie ging oft hin, um sich nach der Arbeit zu entspannen. K-Mart repräsentierte die Normalität. Dort sah sie, wie normale Menschen lebten. Bei K-Mart konnte man Mops und Eimer und Fliegenklatschen aus Plastik kaufen. Dort gab es kanisterweise Putzmittel und regalweise Gummihandschuhe. Dort konnte man Wagenheber und Schraubenzieher und Besen und Bürsten und Bügeleisen und Bügelbretter kaufen.

K-Mart verkaufte Bügeleisen und Bügelbretter mitten in einer Stadt, in der, wie Ruth vermutete, nur die wenigsten ihre Kleider bügelten. Ruths Nachbar, der in der Werbebranche tätig war, kaufte jede Woche eine Packung weiße Sportsocken. »Es lohnt sich nicht, sie zu waschen«, sagte er zu Ruth. »Die Packung kostet nur fünf Dollar.« Kleider wurden weggeworfen oder in die Reinigung gebracht. In jedem New Yorker Häuserblock gab es eine Reinigung. Frühmorgens und spätnachmittags sah man auf den Straßen New Yorks Männer und Frauen mit gereinigter Kleidung über dem Arm zielstrebig ihrer Wege gehen. Niemand wäre auf die Idee gekommen, eine Sitzung oder ein Essen zu versäumen, weil er bügeln mußte.

Ruth fand, daß die Amerikaner von Reinigungen besessen waren. Amerikaner im Ausland, die den pariserischen oder italienischen oder türkischen Reinigungen mißtrauten, konnten ihre Kleidung mit Federal Express zur Reinigung Maurice in New York schicken. Maurice reinigte die Kleidung und Federal Express brachte sie dem Kunden zurück. Eine Wildlederjacke zu verschicken und reinigen zu lassen, kostete einhundertundfünfzig Dollar. Maurice hatte Kunden in anderen Gegenden Amerikas und in anderen Teilen der Welt.

Aber Amerikaner waren immer merkwürdig. In Amerika gab es Mint Balls. »Schluß mit Hundehalytosis« stand auf der Verpackung. Von menschlichem Mundgeruch war nicht die Rede. Es handelte sich wirklich um ein Mittel, das Hunden frischen Atem geben sollte. Zwei Mint Balls kosteten 3,99 Dollar. Auf einer Seite der Verpackung war ein brauner Hund abgebildet, der einen großen grünen Ball im Maul hielt. Ruth vermutete, daß den Hunden gegenüber so getan werden sollte, als handele es sich darum, daß sie den Ball fingen. Mint Balls gab es in K-Mart-Läden nicht.

Auch die Cafeteria von K-Mart gefiel Ruth. Aus dieser Cafeteria hatte man einen herrlichen Blick auf die Stadt. Aus den riesigen Fensterbögen konnte man die ganze Lafayette Street entlang bis zum East Village blicken. Das Essen war gar nicht so übel.

Die Welt der K-Mart-Läden war denkbar fern vom Alltag eines Menschen, der für andere Leute Briefe verfaßte. Der für jemanden, den er nicht kannte, einen Glückwunschbrief an jemand anderen verfaßte, den er auch nicht kannte. Der Briefe für Leute verfaßte, die einander nichts mehr zu sagen verstanden. Kein Wunder, daß Ruth bei den Wagenhebern und Gummihandschuhen von K-Mart Trost suchte.

In letzter Zeit hatte sie sich mit dem Gedanken getragen, in Los Angeles eine Zweigstelle von Rothwax Correspondence zu eröffnen. Kunden in Kalifornien hatte sie bereits, vor allem in Los Angeles. Dort schien man ihre Dienste noch dringender zu benötigen als in New York. Die geistigen Kräfte der Angelinos wurden offenbar von der Sorge um ihr Aussehen absorbiert – bei Männern wie bei Frauen. »Ich kann Ihnen einen Schönheitschirurgen der Spitzenklasse empfehlen«, hatte einer ihrer Kunden zu ihr gesagt. Ruth war nach L. A. geflogen, um sich nach Büroräumen umzusehen, und hatte sich mit dem Kunden zum Lunch verabredet. Sie mochte ihn. Er war ein dreiunddreißigjähriger Drehbuchautor. Als er mit Rothwax Correspondence in Verbindung getreten war, hatte Ruth zu ihm gesagt, sie sei davon überzeugt, daß er seine Briefe selbst schreiben könne. »Nein, das kann ich nicht«, hatte er gesagt. »Ich kann Zweieinhalbminutenszenen für Polizeiserien schreiben. Das kann ich gut. Polizisten im Einsatzfahrzeug, auf der Straße, beim Telefonieren, Polizisten, die losrasen, und Polizisten auf der Wache. Polizisten zu Hause oder Polizisten, die sich strafbar machen, sind nicht mein Metier.« Ruth hatte mehrere persönliche Briefe für ihn geschrieben.

»Ich kann Ihnen einen Schönheitschirurgen der Spitzenklasse empfehlen«, hatte er gegen Ende der Mahlzeit wiederholt. Ruth nahm an, daß sie sehr abgearbeitet aussah.

»Sie sehen super aus«, hatte der Drehbuchautor gesagt, »aber ein bißchen Hilfe kann jeder brauchen. Ich hatte gerade erst Fettabsaugung am Kinn.«

»Was hatten Sie?« sagte Ruth.

»Fettabsaugen am Kinn«, sagte er.

»Wirklich?« sagte sie.

»Sieht es nicht toll aus?« sagte er. Ruth betrachtete sein Kinn. Es sah genauso aus, wie sie es vom letztenmal in Erinnerung hatte. Sie sah noch einmal hin. Kein Unterschied zu früher. Aber sie hatte erst zum drittenmal persönlich mit ihm zu tun. Meistens telefonierten sie miteinander. »Sieht großartig aus«, sagte sie.

»Ein paar Nächte lang konnte ich nicht schlafen«, sagte er, »aber ansonsten hatte ich keine Schmerzen. Als nächstes lasse ich von Dr. Rosen die Wangenpartie korrigieren.«

Diese Bereitwilligkeit, am eigenen Äußeren herumzupfuschen, hatte Ruth verstört. Warum stellten Leute so etwas mit sich an? Und das immer häufiger. Leute, die man kannte, veränderten unvermutet ihr Aussehen, sahen über Nacht wie ausgewechselt aus. In der einen Woche wie gewohnt und zwei Wochen später wie ein entfernter Verwandter desjenigen, den man gekannt hatte. Einstige Nachbarn oder Bekannte mutierten ohne Vorwarnung. Waren nicht mehr dieselben.

In ganz Amerika wurde der plastischen Chirurgie in epidemischen Ausmaßen gehuldigt. Skalpelle schnitten sich durch Oberschenkel, Kinne, Bäuche, Pobacken, Oberarme, Brüste, Augen und Nasen. Ruth erschreckte das. Veränderungen und Verstümmelungen fand sie gruselig. Anderen schien das nichts auszumachen. Berühmtheiten und Reiche umschmeichelten ihre Schönheitschirurgen. Ebenso wie ihre Kosmetikerinnen und Fitneßtrainer nahmen sie sie in die Oper mit, auf Vernissagen und zu Galaabenden. Erwachsene Menschen warfen sich vor ihren Friseuren und Meditationslehrern in den Staub. Erwachsene Menschen wagten keinen Schritt, ohne jemand anderen zu fragen, was sie anziehen sollten. Die Leute trauten sich nicht mehr, ihre Haare zu kämmen oder einen Liegestütz zu machen, ohne vorher Rat einzuholen. Wahrhaftig eine sonderbare Kultur, in der man für das Alltagsleben ein ganzes Beraterteam benötigte.

Edek war in die Widzewskastraße eingebogen. Ruth folgte ihm. Vor einem großen fünfstöckigen Gebäude blieb er stehen.

»Dieses Haus hat meinem Vater gehört«, sagte er.

»Ich wußte nicht, daß ihm ein Haus an der Widzewskastraße gehört hat«, sagte Ruth.

»Ihm haben viele Häuser gehört«, sagte Edek. Er trat zurück und sah am Gebäude hoch. »In diesem Haus sind gewesen dreißig Wohnungen.« Ein alter Mann war damit beschäftigt, verfaultes Holz aus der Unterleiste eines Fensterrahmens im Parterre zu kratzen. Edek ging zu ihm hin. »Ich heiße Edek Rothwax«, sagte er zu dem alten Mann.

Der Mann legte sein Werkzeug hin und schüttelte Edek die Hand. Edek klopfte ihm auf den Rücken und sagte, er wolle ihn nicht bei der Arbeit stören. Der Mann schien sich zu freuen, daß man ihn bei der Arbeit störte. »Gutes Wetter für einen Wintertag, nicht wahr?« sagte er zu Edek. Sie plauderten munter. Bruchstücke ihrer Unterhaltung konnte Ruth verstehen. Sie unterhielten sich über Polen und die harten Zeiten, die das Land durchgemacht hatte. »Jetzt, da die Kommunisten weg sind, ist es besser geworden, nicht wahr?« sagte Edek zu dem Mann. »Für manche ja«, antwortete der Mann, »aber nicht für alle.« Er erzählte Edek, daß die Kriminalität seit dem Zusammenbruch des Kommunismus stark zugenommen habe.

»Passen Sie auf Ihr Auto auf«, sagte er. »Jeden Tag werden Autos gestohlen. Nicht einmal ein abgesperrtes Auto ist sicher.«

»Ich habe kein Auto«, sagte Edek.

»Um so besser«, sagte der Mann.

Von Dieben ging das Gespräch zum Thema Vandalismus über, das die beiden ganz offenkundig fesselte. Edek wirkte so gelöst im Gespräch mit dem alten Mann. Er nickte und pflichtete dem anderen bei. Mittlerweile waren sie bei der gegenwärtigen Regierung angelangt, doch Ruth verstand nicht genau, worum es ging. Sie war nervös. Warum unterhielt Edek sich so begeistert mit diesem alten Polen? Schließlich reichte Edek dem Mann die Hand. Sie schüttelten einander ausgiebig die Hand und verabschiedeten sich mehrmals voneinander. Edek hatte dem alten Mann gegenüber nicht erwähnt, daß das Haus seinem Vater gehört hatte.

»Warum hast du verschwiegen, daß deinem Vater das Haus gehört hat?« fragte Ruth.

»Wozu hätte ich es sagen sollen?« sagte er.

»Er war alt genug, um damals schon dort gewohnt zu haben«, sagte Ruth. »Alt genug, um ein Mieter deines Vaters gewesen zu sein.«

»Dieser Mann hat nicht angeordnet, daß alle Juden ihre Wohnungen verlassen und in das Ghetto gehen müssen«, sagte Edek. »Warum sollte ich ihm das erzählen? Was würde das schon ändern?«

»Ich weiß nicht, was es ändern würde«, sagte Ruth.

»Gar nichts würde es ändern«, sagte Edek.

Ruth strich sich eine Haarsträhne aus dem Gesicht. Ihr Haar kam ihr schmutzig vor, obwohl sie es gestern abend gewaschen hatte. Unter einer Dusche, aus der fast kein Wasser kam. Sie hatte dafür zwanzig Minuten gebraucht. Das Haar fühlte sich wirklich nicht sauber an. Sie hoffte, daß es nicht ungewaschen aussah. Den Anblick ungewaschenen Haars konnte sie nicht ausstehen. Ungewaschenes Haar deutete auf andere ungewaschene Körperteile hin. Vielleicht hatte die blonde Frau sie heute morgen deshalb angestarrt. Wegen ihres ungewaschenen Haars. Sie wußte, daß das ein idiotischer Gedanke war. Ihr Haar konnte so ungewaschen nicht aussehen, und wer sollte einen deshalb anstarren?

Ruths Mutter hatte aufgeschrien, als sie sich selbst zum erstenmal ohne Haare gesehen hatte. In einer Wasserpfütze auf dem Weg zu den Latrinen in Auschwitz. »Ich habe aufgeschrien, als ich mich zu sehen bekam«, hatte ihre Mutter zu ihr gesagt, »weil ich dachte, ich würde meinen Bruder sehen. Wie konnte ich wissen, daß ich mit kahlrasiertem Kopf aussehen würde wie mein Bruder?« Ruths

Kopfhaut begann zu jucken. Sie unterdrückte den Wunsch, sich am Kopf zu kratzen.

»Ist es noch weit bis zur Kamedulskastraße?« fragte sie ihren Vater.

»Nicht mehr weit«, erwiderte Edek. Sie gingen nebeneinander. Wo war die Kamedulskastraße? Obwohl sie schon einmal hier gewesen war, hatte Ruth keine Ahnung, wo die Straße sich befinden mochte. Alles aus der Vergangenheit ihrer Eltern verwirrte sie. Sogar etwas so Simples wie das Wiedererkennen einer Straße war überaus verwirrend. Ruths Eltern gaben ihre Vergangenheit – im Guten wie im Schlechten – nur in Fragmenten, in Bruchstücken preis. Nie als Ganzes. Stets mußte man sich die Stücke zusammenklauben. Und die fehlenden Stücke mußte man sich ausdenken.

Oft hatte Ruth ihre Eltern nach den Namen ihrer Geschwister gefragt. Geradezu flehentlich. Und dennoch hatte sie nie mehr als einen oder zwei Namen auf einmal erfahren. Beide schienen außerstande zu sein, alle ihre Geschwister in einem Satz zu erwähnen. Als könne die Familie nicht einmal in Worten intakt scheinen. Ruth litt darunter, daß sie so wenige Namen aus der Vergangenheit kannte. Und gar keine Gesichter. Keine Gesichter, die zu den Namen gehörten, die sie kannte, und zu denen, die sie nicht kannte. Die Fotos, auf denen sie die Gesichter derer, die zu ihren Eltern gehörten, hätte entdecken können, waren vernichtet worden. In Auschwitz vernichtet. Und die Fotos, die in Łódź zurückgeblieben waren, hatten die Polen weggeworfen, die in die Wohnungen eingezogen waren, die von den Juden Hals über Kopf aufgegeben worden waren.

Wer waren die Brüder und Schwestern und Tanten und Onkel und Cousins und Cousinen und Nichten und Neffen, die sie nicht kennengelernt hatte? Wie sahen sie aus? Ihr Leben lang hatte sie gespürt, wie wichtig sie für sie waren. Sie hatte ihre Gegenwart gespürt, eine namenlose, gesichtslose, unsichtbare Gegenwart. Etwas von diesen Brüdern und Schwestern und Onkeln und Tanten lebte in ihr. Doch was? Auf diese Frage gab es keine Antwort.

Die meisten Kinder von Überlebenden wußten so gut wie gar

nichts über die Vergangenheit ihrer Eltern. Die Vergangenheit vor dem Krieg und während des Krieges. Sie mußten erraten, was geschehen war. Die einfachsten Informationen waren nur schwierig zu erhalten. Alles war schmerzlich. Alles war verletzend. Belastet. Kinder von Überlebenden sahen sich von Geheimnissen umgeben. Die Löcher in der Vergangenheit ihrer Eltern punktierten und perforierten die Kinder. Sie versahen sie mit Rissen und Brüchen und Wunden, mit eigenen Hohlstellen und Löchern.

Ruth hatte so viele Leerstellen und blinde Flecken. Ihre Schwäche in Geographie, ihr mangelnder Orientierungssinn, auf die ihr erster Analytiker sie hingewiesen hatte, machten ihr noch immer zu schaffen. Egal wie oft sie Europa auf der Karte betrachtete, konnte sie nie angeben, in welchem Land sie sich befand. Sie hatte ein Jahr gebraucht, bis sie auf einer Karte der USA New York und Los Angeles lokalisieren konnte.

Edek und Rooshka ließen sich ihre Vergangenheit nur stückweise abringen. Manchmal offenbarten sie ungefragt das eine oder andere Bruchstück. Manchmal ließen sie sich unbeabsichtigt ein paar Worte entschlüpfen. Manchmal mußten ihnen wichtige Dinge entrissen, herausgebohrt werden, was so mühsam und schwierig war wie die komplizierteste zahnärztliche Behandlung. Die so erhaltenen Informationen waren nie geordnet. Jedes der Wissensfragmente trat unabhängig und selbständig auf. Jedes war in sich geschlossen, stand für sich und erhellte fehlende Verbindungsglieder nicht im geringsten.

Egal wie sehr Ruth sich bemühte, die Fakten der Vergangenheit ihrer Eltern zu ordnen, verschoben und bewegten sie sich mit beunruhigender Disharmonie. Sie wußte, daß ihre Mutter in der Pomorskastraße in Łódź gewohnt hatte und in der benachbarten Straße zur Schule gegangen war. Doch eines Tages, als ihre Mutter sich mit einer Freundin unterhielt, befand die Schule sich plötzlich im gleichen Gebäude in der Pomorskastraße. Dann gab es eine jüdische Schule und eine polnische Schule. Wie viele Schulen hatte ihre Mutter besucht? Oder verwechselte Ruth die Schulen ihrer Mutter mit denen ihres Vaters?

Ruth hatte versucht, alle Informationen aufzuschreiben. Auf dem Papier wirkten sie vernünftiger. Wenn sie die Sätze ansah, schien ihr Inhalt greifbarer zu sein. Doch sobald sie den Blick hob, verflüchtigte sich alles Wissen. Sie hatte versucht, die Namen der Brüder und Schwestern ihrer Mutter und ihres Vaters auswendig zu lernen. Sie hatte immer ein gutes Gedächtnis gehabt. Sie konnte sich an ganze Gespräche mit Leuten erinnern, die sie nicht interessierten. Sie konnte sich an Telefonnummern und Adressen erinnern, die sie sich vor Jahren eingeprägt hatte. Sie konnte sich an Daten erinnern. An wichtige und unwichtige Daten. Sie konnte ganze Seiten aus Büchern, die sie gelesen hatte, und ganze Gedichte, die sie liebte, auswendig aufsagen. Und dennoch vergaß sie über Jahre die Namen der toten Brüder und Schwestern ihrer Mutter und ihres Vaters. Immer wenn sie sich ihrer ganz sicher wähnte, wenn sie sicher zu sein glaubte, daß die Brüder ihrer Mutter Felek und Abraham und Jakob und Edek hießen, tauchten plötzlich andere Namen auf.

Wer waren sie? Wer waren Israel und Luba? Waren es die Eltern ihres Vaters? Wie konnte sie die Namen der Eltern ihres Vaters vergessen haben! Sie hatte ihn so viele Male danach gefragt. Sie konnte ihn nicht noch einmal fragen. Sie mußte warten, bis sie zu Hause war, und dann in ihren Notizbüchern nachsehen. Sie dachte an andere Namen, die sie gehört hatte. Wer waren Maryla und Jatschka und Fela? Und gab es jemanden namens Schmulek oder Schulek, oder waren Schmulek und Schulek Varianten ein und desselben Namens?

Warum war all das so schwer für sie zu erfassen? Abstraktes Denken war ihr nie schwergefallen. Und in ihrer Arbeit bei Rothwax Correspondence reimte sie sich anderer Leute Leben ohne Anstrengung zusammen. Nie verlor sie die Übersicht über die Details, die Fremde ihr mitteilten. Was sie erfuhr, wanderte geordnet und konzise in ihren Kopf. Die Vergangenheit ihrer Eltern wurde ihr ungeordnet und chaotisch überantwortet. Auch wenn Ruth sich noch so sehr bemühte, blieben die Einzelinformationen zusammenhanglos. Vielleicht ließ sich eine Vergangenheit, die so brutal zerschlagen worden war, nicht mehr zusammensetzen.

Vielleicht war zu vieles verlorengegangen. Fehlende Mütter. Fehlende Väter. Fehlende Brüder. Erschrocken begriff Ruth, daß die zwei Babys, die ihre Mutter verloren hatte, ihre, Ruths, Brüder gewesen waren. So hatte sie es noch nie betrachtet. Sie hatte sich immer als Einzelkind gesehen. Die verlorenen Knaben waren die Söhne ihrer Mutter. Es war ein richtiger Schock, sie sich als ihre eigenen Brüder vorzustellen.

Ruth sah sich nach ihrem Vater um. Er war so weit vorausgelaufen, daß sie ihn kaum noch sehen konnte. Sie lief hinterher.

Als Fünfzehnjährige hatte sie ihre Mutter nach den verlorenen Babys ausgefragt. Sie hatten in Rooshkas Küche gesessen, an dem weißen Küchentisch mit den vergoldeten Beinen. Als Ruth mit dieser Frage herausplatzte, hatte Rooshka ausgesehen, als wolle sie sich in Luft auflösen. »Er ist mit der Nabelschnur um den Hals auf die Welt gekommen«, sagte sie etwa zehn Minuten später. Welches der Babys war das? hatte Ruth sich gefragt. Das Baby, das im ersten Jahr im Ghetto geboren war, oder das später geborene Baby? »Dein Vater war schuld«, sagte Rooshka. »Ich habe mich gebückt, um seinen Schuh aufzuheben. Da ist es passiert.« Ruth hatte nichts gesagt. Wie konnte eine Nabelschnur sich so verknoten? Wie sollte das die Schuld ihres Vaters gewesen sein? Das Baby wäre sowieso gestorben. Die meisten Babys im Ghetto hatten nicht überlebt. Warum mußte Rooshka Edek die Schuld geben?

Ruth hatte weitere zehn Jahre gewartet, bevor sie nach dem zweiten Baby zu fragen wagte. Rooshka sagte nur: »Er ist tot.« Ruth fragte sich, ob dieses Baby das Baby war, das ein Gestapooffizier lebendig auf den Karren mit Fäkalien geworfen hatte. Ihre Mutter hatte Ruth das einmal erzählt. Sie hatte gesagt, es habe sich um das Baby ihrer Schwester gehandelt. Die Geschichte war so schwer zu ertragen, daß Ruth nicht mehr hatte sagen können als: »Welche Schwester?« Rooshka hatte darauf nichts geantwortet.

Rooshka hatte Ruth auch von einem Baby erzählt, das aus dem Fenster des Krankenhauses im Ghetto geworfen worden war, als das Krankenhaus evakuiert wurde. War dieses Baby das zweite Kind ihrer Mutter? Und die Geschichten von den Kindern – Kinder mit Löchern in den Wangen. Wuchs das Baby ihrer Mutter zu so einem Kind heran? Starb es mit Löchern in den Wangen? Ruth wußte, daß sie es nie erfahren würde. Edek konnte sie nicht fragen. Edek war so einsilbig wie Rooshka. Es hatte keinen Sinn, ihn zu fragen. Es fiel ihm schon schwer, sich an die Namen seiner Cousins und Cousinen und Onkel und Tanten zu erinnern. Seine Informationen waren so erratisch wie alles, was man ihr über jene Zeit erzählte.

Edek rief sie. Sie lief zu ihm.

»In diesem Haus hatten wir eine Fabrik«, sagt Edek. Sie standen vor einem rechteckigen roten Backsteingebäude.

»Wirklich?« sagte Ruth.

»Mein Vater kaufte Baumwolle und ließ sie zu Stoff weben in einer Fabrik außerhalb von Łódź«, sagte Edek. »Dann kam das Material, der Stoff, in diese Fabrik. Sie war das Lagerhaus.« Ruth hörte ihm gebannt zu. Von diesem Aspekt der Geschäfte seines Vaters hatte er ihr noch nie erzählt.

»Ihr hattet Maschinen und Webstühle und Arbeiter?« sagte sie.

»Aber natürlich«, sagte Edek.

»Und du hast die Baumwolle eingekauft?«

»Ich habe dir gerade erzählt, daß wir haben gekauft die Baumwolle«, sagte Edek.

»Hast du hier gearbeitet?« fragte Ruth.

»Nein«, sagte er. Ruth schaute durch die Fenster der Fabrik. Nichts war zu erkennen. Das Fensterglas war zu zersprungen und zu schmutzig.

»Sollen wir versuchen, Zutritt zu der Fabrik zu erlangen?« fragte Ruth.

»Wozu?« sagte Edek.

»Ich weiß nicht«, sagte sie.

»Da drinnen ist nichts«, sagte er.

Ruth wollte die Fabrik nicht verlassen, doch Edek ging bereits weiter. Sie folgte ihm. Wie erstaunlich, dachte sie. Sie verwandelten Baumwolle in Stoff. Sie hatte noch nie Rohbaumwolle gesehen außer auf Fotos – Fotos von pelzigen weißen Bällchen an dunklen

Zweigen. Die Baumwolle sah so dekorativ aus wie Blumen. Wo kauften die Rothwax ihre Baumwolle? Sie nahm sich vor, nicht sofort danach zu fragen. Sie hatte ihre Fragenquote für den Augenblick ausgeschöpft.

Edek spähte in den Hinterhof eines anderen Gebäudes, als sie ihn einholte. Hinter dem Durchgang lag ein großer quadratischer Hof. Der Hof war leer.

»Siehst du das Gebäude da hinten?« sagte Edek. »Da hatten wir ein kleines Büro. Dort hat gearbeitet mein Bruder Schimek.«

»Was hat er gemacht?« fragte Ruth.

»Schimek hat dort gearbeitet für meinen Vater«, sagte Edek. »Wir hatten so einen Ort, wo wurden gewogen alle Lastwagen und Lieferwagen, die nach Łódź kamen.«

»Warum das?« fragte Ruth.

»Es war so etwas wie eine Steuer, was man muß zahlen, wenn man in eine Stadt kommt«, sagte Edek.

»Oh, eine Art Fahrzeugwaage«, sagte Ruth.

»Ja«, sagte Edek. »Wir haben gewogen die Lastwagen und Anhänger, und dann haben wir gestempelt die Papiere für den Fahrer.«

»Toll«, sagte Ruth. »Hat dein Vater dieses Unternehmen alleine aufgezogen?«

»Natürlich hat er das«, sagte Edek. »Wer hätte ihm dabei helfen sollen? Er kam aus einer armen Familie.«

»Das hatte ich nicht gewußt«, sagte sie.

»Warum hättest du es wissen sollen?« sagte Edek.

»Es waren meine Urgroßeltern«, sagte Ruth. »Es ist interessant zu wissen, wer was getan hat und wer Geld verdient hat.«

»In meiner Familie war es mein Vater, der Geld verdient hat«, sagte Edek.

Ruth war fast schwindlig. Sie war von Menge und Inhalt der Informationen überwältigt. Sie ermahnte sich, Selbstbeherrschung zu zeigen. Sie waren erst seit etwa einer Stunde unterwegs. Sie wollte Edek nicht aus der Fassung bringen, indem sie sich schon in der ersten Stunde ihre Emotionen anmerken ließ. Schweigend folgte sie ihm. Edek blieb vor einem anderen Gebäude stehen. Er schüttelte den Kopf. Er sah traurig aus. Das Haus, vor dem er stand, war sichtlich vornehmer als die Gebäude ringsum. Es hatte interessante Proportionen und besaß architektonische Schmuckelemente. Welche Beziehung gab es zwischen diesem Gebäude und ihrem Vater oder dessen Vater? Israel Rothwax hieß er. Dessen war Ruth sich mit einemmal gewiß.

»In diesem Palais haben wir für zwei Jahre gewohnt«, sagte Edek. Das also war das Palais, von dem ihre Mutter einmal gesprochen hatte.

»Dann ist das das einstige Palais Rapaport, stimmt's?« sagte Ruth.

»Woher weißt du das?« sagte Edek.

»Mum hat es mir erzählt«, sagte sie. »Es ist wunderschön.«

»Im Parterre waren die Büros«, sagte Edek. »Wenn man durch die Tür dort reinging und dann nach links, kam man zu den Büros«, sagte er und deutete auf einen Eingang.

»Hat dein Vater diese Büros für seine Firma benutzt?« fragte sie.

»Nein, er hat diese Büros an andere Firmen vermietet«, sagte Edek. »Mein Vater hat in alten Büros gearbeitet. Er hatte keine so vornehmen Gewerbe, daß er hätte gebraucht solche Büroräume. Man braucht keine Büros in einem Palais, um zu schreiben Rechnungen für Baumwollstoffe oder zu stempeln die Papiere von Lastwagen.«

»Natürlich nicht«, sagte Ruth.

»War dein Vater ein gebildeter Mann?« fragte Ruth. »Hatte er ein Gymnasium besucht?«

»Nein«, sagte Edek. »Wahrscheinlich hat er die Schule mit elf oder zwölf Jahren verlassen. Um ehrlich zu sein, hat mein Vater die Bildung nicht für so eine große Sache gehalten. Aber wir mußten alle in die Schule gehen, weil meine Mutter wollte, daß jeder sah, wie gebildet ihre Kinder waren.« In Ruths Kopf drehte sich alles. Das war mehr, als sie jemals zu erfahren gehofft hatte. Ihr Großvater war offensichtlich ein sehr cleverer Mann gewesen. Wahrscheinlich cleverer als die meisten heutigen Diplomwirtschaftswissenschaftler.

»Dieses Palais hat meinem Vater und einem Geschäftspartner gehört«, sagte Edek. »Er hieß Meyer. Er war Partner meines Vaters in einer anderen Firma.« Noch eine Firma, dachte Ruth. Sie wollte ihren Vater nicht fragen, was für eine Firma das gewesen war. Sie hatte den Eindruck, bereits zuviel Neugier gezeigt zu haben. »Mein Vater fand das Palais zu groß für eine Familie«, sagte Edek, »und deshalb wohnte Herr Meyer mit seiner Familie im zweiten Stock, und wir wohnten im ersten Stock.«

»Kanntet ihr die Meyers gut?« fragte Ruth.

»Nein«, sagte Edek. »Herr Meyer war sowieso so eine komische Type.« Ruth wußte aus Erfahrung, daß dieser Begriff ein breites Spektrum von Eigenarten und Charakteristika abdeckte. Sie unterdrückte ihren Wunsch, weiterzufragen. Was sie erfahren hatte, versetzte sie in größte Aufregung. Und sie wollte nichts tun, was diesen Informationsstrom unterbrechen konnte.

»Dort habt ihr also für zwei Jahre gewohnt«, sagte sie.

»Ja«, sagte Edek. »Dann hat mein Vater gemerkt, daß Herr Meyer ihn in der Firma betrogen hat.«

»O nein«, sagte Ruth.

»Ich sagte dir ja, daß er so eine Type war«, sagte Edek. »Mein Vater wollte die Partnerschaft auflösen. Er hat angeboten, Herrn Meyer seine Hälfte des Palais abzukaufen, aber Meyer wollte sie ihm nicht verkaufen. Und er hatte nicht genug Geld, um meinem Vater seine Hälfte abzukaufen. Also haben sie das Palais verkauft, und wir sind in die Kamedulskastraße zurückgezogen.«

»Hat es dir leid getan?« fragte Ruth.

»Nein«, sagte Edek. »Warum hätte ich darüber traurig sein sollen?«

»Weil es so ein schönes Gebäude ist«, sagte Ruth.

»Wir hatten genug Zimmer in dem Palais, und wir hatten genug Zimmer in der Kamedulskastraße«, sagte Edek. »Ein Zimmer ist ein Zimmer, egal in welcher Wohnung.«

Wie konnte ihr Vater so direkt und unbekümmert über Behausungen denken, fragte sie sich, während sie jeden Zentimeter ihrer näheren Umgebung sorgsam erwog und plante? Ihre Bettwäsche mußte den richtigen Weißton haben. Wände und Böden mußten zur Einrichtung passen. Die Konserven, die sie kaufte, suchte sie nach den Farben der Etiketten aus. Der Dosenöffner durfte ästhetisch nicht mit dem Sparschäler kollidieren. Sie kaufte blaue Seife, blaues Deodorant und blaues Shampoo für ihr Badezimmer. Wie snobistisch, dachte sie. Sobald sie zurückkehrte, wollte sie versuchen, anders zu sein. Vielleicht wären buntes Toilettenpapier und bunte Geschirrtücher ein erster Schritt.

»Herr Meyer hat weniger für seine Palaishälfte bekommen, als er bekommen hätte, wenn er bereit gewesen wäre, sie meinem Vater zu verkaufen«, sagte Edek. »Ich habe dir ja gesagt, was für eine komische Type er war.«

»Es ist wirklich ein wunderschönes Gebäude«, sagte Ruth.

»Schau mal, da oben«, sagte Edek und deutete zum obersten Stockwerk. Ruth konnte nicht erkennen, was er meinte.

»Als wir das Palais gekauft haben, hatte es nicht solche Fenster im obersten Stockwerk«, sagte Edek.

»Was war dort statt dessen?« sagte Ruth.

»Solche Fenster, was nach vorne rausstehen«, sagte Edek. »Keine geraden Fenster.«

»Du meinst Erkerfenster?« sagte Ruth.

»Ja«, sagte Edek. »Die Fenster, was nicht gerade sind.« Ruth blickte noch einmal am Haus hoch. Jetzt erkannte sie, daß der letzte Stock später gebaut worden war. Die Mauern unterschieden sich ein wenig von denen des übrigen Hauses.

»Was ist mit den Erkerfenstern passiert?« fragte sie.

»Als sie das Palais gekauft haben, hat Herr Meyer jedes Zimmer ausgemessen«, sagte Edek. »Er wollte sicher sein, daß beide Parteien genau die Hälfte bekamen. Und das oberste Stockwerk war wegen der Fenster etwas kleiner als das Stockwerk darunter. Mein Vater sagte, daß Herr Meyer das untere Stockwerk haben könne, aber Herr Meyer sagte, beide Partner müßten das gleiche bekommen.«

»Und um das Palais teilen zu können, haben sie die ursprüngliche Architektur zerstört?« sagte Ruth.

»Sie haben überhaupt nichts zerstört«, sagte Edek. »Was sollen sie zerstört haben? Sie haben eine prima Lösung gefunden.«

»Sie haben das ursprüngliche Aussehen des Gebäudes verändert«, sagte Ruth.

»Na und?« sagte Edek. »Ist das Aussehen von einem Gebäude so eine große Sache? Nein.« Ruth wollte keinen Streit über ästhetische Kriterien anfangen. Sie standen nebeneinander und schauten das Gebäude an.

»Ich versuche mir gerade vorzustellen, wie das ist, wenn man ein Palais besitzt«, sagte Ruth nach ein paar Minuten. »In diesem Haus wäre ich als reiches Mädchen aufgewachsen. Wenn man uns nicht alles genommen hätte.« Darüber hatte sie noch nie nachgedacht – über den Reichtum, den sie verloren hatten.

»Du bist ein reiches Mädchen«, sagte Edek.

»Okay«, sagte sie. »Außerdem bin ich sowieso reich, weil ich dich habe«, sagte sie. Sie nahm seinen Arm. »Ich würde dich nicht gegen allen Tee Chinas eintauschen.«

»Solchen Tee trinkst du gar nicht«, sagte Edek. »Du trinkst doch nur den Kräuterquatsch.« Ruth lachte. Sie sah ihn an. Er wirkte zerbrechlich und müde.

»Geh neben mir, Dad«, sagte sie. »Es gibt keinen Grund zur Eile.« Sie entfernten sich vom Palais. Sie hielt Edeks Arm.

Weder Edek noch Rooshka hatten um die finanzielle Seite ihres Verlusts je viel Aufhebens gemacht. Um den Verlust von Firmen und Häusern. Sie hatten, dachte sie, zu viele andere Verluste erlitten, um an diese Dinge zu denken. Wie anders wäre das Leben ihrer Eltern verlaufen, wenn sie nur einen Bruchteil des Reichtums besessen hätten, der ihnen weggenommen worden war. Der Raub hatte sie zu Fabrikarbeitern gemacht, hatte ihrer Mutter den Traum zerstört, Kinderärztin zu werden, und hatte Edek das ständige Schuldgefühl gegeben, die Erwartungen seiner geliebten Rooshka nicht erfüllt zu haben.

Wäre sie selbst ein anderer Mensch geworden, wenn sie in reichen Verhältnissen aufgewachsen wäre? Hätte der Reichtum sie verändert? Wäre sie ruhiger gewesen? Ruhig und reich? Hätte sie dann vielleicht weniger metaphorische Macken? Sie wäre inmitten von Verwandten aufgewachsen. In Wirklichkeit war sie als Kind viel allein zu Hause gewesen. Sie hatte immer gedacht, was für ein Glück es war, daß sie sich Leute um sich herum ausdenken konnte. Wenn Edek und Rooshka von der Fabrikarbeit nach Hause kamen, waren beide todmüde. Zeit für Spiele und Gutenachtgeschichten hatte es nicht viel gegeben. Aber das hatte Ruth nichts ausgemacht. Sie besaß eine so reiche Auswahl an eingebildeten Freunden und Verwandten, daß sie selbst richtiggehend erschöpft war.

Vielleicht müßte sie nicht mit dem Fuß klopfen oder blinzeln, wenn sie in reichen Verhältnissen aufgewachsen wäre? Wer weiß. Vielleicht wäre sie bloß reich und neurotisch gewesen? Sie kannte kaum Reiche, die glücklich waren. Offenbar benötigten die meisten Menschen etwas, worüber sie unglücklich sein konnten. Und die Reichen fanden ihr Unglück in ihrem Reichtum. Sie machten die Bequemlichkeit ihrer Kinder oder das viele Geld dafür verantwortlich. Die Familienzwiste, die der Überfluß an Geld verursachte. Die Arroganz oder die schlechten Manieren ihrer Sprößlinge führten sie darauf zurück, daß sie sie verwöhnt hatten. Die Übelstände, die das Geld bewirkte, waren schier endlos. Reiche fühlten sich von jedermann übervorteilt, vom Zimmermädchen bis zum Türsteher. Ständig führten sie Klage über ihre Hausangestellten. Und trotzdem kauften sie dauernd neue Yachten und Häuser und gingen auf Reisen und kauften ein. Daß sie freiwillig so lebten, wie sie es taten, schien ihnen nicht aufzufallen. Wenn man sie reden hörte, hätte man meinen können, daß ihr Lebensstil ihnen aufgezwungen wurde und daß die vielen Dienstboten, die dieser Lebensstil erforderte, eine ungerechte und unerträgliche Belastung darstellten.

Rooshka und Edek hatten den materiellen Reichtum, der ihnen geraubt worden war, so selten erwähnt, daß Ruth erst als Erwachsene begriffen hatte, daß Edek aus einer wohlhabenden Familie stammte. Sie hatte gewußt, daß er nicht arm gewesen war, weil er oft erzählt hatte, daß er als junger Mann so viel Eiscreme kaufen konnte, wie er wollte. Sie wußte, daß die Spindlers, die Familie ihrer Mutter, arm gewesen waren. Darauf war Rooshka stolz. Ruth dachte, daß Rooshka die Rothwax vielleicht sogar für ihren Reichtum verachtet hatte. Rooshkas Familie zeichnete sich durch Geist aus, hatte sie immer gesagt. Und sie hatte durchblicken lassen, daß das auf Edeks Familie nicht zutraf.

»Ich habe einen Anwalt beauftragt«, sagte Edek zu Ruth.

»Einen Anwalt?« sagte sie. »Womit?«

»Viele Juden haben Anwälte, um zu sehen, ob sie von den Polen etwas zurückholen können«, sagte Edek. »Deshalb habe ich mir auch einen genommen. Tatsächlich ein sehr netter Bursche.«

Ruth war verblüfft.

»Du hast nie ein Wort davon gesagt, daß du mit so einem Gedanken spielst«, sagte sie.

»Um ehrlich zu sein, spiele ich noch nicht so lange mit diesem Gedanken«, sagte er. »Eines Tages habe ich mir gesagt: Warum eigentlich nicht?«

»Na ja, das ist eine große Sache«, sagte Ruth.

»Ich habe Zeit genug«, sagte Edek.

»Es könnte zu viele alte Wunden aufreißen«, sagte Ruth.

»Sie waren nie verheilt«, sagte Edek.

»Wer vertritt deine Interessen?« sagte Ruth.

»Ein sehr netter Bursche in der Collins Street«, sagte Edek. »Er hat einen Partner in Amerika, was macht die gleiche Arbeit für amerikanische Juden. Ich denke, das ist eine gute Voraussetzung. Amerikanische Anwälte sind die besten.«

Ruth war schockiert. Sie hatte nie in Betracht gezogen, einen Teil dessen, was man ihnen geraubt hatte, zurückzubekommen zu versuchen.

»Warum willst du dich mit diesen Sachen abgeben?« sagte sie. »Ich brauche das Geld nicht.«

»Ich tue es nicht für dich«, sagte Edek. »Um ehrlich zu sein, ich weiß gar nicht, warum ich es tue.«

»Na ja, bei einem Großteil der Dinge, die ich tue, weiß ich das auch nicht«, sagte Ruth.

»Der Anwalt hat gesagt«, sagte Edek, »daß die Union der Schweizer Banken, der Schweizer Bankverein und der Credit Suisse den Juden sechshundert oder siebenhundert Millionen angeboten haben. Das ist nicht so viel, wie man meinen könnte.«

»Wir hatten Geld auf Schweizer Konten?« sagte Ruth.

»Natürlich«, sagte Edek. »1934 wurde in der Schweiz so ein Gesetz erlassen, was garantierte Anonymität für alle Leute, die ihr Geld auf Schweizer Banken gaben. Mein Vater hatte Angst vor dem, was die Nazis mit unserem Geld vorhaben konnten, und deshalb hat er Schimek ziemlich oft mit Geld in die Schweiz geschickt.«

»Das habe ich nicht gewußt«, sagte Ruth.

»Woher solltest du es wissen?« sagte Edek. »Die siebenhundert Millionen, die die Banken anbieten, die sind ungefähr die Zinsen von dem Geld, das sie von den Juden hatten. Es sieht so aus, als wollten sie nicht das Geld zurückgeben, sondern nur die Zinsen. Und sie wollen die siebenhundert Millionen auf eine Menge Jahre verteilen.«

»Die siebenhundert Millionen, die sie anbieten, entsprechen also nicht mehr als den Zinsen aus dem Geld?« sagte Ruth.

»So ist es«, sagte Edek. »Schließlich hatten sie das Geld mehr als fünfzig Jahre lang. Als die Juden, die noch am Leben waren, sich nach dem Krieg nach ihrem Geld erkundigt haben, haben die Schweizer Banken gesagt, daß sie wegen der Anonymität, die sie versprochen hatten, keine Auskünfte über die Konten geben dürften.«

»Was für eine raffinierte Auslegung der Statuten«, sagte Ruth. »Und natürlich hatte keiner der körperlich und seelisch zugrunde gerichteten Juden, denen es gelungen war, Bergen-Belsen oder Dachau oder Sachsenhausen oder Auschwitz zu überleben, irgendwelche Unterlagen zur Hand.«

»Der Anwalt hat gesagt«, sagte Edek, »daß die Schweizer Banken sagen, sie könnten nur für zehn Prozent dieser jüdischen Konten Unterlagen beibringen.«

»Nein, was für ein günstiger Zufall!« sagte Ruth, die immer wütender wurde.

»Die Schweizer Banken haben gute Geschäfte gemacht«, sagte Edek. »Sie haben den Deutschen Schweizer Franken gegeben, damit die in anderen Ländern Kriegsmaterial kaufen konnten – in Schweden, Spanien, Portugal, Argentinien und der Türkei. Sie haben den

Deutschen Schweizer Franken gegeben, und die Deutschen haben ihnen die Wertsachen der toten Juden gegeben. Gold aus den Leichen toter Juden. Den Schweizern war es egal, woher das Gold stammte.«

»Wird dir davon nicht schlecht?« sagte Ruth.

»Nein«, sagte Edek. »Es sind bloß Tatsachen.«

»Mir wird davon schlecht«, sagte sie.

»Die Schweizer haben den Nazis Geld geliehen für den Bau der Fabriken neben den Konzentrationslagern. Wie die Buna-Fabrik in Auschwitz, wo ich gearbeitet habe.«

»Du hast in dieser Gummifabrik gearbeitet?« sagte Ruth.

»Es war kein echtes Gummi«, sagte Edek.

»Es war synthetisches Gummi«, sagte Ruth. »Ich wußte nicht, daß du dort gearbeitet hast.«

»Viele Birkenau-Häftlinge haben dort gearbeitet«, sagte Edek. »Die Schweizer haben gesagt, sie hätten nicht gewußt, daß sie haben finanziert Zwangsarbeit.«

»Natürlich haben sie von nichts gewußt«, sagte Ruth. »Wie alle.«

Die Buna-Werke von der Größe einer Kleinstadt hießen auch Monowitz oder Auschwitz III. Die graue Betonstadt mit ihrem Karbidturm war ein Gemeinschaftswerk der IG Farben und der Nazis. Die IG Farben baute die Anlage, und die Nazis steuerten so viele Häftlinge als Zwangsarbeiter bei, wie IG Farben benötigte. Beide Seiten wußten, daß der Nachschub an Arbeitskräften aus Auschwitz nie versiegen würde. Die Buna-Werke würden nie unter Arbeitskräftemangel zu leiden haben.

So sollte synthetischer Kautschuk hergestellt werden. Das Abkommen ließ an Klarheit nichts zu wünschen übrig. Sklavenarbeit konnten die Nazis in Überfülle anbieten, und die IG Farben mußte für die Halbtoten nicht viel bezahlen. Wer in der Fabrik tot umfiel, wurde umgehend ersetzt. In Buna waren die Maschinen lebendiger als die Arbeiter. Die Zwangsarbeiter kamen von überall. Mehr als zwanzig Sprachen wurden im Lärm der Maschinen gesprochen. Buna war kein wirklicher Erfolg beschieden. In vier Jahren wurde nicht einmal ein Pfund Kunstkautschuk hergestellt.

Ruth spürte, daß ihr Gesicht trotz der Kälte rot und erhitzt war.

»Ich glaube nicht, daß du dir das antun solltest, all diese Dinge mit einem Anwalt zu durchwühlen«, sagte sie. »Wir wollen nicht in den alten Sachen herumwühlen. Wir wollen niemandem beweisen, was uns früher gehört hat. Wir wollen kein Geld von denen.«

»Es ist nicht ihr Geld«, sagte Edek. »Es ist unser Geld.«

»Ich will es nicht haben«, sagte sie.

Sie waren jetzt in nächster Nähe der Kamedulskastraße. Ruth erkannte ein kleines Lebensmittelgeschäft wieder, in dem sie bei ihrem ersten Besuch etwas Wasser gekauft hatte.

»Der Anwalt hat mir erzählt«, sagte Edek, »daß die Geschäfte mit der Schweiz dafür gesorgt haben, daß der Krieg zwei Jahre länger gedauert hat. Wenn die Schweizer mit den Nazis keine Geschäfte gemacht hätten, dann wäre der Krieg 1943 zu Ende gewesen. Das haben die Amerikaner ausgerechnet.«

»Deine Mutter und dein Vater wären dann noch am Leben gewesen, nicht wahr?« sagte Ruth.

»Und die Eltern deiner Mum auch und ihre Brüdern und ihre Schwestern«, sagte Edek. »Und deine Mum wäre nicht nach Auschwitz gekommen.«

»Ich weiß«, sagte Ruth. »Ihr wart 1944 im letzten Transport aus dem Ghetto von Łódź.« Edek schwieg. Ruth kämpfte mit den Tränen. »Niemand hat sich für die Juden interessiert«, sagte sie. »Die Türkei hat den Deutschen Chromeisenerz verkauft, das sie brauchten, um den Krieg fortzuführen. Die Türkei sagte, sie sei kein neutrales Land, aber kein ›Kriegsteilnehmer‹.«

»Das hatte ich nicht gewußt«, sagte Edek.

»Spanien hat den Deutschen Wolfram verkauft«, sagte Ruth. »Das wurde zur Herstellung von Tungsten gebraucht, einem besonders harten Metall, das für die deutsche Rüstung unentbehrlich war.«

»Oj, oj, oj«, sagte Edek. »Das habe ich nicht gewußt.«

»Niemand in diesem Teil der Welt war unschuldig«, sagte Ruth. »Die Schweden ließen deutsche Truppen ihr Land durchqueren, damit sie von dort aus in die Sowjetunion einfallen konnten. Die

Schweden ließen zweihundertfünfzigtausend deutsche Soldaten die schwedische Eisenbahn benutzen.«

»Das ist kaum zu glauben«, sagte Edek.

»Die schwedische Marine hat deutschen Schiffen mit militärischem Nachschub Geleitschutz gegeben«, sagte Ruth. »Alle diese Länder waren damit beschäftigt, am Judenmord Geld zu verdienen. Nach dem Krieg haben die Alliierten von Spanien, Schweden, Portugal und der Türkei verlangt, daß sie das Gold zurückgeben, das die Deutschen den Juden gestohlen und mit dem sie die Dienste dieser Länder bezahlt hatten. Aber sie wollten nicht. Sie hingen an dem Gold. Und dabei hatten die Alliierten noch nicht einmal das Gold von ihnen verlangt, das die Deutschen durch die Schweiz geschleust hatten. Niemand wollte etwas zurückgeben.« Sie schwieg einen Augenblick. »Jetzt verstehst du, warum ich ihr Geld nicht haben will«, sagte sie, »oder?«

»Vielleicht«, sagte Edek.

»Niemand wurde bestraft, nur die Juden«, sagte Ruth. »Alfred Krupp, der größte deutsche Rüstungsproduzent, der für Hitler Geschütze, Panzer, U-Boote und Kriegsschiffe gebaut hatte, wurde nicht bestraft. Die Führungsetage der IG Farben, die die Fabrik in Auschwitz geleitet hatte, wurde ausnahmslos davon freigesprochen, sich irgendwelcher Kriegsverbrechen schuldig gemacht zu haben. Offenbar wurden sie mangels Beweisen freigesprochen.«

»Die hätte ich ihnen geben können«, sagte Edek.

»Natürlich«, sagte Ruth. »Aber dich hat niemand gefragt.«

Sie gingen schweigend weiter. Ruth hoffte, Edek nicht deprimiert zu haben. Es war deprimierend, daran zu denken, wie viele sich freuten, vom Mord an den Juden zu profitieren. Und hier, in diesem katholischen Land, in dem kaum ein Jude übriggeblieben war, traf man überall auf Antisemitismus. Vielleicht wußten die Polen nicht, daß in diesem Jahr ihr Papst, der polnische Papst Johannes Paul II., einen historischen Schritt getan hatte? Der Papst hatte um Verzeihung gebeten für das Schweigen der katholischen Kirche während der Judenvernichtung. Im Juni hatte er in Wien in einer Ansprache gesagt, daß dem jüdischen Volk in Europa unvorstellbares Leid angetan worden sei. Und er hatte gesagt, die Versöhnung mit den Juden sei eine grundlegende Verpflichtung europäischer Christen. War diese Ansprache den Polen möglicherweise entgangen?

Edek und Ruth befanden sich in der Kamedulskastraße. Sie blieben vor Nummer dreiundzwanzig stehen. Ruth fürchtete sich mit einemmal. Sie hätte ihren Vater nicht dazu zwingen sollen, mit ihr nach Polen zu kommen.

»Habe ich dich gezwungen, nach Polen zu kommen?« sagte sie zu Edek. Er schien ihre Worte nicht zu hören. Er starrte auf das Haus. Er sah benommen aus.

»Das ist es«, sagte er.

»Ich weiß«, sagte sie. Sie hätte gern etwas anderes gesagt, aber ihr fiel nichts ein.

»Das ist es«, wiederholte Edek.

Ruth sah den Wohnblock aus Beton und Ziegeln an. Er wirkte heruntergekommener, als sie in Erinnerung gehabt hatte. Sie erinnerte sich, wie sie vor fünfzehn Jahren dieses Gebäude betreten hatte. Sie erinnerte sich, daß sie kaum Luft bekommen hatte. Als beanspruchten die Bewohner, die schon lange nicht mehr dort wohnten, die ganze Atemluft für sich. Sie hatte ihre Gegenwart gespürt. Ihr war gewesen, als hätte sie sie spüren können. Die Kinder, Cousins, Cousinen, Mütter, Großmütter. Im ersten Stock war es Ruth vorgekommen, als könne sie Gelächter und Geräusche hören. Als sie an eine der Wohnungstüren geklopft hatte, war eine alte Dame an die Tür gekommen und hatte erklärt, daß tagsüber auf diesem Stockwerk niemand zu Hause anzutreffen sei.

»Tadek und Moniek haben auch gewohnt in diesem Haus«, sagte Edek. »Sie haben gewohnt hier mit ihren Familien.« Es hatte also Kinder gegeben, dachte Ruth. Es hatte Mütter und Cousins und Cousinen und Großmütter in diesem Haus gegeben.

»Deine Brüder Tadek und Moniek?« sagte sie.

»Wer sonst?« sagte Edek. »Welchen Tadek und welchen Moniek soll ich sonst wohl meinen?« Edek sah aus, als friere er. Er hatte die Hände in die Taschen gesteckt und die Schultern hochgezogen.

»Sollen wir reingehen, Dad?« sagte sie. »Hier draußen ist es kalt.«

»Vielleicht müssen wir nicht reingehen«, sagte Edek. »Da drinnen gibt es nichts zu sehen. Alles, was es zu sehen gibt, kann man von hier draußen sehen. Komm, Ruthie, wir gehen besser ins Hotel zurück.«

»Können wir uns nicht wenigstens im Hinterhof umsehen?« sagte sie.

»Was soll es dort zu sehen geben?« sagte er. »Nichts.« Sie versuchte sich ihre Enttäuschung nicht anmerken zu lassen.

»Ich werfe nur einen Blick in den Hof«, sagte sie. »Ich bin sofort wieder da.«

»Ich komme mit«, sagte Edek. Er folgte ihr in den Hausflur. »Schau mal, wie viele Wohnungen die aus jedem Stockwerk gemacht haben!« sagte er. Er war an einer alten Gegensprechanlage stehengeblieben und zählte die Knöpfe. »Sieht aus, als hätten sie aus unserer Wohnung drei Wohnungen gemacht«, sagte er. »Schau mal, hier, im zweiten Stock. Dort war früher unsere Wohnung und die Wohnung der Zukers und die Wohnung der Bermans. Und jetzt sind es eins, zwei, drei, vier, fünf, sechs Wohnungen. Die Wohnung der Zukers und der Bermans, die waren nicht groß. Sie müssen die übrigen Wohnungen aus unserer Wohnung gemacht haben.«

Im Haus war es sehr still. Kein Leben war zu spüren. Entweder waren die Bewohner sehr alt, oder sie waren in der Arbeit. Edek war zur Treppe gegangen. Er berührte das Treppengeländer. Woran mochte er denken, fragte sich Ruth. An was erinnerte er sich? Sie verhielt sich sehr still. Sie wollte ihn nicht stören.

Ruth schaute den bröckelnden Verputz im Flur an. Sie hatte den Flur als gekachelt in Erinnerung gehabt. Mit glatten, cremefarbenen Kacheln, cremefarbenen Kacheln mit gemusterter Bordüre. Wie hatte sie den fleckigen Verputz durch italienische Kacheln ersetzen können? Sie konnte es fast nicht glauben, daß ihre Wahrnehmung so verzerrt war.

»War dieser Flur früher gekachelt?« fragte sie ihren Vater.

»Nein«, sagte er. Sie sah zur Treppe, auf die sie vor fünfzehn Jahren zugegangen war. Die Treppe, an deren Geländer sie sich festgehalten hatte, um die Selbstbeherrschung nicht zu verlieren. Sie hatte sie als Marmortreppe in Erinnerung behalten. Es war keine Marmortreppe. Es war eine Holztreppe. Sie beschrieb keinen weiten Bogen. Sie war verhältnismäßig breit und beschrieb einen großzügigen Bogen. Aber sie war weder prunkvoll noch aus Marmor. Wie konnte sie die knarrenden Holzstufen in Marmorstufen verwandelt haben? Reine Willenskraft, dachte sie. Offenbar hatte sie das Bedürfnis gehabt, Marmor aus dem Holz zu machen. Den Verfall, die Verkommenheit nicht wahrzunehmen. Offenbar hatte der Marmor das Leben und den Glanz repräsentiert, die es früher einmal gegeben hatte. Das Leben, nach dem sie suchte.

Ruth war schockiert. Sie erinnerte sich ganz deutlich daran, wie sie mit ihrer Wange die gekachelte Wand berührt hatte. Wie deutlich konnten Erinnerungen sein? Offenbar nicht wirklich deutlich. Hier gab es keine Kacheln, keinen Marmor, keinen Glanz, kein Leben. Es gab nur ein heruntergekommenes Gebäude mit der Hausnummer dreiundzwanzig in der Kamedulskastraße. Sie wischte sich die Tränen weg. Sie wollte Edek nicht bedrücken. Er hatte genug bedrückende Erinnerungen.

Edek begann die Treppe hochzugehen. Ruth folgte ihm. Auf dem ersten Absatz blieb er stehen.

»Hier hat Tadek gewohnt«, sagte er zu Ruth. Seine Stimme klang fest, doch seine Augen, seine Miene und sein Mund sahen erschüttert aus. »Und hier hat Moniek gewohnt«, sagte er. »Seine zwei Kinder habe ich sehr gern gehabt.«

»Moniek und Tadek haben Tür an Tür gewohnt?« sagte Ruth. Sie wußte, daß es eine idiotische Bemerkung war. Schließlich befanden die Wohnungstüren sich nebeneinander. Doch sie wußte nicht, was sie sonst hätte sagen sollen. Sie wollte nicht nach Monieks Kindern fragen. Sie wollte nicht fragen, ob sie Jungen oder Mädchen oder beides gewesen waren. Oder wie alt sie gewesen waren. Oder was mit ihnen geschehen war. Sie wußte, daß sie alle tot waren. Aber wie waren sie gestorben? Und wann? Höchstwahrscheinlich wußte Edek es nicht.

»Hier haben die Baders gewohnt«, sagte Edek, der auf eine andere Tür deutete. »Das war ein sehr nettes Ehepaar. Sie konnte keine

Kinder haben, und ich bekam immer ein Stück *lekekh*, ein Stück Biskuwittkuchen, wenn sie hat freitags gebacken.«

»Wie nett«, sagte Ruth.

»Ihr Biskuwittkuchen war sehr gut«, sagte Edek. Ruth liebte seine Aussprache des Worts Biskuit. Schon als Teenager hatte sie sie übernommen und ständig im Munde geführt.

»Den Biskuwittkuchen konnte ich von meinem Schlafzimmer aus riechen«, sagte Edek. Die Nähe der Wörter »riechen«, »Biskuwitt« und »Schlafzimmer« verlieh dem Wort »Biskuwitt« eine neue Dimension, die Ruth noch nie aufgefallen war. Geruch und Biskuwitt bekamen plötzlich eine eindeutig sexuelle Konnotation.

Wie konnte sie hier mit Wörtern und ihren Konnotationen herumspielen, dachte Ruth. Das war wohl kaum der geeignete Augenblick, sich in Assoziationen zu ergehen. Gerade jetzt tat sie besser daran, sich an die Gegenwart zu halten.

»Du hast im nächsten Stockwerk gewohnt«, sagte sie zu Edek.

»Ich habe im nächsten Stockwerk gewohnt«, sagte er. »Im zweiten Stock.«

»Komm, wir gehen hoch«, sagte Ruth.

Edek sah sie an. »Unten, hinter dem Haus, hatten wir eine Stelle, wo ein Mann mit einer Kuh hinkam«, sagte er.

»Ihr hattet eine Kuh draußen?« sagte Ruth.

»Die Kuh hat nicht uns gehört«, sagte Edek. »Die Kuh hat dem Mann gehört, was gekommen ist mit ihr. Er kam mit der Kuh und einem großen Eimer. Er hat die Kuh gemolken und die Milch aus seinem Eimer in die Milchkannen der Leute geschüttet, was wohnten in diesem Haus. Er kam mehrmals in der Woche.«

»Das wußte ich nicht«, sagte Ruth.

»Es gibt eine Menge Dinge, die du nicht weißt«, sagte Edek.

»Ich weiß«, sagte sie.

»Die Milch kam frisch aus dem Euter«, sagte Edek. »Sie hat sehr gut geschmeckt.«

»Heute könnte man solche Milch nicht trinken«, sagte Ruth.

»Warum?« sagte Edek.

»Weil Kühe Hormone und Antibiotika bekommen«, sagte sie.

»Und die Antibiotika gelangen in die Milch. Rohmilch ist ein wahrer Nährboden für alle möglichen Bakterien.«

»Wirklich?« sagte Edek. »Das wußte ich nicht.«

»Heute wird die Milch mit Melkmaschinen vom Euter direkt in Stahltanks gepumpt und von dort in Kühlwagen«, sagte Ruth.

»Hast du das schon mal gesehen?« fragte Edek.

»Ich war auf einem Bauernhof«, sagte sie, »vor zwei Jahren. Dort habe ich erfahren, daß die Amerikaner jeden Tag zweihundertundachtzigtausend Glas Milch trinken.«

»Zweihundertachtzigtausend?« sagte Edek.

»Ja«, sagte sie. »Ganz schön viel Milch.«

Ruth hörte zu reden auf. Warum redete sie über Milch? Sie dachte, daß das vielleicht das komplizierteste Gespräch über Milch war, das je auf diesem Treppenabsatz im ersten Stock der Nummer dreiundzwanzig in der Kamedulskastraße stattgefunden hatte.

»Willst du sehen, wo der Mann seine Kuh gemolken hat?« sagte Edek. »Komm, ich zeige es dir.« Er wollte die Treppe hinuntergehen.

»Dad«, sagte sie. »Laß uns erst sehen, ob wir einen Blick in deine alte Wohnung werfen können. Danach können wir in den Hof gehen.«

»Willst du nicht sehen, wo ich meine Milch bekommen habe?« sagte Edek.

»Doch«, sagte sie, »aber später.« Edek kam zu ihr zurück. Sie gingen die Treppe zum zweiten Stock hoch.

»Willst du klopfen?« fragte Ruth. Sie standen vor Edeks ehemaliger Wohnung, der Wohnung, in der er aufgewachsen war.

»Nein«, sagte er.

»Soll ich klopfen?«

»Nein«, sagte er.

»Einer von uns muß es tun«, sagte sie. »Das ist die Tür, die früher die Eingangstür zu deiner Wohnung war, richtig?« sagte sie.

»Richtig«, sagte Edek.

Unvermittelt und abrupt hob Edek die Faust und klopfte an die Tür. Ein lautes, schroffes Klopfen. Ruths Herz pochte. Sie wagte kaum zu atmen. Die Tür wurde einen Spaltbreit geöffnet. Ein alter Mann schaute in den verdunkelten Hausflur. Er schien etwa in Edeks Alter zu sein, wirkte aber älter. Sein Rücken war gekrümmt, und er schien nicht gut zu sehen. Er tastete in seinen Taschen und setzte die Brille auf, nach der er gesucht hatte. Er spähte zu Ruth und Edek herüber.

Edek trat vor. Er streckte dem Mann die Hand hin. Mit Hilfe einer Vielzahl höflicher und wohlerzogener Wendungen und respektvoller Verbeugungen erklärte Edek, daß er nicht gekommen sei, um dem Mann irgend etwas wegzunehmen. Er stellte sich vor. Er erklärte, daß er einst in diesem Gebäude gelebt hatte. »Ich bin hier aufgewachsen«, sagte er. »Und ich möchte nur das Heim meiner Kindheit wiedersehen. Das Heim meiner Mutter und meines Vaters.«

Edek deutete auf Ruth und sagte, auch Ruth wolle den Ort sehen, an dem er aufgewachsen war. Der alte Mann sah zu Ruth hoch. »Sie war schon einmal hier«, sagte er.

Ruth verstand, was er sagte. »Er erinnert sich an mich«, sagte sie zu Edek.

»Sie war hier vor vierzehn oder fünfzehn Jahren«, sagte der alte Mann. »Sie hatte einen langen schwarzen Mantel an. Und ihr Haar war wesentlich länger.«

»Er erinnert sich an deinen Mantel«, sagte Edek.

»Es war ein ganz gewöhnlicher Mantel«, sagte Ruth. Selbst ein gewöhnlicher Mantel hatte damals in Polen luxuriös ausgesehen. Die Leute standen Schlange für Brot, und es gab kein Toilettenpapier. Der Mann sah den Mantel an, den Ruth diesmal trug. Es war ein neuer Mantel, aber wieder schwarz. Der Mann lächelte ihr zu.

»Er erinnert sich, daß ich ihm mehrere hundert Zloty gegeben habe«, sagte Ruth zu Edek.

»Mehrere hundert?« sagte Edek.

»Damals waren sie viel weniger wert«, sagte Ruth.

»Ich habe nicht die Absicht, Ihnen irgend etwas wegzunehmen, mein werter Herr«, wiederholte Edek. »Ebensowenig wie meine Tochter.«

»Ihrer Familie hat dieses Haus gehört«, sagte der Mann. »Das hat mir Ihre Tochter erzählt.«

»Wir wollen das Haus nicht haben«, sagte Edek. »Ich habe fast sechzig Jahre lang ohne dieses Haus gelebt. Warum sollte ich jetzt auf einmal dieses Haus haben wollen? Ich bin alt. Ich will nur mein einstiges Zuhause sehen.« Edek schwieg einen Moment. Er sah Ruth an und wandte sich wieder dem Mann zu. »Um ehrlich zu sein, wollte ich gar nicht herkommen. Wozu soll ich mich mit der Vergangenheit abgeben? Ich bin mit meinem Leben zufrieden. Aber sie wollte, daß ich herkomme. Sie wollte mit mir zusammen hier sein. Was soll man tun, wenn das eigene Kind sich etwas wünscht? Und sie ist mein einziges Kind.«

»Ich habe selber zwei Töchter«, sagte der Mann.

»Gratuliere«, sagte Edek.

Er wandte sich an Ruth. »Ich glaube nicht, daß er uns reinläßt«, sagte er.

»Ich habe das meiste von dem, was er sagte, verstanden«, sagte Ruth.

»Du verstehst mehr Polnisch, als du denkst«, sagte Edek. »Was wollen wir tun? Ich denke, wir sollten gehen.«

»Wir müssen ihm zu verstehen geben, daß es sich für ihn lohnt«, sagte Ruth. Edek wandte sich an den alten Mann.

»Ich weiß, daß es Ihnen Umstände bereitet, Fremde in Ihre Wohnung zu lassen, ohne darauf vorbereitet zu sein«, sagte er. »Natürlich wollen wir Sie für diese Umstände entschädigen.«

Der alte Mann nickte. Er trat einen Schritt zurück und hielt die Tür auf. »Du hattest recht«, sagte Edek zu Ruth.

Sie traten in die Wohnung. Drinnen war es dunkel. Der Mann schaltete eine Lampe ein. Edek sah sich um. Er wirkte desorientiert. Er machte ein paar Schritte und stolperte. Er wandte sich in eine andere Richtung und lief gegen eine Wand. »Paß auf, Dad«, sagte Ruth.

»Sie haben alles zerhackt«, sagte Edek. »Sie haben ein Zimmer weggenommen, das hier früher war. Jetzt gehört es wahrscheinlich zur Wohnung nebenan.«

»Sie haben die Wohnung nicht gut in Schuß gehalten, oder?« sagte Ruth.

»Das kannst du laut sagen, Bruder«, sagte Edek. »Bruder« war einer der ersten australischen Ausdrücke, die Edek sich kurz nach seiner Ankunft eingeprägt hatte.

»Das kannst du laut sagen, Bruder«, wiederholte er.

Alles in der Wohnung war abgenutzt und verfallen. Die Farbe blätterte von den Wänden, die Fenster waren verrußt, der Teppich war abgetreten und verfleckt. Alles sah schmutzig aus.

»Sie haben eine schöne Wohnung«, sagte Edek zu dem alten Mann.

»Setzen Sie sich doch«, sagte der alte Mann. »Ich mache eine Tasse Tee.«

»Sollen wir eine Tasse Tee trinken?« fragte Edek Ruth.

»Ich fürchte, es bleibt uns nichts anderes übrig«, sagte sie.

»Vielen Dank«, sagte Edek zu dem Mann. Ruth und Edek gingen in das Wohnzimmer. »Dieses Zimmer hat früher zu unserem Saloon gehört«, sagte Edek. Ruth war zu bedrückt, um über seine Aussprache des Wortes Salon zu lächeln, die von Anfang an »Saloon« gewesen war. »Ein Cloon sitzt im Saloon«, pflegte Ruth zum Amüsement Garths zu sagen, der darüber jedesmal gelacht hatte. Jetzt konnte ihr nicht einmal die Vorstellung eines Cloons im Saloon ein Lächeln abgewinnen. In dieser engen, verkommenen und verdreckten Wohnung war ihr so elend zumute. Sie hatte sie als heller in Erinnerung gehabt, weitläufiger, lebendiger. Sie hatte alles geschönt. Sie hatte die Verwahrlosung, die Risse und abgeschlagenen Kanten nicht wahrgenommen. Sie hatte Staub und Schmutz übersehen. Wahrscheinlich war sie überwältigt gewesen, eingeschüchtert, sich dort aufzuhalten, eingeschüchtert von dem Gedanken an die Leben, die hier so lebendig gewesen waren.

Als sie die Treppe des Hauses in der Kamedulskastraße zum erstenmal hochgestiegen war, wußte sie, daß sie dieselben Stufen betrat, die ihr Vater betreten hatte. Als Kind. Als Teenager. Als junger Mann. Dieselben Stufen, auf denen ihre Großeltern gestanden hatten. Sie alle hatten diese Stufen betreten. All die Tanten und

Onkel und Cousins und Cousinen und Neffen und Nichten. Und in jenem Jahr vor fünfzehn Jahren, als sie, Ruth Rothwax, siebenundzwanzig gewesen war, war auch sie diese Stufen hinauf- und hinuntergegangen.

Sie war die Stufen zwei oder drei Stunden lang hinauf- und hinuntergegangen, bevor sie an die Wohnungstür geklopft hatte. Sie war vom Erdgeschoß zum fünften Stock gegangen, fünf Stockwerke, Dutzende von Malen. Sie war beinahe wie in Trance gewesen. Beim Gehen hatte sie sich die Kinder vorgestellt, die von Stockwerk zu Stockwerk gelaufen sein mußten. Und die Mütter und Väter. Und ihren Vater. Und den Vater ihres Vaters und seine Mutter. Als sie bei der Wohnung angekommen war, war sie ziemlich erschöpft gewesen. Vielleicht war das der Grund für ihre gestörte Wahrnehmung.

Edek sah unglücklich drein. »So hat nicht ausgesehen diese Wohnung, als wir haben gewohnt hier«, sagte er. »Es war eine schöne Wohnung.« Er warf einen Blick in eine Ecke. »Der Balkon ist noch da«, sagte er. »Mein Vater hat immer vom Balkon aus aufgepaßt, wenn ich aus der Schule kam. Er wollte sehen, ob ich aufhabe meinen Hut.«

»Das hast du mir erzählt«, sagte Ruth. »Als ich letztesmal hier war, war ich auf dem Balkon.«

»Wahrscheinlich sieht sogar der Balkon nicht besonders hübsch aus«, sagte Edek.

»Er war ein bißchen schmutzig und heruntergekommen«, sagte Ruth.

»Wozu sollen wir hier länger bleiben?« sagte Edek. »Soll ich ihm sagen, er soll den Tee vergessen?«

Ruth blickte um sich. Die ungepflegten Wände und kaputten Fenster paßten nicht zur Vergangenheit des Gebäudes. In der Vergangenheit hatte es Erregung und Gelächter, Erregung und Zärtlichkeit, Erregung und Liebe beherbergt. Die Erregung hatte sie bei ihrem ersten Besuch gespürt. Und sie konnte sie jetzt spüren. Verfall und Vernachlässigung hatten ihr nichts anhaben können. Ruth empfand Erleichterung. Die Erregung war noch da. Sie hing noch in der Luft.

»Wenn du ganz still bist, Dad, kannst du die Vergangenheit spüren«, sagte sie. »Du kannst das Leben spüren.«

»Sag so etwas nicht«, sagte Edek. »Das tut keinem von uns beiden gut.« Er sah aus, als kämpfe er mit den Tränen.

»Der Tee ist gleich fertig«, rief der alte Mann aus der Küche. »Setzten Sie sich doch bitte.« An einer Wand stand ein Sofa, auf dem sich Kleidungsstücke türmten. Dem Sofa gegenüber stand ein Schaukelstuhl, der mit Katzenfell bezogen war. In der Küche hatte Ruth eine große schlafende Katze gesehen. Sie schob die Kleider beiseite, so daß sie und Edek sich setzen konnten. Edek sah das Sofa an. Sein Gesicht verzog sich. Er begann zu weinen.

»Was ist los, Dad?« sagte Ruth. Er schüttelte den Kopf. Er schien sich seiner Tränen zu schämen. Er versuchte aufzuhören, doch die Tränen ließen sich nicht unterdrücken, sondern rannen ihm übers Gesicht. Ruth war elend zumute. Sie hätte ihrem Vater das nicht antun sollen.

»Dad, laß uns gehen«, sagte sie.

»Er macht jetzt den Tee«, sagte Edek. Er wischte sich die Augen. »Diese Couch war unsere Couch«, sagte er.

»O nein!« sagte sie und begann zu weinen. Edek setzte sich auf die Couch. »Weine nicht«, sagte er zu ihr. Sie setzte sich neben ihn. Sie legte ihre Hand in seine Hand. Sie saßen auf der Couch und hielten einander bei der Hand. »Bitte weine nicht«, sagte er nach ein paar Minuten zu ihr.

Der alte Mann erschien mit drei fleckigen Tassen, einer Teekanne, zwei Teelöffeln und einer Zuckerdose auf einem Tablett. Das Tablett stellte er auf einem Pappkarton ab.

»Vielen Dank, mein Herr«, sagte Edek. »Das sieht sehr gut aus.« Ruth wischte sich die Augen. Sie war froh, daß es so dunkel im Zimmer war. Sie wollte die gesprungenen alten Tassen nicht noch deutlicher sehen.

»Frag ihn, wann er hier eingezogen ist«, sagte Ruth zu ihrem Vater. Edek stellte dem alten Mann die Frage.

»Um 1940 herum«, sagte der alte Mann.

»Das kann nur Minuten nach der Vertreibung der ganzen Juden gewesen sein«, sagte Ruth.

»Sag nicht solche Sachen«, sagte Edek.

»Er kann mich nicht verstehen«, sagte Ruth, hielt ihre Teetasse hoch und lächelte den alten Mann an. »*Bardzo dobrze*«, sagte sie zu ihm. Er nickte, erfreut über ihr Kompliment. »Der Tee schmeckt grauenhaft«, sagte sie zu ihrem Vater.

»Bitte, Ruthie!« sagte er.

»Frag ihn, was mit all den Sachen passiert ist, die in den ganzen Wohnungen waren«, sagte sie zu Edek.

»Es ist nicht nötig, das zu fragen«, sagte Edek.

»Bitte, Dad«, sagte sie.

Edek fragte. »Er sagt, seine Frau weiß über diese Dinge Bescheid. Sie war für die Mieten im Haus zuständig. Sie kommt um vier Uhr zurück«, sagte Edek zu Ruth.

»Frag ihn, ob er sich nicht gefragt hat, was mit den Leuten geschehen ist, die hier gewohnt hatten«, sagte Ruth. Edek fragte es. Ruth konnte die Antwort des alten Mannes verstehen.

»Ich habe gehört, daß sie weggezogen sind«, sagte der alte Mann.

»Ruthie, wozu soll das gut sein?« sagte Edek.

»Ich weiß es nicht«, sagte sie. »Es müssen so viele Fotos, Bücher, Papiere hiergeblieben sein. Frag ihn, ob er etwas davon gesehen hat.«

»Meine Frau weiß darüber Bescheid«, sagte der alte Mann. »Wenn Sie besonders nett sind, wird sie es Ihnen erzählen.«

»Was versteht er unter ›besonders nett‹?« fragte Ruth.

»Er sagt, seine Frau sei etwas schwierig. Vielleicht sollten wir Pralinen und Blumen mitbringen.«

»Das ist kein Problem«, sagte Ruth.

»Sie hätten keine Freude an diesem Haus, wenn es Ihnen gehören würde«, sagte der alte Mann zu Edek. »Nichts als Ärger hat man damit. Der Besitzer kann es nicht verkaufen. Alles ist kaputt. Niemand zahlt seine Miete, weil alles kaputt ist. Die Heizung funktioniert nicht. Es ist schrecklich.«

»Sag ihm, daß wir nicht beabsichtigen, ihm seine Wanzenburg wegzunehmen«, sagte Ruth.

»Ich versichere Ihnen, mein Herr, daß ich nicht das geringste Interesse daran habe, diese Immobilie zu besitzen«, sagte Edek.

»Sie hätten keine Freude daran«, sagte der Mann.

»Frag ihn, wem das Haus gehört«, sagte Ruth. Der Mann schüttelte den Kopf. Er sagte, er wisse es nicht. Ruth und Edek standen auf. »Sind sechzig Zloty genug?« fragte Edek flüsternd. »Das ist genug«, sagte Ruth. »Ich glaube nicht, daß wir irgend etwas aus ihm herausbekommen.« – »Um vier Uhr kommen wir wieder«, sagte Edek, als er dem alten Mann die Hand gab. Ruth war erstaunt. Sie hatte nicht erwartet, daß ihr Vater wiederkommen wolle.

Edek und Ruth gingen die Kamedulskastraße entlang. Sie kamen an einem leeren Grundstück vorbei.

»Hier hatte mein Vater einen Bauhof«, sagte Edek. Seine Stimme klang niedergeschlagen.

»Mum hat mir von dem Bauhof erzählt«, sagte Ruth.

»Hast du Lust, zur Pomorskastraße zu gehen, wo Mum gewohnt hat?« sagte Edek.

»Ja, bitte«, sagte sie. »Das würde ich gerne tun.« Schweigend gingen sie. Ruth war erschöpft. Ihr Vater mußte völlig erledigt sein, dachte sie.

»Ich liebe dich, Dad,« sagte sie.

»Ich liebe dich auch«, sagte er.

In der Południowastraße deutete Edek auf eine leere Geschäftsauslage. »Hier ist gewesen die Bäckerei«, sagte er. »Freitags brachte ich unseren Tscholent zum Bäcker, damit er in den Ofen kam, wenn das Brot fertig war. Am nächsten Tag war Schabbes, und da konnten wir nicht kochen. Kennst du Schabbes, den Sabbath?«

»Natürlich kenne ich Schabbes«, sagte Ruth.

»Der Tscholent blieb die ganze Nacht im Bäckerofen«, sagte Edek. »Am nächsten Abend, wenn der Schabbes vorbei war, gingen wir den gegarten Tscholent abholen. Meine Mutter hat mir immer eingeschärft, aufzupassen, daß ich keinen als unseren Tscholent hole, weil in unserem Tscholent besonders viel Fleisch war.« Edek lächelte bei der Erinnerung an den Tscholent.

»Euer Tscholent hatte mehr Fleisch als der anderer Leute aus eurer Gegend?« fragte Ruth.

»Viel mehr Fleisch«, sagte Edek. »Manche machten Tscholent ganz ohne Fleisch. Um ehrlich zu sein, habe ich einmal den falschen Tscholent erwischt. Der Topf sah von außen genauso aus wie unser Topf. Es war überhaupt kein Fleisch drin. Mein Vater war nicht sehr zufrieden mit mir.« Edeks Lebensgeister schienen sich im Gespräch über den Tscholent wieder belebt zu haben. »Noch zwei Straßen, und wir sind in der Pomorskastraße«, sagte er.

Ruth erkannte das Gebäude, in dem ihre Mutter gelebt hatte, auf den ersten Blick. Bei ihrem letzten Besuch in Łódź war es ihr nicht möglich gewesen, einen Blick hineinzuwerfen. In der Erdgeschoßwohnung, die Rooshka bewohnt hatte, hatte niemand geöffnet. Ruth und Edek spähten in den Hausflur. Es war still und dunkel. Daß es Bewohner gab, verriet nur die Wäsche an der Wäscheleine im Hof, die man von der Straße aus sehen konnte. Die Fenster der ehemaligen Wohnung von Ruths Mutter waren mit Schichten improvisierter Gardinen verdeckt – mit Lumpen von alten Decken, verblichenen Spitzenvorhängen und Teilen eines benutzten Tischtuchs.

»Das hängen sie vor die Fenster, um die Kälte abzuhalten«, sagte Edek. »Es sieht ganz schön scheußlich aus«, sagte er nach ein paar Minuten. Sie gingen durch den Hof, in dem Rooshka viele Stunden damit verbracht hatte, zu lernen und ihre Hausaufgaben zu machen. Der Hof war düster und leer, voller Wäscheleinen mit gewaschener, abgetragener, zerrissener und ausgebleichter Kleidung.

Edek hielt sich die Hände vor die Augen. »Nichts ist geblieben«, sagte er.

»Hier hat Mum gelernt«, sagte Ruth.

»Ich weiß«, sagte er. »Ich habe sie hier besucht. Ich habe sie gefragt, ob sie mit mir ein Eis essen geht. Aber sie hat immer abgelehnt. Sie hat gesagt, wie soll sie je Kinderärztin werden, wenn sie die ganze Zeit mit mir Eis essen geht.«

»Wo saß sie in diesem Hof?« fragte Ruth.

»Genau hier«, sagte Edek und deutete auf zwei Stufen. »Sie saß immer hier. Jeden Abend nach der Schule. Sie hat so gerne gelernt. Nicht wie ich. Deine Mum war ein reizendes Mädchen.«

»Ich weiß«, sagte Ruth. Edek trat zu einem der Fenster der einstigen Spindler-Wohnung. Er versuchte, durch einen Sprung in der Scheibe hineinzusehen.

»Ganz schön verrottet, findest du nicht?« sagte Ruth.

»Ein Glück, daß Mum das nicht sehen muß«, sagte Edek.

Achtes Kapitel

Ruth saß im Foyer des Grandhotels Victoria. Ihr war scheußlich zumute. Sie hatte Kopfschmerzen. Sie fühlte sich körperlich ausgelaugt. Antriebsarm. Warum war sie so matt, fragte sie sich. Sie trieb weniger Sport als zu Hause. Sie lief weniger, und sie hob keine Gewichte. Und trotzdem war sie viel erschöpfter. Sie war völlig erledigt.

Ihr Vater war oben in seinem Zimmer. Er las einen seiner Krimis. *Das einarmige Alibi*. Sie hoffte, daß das *Einarmige Alibi* Edeks Geist von seinem Besuch heute vormittag in der Kamedulskastraße ablenkte. Der Umschlag des Buchs hatte nicht gerade einladend ausgesehen. Ein Mann mit einem blutigen Armstumpf wurde von einem noch befremdlicher wirkenden Mann erdrosselt. Andererseits konnte keine Lektüre ihres Vaters befremdlicher sein als diese Reise. Ruth hätte es gern gesehen, daß Edek sich etwas hinlegte. Doch Edek hatte beharrlich versichert, er sei nicht müde.

»Es wird dir besser gehen, wenn du dich etwas hinlegst«, hatte sie gesagt.

»Mir geht es prima«, hatte er gesagt.

»Also gut, dann lies wenigstens eine Stunde lang in deinem Zimmer«, hatte Ruth gesagt.

»Du behandelst mich, als wenn ich wäre ein Kind«, sagte Edek. »In Melbourne schlafe ich nie tagsüber. Warum sollte ich in Polen tagsüber schlafen?«

»Weil es mehr Streß ist, hier zu sein«, hatte sie gesagt.

»Der Streß, den ich hier hatte, war vor langer Zeit«, sagte Edek.

Ruth hatte sich Sorgen um ihren Vater gemacht. Er hatte mittags nichts gegessen. »Ich habe keinen Hunger«, hatte er gesagt, als sie vorgeschlagen hatte, irgendwo etwas essen zu gehen. Er sah nicht kränklich aus. Vielleicht hätte niemand Hunger auf ein Mittagessen nach dem Frühstück, das Edek zu sich genommen hatte. Eigentlich sah ihr Vater wirklich sehr gesund aus, dachte sie. Vor allem wenn man bedachte, daß er sich nie bewegte und für zwei aß. Er schien gesünder zu sein als sie.

Sie hatte geduscht, bevor sie in das Foyer gekommen war, um ein wenig zu arbeiten. Sie stellte eine Liste möglicher neuer Briefthemen zusammen. Sie spielte mit dem Gedanken, den Themenbereich ihrer Geschäftsbriefe zu erweitern. Geschäftsschreiben waren weniger aufreibend als persönliche Briefe. Selbst bei den kürzesten Schreiben brauchten die Leute Hilfe, hatte Ruth festgestellt. Eine schlichte Empfangsbestätigung konnte sinnlos sein oder im Adressaten heillose Wut auslösen, wenn sie unverständlich war oder den falschen Ton anschlug. In solchen Briefen mußte man sich knapp und konzise ausdrücken, ohne unfreundlich, brüsk oder schroff zu sein. Aus dem Schreiben hatten Anlaß und Inhalt klar hervorzugehen, so daß der Empfänger nicht herumrätseln mußte.

Abschiedsbriefe beim Ausscheiden aus einer Firma waren ebenfalls ein Gebiet voller Fußangeln. In ganz Amerika wimmelte es von Anwälten, die man zum rechtlichen Aspekt des Ausscheidens konsultieren konnte, doch wie man sein Abschiedsschreiben verfaßte, konnten einem diese Anwälte nicht sagen. Ruth hatte für Max Regeln festgelegt, die es bei diesem Genre zu befolgen galt. Abschiedsbriefe schienen ihre Verfasser zu flammenden Bekenntnissen anzustacheln, was zweifellos niemandem von Nutzen war. Ruth wußte, daß ein Abschiedsbrief auf keinen Fall Anschuldigungen oder Ressentiments enthalten durfte. Drohungen und Schuldzuweisungen hatten in einem solchen Schreiben nichts zu suchen. Und wenn irgend möglich waren Koplimente darin zu plazieren. Mit ihren Abschiedsbriefen hatte Ruth sich einen Namen gemacht. Zweimal hatten Kunden ihr erzählt, daß die Briefe von so überwältigender Wirkung gewesen waren, daß sie die Schwierigkeiten aus dem Weg geräumt hatten, aufgrund deren der Kunde seine Stelle hatte aufgeben wollen.

Durch Mundpropaganda kam Ruth an die meisten ihrer Kunden. Auf dem Papier hatte sie große Teile des Lebens mancher ihrer Kunden durchquert. Sie hatte Urlaubsgrüße für sie verfaßt, Einladungen angenommen und abgelehnt, Geburten angezeigt, Mitgefühl bekundet und um Entschuldigung gebeten. Ruth hatte den Eindruck, daß sie diese Kunden besser kannte, als die meisten Leute jemanden kennen.

Ruth notierte auf ihrer Liste: Briefe an Politiker. Sie mußte unbedingt mehr Prototypen für diese Kategorie verfassen. Ihre Firma erhielt zunehmend Anfragen nach Briefen an Verwaltungsbeamte und Politiker. Solche Schreiben waren entweder äußerst wirkungsvoll oder völlig wirkungslos. Es machte einen gewaltigen Unterschied, ob man den richtigen Brief schrieb.

Briefe, in denen Mitarbeiter gelobt wurden, waren ein weiterer Punkt auf Ruths Liste. Ruth fand, daß diese Kategorie von großem Nutzen sein konnte. Wie leicht war es doch, Freundlichkeit zu zeigen. Ein kurzer Lobesbrief von Zeit zu Zeit zeitigte Ergebnisse, die die Mühen oder Kosten seiner Entstehung mehr als aufwogen. Ruth fügte auf ihrer Liste Antworten auf Bitten um Empfehlung hinzu, Begrüßung neuer Kunden, multifunktionale Urlaubsgrüße und Absagen an Stellungsuchende.

Eltern hatten Ruth gebeten, Briefe für ihre Kinder zu verfassen. Das lehnte sie für gewöhnlich ab. Es kam ihr unaufrichtig vor, sich der Sprache eines Halbwüchsigen zu bedienen, unehrlicher, als es ihr je erscheinen würde, Intimität oder Interesse im Namen eines Erwachsenen und im Rahmen einer Geschäftsbeziehung zu heucheln. Ruth hatte auch das große Geschäft ausgeschlagen, das ihr das Angebot verheißen hatte, Aufsätze zu verfassen, mit denen Jugendliche sich für ein College bewarben. Erstaunlich viele angesehene und erfolgreiche Kunden von Rothwax Correspondence zweifelten offenbar an der Fähigkeit ihrer Kinder, einen vernünftigen Aufsatz zu schreiben. »Wäre es nicht moralisch verwerflich, wenn ich den Aufsatz schriebe?« hatte sie zu einem ihrer Kunden gesagt, der eine große Wohltätigkeitsorganisation leitete. »Nein«, hatte er geantwortet, »nicht verwerflicher, als wenn ich ihm beim Schreiben seines Aufsatzes helfen würde.« – »Aber Sie würden ihm nur helfen«, hatte Ruth gesagt, »während ich den Aufsatz an seiner

Stelle schreiben würde.« – »Und wenn ich Ihnen die Rohfassung bringe und Sie daraus einen Aufsatz machen?« hatte der Kunde gefragt. Ruth hatte abgelehnt. Sie wollte sich nicht als Teenager ausgeben. Dennoch stellten die College-Aufsätze eine Marktlücke dar, die früher oder später von jemandem besetzt werden würde. Ruth fragte sich, ob amerikanische Jugendliche es nicht mehr gewohnt waren, ihre Aufsätze selbst zu schreiben. Die der Reichen und Wohlhabenden offenbar nicht, vermutete sie.

Im Grandhotel Victoria hatte ein Fax von Max auf sie gewartet, als sie aus der Kamedulskastraße zurückgekommen war. Ruth hatte sich gewundert, an einem Sonntag von Max zu hören. Offenbar nahm Max ihre Verantwortung als stellvertretende Leiterin von Rothwax Correspondence sehr ernst. Im Fax stand, daß Berns Mutter am Montag in das Büro kommen werde, um ihre Handschrift testen zu lassen. Das hatte Bern vorgeschlagen. Seinen Worten zufolge hatte seine Mutter eine schöne Handschrift. »Ich werde sie in Schnelligkeit und Genauigkeit testen«, hatte Max in dem Fax geschrieben. Schnelligkeit und Genauigkeit? Wofür hielt Max Rothwax Correspondence? Für IBM? »Alles andere habe ich im Griff«, hatte Max hinzugefügt. Was sollte das heißen? Wie sehr konnte eine Firma in so kurzer Zeit aus dem Griff geraten?

Im Foyer des Grandhotels Victoria hielten sich fast nur Männer auf. Es waren nicht die üblichen Geschäftsleute, wie sie sich in den üblichen Hotelhallen aufhalten. Sie sahen eher aus wie Verbrecher. Sie waren mittleren Alters, mit goldenen Ketten und Armbändern und hin und wieder einem Ohrring behängt und besteckt. Die meisten hatten dicke Ringe an den Fingern. Sie rauchten ausnahmslos.

Einige hatten junge Frauen dabei. Sehr junge Frauen. Die jungen Frauen sahen die Männer hingebungsvoll an, und jedesmal, wenn die Männer zu ihnen hinschauten, sandten sie kokette Blicke zurück. Die Frauen klimperten mit den Wimpern und berührten die Männer am Arm oder an der Schulter. Zwei der Frauen starrten Ruth an. Wahrscheinlich wegen ihres Computers, dachte sie. Wahrscheinlich waren sie nicht allzu viele Geschäftsfrauen gewohnt.

»Sie haben Probleme mit Ihrem Vater?« sagte eine Stimme.

»O nein, nicht schon wieder Sie«, sagte Ruth. »Nein, ich habe keine Probleme mit meinem Vater. Ich arbeite gerade. Warum verschwinden Sie nicht?«

»Ich kann Ihnen bei diesen Problemen helfen«, sagte Höß.

»Problemlösen dürfte kaum Ihre Stärke sein«, sagte Ruth.

»Ich weiß, worin das Problem besteht«, sagte Höß. »Sie wissen nicht, was Sie wissen müssen.«

»Das gilt für die meisten von uns«, sagte sie.

»Ich weiß, worin das Problem besteht«, wiederholte Höß. »Und ich weiß die Lösung.«

»Ihre Lösungen sind nicht die, nach denen ich suche«, sagte Ruth. »Außerdem habe ich keine Probleme mit meinem Vater. Wir haben uns lediglich beide auf eine ausgesprochen anstrengende Reise eingelassen.«

»Sie wissen nicht, was Sie wissen müssen«, sagte Höß.

»Sie auch nicht«, sagte sie. »Sie kommen aus dem Zweiten Himmelslager nicht raus.«

»Wollen Sie sich von mir helfen lassen?« sagte Höß.

»Sie könnten einfach verschwinden«, sagte Ruth. »Das wäre eine große Hilfe.«

»Ha, ha, ha«, sagte Höß. Er hielt es offenbar für einen Scherz.

Ruth ärgerte sich. »Es ist kein Scherz«, sagte sie. »Ich will, daß Sie verschwinden.« Er lachte abermals. Was konnte an ihren Worten scherzhaft gewirkt haben? Sie konnte Höß' Lachen nicht deuten. Es klang wie normales Gelächter. Lachte er über sie? Erinnerte er sich an einen alten Witz? Warum drückte sie nicht die Ferse auf den Boden? Warum duldete sie seine Anwesenheit? »Verpissen Sie sich«, sagte sie zu Höß.

»Warum stellen Sie sich so an?« sagte Höß.

»Verpissen Sie sich«, sagte sie. »Können Sie nicht hören? Werden Sie taub auf Ihre alten Tage?«

»Ich höre ausgezeichnet«, sagte Höß. »Und es geht mir erstaunlich gut. Meine Knochen tun mir nicht mehr so weh. Ich komme mir verjüngt vor. Fast wie mein früheres Ich.«

»Ihr früheres Ich?« sagte Ruth. »An Ihrer Stelle würde ich mir das nicht zurückwünschen. Niemand, der bei Trost ist, würde sich Ihr früheres Ich wünschen.«

»Wirklich?« sagte Höß.

»Wenn Sie das nicht begreifen, werden Sie nie aus der Hölle hinauskommen«, sagte Ruth.

»Ich bin im Zweiten Himmelslager«, sagte Höß.

Die anderen Leute im Foyer des Grandhotels Victoria schienen nicht zu merken, daß sie mit jemandem sprach. Sogar die Gruppe goldbehängter und -beketteter Männer, die neben ihr eine Runde in Sesseln bildete, schien nichts bemerkt zu haben. Die Freundinnen der Männer hatten ganz gewiß nichts bemerkt. Vielleicht war es weniger auffällig, wenn man mit Toten sprach, als wenn man mit Lebenden sprach. Warum mußte Höß ausgerechnet jetzt auftauchen? Gerade erst hatte sie begonnen, sich zu entspannen. Sie hatte vorgehabt, für Max festzuhalten, was es bei handschriftlichen Briefen zu berücksichtigen galt. Welches Papier man wählte und welches Papierformat für welchen Textumfang geeignet war. Bisher hatte Ruth alles Papier ausgesucht und gekauft, das bei Rothwax Correspondence für handschriftliche Briefe und Dokumente benötigt wurde.

Ruth hatte beabsichtigt, eine Liste von Punkten aufzusetzen, die Max bei der Auswahl der Umschläge berücksichtigen mußte. Und eine entsprechende Liste für das Schreibpapier. Beispielsweise wählte Ruth für förmliche Schreiben stets weißes Schreibpapier aus und achtete darauf, daß legerere Briefe nicht auf Papier geschrieben wurden, das zu förmlich wirken konnte. Sie wachte darüber, daß Liebesbriefe keine Verzierungen, Farben, Muster oder Schmuckränder aufwiesen.

Sie wachte auch darüber, daß das Gewicht des Papiers dem Gewicht des Inhalts entsprach. Zartes japanisches Papier wählte sie für Kunden aus, die sich selbst als eher idiosynkratisch einschätzten.

Wo war Höß? Ruth merkte, daß sie in eine Träumerei versunken war. Eine beruhigende Träumerei über die festumrissene, wohlgeordnete Welt des Briefeschreibens. In Briefen gab es keine Versprecher, kein Überschäumen, solange man aufpaßte. Niemand konnte einen Gedanken oder Satz in eine Richtung wenden, die man nicht beabsichtigt hatte. Niemand zweifelte die Gefühle und Behauptungen an. Der Brief gehörte einem ganz und gar. Und wenn die Antwort nicht ganz dem entsprach, was man sich erwartet hatte, war man schließlich für sie verantwortlich.

Höß' Gegenwart konnte Ruth spüren. Sie wußte, daß er noch da war. Sie hätte gern gewußt, warum sie sich dessen so sicher war. Es war an nichts Konkretem festzumachen. Etwas, was in der Luft lag. Eine Verdichtung. Eine Vergröberung. »Mir geht es wirklich außerordentlich viel besser«, sagte Höß. Ruth nickte insgeheim zufrieden. Sie wußte, daß sie recht gehabt hatte. Sie hatte gewußt, daß Höß noch immer da war. »Ich habe über die verschiedenen Gefängnisse in Auschwitz nachgedacht«, sagte Höß.

»Sie sind wohl bemüht, auf Teufel komm raus das Zweite Himmelslager zu verlassen«, sagte Ruth. »Wenn Sie noch mehr in dieser Hinsicht zu bieten haben, werden Sie demnächst der Star Ihrer Sensibilitätsklasse sein.«

»Danke«, sagte Höß. »Von allen Häftlingen in Auschwitz haben die Zigeuner mir die größten Schwierigkeiten eingebrockt, doch ich muß sagen, daß sie ironischerweise, und verstehen Sie das bitte nicht falsch, die Häftlinge waren, die mir am meisten am Herzen lagen.«

»Sie haben sich eben jeder Glaubwürdigkeit begeben«, sagte Ruth. »Kein Wunder, daß Sie seit achtundfünfzig Jahren in diesem Sensibilitätstraining festhängen. Solche Dinge zu sagen ist nicht gerade schlau. Es hat nicht einmal die entfernteste Wahrscheinlichkeit. Die Häftlinge, die Ihnen am meisten am Herzen lagen? Und Sie waren wohl der Organisator von Liebesfesten, von Love-ins in Auschwitz!«

»Ich habe die Zigeuner sehr gern gehabt«, sagte Höß. Er klang verschnupft. »Ich sage die Wahrheit«, insistierte er.

»Aber ja doch«, sagte sie.

Wie konnte er so dumm sein, dachte sie. Männern war offenbar grundsätzlich weniger klar als Frauen, was sie sagten. Sie sah zu den

Männern neben ihr. Keinem von ihnen war klar, wie unattraktiv sie waren. Sie trugen die selbstgefällige Arroganz von Leuten zur Schau, die sich für attraktiv halten. Wahrscheinlich herrschte in Polen kein Mangel an jungen Frauen, die vor solchen Männern mit den Wimpern klimperten. Die Armut sorgte dafür, daß solche Beziehungen florierten.

Die zwei Mädchen, die neben den Männern gesessen hatten, waren gegangen. Ruth war jetzt die einzige Frau im Foyer. Sie sah zu den Männern und hoffte, daß ihre Miene Verachtung ausdrückte. Unwillkürlich mußte sie über sich selbst den Kopf schütteln. Warum handelte sie so? Warum bildete sie sich ein, sie müsse diese Männer verurteilen? Jeden Mann, der so über Frauen dachte, wie sie eben über diese Männer gedacht hatte, hätte sie verabscheut. Polen weckte nicht gerade ihre besten Eigenschaften. Wenn sie nicht aufpaßte, würde sie bei Verlassen des Landes nicht weniger abstoßend sein als der abstoßendste Pole, über den sie sich lustig gemacht hatte. Wenn sie nicht aufpaßte, würde sie werden wie sie.

Dennoch kam ihr das Foyer wie testosterongetränkt vor. Zu viele Männer. *Zu viele Männer.* Die Formulierung ließ Ruth zusammenzucken. Hatte die Zigeunerin in Warschau das mit ihren Worten gemeint? Höß und all die Polen? Aber Höß war kein Mann. Er war ein Gespenst. Ein Phantom, ein Schatten, eine Erscheinung, ein Trugbild. Er war kein Mensch. Er war eher ein Schreckgespenst, eine Vogelscheuche, ein Kobold in einem Schauermärchen.

»Im Zweiten Himmelslager gibt es kaum Zigeuner«, sagte Höß. »Die wenigen, die es gibt, betätigen sich in der Hauptsache als Wahrsager.«

»Im Zweiten Himmelslager wird gearbeitet?« sagte Ruth.

»Sie befinden sich in einer privilegierteren Klasse als ich«, sagte Höß. »Ich befinde mich in der Hauptbestrafungskategorie, was meiner Meinung nach nicht ganz fair ist. Infolgedessen kann ich nicht arbeiten. Ich bin zum Müßiggang verurteilt.«

Ruth hörte Zähneknirschen. Das mußte Höß sein, dachte sie. Sie neigte selbst dazu, bei Verärgerung mit den Zähnen zu knirschen. »Warum sollten Zigeuner in der Hölle die Zukunft voraussagen?«

sagte Ruth. »Jedermann dort hat seine Zukunft hinter sich. Jeder weiß, wie sie beschaffen ist. Tote, deren Zukunft hinter ihnen liegt.«

»Auch im Zweiten Himmelslager hat man noch eine Zukunft«, sagte Höß. »Eine Zukunft, die so ungewiß ist wie die auf der Erde. Selbstverständlich machen die Leute sich auch dort Gedanken über ihre Zukunft.« Höß klang verärgert. Wie sollte sie wissen, wie das Nachleben beschaffen war? »Das Leben besteht nicht bloß aus Leben und Sterben«, sagte Höß.

»Und die wahrsagenden Zigeuner im Zweiten Himmelslager haben viel zu tun, nicht wahr?« sagte sie zu Höß.

»Ja, ja«, sagte Höß. »Jeder von uns will wissen, was die Zukunft für ihn bereithält. Und auf diesem Gebiet sind die Zigeuner Experten. Ich habe noch immer eine Schwäche für Zigeuner. Im Frühjahr 1943 hatten wir an die sechzehntausend Zigeuner in Birkenau. Die genaue Zahl weiß ich nicht mehr. Selbstredend fielen auch Halbzigeuner unter diese Kategorie. Sie wohnten in Baracken, die für dreihundert Häftlinge angelegt waren. In jeder dieser Baracken befanden sich zwischen achthundert und tausend Zigeuner.

Im Juli 1942 besuchte der Reichsführer-SS das Lager«, sagte Höß. »Ich habe ihn persönlich bei einem ausführlichen Rundgang durch das Zigeunerlager begleitet. Himmler nahm es mit seiner Inspektion sehr genau. Er besichtigte die überfüllten Baracken und sah die ungesunden und unhygienischen Bedingungen. Er sah Zigeuner, die an den verschiedensten Infektionskrankheiten litten. Und er sah die Kinder, die an Noma litten.«

»An was?« sagte Ruth.

»An Noma«, sagte Höß. »Sie kennen sich mit medizinischen Dingen so gut aus, daß ich mich wundere, daß Sie noch nie von Noma gehört haben. Es ist eine krebsartige Wucherung, die sich als Ergebnis von Verhungern und anderen körperlichen Mangelzuständen einstellt, meist im Gesicht«, sagte Höß. »Dieser Anblick war für mich besonders schwer zu ertragen.

Himmler war auch nicht allzu begeistert vom Anblick der Zigeunerkinder mit riesigen Löchern in den Wangen«, sagte Höß. »Löcher, die so groß waren, daß man hindurchsehen konnte. Ich sah, daß es Himmler damit eilte, dem Anblick der langsamen Zersetzung und Fäulnis des lebendigen Fleisches dieser verdorrten und zusammengeschrumpften Kinder den Rücken zu kehren.«

»Wahrscheinlich hatte man ihn vor der Infektionsgefahr gewarnt«, sagte Ruth.

»Wahrscheinlich«, sagte Höß. »Es war ein grausiger Anblick.«

»Meine Mutter konnte den Gedanken an Kinder mit Löchern in den Wangen nicht abschütteln«, sagte Ruth. »Sie hat mir oft davon erzählt.« Ruth hatte immer gehofft, sie hätte sich dieses Detail der Erzählungen ihrer Mutter eingebildet. Sie hatte gehofft, sich vieles von dem, was ihre Mutter über ihr Leben erzählte, eingebildet zu haben. Gehofft, daß es nicht wahr war. Als Teenager hatte sie sich einzureden versucht, daß es alles erfunden sei. Daß ihre Mutter sich alles ausgedacht habe. Daß nichts davon wirklich geschehen sei. Keine der Erniedrigungen, keine der Krankheiten, keine der Brutalitäten, keiner der Verluste, keiner der Todesfälle, keine der Verstümmelungen. Sie hatte immer gehofft, ihre Mutter übertreibe. Wie alle Mütter. Sie hatte immer gehofft, ihre Mutter übertreibe das Leiden, die Grausamkeit. Ihre Erschöpfung. Ruth beobachtete andere Mütter. Sie beklagten sich unablässig. Über Schmerzen und Wehwehchen und Überanstrengung. Vielleicht war ihre Mutter nicht anders als andere Mütter.

»Meine Mutter muß die Zigeunerkinder gesehen haben«, sagte sie zu Höß. Er hüstelte.

»Himmler befahl mir, die Zigeuner zu vernichten«, sagte er. »Himmler sagte, diejenigen, die noch arbeitsfähig seien, sollten am Leben bleiben, aber die anderen seien zu vernichten. Es war keine so leichte Aufgabe, die Zigeuner in die Gaskammern zu treiben. Sie waren so vertrauensvoll. Ich weiß nicht, warum ihre Zutraulichkeit uns so zu schaffen machte, aber so war es. Viele von uns litten darunter, die Zigeuner umzubringen.

In der Nacht des 31. Juli wurden dreieinhalbtausend bis viertausend Zigeuner ermordet. Eigentlich auch am 1. August, da nach Mitternacht noch vergast wurde.«

»Mit solchen Dingen nehmen Sie es gern genau, nicht wahr?«
sagte Ruth.

»Ich war selbst nicht bei der Ermordung der Zigeuner zugegen«,
sagte Höß.

»Natürlich nicht«, sagte Ruth. »Sie waren nur zugegen, als der
Reichsführer-SS seine Befehle erteilte.«

»Die Zigeuner, die übrigblieben, mußten später auch in die Gas-
kammer«, sagte Höß. »Viertausend von ihnen wurden im August
1944 vergast.«

Ruth erinnerte sich an etwas, was sie ihn fragen wollte. »Gibt es
in der Hölle einen Teufel?« fragte sie.

»Was?« sagte Höß.

»Gibt es in der Hölle einen Teufel?« sagte sie. »Oder wimmelt es
nur so von Teufeln?« Höß schwieg einen Augenblick lang. Ruth
dachte sich, daß es vielleicht nicht so einfach war, an einem Ort, wo
es von unerquicklichen Bewohnern wimmelte, den Teufel auszumachen.

»Es ist, wie Sie vermutet haben«, sagte Höß. »Im Zweiten Himmelslager gibt es keinen einzigen Teufel.«

»Dämonen und Unholde und Dybbuks gibt es überall, nicht
wahr?« sagte sie.

»Dybbuks?« sagte Höß. »Was ist das?«

»Es überrascht mich, daß Sie nicht wissen, was ein Dybbuk ist«,
sagte Ruth. »Nach so viel Kontakt mit Juden sollte man meinen, Sie
wüßten ein paar Dinge über das jüdische Leben. Ein Dybbuk ist die
Seele eines Toten, die von einem Lebenden Besitz ergreift.«

»Das wußte ich nicht«, sagte Höß.

»Mitten unter den Mordbuben und Strolchen und Rohlingen im
Zweiten Himmelslager gibt es sicher auch Dybbuks«, sagte Ruth.
Ein beunruhigender Gedanke kam ihr. War sie von einem Dybbuk
besessen? Hatte Höß' lebendige Seele Besitz von ihr ergriffen? Sie
schüttelte den Kopf. Wie albern von ihr. Sie glaubte doch nicht an
Dybbuks.

»Im Zweiten Himmelslager sind nicht nur Kriminelle«, sagte
Höß.

»Nein, auch so edle, aufrechte Bürger wie Sie«, sagte Ruth. Höß schnaubte.

»Können wir dieses Thema bitte auf sich beruhen lassen?« sagte er.

»Und uns einem appetitlicheren Thema zuwenden?« sagte sie.

»Aber gewiß doch.«

»Trotz der ungünstigen und nachteiligen Begleitumstände«, sagte Höß, »schienen die Zigeuner psychisch unter ihrer Gefangenschaft nicht allzusehr zu leiden.«

»Sie sollten für mich arbeiten«, sagte Ruth. »Synonyme und Antonyme gehen Ihnen glatt von den Lippen.«

»Wie sollte ich für Sie arbeiten können?« sagte Höß. »Ich darf ja nicht arbeiten.«

»Es war nicht ernst gemeint«, sagte Ruth. »Ich meinte Ihre Verwendung der Wörter ›ungünstig‹ und ›nachteilig‹.«

Höß schnaubte. »Ich bat Sie bereits, mich nicht mit irrelevanten Bemerkungen zu unterbrechen.«

»Die Zigeuner waren also glücklich in Auschwitz, ja?« sagte Ruth. Sie schüttelte den Kopf. Ihr fiel eine Frau im Foyer des Grandhotels Victoria auf. Die Frau sah aus wie eine Polin. Sie war etwa in Ruths Alter. Sie war gut gekleidet. Am Ringfinger der linken Hand trug sie einen auffallend großen Diamanten. Er ragte von ihrem Finger ab und wirkte in dem alles andere als eleganten Hotelfoyer fehl am Platz.

»Ich habe Frauen immer sehr geachtet«, sagte Höß. Ruth mußte über die Absurdität dieser Worte und den eklatanten Mangel an Realitätssinn, den sie verrieten, beinahe laut lachen, doch zugleich empfand sie leise Beunruhigung. Konnte Höß ihre Gedanken lesen? Wußte er, daß sie an Frauen gedacht hatte? Wahrscheinlich nicht. Wahrscheinlich war es reiner Zufall.

»In Auschwitz erkannte ich jedoch sehr bald, daß ich mich eines Besseren würde belehren lassen müssen«, sagte er. »In Auschwitz merkte ich sehr schnell, daß auch Frauen sorgfältig beobachtet und geprüft werden müssen, bevor man ihnen wirkliche Achtung entgegenbringen darf.«

»Klar doch«, sagte Ruth. »Ihre gewaltige Achtung vor Frauen hat sich sicher schnell in Luft aufgelöst. Ihren Anforderungen als Voraussetzung zu wirklicher Achtung dürften nicht viele Frauen entsprochen haben.« Höß schnaubte. »Sie waren sicher voller Anteilnahme an den Frauen«, sagte Ruth, »als Sie Professor Carl Clauberg von der Universität Königsberg aufforderten, sich mit der Frage der Sterilisation von Frauen zu befassen.«

»Was wissen Sie von Professor Carl Clauberg?« sagte Höß.

»Ich weiß, daß er begeistert war, offizielle Unterstützung für seine diesbezüglichen Forschungen zu erhalten«, sagte Ruth. »Er hatte sich auf die Behandlung unfruchtbarer Frauen spezialisiert. Die Aussicht auf eine unbegrenzte Zahl von Patientinnen, an denen er seine Experimente durchführen konnte, muß berauschend gewesen sein.«

»Genug von Clauberg«, sagte Höß.

»Bereite ich Ihnen Unbehagen?« fragte Ruth.

»Nein«, sagte Höß in entschiedenem Ton.

»Als Clauberg im Frühjahr 1943 nach Auschwitz kam, teilten Sie ihm über zweihundert Frauen in Block 10 zu«, sagte Ruth. »Er ließ ihnen verschiedene Chemikalien in die Eileiter injizieren. Es war ein Geheimrezept.«

»Auf jeden Fall hinderte es die Frauen am Menstruieren«, sagte Höß. »Aber wir wissen nicht, ob es sie wirklich sterilisiert hat.«

»Das liegt daran, daß die meisten der Frauen so bald vergast wurden«, sagte Ruth.

Jetzt erklang als Hintergrundmusik im Foyer des Grandhotels Victoria *The Girl from Ipanema*. Die Aufnahme klang eigenartig. Nach einer Minute begriff Ruth, daß es sich um eine polnische Aufnahme handeln mußte. »*She goes walking*« klang wie »*she goes vucking*«, um nicht zu sagen »*she goes fucking*«. »*She vucks slowly*«, sang die Interpretin. Ruth traute ihren Ohren nicht. Erst gestern hatte eine andere polnische Aufnahme sie entsetzt: »*I look into your arse*«, hatte der Sänger gegurrt. Es hatte ein paar Minuten gedauert, bis Ruth begriffen hatte, daß er damit sagen wollte: »*I look into your eyes*«.

Ruth sah sich im Foyer um. Niemand sonst schien sich an der Aussprache zu stören. Der Frau mit dem Diamantring hatte sich eine zweite Frau hinzugesellt. Eien ältere Frau. Ruth schienen die beiden Mutter und Tochter zu sein. Es freute sie, eine Mutter mit ihrer Tochter zu sehen, die den Eindruck machten, als seien sie gern zusammen. Ruth verzieh der Frau den klotzigen Diamanten. Daß sie eine gute Tochter war, fand Ruth, bewies etwas weit Wichtigeres als der richtige Geschmack in Schmuckdingen.

»Das Auseinanderreißen der Familien bei der Selektion«, sagte Höß, »verursachte viel Leid bei den Juden. Wenn wir die Männer von den Frauen und Kindern trennten, verursachte das im ganzen Transport schreckliche Aufregung und Panik. Oft waren wir gezwungen, zur Gewalt zu greifen, um die Ordnung wiederherzustellen. Bei den Juden ist der Familiensinn sehr ausgeprägt. Sie kleben aneinander wie Blutegel oder Napfschnecken. Die Unruhe, die sich einstellte, weil sie sich nicht trennen lassen wollten, war so groß, daß oft die ganze Selektion von vorne begonnen werden mußte.«

Warum mußte sie sich das anhören, dachte Ruth. Eine bessere Frage war, warum sie nicht versuchte, Höß loszuwerden. Sie war zu müde, um es zu versuchen. Er ermüdete sie. Er versetzte sie in einen Zustand der Schläfrigkeit und Bewegungsunfähigkeit. Wie in Trance. Hypnotische Trance. Sie wußte, daß es sich nicht so verhielt. Jemand, der die Größe eines Diamantrings an einem Finger kritisierte, befand sich nicht im Koma oder in Trance.

»Welche psychischen Auswirkungen hatte die Haft auf Juden?« sagte Höß, als hätte Ruth ihn das gefragt. »Schon in der ersten Zeit in Dachau behandelten die Wärter sie besonders rücksichtslos. Juden wurden gequält und gejagt und verfolgt als Schänder und Ausbeuter des deutschen Volkes«, sagte er. Ruth konnte spüren, daß er jetzt richtig in Schwung kam. Sie konnte spüren, daß er diesen Teil der Weltgeschichte mit Freude erzählte.

»Ich konnte«, sagte Höß, »in Dachau ein interessantes Phänomen beobachten. Eine Ausgabe des *Stürmer* wurde im Lager ausgelegt.« Er machte eine Pause. »Wissen Sie, was *Der Stürmer* ist?« fragte er.

»Ein pornographisches antisemitisches wöchentliches Hetzblatt, herausgegeben von Julius Streicher«, sagte sie.

»Ich dachte mir schon, daß Sie das wissen würden«, sagte Höß. »Persönlich habe ich die Pornographie nicht gutgeheißen. Nachdem wir den *Stürmer* ausgelegt hatten, zeigte sich sofort, daß Häftlinge, die zuvor keine Ressentiments gegen Juden gehabt hatten, sich antisemitisch verhielten. Die Juden verhielten sich selbstverständlich typisch jüdisch, indem sie ihre Mithäftlinge zu bestechen versuchten. Und selbstverständlich hatten sie Geld genug.«

»Das war vor 1939, bevor den Juden das meiste Geld weggenommen wurde«, sagte Ruth.

»Selbstverständlich«, sagte Höß. »Es war vor der Reichskristallnacht. Danach wurden Händler und Geschäftsleute jüdischer Herkunft zu ihrem eigenen Besten in Schutzhaft genommen, damit sie vor Übergriffen der deutschen Bevölkerung geschützt waren. Sie kamen als Schutzhäftlinge in das Konzentrationslager.«

Ruth lachte. »Wie können Sie so etwas sagen, ohne die Miene zu verziehen?« sagte sie. »Schutzhäftlinge. Vielleicht haben Sie Ihre Miene ja verzogen. Ich kann Sie schließlich nicht sehen. Vielleicht veranstalten Sie Ihrer Stimme zum Trotz das Mienenspiel eines Irren oder eines Clowns oder eines unterbelichteten Hanswursts?«

»Wenn Sie es wirklich versuchten, könnten Sie mich wahrscheinlich sehen«, sagte Höß.

»Jetzt klingen Sie wirklich wie ein Verrückter«, sagte Ruth. Dennoch war sie beunruhigt. Was wollte er damit sagen?

»Juden in größeren Mengen bekam ich in Sachsenhausen zum erstenmal nach der Kristallnacht zu sehen«, sagte Höß. »Bis dahin hatte es nur wenige Juden in Sachsenhausen gegeben. Es war noch kein Vernichtungslager. Nach der jüdischen Invasion änderten sich die Dinge in Sachsenhausen.«

»Ich glaube, mit Ihrer Terminologie stimmt etwas nicht«, sagte Ruth. »Gefangene werden verhaftet und eingesperrt. Sie fallen nicht in Gefängnisse ein.«

»Unterbrechen Sie mich bitte nicht mit solchen Nebensächlichkeiten«, sagte Höß. »Vor den Juden waren Bestechungen in Sachsenhausen so gut wie unbekannt«, sagte Höß. »Und auf einmal waren sie an der Tagesordnung. Bestechungen und Korruption machten sich breit.«

»Unter den Häftlingen, wollen Sie sagen?« sagte Ruth. Höß ignorierte sie. »Ich verstehe, daß die Juden ein Problem für Sie darstellten«, sagte Ruth. »Sie helfen mir zu verstehen, warum Sie Millionen von Russen, Zigeunern und Polen umgebracht haben, aber nur die Juden dazu auserwählt haben, vom Erdboden ausgelöscht zu werden.« Sie hoffte, daß ihr Sarkasmus sich mehr als deutlich bemerkbar machte. Ihr war zumute, als hätte sie die Worte geschrien. »Die Juden waren nicht nur die Verderber der Deutschen an Körper und Geist, sie stellten auch ein massives logistisches Problem für Sie dar«, sagte sie zu Höß. »Wie tötet man so viele Menschen und entledigt sich ihrer Leichen effizient und ökonomisch?«

»Auf die Lösung dieser Frage haben wir viele Mühen und Überlegungen verwendet«, sagte Höß.

»Sie haben die Juden verschont, die Ihnen persönlich nützlich waren«, sagte Ruth zu Höß.

»Was verstehen Sie unter ›persönlich nützlich‹?« sagte Höß.

»Ich spezifiziere«, sagte sie. »Die Juden, die Ihnen nützlich waren.«

»Ich verstehe Sie nicht«, sagte Höß. »Alle Juden erfuhren die gleiche Behandlung durch mich. Wie meine Befehle es vorsahen.«

»Sie hatten Order, zwei jüdische Schneiderinnen in Ihrem Haushalt in Auschwitz einzusetzen?« sagte Ruth.

»Sie hören auf die falschen Leute«, sagte Höß. »Ich habe keine Juden beschäftigt.«

»Nun ja, eine echte Beschäftigung war es nicht«, sagte Ruth, »weil es keine Bezahlung gab. Aber gearbeitet haben sie für Sie. Sie haben für Ihre Frau geschneidert. Vermutlich bestand die Bezahlung darin, daß sie nicht sofort ermordet wurden.«

»Ich hatte Sie bereits aufgefordert, meine Frau in Ruhe zu lassen«, sagte Höß, »bitte.«

»Vielleicht«, sagte Ruth.

»Ich möchte betonen, daß ich nie irgendwelche persönlichen Haßgefühle auf Juden empfunden habe«, sagte Höß. »Selbstverständlich betrachtete ich die Juden als natürliche Feinde des deutschen Volkes, doch ich habe nie einzelnen persönliche Haßgefühle entgegengebracht.« Ruth schwieg. »Ich habe nie einen Unterschied zwischen jüdischen Häftlingen und anderen Häftlingen gemacht«, sagte Höß indigniert. »Ich habe alle Gefangenen völlig gleich behandelt. Außerdem ist es mir nicht gegeben, aus Haß zu handeln. Es liegt nicht in meiner Natur. Ich weiß sehr wohl, was Haß ist. Ich habe genug Haß um mich herum erlebt, auch Haß, der gegen mich gerichtet war. Ich habe unter Haß gelitten. Ich weiß, was Haß ist.«

»Ich weiß, daß Sie das wissen«, sagte Ruth. »Das würde kaum jemand bezweifeln.«

Der Türsteher näherte sich und fragte Ruth, ob er ihr etwas zu trinken bringen könne. Die Abneigung, die sie für ihn empfand, schien er nicht wahrzunehmen. Ruth wollte nein sagen. Sie wollte nichts von diesem Mann annehmen. Doch sie war durstig. »Ein Perrier hätte ich gern«, sagte sie. Er kam zurück, um zu melden, daß es kein Perrier gab. »Irgendein Wasser, das nicht in Polen abgefüllt wurde«, sagte sie. Er brachte ihr eine Flasche mit einem italienisch wirkenden Etikett. Sie schenkte sich ein Glas ein. Das Wasser schmeckte gut. Der Türsteher lächelte sie an. Sie drückte ein paar Tasten ihres Computers und tat, als sei sie in ihre Arbeit vertieft. Der Türsteher ging zur Eingangstür zurück.

»Nichts zu tun zu haben ist die schlimmste Strafe«, sagte Höß. »Die schwerste Arbeit, jede Art Arbeit wäre mir lieber als dieser erzwungene Müßiggang.« Ruth trank ihr Mineralwasser. »Ich bin von allem abgeschnitten«, sagte Höß.

»Vielleicht ist das der Zweck des Zweiten Himmelslagers«, sagte Ruth.

»Nein, das stimmt nicht«, sagte Höß. »Andere Insassen im Zweiten Himmelslager haben Arbeit und Beschäftigung. Aber ich darf keine Beschäftigung haben.«

»Vielleicht waren Sie in Ihrer letzten Beschäftigung zu diensteifrig«, sagte Ruth.

»Man bestraft mich«, sagte Höß.

»Sie könnten recht haben«, sagte Ruth. »Gibt es eine schlimmere Kategorie von Insassen im Zweiten Himmelslager als die Ihre?« sagte sie.

»Wir sind Bewohner«, sagte Höß, »nicht Insassen.«

»Eben haben Sie selbst die Bewohner des Zweiten Himmelslagers als Insassen bezeichnet«, sagte Ruth.

»Das war ein Versprecher«, sagte Höß.

»Gibt es schlimmere Bedingungen als die Ihnen auferlegten?« fragte Ruth.

»Ich glaube nicht«, sagte er.

»Keine rote Flammenglut?« sagte Ruth.

»Das mit den Flammen haben sie vor ein paar Jahren aufgegeben«, sagte Höß. »Die Psychologen sagten, die Flammen hätten keinen Abschreckungseffekt. Sie haben statt dessen Isolationshaft, Zensur und Peer-group-Beobachtung eingeführt.«

»Peer-group-Beobachtung?« sagte Ruth.

»Ja, das muß ich mir gefallen lassen«, sagte Höß. »Monatliche Beurteilung durch meine sogenannten Gruppengenossen. Ein Haufen Ganoven und Verbrecher und Kriminelle und Asoziale, der mein Verhalten beurteilt.«

»Und was berichten sie?« sagte Ruth.

»Sie sind so dumm«, sagte Höß.

»Gewiß doch«, sagte Ruth.

»Sie behaupten, ich wäre asozial«, sagte Höß. »Wer könnte in so einer Gesellschaft sozial sein?«

»Da haben Sie vielleicht nicht ganz unrecht«, sagte Ruth. Sie nippte an ihrem Mineralwasser.

»Mit Ihnen zu sprechen hat mich viel ruhiger gemacht«, sagte Höß. »Ich war so lange zur Untätigkeit verurteilt. Das ist schwer zu ertragen. Ich kann nicht einmal auf und ab gehen.« Ein erstickter Laut war zu hören.

»Vielleicht dürfen Sie sich mehr bewegen, wenn Sie das Sensibilitätstraining bestehen«, sagte Ruth. »Vielleicht sollten Sie versuchen, Ihre Gruppengenossen positiv zu beeindrucken. Besser mit den Burschen auszukommen.«

»Es sind nicht nur Burschen«, sagte Höß.

»Frauen gibt es auch darunter?« sagte Ruth.

»Ja«, sagte Höß.

»Es freut mich, daß Frauen im Zweiten Himmelslager befördert werden können«, sagte Ruth. »Was Gruppengenossen betrifft, haben einige Ihrer Genossen in Auschwitz gesagt, Sie seien ihnen als freundlich, selbstlos und introvertiert erschienen. Allerdings bin ich mir nicht sicher, wie glaubhaft diese Genossen sind. Sie sagten auch, Sie seien ein Perfektionist gewesen. Das glaube ich gern.«

»Es ist wahr, ich bin ein Perfektionist«, sagte Höß.

»Nun, dann müssen Sie eben die Kunst des Nichtstuns perfektionieren«, sagte Ruth. »Es wird auf jeden Fall besser sein als das, was Sie früher so perfekt getan haben.«

»Ich glaube nicht, daß ich die Kunst des Nichtstuns perfektionieren muß«, sagte Höß. »Ich glaube, daß ich eines Tages von hier wegkommen werde. Selbst im Zweiten Himmelslager ändern sich die Dinge. Und im Unterschied zu den meisten Juden bin ich kein Fatalist.«

»Wirklich?« sagte Ruth. »Im Unterschied zu den meisten Juden?«

»Ich habe die Juden in Auschwitz über längere Zeit hinweg beobachtet«, sagte Höß. »Juden neigen zur Melancholie.«

»Für die meisten Leute war Auschwitz kein erhebendes Erlebnis«, sagte Ruth.

»Das ist wahr«, sagte Höß. »Doch die Melancholie sehe ich bei allen Juden. Ich sehe sie auf Ihrem Gesicht.«

Ruth berührte ihr Gesicht. »Die Melancholie ist nicht immer da«, sagte sie.

»Die Juden in Auschwitz hatten mehr Grund, melancholisch zu sein. Anders als die meisten anderen Häftlinge wußten sie, daß sie ohne Ausnahme dazu verurteilt waren zu sterben«, sagte Höß. »Sie wußten, daß man sie nur so lange am Leben ließ, wie sie arbeitsfähig waren.«

»Richtig«, sagte Ruth. »Deshalb versuchten junge Mädchen schon bei den ersten Selektionen älter und kräftiger auszusehen, und alte Frauen versuchten ihr Alter zu verbergen. Sie wußten, daß jeder Anschein von Energie ihnen das Leben retten konnte.«

»Dennoch setzte der Verschleiß bei ihnen sehr schnell ein«, sagte Höß.

»Könnte das daran gelegen haben, daß sie in den meisten Fällen Jahre des Hungerns und der Krankheit, des Eingesperrtseins und brutaler Behandlung hinter sich hatten?« sagte Ruth.

»Die Juden waren Fatalisten«, sagte Höß, der ihre Bemerkung ignorierte. »Sie waren dem Elend und der Trostlosigkeit und der Ausweglosigkeit ihrer Lage hilflos ausgeliefert. Sie waren dem Terror hilflos ausgeliefert. Sie überließen sich ihrem Schicksal, ohne aufzumucken. Dieser Mangel an Lebenskraft, diese Gleichgültigkeit, diese Willenlosigkeit machte sie körperlich für jede Infektion anfällig. Der Tod war unausweichlich. Sie hatten sich in ihr Schicksal ergeben.«

»Sie wollen damit sagen, daß sie sich nicht gewehrt haben?« sagte Ruth. Höß antwortete nicht. »Das höre ich nicht zum erstenmal«, sagte sie. »Es ist wirklich erstaunlich, wie schnell es mit den Juden bergab ging. Zuerst vertrieb man sie aus ihren Häusern. Das hätten sie sich nicht gefallen lassen dürfen. Darauf stand schließlich nur die Todesstrafe. Dann wurden sie eingesperrt und aller Rechte beraubt, von ihrem Besitz und ihren Habseligkeiten ganz zu schweigen. Sie wurden von der übrigen Welt abgeschnitten, einer Welt, die sich ohnedies nicht allzuviel aus Juden machte. Die Bedingungen, unter denen sie zusammengepfercht wurden, waren so grauenhaft, daß viele von ihnen starben, bevor sie ermordet werden konnten. Sie starben an Krankheiten und am Hunger und an den Schlägen. Totgeschlagen zu werden war weniger qualvoll als langsam zu verhungern. Wie konnten diese Juden so schnell ins Gras beißen? Manche überlebten nicht einmal ein Jahr. Solange sie lebten, arbeiteten sie. Sie arbeiteten für die Deutschen, bauten Maschinen und fertigten Stiefel aus Stroh und anderes, was die deutsche Armee benötigte. Kinder aller Altersstufen arbeiteten, um den Deutschen zu ermöglichen, sie später zu ermorden. Es ist tatsächlich verblüffend, wie schnell es unter diesen Bedingungen mit den Juden bergab ging. Und das Jahre bevor sie zu Ihnen verfrachtet wurden, SS-Obersturmbannführer Rudolf Franz Ferdinand Höß.«

Ruth war, als müsse sie sich gleich übergeben. Sie mußte ins Freie gelangen, an die frische Luft. Sie lief auf die Piotrkowskastraße hinaus. Sie atmete mehrmals tief ein. Sie durfte sich nicht so aufregen. Sie hatte gewußt, daß es eine schwierige Reise werden würde, aber sie hatte nicht gewußt, wie schwierig.

Sie kam sich schmutzig vor. Sie konnte nicht schon wieder duschen. Wenn sie sich weiterhin jedesmal wusch, sobald sie sich beschmutzt fühlte, würde sie ohne Haut nach Hause kommen. Außerdem ließ sich das, was sie zu entfernen versuchte, nicht mit Wasser und Seife wegwaschen.

Plötzlich sehnte sie sich nach zu Hause. Neben Höß erschien New York gesund und friedvoll. Sie dachte an Washington Square Gardens und an die Fifth Avenue und an das East Village. Sie gelobte sich, nie wieder ein schlechtes Wort über die Stadt zu verlieren. New York fehlte ihr. Seine Nervosität und seine unangenehmen Eigenschaften kamen ihr neben dem, was sie hier erlebte, normal und vernünftig vor.

»Sie wissen nicht, was Sie wissen müssen«, sagte Höß.

»Ich habe genug von Ihnen und Ihren unverständlichen Sprüchen«, sagte Ruth.

»Ich kann Ihnen helfen«, sagte Höß.

»Sie können mir helfen, indem Sie verschwinden«, sagte sie. »Verpissen Sie sich.«

»Solche Obszönitäten können mich nicht treffen«, sagte Höß.

»Aber das hier«, sagte Ruth. Sie grub die Ferse in den Boden, so fest sie konnte. Sie drückte sie so fest auf, daß es weh tat. Sie hoffte, daß Höß' Blutgefäße, falls er noch welche besaß, schier platzten. Sie hoffte, daß ihm der Kopf schier explodierte. Sie hörte einen hohen, schrillen Ton, ein schwaches Stöhnen und dann ein Sausen, das wie ein Wind- oder Luftzug klang. Höß war weg. Sie konnte es spüren. Die Luft war klarer, frischer. Es atmete sich leichter. Sie atmete mehrmals tief ein. Sie fühlte sich besser. Sie ging ins Hotel zurück.

Neuntes Kapitel

Edek und Ruth standen vor der Nummer dreiundzwanzig in der Kamedulskastraße. Es war vier Uhr nachmittags. Eine leise Verstimmung, die eingetreten war, bevor sie das Hotel verlassen hatten, war noch nicht ganz bereinigt. Die Auseinandersetzung hatte sich, wie fast alle Auseinandersetzungen, an einer Nebensächlichkeit entzündet. Ruth hatte für Edek ein Schinkensandwich bestellt. Sie wollte, daß er etwas aß, bevor sie in die Kamedulskastraße zurückgingen. Sie hatte das Sandwich auf sein Zimmer gebracht. Edek hatte auf dem Bett gelesen. Als er die Tür öffnen kam, hatte er verstohlen Einwickelpapier aus dem Weg geräumt. Ruth hatte einen McDonald's-Pappkarton erkannt und einen großen Plastikbecher. Im Papierkorb lagen Schokoladenverpackungen.

»Wann warst du bei McDonald's?« fragte sie Edek.

»Vor einer Stunde«, sagte Edek.

»Ich habe dich nicht gesehen«, sagte Ruth. »Ich war im Foyer.«

»Ich bin zur Seitentür rausgegangen«, sagte Edek.

»Du hättest nicht weggehen sollen, ohne mir Bescheid zu sagen«, sagte Ruth. Es klang schärfer als beabsichtigt.

»Was ist los mit dir?« sagte Edek. »Ich war nur kurz bei McDonald's.«

»Wenn ich dich gesucht und nicht gefunden hätte, hätte ich mir Sorgen gemacht«, sagte Ruth.

»Du machst dir dauernd Sorgen«, sagte Edek. »Du bist so eine nervöse Type.«

»Vielen Dank«, hatte sie gesagt. »Geh bitte nicht noch einmal weg, ohne mir vorher Bescheid zu sagen.«

»Okay, okay; sei bitte nicht so nervös«, sagte Edek.

»Und warum ißt du diesen Dreck?« hatte Ruth gesagt. »McDonald's ist reiner Dreck.«

»Wenn es solcher Dreck wäre, gäbe es dann so viele McDonald's-Läden?« sagte Edek. Er sah das Schinkensandwich in Ruths Hand. »Das Sandwich kann ich noch essen«, sagte er. »Ich hatte nur einen kleinen Hamburger.«

»Juden sollen keine Hamburger essen«, sagte Ruth. »Hamburger sind was für Gojim.«

»Und Schinken ist was für Juden?« hatte Edek gesagt. Ruth wußte nicht, warum sie auf ihrem Vater wegen des Hamburgers herumgehackt hatte. Es schien einfach nicht das zu sein, was ein Einundachtzigjähriger essen sollte.

Den Gehsteig vor der Nummer dreiundzwanzig in der Kamedulskastraße bedeckten alte Zeitungen und anderer Abfall. Der Unrat verstörte Ruth. Am liebsten hätte sie aufgeräumt. Sie wollte nicht, daß Abfall vor diesem Haus lag. Plötzlich begriff sie, warum Leute Gräber pflegten. Warum sie Grabsteine und Denkmäler sauberhielten. Doch das hier war kein Grab. Nummer dreiundzwanzig in der Kamedulskastraße war kein Schrein. Es war nur ehemaliger Schauplatz eines Lebens. Es war kein Mausoleum. Niemand war hier beerdigt oder interniert. Das Haus war nichts weiter als ein zusammengestückeltes Amalgam aus Baumaterialien. Von denen, die hier gelebt hatten, war nichts geblieben. Spuren von Fingern und Füßen an Wänden und auf Böden waren seit langem vergangen. Weggewischt. Keine Geräusche aus einstigen Leben waren geblieben. Keine Gerüche. Nichts. Das Gebäude hatte mit ihr oder mit Edek nichts mehr zu tun. Es war das Gebäude von jemand anderem. Es war nur irgendein Gebäude in Łódź.

Dennoch störte der Unrat sie. Am liebsten hätte sie das alte Laub zusammengekehrt, das sich an der Hausmauer angesammelt hatte. Die Zigarettenkippen und Strohhalme und den Schmutz hätte sie am liebsten weggeräumt. Sie stieß ein paar alte Lumpen mit dem Fuß beiseite, bis sie vor dem Nachbarhaus lagen. Dann fiel ihr ein, daß auch dieses Gebäude ihrem Großvater gehört hatte. Sie stieß die Lumpen mit dem Fuß in den Rinnstein. Am liebsten hätte sie mit Eimer und Schrubber den Gehsteig gesäubert. Am liebsten hätte sie sich hingekniet, um den Boden sauberzuschrubben. Sie sagte sich, daß das albern war.

In Polen waren ihr andere Juden begegnet, Juden wie sie. Die nach etwas suchten, was es nicht mehr gab. Die nach Gräbern von Müttern und Vätern suchten, die nie beerdigt worden waren. Die nach Denkmälern und Testamenten suchten, welche die Existenz von Menschen bezeugten, Menschen, die ohne Aufhebens, ohne Trost ausgelöscht worden waren. Ohne Gebete. Ohne Grabsteine. Ohne irgend jemanden zur Seite zu haben.

Ruth war Juden begegnet, die nach Polen gekommen waren, um am Geburtsort verlorener Mütter und Väter Plaketten anzubringen. Plaketten, auf denen die Familienmitglieder aufgezählt waren, die einst dort gelebt hatten. Um die Plaketten anbringen zu dürfen, spendeten die Juden Geld. Geld für die Erhaltung des Rathausplatzes oder für die Anlage eines öffentlichen Parks. Alles in allem waren die Vertreter der polnischen Behörden mit diesen Arrangements zufrieden. Die Juden waren es ebenfalls. Auf diese Weise besaßen sie einen Ort, eine Stelle, eine Gedenkstätte. Einen Ort, den man aufsuchen und wo man mit den Toten Zwiesprache halten konnte. Einen Ort, wo man ihrer gedenken konnte.

Die Toten zu beherbergen erschien Ruth als wesentlicher Aspekt des Lebens. Warum es so wichtig war, wußte sie nicht genau. Die Toten waren abwesend. Unabhängig davon, ob ihr Andenken in einer Gruft oder einem Grabstein verewigt war. Oder ob ihre Namen auf Plaketten oder Denkmälern aufgeführt waren. Die Toten waren so abwesend wie irgend möglich. Eine Behausung für die Toten war in Wirklichkeit eine Adresse für die Lebenden. Ein Ort, wo die Lebenden mit denen kommunizieren konnten, die sich jeder anderen Form der Kommunikation entzogen. Wo die Lebenden sich jenen nahe fühlen konnten, die nicht mehr unter ihnen weilten. Oberflächlich betrachtet, mochten die Accessoires des Todes wie Friedhöfe und Gräber überflüssig erscheinen. Die Hindernisse, die einer Kommunikation mit den Toten im Weg lagen, schienen weniger deutlich zu sein als das Problem eines eindeutigen Begegnungsortes.

Dennoch hätte Ruth am liebsten diesen besonderen Ort aufgeräumt. Sie überlegte, ob sie jemanden anstellen sollte, der zumindest dafür sorgte, daß die Nummer dreiundzwanzig in der Kamedulskastraße von außen sauber aussah. Sie wußte, daß so etwas absurd war. Was sollte saubergehalten werden? Eine Erinnerung? Erinnerungen konnte man nicht putzen und abschrubben und abwaschen. Erinnerungen besaßen ihre eigenen Grade an Reinheit und Tröstlichkeit.

»Warum sorgt hier niemand für Sauberkeit?« sagte Ruth zu Edek.

»Wozu?« sagte er. »Für uns? Es könnte die sauberste Straße und das sauberste Haus in ganz Polen sein, und trotzdem würde sich für uns nichts ändern.«

»Sie sollten aus Achtung vor dem Andenken der Leute, in deren Leben sie eingedrungen sind, für Sauberkeit sorgen«, sagte Ruth.

»Für Achtung ist es zu spät«, sagte Edek.

Edek hatte ein Dutzend rote Rosen und eine Lindt-Pralinenschachtel dabei. Eine Schachtel mit zwei Kilo Pralinen. Die Rosen waren wunderschön. Langstielige, üppige, volle Rosen von tiefem Dunkelrot. Blutrot. Ruths Mutter hatte Rosen geliebt.

»Mum hat Rosen sehr gern gehabt«, sagte Edek.

»Genau das habe ich eben auch gedacht«, sagte Ruth.

»Wir denken das gleiche, ich und meine Tochter«, sagte Edek. Ruth hatte den Eindruck, daß er ihr ihre Verärgerung über seinen Soloausflug verziehen hatte.

»Ja, das tun wir«, sagte sie und nahm Edek die Rosen ab. »Du überreichst Mrs. Wie-auch-immer die Pralinen, und ich überreiche ihr die Rosen«, sagte sie.

Sie hatten die Rosen auf einem Straßenmarkt gekauft. Der Markt war von einer für Łódź untypischen Lebendigkeit gewesen. Reihen von braunen Eiern hatten eine Fruchtbarkeit und Üppigkeit verkündet, die in Widerspruch zu dem mattgrauen Himmel und der trüben Luft stand. Berge runder bräunlicher Zwiebeln und hellroter Kartoffeln schienen vor Lebenssaft zu bersten. Die Karotten sahen kraftvoll und orangerot aus, nicht bläßlich wie die meisten städtischen Karotten. Und die Kohlköpfe von Medizinballgröße wirkten beinahe fleischlich. Der Straßenmarkt hatte Ruths Lebensgeister geweckt. Die Leute, die dort einkauften, sahen weniger verdrießlich aus als die meisten anderen Bewohner der Stadt. Sie wirkten gesünder. Beinahe fröhlich.

Ruth und Edek hatten ursprünglich mit der Tram zur Kamedulskastraße zurückfahren wollen, doch alle Straßenbahnen waren überfüllt, und Ruth wollte nicht zwischen lauter Polen eingekeilt sein. Die weiß und gelb gestrichenen Straßenbahnen in Łódź waren immer überfüllt – mit griesgrämigen Passagieren, reglos und stirnrunzelnd, eingekeilt auf ihrem Weg nach irgendwo. Ruth fragte sich, warum die Straßenbahnen immer so überfüllt waren. In den Bussen war es nicht anders. Wohin fuhren all diese Polen?

»Sollen wir reingehen?« fragte sie ihren Vater.

»Wir haben die Blumen und die Pralinen«, sagte er. »Warum nicht?«

Im Hausflur blickte Ruth beunruhigt zur Decke, die an mehreren Stellen ausgebessert war. Große häßliche braune Zementflecken waren über Stellen geschmiert, die wahrscheinlich Risse und Spalten gewesen waren. Es war ein besonders unappetitliches Braun. Die Decke sah aus wie mit Scheiße beschmiert. Mit Scheiße geflickt und ausgebessert.

»Es tut mir leid, daß ich dich gezwungen habe, nach Polen zu kommen«, sagte Ruth zu Edek.

»Du hast mich nicht gezwungen«, sagte Edek.

»Es war meine Idee«, sagte Ruth.

»Vielleicht war es gar keine schlechte Idee, sich anzuschauen, wie es jetzt dort aussieht«, sagte Edek.

»Du willst nur nett zu mir sein«, sagte Ruth. »Ich fühle mich in Polen überhaupt nicht wohl.«

»Wer könnte sich an so einem Ort schon wohl fühlen?« sagte Edek.

»Man sollte meinen, daß es nicht einmal die Polen tun«, sagte Ruth. »Sie wirken nicht gerade wie das glücklichste Volk der Welt, oder?«

»Psst«, sagte er zu ihr. »Sag nicht solche Sachen.«

»Kein Mensch in diesem Haus versteht Englisch; darauf verwette ich meinen Kopf«, sagte sie. »Und was schert es uns, ob wir ihre Gefühle verletzen? Mir ist das egal.« Edek schüttelte den Kopf und ging die Treppe hoch. »Es tut mir leid, Dad«, sagte sie. »Ich weiß, daß es nicht leicht für dich ist.«

Ruth und Edek standen vor der Wohnungstür. So viele Male in seinem Leben mußte Edek hier gestanden haben, dachte Ruth. Er hatte noch als Einundzwanzigjähriger und Zweiundzwanzigjähriger bei seinen Eltern gewohnt und für einen Teil seines dreiundzwanzigsten Lebensjahrs. Ruth sah die Wohnungstür an. Sie verspürte dumpfe Furcht. Sie wünschte, sie wäre wieder in New York, in New York, wo das Unvertraute vertrauter war als irgend etwas hier und wo das Absonderliche einem weniger absonderlich erschien.

»Komm«, sagte Edek. »Laß uns reingehen.« Er klopfte laut. Die Heftigkeit seines Klopfens überraschte Ruth. Sie dachte, daß sie nicht so kühn geklopft hätte. Ihr Klopfen wäre wahrscheinlich zaghaft ausgefallen – zaghaft, um ihre Wut zu verbergen.

Eine Frau öffnete. Auf den ersten Blick sah es aus, als hätte sie einen außergewöhnlich großen Kopf. Dann begriff Ruth, daß das Haar der Frau so voluminös war. Ein Teil dieses allzu üppigen Haars war in ein Kopftuch gebunden. Das Haar war feuerrot. Das Kopftuch, das es bändigen sollte, war grün. Fassungslos betrachtete Ruth Farbzusammenstellung und Haarpracht. Normalerweise hatten ältere Frauen nicht solche kaum zu bändigenden Mähnen. Und die Kombination aus Rot und Grün war fürchterlich. Ruth war klar, daß diese rote Haarpracht nicht wirklich auf dem Kopf der Frau wuchs, sondern eine Perücke war. Das Haar eines anderen Menschen. Oder vielleicht Nylon.

Die Züge der Frau waren faltig und hart. Sie lächelte. Ihre Züge sammelten sich zu einem Lächeln. Der Gesichtsausdruck blieb hart. »Kommen Sie, kommen Sie herein«, sagte sie. Ihr Mund blieb fast unbewegt, während sie unterwürfige Begrüßungsworte sprach. Ruth verspürte Furcht. Sie trat hinter Edek in die Wohnung. Die alte Frau betrachtete prüfend die mitgebrachten Rosen und Pralinen und überreichte sie ihrem Mann. »Setzen Sie sich, setzen Sie sich«, sagte sie. Im Schaukelstuhl nahm sie selbst Platz. Ruth und Edek saßen ihr gegenüber auf dem Sofa. In der Wohnung war es warm. Ruth fröstelte. Sie rückte näher zu ihrem Vater. Edek sah sie an. »Mir ist nur ein bißchen kalt«, sagte sie.

»In diesem Haus war nichts«, sagte die alte Frau. »Als ich hier eingezogen bin, war das Haus leer.« Ruth war entsetzt. Wie konnte die Frau so lügen? Ruth wußte, daß sie die Worte der Frau verstanden hatte. »Sie ist Anfang 1940 eingezogen«, sagte Ruth zu Edek. »Alles war noch hier.« Edek fragte die Frau, ob es bei ihrer Ankunft andere Hausbewohner gegeben habe. »Niemand war hier«, sagte sie. »Das Haus war leer.« Das sagte sie zu Ruth. Ruth versuchte ihre ungläubige Miene zu unterdrücken.

»Mit diesem Haus haben wir viel Ärger«, sagte die Frau. »Niemand repariert irgendwas, wie Sie sehen können. Ein heruntergekommenes Haus, das kein Geld wert ist.«

»Ich bin nicht im geringsten daran interessiert, dieses Gebäude zurückzuerlangen, werteste Dame«, sagte Edek. »Warum sollte ich mich mit einem Gebäude in Łódź belasten wollen? Verstehen Sie, werte Dame, ich lebe in Australien, am anderen Ende der Welt. Was sollte ich mit diesem Haus anfangen wollen?«

»Niemand zahlt seine Miete«, sagte die alte Frau. »Sie würden an diesem Haus nichts verdienen.«

»Zweifellos, meine Dame«, sagte Edek.

»Natürlich würden die Leute Miete zahlen, wenn sich jemand darum kümmern würde, daß die erforderlichen Reparaturen durchgeführt werden«, sagte sie.

»Zweifellos«, sagte Edek.

»Es dürfte nicht leicht sein, das Gebäude dem gegenwärtigen Besitzer abzukaufen«, sagte die Frau und seufzte. Sie verdrehte die Augen. »Der Besitzer ist ein sehr schwieriger Mensch.«

»Bitte, bitte, bitte«, sagte Edek. »Ich bin nicht hergekommen, um das Gebäude wieder in meinen Besitz zu bringen.« Er sah Ruth an. »Verstehst du, was sie sagt?« fragte er.

»Ich verstehe es im großen und ganzen«, sagte Ruth.

Wovor fürchteten sich die Leute, fragte sie sich. Wenn der gegenwärtige Hausbesitzer so ein schäbiger Knicker war, warum wäre ihnen dann nicht jeder andere lieber? Sogar ein Jude? Wohl kaum, dachte sie. Nicht wenn der Jude persönlich anwesend war. Vielleicht war es diese Aussicht, wovor sie sich fürchteten. Die Vorstellung, daß Juden zurückkehren konnten, war ganz offensichtlich keine willkommene Vorstellung.

»Sag ihr, daß es der letzte Ort auf Erden ist, wo du leben wolltest«, sagte Ruth zu Edek. Er schwieg. »Sag ihr, daß dein Leben sich in Australien abspielt. Du würdest doch nicht im Traum auf die Idee kommen, nach Łódź zurückzugehen.« Edek sah sie verblüfft an. »Du sollst ihr nur klarmachen, daß sie nicht befürchten muß, jemals wieder mitten unter Juden zu leben.«

Edek erklärte, daß er nicht beabsichtige, zurückzukehren. Die alte Frau wirkte erleichtert. »Frag sie, ob nicht irgendwelche Kleinigkeiten gefunden wurden«, sagte Ruth. »Mesusot oder Kerzen oder Fotos. Sag ihr, daß es dir nur um Dinge geht, die wertlos sind und die dir nur als Erinnerungsstücke etwas bedeuten.« – »Hier ist nichts gewesen«, sagte die alte Frau. »Nichts?« sagte Ruth zu Edek. »Das kann nicht sein. Kein Mensch hat diese ganzen Sachen aus den Wohnungen geräumt. Gestapoleute werden nach Wertgegenständen gesucht haben, aber den Kleinkram haben sie liegenlassen.«

»In keiner Wohnung in diesem Haus war irgend etwas«, sagte die Frau. Sie hatte ihr Kopftuch nicht abgelegt. Wahrscheinlich mußte sie es aufbehalten, um die monströse Perücke zu bändigen, dachte Ruth.

»Keine Bücher, keine Fotografien?« fragte Edek.

»Ich sagte Ihnen«, erwiderte die Frau, »daß nichts hier war.«

Der alte Mann kam aus der Küche.

»Das kann ich bestätigen«, sagte er. »Ich kam nicht lange nach ihr, und das Haus war leer, völlig leer.«

Edek zuckte zusammen. Ruth sah ihn an. Seine Züge waren verzerrt.

»Ist alles in Ordnung?« fragte sie.

»Ja, ja, alles in Ordnung«, sagte er. Aber so sah er nicht aus. »Drüben in der Ecke habe ich gesehen eine Schale, die gehört hat meiner Mutter«, sagte er zu ihr. Ruth sah ihn entsetzt an. »Bitte«, sagte Edek, »laß dir nicht anmerken, daß ich das gesehen habe.«

Ruth schaute in die Ecke. Auf einer kleinen Kommode stand eine verzierte, gravierte Silberschale. Sie begann zu zittern. »Schau nicht hin, sonst merkt sie es«, sagte Edek. Ruth versuchte ihren Blick abzuwenden.

»In diesem Haus gab es nichts«, sagte die Frau. »Die Juden haben alles mitgenommen.«

»Sie wußte also, daß hier Juden gewohnt hatten?« sagte Ruth. »Zumindest das hat sie zugegeben.«

Als hätte die Frau Ruths Worte verstanden, sagte sie zu Edek: »Alle wußten, daß das hier das jüdische Viertel war.« Ruth nahm an, daß ihr Ton der alten Frau verraten hatte, was sie sagte.

»Gewiß, gewiß«, sagte Edek.

»Frag sie, wohin all die Juden gegangen sind«, sagte Ruth. Edek fragte.

»Die Juden sind in größere Wohnungen gezogen«, sagte die Frau.

»Juden ziehen die ganze Zeit dorthin, wo es größer und schöner ist«, sagte Ruth zu Edek.

»Ich war nicht hier, als die Juden ausgezogen sind«, sagte der alte Mann.

Niemand schien dagewesen zu sein, als die Juden auszogen, dachte Ruth. Kein einziger Pole. Wo hatten sie alle gesteckt, als die endlose, zerstreute Prozession der Juden, die mitschleppten, was sie tragen konnten, durch Łódź gezogen war? Hatten sie sich unterdessen einem kollektiven Dauerrausch hingegeben? Hatten sie gewußt, daß sie bald darauf die Behausungen in Besitz nehmen würden, die zu verlassen man die Juden zwang? Für die Ärmeren unter den Polen mußte es ein wahres Geschenk des Himmels gewesen sein. Das reinste Weihnachten.

»Können wir nicht fragen, ob wir die Silberschale kaufen können?« sagte Ruth zu Edek.

»Bitte«, sagte Edek, »schau nicht hin. Sie merkt es sonst.«

»Ich würde die Schale wirklich gern kaufen«, sagte Ruth.

»Wozu?« sagte Edek.

»Ich würde sie einfach gerne haben«, sagte Ruth, »um sie in den Händen zu halten und anzusehen.«

»Es ist kein Mensch«, sagte Edek, »es ist nur eine Schale.«

»Wahrscheinlich aus massivem Silber«, sagte Ruth.

»Meinem Vater hat es Freude gemacht, für den *Schabbes*-Tisch Silbersachen zu kaufen«, sagte Edek. Beide schwiegen.

»Ich hatte keine Ahnung, was mit den Juden passierte«, sagte die alte Frau. »Ich hatte auch keine Ahnung«, sagte der alte Mann. »Ich war in Tschenstochau.«

»Den Juden in Tschenstochau ist das nicht passiert?« sagte Edek zu dem alten Mann. Sobald er es gesagt hatte, runzelte Edek die Stirn, als wären die Worte ohne sein Zutun seinen Lippen entschlüpft. Er rutschte unbehaglich auf dem Sofa hin und her. Ruth konnte sehen, daß ihn ärgerte, was er unbeabsichtigt gesagt hatte. Sie wußte, daß es anklagender gewesen war, als er wollte. Im Bemühen, die unbehagliche Stimmung aufzulockern, lächelte Ruth den alten Mann an. Keiner sprach ein Wort.

Ruth lenkte sich von dem Wunsch, die Schale anzustarren, dadurch ab, daß sie die Wohnungstür betrachtete. Ein Kleiderständer war mit Hüten und etwas Pelzigem vollgehängt, das wie eine große Katze aussah. Ruth schaute genauer hin. Es war eine Sammlung von Perücken. Verschiedenfarbige Perücken. Abgetragene Perücken. Eine über der anderen. Wie konnte jemand so viele Perücken brauchen? Und wie konnte man sie neben der Eingangstür ausstellen? Sie waren kein schöner Anblick. Ein mottenzerfressenes Durcheinander. War die alte Frau kahl? fragte sich Ruth. Nahm sie auf dem Weg aus der Wohnung eine Perücke vom Ständer, wie andere zu einem Hut griffen? Die Perücken verursachten Ruth ein leises Ekelgefühl. Die alte Frau sah, wie Ruth die Perücken anstarrte. Ruth wandte den Blick ab. Sie wollte die Frau nicht verletzen, noch nicht.

»Frag sie, ob es jemand anderen im Haus gibt, der über irgendwelche Fotos oder andere Gegenstände Bescheid wissen könnte«, sagte Ruth zu Edek.

»Es gibt niemand anderen, der damals hier gewohnt hat«, sagte die alte Frau als Antwort auf Edeks Frage.

»Niemand anderen«, schloß sich ihr Mann an.

»Jengelef Boleswaf starb vor zehn Jahren«, sagte die Frau.

»Jengelef Boleswaf?« sagte Edek. »Er war unser Hausmeister.«

»Er wohnte im dritten Stock«, sagte die Frau.

»Früher hat er im Souterrain gewohnt«, sagte Edek zu Ruth.

»Es gab also keine Papiere, überhaupt nichts?« sagte Ruth. Edek sprach mehrere Minuten lang mit der Frau.

»Sie sagt, jede Wohnung sei leer gewesen, als sie kam«, sagte er.

»Na gut«, sagte Ruth zu Edek. »Laß uns gehen. Was sollen wir hier?« Sie wollte vom Sofa aufstehen.

Der alte Mann bedeutete ihr, sie solle sitzen bleiben.

»Er will uns eine Tasse Tee bringen«, sagte Edek zu Ruth. »Können wir nicht sagen, daß wir keinen wollen?« sagte Ruth. Sie war müde. Ermüdet von der Sturheit der Frau. Ermüdet von dem deprimierenden, bröckelnden Verfall um sie herum.

»Wie leben Sie in Australien?« fragte die alte Frau Edek.

»Sag ihr, daß jeder Jude einen Swimmingpool, eine Yacht und einen Mercedes hat«, sagte Ruth. Edek mußte unwillkürlich lachen. Edeks Lachen beruhigte Ruth, die auch ruhiger wurde.

Wie naiv, dachte sie, zu glauben, diese Polen würden ihr irgend etwas freiwillig geben, selbst die scheinbar unwichtigste Information. Ruth konnte sehen, daß auch Edek von der Umgebung deprimiert war. »Sei nicht bedrückt, Dad«, sagte sie. »Das hier ist nicht dein Zuhause. Dein Zuhause ist vor langer Zeit genauso verschwunden wie alle seine Bewohner. Ein Zuhause besteht aus denen, die darin leben.«

»Du hast recht«, sagte Edek.

Der alte Mann brachte den Tee. »Wir trinken einen Schluck, und dann gehen wir«, sagte Ruth zu ihrem Vater. Der alte Mann lächelte Ruth an. Er stellte den Tee und ein paar Kekse auf ein Tischchen neben Ruth. Sechs hufeisenförmige Kekse lagen auf einem weißen Teller mit geriefem vergoldeten Rand. Aus dem gleichen Porzellan bestanden Teekanne, Zuckerdose und Milchkännchen. Offenbar hatten sie ihr bestes Geschirr aus dem Schrank geholt, dachte Ruth. Der Mann erschien mit vier passenden Tassen und Untertassen. Er schenkte Ruth eine Tasse Tee ein. Es war sehr starker Tee, beinahe schwarz. Ruth war sich nicht sicher, ob sie so starken Tee vertrug. Sie brauchte etwas Wasser. Sie wandte sich zu Edek, um ihn zu bitten, etwas heißes Wasser für sie zu verlangen.

Sofort sah sie, daß etwas nicht in Ordnung war. Edek war sehr blaß. Ruths Herz begann heftig zu pochen. »Ist alles mit dir in Ordnung, Dad?« fragte sie. Er gab keine Antwort. »Dad«, sagte sie, »ist alles mit dir in Ordnung?« Angst durchfuhr sie wie ein Blitz. Wie sollte sie ihren Vater in eine Klinik bringen, wenn es ihm schlecht ging? Was war das polnische Wort für Notarzt?

»Alles in Ordnung«, sagte Edek mit schwacher Stimme.

»Hast du Schmerzen?« fragte Ruth. Edek schüttelte den Kopf. Er sah nicht gesund aus. »Bist du sicher? Keine Schmerzen in der Brust, keine Atemnot?« fragte Ruth. Edek schüttelte den Kopf. »Kein stechender Schmerz im Arm?« fragte Ruth.

»Alles in Ordnung«, sagte Edek.

»Ich bringe dich zu einem Arzt«, sagte Ruth.

»Ich brauche keinen Arzt«, sagte Edek. »Ich habe nur einen Schock gehabt.«

»Natürlich war das Ganze ein Schock für dich«, sagte Ruth. »Es ist ein Riesenschock, sich im eigenen ehemaligen Zuhause zu befinden und zu sehen, daß nichts geblieben ist, gar nichts.«

»Ich wußte, daß nichts geblieben ist«, sagte Edek. Er klang fast wieder wie der Edek, den sie kannte.

»Wir hätte nicht kommen dürfen«, sagte Ruth. »Wir wußten, daß nichts von früher da ist.«

»Die Teekanne und die Milch- und Zuckersachen haben gehört meiner Mutter«, sagte Edek. »Die Löffel auch.«

»O nein!« sagte Ruth. Kein Wunder, daß Edek krank ausgesehen hatte. Sie begann zu weinen.

»Weine nicht«, sagte Edek. »Dafür ist es zu spät.«

»Meine Tochter ist sehr leicht erregbar«, sagte er zu dem Ehepaar. »Sie gerät schnell aus der Fassung.«

»Können wir gehen, Dad?« sagte Ruth.

»Wir haben den Tee noch nicht getrunken«, sagte Edek. Er trank seine Tasse aus, während Ruth neben ihm saß und weinte.

»Seien Sie für Ihre Gastfreundschaft vielmals bedankt«, sagte Edek im Aufbrechen zu dem alten Mann und der alten Frau. Der alte Mann ergriff Ruths Hand und traf Anstalten, sie zu küssen. Ruth zuckte zusammen, als die fleckigen braunen Zähne sich ihrer Hand näherten. Sie zog ihre Hand zurück. Sie versuchte, den Mann anzulächeln, doch sie konnte nicht zu weinen aufhören. Sie wischte sich die Hand am Mantel ab. Sie wollte die Berührung des Mannes wegwischen.

Edek und Ruth gingen die Treppe hinunter. Ruth versuchte sich zusammenzureißen. Sie durfte sich nicht so gehenlassen. Sie hatte sich um ihren Vater zu kümmern.

»Meinst du, sie dachte, du würdest das Porzellan nicht wiedererkennen?« fragte Ruth Edek.

»Wer weiß?« sagte Edek. »Um ehrlich zu sein, hat es mich ganz schön erschüttert. Ich weiß noch, wie meine Mutter so viele Male hat aus dieser Teekanne Tee ausgeschenkt.«

»Es war eine wunderschöne Teekanne«, sagte Ruth. »Offenbar hebt das alte Paar sie für besondere Anlässe auf.«

»Wir haben das Geschirr jeden Tag benutzt«, sagte Edek. »Meine Mutter hatte zwei Services mit zwölf Tassen und Tellern, und wenn die ganze Familie war versammelt, konnten wir alle miteinander Tee trinken.«

»Ich kann es nicht fassen, daß die alte Frau uns in diesem Service Tee angeboten hat«, sagte Ruth. »Vielleicht ist es schon so lange in ihrem Besitz, daß sie glaubt, es würde ihr tatsächlich gehören. Vielleicht hat sie vergessen, woher sie es hat.«

»Vielleicht«, sagte Edek. »Es lohnt sich nicht, zu versuchen sich auszudenken, was sie denken könnte.«

Sie gingen die letzten Stufen hinunter. Ruth sah zum Hinterhof. Er war kahl und leer. Geborstener Beton, in dessen Ritzen Unkraut wuchs. Am hinteren Ende des Hofs befanden sich vier Schuppen.

»Dort waren die Toiletten für das ganze Haus«, sagte Edek. Ruth konnte die Toiletten riechen.

»Dem Geruch nach zu schließen«, sagte sie, »sind sie noch immer in Gebrauch.«

»Wir hatten eine Toilette in der Wohnung«, sagte Edek. »Das hatten nicht viele Leute.« Er ging zu einer Ecke des Hofs. Ruth folgte ihm nicht. Sie hielt es für besser, ihn ein wenig in Ruhe zu lassen. Sie entfernte sich von den Toiletten.

Ein großer brauner Hund kam in den Hof. Ruth trat ein paar Schritte zurück. Der Hund folgte ihr.

»Im Hof ist ein Hund«, rief sie Edek zu. »Paß auf, daß er dir nicht zu nahe kommt!« Edek drehte sich um und sah zu dem Hund hin.

»Der tut mir nichts«, sagte er zu Ruth. »Kein Grund, sich Sorgen zu machen. Das ist nur ein Hund.« Edek hatte recht, dachte Ruth. Es gab keinen Grund, sich vor dem Hund zu fürchten. Der Hund war viel weniger furchterregend als die Menschen ringsum.

»Husch«, sagte sie zu dem braunen Hund. Der Hund wanderte zu Edek hinüber. Edek mochte Hunde. Edek streichelte den Hund. Edek hatte ein Fleckchen Erde am Hofende betrachtet. Ruth hatte ihn beobachtet. Woran dachte er, fragte sie sich. An die Silberschale seiner Mutter? An das Porzellan seiner Mutter? An die Mahlzeiten, die auf dem Porzellan serviert worden waren? An die Leute, die die Mahlzeiten verzehrt hatten?

Ruth hörte Schritte hinter sich. Der alte Mann war in den Hof getreten. Er ging zu Edek und schüttelte dabei den Kopf und zuckte die Schultern. »Ich sagte Ihnen doch, daß Sie besonders nett sein sollten«, sagte er. »Sie ist eben etwas schwierig!« Ruth verstand, was er gesagt hatte. Sie war selbst überrascht, daß sie es verstand.

»Die Blumen und die Pralinen waren nicht genug?« sagte Edek zu dem Mann.

»Nein«, sagte der alte Mann. Ruth sah, wie ihr Vater sich auf die Lippen biß, um zu unterdrücken, was er sonst vielleicht gesagt hätte.

»Die Pralinen waren nicht groß genug?« sagte Ruth zu ihrem Vater.

»Nicht für seine Frau«, sagte Edek.

»Es war die größte Pralinenschachtel, die ich in Łódź auftreiben konnte«, sagte Ruth.

»Ich verstehe, was der Mann uns sagt«, sagte Edek.

»Das tue ich auch«, sagte Ruth.

»Wir denken das gleiche, wie immer«, sagte Edek.

»Komm, wir bieten ihm Geld an«, sagte Ruth. »Warum nicht?«

»Wer weiß, was wir für dieses Geld bekommen?« sagte Edek.

»Wahrscheinlich noch mehr Lügen«, sagte Ruth.

»Warum sollen wir für solche Lügen bezahlen?« sagte Edek.

»Ich habe Geld für unwichtigere Dinge verschwendet«, sagte Ruth.

»Nein«, sagte Edek. »Ich will ihnen kein Geld geben.«

»Es ist bloß Geld«, sagte Ruth. »Du gibst ihnen nichts Wirkliches.«

»Es würde ihnen Freude machen, Geld von mir zu bekommen«, sagte Edek. »Und diese Freude will ich ihnen nicht machen.«

»Okay«, sagte sie.

Der alte Mann hatte Edek und Ruth mißtrauisch beäugt. Er sah aus, als bemühe er sich mit aller Kraft, ihren Worten zu folgen. Ruth hatte den Eindruck, daß er sich zusammenreimte, daß er kein Glück hatte. Daß weder Edek noch sie im Begriff standen, ihm einen Haufen Bargeld in die Hand zu drücken. Der alte Mann blickte mißmutig drein.

»Meine Frau ist eine wirklich nette Person«, sagte er. »Es braucht nur eine kleine Extraanstrengung, um sie in so gute Laune zu versetzen, daß sie reden will.«

»Sag ihm, den Scheiß soll er sich sparen«, sagte Ruth.

»Bitte«, sagte Edek. »Sag nicht solche Sachen.« Ruth lächelte den alten Mann an. Sie konnte sehen, daß er in etwa verstand, was sie gesagt hatte. Er zappelte nervös herum.

»Vielleicht ein kleiner Beitrag zu unseren Lebenshaltungskosten?« sagte er. Edek antwortete nicht. Statt dessen sah er zu Boden und schob mit dem Fuß einen Erdbrocken beiseite. Er sah gedankenverloren und traurig aus.

»Ein kleiner Beitrag?« sagte der Mann.

»Ich finde, unser Beitrag war schon groß genug«, sagte Ruth zu Edek, »meinst du nicht auch?« Edek schwieg. »Laß dich von ihm nicht ärgern«, sagte Ruth zu ihrem Vater.

»Er kann mich nicht ärgern«, sagte Edek. Er stieß noch immer mit dem Fuß nach dem Erdklumpen.

»Was haben Sie vor?« sagte der alte Mann zu Edek. »Suchen Sie nach jüdischem Gold? Wir wissen, daß die Juden ihr Gold vergraben haben.«

»Sonst wissen Sie nichts«, sagte Edek, »aber das wissen Sie?«

»Ich weiß, daß die Juden ihr Gold vergraben haben«, sagte der Mann.

»Diese Nachricht gelangte also bis nach Tschenstochau?« sagte Edek. Der Mann nickte. Zorn malte sich auf Edeks Miene. »Hat Ihre Frau vielleicht das Gold gefunden?« sagte Edek.

Er wandte sich zu Ruth. »Hier ist für uns nichts zu machen«, sagte er. »Laß uns gehen.«

»Sie hatten einen Cousin, der nach dem Krieg zurückkam?« sagte der alte Mann zu Edek, der sich abrupt umwandte.

»Plötzlich erinnern Sie sich an etwas?« sagte er.

»Sie haben mich daran erinnert«, sagte der alte Mann. »Ein Nachbar hat gesehen, wie Ihr Cousin im Hof nach etwas grub. Neben dieser Toilette.« Er sah selbstzufrieden aus. Er grinste vor Erregung. Das Grinsen zeigte all seine fleckigen Zähne. Er sah zu Boden. »Dort ist nichts«, sagte er zu Edek. »Wir haben schon nachgesehen.«

»Sie haben nichts gefunden?« sagte Edek.

»Nichts«, sagte der alte Mann.

Edek nickte ihm zu. Sein Nicken war ungläubig, doch Ruth hatte den Eindruck, daß dies dem alten Mann nicht auffiel.

»Sie wollen es nicht noch einmal mit meiner Frau versuchen?« sagte der alte Mann zu Edek.

»Nein, danke«, sagte Edek.

Edek und Ruth gingen.

»Woher wußte der Nachbar, daß dein Cousin ein Jude war?« fragte Ruth, als sie die Straße entlanggingen.

»Das sagte ich dir doch. Sie können uns riechen«, sagte Edek.

»Woher wußte er, daß es dein Cousin war?« fragte Ruth.

»Ein Nachbar, der mit meinem Cousin in der Schule war, hat ihn wiedererkannt«, sagte Edek. »Das hat mir mein Cousin erzählt.«

»Dieser alte Mann mit seinen ungepflegten, fleckigen Zähnen und seiner gespielten Ahnungslosigkeit mußte also nur zwei und zwei zusammenzählen«, sagte Ruth.

»Was meinst du damit?« sagte Edek.

»Er konnte sich denken, daß ein Cousin der Besitzerfamilie dein Cousin sein mußte«, sagte Ruth.

»Vermutlich«, sagte Edek.

»Wer war der Cousin?« sagte Ruth.

»Das war mein Vetter Herschel«, sagte Edek. »Herschel kam nach dem Krieg nach Łódź zurück.«

»Wo war er während des Krieges?« fragte Ruth.

»In einem Arbeitslager in Deutschland«, sagte Edek.

»Wo in Deutschland?« fragte Ruth.

»Hinter Leipzig«, sagte Edek. »In der Nähe von Chemnitz.«

»Wie war Herschel mit dir verwandt?« fragte Ruth.

»Er war der Sohn der Schwester von der Frau meines Bruders Tadek«, sagte Edek.

»Er war der Sohn der Schwester deiner Schwägerin?« sagte Ruth.

»Ja«, sagte Edek.

»Ich glaube, dann war er kein Cousin von dir«, sagte Ruth.

»Er war mein Cousin«, sagte Edek.

»Die Kinder deiner Schwägerin wären deine Nichten oder Neffen«, sagte Ruth. »Und der Cousin, der nach Łódź zurückgekommen ist, wäre ihr Cousin, nicht deiner.«

»Was ist bloß los mit dir?« sagte Edek. »Du machst dir Gedanken über Sachen, über die man sich keine Gedanken zu machen braucht. Herschel war mein Cousin. Wir sind zusammen aufgewachsen.«

»Entschuldige«, sagte Ruth.

»Herschel blieb einen Tag in Łódź«, sagte Edek. »Er hat einen Tag gebraucht, um zu merken, daß hier niemand überlebt hatte und daß sein eigenes Leben in Gefahr war. Jeder Pole, dem er in der Nachbarschaft begegnete, erschrak bei seinem Anblick. ›Ich dachte, sie hätten euch alle umgebracht‹, hat einer seiner ehemaligen Lehrer zu ihm gesagt.«

»Was ist aus Herschel geworden?« fragte Ruth.

»Er ist nach Amerika ausgewandert«, sagte Edek. »Das war 1948. Mum und ich waren noch in dem Lager für Displaced Persons in Deutschland. Herschel war ganz schön aufgeregt, nach Amerika zu kommen.«

Edek schwieg einen Augenblick. Er holte tief Luft. »In Amerika hat er ein junges Mädchen kennengelernt, eine Jüdin, die auch aus Polen kam. Er hat mir geschrieben, wie glücklich er war. Ich glaube, sie hieß Helcha. Herschel hat mir ein Foto von sich und Helcha geschickt. Auf dem Foto war Helcha tatsächlich schon schwanger.« Wieder schwieg er.

»Von deinem Cousin Herschel hatte ich nichts gewußt«, sagte Ruth.

»Er war schon fort, als du auf die Welt kamst«, sagte Edek.

»Wohin ist er gegangen?« fragte Ruth.

»Er ist nirgendwohin gegangen«, sagte Edek. »Er ist gestorben. Bei einem Autounfall. Er hat nicht einmal miterlebt, daß sein Sohn geboren wurde.«

»Wie schrecklich«, sagte Ruth. »Die Nazis zu überleben und dann bei einem Autounfall umzukommen.« Es war unlogisch, aber Ruth dachte, daß all das, was Herschel durchgemacht hatte, ihn doch wohl gegen weitere Tragödien hätte feien müssen. Sie war deprimiert. Das Leben war so ungerecht und willkürlich.

»Ich habe Herschel sehr gern gehabt«, sagte Edek. »Er war der einzige aus meiner Familie, was den Krieg überlebt hat.«

»Dad«, sagte Ruth, »meinst du, wir könnten diesen Polen das Porzellan deiner Mutter abkaufen?«

»Vergiß es«, sagte Edek.

»Ich hätte es wirklich gern«, sagte Ruth. »Warum sollten sie es weiterbenutzen?«

»Warum nicht?« sagte Edek. »Wen stört das schon? Niemanden.«

»Mich stört es«, sagte Ruth. »Erstens weil ich nicht will, daß sie es haben, und zweitens weil ich es selbst gern hätte. Es würde mir viel bedeuten, Tee in der Teekanne deiner Mutter und Zucker in ihrer Zuckerschale zu servieren.«

»Was für eine Bedeutung soll so ein bißchen Geschirr haben?« sagte Edek.

»Für mich viel Bedeutung«, sagte Ruth.

»Vergiß es«, sagte er. »Ich will nicht noch einmal dort hingehen. Für mich ist beendet alles, was dort gewesen ist.«

Schweigend gingen sie zum Grandhotel Victoria zurück. Edek sah müde aus. »Würdest du heute abend gern auf deinem Zimmer essen?« fragte sie ihn.

»Das ist gar keine üble Idee«, sagte er.

»Es war ein Tag mit vollem Programm«, sagte Ruth.

»Das kannst du laut sagen, Bruder«, sagte Edek.

Im Hotel bestellte Ruth beim Zimmerservice etwas Gerstensuppe, ein Schnitzel und ein Stück Schokoladenkuchen für Edek. Sie selbst war nicht hungrig. In ihrem Kopf wirbelten Bilder von den Zähnen des alten Mannes, dem Perückenberg und dem goldgeränderten Porzellan. Sie mußte an Herschel denken, der nach Amerika ausgewandert war, um dort den Tod zu finden, und an die generelle Widersprüchlichkeit und Unordnung des Universums. Das hätte jedem den Appetit verschlagen.

Ruth saß in ihrem Zimmer auf dem Bett. Die stickige Zimmerluft war deprimierend. Ruth hatte Schwierigkeiten beim Atmen. Es fiel ihr oft schwer, tief einzuatmen. Auch jetzt kam es ihr vor, als atme sie flach. Sie hatte festgestellt, daß das ein Angstsymptom war, das sich einstellte, wenn sie Wut oder freudige Erregung zu überspielen versuchte. Sie atmete nicht natürlich. Auf jeden Fall war das, was sie gerade zu überspielen versuchte, keine freudige Erregung.

Sie beschloß, im Foyer eine Tasse Tee zu trinken. Bevor sie hinunterging, rief sie Edek an. Seine Stimme klang wieder gefaßter. Er habe das *Einarmige Alibi* fast durch, sagte er, und stehe im Begriff, mit der *Heißblütigen Erbin* zu beginnen.

»Ich hoffe, Die *Heißblütige Erbin* ist gut«, sagte Ruth.

»Ob gut oder schlecht, spielt keine Rolle«, sagte Edek. »Wenn ich das lese, lebe ich jedes einzelne Wort.« Ruth dachte sich, daß die Wörter in der *Heißblütigen Erbin* zweifellos beträchtlich tröstlicher für Edek sein würden als die Wörter, die er heute in der Kamedulskastraße zu hören bekommen hatte.

»Wir sehen uns morgen früh«, sagte sie zu ihm. Im Foyer bestellte sie sich einen Kamillentee mit Zitrone und etwas Brot und Marmelade. Pflaumenmarmelade. In Polen gab es sehr gute Pflaumenmarmelade.

Ruth dachte wieder an das Porzellan ihrer Großmutter. Der Teller, den sie gesehen hatte, ließ darauf schließen, daß es nicht nur ein Tee-, sondern auch ein Speiseservice gegeben hatte. Es mußte ein überwältigender Anblick gewesen sein. Das Porzellan war dünnwandig, und der zarte Goldrand mit seiner exzentrischen Kräuselung machte es zu einem ungewöhnlichen Tischgeschirr. Ruth fragte sich, wer es ausgesucht haben mochte. Ihre Großmutter? Zweifellos war es eine kostspielige Anschaffung gewesen. Suchten damals Frauen so etwas aus? Oder taten es die Männer?

Die Silberschale, auf die Edek gedeutet hatte, sah sehr massiv aus. Sie war sicher ebenfalls teuer gewesen. Es war merkwürdig, diese raffinierten und luxuriösen Alltagsgegenstände als etwas kennenzulernen, was aus ihrer Familie stammte. Ruth war in ärmlichen Verhältnissen aufgewachsen. Sie war im Bewußtsein aufgewachsen, daß es keine Familienerbstücke gab. Keine Hinterlassenschaften. Keine Vermächtnisse oder Verpflichtungen. Keine Familienrezepte. Keine Ratschläge, keine Empfehlungen. Es war ausgesprochen befremdlich, dieses Porzellan als etwas zu betrachten, was zu ihrer Vergangenheit gehörte.

Ruth fragte sich, ob es mehr Porzellan gab als das, was man ihnen gezeigt hatte. Sie dachte, daß die alte Frau gewußt haben mußte, daß Edek Teegeschirr und Silberschale wiedererkennen würde. Doch warum sollte sie das wollen? War das Porzellan ein Köder? Erwarteten sie, daß Edek anbieten würde, es zu kaufen? Träumte das alte Ehepaar von phantastischen Summen, die ein alter Jude zahlen würde, um etwas aus seinem früheren Leben wiederzuerlangen? Oder prahlte die alte Frau damit, daß sie diese gestohlenen Gegenstände besaß? Wenn sie sich einen Verkauf erhoffte, hätte sie doch gewiß Edek und Ruth einen diesbezüglichen Wink gegeben. Eine Grundlage für Verhandlungen geschaffen. Doch nichts hatte darauf hingedeutet, daß die alte Frau oder ihr Mann wußten, was sie ihnen unter die Nase gehalten hatten.

Ruth war ratlos. Sie wollte Edek nicht aus der Fassung bringen, indem sie einen weiteren Besuch in der Kamedulskastraße vorschlug. Doch gleichzeitig wollte sie das Porzellan und die Silberschale haben. Sie wollte sie unbedingt haben. Sie wollte sie berühren können. In die Arme nehmen. An sich drücken. Sie wußte, daß es nur leblose Gegenstände waren, doch sie waren von all jenen berührt und in Händen gehalten worden, die zu berühren und in die Arme zu nehmen sie niemals imstande sein würde. Sie waren von ihren Großeltern berührt worden. Von Cousins und Cousinen und Onkeln und Tanten. Auch sie wollte Ruth berühren und in die Arme nehmen.

»Entschuldigen Sie«, sagte eine Frauenstimme. Ruth fuhr zusammen. Sie war völlig in ihre Gedanken versunken gewesen. »Entschuldigen Sie, daß ich Sie störe«, sagte die Frau. Ruth blickte auf. Es war die blonde Frau, die sie gestern beim Frühstück so angestarrt hatte. Jetzt lächelte die Frau sie an. »Ich habe Sie gestern gesehen«, sagte sie. »Sie saßen mit Ihrem Mann beim Frühstück.«

»Mit meinem Vater«, sagte Ruth. »Das war mein Vater. Ich bin nicht verheiratet. Ich habe keinen Ehemann. Ich habe auch keinen Freund. Ich sorge für mich selbst. Ich brauche keinen Mann, der für mich sorgt oder mit mir reist.« Ruth erschrak über ihre eigenen Worte. Warum fuhr sie eine Fremde so heftig an?

»Entschuldigen Sie«, sagte die Frau.

»Nein, ich muß um Entschuldigung bitten«, sagte Ruth. »Ich habe ein paar schwere Tage hinter mir und bin mit meinen Nerven etwas am Ende. Wahrscheinlich reisen nicht viele Töchter mit ihren Vätern. Es kann leicht geschehen, daß man einen Vater für einen Ehemann hält.« Ruth betastete ihr Haar. Sie kam sich verstrubbelt vor, so als hätten ihre verworrenen und wirren Gedanken sich in ihrem Aussehen manifestiert.

»Mein Vater ist trotz allem vierzig Jahre älter als ich«, sagte sie.

»Ich dachte, Sie hätten einen älteren Mann geheiratet«, sagte die Frau. »Ihr Vater sieht richtig süß aus.«

»Das denke ich manchmal auch«, sagte Ruth.

»Ich hoffe, Sie haben nichts dagegen, daß ich mich vorstelle«, sagte die Frau. »Ich heiße Martina Schmidt.«

»Ruth Rothwax«, sagte Ruth. Sie stand auf und streckte der Frau ihre Hand hin.

»Hätten Sie etwas dagegen, wenn ich mich für einen Augenblick zu Ihnen setze?« sagte Martina Schmidt.

»Nicht im geringsten«, sagte Ruth. »Bitte, nehmen Sie Platz.« Beide setzten sich. »Sie sind mir beim Frühstück aufgefallen«, sagte Ruth. »Nicht weil Sie mich anstarrten, sondern weil alles an Ihnen verriet, daß Sie nicht aus Łódź sein können.«

Martina Schmidt lachte. Sie war wirklich sehr hübsch, fand Ruth. »Ich unterrichte hier«, sagte Martina. »Ich unterrichte an der Filmhochschule. Das ist mein letztes Semester; danach gehe ich nach Deutschland zurück, nach Berlin. Ich habe Sie so angestarrt, weil ich nicht glauben konnte, daß ich Sie wiedersah.«

»Mich wiedersahen?« sagte Ruth.

»Ich bin im selben Flugzeug wie Sie von New York nach Warschau geflogen«, sagte Martina Schmidt. »Ich saß zwei Reihen hinter Ihnen, auf der rechten Seite.«

Ruth erinnerte sich undeutlich, daß jemand sie angestarrt hatte. Die meiste Zeit des Flugs hatte sie gearbeitet. Sie hatte gewußt, daß sie sich in die Arbeit vertiefte, um das ungute Gefühl zu verdrängen, das die Reise nach Polen in ihr auslöste.

»Es tut mir leid, daß ich Sie nicht bemerkt habe«, sagte Ruth.

»Sie waren beschäftigt«, sagte Martina.

»Darf ich Ihnen etwas bestellen?« sagte Ruth. »Ich bin ein wenig trostbedürftig, deshalb tröste ich mich mit Brot und Marmelade.« Martina lachte. »Ich mag Brot und Marmelade auch sehr gern«, sagte sie. »Wie die meisten Deutschen. Wir essen mehr Brot als alle anderen Europäer. Es gibt dreihundert Brotsorten bei uns, und wir essen pro Kopf durchschnittlich zweihundert Pfund Brot jährlich. In den Nachkriegsjahren, als es fast nichts anderes gab, aß jeder Deutsche – Mann, Frau und Kind – dreihundertundzehn Pfund Brot im Jahr.«

Ruth lachte. »Das wußte ich nicht«, sagte sie. Martina Schmidt war ihr auf Anhieb sympathisch. Jemand, der solche Statistiken auswendig wußte, mußte ein interessanter Mensch sein.

»Es gibt ein deutsches Sprichwort«, sagte Martina, »das besagt, daß Leute, die das Brot nicht achten, das Leben nicht achten.«

»Wirklich?« sagte Ruth. Sie hielt es für klüger, nichts zu der Ironie zu sagen, die darin lag, daß Deutsche das Leben achteten. Sie rief den Portier.

»Ich nehme einen Wodka«, sagte Martina zu dem Portier. »Ich bestelle mir eine andere Art von Trost«, sagte sie zu Ruth. »Heute ist mein Geburtstag.«

»Herzlichen Glückwunsch«, sagte Ruth.

»Danke«, sagte Martina. »Mir war heute gar nicht glücklich zumute. Es ist mein vierzigster Geburtstag, und ich bin wieder einmal allein.«

»Mein vierzigster Geburtstag ist mir gar nicht aufgefallen«, sagte Ruth.

»Es ist nicht so sehr mein Alter«, sagte Martina, »sondern der Umstand, daß ich wieder einmal an meinem Geburtstag allein bin.«

»Allein zu sein ist nicht das schlechteste«, sagte Ruth. »Es ist viel besser, als mit dem falschen Menschen zusammenzusein.«

»Ich war an vielen Geburtstagen allein«, sagte Martina.

»Warum?« sagte Ruth. »Sie sind eine schöne Frau mit einem aufregenden Beruf in der Filmindustrie.«

Martina lachte. »Meine Studenten interessieren mich nicht; schon gar nicht die Polen unter ihnen.«

»Das kann ich verstehen«, sagte Ruth. »Nicht daß Sie Ihre Studenten nicht attraktiv finden, sondern daß Sie polnische Studenten nicht attraktiv finden.« Ruth sah Martina an. Sie fürchtete, Martina könne diese Bemerkung als zu offenkundig antipolnisch aufgefaßt haben. Doch Martina lachte.

»Es stimmt, daß die Polen nicht die anziehendsten Menschen der Welt sind«, sagte sie. »Obwohl ich finde, daß wir an der Filmschule einige der nettesten und interessantesten Exemplare haben. Dennoch bin ich sehr froh, Łódź zu verlassen.«

»Es ist eine ganz schön deprimierende Stadt, nicht wahr?« sagte Ruth.

»Sehr deprimierend«, sagte Martina. »Besonders für Frauen. Polnische Männer glauben, daß alle Frauen hinter ihnen her wären. Sie halten Frauen für eine Mischung aus Dekorationsobjekt und Dienstboten. Und der Dienstbotenaspekt scheint gewichtiger zu sein als der Dekorationsaspekt.«

»Sie haben sich als Dekorationsobjekt bewährt, aber nicht als Dienstbote?« sagte Ruth.

»So ist es«, sagte Martina.

Der Portier kam mit dem Wodka. Martina hob ihr Glas.

»*Cheers*«, sagte sie. Ruth hob ihre Teetasse. »*Cheers*«, sagte sie. Sie sah Martina an. Martina strahlte. Plötzlich fühlte Ruth sich glücklich. Ein unerklärliches Glücksgefühl durchströmte sie. Plötzlich kam Łódź ihr weniger bleiern vor. Weniger leblos.

»Warum haben Sie so viele Geburtstage allein verbracht?« fragte Ruth. »Wenn Sie nichts dagegen haben, daß ich das frage.«

»Ich habe nichts dagegen«, sagte Martina. »Ich war ziemlich lange in jemanden verliebt. Und es ist nicht so einfach, die Liebe von einem Menschen auf einen anderen zu übertragen.«

»Natürlich nicht«, sagte Ruth.

»Im Flugzeug habe ich Sie angestarrt, weil Sie mich an jemanden erinnerten«, sagte Martina.

»Das liegt an meinem typisch jüdisch-polnischen Aussehen«, sagte Ruth. »Wir sehen alle gleich aus.«

»Sie sind Jüdin?« sagte Martina.

»Ja«, sagte Ruth. »Ich dachte, das wäre unübersehbar.«

»Nicht für mich«, sagte Martina. »Sie sahen so vertraut aus, obwohl ich mich nicht erinnern konnte, wo ich Sie schon einmal gesehen hatte.«

»Sie hatten mich schon einmal gesehen?« sagte Ruth.

»So kam es mir vor«, sagte Martina. »Es war nicht nur Ihr Aussehen, sondern noch etwas anderes. Als ich aus dem Flugzeug stieg, fiel es mir ein – es war die Art, wie Sie Ihr Bein bewegt haben.«

»O nein«, sagte Ruth. »Ich kann mir nicht vorstellen, daß meine Beinbewegungen so auffällig waren.«

»Für andere sicher nicht«, sagte Martina. »Aber die Bewegungen fanden immer zehnmal hintereinander statt. Jedesmal wenn Sie mit dem Fuß klopften, klopften Sie zehnmal.«

»Sie haben mitgezählt?« sagte Ruth.

»Gewissermaßen unbewußt«, sagte Martina. »Sie müssen wissen, daß der Mensch, den ich geliebt habe, auch so mit dem Fuß klopfte.«

»Wirklich?« sagte Ruth.

»Es war mein Mann«, sagte Martina. »Und als ich begriff, daß das, was mir so vertraut vorkam, Ihre Beinbewegungen waren, begriff ich auch, an wen Sie mich erinnerten. An meinen Mann.«

»Ich sehe aus wie Ihr Mann?« sagte Ruth. Irgendwie fand sie es ehrenrührig, wie der Ehemann von jemand anderem auszusehen.

Martina lachte. »Natürlich ist er nicht so schön wie Sie«, sagte sie. »Aber er sieht sehr gut aus. Ich sollte ihn nicht als meinen Mann bezeichnen. Er ist mein Exmann. Als ich begriff, an wen Sie mich erinnern, habe ich nach Ihnen Ausschau gehalten, aber da waren Sie schon weg.«

»Warum wollten Sie mich finden?« sagte Ruth.

»Ich weiß es nicht«, sagte Martina. »Es hatte irgendwie mit Ihrem Fußklopfen zu tun. Mein Exmann hat genau die gleiche Angewohnheit. Es macht alle seine Freunde wahnsinnig.«

»Viele nervöse Leute haben ähnliche Marotten, nehme ich an«, sagte Ruth.

»Als ich Sie im Hotel sah«, sagte Martina, »traute ich meinen Augen nicht. Ich hatte gerade noch an Gerhard gedacht, meinen Mann, ich meine Exmann, als ich Sie plötzlich sah.«

»Haben Sie heute abend nach mir gesucht?« sagte Ruth.

Martina sah überrascht aus. »Woher wissen Sie das?« fragte sie.

»Nur eine Vermutung«, sagte Ruth. »Warum haben Sie mich gesucht?«

»Ich weiß es nicht«, sagte Martina. »Stört es Sie?«

»Nicht im geringsten«, sagte Ruth. »Mir war ziemlich elend zumute, und jetzt geht es mir viel besser. Schade, daß ich nicht Gerhard bin.«

»Zwischen Gerhard und mir ist es aus«, sagte Martina. »Aber Sie sehen ihm wirklich sehr ähnlich. Ich wünschte, ich hätte ein Foto von ihm. Sie wären überrascht, wie ähnlich Sie ihm sehen.«

»Ich habe schon viele Leute gesehen, denen ich mich ähnlich fühlte«, sagte Ruth.

»Wirklich?« sagte Martina.

»Sie sind alle tot«, sagte Ruth. »Außer meinen Eltern habe ich keine Verwandten. Ihre Familien wurden von den Nazis ermordet.«

»Das tut mir sehr leid«, sagte Martina. Sie sah aufgelöst aus.

»Ich habe es nicht gesagt, um Ihnen leid zu tun«, sagte Ruth. »Ich wollte Ihnen nur erklären, daß ich mich auf Fotos von Juden im Vorkriegspolen wiederzuerkennen glaube.«

»Ich habe es nicht gesagt, weil Sie mir leid tun«, sagte Martina, »sondern weil mir leid tut, was wir Ihnen angetan haben. Aber vielleicht ist es besser, nichts zu sagen. Leid tun ist nicht das richtige Wort dafür.« Martina schwieg. »Möchten Sie, daß ich gehe?« sagte sie zu Ruth.

»Weil Sie Deutsche sind?« sagte Ruth. »Natürlich nicht.«

»Es tut mir sehr leid«, sagte Martina.

»Sie sind nicht schuld«, sagte Ruth.

»Die Juden auch nicht«, sagte Martina.

Schweigend saßen sie ein paar Minuten lang da. »Ist das der Grund für Ihren Aufenthalt in Polen?« fragte Martina.

»Ja«, sagte Ruth. »Mein Vater und ich suchen etwas. Ich wenigstens suche etwas, und er hat sich bereit erklärt, mitzukommen.«

»Nach was suchen Sie?« fragte Martina.

»Ich weiß es nicht«, antwortete Ruth.

Es war die Wahrheit. Sie wußte nicht, was sie hier wollte. Sie wußte nicht, warum sie ihren Vater hergeschleppt hatte. Warum sie mit ihm zusammen hier sein wollte. Suchte sie wirklich nach etwas?

Und wenn, wonach? Offenbar hatte sie etwas Porzellan gefunden. War sie deshalb gekommen? Wohl kaum.

»Kennen Sie meinen Exmann vielleicht?« sagte Martina. »Er ist Bühnenautor. In Deutschland ziemlich bekannt. Gerhard Schmidt. Er schreibt über Juden.«

Ruth schüttelte den Kopf. »Bedaure«, sagte sie, »ich habe noch nie von ihm gehört.«

»Er ist außerhalb Deutschlands wahrscheinlich nicht bekannt«, sagte Martina. »Viele denken, daß er einen Judenfimmel hat.«

»Deutschen erscheint vielleicht jeder Gedanke an Juden übertrieben«, sagte Ruth.

»Vielleicht«, sagte Martina.

»Warum haben Sie sich getrennt, wenn Sie ihn so sehr geliebt haben?« fragte Ruth.

»Ich war ihm zu deutsch«, sagte Martina.

»Aber er ist doch selbst Deutscher, oder?« sagte Ruth.

»Ja«, sagte Martina. »Trotzdem mag er keine Deutschen. Egal welche. Seine Eltern taten mir leid. Sie haben ihm alles gegeben, was man mit Geld kaufen kann. Und trotzdem war er nicht glücklich mit ihnen. Er hat sie als Antisemiten bezeichnet.«

»Waren sie das?« sagte Ruth.

»Ich glaube nicht«, sagte Martina. »Es sind nette Menschen.«

»Die nettesten Menschen können Antisemiten sein«, sagte Ruth.

»Vermutlich ja«, sagte Martina.

Ruth war sich nicht sicher, ob ein Deutscher, der seine Eltern als Antisemiten bezeichnete, deshalb besser als irgendein anderer Deutscher war.

»Gerhard ist ein wunderbarer Mensch«, sagte Martina. »Aber er findet keinen Seelenfrieden. Sein neues Stück handelt von einem reichen Deutschen, der herausfindet, daß er als Kind adoptiert worden ist. Er gibt keine Ruhe, bis seine Eltern zugeben, daß sie ihn von einem jüdischen Paar adoptiert haben. Gerhards Mutter ist dreiundneunzig. Als sie das Stück sah, konnte sie nicht zu weinen aufhören. Gerhards Problem besteht darin, daß er sich wünscht, ein Jude zu sein.«

»Das ist in der Tat ein Problem«, sagte Ruth.

»Eine sehr sonderbare Sache«, sagte Martina.

»Vielleicht sind alle Schriftsteller ein bißchen sonderbar«, sagte Ruth.

»Er hat mir ständig vorgehalten, wie deutsch ich sei«, sagte Martina. »Ich weiß, daß ich deutsch bin. Ich bin nun mal Deutsche. Und er wollte, daß ich deshalb ein schlechtes Gewissen habe. Aber ich kann nichts daran ändern, daß ich Deutsche bin.«

»Natürlich nicht«, sagte Ruth. »Sie können nicht plötzlich Nigerianerin werden.«

Martina lachte. »Seit seiner Jugend hat Gerhard sich gewünscht, Jude zu sein«, sagte sie. »Seine Eltern dachten, es werde sich nach der Teenagerzeit geben. Aber inzwischen ist er zweiundfünfzig und will noch immer ein Jude sein.«

»Viele Juden würde ihm ihr Judentum mit Handkuß überlassen«, sagte Ruth. »Viele Juden finden es überhaupt nicht spannend, Juden zu sein. Wenn er unbedingt Jude sein will, warum tritt er dann nicht zur jüdischen Religion über?«

»Er will nicht Jude im religiösen Sinn sein«, sagte Martina. »Er will Jude in kultureller und familiärer Hinsicht sein.«

»Das klingt ein bißchen irrsinnig«, sagte Ruth.

»Ich glaube, seine Eltern waren in seiner Kindheit nicht streng genug«, sagte Martina. »Sie haben ihn immer behandelt, als wäre er sehr zerbrechlich. Als Baby war er sehr krank, und ich glaube, sie konnten ihre Ängstlichkeit nicht ablegen.«

»Warum haben Sie ihn geliebt?« fragte Ruth.

»Ich habe ihn geliebt, weil ich eine Traurigkeit in ihm fand, von der ich glaubte, ich könnte sie überwinden«, sagte Martina. »Und ich glaube, daß mir das ein paar Jahre lang auch gelungen ist.« Sie sah traurig aus. »Gerhard ist ein großartiger, ein talentierter, ein wundervoller Mensch«, sagte sie. »Er konnte mich nur nicht länger lieben, weil ich Deutsche bin. Zwei Jahre lang habe ich meine Haare braun gefärbt, um weniger deutsch auszusehen. Aber das war nicht genug. Er war wie besessen. ›Wir können nicht zu anderen werden‹, habe ich zu ihm gesagt, und er hat gesagt: ›Wir können es wenigstens versuchen.‹ Ich weiß nicht, warum Gerhard mit seinem Leben so wenig glücklich war«, sagte Martina. »Er hatte alles. Eltern, die ihn hingebungsvoll liebten. Geld. Die Schmidts waren sehr reich.« Sie schwieg. Sie sah traurig aus.

»Das klingt nicht nach einem anziehenden Charakter«, sagte Ruth.

»Das ist ja das Problem«, sagte Martina. »Wenn er ein schrecklicher Mensch wäre, hätte ich mich nicht in ihn verliebt. Aber das ist er nicht, er ist ein wunderbarer Mensch.«

Frauen waren verrückt, dachte Ruth. Im Namen der Liebe konnten sie noch das unerträglichste Verhalten rechtfertigen.

»Viele dachten, ich hätte Gerhard wegen seines Geldes geheiratet«, sagte Martina, »aber das stimmt nicht; ich habe ihn wegen seiner Traurigkeit geheiratet.«

»Warum sind Frauen so?« sagte Ruth. »Warum rennen sie der Traurigkeit hinterher?«

»Ich weiß es nicht«, sagte Martina.

»Männer sind nicht so«, sagte Ruth. »Männer fühlen sich von der Traurigkeit nicht unwiderstehlich angezogen, oder?«

»Ich glaube nicht«, sagte Martina, die bei dieser Vorstellung lachen mußte.

Was für eine merkwürdige Vorstellung. Ruh stellte sich vor, wie Männer sich zu Gruppen zusammenschlossen, um die Welt auf der Suche nach traurigen Frauen zu durchstreifen.

»Männer suchen eher Fröhlichkeit, wie mir scheint«, sagte Ruth. Sie dachte, daß sie im großen und ganzen für eine unfrohe Person gar nicht so schlecht dastand. Sie war dreimal verheiratet gewesen. Vielleicht war sie gar nicht so unfroh. Was sie auch sein mochte, dachte sie, unbändig fröhlich war sie wohl eher nicht.

»Was für eine sonderbare Geschichte«, sagte sie zu Martina.

»Sehr sonderbar«, sagte Martina. »Gerhard sieht jüdisch aus.«

»Und seine Eltern?« sagte Ruth.

»Die nicht«, sagte Martina.

»Ich glaube, Sie sollten froh sein, daß Sie ihn los sind«, sagte Ruth.

»Er fehlt mir«, sagte Martina. »Er war klug und geistreich und sensibel.«

»An klugen, geistreichen und sensiblen Männern herrscht nicht gerade Überfluß«, sagte Ruth. »Aber warum mußten Sie ausgerechnet auf einen Deutschen verfallen, der ein Jude sein will?«

Gerhard schien nicht ganz normal zu sein, dachte Ruth. Andererseits war es so unnormal vielleicht nicht. Sie selbst ging Juden weitgehend aus dem Weg. Sie gehörte keiner jüdischen Gruppe oder Organisation an. Sie ging nie in die Synagoge. Bei den seltenen Anlässen, bei denen sie sich in einer Gruppe von Juden befand, war sie nervös. Gruppen von Juden hatten für sie etwas Gefährliches. Sie benahmen sich so unverblümt. So direkt. Sie fragten einem Löcher in den Bauch und bezweifelten die Antworten. Sie machten auf sich aufmerksam. Als wäre das nicht gefährlich. Daß es gefährlich sein konnte, Jude zu sein, schien amerikanische Juden nicht zu beeindrucken.

Ihr Leben lang hatte Ruth nichtjüdische Freundinnen und Freunde gesucht. Angloamerikanische Männer und Frauen, in deren Gesellschaft sie sich sicher gefühlt hatte. Sicher wovor? Das wußte sie nicht. Oft war es mühsam, die Freundschaften aufrechtzuerhalten. Ruth wußte, daß sie zu temperamentvoll, zu aufdringlich, zu neugierig, zu extrem für die maßvollen und zurückhaltenden Freunde war, die sich sich aussuchte. Sie war für diese Nichtjuden zu anstrengend. Das las sie ihren Reaktionen, ihrem Gesichtsausdruck, ihren Gesten ab. In den letzten Jahren hatte sie versucht, sich mit ein paar Juden anzufreunden.

Sie hatte Nichtjuden geheiratet. Bei ihrer ersten Ehe hatte dieser Umstand Edek und Rooshka betrübt. Als sie ihren Ehemann Nummer zwei verließ, hatten ihre Eltern sich mehr Sorgen ob des schnellen Ehemännerverschleißes gemacht als ob der Religion des Kandidaten. Daß Garth kein Jude war, störte Edek überhaupt nicht. Ruths Scheidungen hatten offenbar seinen Wunsch nach einem jüdischen Partner für sie in den Hintergrund gedrängt. Edek wünschte sich nur, daß Ruth verheiratet blieb. Ruth konnte sich eine Ehe mit einem Juden nicht vorstellen. Jüdische Männer kamen ihr zu weich vor. Sie dachte, daß sie möglicherweise das Gegenteil einer Phobie hatte, was nichtjüdische Männer betraf. Das kam ihr nicht weniger irrsinnig vor als Gerhard Schmidts Verhalten.

»Meine Mutter hat sehr darunter gelitten, daß ich Gerhard verlassen habe«, sagte Martina. »Sie fand ihn wunderbar. Sie sagte, fast keine Ehe sei vollkommen; wieso ausgerechnet ich so etwas erwarte? Sie wollte einfach nicht einsehen, daß ich wußte, daß Gerhard mich nicht mehr liebte. Meine Mutter hatte ihn ins Herz geschlossen. Ihr gefiel auch seine Beschäftigung mit dem Judentum.«

»Dann scheint sie mir für eine Deutsche ungewöhnlich zu sein«, sagte Ruth. Sie hoffte, nicht verletzend zu sein.

»In meiner Jugend«, sagte Martina, »waren Leute aus Israel bei uns zu Besuch. Fünf- oder sechsmal im Jahr kam ein Gast aus Israel. Meine Mutter hat mir diese Besuche nie erklärt, aber irgendwie gewann ich den Eindruck, daß wir diesen Leuten etwas Schreckliches angetan hatten.«

»Woher kannte Ihre Mutter die Israelis?« fragte Ruth.

»Ich habe keine Ahnung«, sagte Martina. »Sie waren einfach da. Damals wohnten wir in München.«

»Wie gespenstisch«, sagte Ruth.

»Ich kam mir selber verantwortlich vor«, sagte Martina. »Ich weiß noch, daß ich zu einer Frau gesagt habe, wie leid es mir tue. Sie kam mir wie eine ältere Frau vor, obwohl sie höchstens um die Vierzig war. Sie hat mir den Kopf getätschelt und hat gesagt: ›Dir muß nichts leid tun. Du hast uns nichts getan.‹ Ich dachte, sie wolle nur nett zu mir sein.«

»Ich denke, daß es für viele deutsche Kinder, die nach dem Krieg geboren sind, schwer war«, sagte Ruth. »Es muß eine schreckliche Belastung sein, sich zu fragen, welche Schandtaten die eigenen Eltern oder Großeltern verübt haben mögen. Das muß die Jugendzeit und die Trennung von den Eltern sehr kompliziert gemacht haben.«

Martina nickte.

»Wußten andere Leute, daß Sie Besuch aus Israel hatten?« fragte Ruth.

»Nein«, sagte Martina. »Meine Mitschüler wußten nicht einmal, was ein Jude ist. Jahrelang hat mich der Gedanke gequält, daß meine Eltern vielen Menschen großes Leid angetan haben mußten.«

»Das glaube ich nicht«, sagte Ruth. »Wenn sie es getan hätten, hätten sie nicht versucht, es wiedergutzumachen.«

»Das ist nicht sehr logisch«, sagte Martina.

»Es ist logisch genug«, sagte Ruth. Sie wollte das Thema wechseln. »Meine Eltern wollten nicht, daß ich meine Ehemänner verließ«, sagte sie. »Sie hätten mich lieber in einer unvollkommenen Ehe gesehen als ohne Mann. Eine unverheiratete Frau war in ihren Augen in einem äußerst unvollkommenen Zustand.«

»Ich fürchte, so denke ich auch«, sagte Martina. »Ich weiß, daß es weder sehr modern noch sehr progressiv ist, so zu denken.«

»Sie werden wieder jemanden finden«, sagte Ruth. »Sie sehen sehr gut aus. Sie werden nicht lange allein sein.«

»Danke«, sagte Martina. »Ich glaube, meine Ansichten über die Ehe habe ich von meiner Mutter übernommen«, sagte sie. »Sie glaubt an die immerwährende Liebe. Sie trauert heute noch um meinen Vater, der vor elf Jahre gestorben ist.«

»Ihre Mutter ist Witwe?« sagte Ruth.

Ihr gefiel die Vorstellung von Martinas Mutter. Vielleicht wäre Martinas Mutter nicht abgeneigt, Edek kennenzulernen? Doch dann fiel Ruth das potentielle Hindernis für eine solche potentielle Verbindung ein. Martinas Mutter war Deutsche. Ruth war sich nicht sicher, daß Edek gern eine Deutsche kennenlernen würde, selbst wenn sie Juden mochte. Es war schwer genug für Ruth, ihren Vater dazu zu bringen, sich überhaupt mit Frauen abzugeben, von einer Deutschen ganz zu schweigen. Und vielleicht wäre auch Martinas Mutter nicht allzu erpicht darauf, einen Juden als eventuellen Partner kennenzulernen.

»Haben Sie Kinder aus Ihren Ehen?« fragte Martina.

»Nein«, sagte Ruth.

»Ich habe auch keine«, sagte Martina. »Mir war von Anfang an klar, wie schwierig es ist, einen Beruf und Kinder zu haben. Ich habe gesehen, wie mühsam es für meine Mutter war. Sie war Lehrerin, hatte aber immer das Gefühl, nicht genug Zeit für mich zu haben. Und ich besuchte immer die Schule, an der sie unterrichtete.«

»Was bekommt man dafür, daß man Kinder hat?« sagte Ruth.
»Soweit ich es beurteilen kann, sehr wenig. Es ist nicht wie früher,
als die Kinder einen im Alter unterstützten.«

Martina lachte. »Sie haben recht«, sagte sie. »Welche Kinder
kämen heute schon auf die Idee, ihre Eltern zu unterstützen?«

»Überall in New York«, sagte Ruth, »geben Eltern Unsummen
dafür aus, daß ihre Kinder sich über sie beklagen können. Jeden
Monat bezahlen sie Therapeuten für dieses Privileg. Warum soll
man jemanden dafür bezahlen, daß er aufdröselt, was man ihm
angetan hat? Warum unterläßt man es nicht lieber von Anfang an?«

»In Deutschland ist es nicht ganz so«, sagte Martina. »Aber die
Anfänge sind zu erkennen. Mittelschichtseltern glauben, mit The-
rapien die Probleme ihrer Kinder lösen zu können.«

»Es ist kein Opfer, sich für die Karriere statt für die Kinder zu entscheiden«, sagte Ruth. »Frauen, die so etwas denken, wissen nicht,
was es heißt, Kinder zu haben.«

»Gerhard hat etwas ganz Ähnliches gesagt, als ich ihn kennenlernte«, sagte Martina. »Ich fand es eine sehr erfrischende Ansicht für
einen Mann. Gerhard würde Ihnen gut gefallen. Sie würden in ihm
etwas von Ihnen wiedererkennen. Genau kann ich es nicht erklären.«

»Ich hoffe, ich bin nicht so wirr und verrückt, wie Ihr Gerhard zu
sein scheint«, sagte Ruth.

»Er ist wirr, aber nicht verrückt«, sagte Martina.

»Mit welchem Fuß klopft er?« fragte Ruth.

»Mit dem rechten«, sagte Martina. Ruth wurde nachdenklich. Auf
was für eine eigenartige Mischung aus Geschehnissen und Zufällen
traf sie nur, dachte sie. Hier saß sie in Łódź und hörte von einem
Deutschen mittleren Alters, der ihr ähnlich sah und zehnmal mit
dem rechten Fuß auf den Boden klopfte. Und der wünschte, er wäre
Jude. Das Leben war sonderbar. Sie entschied sich dagegen, Martina zu fragen, ob sie wisse, was das Fußklopfen ihres Exehemannes
auslöste.

»Vielleicht werde ich jemand anderen kennenlernen«, sagte Martina. »Eine Wahrsagerin hat mir gesagt, daß ich sehr alt werde und
gutgelaunt sterben werde.«

»Was für eine großartige Voraussage«, sagte Ruth. »Gegen so eine Voraussage hätte ich auch nichts einzuwenden.«

»Sie hat auch gesagt, daß ich jemanden heiraten würde, der nicht ist, was er zu sein glaubt«, sagte Martina.

»Und Sie haben die Prophezeiung wahr gemacht«, sagte Ruth, »indem Sie einen Deutschen geheiratet haben, der sich für einen Juden hält.«

»Oder einen Juden, der sich für einen Deutschen hält?« sagte Martina.

»Seine Mutter müßte Jüdin sein, damit er Jude ist«, sagte Ruth. »Es ist also kaum anzunehmen, daß er einer ist.«

»Seine Mutter ist eine fromme Katholikin«, sagte Martina.

»Unser armer Gerhard wird sich mit der Tatsache abfinden müssen, daß er kein Jude ist«, sagte Ruth, »denn mit einer römisch-katholischen Mutter kann er das nicht sein.«

Martina seufzte. »Wer weiß, was in jener Zeit vor sich gegangen sein mag.« Sie sah bedrückt aus.

»Möchten Sie noch einen Wodka?« fragte Ruth.

»Ja, sehr gerne«, sagte Martina.

Ruth bestellte den Wodka. Sie sah auf die Uhr. Es war schon spät. Es wäre besser, bald ins Bett zu gehen.

»Gerhard hat jemanden gesucht«, sagte Martina, »und ich war dieser Jemand nicht.«

»Wir suchen alle jemanden oder etwas, wie mir scheint«, sagte Ruth.

»Aber Gerhard war überzeugt davon, daß eine ganz bestimmte Person auf ihn wartete«, sagte Martina. »Jemand, der ihn zu finden versuchte. Ein Numerologe hat ihm gesagt, daß er nach einer Acht sucht. An dem Tag, als er nach Hause kam und mir das erzählte, wußte ich, daß es mit unserer Ehe aus war. Ich war ihm zu deutsch, und ich war eine Neun.«

»An solchen Unsinn glauben Sie doch nicht, oder?« sagte Ruth.

»Ich bin mir nicht sicher«, sagte Martina. »Was für eine Zahl sind Sie?«

»Keine Ahnung«, sagte Ruth. »Woher soll man wissen, was für eine Zahl man ist?«

»Sie addieren die Ziffern Ihres Geburtsdatums und bilden die Quersumme«, sagte Martina. Ihr Wodka wurde gebracht. Sie leerte das Glas auf einen Zug.

»Ich bin eine Acht«, sagte Ruth.

»Vielleicht sind Sie die Person, nach der Gerhard sucht?« sagte Martina.

Ruth begann zu lachen. »Ich bin eine Jüdin, die mit Juden nichts zu tun haben will«, sagte sie. »Wir würden uns perfekt ergänzen. Er könnte mein Arier und ich könnte seine Jüdin sein.« Sie lachten beide.

Mitten im Lachen wurde Ruth auf einmal übel. In ihrem Kopf verschwamm alles, und sie begann zu schwitzen. Sie beugte sich vor und senkte den Kopf. Schweiß tropfte ihr von der Stirn. Ihr war so heiß. Sie spürte, wie der Schweiß ihr den Rücken hinabbrann. Ihre Beine fühlten sich auch heiß an. Sie sah Feuchtigkeitsflecken auf ihrer dunkelbraunen Strumpfhose auftauchen. Was geschah mit ihr? Woher kam diese Hitze?

»Was ist los?« fragte Martina.

»Ich bin einfach übermüdet«, sagte Ruth. Sie mußte dringend ins Bett, dachte sie. Dort würde es ihr besser gehen.

Martina reichte ihr ein Taschentuch. Sie merkte, daß sie zitterte. »So etwas ist mir noch nie passiert«, sagte sie.

Martina legte ihr einen Arm um die Schulter. »Es ist sicher schwierig für Sie, mit Ihrem Vater hier zu sein«, sagte sie zu Ruth. Ruth richtete sich vorsichtig auf. Sie fühlte sich ein wenig besser.

»Vielleicht ein erstes Anzeichen der Menopause?« sagte sie zu Martina. »Ein unvermitteltes Absinken des Östrogenspiegels samt Hitzewallungen.«

»Wie alt sind Sie?« sagte Martina.

»Dreiundvierzig«, sagte Ruth.

»Dreiundvierzig ist entschieden zu früh für die Menopause«, sagte Martina. Ruth wußte, daß Frauen erste menopausale Symptome durchschnittlich im Alter zwischen fünfundvierzig und siebenundvierzig verspürten. Sie hatte eine Menge darüber gelesen. Sie wußte auch, daß die meisten Frauen sich von der Menopause überrascht zeigten. Die meisten Frauen schienen angesichts ihrer Menopause wie vom Donner gerührt zu sein.

»Vielleicht bin ich früh dran«, sagte sie zu Martina.

»Sie zittern«, sagte Martina.

»Es geht mir schon viel besser«, sagte Ruth.

»Es fing an, als wir über die Numerologie sprachen. Über die Zahl acht«, sagte Martina.

»Damit hat es nichts zu tun«, sagte Ruth. »Wie soll eine Zahl irgendwelche Auswirkungen haben?« Sie schwitzte nicht mehr. Es ging ihr viel besser. Wahrscheinlich lag es nur an ihrer Müdigkeit. Erst vor kurzem hatte sie ihre jährliche Generaluntersuchung absolviert. Blutwerte, Stuhl- und Urinproben waren in bester Ordnung gewesen, wie ihr Hausarzt Dr. Cooke ihr versichert hatte. »Sie sind hervorragend in Form«, hatte er gesagt. »Da muß ich auf Holz klopfen«, hatte sie geantwortet und mit der Hand den Parkettboden berührt.

»Ich hoffe, ich habe nicht zuviel von mir gesprochen«, sagte Martina.

»Nicht im geringsten«, sagte Ruth. »Ich habe mich wirklich gerne mit Ihnen unterhalten. Ich bin nur übermüdet. Ich gehe jetzt ins Bett, und morgen ist alles wieder in Ordnung.«

»Ich bin hergekommen, weil Sie mich an Gerhard erinnert haben«, sagte Martina. »Aber ich bin so froh, daß ich Sie kennengelernt habe. Es war sehr nett.«

»Für mich auch«, sagte Ruth. »Trotz meines Schweißausbruchs. Ich weiß, daß das nur an der Müdigkeit liegt.« Beide standen auf.

»Ich fliege morgen nach Berlin zurück«, sagte Martina.

»Alles Gute«, sagte Ruth.

Sie hätte Martina am liebsten nach ihrer Adresse und Telefonnummer in Berlin gefragt, doch unvermutete Schüchternheit hielt sie davon ab. Auch Martina wirkte ein wenig verlegen. Es war die Verlegenheit, die sich oft nach unerwarteter Intimität einstellte. Die plötzliche Scheu, wenn man sich seiner überraschenden Vertrau-

lichkeit bewußt wird. Vergleichbar der Steifheit und Unbehaglich-
keit, die man einem ungewohnten Sexualpartner gegenüber empfin-
det, nachdem Sex und Erregung abgeklungen sind. Ruth dachte, daß
sie Martina unbedingt um ihre Adresse bitten solle, doch sie brachte es nicht über sich. Sie war so erschöpft. Und klebrig. Sie hätte
Martina gern zum Abschied geküßt. Aber sie kam sich zu ver-
schwitzt vor, um jemanden zu küssen. Sie reichte Martina die Hand.
Sie schüttelten einander die Hand. Ruth ging auf ihr Zimmer. Sie
war zu müde, um zu duschen. Sie legte sich auf das Bett und schlief
ein.

Edek saß bereits beim Frühstück, als Ruth im Speisesaal des Hotels
erschien. »Ich habe schon angefangen«, sagte er zu ihr. »Ich hoffe,
es macht dir nichts aus.«

»Natürlich tut es das nicht, Dad«, sagte sie. »Ich freue mich, daß
dein Frühstück dir schmeckt.«

»Na ja, so toll schmeckt es mir nicht«, sagte Edek, »aber ich muß
etwas essen. Ich bin seit vier Uhr auf den Beinen.«

»Du konntest nicht schlafen«, sagte sie.

»Ich konnte nicht schlafen«, sagte er.

»Die Reise ist ziemlich verstörend, findest du nicht auch?« sagte
Ruth.

»Mit mir ist alles in Ordnung«, sagte Edek.

Ruth betrachtete sein Frühstück. Der Teller war vollgeladen. Er
enthielt vier Würstchen, einen kleinen Berg Speck und etwas, was
aussah wie mehrere Pfund Rührei.

»Das sieht gut aus«, sagte Ruth.

»Ich habe mir zu viel genommen«, sagte Edek.

»Du mußt es ja nicht aufessen«, sagte Ruth. »Iß nur soviel, wie dir
schmeckt.«

»Es geht nicht darum, ob es mir schmeckt«, sagte Edek. »Ich esse
mein Frühstück.«

Ruth ging zum Buffet und nahm sich etwas zu essen.

»Ißt du dieses Zeug schon wieder?« sagte Edek.

»Meinst du das Müsli?« sagte Ruth.

»Das Zeug, was ist für Vögel«, sagte Edek.

»Ich esse es gern«, sagte Ruth.

»Kein Wunder, daß du nicht so gut aussiehst«, sagte Edek. »Sowas ist für Vögel oder vielleicht für eine Maus oder einen Fisch. Aber nicht für Menschen. Menschen brauchen ein Frühstück.«

Edek beugte sich über den Tisch und studierte den Inhalt von Ruths Schüssel. Sein Kopf berührte fast das Müsli. Er betrachtete es voller Konzentration. Als müsse er nur lange genug schauen, um die einzelnen Getreide- und Samenkörner und Früchte dazu zu bringen, den Mund aufzumachen und sich zu verteidigen.

»Für Fische wäre Müsli viel zu groß«, sagte Ruth.

»Für große Fische nicht«, sagte Edek. Er schüttelte den Kopf und widmete sich wieder seinem Rührei. Ruth sah ihn an. Er sah müde aus. Oder sie war so müde, daß ihr alle Leute müde vorkamen.

Edek trug beim Frühstück seinen Parka. Den beigefarbenen Parka hatte er jeden Tag angehabt. Drinnen wie draußen. Sie sah ihn aufmerksamer an. Er trug denselben dunkelblauen Pullover wie bei seiner Ankunft in Warschau. Ruth fragte sich, ob er den auch jeden Tag angehabt hatte. Sie hatte nicht darauf geachtet, was er unter seinem Parka trug.

»Hast du die Kleidung gewechselt, Dad?« fragte sie.

»Natürlich«, antwortete er und aß weiter.

»Hast du nicht bei deiner Ankunft in Warschau diesen Pullover und diese Hose angehabt?« fragte sie.

»Ja«, sagte Edek.

»Und seitdem hast du sie jeden Tag angehabt?« sagte sie.

»Ja.«

»Was hast du denn dann gewechselt?« sagte Ruth.

»Warum willst du wissen, was ich anhabe?« sagte Edek.

»Ich wollte es nur wissen«, sagte Ruth.

»Ich habe meine *gatkes* gewechselt«, sagte Edek. *Gatkes* hießen Unterhosen auf Jiddisch.

»Das hoffe ich«, sagte Ruth, und dann wurde ihr übel. Warum unterhielten sie sich beim Frühstück über die Unterhosen ihres Vaters?

Sie holte zwei Mylanta-Tabletten aus ihrer Handtasche und steckte sie in den Mund.

»Was machst du da?« sagte Edek.

»Ich nehme Mylanta«, sagte sie. »Mir ist nicht gut.«

»Und von diesem Mylanta geht es dir besser?« sagte er.

»Manchmal«, sagte sie.

»Du mußt etwas essen«, sagte Edek. »Tabletten und dieses Zeug, was kein Fisch fressen würde, sowas ist kein Frühstück. Sowas ist nicht normal. Nimm ein paar Eier.«

»Morgen esse ich ein paar Eier«, sagte sie und verzog das Gesicht, während sie ihre Verdauungstabletten mit Minzegeschmack kaute. Sie wußte, daß es etwas skurril war, basische Tabletten gegen Streß zu kauen, aber hin und wieder verschaffte es ihr Erleichterung. Minderte ihr Unwohlsein.

Edek hatte seinen Teller leergegessen. »Vielleicht nehme ich noch ein bißchen Brot mit Marmelade«, sagte er.

»Hast du deine Socken gewechselt?« fragte Ruth.

»Die habe ich am Samstag gewechselt«, sagte er. »Was ist los mit dir? Mit meinen Socken anzufangen, während wir beim Frühstück sitzen! Saubere oder schmutzige Socken sind kein Thema, was zu suchen hat etwas beim Frühstück.«

»Ich wollte, daß es dir besser geht«, sagte Ruth, »und ich dachte, in frischer Kleidung würdest du dich besser fühlen.«

Edek sah Ruth an. Er machte einen verärgerten Eindruck. »Du hast jeden Tag frische Sachen an«, sagte er. »Jeden Tag etwas anderes. Heute einen schwarzen Rock mit Falten, morgen einen ohne Falten. Morgens ein schwarzes Kleid mit irgendwas vorne und nachmittags eines ohne irgendwas vorne. Gestern einen schwarzen Mantel mit etwas am Kragen, heute einen ohne was am Kragen. Und das ganze schwarze Zeug ist schrecklich teuer. Meine Tochter zieht nichts an, was unter fünfzig Dollar kostet.«

»Unter fünfzig Dollar bekommt man heuzutage überhaupt nichts«, sagte Ruth. Warum hackte ihr Vater auf ihr herum? Die Anspannung war schuld, vermutete sie.

»Ich habe Schuhe für zwanzig Dollar an«, sagte Edek. Er streckte einen Fuß unter dem Tisch hervor. »Und das war nicht das billigste Paar. Es gab auch welche für zehn Dollar.«

»Vielleicht Schuhe aus Pappkarton?« sagte Ruth.

»Aus Leder«, sagte Edek. »Aus echtem Leder.«

»Meine Schuhe haben dreihundert Dollar gekostet«, sagte Ruth und hob ihr Bein, um Edek die schlichten schwarzen Schnürschuhe zu zeigen.

»Hirnverbrannt«, schnaubte Edek. »Sie sehen aus wie diese Schuhe, was du hast getragen als Schulmädchen.«

»Deshalb sind sie so teuer«, sagte Ruth. »Sie sollen aussehen wie Schuhe von Schulmädchen. Ich liebe sie. Wenn ich sie anschaue, erinnere ich mich daran, welches Gefühl es für mich war, meine Schuluniform zu tragen.«

»Die Schuhe, was du hast getragen als Schulmädchen, waren braun«, sagte Edek.

»Kaum zu glauben, daß du das noch weißt«, sagte Ruth.

»Ich weiß viele Dinge noch«, sagte Edek.

Ruth sah auf ihre Schuhe. Es waren Prada-Schuhe. Sie hatte sie im Ausverkauf erstanden, von vierhundert Dollar auf dreihundert heruntergesetzt.

»Solche Schuhe kann ich dir in Melbourne für zwanzig Dollar besorgen«, sagte Edek.

»Nein, das könntest du nicht«, sagte Ruth. »Heute bekommt man nichts mehr für zwanzig Dollar, nicht einmal Kaugummi.«

»Du bist ja verrückt«, sagte Edek.

»Vielleicht bin ich es«, sagte sie.

»Das ist nicht normal«, sagte Edek. »Schuhe für dreihundert Dollar zu kaufen.«

»Du kaufst unnützes Zeug«, sagte Ruth. Edek sah verletzt aus.

»Du sagst immer, ich soll Geld ausgeben«, sagte er, »und ich kaufe nur Sachen, die für dich nützlich sind.«

Ruth schämte sich. Er sah so betroffen aus. Das hatte sie nicht gewollt.

»Das stimmt, Dad«, sagte sie. »Es tut mir leid, ich bin einfach müde.«

»Ich soll jeden Tag solche frischen Sachen anziehen, damit ich mich besser fühle«, sagte Edek, »aber mir geht es gut. Du siehst nicht so gut aus.«

Ruth wußte, daß sie schlecht aussah. Sie hatte geduscht und frische Kleidung angezogen, aber sie kam sich immer noch zerknittert vor. Sie hatte in ihren Kleidern geschlafen. Schockiert hatte sie das beim Aufwachen gemerkt. Sie war auf der verblichenen Tagesdecke in ihren Kleidern eingeschlafen. Sie hatte ihren Eyeliner nicht entfernt und sich nicht abgeschminkt. Sie hatte sich weder das Gesicht gewaschen noch die Zähne geputzt. Sie war einfach eingeschlafen. So unvorbereitet und unvermittelt war sie seit ihrer Jugend nicht mehr eingeschlafen. Heute morgen hatte sie sich die Beine rasiert, hatte ihr Gesicht abgeschrubbt und ihren Körper mit Lotion eingerieben, und dennoch kam sie sich noch immer zerknittert vor. Sie zupfte ihren Blusenkragen zurecht.

»Du siehst gar nicht gut aus«, sagte Edek. »Ich glaube, es ist zu anstrengend für dich, in Polen zu sein.«

»Ich bin sehr froh, mit dir zusammen in Polen zu sein, Dad«, sagte sie. »Sehr froh.«

»Vielleicht sind fünf Tage in Łódź zuviel«, sagte Edek.

»Ist es dir zu anstrengend?« sagte Ruth.

»Mir nicht«, sagte Edek. »Ich kann viel aushalten. Aber ich glaube, für dich ist es zu anstrengend.«

»Okay«, sagte sie. »Wir können ins Reisebüro gehen und unsere Zugfahrkarten nach Krakau umtauschen. Wir können am Mittwoch statt am Donnerstag hinfahren.«

»Mittwoch?« sagte Edek. »Heute ist Montag. Das sind noch zwei Tage.«

»Willst du schon früher fahren?« sagte Ruth.

»Nicht wegen mir«, sagte Edek. »Ich bin wegen dir mitgekommen. Wir bleiben so lange, wie du hierbleiben willst.«

»Ich würde heute gerne das Jüdische Zentrum besuchen und morgen das Ghetto und den Jüdischen Friedhof«, sagte Ruth.

»Das Ghetto und den Friedhof?« sagte Edek.

»Ich denke, das wird sehr interessant sein«, sagte Ruth.

»Wenn du meinst«, sagte Edek.

»Vielleicht können wir den Friedhof heute schon besuchen«, sagte Ruth.

»Sind die Fahrkarten teuer?« fragte Edek.

»Nein, sie sind sehr billig«, sagte sie. »Das Zugfahren ist in Polen außerordentlich billig. Wir können die Fahrkarten nach dem Frühstück umtauschen.«

»Warum müssen wir mit dem Zug fahren?« fragte Edek.

»Ich dachte, es wäre besser als zu fliegen«, sagte Ruth. »So sehen wir etwas von der Landschaft.«

»Die haben wir schon gesehen«, sagte Edek, »als wir in dem Mercedes unterwegs waren.«

»Würdest du lieber fliegen?« sagte Ruth.

»Ich mache das, was du für richtig hältst«, sagte Edek.

»Und was wäre dir lieber?« sagte sie.

»Mir ist eins wie das andere«, sagte er.

Ruth wußte, daß sich hinter Edeks Frage nach dem Preis der Fahrkarten etwas anderes verbarg, aber sie kam nicht darauf, was es sein könnte. Sie würde ihn später fragen.

»Möchtest du noch etwas Brot und Marmelade?« fragte sie.

»Nur ein kleines Stückchen«, sagte er.

»Ich hole es«, sagte Ruth. Sie stand auf und ging zum Buffet.

»Aprikose und Pflaume«, rief Edek hinter ihr her. Sie holte Marmelade für Edek und etwas Fruchtkompott für sich selbst.

Sie sah zu, wie ihr Vater sein Marmeladenbrot aß. Er aß mit sichtbarem Genuß. Große Löffel Marmelade strich er auf jeden Bissen Brot. Es stimmte sie heiterer, diesen gesunden Appetit zu sehen.

»Die Marmelade ist gut, nicht wahr?« sagte sie.

»Sehr gut«, sagte er. Für einen Einundachtzigjährigen war ihr Vater wirklich in hervorragender Verfassung, dachte sie. Dafür konnte sie wirklich dankbar sein.

»Du siehst großartig aus, Dad«, sagte sie. »Du siehst um Jahre jünger aus als du bist.«

»Ich weiß«, sagte Edek. »Das sagen alle.«

»Du solltest nicht allein leben«, sagte Ruth. »Du solltest jemanden haben.«

»Ich habe jemanden«, sagte Edek. »Ich habe dich.«

»Du weißt, was ich meine«, sagte Ruth. »Eine Lebensgefährtin, die dir Gesellschaft leistet, mit der du ausgehen kannst.«

»Fang bitte nicht damit an«, sagte Edek.

Unvermittelt kam Ruth Martina Schmidts verwitwete Mutter in den Sinn. Wenn sie so gut aussah wie ihre Tochter, würde sie Edek sicher gefallen. Edek liebte Blondinen. Wie die meisten Juden. Die meisten älteren Jüdinnen endeten als Blondinen, ganz egal welche Haarfarbe sie ursprünglich gehabt hatten.

»Ich habe von einer Frau gehört, die einen sehr netten Eindruck macht«, sagte Ruth zu Edek.

»Ich habe gesagt, daß du bitte nicht damit anfangen sollst«, sagte Edek.

Und dann erinnerte Ruth sich an den Pferdefuß bei der Sache, selbst wenn Edek Interesse gehabt hätte, eine Frau kennenzulernen. Martinas Mutter war Deutsche. Und möglicherweise war diese Frau trotz ihrer Bemühungen um Juden nicht daran interessiert, mit einem Juden auszugehen. Was ging Martinas Mutter sie überhaupt an? Sie war ihrer Tochter nur ein einziges Mal begegnet und würde sie wahrscheinlich nie wiedersehen. Martina Schmidt war eine Fremde für sie. Wie sonderbar, daß ihre kurze Beziehung so intensiv gewesen war.

Ruth konnte Martinas Gegenwart heute morgen noch immer spüren. Die meisten Eindrücke von Begegnungen mit Leuten hielten kaum länger als eine Minute vor. Sie konnte noch immer Martinas Blick spüren. Sie hatte den Wunsch verspürt, Martina zu berühren. Sie zu umarmen. Als wären sie keineswegs Fremde füreinander. Heute morgen hatte sie das Foyer mit dem Blick abgesucht und fast gehofft, Martina dort anzutreffen. Natürlich war sie nicht dagewesen.

Sie fehlte Ruth. Es war lächerlich, sich einzubilden, daß einem jemand fehlte, den man nicht kannte. Ruth war davon überzeugt, daß sie und Martina richtig gute Freundinnen hätten werden können. Doch wer weiß, dachte sie. Leute machten oft einen verheißungsvollen Eindruck, bis man sie wirklich kennenlernte und sie sich in all ihrer Gewöhnlichkeit präsentierten. Was hatte sie nur gegen Gewöhnlichkeit, fragte sie sich. So vieles an ihr selbst war gewöhnlich. Sie fragte sich, ob Martina sich je mit ihrem Ehemann Gerhard aussöhnen würde. Sie schien ihn nicht vergessen zu können. Obwohl er ihr erklärt hatte, daß sie Deutsche und die falsche Zahl war. Die falsche Zahl! Was für ein Unsinn!

Ruth war mit einemmal kalt. Sie spürte, daß ihre Beine zitterten. Sie spannte ihre Muskeln an.

»Ist dir kalt?« fragte sie Edek.

»Nein«, sagte er. »Mir ist heiß.«

»Wahrscheinlich, weil du gerade gegessen hast«, sagte sie.

»Mir ist heiß, weil die Heizung in diesem Hotel voll aufgedreht ist«, sagte Edek. Ruth stellte beide Füße fest auf den Teppich. Das Zittern ließ nach.

»Würdest du mit einer Deutschen ausgehen?« fragte sie ihren Vater.

»Bist du verrückt geworden?« sagte Edek.

»Ich dachte mir, daß du es nicht tun würdest«, sagte Ruth.

»Es ist nicht, daß ich habe etwas gegen die Deutschen«, sagte Edek, »sondern gegen die Frauen.«

»Ich habe nicht verlangt, daß du mit irgend jemandem etwas zu tun haben sollst«, sagte Ruth. »Ich wollte nur wissen, ob du mit einer Deutschen ausgehen würdest.«

»Wie oft muß ich dir noch sagen, daß ich von diesem ganzen Zeug nichts mehr wissen will«, sagte Edek. »Ich bin glücklich und zufrieden. Ich kann essen, wann ich will. Ich kann Schokolade essen. Ich kann ein Buch lesen. Ich kann fernsehen. Niemand macht mir Vorschriften. Ich bin glücklich und zufrieden.«

»Du wärst glücklicher, wenn du jemanden hättest, mit dem du zusammenleben würdest«, sagte Ruth.

»Das hast du auch gesagt, als du gesagt hast, ich sollte Henia heiraten«, sagte Edek.

»Henia und ihre Söhne hatten ihre eigenen Vorstellungen von der Sache«, sagte Ruth, »und das haben wir zu spät gemerkt.«

»Du hast behauptet, die Heirat wäre eine gute Sache«, sagte Edek.

»Ich habe mich geirrt«, sagte Ruth.

»Du hast dich auch mit den anderen Frauen geirrt, was du mit mir bekannt gemacht hast«, sagte Edek. »Hast du daraus nicht gelernt, daß ich nicht interessiert bin?«

»Ich habe daraus gelernt«, sagte Ruth, »daß dir die eine zu dick war, die andere zu häßlich und die dritte ein fürchterliches Gesicht hatte. Ich habe daraus gelernt, daß sie dir nicht schön genug waren.«

»Nun ja, man muß auch haben etwas für das Auge«, sagte Edek.

»Und was ist mit den Frauen?« sagte Ruth. »Müssen die auch etwas fürs Auge haben? Vielleicht warst du nicht gerade ihr Fall.«

»Was für ein idiotischer Ausspruch«, sagte Edek, »von jemandem zu sagen, er wäre für den anderen ein Fall.«

»Sicher nicht idiotischer als eine Menge polnischer Ausdrücke«, sagte Ruth.

»Doch, viel idiotischer«, sagte Edek.

Ruth sah auf die Uhr. Wenn sie zum Reisebüro wollten, mußten sie jetzt gehen. Das Reisebüro der polnischen Regierung hieß Orbis, und es war nicht gerade für Schnelligkeit oder Effizienz berühmt.

»Für eine Frau ist es nicht so wichtig, wie der Mann aussieht«, sagte Edek. »Für eine Frau ist vor allem wichtig, wieviel der Mann verdient.«

»Das ist ein trauriges Frauenbild«, sagte Ruth.

»Warum sollen sie nicht das Geld genießen, so wie ich es genieße, anzuschauen eine schöne Frau?« sagte Edek. Ruth wußte, daß es eine Antwort darauf gab, aber sie fiel ihr nicht ein.

»Erinnerst du dich an die entsetzliche Frau, was du wolltest, daß ich kennenlerne?« sagte Edek und begann zu lachen.

»Was für eine entsetzliche Frau?« sagte Ruth.

»Die, was aussah, als hätte sie ihr Kleid in der Mülltonne gefunden«, sagte Edek. »Erinnerst du dich nicht an die Party mit den ganzen permanenten Menschen?«

»Permanente Menschen?« sagte Ruth. »Kein Mensch ist permanent.«

»Auf dieser Party war fast jeder permanent«, sagte Edek.

»Jeder?« sagte Ruth.

»Jeder«, sagte Edek. »Jeder war was Besonderes. Stinkereich.«
Ruth begann zu lachen.

»Erinnerst du dich an das Kleid?« sagte Edek.

»Das waren keine permanenten Menschen«, sagte Ruth, »sondern Prominente.«

»Prominent, permanent, das ist mir beides eins«, sagte Edek. »Erinnerst du dich an das Kleid? Es sah aus wie ein Bündel *schmates*!«

»Das Bündel *schmates* hat wahrscheinlich über tausend Dollar gekostet«, sagte Ruth.

»Es sah entsetzlich aus«, sagte Edek, der sich vor Lachen ausschüttete. »An der einen Stelle ging der Saum runter, an der anderen ging er hoch, und das Oberteil war auch schief. Jeder Schneider in Łódź würde seine Kunden verlieren, wenn er solche Kleider machen würde.«

Ein Mann an einem anderen Tisch begrüßte Edek. Edek winkte ihm zu. »Er wohnt auf dem gleichen Stockwerk wie wir«, sagte er zu Ruth. Der Mann stand auf und trat zu ihnen.

»Ihr Vater hat mir erzählt, wie geehrt er sich fühlt, daß Sie mit ihm zusammen in Polen sein wollen«, sagte der Mann zu Ruth.

»Wirklich?« sagte Ruth.

»Ich habe gesagt, die meisten Kinder interessieren sich nicht so sehr dafür zu sehen, woher ihre Eltern kommen«, sagte Edek zu Ruth. »Meine Tochter gehört nämlich zum Chrom der Gesellschaft«, sagte Edek zu dem Mann, der ihn verblüfft anstarrte.

»Du meinst Crème der Gesellschaft«, sagte Ruth.

»Sag' ich doch: Chrom der Gesellschaft«, sagte Edek.

Ruth beschloß, die Ausspracheelektion auf sich beruhen zu lassen.

»Unsere Reise ist herrlich«, sagte sie zu dem Mann. Edek nickte zustimmend.

»Nach dem, was Ihr Vater mir erzählt hat, muß es wirklich faszinierend sein«, sagte der Mann. Ruth fragte sich, was ihr Vater ihm erzählt haben mochte. Ihr gegenüber war er zugeknöpfter gewesen.

»Was hast du von unserer Reise erzählt?« fragte sie Edek.

»Ich habe dem Herrn erzählt, daß wir in der Kamedulskastraße waren und so weiter«, sagte Edek.

»Mit mir hast du nicht darüber gesprochen«, sagte Ruth.

»Du warst doch dabei«, sagte Edek.

»Ich hätte sehr gern von dir gehört, was du darüber denkst und fühlst«, sagte Ruth.

Der Mann trat unruhig von einem Bein aufs andere. Ruth sah ihn an. Er blickte unbehaglich drein. Offenbar wollte er nicht in ihren Familiendisput verwickelt werden. »Eine faszinierende Reise«, sagte Ruth zu ihm.

»Du benimmst dich völlig kindisch«, sagte Edek zu ihr. »Laß uns gehen.« Er stand auf. »Es war nett, Sie kennenzulernen«, sagte er zu dem Mann.

Ruth und Edek warteten zwanzig Minuten im Orbis-Reisebüro, bevor ihre Anwesenheit zur Kenntnis genommen wurde. Zehn oder zwölf Angestellte saßen in einer Reihe hinter der Glastrennwand. Wie Bankangestellte. Keiner von ihnen wirkte sonderlich beschäftigt. Zwei aßen, einer telefonierte und einer blätterte in einer Zeitschrift. Keiner würdigte Edek und Ruth eines Blickes. Außer ihnen waren keine Kunden da. Schließlich klopfte Ruth an die Glasscheibe. »Einen Augenblick«, sagte die Frau dahinter zu ihr. Sie leerte ihre Kaffeetasse und winkte Ruth zu sich.

Ruth erklärte, daß sie ihre reservierten Plätze für die Fahrt von Łódź nach Krakau umtauschen wolle. Sie wollten am Mittwoch statt am Donnerstag fahren. Die Frau holte ein riesiges Buch hervor und begann darin zu blättern. Die Seiten waren sehr dünn. Dieses Buch mußte an die fünftausend Seiten mit Fahrplänen enthalten, dachte Ruth. Sie sah näher hin. Die Fahrpläne waren in sehr kleiner Schrift gedruckt. Tausende von Fahrplänen.

»Ich glaube, das wird eine ganze Weile dauern«, sagte sie zu Edek.

Eine halbe Stunde später standen Ruth und Edek noch immer an der Theke des staatlichen Reisebüros Orbis. Ruth war erbost.

»So schwierig kann es doch nicht sein«, sagte sie zu der Frau. Sie hatte sie von Zeit zu Zeit mit einem wütenden Blick bedacht, doch die Frau hatte keine Reaktion gezeigt.

»Es ist nicht einfach«, sagte die Frau und blätterte weiter.

»Vielleicht tauschen wir unsere Fahrkarten besser am Bahnhof um?« sagte Ruth zu Edek. »Oder ich werfe sie einfach weg und kaufe uns neue.«

»Reg dich nicht auf«, sagte Edek.

»Ich rege mich nicht auf«, sagte sie und biß die Zähne zusammen.

»Vielleicht sollte ich Stefan anrufen und ihn bitten, daß er uns nach Krakau fährt?« sagte Edek.

»Wer ist Stefan?« sagte Ruth.

»Stefan ist der Fahrer, der uns von Warschau nach Łódź gefahren hat«, sagte Edek. »Er hat uns sehr gut gefahren.«

»Du willst einen Fahrer aus Warschau nach Łódź kommen lassen, damit er uns von Łódź nach Krakau fährt?« sagte Ruth.

»Ja«, sagte Edek. »Das ist doch eine gute Idee.«

»Es ist eine schwachsinnige Idee«, sagte Ruth. »Von Warschau nach Łódź sind es 88 Meilen und von Łódź nach Krakau 180 Meilen.«

»Woher weißt du die Entfernungen so genau?« sagte Edek.

»Ich weiß es eben«, sagte Ruth.

»Das ist doch nicht so weit«, sagte Edek. »In Australien fahren die Leute manchmal tausend Meilen am Stück.«

»Auf Autobahnen«, sagte Ruth. »Und nicht im tiefsten Winter.«

»So tiefer Winter ist auch wieder nicht«, sagte Edek.

»Du willst, daß er von Warschau nach Łódź kommt, uns nach Krakau fährt und dann wieder nach Warschau zurückfährt?« sagte sie. »Das sind fast 400 Meilen. Außerdem will ich nicht 180 Meilen mit jemandem fahren, der um vier Uhr morgens aufgestanden ist, um zu uns zu fahren.«

»Wir könnten ihn in einem billigen Hotel in Łódź unterbringen«, sagte Edek. »Dann könnte er am Tag davor kommen und wäre am Morgen wie neu.« Ruth spürte Erschöpfung. Sie sandte der Orbis-Angestellten nochmals einen erbosten Blick zu.

»Es würde viel Geld kosten«, sagte sie zu Edek.

»Wir können es uns leisten«, sagte er. »Wir können uns alles leisten, was wir wollen«, sagte er mit sehr lauter Stimme.

»Du willst tatsächlich mit Stefan nach Krakau fahren?« sagte Ruth.

»Der Mercedes war doch sehr komfortabel, oder?« sagte Edek.

»Du hast selber gesagt, wie komfortabel dieser Mercedes war.«

»Okay«, sagte Ruth. »Aber wir wissen Stefans Telefonnummer nicht.«

»Ich habe sie«, sagte Edek.

Edek lief zu seinem Parka, den er auf einen Stuhl gelegt hatte. Er kam mit einer Visitenkarte in der Hand zurück. »Siehst du«, sagte er, »Stefans Telefonnummer.« Er sah glücklich aus. Warum sollten sie sich nicht von Stefan nach Krakau fahren lassen, dachte Ruth. Sie wollte Stefan gern bitten, sie bis zum Mond zu fahren, wenn es Edek Freude machte. Edek sah überglücklich aus. Sie wollte Stefan gern bitten, zu ihnen zu ziehen, wenn das ihren Vater fröhlich stimmte.

»Ruf ihn an und frag ihn, ob er es tun will«, sagte Ruth.

»Das wird er«, sagte Edek. »Er wird sich freuen, es zu tun.«

»Woher willst du das wissen?« sagte Ruth.

»Ich habe ihn schon gefragt, als er uns nach Łódź gefahren hat«, sagte Edek. »Stefan hat gesagt, daß es ihm ein Vergnügen sein würde.« Ruth begann zu lachen. Edek sah so zufrieden aus.

»Wir fahren mit dem Wagen«, sagte Ruth. Sie wandte sich an die Orbis-Angestellte. »Stecken Sie sich Ihre Fahrpläne sonstwohin«, sagte sie zu ihr.

»Das war aber nicht sehr nett«, sagte Edek.

»Nett genug für sie«, sagte Ruth.

Zehntes Kapitel

An der Ecke Piłsudskiegostraße und Kopcińskiegostraße fragte
Edek eine ältere Frau nach dem Weg zum Jüdischen Zentrum. »Es
liegt an der Zachodniastraße«, sagte er auf polnisch zu ihr. Ruth
stand wartend daneben. Die Frau war der vierte Passant, den sie
fragten. Auf dem Stadtplan hatte Ruth gesehen, daß sie sich nicht
weit von der Zachodniastraße entfernt befinden mußten. Sie hatte
sich die Adresse genau gemerkt, weil sie nicht erwartete, daß Ein-
heimische mit dem Jüdischen Zentrum allzu vertraut waren. Es war
kaum anzunehmen, daß Polen zum Jüdischen Zentrum pilgerten.
Doch die Frau wußte Bescheid. Ruth hörte, wie sie etwas von
»Menschen mosaischen Glaubens« sagte. Warum sagte sie nicht
»jüdisch«, dachte Ruth. Warum redete sie dauernd von »Menschen
mosaischen Glaubens«?

Ruth hatte am Morgen im Jüdischen Zentrum angerufen. Ein
Mann, dessen Stimme verhältnismäßig jung klang, hatte sich bereit
gefunden, ihr zehn Minuten einzuräumen. Er sagte, er sei der Leiter des Zentrums. »Seien Sie um 11.10 Uhr da«, sagte er. 11.10 Uhr,
dachte sie. Dieser Mann mußte einen übervollen Terminkalender
haben. »Ich werde um 11.10 Uhr da sein«, hatte sie zu ihm gesagt.
Sie hatte ihm gesagt, sie wolle sich von einem Führer den Jüdischen
Friedhof zeigen lassen. »Um einen Führer bereitstellen zu können,
brauche ich mehr Zeit«, hatte er gesagt. »Das dauert einige Tage.«

»Die wenigsten Reisenden verbringen einen ganzen Monat in
Łódź«, hatte sie zu ihm gesagt. »Ich brauche den Führer spätestens
morgen oder übermorgen.«

»Ich glaube nicht, daß ich Ihnen da helfen kann«, sagte er.

»Ich werde trotzdem in das Zentrum kommen«, hatte Ruth
gesagt. Sein Mangel an Hilfsbereitschaft war ihr unverständlich
gewesen. Konnte er sich vor lauter Juden nicht retten, die den Jüdi-

schen Friedhof besichtigen wollten? Der Friedhof war abgesperrt. Selbst Leute, die keinen Führer haben wollten, mußten sich im Zentrum den Schlüssel holen. Vielleicht war es zu anstrengend, den Schlüssel zu verwalten.

»Okay, okay, ich weiß, wo die Zachodniastraße ist«, sagte Edek. »Mir nach«, sagte er und rannte los. Ruth war zu müde, um hinter ihm herzurennen. Warum mußte er rennen? Niemand sonst auf den Straßen von Łódź rannte. Ruth lief schneller. Sie hatte Edek aus dem Blick verloren. Sie war beunruhigt. Wo steckte er? Warum konnte er nichts in normalem Tempo tun? An jeder Straßenkreuzung sah sie in alle Richtungen. Von Edek war nichts zu sehen. Wie konnte er in so kurzer Zeit einen so gewaltigen Vorsprung erreicht haben? Sie ging weiter. Es war zwanzig vor elf. Sie hatten noch eine halbe Stunde Zeit. Sie wollte nicht zu spät kommen.

Sie erreichte gerade eine Hauptstraße und hoffte, es sei die al. Kościuszki, als Edek um die Ecke kam und sie beinahe umgeworfen hätte.

»Was stellst du nur an?« sagte sie zu ihm, als sie ihr Gleichgewicht wiedergefunden hatte. »Du hast Glück, daß du in mich hineingerannt bist und nicht in irgendeinen Polen.«

»Was redest du da?« sagte Edek. »Ich wußte, daß du es bist.«

»Das konntest du nicht wissen«, sagte Ruth, »du kannst nämlich nicht um die Ecke sehen.«

»Sind wir nach Łódź gekommen, um über solchen Blödsinn zu streiten?« sagte Edek.

»Nein«, sagte sie. »Du hast recht.«

»Ich habe dein Parfum gerochen«, sagte er. »Du benutzt immer das gleiche Parfum. Und das Parfum habe ich bis zur Kościuszkistraße gerochen.«

»Das glaube ich nicht«, sagte Ruth.

»Vergiß es«, sagte Edek. »Wir sind ganz nahe an dem Bahnhof Łódź-Fabryczna.«

»Oh, prima«, sagte Ruth. »Der Bahnhof ist nicht weit von der Zachodniastraße entfernt.«

»Das weiß ich«, sagte Edek. »Deshalb sage ich es ja. Die Zachodniastraße geht von einer Straße ab, an der der Bahnhof liegt.«

»Dad«, rief sie ihm nach, als er losrannte. Sie resignierte. Sie hatte ihn fragen wollen, ob sie zusammen gehen konnten. Doch er war weg. Sie entspannte sich ein wenig. Zumindest würden sie sich nicht verspäten. Sie sah auf dem Zettel in ihrer Tasche nach. Das Jüdische Zentrum befand sich in der Nummer achtundsiebzig in der Zachodniastraße.

Bevor sie den Zettel einstecken konnte, war Edek wieder da.

»Der Łódź-Fabryczna-Bahnhof ist nicht da«, sagte er.

»In den Fremdenführern gibt es ihn«, sagte Ruth. »Es ist der Hauptbahnhof von Łódź. Er kann sich nicht in Luft aufgelöst haben.«

»Natürlich gibt es ihn noch«, sagte Edek. »Aber er ist nicht da.«

»Vielleicht hast du ihn an der falschen Stelle gesucht«, sagte Ruth.

»Als Junge war ich oft dort«, sagte Edek. »Ich weiß, wo er ist.«

»Das ist lange her, Dad«, sagte sie.

»Wo sich ein Bahnhof befindet, das vergißt man nicht«, sagte Edek.

»Vielleicht haben sie den Bahnhof verlegt?« sagte Ruth.

»Vielleicht«, sagte er. »Ich versuche es noch einmal.« Er war weg, bevor sie Einspruch erheben konnte.

Ruth kam sich alt vor. Was war los mit ihr? Es war lächerlich, mit einem Einundachtzigjährigen nicht mithalten zu können. Andererseits war Edek kein typischer Einundachtzigjähriger, dachte sie. Vielleicht hätte sie es mit einem etwas normaleren Einundachtzigjährigen sehr wohl aufnehmen können. In der Ferne winkte Edek ihr zu. Sie lief zu ihm.

»Ich habe den Bahnhof gefunden«, rief er. »Ich habe dir ja gesagt, daß ich weiß, wo er ist. Und jetzt zeige ich dir, wo die Zachodniastraße ist. Die Frau vorhin hat es mir sehr gut erklärt.«

»Dad, kannst du nicht auf mich warten?« sagte sie.

»Beeil dich«, sagte er und lief los.

Eine Minute später war nichts mehr von ihm zu sehen. Edeks Laufen und Flitzen und Rennen war nicht normal, fand sie. Es war unnatürlich. Menschen waren nicht dafür geschaffen, von einem Ort zum anderen zu springen und zu hüpfen. Es gab keinen Grund dafür. Es bestand keine Notwendigkeit, keine Dringlichkeit, kein Notfall, keine Krise, und es war kein Wettrennen. Die richtige Straße zu finden war keine Sache von Leben und Tod. Sie sah sich um. Nirgends war Edek zu entdecken. Sie würde es für ein Wunder halten müssen, falls sie und Edek zur gleichen Zeit in der Zachodniastraße eintreffen sollten.

Plötzlich war Edek wieder da. Er war außer Atem.

»Irgendwas stimmt nicht«, sagte er. Ruth erschrak. Sie wußte, daß man in seinem Alter nicht so schnell laufen sollte.

»Was stimmt nicht, Dad?« fragte sie, bemüht, ihre Stimme unaufgeregt klingen zu lassen.

»Die Straßen sind nicht, wo sie sollten sein«, sagte Edek. Ruth war erleichtert, daß es nur um geographische und lokalitätsbezogene Probleme ging.

»Vielleicht sind wir es, die nicht sind, wo sie sein sollten«, sagte sie. Doch Edek hörte nicht zu. Er war schon wieder weg. Es war ihr egal. Sie ging langsamer. Sie und Edek waren am falschen Ort. Was wollten sie hier? Sie wäre besser in New York. In ihrem Büro, wo, verglichen mit dem, was sie hier erlebte, nichts verrückt erschien.

Neben den Geschehnissen hier kamen ihr selbst die unerwartetsten Ereignisse in den Räumen von Rothwax Correspondence unauffällig und harmlos vor. Das Ablegen und Ordnen von Briefen und Ordnern war ein Kinderspiel. Die verblüffenden Begehren der Kunden wirkten neben dem, was hier geschah, maßvoll und moderat. Das hier war Wahnsinn. New York mit seinen unberechenbaren Bewohnern, seinen verstopften Straßen, seinem undurchschaubaren Verkehr und seinen noch undurchschaubareren Fußgängern kam Ruth im Vergleich wie ein Meer der Ruhe vor. Wie eine Oase der Ordnung und Klarheit. Was war das Meer der Ruhe, fragte sie sich. War es eine geographische Bezeichnung oder eine poetische Metapher? Sie vermutete, daß es sich um einen Himmelskörper oder ein anderweitiges Gestirn handelte. Alles, was Ruhe betraf, war zweifellos nicht ihr Fachgebiet. Sie sah auf die Uhr. Es war fast elf. Sie war so müde.

Edek tauchte wieder auf. »Ich kann die Zachodniastraße nicht finden«, sagte er. »Ich weiß nicht, was mit mir nicht stimmt.«

Ruth schwieg. Sie dachte, er zweifle nur an seinem Orientierungssinn. »Die Zachodniastraße ist eine Straße, wo ich gewesen bin viele Male«, sagte Edek.

»Sollen wir vielleicht zum Hotel zurückgehen?« sagte sie zu ihm. »Zu unserem Termin kommen wir sowieso nicht mehr rechtzeitig. Der Mann vom Zentrum hat es mit der Zeit sehr genau genommen.«

»Bißbruder«, sagte Edek.

Ruth war überrascht. Edek fluchte fast nie, und wenn, dann so. Den Bißbruder hatte er sich aus »Pißbruder« zusammengebastelt. Er gehörte zu Edeks derbsten Obszönitäten. Edek wußte nicht, daß er Begriffe vertauscht hatte. Die mangelnde Schärfe seines Schimpfworts war ihm nicht bewußt.

Ruth hatte einmal versucht, ihn darüber aufzuklären, aber er war ihr über den Mund gefahren. Er hielt sie für eine Besserwisserin. Sie dachte, daß er das wirkliche Schimpfwort vielleicht gar nicht wissen wollte. Sie dachte sich, daß es letztlich keine Rolle spielte. Was Edek meinte, verstand man auch so. »Bißbruder«, wiederholte er.

Sie gingen die Straße entlang, in der sie sich befanden, wie auch immer sie heißen mochte. Plötzlich drehte Edek sich um und begann zu rufen. Ruth erschrak fürchterlich. Sie hatte über Edek und sich selbst und über den Schlamassel nachgedacht, in dem sie sich mitten in Łódź zu befinden schienen.

»Taxi, Taxi«, rief Edek. Jetzt stand er mitten auf der Straße und wedelte mit beiden Armen. Das Taxi, das er gesehen hatte, blieb stehen.

»Du hast mir einen fürchterlichen Schrecken eingejagt«, sagte Ruth, als sie ihn erreichte.

»Ich habe ein Taxi für dich erwischt«, sagte Edek. »Einen Mercedes.«

Sie stiegen in das Taxi. Edek nannte dem Fahrer die Adresse. »Wir sind in großer Eile, mein Herr«, sagte er zu dem Fahrer. Edek hatte sein übertrieben förmliches Verhalten wieder angenommen. »Wir bezahlen ihn«, sagte Ruth zu Edek. »Wir müssen ihm nicht in den Arsch kriechen.«

»Was für Leute führen so eine Sprache?« sagte Edek. »›Ihm in den Arsch kriechen.‹ Ein Glück, daß er uns nicht versteht.«

»Von mir aus kann er uns gerne verstehen«, sagte Ruth.

»Mein Herr«, sagte Edek, »wenn Sie uns schnell hinbringen können, bekommen Sie ein großes Trinkgeld.« Ruth verzog das Gesicht und lehnte sich zurück. Bis Edek Polen verließ, würde er ein Jahreseinkommen an Trinkgeldern ausgegeben haben.

Edek zählte seine Zloty. »Gib mir noch ein paar Zloty«, sagte er zu Ruth.

»Damit du sie an die Polen verteilen kannst?« sagte Ruth.

»Warum bist du so schlecht gelaunt?« sagte Edek.

»Ich bin nicht zum Vergnügen hier«, sagte Ruth. »Meinst du, ich sollte Witze machen und mir auf die Schenkel klopfen?« Sie war sich nicht sicher, ob Edek wußte, was das hieß. Aber er verstand genug, um verletzt zu sein.

»Für mich ist es auch nicht so ein Vergnügen«, sagte er.

Sie fuhren schweigend weiter. Ruth konnte den Fahrer riechen. Sie roch seinen Schweiß- und Körpergeruch, das ungewaschene Haar und die ungelüftete Kleidung. Warum wuschen polnischen Männer sich nicht öfter? Man sollte meinen, der Fahrer eines Mercedes würde eher wie ein Mercedesfahrer riechen wollen als wie ein Stadtstreicher, dachte Ruth.

Sie fuhren an zwei antisemitischen Schmierereien vorbei. Davidsterne, über die das Emblem der unterlegenen Fußballmannschaft gekritzelt war. Ruth wies Edek auf die Schmierereien hin. »Ihre Juden sind sie losgeworden«, sagte sie zu ihm. »Aber ihren Antisemitismus werden sie nicht los.« Sie schüttelte den Kopf. »Sie sind fast zweihundertfünfzigtausend Juden aus dieser Gegend losgeworden. War das nicht genug? Was treibt sie noch immer um?«

»Sprich nicht über diese Sachen«, sagte Edek. »Der Fahrer sieht, daß wir da hinschauen.«

»Ja und?« sagte Ruth. »Er ist doch selber Antisemit. Ihn stört das nicht.«

»Das sind nur Kindereien«, sagte der Fahrer. »Kindereien.«

»Jesus«, sagte Ruth. »Was für Kinder ziehen die hier groß?«

»Meine Tochter meint das nicht so«, sagte Edek auf englisch zu dem Fahrer.

»Wenn er dich verstehen soll«, sagte Ruth zu Edek, »mußt du polnisch mit ihm sprechen.«

»*Oj Cholera*«, sagte Edek und setzte zu einer langatmigen Erklärung an die Adresse des Fahrers an. Der Fahrer nickte verständnisinnig.

Ruth und Edek saßen seit etwa fünf Minuten in dem Taxi. Ruth wußte, daß sie und Edek ihre Suche in unmittelbarer Nähe der Zachodniastraße begonnen hatten. Wie hatten sie sich so sehr verirren können? Kein Wunder, daß sie müde war. Sie waren meilenweit gelaufen. »Hier in der Gegend haben die Polen früher mit Steinen nach mir geworfen«, sagte Edek leise zu Ruth.

Schließlich erreichten sie die Nummer achtundsiebzig in der Zachodniastraße. Edek gab dem Fahrer ein überreiches Trinkgeld. Der Fahrer stieg aus und verbeugte sich ein halbdutzendmal vor ihnen. Nummer achtundsiebzig war ein großes leeres Grundstück, an dessen Ende sich ein altes Gebäude befand. Sie gingen zu dem Gebäude. Es roch durchdringend nach gekochtem Kohl.

»Riechst du den Kohl?« sagte Ruth zu Edek.

»Ja«, sagte er. »Es riecht nicht sehr gut.« Sie erreichten das Gebäude. Ruth spähte in einen dunklen Hausflur.

»Ich glaube, wir müssen reingehen und die Treppe hochgehen«, sagte sie zu Edek.

»Ist das das Jüdische Zentrum?« sagte Edek. »Bist du sicher?«

»Ich glaube, ich bin mir sicher«, sagte Ruth.

Sie und Edek gingen das muffige, dunkle Treppenhaus hoch. Der Kohlgeruch wurde immer aufdringlicher. Die Luft war so feucht, daß es Ruth vorkam, als koche der Kohl noch immer. Es war so dunkel, daß man fast nicht sah, wohin man den Fuß setzte. So sah das Zentrum des jüdischen Lebens in Łódź aus? Was für ein Zentrum, dachte Ruth. Sie war mit einemmal zutiefst deprimiert. So stellte sie sich das Judentum nicht vor. Wo war die Wärme? Nichts an diesem Ort wirkte jüdisch.

Ruth fröstelte. Es war sehr kalt in dem Gebäude. »Ist dir kalt, Dad?« fragte sie.

»Nein«, sagte Edek. »Wo sind wir?« sagte er eine Minute später. Er schien nicht weniger erstaunt zu sein als Ruth, in diesem heruntergekommenen dunklen und feuchten Loch das Zentrum des jüdischen Łódź vorzufinden. Ruth klopfte an eine angelehnte Tür am Ende der Treppe. Sie sah auf die Uhr. Es war 11.13 Uhr. Sie hatten sich nur um drei Minuten verspätet. Im Zimmer saß an einem Schreibtisch ein Mann um die Dreißig in der dunklen Kleidung eines gläubigen Juden. Er blätterte in Papieren. Er wirkte geschäftig. »Kommen Sie herein«, sagte er in unwirschem Ton und ohne aufzublicken.

Der Raum war nicht sehr groß und spärlich möbliert. An einem Tisch an der Wand saß eine Frau und tippte. Zur Linken befand sich ein weiterer Raum. Ruth fragte sich, ob dort der Kohl gekocht wurde. Sie und Edek standen in der Tür. Die Frau lächelte ihnen zu. »Wir sind gekommen, um zu fragen, ob wir einen Führer für den Friedhof haben können«, sagte Ruth zu der Frau. Sie fand, daß die Frau zugänglicher aussah als der Mann. Die Frau schüttelte den Kopf. Offenkundig verstand sie kein Englisch.

»Komm, wir gehen«, flüsterte Edek Ruth zu.

Ruth sah sich im Zimmer um. Auf einem Regal lagen zwei Rollen Faxpapier neben dem Foto eines orthodoxen Juden. Ruth hatte keine Ahnung, wer der orthodoxe Jude auf dem Foto sein mochte. Das war das ärmlichste und kärglichste Jüdische Zentrum, das sie je zu sehen bekommen hatte. Die wenigen Möbel waren abgenutzt. Alles wirkte zutiefst deprimierend. So leblos. Vielleicht hatte ihr Vater recht. Vielleicht gingen sie besser.

Sie wußte, daß das Zentrum zweihundert Mitglieder hatte, ein Gebetshaus irgendwo im Gebäude, einen Speiseraum und eine koschere Küche. Der Kohl, den sie rochen, mußte koscher sein. Ruth hatte gelesen, daß jeden Tag dreißig kostenlose Mahlzeiten ausgegeben wurden und daß das Zentrum die Gemeinde zu Pessach mit *Mazzen* versorgte. Das Zentrum hatte sich zur Aufgabe gemacht, die religiösen und kulturellen Bräuche der Juden von Łódź lebendig zu erhalten. Wie sollte das möglich sein, wenn es keine Juden mehr gab? Eine unmögliche Aufgabe, dachte Ruth. Eine Aufgabe, die wohl kaum mit Hilfe von gekochtem Kohl zu bewältigen war.

»Wir wollten uns nach einem Führer erkundigen«, sagte Ruth abermals, diesmal an den Mann gewandt. »Ich hatte mit Ihnen telefoniert.«

»Ja, ja«, sagte er. »Ich werde versuchen, ihn zu erreichen.«

»Bitte«, flüsterte Edek Ruth zu. »Er hat zu tun. Können wir jetzt gehen?«

»Wir warten noch ein paar Minuten«, flüsterte sie zurück.

»Ich will nicht unbedingt den Friedhof besuchen«, sagte er.

»Nur noch ein paar Minuten, dann lassen wir es bleiben«, sagte sie.

Die Frau sah von ihrer Schreibmaschine auf und lächelte sie an. Ruth und Edek lächelten zurück. Der Mann blätterte weiter in seinen Papieren. Ruth sah auf die Uhr. Es war 11.24 Uhr. »Um wie viele Juden kümmern Sie sich hier?« fragte sie den Mann.

»Wir verköstigen etwa dreißig Personen am Tag«, sagte er, ohne aufzublicken.

»Sind es vorwiegend alte Leute?« sagte Ruth.

»Es sind nur alte Leute«, sagte er.

»Männer und Frauen?« sagte Ruth.

»Vorwiegend Männer«, sagte er.

Das also war von der jüdischen Bewohnerschaft von Łódź übriggeblieben, dachte Ruth. Dreißig alte Armenhäusler, die zum Mittagessen gekochten Kohl bekamen. Es war herzzerreißend. »Dad, ich glaube, wir gehen lieber«, sagte sie zu Edek. An der Wand fiel ihr ein Porträtfoto des amerikanischen Philanthropen, Geschäftsmannes und Erben des Kosmetikimperiums Estée Lauder, Ronald Lauder, auf. Sie wußte, daß die Ronald Lauder Foundation das Jüdische Zentrum von Łódź unterstützte.

»Das ist der grauenhafteste jüdische Ort, den ich je gesehen habe«, flüsterte Edek. Er sah niedergeschlagen aus. Ruth nahm an, daß die unfreundliche Aufnahme ihren Vater noch bedrückter gestimmt hatte.

»Sie werden von der Ronald Lauder Foundation unterstützt, nicht wahr?« sagte Ruth zu dem Mann.

»Ja«, sagte er.

»Ich war kürzlich bei ihm zu Hause in New York«, sagte Ruth.

Der Mann ließ seine Papiere fallen, nahm die Brille ab und blickte Ruth an. Er sah aus, als wäre er zwischen dreißig und fünfunddreißig, dachte sie.

»Sie waren bei Mr. Lauder zu Hause?« sagte der Mann.

»Ja«, sagte Ruth. Es war keine Aufschneiderei. Sie war in der atemberaubenden Wohnung der Lauders in New York mit all den Kunstwerken gewesen. Man hatte ihr Speisen serviert, die heiliggesprochen und erinnert, aber nicht gegessen gehörten. Jeder Gang war noch verblüffender und ästhetisch anspruchsvoller gewesen als der zuvor. Ruth hatte den Eindruck gehabt, daß verschiedene der Gäste vor den Weinen niederknieten.

Ruth hatte einen van Gogh in der Bibliothek der Lauders berührt. Sie hatte die Pinselstriche mit ihren Fingern betastet. Vincent van Goghs Bewegungen nachvollzogen. Niemand hatte es bemerkt. Ruth hatte gewußt, daß sie niemals wieder einen van Gogh aus so großer Nähe sehen würde. Sie war wegen einer Buchpremiere, die die Lauders für eine Freundin von ihr veranstaltet hatten, in deren Wohnung gewesen.

»Mr. Lauder hat eine wunderschöne Wohnung«, sagte sie zu dem Mann. Er trat zu ihnen und schüttelte Edek und Ruth die Hand. »Setzten Sie sich bitte«, sagte er. »Wir sind Mr. Lauder so dankbar. Er ermöglicht es uns, alte Juden zu verköstigen und für sie zu sorgen. Mr. Lauder bemüht sich, das jüdische Leben in Polen wiederherzustellen.«

Ruth fragte sich, ob »wiederherstellen« der richtige Begriff war. Das jüdische Leben war nicht beschädigt oder erkrankt. Es war zerstört. Es existierte nicht mehr. Sie vermutete, daß ein solcher Zustand eine mögliche Wiederherstellung nicht ausschloß. Ronald Lauder hätte ebensogut von Wiederbringen oder Wiedereinführen sprechen können. Sie vermutete, daß jeder dieser Begriffe sich verwenden ließ. Sie wünschte, sie ließe sich nicht ständig von Wörtern und Wortbedeutungen ablenken.

»Sie waren in Mr. Lauders Wohnung?« wiederholte der Mann.

»Ja«, sagte sie, »erst kürzlich.«

»Meine Tochter kennt Gott und die Welt«, sagte Edek. Er sah bei diesen Worten sehr zufrieden drein. »Meine Tochter ist selber sehr reich«, sagte er. Ruth mußte sich ein Lachen verbeißen. Sie riß sich zusammen.

»Nicht so reich wie Mr. Lauder«, sagte sie.

»Darf ich Ihnen eine Tasse Kaffee anbieten?« sagte der Mann.

»Nein, danke«, sagte Ruth im gleichen Atemzug wie Edek, der sagte: »Ja, vielen Dank.«

Sie schüttelte den Kopf mit einem Blick zu Edek. Sie wollte keine Minute länger als unbedingt nötig an diesem Ort bleiben. »Nein, vielen Dank«, sagte Edek. »Wir hatten gerade Kaffee.«

»Wir hätten gern einen Führer für den Friedhof«, sagte Ruth.

»Aber selbstverständlich«, sagte der Mann. »Für welchen Tag hätten Sie gerne einen Führer?«

»Für heute«, sagte Ruth. »Heute nachmittag.«

»Das kann ich für Sie organisieren«, sagte der Mann. »Ich werde Ihnen unseren besten Führer besorgen. Er ist mit der Geschichte des Friedhofs vertraut. Dank Mr. Lauder können wir uns in diesem Büro um die Friedhofsarchive kümmern.«

»Könnten wir den Führer ab halb drei Uhr für zwei Stunden haben?« sagte Ruth.

»Du willst zwei Stunden lang auf dem Friedhof sein?« sagte Edek zu Ruth.

»Ich will nur sichergehen, daß wir genug Zeit haben«, sagte Ruth.

»Was soll man auf einem Friedhof groß anfangen?« sagte Edek. »Man geht rein, man sieht sich um, und fertig ist der Besuch.«

Edek wandte sich an den Leiter des Zentrums. »Sagen Sie dem Führer, daß wir ihn vielleicht für eine halbe Stunde benötigen, höchstens für eine Stunde.«

»Wir nehmen ihn für zwei Stunden«, sagte Ruth.

»Wozu?« sagte Edek. »Alle auf dem Friedhof sind tot. Du kannst dich nicht mit ihnen unterhalten.«

»Vielleicht möchten Sie auf dem Friedhof beten?« sagte der Leiter des Zentrums.

»Wir beten nicht«, sagte Ruth. Der Mann sah sie entsetzt an.

»Du mußt es ihm erklären«, sagte Edek. »Du kannst nicht einfach sagen: Wir beten nicht.«

»Du kannst ihm erklären, daß du und Mum und eure Eltern als orthodoxe Juden erzogen worden seid«, sagte Ruth zu Edek. »Du kannst ihm erklären, daß ihr zu der Ansicht gelangt seid, daß es keinen Gott gibt, nachdem ihr gesehen habt, wie Nazis mit Säuglingen Fußball spielten und Säuglinge mit dem Kopf an die Wand schlugen. Ich will mich darüber nicht weiter auslassen.«

»Ich rufe den Führer jetzt gleich an«, sagte der Mann und ging eilig zum Telefon.

»Warum suchst du Streit mit ihm?« sagte Edek.

»Ich mag ihn nicht«, sagte Ruth.

»Du fängst mit jedem Streit an«, sagte Edek. »Im Taxi wolltest du den Fahrer ärgern. Hier willst du diesen armen Mann ärgern.«

»Warum soll ich die Taxifahrer nicht ärgern?« sagte Ruth. »Wenn sie sich ärgern, dann nur eine Minute lang. Sie denken nicht wirklich darüber nach, was es heißt, keine Juden, aber massenhaft antisemitische Graffiti in Polen zu haben.«

»Was hat dieser Mann dir getan?« sagte Edek.

»Er war nicht sehr entgegenkommend«, sagte Ruth.

»Das ist wahr«, sagte Edek.

»Warst du wirklich in der Wohnung von diesem Mr. Lauder?« sagte Edek.

»Ja, wirklich«, sagte Ruth. »Zusammen mit hundert anderen Leuten.«

Edek lachte. »Du bist ein schlaues Mädchen«, sagte er.

»Dankeschön«, sagte sie.

»Entschuldigen Sie bitte«, rief der Leiter des Zentrums. »Kann Ihr Führer Sie in Ihrem Hotel abholen?«

»Selbstverständlich«, sagte Ruth. »Wir wohnen im Grandhotel Victoria.«

»Ausgezeichnet«, sagte der Mann. »Punkt vierzehn Uhr dreißig im Grandhotel Victoria.« Er teilte es dem Führer mit und legte auf.

»Marek ist unser bester Führer«, sagte er zu Edek und Ruth. »Marek wird Ihnen die Aussegnungshalle zeigen, die 1898 errichtet wurde. Er wird Ihnen zeigen, wie die Leichname von den Türen in der Westseite des Gebäudes in die Halle gebracht wurden.«

»Willst du das sehen?« sagte Edek zu Ruth. Ruth nickte.

»Marek wird Ihnen alles zeigen.«

»Vielen Dank«, sagte Ruth.

»Vielen Dank«, sagte Edek.

»Es freut mich, daß Sie Zeit gefunden haben, unser Zentrum zu besichtigen«, sagte der Leiter des Zentrums.

»Darf ich Sie etwas fragen?« sagte Ruth.

»Aber selbstverständlich«, sagte er.

»Warum wollen Sie das jüdische Leben in Polen wiederherstellen?« fragte sie. »Ich will nicht in Abrede stellen, was Sie hier tun, indem Sie sich um die alten Juden kümmern, aber warum sollte Ihnen daran gelegen sein, hier jüdisches Leben wieder einzuführen?«

»Es ist äußerst wichtig, daß Juden sich in Polen zu Hause fühlen können«, sagte er. »Wir müssen das jüdische Leben in Polen wieder aufbauen.«

»Aber warum?« sagte Ruth. »Polen ist für Juden nicht sehr zuträglich. Warum können Sie den Wunsch haben, Juden hier leben zu sehen? Die Polen haben für Juden nichts übrig. Auf den Straßen sieht man antisemitische Schmierereien. Das muß Ihnen doch aufgefallen sein.«

»Selbstverständlich ist mir das aufgefallen«, sagte er.

»Und wenn Sie durch Łódź gehen und wie ein Jude aussehen, dann müssen Ihnen noch ganz andere Sachen auffallen«, sagte sie.

»Ich trage eine Mütze über meiner Jarmulke«, sagte er.

»Wollen Sie denn, daß alle Juden eine Mütze über ihrer Jarmulke tragen müssen?« sagte Ruth. »Was für ein jüdisches Leben soll das denn sein?«

»Ruthie, Ruthie«, sagte Edek, »reg dich nicht so auf.«

»Ich rege mich nicht auf«, sagte Ruth. »Ich bin nur verstört. Ich kann verstehen, daß es wichtig ist, sich um die übriggebliebenen Juden zu kümmern, aber ich kann nicht verstehen, warum Sie eine jüdische Gemeinde hier einrichten wollen. Und woher sollen die

Juden kommen? Ihre derzeitigen Gemeindemitglieder sind ja wohl zu alt, um sich fortzupflanzen. Und irgendwelche Juden, die ich kenne, würden niemals freiwillig nach Polen ziehen. Abgesehen von der alles andere als verlockenden Aussicht, in Polen zu leben, ist das Land in den Augen vieler Juden nichts anderes als ein riesiges Massengrab.«

»Ruthie, sowas sagt man doch nicht«, sagte Edek.

»Aber es ist ein riesiges Massengrab«, sagte Ruth.

»Das meinte ich nicht, ich meinte, was du über das Leben in Polen gesagt hast«, sagte Edek.

»Würdest du hier leben wollen?« sagte Ruth. Edek schwieg.

»Wir suchen nach Juden, die schon hier sind«, sagte der Leiter des Zentrums.

»Und wo sind die?« sagte Ruth.

»Es sind Leute, die nicht wissen, daß sie Juden sind«, sagte er.

»Wozu soll es dann gut sein, es ihnen zu sagen?« sagte Ruth. »So toll ist es schließlich nicht, Jude zu sein.«

»Sie wollen Juden sein«, sagte der Leiter des Zentrums.

»Obwohl sie gar nicht wissen, daß sie Juden sind?« sagte Ruth.

»Ich meine die, die sich zu ihrem Judentum bekennen«, sagte er.

»Und wozu?« sagte Ruth. »Damit sie die Ablehnung und den Antisemitismus erfahren können, die sie bis dahin verpaßt hatten?«

»Da hat sie recht«, sagte Edek.

»Sie wollen sich zu ihrem Judentum bekennen«, sagte der Leiter des Zentrums. »Manche von ihnen haben beträchtliche Mühen auf sich genommen, um festzustellen, daß es in ihrer Familie jüdisches Blut gab.«

»Wissen sie nicht, daß jüdisches Blut in Polen noch immer mit Argwohn betrachtet wird?« sagte Ruth.

»Das wissen sie«, sagte er. »Manche ihrer Familien weigern sich, ihr Judentum anzuerkennen.«

»Sie sind also ihren Familien entfremdet und wollen als Juden in Polen leben?« sagte Ruth. »Das klingt nicht sehr verheißungsvoll.«

»Zumindest haben sie sich von einer Lebenslüge befreit«, sagte der Leiter des Zentrums.

»Lügen sind nicht notwendigerweise etwas Schlechtes«, sagte Ruth.

»Jetzt redest du Unsinn«, sagte Edek.

»Warum bringen Sie diese Polen, die unbedingt Juden sein wollen, nicht nach Israel?« fragte Ruth.

»Es sind keine Polen, es sind Juden«, sagte er.

»Ja, aber warum bringen Sie sie nicht nach Israel?« sagte sie. »Oder warum bitten Sie nicht Mr. Lauder, Ihnen zu helfen, Visa für Amerika für sie zu bekommen? Kein Jude, der bei Verstand ist, kann in so einem Land bleiben wollen.«

Ruth schüttelte den Kopf. Was wollte sie erreichen? War sie nur streitlustig? Ließ sie ihre Frustration an diesem armen jungen Juden aus? Edek trat von einem Bein auf das andere und räusperte sich.

»Ich wußte selbst nichts von meinem Judentum, bis ich erwachsen war«, sagte der Leiter des Zentrums.

Ruth schämte sich. »Wollen Sie in Polen bleiben?« sagte sie.

»Ich möchte gerne nach Israel auswandern«, sagte er. Ein unbehagliches Schweigen entstand.

»In Israel fühle ich mich nicht so besonders wohl«, sagte Edek.

»Das ist eine ganz andere Geschichte«, sagte Ruth zu dem Leiter des Zentrums.

»Israel ist sehr wichtig für die Juden«, sagte Edek. »Aber für mich sind die Juden, was sind in Israel, nicht die Juden, was sind aufgewachsen mit mir.«

»Die Juden, die mit dir aufgewachsen sind, sind tot«, sagte Ruth. »Außerdem bist du nicht gerne mit vielen Juden zusammen.«

»Das stimmt«, sagte Edek. »Aber ich gebe Geld für Israel«, sagte er zu dem Leiter des Zentrums, »und meine Tochter auch.«

»Juden in Polen zu haben beweist, daß Hitler nicht gewonnen hat«, sagte der Leiter des Zentrums. Ruth war sprachlos. Hitler hatte nicht gewonnen? Was hätte Hitler tun müssen, um in den Augen dieses Mannes gewonnen zu haben? Sie öffnete den Mund, um zu antworten, besann sich jedoch eines Besseren. Zu vieles hätte es zu sagen gegeben, und die Worte blieben ihr im Hals stecken, so verblüfft war sie über seine Behauptung.

»Ich glaube, Hitler hat gewonnen«, sagte sie leise. Edek sah sie an. Es war nicht zu erkennen, ob er sie ermahnen wollte, das Gespräch nicht weiterzuführen, oder ob er stumme Sympathie bekunden wollte. Edek rollte leicht die Augen. Ruth war erleichtert, daß er ihr zustimmte.

»Ronald Lauder läßt in Polen Synagogen restaurieren«, sagte der Mann. »Er gibt Juden, die nichts von ihrer Identität wußten, ihr Judentum zurück. Leute, die nicht wußten, daß sie Juden sind, wissen es jetzt.«

»Und das nützt ihnen etwas?« sagte Ruth.

»Selbstverständlich«, sagte der Mann.

»Sie sind als Juden nicht mehr Antisemitismus ausgesetzt, als sie es früher waren, als sie sich für Polen hielten?« sagte Ruth.

Der Mann dachte kurz nach. »Das weiß ich nicht«, sagte er.

Wie absurd, in Polen Synagogen zu renovieren, dachte Ruth, und sich einzubilden, damit jüdisches Leben wiedereinzuführen. Allein die Existenz dieser Synagogen, dachte sie, bewies, wie erfolgreich Polen und Deutsche die Juden ausgerottet hatten. Die Synagogen standen da. Leer und unbesucht bis auf eine Handvoll meist älterer Leute in einigen der größeren Städte. Und hin und wieder ein Tourist.

Ruth wollte gehen. Ihr war, als hätte der Kohlgeruch ihre Haut und ihr Haar völlig durchdrungen. Ihr war, als atmeten ihre Lungen den Geruch gekochten Kohls aus.

»Vielen Dank, daß Sie einen Führer für uns besorgt haben«, sagte Ruth zu dem Leiter des Zentrums. Sie zog ihren Mantel an.

»Vielen herzlichen Dank«, sagte Edek zu ihm. »Ich hoffe, daß es Ihnen gelingt, nach Israel auszuwandern.«

»Soll ich Ihnen Unterlagen über unsere Aktivitäten zuschicken?« fragte der Leiter des Zentrums Ruth.

»Aber ja«, sagte Ruth.

»Schicken Sie mir auch was«, sagte Edek. Er stieß Ruth mit dem Ellbogen in die Seite. »Ruthie, wir sollten jetzt ein bißchen was spenden. Gib dem Herrn etwas.«

Der Leiter des Zentrums schaute betreten drein. »Sie können uns einen Scheck schicken, wenn Sie unsere Unterlagen erhalten«, sagte er.

»Meine Tochter kann Ihnen jetzt etwas geben«, sagte Edek. Ruth öffnete ihre Brieftasche und nahm tausend Zloty heraus. Edek sah auf das Geld. »Meine Tochter ist ein braves Mädchen«, sagte er.

»Vielen herzlichen Dank«, sagte der Leiter des Zentrums. Sie schüttelten einander die Hände.

»Diesen Kohlgeruch werde ich nie mehr los«, sagte Ruth zu Edek, als sie die Treppe hinunterstiegen.

»Es ist ein abscheulich schrecklicher Gestank«, sagte Edek.

Ruth lachte. »Das kann man wohl sagen«, sagte sie.

»Willst du etwas essen?« sagte Edek.

»Nein, ich habe wirklich keinen Hunger«, sagte Ruth. »Von dem Kohlgeruch ist mir ganz übel. Es hat nicht einmal nach gebratenen Zwiebeln oder ein bißchen Fleisch gerochen. Es hat bloß nach gekochtem Kohl gerochen.«

»Ich habe auch keinen Hunger«, sagte Edek. »Nach einem guten Frühstück brauche ich nichts mehr zu essen.«

»Wollen wir irgendwo einkehren und eine Tasse Kaffee und ein Stück Kuchen bestellen?« fragte Ruth.

»Ich hab' dir doch gesagt, daß ich keinen Hunger habe«, sagte Edek.

»Und wie wäre es mit einem Teller Suppe?« sagte sie.

»Wenn du etwas Suppe essen willst, esse ich auch welche«, sagte Edek.

Sie gingen die Zachodniastraße entlang.

»Ich glaube, da hattest du recht«, sagte Edek.

»Womit?« sagte Ruth.

»Mit dem Geld, das sie dafür ausgeben, Juden, was in Polen leben, zu finden«, sagte Edek. »Wenn sie nicht wissen, daß sie Juden sind, wie jüdisch wollen sie dann sein?«

»Du meinst, Leute sind nur das, wozu man sie erzogen hat?« sagte Ruth.

»Natürlich«, sagte Edek. »Wenn ich als Italiener erzogen worden wäre, wäre ich ein Italiener.«

»Vielleicht«, sagte Ruth.

»Wozu wollen sie aus diesen Polen Juden machen?« sagte Edek. »Für einen Juden ist es nicht leicht, ein guter Jude zu sein. Ich kann mir nicht vorstellen, daß es für einen Polen, der sich hält für einen Juden, leicht sein wird, ein guter Jude zu sein.«

»Vor allem in Polen«, sagte Ruth.

»Trotzdem habe ich Bisse im Gewissen«, sagte Edek.

Ruth liebte den Begriff »Bisse im Gewissen«, den Edek geprägt hatte. Seit Ruth sich erinnern konnte, hatte er Bisse im Gewissen.

»Weshalb hast du ein schlechtes Gewissen?« fragte sie ihn.

»Wir waren nicht so besonders nett zu dem Mann im Jüdischen Zentrum«, sagte Edek.

»Ich war nicht unhöflich zu ihm«, sagte Ruth. »Ich wollte wirklich wissen, was hier eigentlich vor sich geht.«

»Warum fragst du nicht diesen Mr. Lauder?« sagte Edek.

»Ronald Lauder?« sagte Ruth. »Erstens kenne ich ihn nicht.«

»Hast du dich nicht mit ihm unterhalten, als du in seinem Haus warst?« sagte Edek.

»Anderthalb Minuten lang«, sagte Ruth. »Er hat jeden einzelnen Gast begrüßt. Außerdem stellt man Leuten, die soviel Geld haben, keine echten Fragen. Man versucht sich zu benehmen, wenn man bei ihnen eingeladen ist. Man versucht, das richtige Besteck für die richtigen Speisen zu benutzen. Charmant zu sein und dankbar zu sein, daß man eingeladen wurde, weil man anderen Leuten erzählen kann, daß man eingeladen wurde.«

»Man kann keine Fragen stellen?« sagte Edek.

»Man kann nicht in Frage stellen, was sie tun«, sagte Ruth. »Man hat nicht die Aufgabe, ihnen Fragen zu stellen, sondern die Aufgabe, alles zu bewundern, was sie tun und lassen. Verstehst du?«

»Natürlich verstehe ich«, sagte Edek.

»So ist es nun mal«, sagte Ruth.

»Wenn ich in New York wäre, würde ich ein Wörtchen mit diesem Mr. Lauder sprechen«, sagte Edek.

»Das weiß ich«, sagte Ruth. Sie malte sich lieber nicht aus, was Edek zu Ronald Lauder sagen würde.

»Ich möchte ein bißchen spazierengehen, um den Kohlgeruch endlich aus der Nase zu bekommen«, sagte Ruth.

»Dann gehe ich ins Hotel zurück«, sagte Edek. »Ich habe ein paar Anrufe zu machen.«

»Wen rufst du an?« sagte Ruth.

»Stefan«, sagte Edek.

»Wer ist Stefan?« sagte Ruth.

»Das hast du mich schon einmal gefragt«, sagte Edek. »Stefan ist der Fahrer, was kommt aus Warschau.«

»Entschuldige«, sagte sie. »Das habe ich vergessen. Gut, du rufst Stefan an und bekommst heraus, ob er es machen will.«

»Ich habe dir schon gesagt, daß er es mit Vergnügen tun wird«, sagte Edek.

»Du kannst nicht wissen, ob er Zeit hat«, sagte Ruth.

»Denkst du, Stefan ist Mr. Lauder?« sagte Edek. »Natürlich wird er Zeit haben. Was denkst du, wie viele Aufträge dieser Art er kriegt?«

»Das hängt davon ab, wie viele Juden so durch Polen trecken, wie wir es tun«, sagte Ruth.

»Trecken?« sagte Edek. »Was heißt das?«

»Das heißt ›beschwerlich reisen‹«, sagte Ruth.

»Ich dachte schon, du hättest gesagt, wir würden durch Polen *drekken*«, sagte Edek.

Drek war das jüdische Wort für Scheiße. Ruth lachte. »Das ist wirklich komisch«, sagte sie. In gewisser Hinsicht hatte Edek recht. Sie *drekkten* durch Polen. Mühten sich durch eine Menge Scheiße.

»Ich begleite dich bis zum Hotel«, sagte sie zu Edek.

»Wozu?« sagte er. »Ich gehe zurück, und du gehst dahin, wo du hinwillst.«

»Ich will dort vorbeigehen, wo früher die Synagogen waren«, sagte Ruth.

»Dort gibt es nichts zu sehen«, sagte Edek.

»Ich weiß«, sagte Ruth.

Der Stadtplan des Vorkriegsłódź, den sie von der Gesellschaft Our Roots bekommen hatte, war voller Synagogen. Unterhalb jeder Synagoge waren in Klammern die Worte »nicht mehr vorhanden« vermerkt. Die Orte, an denen sie vorbeigehen wollte, waren Stätten, Stätten, an denen sich einst Synagogen befunden hatten. Es gab die Stätte, wo die Große Synagoge in der Zielonastraße sich befunden hatte. Vielen hatte sie als die eindrucksvollste Synagoge ganz Polens gegolten. Ruth wollte die »nicht mehr vorhandenen« Synagogen in der Wólczańskastraße und in der Wolborskastraße besuchen. Die Nazis hatten alle Synagogen mit einer Ausnahme zerstört. Eine einzige Synagoge war Łódź geblieben. Eine kleine Synagoge in der Nummer achtundzwanzig der ul. Rewolucji 1905.

Diese Synagoge – Nummer achtundzwanzig in der ul. Rewolucji 1905 – hatte teilweise deshalb überdauert, weil die Nazis sie als Salzlager benutzt hatten. Und vielleicht auch deshalb, weil sie sich am Ende von zwei Höfen in eine Ecke duckte. Und sehr klein war.

»Du willst etwas besuchen, was es nicht gibt?« sagte Edek.

»Ja, wenn du es so ausdrücken willst, dann will ich das tun«, sagte Ruth.

»Bist du verrückt?« sagte Edek.

»Ich hoffe nicht«, sagte sie.

»Ist dort, wo die Synagogen waren, irgend etwas übriggeblieben?« sagte Edek.

»Nein, nichts«, sagte Ruth. »Keine Spur von irgendeiner der zerstörten Synagogen ist geblieben.«

»Was willst du dann dort sehen?« sagte Edek.

»Das weiß ich nicht«, sagte Ruth. »Willst du mitkommen?«

»Ich muß Stefan anrufen«, sagte Edek.

»Das stimmt, du mußt ihm Bescheid sagen«, sagte sie.

Edek sah Ruth an, als suche er nach Anzeichen geistiger Verwirrung. Er runzelte die Stirn.

»Synagogen, was es gibt, besuchst du nicht«, sagte er. »Du besuchst nicht die Synagogen, was sind in New York, du besuchst nicht die Synagogen, was sind in Melbourne. Warum besuchst du eine Synagoge, was es nicht gibt?«

Edek hatte nicht unrecht, dachte Ruth. Sie interessierte sich nie für Synagogen. Sie mied Synagogen. Was fesselte sie an diesen Synagogen, den nicht vorhandenen Synagogen?

»Ich weiß nicht, warum ich hingehen will, Dad«, sagte sie. »Ich will nur spüren, wie die Atmosphäre dort ist. Dort stehen und lauschen.«

»Auf was?« sagte Edek.

»Auf nichts, auf meine Gedanken«, sagte Ruth.

»Du kannst in einer Synagoge in New York auf deine Gedanken lauschen oder in einer in Melbourne«, sagte Edek. »Oder genausogut in deinem Hotelzimmer in Łódź.«

Die Juden in New York interessierten sie nicht, dachte sie. Oder die von Melbourne. Aber die Juden von Polen. Die toten Juden.

»Juden, was sind lebendig, magst du nicht so besonders«, sagte Edek.

»Ich habe nichts gegen sie«, sagte Ruth. »Ich habe keine Abneigung gegen sie. Einige meiner besten Freunde sind Juden«, sagte sie und mußte über das Klischee laut lachen. Edek lachte nicht.

»Diese Reise ist zu anstrengend für dich«, sagte er. »Du hast dir Sorgen wegen mir gemacht. Aber mir geht es gut. Dir geht es nicht so gut.«

War es tatsächlich nicht ganz normal, sich auf die Seite der toten Juden zu stellen, fragte sich Ruth. Bei den toten Juden fühlte sie sich am wohlsten. Die toten Juden waren ihre Juden. Ihre Familie. Sie begriff ihre Leiden. Sie trauerte um sie und um ihre Lebensweise. Sie versuchte Einzelaspekte des Lebens, das sie ihrer Meinung nach geführt hatten, in ihrem eigenen Leben nachzugestalten. Wenn sie Sauerkraut aß, tat sie so, als komme es direkt aus einem Faß in Łódź, wo es für den Winter eingelegt worden war. Sie kaufte Sauerkraut in Dosen und füllte es in Einmachgläser um, die mit Gummiringen luftdicht verschlossen wurden. Sie kaufte Roggenbrot bei Dean & Deluca am Broadway und ließ es in ihrer Küche vertrocknen. Wenn es dann hart und spröde war, aß sie es. Edek hatte ihr erzählt, daß altes Brot im Ghetto höher geschätzt worden war als frisches Brot. Altes Brot mußte man länger kauen.

Rooshka konnte es nie über sich bringen, Brot wegzuwerfen. Ungegessenes Brot hob sie wochenlang auf. Irgendwann warfen Edek oder Ruth die verschimmelten Rinden und Scheiben weg, die Rooshka gehortet hatte. Rooshka hatte zu lange ohne Brot auskommen müssen, um es übers Herz zu bringen, welches wegzuwerfen. Brot hatte zwischen Tod und Leben entschieden.

»Komm, ich begleite dich bis zum Hotel«, sagte Ruth noch einmal zu Edek.

»Ich brauche kein Kindermädchen«, sagte er. »Du solltest dir lieber Sorgen um dich machen.«

»Bist du dir sicher, daß du den Weg findest?« sagte sie.

»Ich bin in Łódź«, sagte er. »Ich weiß den Weg.«

Ruth küßte ihn zum Abschied. »Ich bin rechtzeitig zurück, bevor wir zum Friedhof aufbrechen müssen.«

»Müssen wir da hingehen?« sagte Edek.

»Ich glaube, es wird dir gut gefallen«, sagte sie. »Es ist der größte Jüdische Friedhof von Europa. Der Ort, wo die Juden sich befinden.« Die Juden, die Ruth meinte, waren die Juden von Łódź, das Glück gehabt hatten, auf dem Friedhof an der Brackastraße beerdigt zu werden. Die Juden, die das Glück gehabt hatten zu sterben, bevor man sie ermorden konnte.

»Der Ort, wo die toten Juden sind«, sagte Edek.

»Die toten Juden sind die einzigen Juden, die es in Łódź gibt«, sagte Ruth, »und deshalb müssen wir sie besuchen.«

Sie freute sich auf den Friedhofsbesuch. Sie wollte rechtzeitig ins Hotel zurückgehen, um sich umzuziehen und frischzumachen. Ihr war zumute, als wollte sie Verwandte besuchen. Dieser Friedhofsbesuch war für sie, wie ihr klarwurde, die größtmögliche Annäherung an das Gefühl, sich unter Verwandten zu befinden. Sie wünschte, die Toten wären nicht gar so tot. Und sie wünschte auch, die Toten wären für sie nicht gar so lebendig. Sie fand, daß Tote toter wirken sollten.

Ruth küßte Edek nochmals zum Abschied. Sie sah ihm nach, als er davonging. Er hatte die Hände in den Taschen. Und er blickte zu Boden. Er ging langsam. Er sah so verlassen auf der Straße aus. So verlassen wie ein kleines Kind. Ruth begann zu weinen. Sie mußte sich zusammenreißen, dachte sie. Sie konnte nicht in Tränen durch die Straßen von Łódź gehen. Sie wollte in Łódź abgehärtet wirken. Hart im Nehmen.

Eine schmierige Erscheinung in Lederjacke und zerrissenen Jeans machte ihr schöne Augen. Ruth funkelte den Mann empört an. Er machte schmatzende Kußgeräusche mit dem Mund. Ruth funkelte ihn noch einmal an. Sie wunderte sich, daß sie sich nicht fürchtete. Es war mitten am Tag, doch in der Nähe waren kaum Leute, während es eine Menge finstere Hauseingänge gab.

Wie merkwürdig, daß sie sich in Łódź weniger fürchtete als fast überall sonst. In New York war sie trotz des dramatischen Rückgangs der Straßenkriminalität immer auf der Hut. Stets verriegelte sie ihre Wohnungstür dreifach und schaltete die Alarmanlage ein. Doch hier, in Łódź, spürte sie nichts von ihrer Furcht. Der Mann begann zischende Laute in ihre Richtung abzugeben. Sie begriff, daß sie sich besser aus dem Staub machte. Sie ging schneller. »Arschloch«, rief sie dem Mann hinterher. Wie kam sie dazu, einen wenig vertrauenerweckenden Menschen auf der Straße anzuschreien? Offenbar wußte sie nicht mehr, was sie tat. Die Reise hatte sie zweifellos völlig aus dem Lot gebracht.

Ruth ging schnellen Schrittes. Das Gehen tat ihr gut. Seit sie in Polen war, hatte sie das morgendliche Laufen zu oft übersprungen. Laufen übersprungen – das war ein Wortspiel. Sie lächelte insgeheim.

Einige der schönsten Gebäude von Łódź, möglicherweise die einzigen schönen Gebäude von Łódź, waren von Juden erbaut worden. Ruth stand vor der Nummer siebzehn der Ogrodowastraße, dem Palais Poznański. Israel Poznański war einer der bedeutendsten Industriellen Polens gewesen. Dieses Palais hatte er um 1880 erbauen lassen. Ruth gefiel das Palais. Es war eindrucksvoll, ohne überladen zu sein. Es war eines von vier Palais, die Israel Poznański hatte errichten lassen. Es war sehr groß. Oder etwa nicht? Es kam Ruth groß vor, doch mit der Größe von Palais kannte sie sich nicht aus. Sie hatte keine Ahnung, wie groß ein durchschnittliches Stadtpalais zu sein hatte.

Ruth hätte an diesem Morgen gerne Martina Schmidt angerufen. Inzwischen war Martina sicherlich längst auf der Rückreise nach Berlin. Merkwürdig, wie sehr ein Fremder einem ans Herz wachsen konnte. Wahrscheinlich, dachte Ruth, war es eben leichter, zu einem Fremden Zuneigung zu fassen. Der Mensch, der er wirklich war, stand der Zuneigung nicht im Weg. Fremde bestanden wahrscheinlich mehr aus dem, was man in sie hineingeheimnißte, als aus ihrer wahren Persönlichkeit. Vielleicht hatten sie und Martina Schmidt in Wirklichkeit nur wenig Gemeinsamkeiten. Dieser Gedanke schien etwas Tröstliches zu haben. Unmerklich hatte sie begonnen, langsamer zu gehen. Sie beschleunigte den Schritt. Die Erkundung von Łódź konnte ebensogut als sportliche Ertüchtigung dienen, fand sie.

Daß die Traurigkeit des Exehemannes von Martina diese so angezogen hatte, konnte Ruth nicht verstehen. Sie fand es bedauerlich, daß man die Aspekte der eigenen Persönlichkeit, die einem zweifellos nicht zum Vorteil gereichten, nicht ändern konnte. So viele Veränderungen waren heutzutage möglich. Man konnte die Nahrung genetisch verändern, um unerwünschte Eigenschaften auszuschließen oder erwünschte Eigenschaften zu betonen. In Amerika wurden Erdbeeren mit Genen geimpft, die man aus Fischen gewann, um Erdbeeren zu erlangen, die kälteresistent waren. Ruth fragte sich, ob diese Fischerdbeeren in der Hitze welkten. Wahrscheinlich nicht, sofern man nicht die Hitzeresistenzgene der Erdbeeren entfernt hatte, vermutete sie.

Falls es möglich sein sollte, menschliche Eigenschaften und Eigenarten zu verändern, dachte Ruth, dann benötigte sie zweifellos eine gründliche Generalüberholung. Warum hatte sie »Überholung« gedacht, fragte sie sich, warum nicht »Auffrischung« oder »Renovierung«? In Łódź schien das Wort »Überholung« reichlich fehl am Platz. Es kam vor, daß Wörter sich in ihrem Hirn einnisteten und nicht vertreiben ließen. Am schlimmsten war es mit dem Wort »Nymphe« gewesen, das sie eine ganze Woche lang begleitet hatte. Wenige Minuten nachdem sie eine Postkarte von Garth aus dem Briefkasten geholt hatte, war es letztes Jahr aufgetaucht.

Warum »Nymphe«? Niemand konnte sie für eine Nymphe halten, nicht einmal Garth. Dafür war sie viel zu stattlich. Nymphen waren zierlich, zart, ätherisch. Trotzdem hatte das Wort sich in Ruths Kopf eingenistet und war eine Woche lang nicht zu vertreiben gewesen. Sobald es sich eingestellt hatte, war Ruth genötigt gewesen, Synonyme zu finden. Sie hatte an Geist gedacht, an Elementarwesen, an Sylphide, an Elfe. Von Elfe war sie auf Schellfisch gekommen und dann auf Larven, die sich im Meeres- und im Süßwasser entwickelten. Und bald hatte es von Wörtern in ihrem Kopf nur so gesprudelt. Meerjungfrauen und Najaden und Wassergeister jeder Art. Das Wort Geister hatte sie dorthin befördert, wo die Wörter Sternschnuppe, Schutzengel und gute Fee sich von selbst einstellten, bevor sie in eine ländliche Szenerie gelangt war, die Nymphen bevölkerten, die auf Bergen, in Tälern und auf Bäumen hausten. Sie war sehr erleichtert gewesen, als das Wort Nymphe aus ihrem Bewußtsein verschwunden war.

Im Augenblick kam sie sich ganz gewiß nicht wie eine Nymphe vor. Ihr Magen war wie aufgebläht. Auch das widerfuhr ihr oft, wenn sie zu angespannt war. Sie holte zwei Mylanta-Tabletten aus ihrer Handtasche. Sie stand auf der Gabriela-Narutowicza-Straße vor einem interessanten Gebäude, das Juden 1907 von einem bekannten Architekten als Wirtschaftsschule hatten errichten lassen. Heute wurde es von der Universität von Łódź genutzt. Ein hohes graues Gebäude gleich um die Ecke war im gleichen Stil gebaut. Ruth dachte, daß die einzigen Architekten, die vor dem Zweiten Weltkrieg in Łódź Arbeit gefunden hatten, Juden gewesen waren oder für jüdische Bauherren gearbeitet hatten.

In Nummer sechsundsechzig der ul. Rewolucji 1905 befand sich das Przytulisko, das einstige Waisenhaus für jüdische Mädchen. Heute gehörte das Gebäude der Universität von Łódź. Was hätte Łódź ohne seine Juden angefangen? Wer hätte all die großartigen Gebäude und Palais gebaut? Was hätte die Stadt Łódź getan, wenn sie sich nicht all ihrer Juden entledigt hätte, war wohl die zutreffendere Frage, dachte Ruth. Wo hätte man all die Institute und Museen untergebracht?

Ruth befand sich nun auf der Pomorskastraße, in der ihre Mutter gewohnt hatte. Sie sah sich in der einstigen Nachbarschaft ihrer Mutter um. Das Haus Nummer achtzehn war früher die Talmud-Torah-Schule gewesen. Jetzt befand sich dort das Institut für Chemie der Universität von Łódź.

Ihre Mutter war sicherlich jeden Tag an der Talmud-Torah-Schule vorbeigekommen. Wo war ihre Mutter jetzt? Ruth wandelte in den Fußstapfen ihrer Mutter in Łódź. Aber sie konnte Rooshka nicht spüren. Rooshka war nicht mehr da. Wie alle Juden von Łódź. Was für eine Gemeinde mußte das gewesen sein, dachte Ruth.

Ruth hatte erwartet, die Geister der Arbeiter, der Waisen und der Studenten spüren zu können. Die Geister der armen und die der reichen Juden. Doch sie spürte nichts. Nicht das geringste. Sie nahm sich vor, so bald wie möglich zum Hotel zurückzugehen. Sie kam an der Wohnung vorbei, in der ihre Mutter gelebt hatte. In der Wohnung war kein Zeichen von Leben zu erkennen.

Am Ende des zweiten Hofs der Nummer achtundzwanzig der ul. Rewolucji 1905 fand Ruth die einzige übriggebliebene Synagoge Polens vor. Es war ein winziges Gebäude. Anfangs war Ruth von der beinahe jammernswerten Bescheidenheit des Gebäudes entsetzt. Dann dachte sie sich, daß nicht die Synagoge etwas Jammernswertes hatte, sondern der Umstand, daß diese Synagoge als einzige von so vielen Syngogen übriggeblieben war – von prunkvollen und schlichten, bescheidenen und prächtigen, Synagogen in Wohnhäusern und mitten in der Stadt. Sie alle waren zerstört worden, nur diese eine nicht. Mit ihrem überdachten Eingang und den Erkerfenstern war es eine hübsche Synagoge. Sie war mattrosa und blaßgelb gestrichen. Ruth fand sie ganz entzückend. Sie war froh, daß sie sie besichtigt hatte.

Doch trotz ihres verborgenen Standorts war die Synagoge von Brandstiftern heimgesucht worden. Ruth hatte gelesen, daß 1987 Feuer in ihr gelegt worden war und daß die Ronald Lauder Foundation sich am Wiederaufbau der Synagoge beteiligt hatte.

Es freute Ruth, daß die Synagoge in der ul. Rewolucji 1905 wieder aufgebaut worden war. Sie stellte ein Stückchen der Wärme, des

Strahlens, der Frömmigkeit dar, die es gegeben haben mußte, als es noch Juden in Łódź gegeben hatte. Ruth schämte sich, daß sie die Berechtigung der Ronald Lauder Foundation, jüdisches Leben in Polen wiederzubeleben, in Frage gestellt hatte. Ohne die Stiftung gäbe es diese Synagoge nicht mehr. Ruth erwog, im Jüdischen Zentrum anzurufen und um Verzeihung zu bitten. Sie verwarf die Idee. Man würde sie für eine Irre halten. Als Ruth abermals an der Wohnung ihrer Mutter vorbeikam, warf sie ihr eine Kußhand zu.

Sie ging zum Grandhotel Victoria zurück. Sie war erschöpft. Sie brauchte eine Tasse Tee. Im Hotel setzte sie sich in ihren Lieblingssessel. Er war von allen anderen Sesseln im Foyer am weitesten entfernt. Sie saß in sicherer Entfernung zu den übrigen Sesseln und Sofas. Ruth hatte darum gebeten, daß man eine ganze Zitrone in ihren Kamillentee preßte. Sie nippte an dem heißen zitronenduftenden Getränk und begann sich etwas besser zu fühlen. Sie mochte das Foyer nicht, doch ihr Zimmer mochte sie noch weniger. Sie haßte ihr Zimmer. Es deprimierte sie. In ein paar Minuten würde Edek kommen. Sie war froh, ein wenig allein zu sein. Zeit zu haben, sich von all dieser geballten Abwesenheit zu erholen.

Ruth blickte zu Boden. Jemand hatte am Fuß des Sessels ein Buch liegenlassen. Sie hob es auf. Es war ein englisches Buch, ein Buch über Numerologie. Wie eigenartig. Wie sonderbar. Wer mochte dieses Buch hier vergessen haben? Sie sah sich im Foyer um. Es war weitgehend leer. Niemand sah zu ihr hin. Dieses Buch war keine Botschaft. Ihr war ein wenig unheimlich zumute. Die Sache war nicht ganz geheuer. Konnte Martina das Buch liegenlassen haben? Ruth blätterte in den Seiten. Kein Zettel war zu entdecken. Sie dachte, daß sie sich albern benahm. Das Ganze hatte keine verborgene Bedeutung. Es hatte überhaupt keine Bedeutung. Irgend jemand hatte dieses Buch liegenlassen, weiter nichts.

Ruth begann das Kapitel mit der Überschrift »Numerologie und Ihre Persönlichkeit« zu lesen. Zahlen seien nichts Willkürliches im Leben der Menschen, erklärte das Buch, sondern von großer Bedeutung und Tragweite für die persönliche Entwicklung. Die wichtigste Zahl von allen war die, die sich aus dem Geburtsdatum ergab.

Ruth addierte die Ziffern ihres Geburtsdatums und bildete die Quersumme. Es kam eine Acht heraus. Wie konnte sie sich zweiundvierzig Jahre lang entwickelt haben, wenn sie eben erst die Zahl erfahren hatte, die sich aus ihrem Geburtsdatum ergab? Vielleicht war das die Erklärung für manches, was sie verwirrte.

Ruth mußte über sich selbst lachen. Wenn alles so einfach wäre! Dann hätte sie Tausende Dollar sparen können, die ihre Analytiker und Therapeuten gekostet hatten. Sie las, daß es eine Hierarchie der Zahlen aus Geburtsdaten gab. Besondere Bedeutung kam den Zahlen Elf, Zweiundzwanzig und Dreiunddreißig zu. Diese Zahlen durften nicht durch Bilden der Quersumme zu einstelligen Zahlen gemacht werden, hieß es in dem Buch, weil Menschen, die diese Zahlen besaßen, etwas Besonderes lernen mußten.

Ruth war froh, eine solche Zahl nicht zu besitzen. Sie hatte bereits genug zu lernen gehabt. Im nächsten Absatz wurde erklärt, daß Menschen, die solche Zahlen besaßen, sich sehr anstrengen mußten, um den Ansprüchen gerecht zu werden, die aus diesem Sachverhalt resultierten. Notfalls durfte man sich damit behelfen, die Quersumme zu bilden, wenn man sich den Ansprüchen nicht gewachsen fühlte. Das konnte Ruth nicht verstehen. Wenn eine solche Zahl sich nicht willkürlich ergab, wieso durfte man sie dann willkürlich verändern? Warum waren all diese Regeln so flexibel, so ungreifbar, so schlüpfrig? Sie klopfte zehnmal mit dem rechten Fuß für den Fall, daß ihre Gedanken über die Numerologie irgendein Geisterwesen, Gespensterwesen oder Hexenwesen beleidigt haben sollte – das hieß, eines dieser Wesen, das an die Numerologie glaubte. Was für ein idiotischer Gedanke, dachte sie. Sie brachte es fertig, nicht noch einmal zehnmal auf den Boden zu klopfen.

Edek mußte jeden Augenblick kommen. Ruth wollte noch etwas erledigen, bevor er erschien. Sie ging zur Rezeption.

»Ich hätte gern morgen früh einen Dolmetscher für ein, zwei Stunden«, sagte sie zu dem Mann an der Rezeption.

»Selbstverständlich, Madame, ich besorge Ihnen gerne einen«, sagte er.

»Danke«, sagte Ruth. »Kann er um acht Uhr hier sein?«

»Acht Uhr ist sehr früh«, sagte der Mann.

Ruth hob die Augenbrauen.

»Kostet es mehr, wenn er früh hier sein soll?« sagte sie.

»Ich glaube ja«, sagte er.

»Okay«, sagte sie.

»Dann will ich ihn für Sie besorgen«, sagte der Mann an der Rezeption. »Was soll er für Sie tun?«

»Ich möchte, daß er mir beim Kauf einiger Dinge behilflich ist«, sagte Ruth.

»Geht es um kostspielige Dinge?« sagte er. »Wir haben Experten für Bernstein und Silberarbeiten.«

»Nein«, sagte Ruth. »Ich will nur ein paar Haushaltsgegenstände kaufen. Etwas Geschirr.«

»Möchten Sie auch etwas Bernstein?« fragte er.

»Nein«, sagte Ruth. »Wenn ich das Geschirr bekomme, bin ich zufrieden.«

»Der Dolmetscher, der Sie begleiten wird, ist sehr gut«, sagte der Mann.

»Prima«, sagte Ruth. »Können Sie bitte auch einen Wagen bestellen, eines der Taxis, die für das Hotel fahren, das mich und den Dolmetscher in die Kamedulskastraße fährt, dort auf uns wartet und uns wieder zurückbringt?«

»Selbstverständlich, selbstverständlich«, sagte der Mann. »Ihr Führer und Ihr Fahrer werden um acht Uhr hier auf Sie warten.«

»Kennen sie sich?« fragte Ruth.

»Wer?« sagte der Mann.

»Der Fahrer und der Führer«, sagte sie.

»Nein«, sagte er. »Wenn Sie lieber einen Führer und einen Fahrer wollen, die schon zusammengearbeitet haben, kann ich das einrichten.«

»Nein«, sagte sie. »Es ist nicht nötig.«

Ruth war erleichtert. Sie hatte sich plötzlich davor gefürchtet, mit zwei Polen allein zu sein. Bei Männern, die einander nicht kannten, war die Gefahr geringer, daß sie unter einer Decke steckten, um mehr Geld aus ihr herauszupressen oder sie anderweitig hereinzulegen.

»Der Dolmetscher wird wegen der frühen Tageszeit einen Sondertarif verlangen«, sagte der Mann.

»Das erwähnten Sie bereits«, sagte Ruth. Sie und Edek schienen für alles in Polen Sondertarife zu bezahlen. Auf dem Rückweg ins Hotel hatte sie nachmittags Geld gewechselt. Geldwechsler hießen in Polen Kantors. Seit dem Untergang des Kommunismus waren Kantors überall in Polen aus dem Boden geschossen. Es war geradezu beunruhigend, all die Kantor-Schilder zu sehen. Für Juden war ein Kantor der Vorsänger in der Synagoge.

Edek kam zu Ruth gelaufen, als sie sich gerade wieder setzen wollte.

»Ich habe Stefan erreicht«, sagte er. Er sah glücklich aus. »Stefan wird uns mit Vergnügen nach Krakau fahren. Ich hab' dir gesagt, daß es ihm ein Vergnügen sein wird.«

»Wunderbar«, sagte Ruth.

»Ach, er ist so glücklich«, sagte Edek.

»Es freut mich, daß wir alle Leute so glücklich machen«, sagte Ruth.

»Er ist sehr, sehr glücklich«, sagte Edek.

Ruth spürte Verärgerung. Stefans Glückseligkeit begann ihr auf die Nerven zu gehen. Es ärgerte sie, daß Stefan so glücklich war. Sie wollte nicht, daß er so glücklich war.

»Ich habe auch mit Stefans Frau gesprochen«, sagte Edek. »Seine Frau ist eine sehr nette Person.«

»Großartig«, sagte Ruth. Edek merkte nichts von ihrer Verärgerung.

»Stefans Frau ist auch sehr glücklich über den Auftrag«, sagte Edek. »Sie hat zu mir gesagt, wie glücklich sie ist, daß er so einen großen Auftrag hat.«

Ruth wurde wütend. Die Vorstellung, daß Stefans Frau sich vor Glückseligkeit nicht zu fassen wußte, war mehr, als sie ertragen konnte. Sie sah ihren Vater an. Er strahlte. »Sie hat gesagt, daß ich perfekt polnisch spreche«, sagte Edek.

»Wer?« sagte Ruth.

»Stefans Frau«, sagte Edek. »Über wen sprechen wir denn sonst?«

Über jeden lieber als über sie, dachte Ruth. Sie verspürte richtiggehend Haß auf Stefans Frau. Sie versuchte sich zu beruhigen. Möglicherweise war Stefans Frau eine nette Frau. Möglicherweise hatten Stefan und seine Frau sensible und intelligente Kinder. Kinder, die später einmal große Menschenrechtler oder nobelpreiswürdige Dichter sein würden. Aber diese Gedanken nützten nichts. Ruth war noch immer verärgert.

»Ich freue mich, daß Stefans Frau dich zu deinem Polnisch beglückwünscht hat«, sagte sie zu Edek.

»Sie hat gesagt, daß ich spreche wie ein Polacke«, sagte Edek. Er sah auf das Tablett mit Ruths Kamillentee. »Was ist das?« sagte er und deutete auf ein Stück schokoladenüberzogene Orangenschale.

»Das ist genau das, wonach es aussieht«, sagte Ruth. »Schokolade. Orangenschale in Schokoladenglasur. Es wurde mir mit meinem Tee serviert.«

»Willst du es nicht?« sagte Edek.

»Nein, ich will es nicht«, sagte Ruth.

Edek beugte sich vor und ergriff das schokoladenüberzogene Stück Orangenschale und steckte es ohne zu zögern in den Mund. Als würde die Tat durch die Schnelligkeit aufgehoben. Als hätte er es nicht wirklich gegessen. Er aß immer so schnell. Als müßte größere Bedächtigkeit Gehalt oder Kalorien dessen, was er aß, vermehren. Trieb ihn Gier oder Hunger an? Es war nicht fair, das Wort Gier zu verwenden, dachte sie. Ihr Vater hatte ein Recht auf soviel Schokolade, wie er nur wollte. Er brauchte Schokolade, so, wie sie das Laufen brauchte. Ihr Vater brauchte seine Schokolade. Es war nicht in Ordnung, ihm seine Bedürfnisse zu verargen.

»Es ist sehr gute Schokolade«, sagte Edek.

»Gut«, sagte Ruth. »Unser Führer wird bald da sein«, fügte sie hinzu.

»Sie hat gesagt, sie dachte, ich wäre ein Polacke, als sie mit mir gesprochen hat«, sagte Edek.

»Geht es wieder um Stefans Frau?« sagte Ruth.

»Um wen sonst?« sagte Edek. »Sie hat gesagt, daß ich spreche wie ein Polacke.«

»Ich bin mir nicht sicher, daß es eine gute Sache ist, irgendwas wie ein Polacke zu tun«, sagte Ruth.

»Sei nicht albern«, sagte Edek. Er wischte sich mit den Fingern etwas Schokolade aus dem Mundwinkel. Ruth wollte ihm ein Taschentuch anbieten, doch schon hatte er die Finger abgeleckt. »Ich habe ein Hotelzimmer für Stefan besorgt«, sagte Edek.

»Ich hoffe, ein billiges Zimmer«, sagte Ruth.

»Natürlich«, sagte Edek. »Hältst du mich für verrückt?« Ruth schwieg. »Der Türsteher hat mir dabei geholfen«, sagte Edek. Bei dem Gedanken an den Türsteher verzog Ruth das Gesicht.

»Wenigstens hat er sich nützlich gemacht«, sagte sie.

»Ich weiß nicht, was mit dir los ist«, sagte Edek.

Ruth bemerkte einen zierlichen, sensibel wirkenden Mann, der neben der Eingangstür zu warten schien. »Ich glaube, das könnte unser Führer sein«, sagte sie zu Edek. Sie ging auf den älteren Mann zu. »Ich bin Ruth Rothwax«, sagte sie. Er wirkte erleichtert. »Ich bin Marek Kowalski«, sagte er. Ruth stellte Marek Edek vor. Sie unterhielten sich. Marek war Ruth auf Anhieb sympathisch. Sein Gesicht sah traurig aus, auch wenn er etwas Lebhaftes sagte. Er hatte große, wäßrige blaue Augen.

Edek lief los, um ein Taxi zu besorgen. Ruth sah Marek an. Seine Kleidung war abgetragen und fadenscheinig. Er hatte eine gelbe Einkaufstasche dabei. Ruth fragte ihn, ob er die Tasche in ihrem Zimmer lassen wolle. Er lächelte sie an. Nein, sagte er, er nehme die Tasche überallhin mit. Es war eine ziemlich große Papiertasche. Ruth hoffte, daß sie nicht Mareks gesamten irdischen Besitz enthielt. Sie hoffte, daß Marek nicht obdachlos war.

Edek hatte ein Taxi gefunden. Es war ein Mercedes, diesmal ein grauer. Sie stiegen ein. Ruth saß mit Marek auf dem Rücksitz. Edek saß neben dem Fahrer. Marek sagte dem Fahrer den Weg.

»Dieser Mercedes ist nicht so groß wie die anderen«, sagte Edek zu Ruth.

»Tatsächlich?« sagte sie.

»Kannst du das nicht sehen?« sagte Edek.

»Nicht wirklich«, sagte sie. Edek schnaubte verächtlich.

Edek fing mit dem Fahrer zu plaudern an. Ruth hörte ihr Gespräch. Sie unterhielten sich über Krakau. Ruth hörte nicht länger hin. Sie brauchte eine Pause von Edek und polnischen Taxifahrern. Sie sah aus dem Wagenfenster auf die Straßen von Łódź. Die Straßen waren ausgesprochen trostlos. Unvermittelt drehte Edek sich auf seinem Sitz um. Er hatte sich so abrupt bewegt, daß Ruth einen Schrecken bekommen hatte.

»Dieser Herr«, sagte Edek, »sagt, daß er ein viel besseres Hotel für uns in Krakau weiß als das, was wir haben gebucht.«

»Welcher Herr?« sagte Ruth.

»Der Fahrer hier«, sagte Edek verägert.

Ruth hatte ihn nicht ärgern wollen. Sie hatte nur das Wort »Herr« nicht sogleich mit dem Mann, der sie fuhr, in Verbindung gebracht. Sie hatte nicht einmal Notiz von dem Fahrer genommen. Die polnischen Mercedes-Chauffeure verschmolzen für sie miteinander zu einer Person. Sie sah, daß der Fahrer fettige Haare hatte, wie die meisten von ihnen.

»Wir haben ein sehr gutes Hotel in Krakau«, sagte Ruth.

»Er sagt, er weiß ein besseres«, sagte Edek.

»Und warum sollen wir auf ihn hören?« sagte Ruth. Edek tat, als hätte er nichts gehört.

»Wie heißt das Hotel, was wir haben gebucht?« sagte er.

»Es ist das Hotel Mimoza«, sagte Ruth.

»Das Hotel Mimoza?« sagte Edek.

»Ein sehr gutes Hotel. Es ist eines der besten Hotels von Krakau«, sagte Ruth.

Edek sprach kurz mit dem Fahrer. Dann drehte er sich wieder um.

»Er sagt, daß die Lage von diesem Hotel Mimoza nicht so besonders gut ist«, sagte Edek.

»Es liegt mitten in der Altstadt«, sagte Ruth. Edek beriet sich wieder mit dem Fahrer.

»Er sagt, in der Altstadt darf man nicht mit dem Auto fahren.«

»Das wollen wir auch nicht«, sagte Ruth. »Wir haben keinen Wagen.«

»Er sagt, er weiß ein besseres Hotel«, sagte Edek. »Es liegt nur zwei Meilen von der Altstadt entfernt.«

»Ich will aber in der Altstadt wohnen«, sagte Ruth. »Ich will nicht in einem trostlosen Vorort festsitzen.«

»Er sagt, daß das Hotel, was er empfiehlt, das Demel, für seine gute Küche berühmt ist«, sagte Edek.

»Wir fahren nicht der Küche wegen nach Krakau«, sagte Ruth.

Sie wurde wütend. Wen glaubte Edek vor sich zu haben? Einen Taxifahrer aus Łódź oder den Herausgeber einer Gourmetzeitschrift beziehungsweise den Gourmetkritiker der *New York Times*?

»Dieses Hotel hat eine der besten Reiseagenturen für uns gebucht«, sagte Ruth zu Edek.

»Dieselbe Agentur, was uns hat gebucht das Grandhotel Victoria in Łódź?« sagte Edek.

»Das Grandhotel Victoria ist leider das beste Hotel, das es in Łódź gibt«, sagte Ruth. Was war los mit ihrem Vater? Warum vertraute er jedem polnischen Taxifahrer, der ihm über den Weg lief? Sah er denn nicht die verschlagenen Mienen und die hinterhältigen Blicke?

Marek hielt den Blick gesenkt. Er wirkte peinlich berührt.

»Es tut mir leid, daß wir vor Ihnen streiten«, sagte Ruth. »Die Anspannung der Reise ist daran schuld.«

Marek schüttelte den Kopf, als wolle er Ruths Erklärung abwehren. »Sie müssen sich nicht entschuldigen«, sagte er. »Wir sind gleich da«, fügte er hinzu. Und lächelte. Ruth fand sein Lächeln ganz reizend. Sie fragte sich, wie alt er sein mochte. Es war schwer einzuschätzen. Er sah aus wie ein Achtzigjähriger.

Sie kamen vor dem Friedhof an. Edek bezahlte den Fahrer. Die Ruhe vor dem Friedhof, eine auffallend friedvolle Stille, überraschte Ruth. Konnte Stille friedvoll sein? Stille konnte zweifellos erschreckend oder unheilvoll oder spannungsgeladen sein. Sie sah keinen Grund, warum Stille nicht auch friedvoll sein sollte. Sie dachte sich, daß man in die Stille hineinprojizieren konnte, was man wollte. Für Ruth hatte die Stille hier etwas Friedvolles.

Auf einem Schild vor dem Friedhof stand »Cmentarz Żydowski«. Jüdischer Friedhof. Ruth wußte, daß Israel Poznański das Land für den Friedhof gekauft und der jüdischen Gemeinde geschenkt hatte. Sie wußte, daß der Friedhof 1892 in Betrieb genommen worden war.

Marek hielt den Friedhofschlüssel in der Hand. Sie standen zu dritt vor dem Tor, das den Eingang zum Friedhof bildete.

»Ich möchte mich vorstellen«, sagte Marek bedächtig. »Ich heiße Marek Kowalski.«

»Das wissen wir schon«, sagte Edek. Ruth sah ihn empört an.

»Ich habe Ihnen noch mehr zu sagen«, sagte Marek. »Ich stamme aus Łódź. Meine Mutter war Helena Kowalski. Mein Vater war Tomasz Kowalski. Mein Vater starb, als ich acht Jahre alt war. Mein Vater war kein Jude.«

»Er spricht gut Englisch«, sagte Edek leise zu Ruth. Ruth funkelte ihn abermals an.

»Meine Mutter war Jüdin«, sagte Marek. »Während des Krieges haben meine Mutter und ich uns versteckt. Meine Mutter Helena Kowalski ist letztes Jahr gestorben. Sie war fünfundneunzig Jahre alt. Ich bin siebzig Jahre alt.«

Ruth war entsetzt, daß Marek erst siebzig war. Seine rührend förmliche Vorstellung hatte sie sehr ergriffen. Niemand stellte sich heutzutage so vor. Niemand hielt es für nötig, anderen Leuten mehr von sich preiszugeben, als die jeweils letzte Anschaffung – Auto, Schmuck oder Kleidungsstück – verriet.

»Danke«, sagte sie zu Marek. Sie sah ihn an. Es fiel ihr schwer zu glauben, daß er erst siebzig war. Er sah soviel älter aus.

»Komm, wir gehen rein«, sagte Edek.

Marek schloß das Tor auf. »Möchten Sie erst ein bißchen herumgehen?« sagte er zu Ruth. »Oder möchten Sie, daß ich Ihnen vor unserem Rundgang etwas über den Friedhof erzähle?«

»Wir gehen lieber herum«, sagte Edek. Ruth hatte nichts dagegen. Sie wollte die Atmosphäre in sich aufnehmen. Den Friedhof spüren, bevor sie hörte, was Marek zu erzählen hatte.

Gleich hinter dem Eingang befand sich ein Erdhügel.

»Dieser Mann mußte oberirdisch bestattet werden«, sagte Marek, der auf den Hügel deutete. Der Hügel sah einsam und verloren aus. Der Tote befand sich nicht weit genug auf dem Friedhof, dachte Ruth. Er lag zu nahe am Tor. Zu weit weg von den anderen Toten.

»War nicht genug Zeit, ihn zu begraben?« fragte Edek.

»Der Boden war zu fest gefroren«, sagte Marek. Edek sah das kleine Schild auf dem Hügel genauer an. »Er ist vor zwei Jahren gestorben«, sagte er zu Marek. »Im Sommer war der Boden sicher nicht gefroren.«

»Das ist wahr«, sagte Marek.

»Vermutlich hat man ihn vergessen«, sagte Edek.

Ein paar Blumen und Zweige lagen auf dem Hügel verstreut. Ruth war froh, daß nicht alle den Toten vergessen hatten. Sie sah, daß neben dem Hügel ein roter Plastikbecher lag. Mit einem Fußtritt beförderte sie ihn weg.

»Dann wollen wir unseren Rundgang an einer der zwei Hauptachsen des Friedhofs beginnen«, sagte Marek. Sie hielten Ausschau nach Edek, der ihnen bereits vorausgeeilt war. »Wir wollen Ihrem Vater folgen«, sagte Marek zu Ruth.

Über Nacht hatte es leicht geschneit. Kleine Flecken weißen Schnees verteilten sich auf dem Erdboden. Grauer Nebel hing in der Luft. Die unbelaubten Baumstämme und Äste überzog dünn weißer Frost. Dieser Teil des Friedhofs war nicht sonderlich gepflegt. An zerbrochenen Grabsteinen sprießten hohe Unkrautbüschel. Sogar das Unkraut war von gespenstischer Schönheit.

Ruth ging hinter Marek. Sie spürte, daß etwas von ihr abfiel. Daß ihr leichter ums Herz wurde. Ihre Gliedmaßen sich entspannten. Was mochte es sein, fragte sie sich. Sie verlor ihre Kopfschmerzen, merkte sie. Sie verlor die Magenschmerzen, die ihr so oft Übelkeit verursacht hatten. Woher wollte sie wissen, daß diese Dinge von ihr wichen? Sie wußte es einfach. Neben einem besonders hohen Haufen von Unkraut und aufeinandergeworfenen Grabsteinen blieb sie stehen. Das Unkraut überwucherte Reste von Steinen, die zu benachbarten Gräbern gehören mußten. An einigen der Steine konnte sie Reste von Inschriften erkennen.

Am liebsten hätte sie das Unkraut beseitigt und die zerbrochenen Steine wieder an ihren Platz gesetzt. Die Grabtafeln und Inschriften und Denkmäler in Ordnung gebracht. Sie wußte, daß es ein aussichtsloses Unterfangen sein mußte. Es war fast wie mit Humpty Dumpty. Dieser Gedanke schockierte sie sofort. Wie konnte sie nur so pietätlos sein? Wie konnte sie an einem solchen Ort an Kinderreime denken? Die Zeilen wollten ihr nicht aus dem Kopf gehen – »*All the king's horses and all the king's men couldn't put Humpty together again*«. Vielleicht war es gar nicht pietätlos. Vielleicht war es angemessen.

Zwei nebeneinander befindliche kunstvoll gestaltete Grabsteine fielen ihr auf. Auf beiden war das Relief eines entzweigebrochenen Baumes eingemeißelt, dessen Krone mit all ihren Zweigen und Blättern elegant den ganzen Grabstein ausfüllte. Der kleinere der beiden Grabsteine trug im linken Teil die diagonal angebrachte Inschrift »Jakob Horwicz«. Die Inschrift des zweiten Grabsteins war in Jiddisch oder Hebräisch gehalten. Der geborstene Baum symbolisierte wohl ein abgebrochenes Leben, vermutete Ruth. Marek trat zu ihr. »Der geborstene Baum versinnbildlicht das Ende des Lebens«, sagte er.

Edek kam zu ihnen. Er war leicht außer Atem. Er war von dem Teil des Friedhofs, wo er sich aufgehalten hatte, hergelaufen.

»Hast du jetzt genug gesehen?« sagte Edek zu Ruth. Ruth war schockiert.

»Wir sind noch keine fünf Minuten da«, sagte sie.

»Wie viele Minuten soll man sich hier aufhalten?« sagte Edek. »Ein Friedhof ist ein Friedhof.«

»Ein paar Minuten länger«, sagte Ruth. Edek zuckte die Schultern und entfernte sich. »Verlier uns nicht aus den Augen, Dad«, rief sie hinter ihm her. Er lachte.

»Du meinst wohl, ich lasse mich von dir auf dem Friedhof vergessen«, sagte er. »Kommt nicht in die Tüte, Bruder.«

Ruth mußte über Edeks Abwandlung seiner Lieblingsredewendung lächeln. »Ich will nur, daß du uns nicht aus den Augen verlierst«, sagte sie.

»Okey dokey«, sagte er. Ruth hätte fast laut gelacht. Der Friedhof in Łódź ließ ihren Vater von Minute zu Minute australischer werden. Sie lächelte Marek an. »Das ist eine schwierige Situation für ihn«, sagte sie und deutete mit einer Kopfbewegung auf ihren Vater.

»Verständlicherweise«, sagte Marek.

Ruth ging ein paar Schritte vor Marek. Sie war froh, allein zu sein. Sie war nicht unglücklich darüber, daß ihr Vater seine eigenen Wege ging, besser gesagt: rannte. Er rannte, als liefe er vor einem Gespenst davon. Vielleicht war dieser Ort für ihn gespenstisch.

Ruth spürte, daß großer Friede sich auf sie gesenkt hatte. Sie war ruhig und unaufgeregt. Die Unruhe, die so häufig in ihrem Gehirn wallte und wirbelte, war besänftigt. Als hätte man Balsam über sie ausgegossen und ihre Sorgen gelindert. Ihr war fast schwindlig vor Ruhe. Sie war benebelt von einer Stille, die sie nur selten erlebt hatte, als hätte man ihr ein Beruhigungsmittel gespritzt.

Was hatte sie so ruhig werden lassen, fragte sie sich. War es die Nähe zu Menschen, denen sie sich schon immer nahe gefühlt hatte? Die Nähe zu den Toten? Es waren nicht ihre Toten. Das wußte sie. Ihre Toten waren nicht auf einem Friedhof begraben. Ihre Toten waren im Freien in Gruben verbrannt oder wie Bratenstücke in Öfen gebacken worden. Doch die Toten hier, die Toten des Jüdischen Friedhofs von Łódź, waren die nahestmögliche Annäherung an ihre eigenen Toten, an ihre Familie.

Sie ging weiter. Ihr war so friedlich zumute, daß ihr fast die Tränen kamen. War das der Friede, den normale Menschen empfanden? Gab es Leute, die die Nervosität und Anspannung und Gereiztheit nicht kannten, die ihr so vertraut waren? Sie wußte es nicht. Sie kam an einem Grüppchen von Steinstümpfen vorbei, den Überresten von Grabsteinen und Stelen, die aus dem Boden ragten. Sie sahen aus wie große, dicke, graue Zähne. Ihr war traurig zumute. Was war dort gewesen? Wer war unter diesem Flecken Erde begraben? Unter diesen eingesunkenen und zerbrochenen steinernen Prämolaren und Molaren, mit geborstenen kümmerlichen Gebißresten als Markierung.

Ruth gelangte zu einem ganzen Beet unversehrter Grabsteine, die von hohem Unkraut überwuchert waren. Sie waren unzugänglich. Ruth freute sich, daß sie unzerstört, wenn auch unzugänglich waren. Am Fuß des Baumes, neben dem sie stand, wuchsen Pilze. Sie sahen lebendig aus. Gesund und kräftig. Friedhöfe besaßen wahrscheinlich landwirtschaftlich wertvollen Boden, dachte Ruth.

Sie hielt Ausschau nach ihrem Vater. Er war nirgends zu sehen. Sie wollte nicht nach ihm rufen. Sie wollte die Stille nicht stören. Sie hatte den Eindruck, daß es blasphemisch wäre, an diesem Ort laut zu rufen. Man konnte nie wissen, wen man damit erschreckte. Sie mußte sich endlich zwingen, die Toten nicht zu behandeln, als wären sie lebendig, dachte Ruth. Es tat ihr nicht gut. Wie sollte man Tote erschrecken können? Was für eine absurde Vorstellung. Sie rief nach Edek. Keine Antwort. Sie sah sich um. Nichts hatte sich bewegt oder verändert. Niemand störte sich an ihrem Rufen. Marek war nirgends zu sehen. Vielleicht war er Edek gefolgt. Ruth machte sich keine Sorgen. Sie würde die beiden bald genug einholen.

Viele der Grabsteine des Friedhofs waren mit Symbolen verziert, ganz anders als die schlichten, schmucklosen Grabsteine und Denkmäler des Jüdischen Friedhofs von Springvale in Melbourne. Hier waren Pflanzenmotive verbreitet, und segnende Hände fanden sich auf großen und kleinen Grabsteinen, auf Säulen und Bögen, eingeschnitten und als Relief. Die Symbole bezogen sich oft auf das Leben des Toten. Bücher bezeichneten Talmudgelehrte, eine Schüssel und ein Krug mit schwungvoller Tülle Abkömmlinge der Leviten.

Abbildungen gelöschter Kerzen standen für das Lebensende mancher Frauen. Es war eine Anspielung darauf, daß die Frauen am Sabbat die Kerzen anzündeten. Eine Almosenbüchse versinnbildlichte die Großherzigkeit oder Mildtätigkeit des Verstorbenen, und eine Krone bedeutete eheliche Treue. Die Gräber und ihre Symbole faszinierten Ruth. Monate bevor sie nach Polen gekommen war, hatte sie sich über die Sepulchralsymbolik der Juden informiert. Sie hatte gewußt, daß sie den Friedhof an der Brackastraße besuchen würde. Sie hatte gelesen, daß der Friedhof über einhundertundachtzigtausend Gräber enthielt.

Die Harmonie und Ausgewogenheit, die der Friedhof ausstrahlte, war spürbar, als wäre der Zusammenhalt seiner Bewohner untereinander im Tod nicht weniger eng als im Leben. Als wäre die Gemeinschaft der Gelehrten und Lehrer und Rechtsanwälte und Arbeiter und Uhrmacher und Handwerker und Industriellen und

Rabbis und Ärzte noch immer lebendig, unverändert, obwohl sie in eine andere Dimension übergegangen waren. Ruth spürte die Symmetrie, die Einigkeit. Sie spürte die Liebe innerhalb der Gemeinschaft, der Ehegatten, der Familien.

»Wo hast du gesteckt?« sagte Edek mit lauter Stimme. Ruth erschrak. Sie zuckte zusammen.

»Marek und ich haben dich überall gesucht«, sagte Edek.

»Du hast mir einen riesigen Schrecken eingejagt«, sagte Ruth.

»Wir haben uns Sorgen gemacht«, sagte Edek.

»Ich habe euch auch gesucht«, sagte sie.

»Jetzt sind wir wieder zusammen«, sagte Marek.

»Ach, vergiß es«, sagte Edek zu Ruth. »Ich habe dich gefunden.« Marek stellte seine gelbe Einkaufstasche ab.

»Dieser Friedhof war als nationales Denkmal des architektonischen Denkens des neunzehnten Jahrhunderts konzipiert«, sagte er.

Edek stöhnte. Ruth hoffte, daß Marek das Stöhnen nicht gehört hatte.

»Der architektonische Gedanke, der hier sichtbar wird, ist der, Felder und kleine Höfe in Stadtnähe in einen Ort für die Beisetzung der Toten umzuwandeln«, sagte Marek. Edek trat mit dem Fuß nach einem Erdbrocken.

»Okay«, sagte Edek ermunternd.

»Einer der Architekten, denen wir diese Anlage verdanken, war Adolf Zeligson, der auch die Aussegnungshalle entworfen hat«, sagte Marek.

»Vielen Dank«, sagte Edek und traf Anstalten zu gehen.

»Ich bin noch nicht fertig«, sagte Marek. Er sah verletzt aus.

»Entschuldigen Sie bitte meinen Vater«, sagte Ruth.

»Warum soll er mich entschuldigen?« sagte Edek. »Ich habe nichts Schlimmes getan. Woher sollte ich wissen, daß er noch nicht fertig war?« Jetzt sah Edek verletzt aus.

»Ich habe nicht gesagt, du hättest etwas Schlimmes getan«, sagte Ruth zu ihrem Vater.

»Schämst du dich für deinen Vater?« sagte Edek.

»Nein, natürlich nicht«, sagte sie.

»Vielleicht hatte ich doch recht. Vielleicht hätte ich in Melbourne bleiben sollen«, sagte Edek.

»Wollen wir uns jetzt das Poznański-Mausoleum ansehen?« sagte Marek.

»Oh, Poznański«, sagte Edek. »Der war sehr reich.«

»Sehr, sehr reich«, sagte Ruth.

»Wo ist Poznańskis Grab?« sagte Edek.

»Nicht weit von hier«, sagte Marek. »Folgen Sie mir.« Ruth und Edek folgten ihm.

Ruth tat ihr Vater leid. Sie hätte nicht um Entschuldigung für ihn bitten dürfen. Sie hätte mehr Verständnis für ihn haben müssen. Er war einundachtzig Jahre alt, und sie schleppte ihn auf einen Friedhof. Einen Friedhof voller toter Juden. Wahrscheinlich waren Verwandte von Edek hier begraben. Die Namen auf den Gräbern weckten wahrscheinlich viele Erinnerungen in ihm. Schwierige Erinnerungen. Sie beschloß, mehr auf ihren Vater einzugehen.

»Wahnsinn«, sagte Ruth, als sie das Mausoleum sah, das die sterblichen Überreste des Ehepaars Israel Poznański beherbergte. Es war imposant und überwältigend. Es überragte und beherrschte alles andere auf dem Friedhof. Ruth hatte noch nie ein Mausoleum dieser Größe gesehen, das für einen Juden errichtet worden war. Vier Säulen trugen eine große Kuppel. Vorgewölbte Fenster waren in die Kuppeln eingelassen. Ruth ging die Stufen zu dem Denkmal hoch. Ein abgeschlossenes schmiedeeisernes Tor versperrte den Zugang. Sie spähte in das Innere des Mausoleums. Mit Mühe konnte sie die verschlungenen Muster der Mosaiksteine ausmachen, die das Innere der Kuppel auskleideten. Das Monument, das Israel Poznański für sich selbst errichtet hatte, war sehr schön, fand Ruth.

»Es ist sehr groß«, sagte Edek.

»Ganz sicher ist es das«, sagte Ruth.

»Ich finde, es ist zu groß«, sagte Edek.

»Da würden dir sicher viele zustimmen«, sagte sie, »aber ich finde es schön.«

»Du willst immer alles schön finden, was normale Menschen nicht schön finden«, sagte Edek. Er wandte sich an Marek. »So ist meine

Tochter. Wenn zehn Leuten etwas gefällt, dann kann man sicher sein, daß es ihr nicht gefällt«, sagte er. Marek blickte nervös drein. Er wollte zweifellos nicht in irgendwelche Familienzwistigkeiten verwickelt werden.

»Israel Poznański und seine Frau Eleonora Poznański sind hier begraben«, sagte Marek. »Im Inneren befindet sich ein Mosaik aus schätzungsweise zwei Millionen Glassteinen.«

»Zwei Millionen, Bruder«, flüsterte Edek.

»Möglicherweise ist es das einzige jüdische Grabmal der Welt mit Mosaikschmuck«, sagte Marek.

»Ich habe sowas noch nie an einem Grab gesehen«, sagte Edek.

»Du hast auch nicht viele Friedhöfe gesehen«, sagte Ruth.

»Für meinen Geschmack genug«, sagte Edek. Er schien über Ruth verärgert zu sein. »Ich wollte nur nett zu ihm sein«, sagte er flüsternd zu ihr.

»Dad, er kann uns hören«, sagte sie.

»Mich kann er nicht hören«, sagte Edek. »Er ist ein alter Mann.«

»Kann ich dich vor dem Poznański-Grab fotografieren?« sagte Ruth zu ihm.

»Wozu?« sagte er. »Ein Foto auf einem Friedhof? Ich werde bald genug für immer auf einem Friedhof sein. Ich brauche kein Foto von mir auf einem Friedhof.«

»Okay, okay«, sagte sie.

»Hier haben wir noch weitere Monumente wohlhabender jüdischer Familien«, sagte Marek und deutete auf benachbarte Grabstätten. »Hier sind die Gräber der Familie Markus Silbersteins, der Prussaks, der Jarocińskis, der Rapaports und anderer bedeutender jüdischer Familien«, sagte er.

»Die Rapaports«, sagte Ruth. »Das sind sicher die Rapaports, denen dein Vater das Palais abgekauft hat.«

»Ich nehme es an«, sagte Edek. Er schwieg für einen Augenblick. »Wir waren nicht so reich wie diese reichen Juden aus Łódź«, sagte er.

»Sie waren megareich, nehme ich an«, sagte Ruth.

»Wir waren bloß normal reich«, sagte Edek.

»Diese Mausoleen, Sarkophage und Grabsteine sind aus den verschiedensten Materialien gefertigt«, sagte Marek. »Schwarzer Granit. Weißer Marmor, Sandstein, Schmiedeeisen. Sie sind in den verschiedensten Stilen gehalten. Neoklassizismus, Historismus, Art Nouveau, Moderne.«

»Er redet zuviel«, sagte Edek zu Ruth.

»Er kann dich hören«, sagte Ruth.

»Ich sage nur die Wahrheit«, sagte Edek.

»Dad«, sagte sie in strengem Ton, doch Edek war bereits weggelaufen.

»Ich liebe diesen Friedhof sehr«, sagte Marek zu Ruth. »Meine Mutter ist hier beerdigt«, sagte er. Ruth sah ihn an. Er hatte Tränen in den Augen.

»Es ist ein sehr schöner Friedhof«, sagte sie. Sie ging vor Marek her.

Die Schönheit des Friedhofs, dachte Ruth, steigerte noch der Kontrast zum Schmutz und Verfall der einstigen Wohnhäuser der Juden von Łódź. Und der zum Fanatismus, zur Ignoranz und Indifferenz der Polen. Die einzige Leidenschaft, die Ruth an den Polen entdecken konnte, war die für Haß und für Alkohol. Sie hätte den Friedhof am liebsten nicht mehr verlassen. Sie wäre gern geblieben, hätte gern dort gesessen, bei ihren Leuten. Ihnen Gesellschaft geleistet. Ihnen gezeigt, daß sie nicht vergessen waren.

Das Denkmal für die Juden, die im Ghetto von Łódź umgekommen waren, befand sich in der Nähe der alten Aussegnungshalle. An die fünfzigtausend Juden, die im Ghetto von Łódź gestorben waren, hatte man auf diesem Friedhof beerdigt, in einer Abteilung, die nach dem Ghetto benannt war. Dutzende von Besuchern hatten Jahrzeit-Kerzen, mit denen man der Toten gedachte, dort aufgestellt. Die Gegenwart der Gebete und des Gedenkens anderer hatte Ruth beruhigt.

Ruth stand vor drei identisch gestalteten Grabsteinen. Jeder der drei war im oberen Teil mit einem eingemeißelten Schmetterling verziert. Ruth begann um die Grabsteine herum aufzuräumen. Sie hob Steine und eine alte Flasche auf. Sie entfernte Papier und Zweige. Sie trat einen Schritt zurück. Die Grabsteine sahen schon ordentlicher aus. Ruth stellte ihre Handtasche ab und rollte die Ärmel ihres Mantels hoch. Sie entfernte alte Zeitungen.

Als sie aufblickte, sah sie ihren Vater. Edek starrte sie an. Er sah niedergeschlagen aus.

»Du kannst Geld spenden, wenn du etwas für sie tun willst«, sagte er zu Ruth. »Wenn sie Geld haben, können sie die Gräber sauberhalten.« Ruth richtete sich auf. Plötzlich war sie überwältigt. Und den Tränen nahe.

»Du hast recht, Dad«, sagte sie und wandte sich ab, damit Edek ihre Tränen nicht sah.

»Komm«, sagte Edek zu ihr. »Das war genug für einen Tag.«

»Ich komme«, sagte sie.

»Ich habe Marek gesagt, er soll ein Taxi rufen«, sagte er. »Marek hat gesagt, daß es irgendwo ein Telefon gibt. Das Taxi ist vielleicht schon da.«

Marek und das Taxi warteten am Haupteingang.

»Ich danke Ihnen von Herzen«, sagte Ruth zu Marek.

»Ich danke Ihnen, es war sehr interessant«, fügte Edek hinzu. Ruth gab Marek etwas Geld. Er wollte es nicht nehmen. »Bitte nehmen Sie es«, sagte Ruth. Marek schüttelte den Kopf.

»Meine Tochter hat sowieso schon ein schlechtes Gewissen. Wenn Sie ihr Geschenk nicht annehmen, wird es noch schlechter«, sagte Edek. Er nahm das Geld und drückte es Marek in die Hand.

»Danke«, sagte Marek.

»Können wir Sie mitnehmen?« sagte Ruth.

»Ich wohne in der Nähe«, sagte Marek. »Ich möchte zu Fuß gehen.« Sie schüttelten einander die Hand.

Auf dem Rückweg im Taxi kamen sie an einem großen Reklameplakat für Schuhe vorbei. Mitten auf das Plakat hatte jemand »Juden raus« geschrieben und als Übersetzung für Leser, die kein Deutsch konnten, »Jews Out«. Ruth war entsetzt. Sie zeigte es Edek. Der Taxifahrer schaute ebenfalls hin. Er sagte etwas zu Edek. »Ich weiß, was er sagt«, sagte Ruth zu ihrem Vater. »Er braucht es nicht zu übersetzen. Er sagt, das seien nur Kindereien.« Sie lehnte sich zurück. Sie zitterte am ganzen Körper.

Zwanzig Minuten später waren sie in ihrem Hotel. Edek sah Ruth an.

»Du solltest dich etwas ausruhen«, sagte er.

»Ich glaube, ich nehme ein heißes Bad«, sagte sie.

»Wollen wir heute essen gehen?« sagte Edek.

»Natürlich wollen wir das«, sagte Ruth. »Ich treffe mich um sieben mit dir im Foyer.«

»Wohin wollen wir gehen?« sagte Edek.

»Ich dachte, wir könnten den Chinesen ausprobieren, an dem wir gestern vorbeigekommen sind«, sagte Ruth.

»Ein Chineser?« sagte Edek. Jahrelang hatte Ruth versucht, Edek dazu zu bringen, die richtige Endung zu verwenden, aber er konnte sie sich einfach nicht merken. »Ein Chineser in Łódź?«

»Ich dachte, es wäre vielleicht interessant zu sehen, was es dort zu essen gibt«, sagte Ruth.

»Ich esse jedenfalls keine von diesen Würmern«, sagte Edek.

»Das sind keine Würmer«, sagte Ruth. »Das sind Garnelen. In Amerika heißen sie Shrimps.«

»Für mich sind es Würmer«, sagte er.

»Du mußt keine Würmer essen«, sagte Ruth gereizter als beabsichtigt, »du kannst Huhn essen.«

»Okay, okay«, sagte Edek. »Mir ist das nicht so wichtig, was ich esse. Ich kann alles essen.«

»Außer Würmern«, sagte Ruth.

»Das stimmt«, sagte Edek. »Würmer mag ich nicht.« Er schwieg. »Bist du sicher, daß du in Polen beim Chineser essen willst?« sagte er.

»Ich bin neugierig, wie es dort ist«, sagte Ruth. »Du kannst Hühnersuppe haben. Du magst doch Hühnersuppe beim Chinesen.«

»Die Hühnersuppe beim Chineser ist sehr gut«, sagte Edek.

»Und die polnische Hühnersuppe auch«, sagte Ruth. »Also müßte die Mischung aus beidem eine himmlische Sache sein.«

Edek wirkte aufgeräumter. »Ich glaube, ich bleibe noch ein paar Minuten hier unten im Foyer«, sagte er.

»Gut, Dad«, sagte sie, »bis nachher.«

Sie wollte gerade gehen, als Edek sie am Arm festhielt.

»Wie sieht unsere Tagesordnung für morgen aus?« sagte er.

»Ich wußte nicht, daß du das Wort ›Tagesordnung‹ kennst«, sagte Ruth.

»Natürlich kenne ich das Wort«, sagte Edek. »Ich benutze es seit Jahren. Du bist nicht die einzige in der Familie, was kennt zahllose Wörter.«

»Entschuldige«, sagte Ruth. »Morgen besuchen wir das Ghetto von Łódź, und danach fahren wir nach Krakau.«

»Mußt du unbedingt das Ghetto besuchen?« fragte Edek.

»Ich würde es gern tun«, sagte sie.

»Dort gibt es nichts zu sehen«, sagte Edek.

»Ich weiß«, sagte sie.

»Wir besuchen ein Nichts nach dem anderen«, sagte Edek.

»Ich fürchte, du hast recht, Dad«, sagte Ruth. »Wenn du willst, bleibst du im Hotel.«

»Nein«, sagte Edek. »Ich gehe dorthin, wo du hingehst.«

»Da fällt mir gerade ein«, sagte Ruth, »daß ich morgen nicht zum Frühstück da sein werde.«

Edek sah überrascht und verletzt aus.

»Ich gehe laufen, Dad«, sagte sie. »Ich muß endlich einmal laufen.«

»Ich warte auf dich, und dann frühstücken wir zusammen«, sagte Edek.

»Ich will lange laufen«, sagte Ruth. »Vor zehn Uhr bin ich wahrscheinlich nicht zurück. So lange kannst du nicht mit dem Frühstück warten.«

»Ich kann warten«, sagte Edek.

»Dad, du bedienst dich einfach am Buffet wie jeden Morgen«, sagte sie. »Das magst du doch.«

Edek sah verdrießlich drein. »Wenn du nicht am Buffet bist, will ich auch nichts haben.«

»Okay«, sagte sie. »Du kannst ja auf deinem Zimmer frühstücken.«

»Ich muß nicht jeden Tag ein Frühstück haben«, sagte Edek.

Ruth war am Ende ihrer Geduld. Sie wollte in ihr Zimmer gehen
und lesen. »Bis nachher, Dad«, sagte sie. Sie log ihn nicht gern an,
doch ihr war wirklich nicht nach einem Gespräch darüber zumute,
warum sie in die Kamedulskastraße gehen und das Porzellan kaufen
wollte.

In dem chinesischen Restaurant in der Al. Kościuszki waren sie die
einzigen Gäste. Unter dem Personal befand sich kein einziger
Chinese. Die unchinesische Atmosphäre beunruhigte Ruth. Alle
Kellner waren Polen. Wahrscheinlich war der Koch auch Pole,
dachte Ruth. In der Mitte des Restaurants war ein langes Buffet mit
warmgehaltenen Speisen angerichtet. Das war kein gutes Zeichen.
Chinesische Speisen gehörten frisch zubereitet und sofort serviert.

»Haben Sie auch eine Karte?« fragte Ruth einen Kellner.

»Was?« sagte der Kellner.

»Haben Sie eine Speisekarte, oder gibt es nur das Buffet?« sagte
Ruth.

»Unsere Gäste sind mit dem Buffet sehr zufrieden«, sagte der
Kellner. »Sie können für den Prix fixe soviel essen, wie Sie wollen.«

»Mehr als das Buffet gibt es also nicht?« sagte Ruth.

»Das ist mehr als genug, Madame«, sagte der Kellner. Ruth warf
einen Blick auf das Buffet. Die Speisen schienen schon seit längerer
Zeit im Wasserbad zu warten.

»Ich mag so ein Buffet«, sagte Edek. »Was stört dich an einem
Buffet?«

»Wahrscheinlich ist es in Ordnung«, sagte sie.

»Du hattest die Idee mit dem Chineser«, sagte Edek.

Ruth suchte einen Tisch aus. Edek stand bereits am Buffet. Die
Dekoration war chinesisch oder zumindest chinesisch angehaucht.
Chinesische Papierlaternen und Schriftrollen mit chinesischen
Schriftzeichen inmitten von geblümten polnischen Vorhängen und
polnischen Teppichen mit Blumenmuster. Auch die Servietten hat-

ten ein Blümchenmuster, wie Ruth bemerkte, allerdings andere Blumen als auf den Vorhängen.

Edek rief sie zu sich. »Ruthie, Ruthie«, rief er. Sie sah zu ihm. Er deutete auf das Buffet. »Es sieht wirklich prima aus«, rief er ihr durch das Lokal zu. Ruth ging zu ihm. Er sah aufgeregt aus. »Sowas gibt es nur beim Chineser«, sagte er und deutete auf etwas, was die englische Bezeichnung »Wan-tan« trug. Ruth sah die Wan-tans an. Es waren keine chinesischen Wan-tans. Diese Wan-tans waren riesige polnische Hackbraten, die wie *pierogi* in Nudelteig eingewickelt waren. Edek hatte sich drei dieser Riesenbälle auf den Teller gelegt.

»Ich dachte, du wolltest Hühnersuppe essen«, sagte Ruth zu ihm.

»Ach«, sagte er. »Die Hühnersuppe sieht nicht so besonders gut aus.«

Ruth warf einen Blick auf die Hühnersuppe. Es war eine klare, fettlose Brühe, in der ein paar Frühlingszwiebeln schwammen. Ruth fand, daß die Suppe am genießbarsten von allen Speisen des Buffets aussah. Sie nahm sich etwas Suppe.

»Warum nimmst du die Suppe?« sagte Edek. »Du mußt etwas essen. Nimm das süß-saure Rindfleisch. Das süß-saure Fleisch ist beim Chineser immer sehr gut.« Das süß-saure Rindfleisch bestand aus riesigen Fleischbrocken, die zusammen mit Kartoffelwürfeln in einer braunen Sauce dümpelten.

»Für meine Begriffe sieht es eher wie ein Gulasch aus«, sagte Ruth.

»Das ist kein Gulasch«, sagte Edek, »das ist Essen, was es gibt beim Chineser.« Er legte sich noch ein Wan-tan auf den Teller und ging zum Tisch zurück. Er sah glücklich aus. Ruth nahm sich vor, ihre kulinarische Kritik für sich zu behalten.

»Es gibt auch gebratenen Reis«, rief Edek.

Ruth warf einen Blick auf den gebratenen Reis. Er sah eher aus wie gekochter Kohl auf einem Bett von saucendurchtränktem Reis, garniert mit dicken Scheiben gebratener *kiełbasa*-Wurst. Ruth begann zu lachen. Es war wirklich sehr komisch. Sie konnte nicht mehr aufhören zu lachen. Es war herrlich zu lachen. Sie hatte den

Eindruck, schon lange nicht mehr gelacht haben. Sie lachte noch immer, als sie an den Tisch zurückkam.

»Worüber lachst du?« fragte Edek.

»Das Essen ist gar nicht chinesisch«, sagte sie.

»Warum nicht?« sagte er.

»Es ist polnisch«, sagte sie.

»Für mich sieht es aus wie chineserisches Essen«, sagte Edek. »Und in Melbourne gehe ich oft zum Chineser.«

»Das chinesische Essen in Melbourne sieht nicht aus wie das Essen hier«, sagte Ruth.

»Nein, nicht ganz«, sagte Edek. »Die Stücke sind hier ein bißchen größer.«

Ruth begann wieder zu lachen. Ihr Lachen war ansteckend. Edek lachte mit. »Es tut gut, dich wieder lachen zu sehen, Ruthie, Darling«, sagte er mitten im Lachen.

»Es tut gut zu lachen«, sagte sie und wischte sich die Augen. Sie begann zu essen. »Die Hühnersuppe ist ganz köstlich«, sagte sie.

»Meine Wan-tans sind sehr, sehr gut«, sagte Edek.

Ruth aß ihre Suppe auf. Es ging ihr besser. Sie beschloß, sich noch einmal Suppe zu holen. Neben der Suppe stand eine Schüssel mit gekochten Nudeln auf dem Buffet. Ruth löffelte sich ein paar Nudeln in ihre Suppe. Die Nudeln waren sehr dick. Sie sahen eher wie Makkaroni aus als wie chinesische Nudeln. Diese Reise ersetzte eine Abmagerungskur, dachte sie. Sie hatte befürchtet, in Polen zuzunehmen. Wahrscheinlich könnte die polnische Regierung die Wirtschaft sanieren, wenn sie für Fastenreisen für jüdische Touristen warb, dachte Ruth. Sie tastete nach ihrem Rockbund. Er saß unzweifelhaft locker.

»Ich habe mit meinem Anwalt gesprochen«, sagte Edek, als Ruth an den Tisch zurückkam.

»Mit deinem Anwalt in Australien?« sagte Ruth.

»Mein Anwalt in Australien ist der einzige Anwalt, was ich habe«, sagte Edek.

»Hast du ihn angerufen?« sagte Ruth.

»Natürlich«, sagte er. »Denkst du, ich wäre so ein wichtiger Klient, daß er mich in Polen anrufen würde?«

»Du hast ihn heute nachmittag angerufen?« sagte sie.

»Ja«, sagte er.

»Wieviel Uhr war es da in Australien?« fragte Ruth. »Ich hoffe, es war nicht mitten in der Nacht.« Sie rechnete schnell nach. Sie war erleichtert. In Melbourne konnte es früher Vormittag gewesen sein.

»Ich weiß nicht, wieviel Uhr es in Melbourne war«, sagte Edek.

»Ich bin jedenfalls froh, daß du ihn nicht aus dem Bett geklingelt hast«, sagte Ruth.

»Er war in seinem Büro«, sagte Edek. »Natürlich habe ich ihn nicht aus dem Bett geklingelt. Willst du wissen, was er mir erzählt hat?«

»Ja, natürlich«, sagte Ruth.

»Er hat gesagt, daß die ganzen Verhandlungen mit den Schweizer Banken über eine Regelung mit den Juden sind kaputt«, sagte Edek.

»Kaputt?« sagte Ruth.

»Beendet«, sagte Edek. »Die Schweizer haben ihr Angebot zurückgezogen.«

»Dieses kleine, schäbige Angebot, das nur einen Bruchteil dessen ausmacht, was sie den Juden weggenommen haben?« sagte Ruth.

»Die Schweizer wollen nicht mehr verhandeln«, sagte Edek. »Sie sagen, die Holocaust-Überlebenden und die anderen jüdischen Gruppierungen wollten mehr Geld aus den Banken rausholen, indem sie drohten, sie überall schlechtzumachen.«

»Also sind wieder die Juden die Schuldigen«, sagte Ruth.

»Es sind immer die Juden«, sagte Edek. »Mein Anwalt hat gesagt, das Gold, was die Schweizer haben bekommen von den Nazis, wäre heute ungefähr drei Milliarden Dollar wert.«

»Und trotzdem sind die Juden wieder die Schuldigen«, sagte Ruth. »Wir brauchen ihr Geld nicht«, sagte sie.

»Das stimmt«, sagte Edek, »aber manche Juden brauchen es.«

»Ekelhaft«, sagte Ruth. Edek sah sie erschrocken an.

»Deine Suppe?« sagte er.

»Nein, die Schweizer«, sagte sie.

»Der Anwalt hat mir erzählt, daß die Leute, was im Krieg gezwungen waren, für Volkswagen zu arbeiten, jetzt Geld bekommen«, sagte Edek.

»Volkswagen hat sich also endlich dazu durchgerungen, seine Zwangsarbeiter zu entschädigen«, sagte Ruth.

»Ja«, sagte Edek. »Der Anwalt hat gesagt, daß Volkswagen hat zugegeben, daß sie haben beschäftigt fünfzehntausend Arbeitssklaven im Krieg.«

»Die meisten Leute, die als Zwangsarbeiter eingesetzt waren, sind heute längst tot«, sagte Ruth.

»Natürlich«, sagte Edek.

»Ich wüßte gern, ob Volkswagen das tut, weil sie Rolls-Royce gekauft haben«, sagte Ruth. »Und sie wollen den italienischen Sportwagenproduzenten Lamborghini kaufen. Lamborghinis gehören zu den teuersten Sportwagen.«

»Ich weiß, was ein Lamborghini ist«, sagte Edek.

»Ich wüßte gern, ob Volkswagen sich plötzlich Sorgen um sein Image gemacht hat«, sagte Ruth. »Ich wüßte gern, ob ihnen die Diskrepanz zwischen ihrer Weigerung, die Zwangsarbeiter zu entschädigen, und den Luxuslimousinen, die sie herstellen, peinlich war.«

»Das ist nicht dumm«, sagte Edek.

»Ich glaube nicht, daß man sich bei Volkswagen Gedanken über die Juden macht«, sagte Ruth. »Ich glaube, man hat sich nur Gedanken über das eigene Image gemacht. Wahrscheinlich werden sie versuchen, dan armen Zwangsarbeitern, die noch leben, so wenig wie möglich zu zahlen.«

»So ist es wahrscheinlich«, sagte Edek. »Ach, vergiß es«, sagte er unvermittelt. Er sah verstört aus.

»Ich habe dir gesagt, daß es dich aufregen wird, wenn du versuchst, zurückzubekommen, was dir zusteht«, sagte Ruth.

»Mit mir ist alles in Ordnung«, sagte Edek. »Dieses Gulasch ist sehr gut.«

»Ich habe dir ja gesagt, daß es Gulasch ist«, sagte Ruth. Sie begann zu lachen.

»Es ist chineserisches Gulasch«, sagte Edek. Ihr Vater mußte es wissen, dachte Ruth. Er aß die dritte Portion. »Willst du auch welches?« fragte er.

»Nein, danke, Dad«, sagte sie. Sie aßen schweigend.

»*Oj, a broch*«, sagte Edek laut.

»Was ist los?« sagte Ruth.

»Ein Wurm«, sagte er. »Hier ist ein Wurm.« Mit einem Zinken seiner Gabel hatte er eine winzige Garnele aufgespießt.

»Das ist kein Wurm«, sagte Ruth. »Das ist eine Garnele.«

Edek betrachtete die Garnele eingehend. »Es ist ein Wurm«, sagte er.

Ruth nahm die kleine Garnele von Edeks Gabel. Sie steckte sie in den Mund. »Köstlich«, sagte sie. Edek verzog das Gesicht.

»Ich habe Stefan angerufen«, sagte Edek. »Ich wollte sichergehen, daß er angekommen ist.«

»Er ist in Łódź?« sagte Ruth.

»Er ist in Łódź«, sagte Edek strahlend. »Sein Hotel gefällt ihm sehr gut.«

»Das freut mich aber«, sagte Ruth.

»Das meinst du nicht ernst«, sagte Edek. »Ich kenne dich.«

»Nein, da täuschst du dich«, sagte Ruth. »Ich freue mich wirklich, daß Stefan sich freut, weil es dich glücklich macht.«

»Es macht mich nicht glücklich«, sagte Edek. »Ich wollte nur, daß Stefan uns fährt, weil das für dich komfortabler ist. Warum sollst du in einem polnischen Zug sitzen? Warum nicht statt dessen in einem Mercedes?«

»Warum nicht?« sagte Ruth.

»Sie haben sehr gute Kuchen auf dem Buffet«, sagte Edek nach einem Augenblick.

»Ich weiß«, sagte Ruth. »Ich habe es gesehen.«

Am Ende des Buffets nach den Wan-tans und dem süß-sauren Rindfleisch und den knusprigen Hühnchen und dem Chow-mein und dem Chop-suey und dem gebratenen Reis gab es eine Auswahl von Kuchen. Es gab Schwarzwälder Kirschtorte, einen Sauerkirschkuchen, einen Käsekuchen, einen Apfelkuchen und einen Mohnkuchen.

»Nimm dir doch ein Stück Mohnkuchen«, sagte Edek zu Ruth.

»Er sieht sehr gut aus«, sagte sie. »Die Polen wissen, wie man einen guten Mohnkuchen backt.«

»Und ein Stück Käsekuchen«, sagte Edek. »Vielleicht nehme ich auch ein kleines Stück Käsekuchen, wenn ich das hier aufgegessen habe.« Er aß den Rest seiner vierten Portion süß-sauren Rindfleischs.

»*Oj Cholera*«, sagte er plötzlich. Er sah auf seine Gabel. »Schon wieder ein Wurm«, sagte er. Ruth nahm die Garnele von seiner Gabel. »Diese kleine Garnele würde dich schon nicht umbringen«, sagte sie. »Ich esse sie.« Sie steckte sie in den Mund. »Siehst du«, sagte sie. »Sie schmeckt köstlich.«

»Meine Tochter ißt gern Würmer«, sagte Edek. Er schüttelte den Kopf und zuckte die Schultern.

Elftes Kapitel

Ruth wurde durch einen Anruf von Max geweckt. Es war sechs Uhr morgens. Einen Moment lang wußte sie nicht, wo sie sich befand. In Polen? In New York? In Australien? Es war Jahre her, daß sie zum letztenmal gemeint hatte, sie lebe noch in Australien.

»Berns Mutter hat sich gut bewährt«, sagte Max.

»Wieviel Uhr ist es in New York?« fragte Ruth.

»Es ist Mitternacht«, sagte Max. »Ich bin zu Hause.«

»Ich rufe in fünf Minuten zurück«, sagte Ruth und legte auf.

Sie setzte sich auf den Bettrand. Sie kam sich derangiert vor. Max' Anruf hatte sie durcheinandergebracht und verwirrt. Der Anruf war wie eine Mitteilung aus einer fremden Zeit und von einem fremden Ort gewesen. So als hätte Max vom Mars aus angerufen. Ruth fühlte sich Rothwax Correspondence so fern. Sie konnte sich an fast nichts erinnern, was im Büro vor sich ging. Sie kam sich vor, als wäre sie lange abwesend gewesen, wie unter einem Zauberbann. Oder schiffbrüchig auf dem Meer. Sie hoffte, daß sie ihre Bürotelefonnummer noch auswendig wußte. Sie sah nach. Erleichtert sah sie, daß sie die Nummer noch wußte.

Was hatte Max über Berns Mutter gesagt? Natürlich erinnerte Ruth sich. Max hatte von der Möglichkeit gesprochen, Berns Mutter für handgeschriebene Briefe einzustellen. Ruth nahm den Hörer ab. »Ich möchte die zwei Weckanrufe, die ich für 6.10 Uhr und für 6.15 Uhr bestellt habe, stornieren lassen«, sagte sie zu der Telefonistin des Hotels.

»Warum möchten Sie das?« fragte die Telefonistin.

»Weil ich schon wach bin«, sagte Ruth. Fassungslos schüttelte sie den Kopf. Welchen Grund sollte es sonst geben, einen Weckanruf stornieren zu lassen? Sie würde die Polen nie verstehen, dachte sie.

Sie stand vom Bettrand auf und schaltete beide Wecker aus, die sie gestellt hatte. In Łódź hatte sie einen zusätzlichen Wecker gekauft, weil sie dem veralteten elektrischen Wecker auf dem Zimmer nicht traute. Sie putzte sich die Zähne mit Mineralwasser und nahm ihre Vitamine ein. Sie betrachtete die Batterie von Vitaminen und Mineralien. Sie war sich nicht sicher, ob sie ihr etwas nützten.

Sie rief Max an.

»Lassen Sie mich zurückrufen«, sagte Max. »So ist es billiger.«

»Okay«, sagte Ruth. Sie legte wieder auf. Warum war alles im Leben so kompliziert, sogar ein schlichter Telefonanruf? Max hatte trotzdem recht. Sie käme der Anruf weit billiger als Ruth. Max mußte nicht die halsabschneiderischen Tarife zahlen, die in Polen beziehungsweise im Hotel für Auslandsgespräche verlangt wurden.

Das Telefon läutete.

»Berns Mutter hat sich bestens bewährt«, sagte Max. Sie klang euphorisch. »Ihre Handschrift ist gut lesbar und nicht verschnörkelt«, sagte sie.

»Keine Angeberhandschrift?« sagte Ruth.

»Nicht die Spur«, sagte Max. »Eine intelligente Handschrift.«

»Eine intelligente Handschrift«, sagte Ruth, »das klingt gut.« Ihr war zumute, als könnte sie selbst etwas Intelligenz gebrauchen. Ihr Kopf fühlte sich dumpf und schwer an.

»Sie schafft drei Seiten in der Stunde«, sagte Max. »Und wenn sie erst Übung hat, wird sie vier Seiten schaffen.«

»Wie heißt Berns Mutter?« sagte Ruth.

»Alouette«, sagte Max.

»Alouette«, sagte Ruth. »Ein toller Name.«

»Ich habe Alouette vorgeschlagen, daß wir es erst mal ausprobieren«, sagte Max. »Ich habe ihr gesagt, sie soll ihre gegenwärtige Stellung noch behalten, bis sie weiß, wie sie mit uns zurechtkommt und wie wir mit ihr zurechtkommen.«

»War es Ihnen peinlich, so mit jemand Älterem zu sprechen?« sagte Ruth.

»Nein«, sagte Max.

»War es Ihnen unangenehm, einer Farbigen eine Probezeit vorzuschlagen?«

»Nein«, sagte Max.

»Das ist beruhigend«, sagte Ruth.

»Mit Alouette ist man völlig unbeschwert«, sagte Max. »Ich habe weder an ihr Alter noch an ihre Hautfarbe gedacht. Sie war mir einfach sympathisch. Ich habe ihr vorgeschlagen, daß sie zweimal in der Woche ein paar Stunden für uns arbeitet. Und danach wollen wir entscheiden, wie es weitergeht.«

»Ausgezeichnet«, sagte Ruth.

»Ich habe gesagt, daß wir ihr fünfzehn Dollar Stundenlohn zahlen«, sagte Max.

»Wir verlangen fünfundzwanzig Dollar pro Seite«, sagte Ruth. »Ich glaube, wir können es uns leisten, ihr zwanzig Dollar Stundenlohn zu zahlen.«

»Okay«, sagte Max.

»Wenn wir sie einstellen, vereinbaren wir ein Monatsgehalt«, sagte Ruth.

»Das habe ich ihr gesagt«, sagte Max.

»Nun, das klingt ja, als kämen Sie hervorragend zurecht«, sagte Ruth.

»Wie geht es Ihnen?« sagte Max. »Ich muß die ganze Zeit an Sie denken.«

»Alles in Ordnung«, sagte Ruth.

»Sind Sie sicher, daß das stimmt?« sagte Max.

»Max, das ist eine sehr jüdische Frage«, sagte Ruth. »Mit mir ist alles in Ordnung.«

Max lachte. »Ich habe mir Sorgen um Sie gemacht«, sagte sie. »Weil Sie mit all diesen Verlusten konfrontiert sind. Und Ihr Vater, der mit all diesen Verlusten konfrontiert ist. Sie beide, all diesen Verlusten schutzlos ausgeliefert. Und dann die Verluste, die all die anderen Juden erlitten haben.«

Ruth unterbrach diesen wirren Verlustmonolog. »Schnitt, Max«, sagte sie, »Schnitt. Ihre Besorgnis rührt mich wirklich, aber ich bin todmüde. Lassen Sie uns bitte die geschäftlichen Dinge besprechen.«

»Okay«, sagte Max. »Tut mir leid, wenn ich etwas zu ausufernd war.«

»Ist schon in Ordnung«, sagte Ruth, »aber Sie hätten ruhig Varianten für das Wort ›Verlust‹ verwenden können.«

Max lachte. »Jetzt weiß ich, daß alles mit Ihnen in Ordnung ist«, sagte sie.

»Bern freut sich, daß seine Mutter im Büro ist«, sagte Max. »Jedesmal wenn er an ihr vorbeigeht, sagt er ›Hallo‹. Er bringt ihr Plätzchen zum Kaffee mit. Es ist toll zu sehen, wie sehr sie sich mögen.«

»Ich glaube nicht, daß viele Männer ein enges Verhältnis zu ihrer Mutter haben«, sagte Ruth. »Mich beeindrucken schon Frauen, die sich mit ihren Müttern verstehen. Das scheint selten genug vorzukommen. Die meisten Leute sind hauptsächlich damit beschäftigt, sich über ihre Eltern zu beschweren.«

»Sie setzen jetzt doch nicht etwa zu einem Ihrer Dialoge über undankbare Kinder an, oder?« sagte Max.

»Wenn, dann wäre es ein Monolog, kein Dialog«, sagte Ruth. »Sie sagen dazu nie etwas.«

»Weil ich später einmal Kinder haben will«, sagte Max. »Auch in Polen haben Sie Ihre spitze Zunge nicht verloren. Das Land hat Sie nicht weicher gemacht.«

»Es hat mich fast umgebracht«, sagte Ruth. Sie war selbst überrascht. Hatte Polen sie wirklich fast umgebracht? Gewiß kam sie sich sterblicher vor als bei ihrer Ankunft.

Ruth merkte, daß das Gespräch mit Max ihre Stimmung gehoben hatte. Bewirkt hatte, daß sie sich normaler vorkam. Der normalen Welt zugehöriger. Das war es, was ein Aufenthalt in Polen bewirkte: Er bewirkte, daß das Leben in New York einem normal vorkam. Ruths altes Leben kam ihr so normal vor – das Müsli, das Gewichtheben, die zwölf Minuten, die sie sich für die Illustrierte *People* gestattete. Die Kleiderbügel, die alle gleich aufgehängt waren. All das kam ihr so normal vor. Warum hatte sie ihr Leben als ihr altes Leben bezeichnet, fragte sie sich. Es war noch immer dasselbe Leben. Es war kein neues Leben. Sie war noch immer Ruth Rothwax. Noch immer dreiundvierzig. Noch immer auf Diät. Was hatte sich schon geändert?

Ruth war froh, daß Max angerufen hatte. »Apropos Mütter«, sagte sie zu Max, »was sagt Ihre Mutter zu Ihrer Geschichte mit dem verheirateten Mann?« Ruth hatte den Eindruck, förmlich hören zu können, wie Max sich wand. »Müssen wir das jetzt diskutieren?« sagte Max. »Sie sind in Polen.«

»Ich weiß, daß ich in Polen bin«, sagte Ruth mit einem Seufzer.

»Meine Mutter sagt gar nichts dazu«, sagte Max.

»Weiß sie es?« fragte Ruth.

»Nein«, sagte Max.

»Und Ihr Vater?«

»Der auch nicht«, sagte Max. »Ich könnte nie einem von ihnen etwas erzählen, was er für sich behalten soll. Sie erzählen einander alles. Sie sind ein Herz und eine Seele.«

Was für ein Zustand mochte das sein, fragte sich Ruth. Gingen diese Menschen ineinander auf? Verschmolzen ihre Seelen miteinander? Hatten Seelen Grenzen? Konnte man seine Seele vor Eindringlingen schützen? Konnten andere auf ihr herumtrampeln? Fiel es den Seelen und Herzen leicht, miteinander zu verschmelzen?

Ruth riß sich zusammen. Schluß mit diesen Hirngespinsten. Mit diesen übersinnlichen Erwägungen und Überlegungen. Sie war in nebulöse Gefilde geraten. Auf eine Terra incognita. Sie hatte einen Großteil dessen, was Max sagte, gar nicht mitbekommen. Ruth stand auf. Sie dachte, daß sie gut daran tun würde, mit beiden Füßen auf dem Boden zu bleiben.

»Die gute Nachricht ist die, daß im Büro alles bestens klappt«, sagte Max. »Heute haben sich zwei neue Kunden gemeldet. Beide aus Kalifornien, woran man sieht, daß Rothwax Correspondence langsam bekannt wird.«

»Gut«, sagte Ruth. »Sagen Sie Berns Mutter, daß ich mich darauf freue, sie kennenzulernen.«

Ruth duschte und zog sich an.

Sie setzte sich auf das Bett und aß einen Apfel. Den Apfel hatte sie vom gestrigen Frühstücksbuffet genommen. Es war ein grüner Granny Smith. Er schmeckte nicht gut. Es war schwer, in Polen gute Äpfel zu bekommen. Der Apfelkuchen war köstlich, doch die frischen Äpfel waren wattig, klein und schrumpelig. Trotzdem aß sie den Apfel auf.

Ihr Ohr fühlte sich ungut an. Es war voller Wasser. Seit Tagen sprühte ein Strahl aus dem defekten Duschkopf ihr beim Duschen ins Ohr. Sie hüpfte auf einem Bein und hielt den Kopf schief. Ein bißchen Wasser tröpfelte aus ihrem linken Ohr. Sie war zufrieden. Sie nahm ihre Handtasche und ging nach unten. Der Dolmetscher, den der Portier besorgt hatte, wartete an der Rezeption.

»Ich heiße Tadeusz Kuczyński«, sagte er zu Ruth. Tadeusz Kuczyński sah aus, als wäre er etwa fünfzehn. Er war groß und schlaksig.

»Wie alt sind Sie, Tadeusz?« fragte Ruth.

»Ich bin fünfundzwanzig«, sagte er.

»Gut«, sagte sie. »Ich hätte Sie für weit jünger gehalten.«

Ruth war froh, daß der Dolmetscher so jung war. Bei einem jungen Menschen war nicht so sehr zu befürchten, daß er die eventuelle Transaktion mit seiner eigenen Geschichte und seinen eigenen Vorurteilen befrachtete. Ruth hatte den frühen Zeitpunkt gewählt, weil sie hoffte, den alten Mann und seine Frau zu dieser Tageszeit zu Hause in der Kamedulskastraße in Edeks einstiger Wohnung anzutreffen.

Sie erklärte Tadeusz kurz, worum es ging. Tadeusz schien die Situation nicht allzu kompliziert zu finden. »Wenn Sie ihnen den richtigen Preis zahlen, werden sie Ihnen das Porzellan sicher verkaufen«, sagte er.

Wahrscheinlich hatte Tadeusz recht, dachte Ruth. Warum mußte sie so nervös sein? Weil sie das Porzellan unbedingt haben wollte. Unbedingt. Ihr Wunsch, das Porzellan zu besitzen, stand wahrscheinlich in keinem Verhältnis zum Bedürfnis des alten Paars, das Porzellan zu verkaufen. Sie war angespannt. Kein Wunder, daß sie angespannt war. Die Lage, in der sie sich befand, war bei keiner Art von Verhandlung eine wünschenswerte Lage.

Das Taxi, in dem sie zur Kamedulskastraße fuhren, war ein kleines unauffälliges polnisches Auto. Ruth kam es vor wie eine Blechbüchse. Und sehr eng. Sie hatte die Knie angezogen, so daß sie fast ihre Brust berührten. Warum hatte der Portier dieses Taxi bestellt? Wahrscheinlich war er mit dem Fahrer befreundet und bekam für jeden Kunden, den er ihm besorgte, eine Provision, dachte Ruth. Sie war aufgeregt. Sie hätte einen Mercedes verlangen sollen. Sie hatte sich fraglos daran gewöhnt, Mercedes zu fahren. In dem Wagen stank es nach Zigarettenrauch. Sie hatte keinen Grund, den Polen Böses zu wünschen, dachte sie. Die meisten von ihnen rauchten sich ohnehin zu Tode.

Sie fragte sich, ob sie mit dem rechten Fuß klopfen sollte, um zu verhindern, daß sie für diesen Gedanken bestraft wurde. Zählten aggressive Gedanken über Polen zum Verzeichnis unstatthaften Betragens, das bestraft gehörte? Schwer zu sagen. Wer auch immer entschied, was bestraft gehörte und was nicht, folgte schwer durchschaubaren Regeln. Unverständlichen Kriterien. Wenn feindselige Gefühle Polen gegenüber Bestrafung verdienten, dann müßte sie unablässig mit dem rechten Fuß klopfen und am besten gleich damit beginnen. Sie würde gar nicht genug Zeit haben, dachte sie, um für jeden feindseligen Gedanken, den ihr ein Pole einflößte, zehnmal mit dem rechten Fuß zu klopfen. Sie würde klopfen müssen, bis von ihrem rechten Fuß nichts Rechtes übrigblieb.

Sie mußte über das unbeabsichtigte Wortspiel lächeln. Warum bedeutete ihr das Mischen und Zusammensetzen von Wörtern soviel? Warum bedeuteten ihr Wortnuancen soviel? Vielleicht weil so vieles, was sie in ihrer Kindheit zu hören bekommen hatte, so unbeholfen gewesen war. Es war nicht die Schuld ihrer Eltern gewesen, daß sie sich so rudimentär und undeutlich ausgedrückt hatten. Daß sie die Sprache, die ihre Tochter sprach, so unvollkommen beherrschten, hatte sich zwangsläufig ergeben. Sie arbeiteten zuviel, um Englischunterricht zu nehmen. Und wenn sie von der Arbeit nach Hause kamen, gab es keine liebevollen Betrachtungen oder feinfühligen Erläuterungen oder spitzfindigen Analysen dieses oder jenes Wortes. Alles wurde abgekürzt und komprimiert. Begrüßungen und Anweisungen und Vorschläge und Überlegungen wurden zu schroffen Fragmenten, die kein Ganzes ergaben.

»Tadeusz«, sagte Ruth, »die Leute, von denen ich das Porzellan kaufen möchte, dürfen keinesfalls den Eindruck erhalten, daß es mir sehr wichtig wäre.« Sie sah ihn an. Konnte sie ihm trauen? Wie sollte sie das wissen? Sie kannte ihn nicht. »Es ist mir nämlich nicht wichtig«, sagte sie. »Wenn sie es verkaufen wollen, gut, wenn nicht, dann eben nicht.«

»Selbstverständlich«, sagte Tadeusz.

Wem konnte man trauen und wem nicht? In Polen war diese Frage noch schwieriger zu beantworten. Zu ihrem eigenen Erstaunen hatte Ruth den Türsteher im Grandhotel Victoria gefragt, ob er ihr zwei stabile Kisten besorgen könne. Einerseits war sie erstaunt gewesen, daß sie ihn gefragt hatte. Sie hatte gedacht, sie fände ihn zu widerwärtig, um ihn um einen Gefallen bitten zu können. Und sie war erstaunt gewesen, daß sie zwei Kisten verlangt hatte. Zwei große Kisten, hatte sie gesagt. Was erwartete sie in der einstigen Wohnung ihres Vaters zu finden?

Plötzlich dachte Ruth, es sei besser, Tadeusz wissen zu lassen, daß sie Polnisch verstand. Er mußte ja nicht erfahren, daß sie nicht jedes Wort verstand. Oder keine komplizierten Wörter. Sie vermutete, daß der alte Mann und seine Frau sich nicht allzu kompliziert ausdrücken würden. Sie log Tadeusz nicht an, dachte sie; nicht daß dies ein moralisches oder anderweitiges Problem für sie dargestellt hätte. Dennoch verstand sie Polnisch zunehmend besser. Manchmal wünschte sie, sie verstünde es schlechter.

Sie wollte verhindern, daß Tadeusz irgendwelche Pläne schmiedete, mit dem alten Paar zu kollaborieren und sich den Ertrag zu teilen. Sie wollte verhindern, daß er dachte, er könne den Preis hochtreiben und sich die Differenz mit den Verkäufern teilen. Sie wollte verhindern, daß er ein doppeltes Spiel trieb. Sie war sich nicht sicher, daß sie so etwas verhindern konnte. Und selbst wenn Dolmetscher und Ehepaar unter einer Decke steckten, würde man sie nur um Geld betrügen. Wahrscheinlich würde er nichts dergleichen versuchen, dachte Ruth. Wie wollte er schließlich wissen, ob er dem alten Ehepaar trauen konnte? Selbst einem Polen mußte dieses alte Paar alles andere als vertrauenswürdig erscheinen.

»Sie müssen nicht so nervös sein«, sagte Tadeusz. Ruth fuhr zusammen. Wie konnte er ihre Gedanken erraten? Das konnte er nicht. Er meinte offenbar ihr Verhalten.

»Ich bin nicht nervös«, sagte sie zu ihm.

»Ich habe den Eindruck, daß Sie es sind«, sagte er, »wenn Sie mir nicht verübeln, daß ich das sage.«

»Ich verüble es Ihnen nicht«, sagte sie. »Sie sind nicht der erste, der sich über meine Nervosität Gedanken macht. Ich bin gar nicht so nervös. Ich wirke nur so.«

»Ich finde es nicht so schlimm, wenn man nervös ist«, sagte Tadeusz. Vielleicht war Tadeusz ganz in Ordnung, dachte Ruth. Ein junger Mann, der es nicht so schlimm fand, wenn man nervös war, konnte nicht ganz schlecht sein.

»Das finde ich auch«, sagte sie zu ihm.

Ruth fragte sich, ob sie Tadeusz eine Belohnung anbieten sollte, damit er auf dem Pfad der Tugend blieb. Nein, entschied sie; schließlich zahlte sie ihm bereits einen Sondertarif wegen der frühen Stunde.

»Können Sie sich vergewissern, ob der Fahrer weiß, daß er auf uns warten soll?« sagte Ruth.

»Das habe ich ihm bereits gesagt«, sagte Tadeusz.

»Okay«, sagte sie. »Können Sie ihm sagen, daß wir ihn bei der Rückkehr im Hotel bezahlen werden?«

Tadeusz sprach mit dem Fahrer. Der Fahrer nickte. Ruth war erleichtert. Sie traute keinem Polen über den Weg. Der Fahrer würde auf sie warten müssen, wenn er nicht bezahlt worden war. Und sie würde sich nicht mutterseelenallein in diesem trostlosen Viertel von Łódź mit zwei schweren Kisten wiederfinden. Mit zwei schweren Kisten? In was für Hirngespinsten erging sie sich da? Sie würde von Glück sagen können, wenn sie Nummer dreiundzwanzig in der Kamedulskastraße mit der Schale oder der Teekanne verlassen konnte. Wenn das alte Ehepaar die Gegenstände, die es ihr vorgeführt hatte, wirklich verkaufen wollte, dann hätte es alles vorgeführt, was es zu verkaufen hatte. Ruth nahm an, daß die alten Leute nur Eindruck auf Edek und sie machen wollten und vergessen hatten, woher die auffälligen Gegenstände stammten, die sie benutzten.

Das Taxi bog in die Kamedulskastraße ein und hielt vor Nummer dreiundzwanzig. Ruth stieg aus. Sie verspürte den unbezähmbaren

Wunsch, sich zu bekreuzigen. Sie hatte die Hand an die Stirn geführt. Wie makaber. Sie hatte sich noch nie bekreuzigt. Sie wußte nicht einmal, wie man sich bekreuzigte. Berührte man zuerst die Stirn oder zuerst die Schulter? Die Stirn, vermutete sie, war sich aber nicht sicher. Oft hatte sie Katholiken um die Möglichkeit beneidet, sich mechanisch zu bekreuzigen. Es war so unverhüllt und schien soviel wirksamer zu sein, als auf Holz zu klopfen, und soviel weniger neurotisch, als mit dem Fuß zu klopfen. Vielleicht würde das Fußklopfen sich weniger absurd ausnehmen, wenn Milliarden von Menschen es täten, dachte Ruth. Seit sie den Wagen verlassen hatte, empfand sie Furcht. Schutzbedürfnis. Kein Wunder, daß sie sich am liebsten bekreuzigt hätte. Sie mußte das Gefühl haben, daß in einem so katholischen Land wie Polen diese katholische Geste einen größeren Schutz gewährleistete als ein Klopfen mit dem Fuß.

Sie ging auf das Haus zu. Der braune Hund, der vorgestern dagewesen war, war wieder da. Er lief zu Ruth und wedelte mit dem Schwanz. Ruth versuchte den Hund zu ignorieren. Sie blieb stehen. Wo war Tadeusz? Sie drehte sich um. Tadeusz sagte gerade etwa zu dem Fahrer. Was debattierten sie? Ruth wurde nervös. Der Hund sprang an ihr hoch. Seine Pfoten hinterließen Schmutzspuren an ihrem Mantel.

»Geh weg«, sagte sie zu dem Hund. Der Hund wedelte mit dem Schwanz.

»Es ist ein zutraulicher Hund«, sagte Tadeusz zu Ruth. Er streichelte den Hund.

»Worüber haben Sie mit dem Fahrer gesprochen?« sagte Ruth.

»Ich habe ihm gesagt, daß er keinen roten Heller bekommt, wenn er sich für eine Sekunde entfernt«, sagte Tadeusz. »Ich will nicht Gefahr laufen, aus dem Haus zu kommen und festzustellen, daß er einen heben gegangen ist oder eine andere Fahrt eingeschoben hat.«

»Danke«, sagte Ruth. »Streicheln Sie den Hund nicht«, fügte sie hinzu. »Sie wissen nicht, wem er gehört und wie er reagiert.«

»Es ist ein richtig netter Hund«, sagte Tadeusz.

»Geh weg, Hund«, sagte Ruth zu dem Hund. Der Hund rieb seinen Kopf an ihrem Mantel. »Was will er?« sagte Ruth zu Tadeusz.

Tadeusz lachte und bückte sich und streichelte den Hund noch einmal. Der Hund interessierte sich nicht für Tadeusz.

»Geh weg, Hund«, wiederholte Ruth. Der Hund wedelte wie verrückt mit dem Schwanz und sah zu Ruth auf. Ruth funkelte ihn wütend an. Der Hund stieß sie mit seiner Schnauze an. Sie sah auf ihren Mantel. Sie hoffte, daß kein Speichel oder was sonst aus Schnauzen und Lefzen von Hunden troff, daran klebte. »Geh weg«, sagte sie entschieden.

»Ein schöner Hund«, sagte Tadeusz.

»Ein schöner Hund?« sagte Ruth. Nach kurzem Überlegen dachte sie sich, daß es nicht der richtige Moment war, sich mit Tadeusz zu überwerfen. Es war nicht der richtige Moment, von Tadeusz für eine herzlose und unbarmherzige Hundehasserin gehalten zu werden. Sie brauchte Tadeusz als Verbündeten. »Ich nehme an, daß es ein schöner Hund ist«, sagte sie. Dieses Zugeständnis klang in ihren eigenen Ohren nicht sehr überzeugend. »Normalerweise mag ich Hunde«, sagte sie. Sie hatte das Gefühl, daß diese Worte noch verlogener klangen.

Sie versuchte es noch einmal. »Sie ist wirklich ein netter Hund«, sagte sie.

»Sie ist ein Er«, sagte Tadeusz.

»Oh, ich kenne mich nicht genug mit Hunden aus, um ihr Geschlecht bestimmen zu können«, sagte Ruth.

»Bei den meisten Hunden ist das nicht schwer«, sagte Tadeusz. Ruth sah den braunen Hund an. Er kehrte ihr das Hinterteil zu. Zwischen seinen Beinen baumelten große, dunkle Hoden.

»Ich verstehe, was Sie meinen«, sagte Ruth.

Sie gingen in das Haus. Der Hund folgte ihnen, blieb jedoch im Eingangsbereich zurück. Tadeusz und Ruth gingen die Treppe hoch. Die Luft vor der Eingangstür zu der Wohnung kam Ruth leer und armselig vor. Sie dachte, daß selbst ein Hund dieser Atmosphäre nur guttun konnte. Nie zuvor hatte sie sich einen Hund hergewünscht. Ihr war übel. Sie holte tief Luft. Sie klopfte laut an die Tür.

Der alte Mann öffnete die Tür. Er sah erst Ruth und dann Tadeusz an. Tadeusz stellte sich vor. Der alte Mann lächelte. Er sah wieder

Ruth an. »Meine Frau hat gesagt, daß sie wiederkommt«, sagte er. Ruth war fassungslos. Was sollte das heißen, daß seine Frau gesagt hatte, sie werde wiederkommen? »Meine Frau hat gesagt«, sagte der alte Mann und deutete auf Ruth, »daß der alte Vater dieser Frau kein Interesse hat, aber sie. ›Die Tochter wird wiederkommen‹, hat meine Frau gesagt.«

Ruth war entsetzt. Soviel zu ihrer Theorie von der Vergeßlichkeit oder Geistesabwesenheit des alten Ehepaars. Sie hatten sie erwartet. Die Silberschale und die Teekanne waren ein Köder gewesen, um sie herzulocken. Und es hatte geklappt. Hier war sie. Sie wußten genau, daß sie die Gegenstände unbedingt haben wollte. Zumindest wußten sie, daß sie starkes Interesse daran hatte. Was wollte der alte Mann damit sagen, daß er ihren Vater einen alten Mann nannte, dachte Ruth. Neben diesem klapprigen und verfallenen Häuflein Knochen und Falten sah ihr Vater wie ein Teenager aus.

»Kommen Sie herein, kommen Sie herein«, sagte der alte Mann. Sie traten ein. Tadeusz begann die Worte des alten Mannes zu übersetzen, doch Ruth unterbrach ihn. »Ich habe alles verstanden«, sagte sie. Sie versuchte einen freundlichen Gesichtsausdruck aufzusetzen. Sie wollte die Silberschale und das Porzellan, auch wenn es etwas teurer werden würde. Auch wenn es bedeutete, daß sie jeden Preis zahlte, den der widerliche alte Mann verlangen würde. Sie mußte aufhören, so zu denken. Sie war davon überzeugt, daß man ihr ihre Gedanken ansehen konnte. Sie versuchte zu lächeln. Sie war davon überzeugt, daß sie nur aussah, als müsse sie sich gleich übergeben.

Ruth, Tadeusz und der alte Mann standen im Wohnzimmer. Von der Frau des alten Mannes war nichts zu sehen. Offenbar überließ sie diese schmutzige Arbeit ihrem Mann, dachte Ruth. Wahrscheinlich war es klug von der Frau. Der Ehemann war ohne jede Frage der charmantere Teil des Paares.

»Meine Frau hat gesagt, daß sie wiederkommt«, wiederholte der alte Mann. Er strahlte und rieb sich die Hände – voller Vorfreude, wie es Ruth schien. Tadeusz nickte.

»Sagen Sie ihm, daß ich mich freue, daß er sich freut, mich wiederzusehen«, sagte Ruth. Tadeusz übermittelte ihre Worte.

»Ich bin überaus glücklich, Sie zu sehen«, sagte der alte Mann zu Ruth.

»Sagen Sie ihm, daß bei meinem letzten Besuch einige seiner Besitztümer meine Bewunderung erregt haben«, sagte Ruth. »Und sagen Sie dann, daß ich mich gefragt habe, ob es wohl möglich wäre, ihm einige dieser Dinge als Andenken an diese Reise abzukaufen.« Tadeusz und der alte Mann schienen länger als nötig zu verhandeln. Ruth verstand nicht genau, was der alte Mann sagte. »Er sagt, daß er weiß, wie wichtig Andenken sind«, sagte Tadeusz.

Ruth stand im Begriff, die Silberschale zu beschreiben, als ihr auffiel, daß Teekanne, Schale, Milchkännchen, Zuckerschale und Teller bereits auf der kleinen Anrichte standen. »Er hat mich wirklich erwartet«, sagte sie zu Tadeusz. »Das sagte er«, sagte Tadeusz. »Fragen Sie ihn, wieviel er für all diese Dinge haben will«, sagte Ruth, die auf die kleine Sammlung deutete, die in Erwartung ihres Besuchs aufgebaut worden war.

»Nennen Sie einen Preis«, sagte der alte Mann.

»Er will, daß Sie einen Vorschlag machen«, sagte Tadeusz. Dutzende von Möglichkeiten gingen Ruth durch den Kopf. Die meisten beinhalteten den Tod des alten Mannes. Sie wußte, daß es nicht klug wäre, irgend etwas davon laut zu sagen.

»Ich zahle in US-Dollars«, sagte Ruth. Tadeusz übermittelte es dem alten Mann.

»Er sagt, er hätte nichts anderes erwartet«, sagte Tadeusz zu Ruth. Ruth war entsetzt. Offenbar hatte der alte Mann sich gut vorbereitet.

»Fragen Sie ihn nochmals, wieviel er will«, sagte Ruth. Tadeusz stellte die Frage. Der alte Mann weigerte sich, einen Preis zu nennen. Ruth begriff, daß sie den ersten Schritt tun mußte.

»Fünfzig Dollar für die Silberschale und fünfzig Dollar für das Geschirr«, sagte Ruth zu Tadeusz. Der alte Mann öffnete den Mund und lachte aus vollem Hals über Ruths Angebot.

Der Anblick seines offenen Mundes ließ Ruth würgen. Braune und gelbe verfaulte Stümpfe steckten im farblosen Gaumen. Sie faßte sich mit der Hand an den Magen. Sie wollte sich nicht übergeben, obwohl die Vorstellung, den Teppich vollzukotzen, etwas Verlockendes hatte.

»Sagen Sie ihm, daß ich keine Lust habe, Spielchen zu spielen«, sagte Ruth zu Tadeusz. »Sagen Sie ihm, daß ich für alles zusammen zweihundertfünfzig Dollar gebe. Wenn ihm das nicht paßt, gehe ich.« Das war nicht gelogen. Es war die Wahrheit. Sie hatte genug. Sie wollte weg. So hatte sie sich das Ganze nicht vorgestellt. Mit einer so dreisten Falle, so unverblümter Wegelagerei hatte sie nicht gerechnet. Sie war bereit zu gehen. Sie wünschte, sie wäre nicht gekommen.

Der alte Mann mußte ihr Mienenspiel richtig gedeutet haben. Er klatschte in die Hände und zeigte sich zufrieden. »Ein gutes Geschäft für beide Seiten zu diesem Preis«, sagte er. Ruth brauchte Tadeusz nicht, um die Zufriedenheit des alten Mannes zu begreifen. Der alte Mann hatte einen Karton und ein paar Papierfetzen geholt.

»Packen Sie mir diese Sachen ein, so schnell Sie können«, sagte Ruth zu Tadeusz. »Ich muß hier raus. Ich gebe ihm das Geld, sobald alles eingepackt ist.« Tadeusz packte die Silberschale und das Geschirr ein. Er wickelte jedes einzelne Teil sorgfältig ein. Ruth war ihm für die Sorgfalt dankbar.

Ruth fragte sich, ob sie dem alten Mann einen Stoß versetzen konnte, wenn sie ihm das Geld gab. Sie entschied sich dagegen. Sie wollte ihn nicht berühren. Sie nahm das Geld aus einem Fach ihrer Handtasche, das mit Reißverschluß verschlossen war. Sie reichte das Geld Tadeusz und bat ihn, es dem alten Mann zu geben. Sie schloß ihre Handtasche. In verschiedenen Abteilungen der Handtasche bewahrte sie Bündel amerikanischer Geldscheine auf. Sie war gestern bei einem Kantor gewesen, wo sie Travellers' Schecks für zweitausend Dollar eingetauscht hatte. Sie wußte, daß Stefan für die Fahrt nach Krakau einiges kosten würde. Wieviel, das wußte sie nicht. Und sie wollte sichergehen, daß ihr genug Geld für das Porzellan, den Dolmetscher, den Taxifahrer und den Türsteher übrigblieb. Sie wußte, daß sie den Türsteher für die Kisten bezahlen mußte. »Ich werde Ihnen ganz besondere Kisten besorgen«, hatte er gesagt. Ruth wußte, daß der Begriff »ganz besondere Kisten« ein

Euphemismus war, um ihr zu verstehen zu geben, daß die Kisten etwas kosten würden.

Der alte Mann streichelte die amerikanischen Geldscheine, bevor er sie zählte. Ruth war übel. Sie versuchte sich zu beruhigen. Zumindest hatte es weniger gekostet, als sie erwartet hatte. Tadeusz hob den Karton hoch. »Adieu«, sagte Ruth zu dem alten Mann. Sie wandte sich zum Gehen. Sie hätte nicht Adieu zu sagen brauchen, fiel ihr ein. Sie brauchte nicht länger Höflichkeit vorzutäuschen.

»Will sie noch mehr sehen?« sagte der alte Mann zu Tadeusz. Ruth drehte sich auf dem Absatz um. Sie war wie vor den Kopf geschlagen. Was redete der alte Mann da? Sie spürte, wie ihre Beine zitterten. »Fragen Sie ihn, was er noch hat«, sagte sie.

Der alte Mann forderte sie mit einer Handbewegung auf, ihm in die Küche zu folgen. Ein abgestoßener und zerkratzter Küchentisch war mit Porzellan vollgehäuft. Das gleiche Porzellan wie der Teller, den Ruth gesehen hatte. Sie konnte kaum atmen. Den Teller hatte sie ganz vergessen. Sie hatte den alten Mann danach fragen wollen. Sie sah die Teller und Schüsseln und Tassen und Untertassen an, die vor ihr standen. Es waren so viele Einzelteile. Sie waren so schön anzusehen. Ihr war, als müsse sie ohnmächtig werden. Sie hielt sich an der Tischkante fest.

Die Speiseteller und Frühstücksteller und Tassen und Untertassen sahen für sie wie Familienmitglieder aus. Jedes Stück war in tadellosem Zustand. Das Vergoldung wie neu, das Porzellan unberührt. Sie konnte keine Beschädigung entdecken. Wie war all das bewahrt worden? All diese Teile aus einem anderen Leben.

Sie begann zu weinen. Tränen liefen ihr das Gesicht herab. »Ich wußte, daß ihr diese Teller gefallen würden«, sagte der alte Mann. Ruth weinte noch mehr. Haß stieg in ihr auf. »Lieber Gott, bitte mach, daß ich mich nicht übergeben muß«, sagte sie zu sich. Sie mußte nachdenken. Sie wollte dieses Porzellan kaufen. Dieses Porzellan war Teil eines Familienlebens gewesen. Des Lebens der Familie, nach der sie sich gesehnt hatte. »Lieber Gott, bitte laß mich dieses Porzellan kaufen«, sagte sie. Sie fühlte sich ein wenig besser. Sie wischte sich die Augen und putzte sich die Nase.

Was für ein Zeitpunkt, um sich an Gott zu wenden, dachte sie. Nie zuvor hatte sie zu Gott gebetet. Nicht einmal als Kind. Gott war verboten bei ihnen zu Hause. Es war kaum zu erwarten, daß Gott nichts Eiligeres zu tun hatte, als ihr zu Hilfe zu kommen. Ruth war davon überzeugt, daß Gott, falls es ihn geben sollte, zuerst einmal sehen wollte, daß man an ihn glaubte. Er würde nicht losstürzen, um irgendwelche unerwarteten Hilfsersuchen zu beantworten. Man konnte sich nicht einfach aus heiterem Himmel an Gott wenden. Ruth putzte sich noch einmal die Nase. Sie wagte kaum, den Blick auf das Porzellan zu richten. Sie wollte nicht, daß die beiden Männer merkten, wieviel es ihr bedeutete.

»Es sind achtzehn Speiseteller, zwanzig kleinere Teller, zwanzig Suppenteller, zwanzig Tassen und zwanzig Untertassen«, sagte der alte Mann.

»Was will er dafür?« sagte Ruth zu Tadeusz. Der alte Mann sah verschlagen aus. Alle Verstellung war abgeworfen. »Auf Basis des Preises, den wir für die anderen Porzellanteile vereinbaren konnten«, sagte er, »schätze ich dieses Service auf dreitausend Dollar.«

Ruth begriff, wie sehr sie in der Falle saß. Es war weniger das Geld als die Berechnung, das Wissen, daß sie wiederkommen und in die Falle tappen würde. Und der alte Mann und seine Frau hatten recht behalten. Sie hatte genau das getan, was sie von ihr erwartet hatten. Tadeusz ging zu ihr und berührte sie am Arm. Sie zuckte zusammen. »Was wollen Sie tun?« sagte er.

»Es liegt ganz bei Ihnen«, sagte der alte Mann.

Ruth war schwindlig. Sie schwankte. Tadeusz fing sie auf. »Sie machen eine schwierige Situation noch schwieriger«, sagte er zu dem alten Mann. »Was heißt hier schwierig?« sagte der alte Mann. »Sie braucht nur das Geld zu bezahlen, und schon bekommt sie, was sie haben will.« Ruth setzte sich auf einen der Küchenstühle. Sie beugte ihren Kopf zwischen ihre Beine. »Sagen Sie ihm, daß ich keine dreitausend Dollar habe«, sagte sie.

»Sie kann es besorgen«, sagte der alte Mann. Ruth war noch immer verwirrt. »Lassen Sie uns gehen«, sagte sie zu Tadeusz. Der alte Mann sah sie an. »Sie wird nicht gehen«, sagte er zu Tadeusz. »Sie kann es nicht ertragen, sich von diesem Zeug zu trennen. Meine Frau war immer dafür, daß wir es behalten. Sie sagte immer, daß eines Tages jemand kommen wird, der danach sucht. Es hat neunundfünfzig Jahre gedauert, aber sie hat recht gehabt. Letztes Mal, als sie hier war, dachten wir, sie würde es kaufen«, sagte der alte Mann. »Aber meine Frau hat gesagt, sie könnte sehen, daß die junge Frau noch nicht soweit war. Meine Frau hat gesagt, wir sollen warten. Wir haben gewartet. Und das hat sich gelohnt. Die junge Frau ist wiedergekommen. Sie ist etwas älter, und diesmal hat sie Geld mitgebracht.«

Ruth traute ihren Ohren nicht. Undeutlich erinnerte sie sich daran, daß der alte Mann ihr damals eine Tasse Tee angeboten hatte. Hatte er damals auch das Teeservice zur Schau gestellt? Wahrscheinlich ja. Doch es war vergebens gewesen. Sie hatte nicht gewußt, was sie vor sich hatte. Sie war todmüde.

»Ich muß Ihnen teils Dollar, teils Zloty geben«, sagte sie zu dem alten Mann.

Tadeusz übersetzte ihre Worte. »Damit bin ich gerne einverstanden«, sagte der alte Mann mit einer Verbeugung. Er lächelte Ruth an. Der Erfolg ihrer Verhandlungen hatte seine Laune und seine Manieren erkennbar verbessert. Er wirkte merklich fröhlicher. Ruth suchte in ihrer Handtasche nach den verschiedenen Gelddepots. »Können Sie das bitte alles einpacken?« sagte sie zu Tadeusz. Der alte Mann hatte unter dem Tisch zwei Kartons bereitgestellt. »Selbstverständlich«, sagte Tadeusz. Ruth zählte ihr Geld.

Sie gab das Bargeld Tadeusz. Sie brauchte soviel Distanz zwischen sich und diesem schmutzigen alten Mann, wie in der engen Küche zu bewerkstelligen war. Sie wandte den Blick ab, als er jeden einzelnen Geldschein beim Zählen streichelte und tätschelte.

»Ich nehme einen der Kartons«, sagte sie zu Tadeusz.

»Sie sind schwer«, sagte er.

»Ich bin stark«, sagte sie. Sie wollte nichts dem Zufall überlassen. Wenn sie die Wohnung mit nur einem Karton verließen, dann würde der andere verschwinden, davon war sie überzeugt. Und sie war nicht bereit, allein mit dem alten Mann in dieser Wohnung zu bleiben, während Tadeusz die Kartons zum Taxi trug.

»Lassen Sie uns von hier verschwinden«, sagte sie zu Tadeusz. Sie bückte sich, um den kleineren Karton hochzuheben.

»Ich habe noch ein paar Artikel, die Sie interessieren könnten«, sagte der alte Mann.

Ruth war, als hätte man ihr einen Schlag versetzt. Sie versuchte sich aufzurichten. Sie hatte den Schlag gespürt – direkt unterhalb des Brustkorbs. Ihr war, als hätte er ihre Lunge getroffen. Ihr ein Loch in den Körper gerissen. Sie begann zu keuchen. Beide Männer starrten sie an. »Gleich geht es ihr wieder gut«, sagte der alte Mann. Ruth ließ sich auf den Stuhl sinken. Erlebte sie einen Herzinfarkt? Was widerfuhr ihr nur? Sie wollte nicht in dieser Wohnung sterben. Sie merkte, daß ihr ganzer Körper verspannt war. Ihre Zähne, ihre Hände, ihr Kopf. Sie versuchte sich zu beruhigen.

»Kann ich Ihnen die Treppe hinunterhelfen?« sagte Tadeusz. »Ich glaube, wir sollten gehen.« Ruth schüttelte den Kopf. Sie würde nicht ohne das Porzellan gehen. »Ich laufe mit den Kartons voraus und hole Sie dann ab«, sagte Tadeusz. Ruth schüttelte wieder den Kopf. Sie atmete etwas natürlicher.

»Ich habe kein Geld mehr«, sagte sie zu dem alten Mann.

»Juden haben immer irgendwo etwas versteckt«, sagte der alte Mann.

Ruth war wütend. Sie wollte dem alten Mann zeigen, daß sie ihn verachtete, aber das Keuchen stellte sich wieder ein und machte es ihr unmöglich, ihre Verachtung zu demonstrieren. Ruth merkte, daß sie jedes Wort verstanden hatte, das dieser widerliche, ungepflegte alte Mann gesagt hatte. Jahre des Nichtverstehens der polnischen Sprache hatten sich in Luft aufgelöst. Die Jahre der unverständlichen polnischen Sätze und Wendungen waren offenbar vorbei. Sie konnte jedes Wort verstehen. Polnische Verben und Adjektive und Substantive und Adverbien gerannen zu Aussagen, statt wie früher zu unverständlichem Gebrabbel zu zerlaufen. Wie kam es, daß die Worte des alten Mannes diese Blockierung aufgelöst hatten? Warum hatten seine widerwärtigen und abstoßenden Vorschläge Klarheit in ihr geschaffen?

Noch nie war sie etwas Greifbarem aus der Vergangenheit ähnlich nahe gekommen, jener Vergangenheit, die nicht nur die Ermordeten, sondern auch die Überlebenden vernichtet hatte. Die Nähe zu dieser Vergangenheit war ein überwältigender Ansporn, dachte Ruth. Ein Ansporn, die Sprache des Feindes zu verstehen. Sie atmete wieder unbeschwert. Ihr war noch immer übel. In dieser Wohnung war nichts mehr, was sie interessierte. Sie wußte, daß sie niemals wiederkommen würde. Sie hatte genug zu sehen bekommen.

»Was haben Sie noch?« sagte sie zu dem alten Mann. Der alte Mann benötigte Tadeusz nicht als Dolmetscher. Er hatte Ruths Kopfbewegung verstanden. Es war eine herausfordernde Kopfbewegung. Ruth war selbst überrascht gewesen, daß sie den Mut dazu aufgebracht hatte.

Der alte Mann holte unter dem Tisch eine große braune Papiertüte hervor. Ruth schaute in die Papiertüte. Sie konnte den Inhalt nicht erkennen. Die Tüte stank nach Mottenkugeln. Der alte Mann bückte sich und holte mit einer schwungvollen Geste einen alten Mantel aus der Tüte.

»Was soll sie mit einem alten Herrenmantel?« sagte Tadeusz zu dem alten Mann.

»Den brauchen wir nicht«, sagte der alte Mann und deutete mit einer Kopfbewegung auf Tadeusz.

Er hielt den Mantel hoch. Ruth sah, daß der Mantel teuer gewesen war. Er war dunkelgrau. Wahrscheinlich ein Wollmantel. Das vornehme hellgraue Satinfutter war unbeschädigt. Und sauber. Alle Nähte waren doppelt genäht. Die Form des Kragens und der Schnitt des Mantels verriet, daß ein meisterlicher Herrenschneider ihn angefertigt hatte.

»Wessen Mantel ist das?« sagte Ruth.

»Der Mantel Ihres Großvaters«, sagte der alte Mann. Ruth dachte, sie müsse sich verhört haben.

»Was hat er gesagt?« sagte sie zu Tadeusz.

»Er hat gesagt, der Mantel hätte Ihrem Großvater gehört«, sagte Tadeusz.

»Sie hat mich verstanden«, sagte der alte Mann zu Tadeusz.

»Woher wollen Sie wissen, daß dieser Mantel meinem Großvater gehört hat?« sagte Ruth. »Er kann jedem Beliebigen gehört haben.«

»Wenn er jedem Beliebigen gehört hätte, würde ich ihn Ihnen nicht zeigen«, sagte der alte Mann. Er fuhr mit der Hand in eine der Manteltaschen und stülpte das Futter nach außen. An der Oberkante des Futters waren die Initialen I. R. mit dunkelgrauem Garn aufgestickt. Ruth sah die Initialen an und begann zu weinen. Gehörte dieser Mantel Israel Rothwax, dem Vater ihres Vaters und ihrem Großvater? Woher kannte dieser abscheuliche alte Mann die Initialen ihres Großvaters?

»Er kann jedem gehört haben, der die gleichen Initialen hatte«, sagte Ruth. Der alte Mann lachte. Er schlug den Mantelkragen hoch. Unter dem Kragen war mit dunkelgrauem Garn der Name Rothwax aufgestickt. Die gestickten Buchstaben sahen für Ruth beinahe lebendig, beinahe menschlich aus. Keineswegs nur wie eine Reihe Stiche. Sie sank auf den Stuhl zurück und weinte. Sie weinte wie ein Kind. Sie konnte nicht aufhören zu weinen. Keiner der Männer sagte ein Wort. Ruth versuchte zu weinen aufzuhören. Sie wischte sich mit den Händen über das Gesicht und putzte sich mit ihrem letzten Papiertaschentuch die Nase. Doch die Tränen versiegten nicht und die Nase lief weiter. Ruths Nasenhöhlen waren völlig verstopft.

Doch sie konnte nicht zu weinen aufhören. Die Wohnung dieses Mannes war kein Ort, wo sie Tränen vergießen sollte, dachte Ruth. Oder vielleicht gerade der richtige Ort. Sie hatte keine Papiertaschentücher mehr. Sie schnüffelte. Sie mußte zu weinen aufhören. Sie hatte heute vormittag soviel geweint, daß ihre Tränenwege schier ausgetrocknet sein mußten. Mit dem Mantelärmel betupfte sie ihre Augen. Die Augen schmerzten. Der Mantelstoff war wasserabweisend und als Taschentuch ungeeignet. Ruth war, als ertrinke sie in einem See von Tränen und Rotz. Sie mußte weg von hier.

»Was wollen Sie für den Mantel?« sagte sie.

»Es geht nicht um den Mantel allein«, sagte der alte Mann. Aus einer der Manteltaschen holte er ein verblichenes, vergilbtes Kuvert. Ruth hörte zu weinen auf.

»Was ist das?« sagte sie.

»Etwas, was Sie interessieren wird«, sagte der alte Mann.

Er öffnete das Kuvert und entnahm ihm vier Fotos, die er vor Ruth auf den Tisch legte. Es waren alte Fotos, sepiafarben getönt. Familienschnappschüsse. Ein älteres Paar war auf dem ersten Bild zu sehen. Die beiden waren Mitte Fünfzig oder Sechzig; es war schwer zu sagen. Auf den anderen Bildern befanden sich außer dem älteren Paar jüngere Erwachsene, Männer und Frauen um die Zwanzig oder Dreißig. Auf dem letzten Bild waren zwei kleine Kinder. Zwei Mädchen.

»Wer ist das?« sagte Ruth zu dem alten Mann.

»Das weiß ich nicht«, sagte er. »Das herauszufinden ist Ihre Sache.«

»Sie kennen diese Leute nicht?« sagte Tadeusz zu Ruth. »Sehen Sie sich vor, daß Sie nicht für nichts und wieder nichts bezahlen.«

Ruth sah die Fotos an. Sie kannte keinen der Abgebildeten. Das ältere Paar wirkte untersetzt und gesetzt. Beide waren schwarz gekleidet. Die Frau trug einen Knoten. Sie sah gewichtig aus. Groß, mit breiten Schultern und imponierender Büste. Sehr großer Büste. Konnte das Luba Rothwax sein, fragte sich Ruth. Konnte diese Frau mit ihr verwandt sein? Nicht wenn es nach dem Brustumfang ging. Ruths eigene Brüste waren ziemlich klein. Nun ja, dachte sie, nicht unbedingt klein. Aber höchstens mittelgroß. Das ältere Paar blickte grimmig drein. Sauertöpfisch. Sie konnte sich nicht vorstellen, daß das ihre Verwandten waren.

»Diese Leute haben nichts mit mir zu tun«, sagte sie.

»Sehen Sie noch mal hin«, sagte der alte Mann. »Sehen Sie sich die Kinder an. Sehen Sie sich das ältere Mädchen an.«

Ruth blickte auf das Foto, das der alte Mann ihr hinhielt. Etwas wie eine Fehlzündung ereignete sich in ihrem Inneren, etwas wie ein Kurzschluß in der Verdrahtung innerer Stromkreise. In ihrem Kopf blitzte und zwickte es. Ein Kneifen und Stechen, Prickeln und Prasseln. Ihr wurde am ganzen Körper abwechselnd heiß und kalt. Stellenweise brannte ihr Gesicht, stellenweise fröstelte es sie. Ihre Hände und ihre Knie zitterten. Die beiden kleinen Mädchen auf dem Foto sahen aus, als seien sie sechs und acht Jahre alt. Beide hatten dunkle Locken, die seitlich gescheitelt waren. Die Locken zur Rechten ringelten sich genau wie Ruths eigenes Haar.

Ruth sah abermals auf das Foto. Beide Mädchen sahen ihr zum Verwechseln ähnlich. Hätte ihr jemand ein Foto von einem dieser Mädchen gezeigt, hätte Ruth schwören können, daß sie das Mädchen auf dem Bild war. Genau so sah sie auf allen Kinderfotos aus diesem Alter aus. Doch die Mädchen auf diesem Foto hatte Ruth nie kennengelernt. Ruth erkannte, daß die Fotos vor der Nummer dreiundzwanzig in der Kamedulskastraße aufgenommen worden waren. Alle Leute auf den Fotos waren gut gekleidet. Die Mädchen hatten zu großen Schleifen gebundene Bänder im Haar und trugen bestickte Söckchen und blankpolierte Schuhe.

Ruth sah eine der jüngeren Frauen aufmerksamer an. Ihr wurde übel. Die Frau sah ihr so ähnlich. Die gleichen Augen. Der gleiche Mund. Wer war sie? War sie die Mutter der zwei Mädchen?

»Wieviel?« sagte sie zu dem alten Mann.

»Wieviel wollen Sie mir zahlen?« sagte er.

»Ich habe nicht mehr viel«, sagte sie.

»Sie können ein andermal wiederkommen«, sagte er.

»Sagen Sie ihm, daß er ein Schweinehund ist und daß ich hoffe, daß er in der Hölle schmoren wird«, sagte Ruth. Tadeusz sagte nichts. Der alte Mann lachte.

»Mit tausend Dollar bin ich einverstanden«, sagte er. Ruth schnappte nach Luft. »Es lohnt sich, mir das Geld zu geben«, sagte er. »Solche Dinge lassen sich mit Geld gar nicht aufwiegen.«

»Sagen Sie ihm, daß ich ihn in Zloty bezahlen muß«, sagte Ruth.

»Zloty, Dollar, Francs, was immer Sie wollen«, sagte der alte Mann. Ruth öffnete ihre Handtasche. Zum Glück hatte sie immer einen großen Vorrat an Zloty bei sich. Im Kopf rechnete sie schnell um. Sie schätzte, daß sie ungefähr dreitausend Zloty benötigen würde. Sie zählte den Betrag ab. Sie gab das Geld dem alten Mann. Er zählte es noch einmal.

»Ich muß sofort hier weg«, sagte Ruth zu Tadeusz. Sie steckte das Kuvert mit den Fotos in ihre Handtasche. Ihre Hände zitterten noch. Tadeusz legte den Mantel gefaltet auf einen der Kartons mit Porzellan.

»Haben Sie was von vergrabenem Gold gehört?« sagte der alte Mann zu Tadeusz. Tadeusz schwieg. »Wir sind sicher, daß sie irgendwas vergraben haben«, sagte der alte Mann.

Ruth hätte ihn am liebsten geschlagen. So lange geschlagen, bis sie seinen selbstgefälligen Gesichtsausdruck zu Brei geklopft hatte. Bis sie jeden Knochen, jeden Knorpel in seinem Gesicht zertrümmert hatte. Sie sah ihn höhnisch an. »Ich hoffe, Sie werden in der Hölle schmoren«, sagte sie.

Vor dieser Reise hatte sie gedacht, sie glaube nicht an die Hölle. »Schmoren Sie in der Hölle«, sagte sie noch einmal zu dem alten Mann. Er lächelte sie an. Sie dachte, er hätte ihre Worte wohl nicht verstanden. Er sah sie an und lachte. Da begriff sie, daß er sie sehr wohl verstanden hatte. »Ich hoffe, Sie verfaulen in der Hölle«, sagte Ruth. Der alte Mann sah sie an und lachte wieder. Diesmal noch heftiger. Ruth dachte, daß er es offenbar für komisch hielt. Der ganze Vormittag war offenbar sehr erheiternd für ihn.

»Können Sie diesen Karton tragen?« sagte Tadeusz.

»Alles, was Sie wollen«, sagte sie. Sie hob den Karton hoch und ging aus der Wohnung. Tadeusz folgte ihr.

»Kommen Sie wieder, wenn sie Ihnen verrät, wo das Gold ist«, rief der alte Mann hinter Tadeusz her. »Ich mache halbe-halbe mit Ihnen.«

»Ist alles in Ordnung?« sagte Tadeusz am Fuß der Treppe zu Ruth.

»Alles in Ordnung«, sagte sie. Der braune Hund stand noch immer am Eingang. Er lief zu Ruth. »Husch, husch«, sagte sie zu dem Hund. Er trabte neben ihr her. »Geh mir aus dem Weg«, sagte Ruth zu dem Hund. Der Hund wich nicht von ihrer Seite. Ruth hob den Fuß und trat den Hund. Sie mußte fest zugetreten haben; der Hund begann zu jaulen. »Tut mir leid, Hund«, sagte sie.

Das Taxi war noch da. Ruth war froh, daß sie dem Fahrer kein Geld gegeben hatte. So hatten sie ihn gezwungen, auf sie zu warten. Tadeusz packte das Porzellan in den Kofferraum. »Passen Sie gut auf«, sagte Ruth zu ihm. Der Hund saß auf dem Gehweg und schaute Ruth an. Er sah gekränkt aus. »Tut mir leid, Hund«, wiederholte sie.

Ruth war erleichtert, sich wieder im Taxi zu befinden. So klapprig und übelriechend es war, kam es Ruth geradezu paradiesisch vor, wie eine Zuflucht. »Zum Hotel zurück, bitte«, sagte Tadeusz zu dem Fahrer. Sie fuhren ab. Ruth sah zur Nummer dreiundzwanzig in der Kamedulskastraße zurück. Der braune Hund saß noch immer auf dem Gehweg. Den Kopf hielt er dem Taxi zugewandt. Ruth fragte sich, ob der Hund sie noch sehen konnte.

Das Taxi bog um die Ecke; Hund und Haus waren nicht mehr zu sehen. Ruth war wie betäubt. Wie hatte das alte Paar das Porzellan und den Mantel und die Fotos in seinen Besitz gebracht? Was hatte es wohl noch gegeben? Hatte es andere Kleidungsstücke gegeben, die das Paar an sich genommen hatte? Andere Fotos? Andere Möbel oder Gegenstände? Hatten sie die Sachen aus der Wohnung an sich genommen, nachdem Edek und seine Familie und die anderen Familien vertrieben worden waren, oder hatte ein anderer Pole die Dinge an sich gebracht und sie dann den neuen Hausbewohnern verkauft? Hatte das alte Paar diese Dinge in Sicherheit gebracht? Was hatten sie wohl noch besessen? Hatten sie andere Dinge verkauft? Neunundfünfzig Jahre waren eine lange Zeit, um darauf zu warten, etwas zu verkaufen.

Hatte irgend jemand die Dinge, die sich in all den Wohnungen in der Kamedulskastraße befanden, aufgeteilt? Oder hatten die Polen sich genommen, was ihnen unter die Finger kam? Warum sollte man einen Mantel aufbewahren? Zur Identifizierung? Der an der Krageninnenseite eingestickte Name Rothwax war zweifellos ein Identifizierungsmittel. Oder nicht? Hatten die Polen ihn möglicherweise nach dem Krieg selbst eingestickt?

Edek würde wissen, ob der Mantel echt war, dachte sie. Für sie sah er authentisch aus. Viel zu teuer, um von diesen Polen erstanden worden zu sein. Trotzdem konnten sie den Namen eingestickt haben. Aber woher sollten sie wissen, welchen Namen sie einsticken mußten? Stand der Name Rothwax an der Wohnungstür?

Befand der Name sich auf hunderten anderer Gegenstände, die sie gefunden hatten? Ruth dachte sich, daß sie nie eine Antwort auf diese Fragen erfahren würde. Diese Fragen würden sich zu der langen Liste nicht zu beantwortender Fragen über diese Zeit gesellen, diese wahnsinnige, fragmentierte, irrsinnige Zeit.

»Ich muß das Porzellan nach Amerika schicken«, sagte Ruth zu Tadeusz. »Nach New York. Wissen Sie, wo ich eine Spedition finden kann?« Tadeusz dachte einen Augenblick nach. »Ja«, sagte er. »Nicht weit vom Hotel gibt es eine internationale Spedition.«

»Ist sie zuverlässig?« sagte Ruth.

»Es ist eine amerikanische Firma«, sagte Tadeusz.

»Eine amerikanische Firma?« sagte Ruth. »Hervorragend.«

»Es gibt auch eine polnische Spedition«, sagte Tadeusz. Er zögerte. »Wäre Ihnen die amerikanische Spedition lieber?« fragte er.

»Ja«, sagte sie. »Ihnen etwa nicht?«

»Vielleicht ja«, sagte er.

Ruth warf einen Blick auf ihre Armbanduhr. »Können wir gleich hinfahren?« sagte sie zu Tadeusz.

»Selbstverständlich«, sagte er.

Tadeusz trug die zwei Kartons Porzellan in die Räume der Spedition an der Piotrkowskastraße. Ruth wartete im Taxi, bis er beide Kartons hineingetragen hatte. Zu sehen, wie die Kartons den Spediteuren übergeben wurden, erfüllte sie mit einem Glücksgefühl. Sie bezahlte den Taxifahrer. Sie war ihm dankbar, daß er keine Umwege oder Sonderrouten gefahren war. Sie gab ihm das Äquivalent von hundert amerikanischen Dollar. Er strahlte.

»Kann ich diese Kartons von Ihnen verpacken und befördern lassen?« sagte Ruth zu dem Mann am Schalter.

»Kein Problem«, sagte er. Er war Amerikaner. Ruth hätte ihn am liebsten umarmt.

»Es ist Porzellan, sehr empfindlich«, sagte sie.

»Wir befördern regelmäßig Glaserzeugnisse«, sagte er. »Ihr Porzellan wird von uns sorgfältig eingepackt und bruchsicher versandt.«

»Gut«, sagte sie.

»Wann sollen wir es befördern?« sagte er.

»So bald wie möglich«, sagte Ruth.

»Luftexpreß?« fragte er.

»Ja«, sagte sie. Es war ihr egal, wie teuer das sein würde. Sie bezahlte den Versand mit ihrer American-Express-Karte. Ihr war leicht ums Herz.

Sie verstaute die Quittung und die Frachtnummer sorgfältig in ihrer Brieftasche. Platz war genug darin. Die Brieftasche war fast leer. Neben der Spedition befand sich ein Kantor. Sie wechselte etwas Geld und bezahlte Tadeusz. »Sie haben mir sehr geholfen«, sagte sie.

»Danke. Sie sehen jetzt viel besser aus«, sagte er.

»Mir geht es auch besser«, sagte sie. Sie schüttelten einander die Hand. »Ich gehe zu Fuß zum Hotel zurück«, sagte sie. Mit dem Mantel ihres Großvaters in der Papiertüte, die sie in den Armen hielt, ging sie die Piotrkowskastraße entlang. Sie drückte die Tüte an sich. Der Geruch der Mottenkugeln störte sie nicht.

»Die Kisten brauche ich jetzt doch nicht«, sagte sie zu dem Türsteher, als sie wieder im Hotel war.

»Es war mir ein Vergnügen, sie Ihnen zu besorgen«, sagte er und näherte sein Gesicht dem ihren. Ruth versuchte möglichst unauffällig zurückzuweichen. »Es ist mir gelungen, sehr stabile Kisten zu bekommen«, sagte er.

»Ich bin Ihnen sehr dankbar«, sagte sie. »Wieviel schulde ich Ihnen?«

»Fünfzig Dollar«, sagte er.

Ruth hatte für diesen Vormittag vom Verhandeln genug. »Ich wechsle an der Rezeption einen Travellers-Scheck und gebe Ihnen das Geld«, sagte sie zu dem Türsteher.

»Haben Sie einen Wunsch, was die Kisten betrifft?« sagte er. »Soll ich sie auf Ihr Zimmer bringen?« Verschiedene Möglichkeiten, was er mit den Kisten anstellen konnte, behielt Ruth wohlweislich für sich. Wie durch einen eisernen Griff um ihre Stimmbänder.

»Sie können damit machen, was immer Sie wollen«, sagte sie. Ihre Kehle schmerzte.

In ihrem Zimmer sah sie in den Spiegel. Sie sah alles andere als frisch aus. Sie wusch sich das Gesicht. Wie merkwürdig, dachte sie, daß man sich sofort besser fühlte, wenn man sich wusch. Was wusch man von sich ab? Sie wusch die Tränenspuren ab. Tränen hinterließen tatsächlich Spuren auf dem Gesicht, dachte sie. Nun, zumindest auf Gesichtern mit Make-up. Sie nahm neues Make-up. Es war ein leichtes Make-up, das aber dennoch alle kleinen Unregelmäßigkeiten überdeckte. Sie fand, daß sie schon viel besser aussah. Sie rief ihren Vater an und verabredete sich mit ihm im Foyer. Sie packte den Mantel in eine schönere Tüte um. In eine Einkaufstüte von Saks, Fifth Avenue, in der sie ihre Schuhe aufbewahrt hatte.

»Du siehst fürchterlich aus«, sagte Edek, als er sie erblickte.

»Sag das nicht, Dad«, sagte sie. »Du hast es schon so oft gesagt, seit wir in Polen sind.«

»Es ist aber wahr«, sagte Edek. »In Polen siehst du nicht so besonders gut aus. Die Wahrheit bleibt die Wahrheit.«

»Möchtest du eine Tasse Tee?« sagte sie. »Ich bestelle mir eine.«

»Nein, danke«, sagte Edek.

»Oder irgend etwas anderes?« sagte Ruth. »Eine Tasse Kaffee? Eine heiße Schokolade?«

»Vielleicht eine kleine heiße Schokolade«, sagte er.

Ruth bestellte die heiße Schokolade, den Tee und eine Portion Apfelkuchen für sich. Sie war hungrig, und sie hatte den Eindruck, daß ihr Blutzuckerspiegel etwas Auffrischung nötig hatte.

»Ich bin froh, daß du dir etwas zu essen bestellst«, sagte Edek.

»Genau das tue ich«, sagte sie. »Hast du gefrühstückt?«

»Natürlich habe ich gefrühstückt«, sagte Edek. »Ich habe mich am Buffet bedient, wie du vorgeschlagen hattest.«

»Das freut mich«, sagte sie.

»Um ehrlich zu sein, war es ein bißchen komisch, zu essen ganz allein in so einem Speisezimmer«, sagte Edek, »aber es gab heute morgen ein sehr gutes Frühstück.«

»Besser als an den anderen Morgen?« sagte Ruth.

»Heute morgen gab es Bratwurst«, sagte Edek. »Und Knackwurst und Weißwurst.«

»Wahnsinn«, sagte Ruth.

»Alle Würste waren sehr gut«, sagte Edek. »Und die Eier waren genau so, wie ich es mag. Nicht zu hart. Und das Kompott heute war nur Pflaumenkompott. Das esse ich besonders gerne.«

»Ich mag Pflaumenkompott auch gerne«, sagte Ruth. Edek sah glücklich aus. Es freute sie, daß er ein gutes Frühstück gehabt hatte.

»Die Würmer von gestern abend haben dir keine nächtlichen Beschwerden beschert?« sagte sie.

»Ich habe keine Würmer gegessen«, sagte Edek. »Nur meine Tochter hat gegessen die Würmer. Und meine Tochter sieht nicht so gut aus.«

»Ich dachte, ich hätte dich einen halben Wurm essen sehen?« sagte Ruth. Edek schaute beunruhigt drein. »Es war nur ein Scherz«, sagte Ruth. »Außerdem sind es keine Würmer, sondern Garnelen. Und mir geht es ausgezeichnet.«

Ein Kellner brachte ihnen den Tee und die heiße Schokolade und den Apfelkuchen. Ruth sah den Apfelkuchen an. Er war so, wie sie ihn mochte. Mit einer dicken Schicht gedämpfter und gebackener Äpfel. Sie verspürte großen Hunger. Sie aß eine Gabelvoll. Der Kuchen schmeckte köstlich. Auf der Stelle ging es ihr besser. Die Mundvoll Kuchen hatte ihre Lebensgeister geweckt. Stimmte das? So schnell konnte der Zucker doch gar nicht in den Blutkreislauf gelangen, oder? Sie aß den Apfelkuchen auf. Es war, als würde sie ein Beruhigungsmittel einnehmen. Jede Mundvoll beruhigte sie, besänftigte sie. »Meine Tochter ißt wirklich gerne Apfelkuchen«, sagte Edek.

Sie hoffte, daß er nicht noch mehr sagen würde. Schon jetzt war sie gehemmt genug. Kuchen oder andere Dinge, die als dickmachend galten, aß sie nie in Gegenwart anderer. Das war die Folge jahrelangen Vermerkens jeder Kalorie, die sie aß, durch Rooshka. Die Überwachung durch ihre Mutter hatte dazu geführt, daß Ruth in der Öffentlichkeit nur gegrillten Fisch und Salat aß. Süßigkeiten konnte sie nur heimlich essen.

»Sieh an, wie schnell du den Apfelkuchen verdrückt hast«, sagte Edek.

»Dad«, sagte sie, »gebe ich Kommentare ab zu dem, was du ißt?«

»Das würde mir nichts ausmachen«, sagte er.

»O doch, das würde es«, sagte sie in einem Ton, von dem sie hoffte, er drücke aus, daß ihr eine breite Palette an Kommentaren zu seiner Ernährung und seinen Eßgewohnheiten zur Verfügung stand. Es schien zu funktionieren. Edek wechselte das Thema.

»Ich habe Stefan für zwölf Uhr herbestellt«, sagte er.

»Ich glaube, wir müssen ihn für ein bißchen später bestellen«, sagte Ruth. »Sonst haben wir nicht genug Zeit für das Ghetto. Kannst du ihn bitte anrufen und ihm sagen, daß er um zwei Uhr kommen soll?«

»Müssen wir in das Ghetto gehen?« sagte Edek. Ruth runzelte die Stirn. »Okay, okay«, sagte Edek. »Ich rufe Stefan sofort an.« Er lief zum Telefon neben der Rezeption.

Ruth sah auf die Saks-Fifth-Avenue-Tüte, die neben ihr auf dem Boden stand. Sie wollte Edek den Mantel und die Fotografien zeigen. Sie hoffte, daß es ihn nicht aus der Fassung bringen würde.

Edek kam zurück.

»Stefan ist einverstanden«, sagte er.

»Natürlich ist er das«, sagte sie. »Wir bezahlen ihn schließlich. Er muß tun, was wir wollen.«

»Warum bist du so schlecht gelaunt?« sagte Edek.

»Das bin ich nicht«, sagte sie.

»Du bist schlecht gelaunt«, sagte Edek.

»Mir geht es ausgezeichnet«, sagte sie.

»Vergiß es«, sagte Edek. »Stefan ist mit seinem Hotel sehr, sehr zufrieden. Er sagt, er hätte letzte Nacht sehr gut geschlafen.«

»Prima«, sagte Ruth. »Er muß für die Fahrt nach Krakau gut in Form sein.«

Ruth holte tief Luft. Sie beugte sich hinunter und hob die Tüte auf. »Dad, ich habe dich anlügen müssen über das, was ich heute morgen getan habe«, sagte sie. »Ich wollte dich nicht beunruhigen, und deshalb habe ich gesagt, ich würde laufen, aber ich war noch einmal in der Kamedulskastraße.«

Edek sah erschrocken aus. »Du warst ganz allein in der Kamedulskastraße?« sagte er.

»Nein. Ich hatte einen Dolmetscher dabei, und draußen hat ein Taxifahrer auf uns gewartet«, sagte sie.

»Du bist ganz allein mit zwei Polacken zu einer polnischen Wohnung gegangen?« sagte Edek.

»Ich habe dem Hotelmanager gesagt, wohin ich gehe und daß es gefährlich sein könnte«, sagte Ruth. »Ich habe ihm gesagt, daß er die Polizei benachrichtigen soll, wenn ich nicht bis um zehn Uhr zurück bin, und daß er dir Bescheid sagen soll.«

»Um wieviel Uhr bist du weggegangen?« sagte Edek.

»Um acht«, sagte sie.

»Bis um zehn Uhr hättest du dreimal tot sein können«, sagte Edek.

Ruth hatte ganz vergessen gehabt, daß sie am Vorabend den Manager angerufen hatte. Und der Manager hatte es offensichtlich auch vergessen. Es war 10.30 Uhr. Im Hotel war weder der Manager zu sehen noch irgendein Polizist, und der Manager hatte Edek auch nicht verständigt. Soviel zu ihren narrensicheren Sicherheitsvorkehrungen.

»Das war sehr dumm von dir«, sagte Edek. »Sie hätten dich umbringen können, ohne mit der Wimper zu zucken.«

»So leicht kann man Juden heutzutage nicht umbringen«, sagte Ruth.

»So schwer ist es auch wieder nicht«, sagte Edek.

»Ich bin zurückgegangen, um das Porzellan zu kaufen«, sagte Ruth.

»Die alte Teekanne meiner Mutter?« sagte Edek. »Bist du verrückt? Beim ersten Hahnenschrei ganz allein mit Polen in ein Haus zu gehen, wo sind noch mehr Polacken? Weißt du nicht, was nach dem Krieg in Kielce passiert ist? Ein Pogrom. Sie haben über fünfzig Juden umgebracht. Und das war nach dem Krieg. Es waren Juden, was wiederfinden wollten ihre Familien, ihr Zuhause.«

Edek wirkte erregt und verärgert. Ruth war erstaunt. Er hatte bisher nicht den Eindruck erweckt, als würde er sich über ihre Sicherheit in Polen Gedanken machen. Er hatte überhaupt nicht besorgt gewirkt. Vielleicht dachte er, es könne Juden nichts passieren, solange sie sich an hellbeleuchtete Straßen hielten und polnischen Wohnungen fernblieben. Ruth fiel ein, daß sie sich abends nicht gern weit vom Hotel entfernte.

»Ich habe von Kielce gehört«, sagte Ruth. »In Kielce wurden am 4. Juli 1946 zweiundvierzig Juden umgebracht. Sie wurden erschossen und zu Tode gesteinigt oder mit Äxten und Knüppeln erledigt. Ermordet von einem polnischen Mob wegen des uralten Geraunes, daß Juden christliche Kinder für rituelle Zwecke entführen und ermorden würden. Die alte Geschichte.«

»Porzellan ist nur Porzellan«, sagte Edek. »Es ist nichts Lebendiges.«

»Aber ich bin lebendig«, sagte Ruth. »Und ich habe das Porzellan. Es gab viel mehr als das, was wir zu sehen bekommen hatten.«

»Wirklich?« sagte Edek.

»Es gab das Teeservice«, sagte Ruth, »und außerdem achtzehn Speiseteller, zwanzig Frühstücksteller, zwanzig Suppenteller und zwanzig Tassen und Untertassen!«

»So viele Teile hatten sie?« sagte Edek. Er schüttelte den Kopf. »Das ist fast nicht zu glauben«, sagte er.

»Und alles war in hervorragendem Zustand«, sagte Ruth. »Kein einziger Sprung an einer Tasse oder Untertasse oder an einem Frühstücksteller.«

»Die kleinen Teller haben wir nicht als Frühstücksteller benutzt«, sagte Edek, »sondern für die Entrées, die Vorspeisen.« Wieder schüttelte er den Kopf. »Auf diesen kleinen Tellern hat meine Mutter Hering und Eierzwiebeln serviert.«

»Jetzt habe ich sie«, sagte Ruth. »Jetzt können wir miteinander daraus essen.«

»Wozu?« sagte Edek. Er sah traurig aus.

»Macht dich das traurig?« fragte Ruth.

»Nein«, sagte er. »Wieso sollen ein paar Stück Porzellan mich traurig machen? Das Traurige ist schon passiert und nicht diesem Geschirr.«

Plötzlich kam Edek auf den Gedanken, sich zu fragen, was das Geschirr gekostet hatte. Ruth sah es ihm an. Sie hatte gewußt, daß es nur eine Frage der Zeit sein konnte, bis Edek sie fragte, was sie dafür bezahlt hatte.

»Das sage ich dir gleich«, sagte sie, »aber vorher will ich dir noch etwas zeigen.«

Sie holte den Mantel aus der Tüte. Sie stand auf und hielt den Mantel vor sich ausgebreitet. Edek sah verwirrt aus. Und dann trat ein Ausdruck von Schmerz und Unglauben auf seine Miene. Er sagte kein Wort. Er schüttelte nur unaufhörlich den Kopf. Ruth wartete darauf, daß er etwas sagte. Sein Schweigen fand sie verstörend. Er sah aus, als stehe er kurz davor, in Tränen auszubrechen. Sie dachte, daß all das vielleicht zuviel für ihn war. Sie hätte nicht auch noch den Mantel vorführen sollen. Sie wollte gerade den Mund aufmachen, als Edek den Mund aufmachte.

»Dieser Mantel hat meinem Vater gehört«, sagte er.

»Das hatte ich vermutet«, sagte Ruth. Sie zeigte ihm den eingestickten Namen und die Initialen auf dem Mantelfutter. Edek schüttelte noch immer den Kopf. Er sah sehr verletzlich aus. Ruth wünschte, sie hätte gewartet, bevor sie ihm ihre Käufe präsentierte. Warum bezeichnete sie es als Käufe, dachte sie. Es waren keine gewöhnlichen Einkäufe. Es waren keine Käufe, es waren Entdeckungen. Entdeckungen, die nach Jahrzehnten gemacht worden waren. Für sie so bedeutend wie archäologische Funde für Archäologen. Der Mantel erzählte ihr so vieles über Israel Rothwax und seine Frau Luba. Sie konnte ihm entnehmen, wie groß Israel gewesen war, und sie konnte sehen, in welch tadellosem Zustand Luba die Kleidung ihres Ehemannes gehalten hatte. An keiner Stelle war das Futter zerrissen oder verschmutzt. Vielleicht waren Ordnungssinn und Reinlichkeit etwas Ererbtes. Ruth bewahrte ihre Garderobe weitgehend in Plastiküberzügen im Schrank auf. Schäden ließ sie ausbessern. Jedes Kleidungsstück wurde nach dem Tragen gewaschen. Vielleicht war das typisch für eine Rothwax. Ein Schauer durchzucke sie. Ein Schauer, weil sie sich in Verbindung mit einer Familie sehen konnte. Teil von anderen sein. Bisher war sie immer nur Teil von Rooshka und Edek gewesen.

»Ich bin so glücklich, daß ich diesen Mantel habe«, sagte Ruth zu Edek.

»Was du getan hast, war sehr gefährlich«, sagte Edek. Er schüttelte abermals den Kopf. »Das letztemal habe ich meinen Vater in diesem Mantel gesehen beim Hochzeitstag meiner Schwester Fela«, sagte er. Ruth war besorgt. Edek sah aus, als würde er gleich in Tränen ausbrechen. Sie wollte nicht, daß er weinte. »Ich weiß noch, daß Felas Mann Juliusz meinem Vater hat geholfen, den Mantel abzulegen, als mein Vater kam zur Feier des Hochzeitstags«, sagte Edek.

Felas Ehemann Juliusz, dachte Ruth. Diesen Namen hatte sie nie zuvor gehört. Es klang, als wäre Juliusz ein netter Mann gewesen, wenn er Israel aus dem Mantel geholfen hatte. Ruth wußte, daß das Wissen, daß Juliusz jemandem aus dem Mantel geholfen hatte, als Information nicht ausreiche, um ein vollständiges Bild seiner Persönlichkeit zu ermöglichen. Aber es war ein Anfang. Juliusz hatte offenbar gute Manieren gehabt und seinen Schwiegervater gemocht.

»Ich habe Juliusz sehr gern gehabt«, sagte Edek. Ganz zweifellos war Juliusz ein netter Mann gewesen, dachte Ruth. Sie war froh, daß Fela glücklich verheiratet gewesen war. Ein widersprüchlicher Gedanke ging ihr durch den Kopf. Woher wollte sie wissen, ob die Schwester ihres Vaters glücklich verheiratet gewesen war? Nur weil Edek Juliusz gemocht hatte, mußte Juliusz noch lange nicht der beste aller Ehemänner gewesen sein. Sie wollte ihren Vater nicht fragen. Sie hatte den Eindruck, daß sie ihn schon genug verstörte.

»Ich habe noch etwas, Dad«, sagte sie. »Es könnte ein Schock für dich sein; du mußt dich darauf gefaßt machen. Es ist etwas, was du seit langer Zeit nicht gesehen hast.« Edek versuchte gefaßt dreinzusehen, doch Ruth sah, wie besorgt und bedrückt er war. Sie hätte wirklich warten sollen, dachte sie, bevor sie ihn mit all diesen Dingen überfiel. Sie hätte warten sollen, bis er wieder zu Hause in seiner Wohnung in Melbourne war. Doch jetzt hatte sie angefangen und mußte es zu Ende führen.

Sie holte das alte Kuvert hervor und entnahm ihm die Fotografien. Sie reichte sie Edek. Edek hielt sie auf seinem Schoß. Er sah sie lange an. Er rührte sich nicht. Er saß so still, daß es aussah, als hätte er zu atmen aufgehört. Ruth wünschte, er würde etwas sagen. Sie wollte sich vergewissern, daß alles in Ordnung war. Edek schwieg. Er hob den Kopf, als wolle er etwas sagen. Und dann begann er zu weinen. Er weinte ohne aufzuhören.

Der Anblick ihres weinenden Vaters war mehr, als Ruth ertragen konnte. Sie begann mitzuweinen. Sie saßen nebeneinander auf einem Sofa im Foyer des Grandhotels Victoria und weinten. Schließlich zog Edek ein Taschentuch hervor und schneuzte sich. Ruth versuchte zu weinen aufzuhören. Sie wischte sich mit einer Handvoll Papiertaschentücher die Augen. Es waren polnische Papiertaschentücher, viel grober als amerikanische. Sie fühlten sich rauh an. Sie mußte stark sein, ermahnte sich Ruth. Sie durfte nicht zu einem Häufchen heulenden Elends zerfließen. Sie war schuld an Edeks Kummer. Das mindeste, was sie jetzt für ihn tun konnte, war, sich um ihn zu kümmern.

»Das sind meine Mutter und mein Vater«, sagte Edek.

»Das hatte ich mir fast gedacht«, sagte Ruth. Sie brach wieder in Tränen aus.

»Wir sollten nicht weinen, Ruthie«, sagte Edek. »Meine Mutter und mein Vater sind schon lange tot. Meine Schwester Fela ist tot. Juliusz ist tot. Tadek, was auch ist auf den Bildern, ist tot. Seine Frau Maryla ist tot. Alle sind tot. Es ist zu spät zum Weinen.«

Ruth sah ihren Vater an. Edeks Züge waren wie zerknittert. Vor Schmerz zerknittert. Seine Augen waren faltig und eingefallen, sein Mund war verzogen und verschrumpelt. Seine Schultern waren eingesunken. Vor Kummer. Von einer Trauer niedergedrückt, die weder verdrängt noch überspielt werden konnte. Ihr Vater sah gebeugt und gebrochen aus. Ruth verspürte Furcht.

»Es tut mir leid«, sagte sie zu Edek. »All das hätte ich dir nicht gerade jetzt antun dürfen.«

»Du hast mir nichts angetan«, sagte Edek. »Das, was getan wurde, wurde getan von anderen Leuten.«

»Aber ich hätte das nicht gerade jetzt alles ausgraben dürfen«, sagte Ruth.

»Wann wäre ein besserer Zeitpunkt?« sagte Edek. »Nie.« Er richtete sich auf. »Es tut mir leid, daß ich geweint habe«, sagte er zu Ruth. »Ein Mann in meinem Alter sollte nicht weinen.«

»Dad, es gibt eine Menge Dinge, über die du weinen kannst«, sagte Ruth.

Edek wischte sich nochmals die Augen und setzte sich gerade hin. Er breitete die Fotos auf seinen Knien aus. »Das ist meine Schwester Fela«, sagte er. »Und ihr Ehemann Juliusz, wovon ich dir gerade erzählt habe.« Er reichte Ruth das Foto. Ruth betrachtete Fela und Juliusz. Was für ein gutaussehendes Paar sie waren. Auf dem Foto schauten sie einander an. Es war ein Blick voller Liebe. Ruth dachte, daß sie wie wahnsinnig ineinander verliebt gewesen sein mußten. Oder zumindest einigermaßen verliebt, um einander noch immer so anblicken zu können. Offenbar waren sie schon eine ganze Weile verheiratet. Sie hatten zwei Kinder.

Ruth fragte sich, ob es möglich war, einigermaßen verliebt zu sein. Oder war einigermaßen verliebt zu wenig, um als verliebt gelten zu können? War alles, was weniger war als wahnsinnig verliebt, keine wahre Liebe? Sie sah wieder auf das Foto. Für ihre Begriffe sahen Fela und Juliusz aus, als wären sie wahnsinnig verliebt.

»Hier ist Tadek«, sagte Edek, der Ruth ein anderes Foto reichte. »Neben Tadek ist Tadeks Frau Maryla.« Tadek sah aus wie Edek, fand Ruth. Wie ein sehr junger gutaussehender Edek.

»Er sieht dir sehr ähnlich«, sagte Ruth.

»Das fanden alle«, sagte Edek.

»Die Ähnlichkeit ist nicht zu übersehen«, sagte Ruth. »Ihr wart zwei gutaussehende junge Männer.«

»Du kannst mich auf diesem Foto von Tadek wiedererkennen«, sagte Edek.

»Ja«, sagte Ruth. »Tadek sieht aus wie du auf dem Foto kurz nach dem Krieg, bevor ich geboren wurde.«

»Natürlich«, sagte Edek. »«Diese Fotos hatte ich ganz vergessen.«

»Du hast so gut ausgesehen«, sagte sie.

»Ich sehe heute auch nicht übel aus«, sagte Edek. Er lächelte Ruth an. Sein Lächeln heiterte sie auf.

»Du siehst überhaupt nicht übel aus, Dad«, sagte sie.

»Ich weiß nicht, warum Tadeks zwei Söhne nicht waren auf dem Bild«, sagte Edek. »Vielleicht waren sie damals woanders.«

»Die Bilder sehen aus, als wären sie alle am selben Tag aufgenommen worden«, sagte Ruth.

»Das stimmt«, sagte Edek. »Vielleicht waren Tadeks Söhne an dem Tag mit Monieks Söhnen zusammen.«

Tadeks Kinder. Monieks Kinder. Juliusz. Maryla. All diese Menschen, von denen sie noch nie gehört hatte. Alle mit ihr verwandt. Ihre Familie.

»Wer sind die zwei Mädchen?« sagte Ruth und deutete auf das Foto, das Edek in der Hand hielt.

Edek sah auf das Bild. »Es waren so reizende Mädchen«, sagte er. »So brav und so gut in der Schule. Sehr gut in der Schule.«

»Wer sind sie?« fragte Ruth.

»Sie sind niemand mehr«, sagte Edek. »Sie sind tot.«

»Wer waren sie, Dad?« sagte sie.

»Es waren Felas Töchter«, sagte er. Er sah aus, als werde er wieder zu weinen beginnen. »Liebala, die größere, war meine Lieblingsnichte. Immer fröhlich. Immer munter. Sie hat so gerne geredet. ›Onkel Edek‹, nannte sie mich. ›Onkel Edek, darf ich in der *doroszka* mitfahren? Onkel Edek, darf ich mit dir gehen? Onkel Edek. Onkel Edek!‹« Edek legte das Foto hin und wischte sich die Augen.

»Ist alles in Ordnung, Dad?« sagte Ruth.

»Mit mir ist alles in Ordnung«, sagte er.

»Wie hieß das kleinere Mädchen?« sagte Ruth.

»Hanka«, sagte Edek. »Hanka war auch ein sehr nettes Mädchen. Ein bißchen stiller als ihre Schwester, aber sehr nett.« Edek schnüffelte und wischte sich wieder die Augen. Er steckte sein Taschentuch in die Tasche. Das Taschentuch sah sehr naß aus.

»Findest du nicht, daß Hanka und Liebala mir ähnlich sehen?« sagte Ruth.

»Das habe ich immer gewußt«, sagte Edek. »Und Mum auch.«

»Warum habt ihr mir nichts davon gesagt?« sagte Ruth.

»Wozu?« sagte Edek. »Um ehrlich zu sein«, sagte er, »habe ich selber versucht, nicht zu oft daran zu denken. Es ist nicht so leicht, wenn man ein Kind hat, das einen so sehr erinnert an andere Kinder. Kinder, was tot sind.«

»Natürlich, Dad«, sagte sie. »Das verstehe ich.«

»Es waren so kluge Mädchen, alle beide«, sagte er.

»Es freut mich, daß sie klug waren«, sagte Ruth.

»Vor allem Liebala«, sagte Edek. Er preßte die Lippen aufeinander, um seine aufsteigenden Tränen zu unterdrücken.

»Laß uns die Fotos jetzt einstecken«, sagte Ruth. »In New York lasse ich Kopien machen und gebe sie dir.«

»Wahrscheinlich kann man solche Kopien auch in Polen machen lassen«, sagte Edek.

»Diese Fotos gebe ich keinem Polen in die Hand«, sagte Ruth.

Edek lachte. »Vielleicht war das keine so gute Idee«, sagte er.

»In New York lasse ich auch den Mantel umarbeiten, so daß er mir paßt«, sagte Ruth. Edek schüttelte ungläubig den Kopf. »Das wird ganz toll aussehen«, sagte Ruth.

Edek lachte. »Du bist verrückt«, sagte er. Ruth war froh, daß ihre Verrücktheit Edek zum Lachen brachte. Edek sah ein letztes Mal auf die Fotos, bevor er sie Ruth aushändigte.

Es mußte so seltsam für ihn sein, diese Fotos anzuschauen, dachte Ruth. Er hatte die Leute auf ihnen so viele Jahre nicht gesehen. So viele Jahrzehnte. Und hier war er und sah ein Abbild von ihnen an. Ein Abbild, das sie auf vollkommene Weise bewahrt hatte, so, wie sie ausgesehen hatten, als er sie zum letztenmal gesehen hatte.

»Ich bin glücklich, daß wir die haben«, sagte Edek. »Besser, meine Eltern und Fela und Tadek so in Erinnerung zu behalten als so, wie sie waren im Ghetto.«

Natürlich, dachte Ruth, wie töricht von mir. So wie hier hatte er seine Eltern und Geschwister nicht zum letztenmal gesehen. Ihr letzter Anblick war keineswegs dieser hier gewesen. Keiner von ihnen war gutgekleidet gewesen, als er sie zum letztenmal gesehen hatte. Keiner von ihnen war wohlgenährt gewesen. Felas hohe

Backenknochen waren ohne Fleisch gewesen, als Edek sie zum letztenmal geküßt hatte. Sie mußten spitz und eckig gewesen sein. Wahrscheinlich hatten sie aus ihrem Gesicht herausgeragt. Und was war im Ghetto mit den Mädchen geschehen? Mit Hanka und Liebala? Ruth wagte nicht danach zu fragen.

»Mach mir zwei Kopien von dem Bild mit meiner Mutter und meinem Vater«, sagte Edek. »Von dem Bild, wo nur meine Mutter neben meinem Vater steht.«

»Okay«, sagte Ruth.

»Eine will ich Garth schicken«, sagte Edek.

»Garth?« sagte Ruth. »Warum willst du sie Garth schicken?«

»Ich will ihm zeigen, wie ausgesehen haben meine Mutter und mein Vater«, sagte Edek. »Das wird ihn interessieren.« Ruth wechselte das Thema. Sie wollte ihren Vater nicht aufregen. Sie hatte ihm heute vormittag schon genug zugemutet.

»Wieviel hast du für das ganze Zeug bezahlt?« sagte Edek. Das war die Frage, der sie auszuweichen gehofft hatte. Sie schwieg. »Wieviel hat dieses Zeug dich gekostet?« sagte Edek.

»Es ist kein Zeug«, sagte Ruth.

»Es ist Zeug, was ist wertvoll für uns«, sagte Edek, »aber trotzdem Zeug.«

»Nicht wenig«, sagte Ruth.

»Wieviel ist das?« sagte Edek.

»Dreitausendzweihundertundfünfzig Dollar für das Porzellan und die Silberschale«, sagte Ruth.

Edek pfiff leise. »O Bruder«, sagte er. »Dreitausendzweihundertundfünfzig Dollar für ein bißchen Geschirr und ein paar Fotos.«

»Nein, die Fotos und der Mantel waren extra«, sagte Ruth.

»Extra?« sagte Edek. »Dreitausendzweihundertundfünfzig amerikanische Dollar waren nicht genug?« Er schwieg einen Augenblick lang. »Du meinst doch amerikanische und nicht australische Dollar, oder?« sagte er.

»Amerikanische Dollar«, sagte Ruth.

»Natürlich«, sagte Edek. »Jeder will amerikanische Dollar haben. Wieviel war es für den Mantel und die Fotos?«

»Nochmals tausend Dollar«, sagte Ruth.

»Nochmals tausend Dollar«, sagte er ungläubig. »Dieses Gezündel!«

Nicht einmal seine Aussprache des Worts »Gesindel« konnte Ruth aufheitern. Normalerweise tat sie das immer. Ruth war entsetzt, wieviel Geld sie ausgegeben hatte. Sie konnte sehen, daß ihr Vater ebenfalls entsetzt war.

»Dieses Gezündel«, wiederholte Edek.

»Soviel Geld ist es für mich gar nicht«, sagte Ruth. »Ich hätte es ebensogut für eine Urlaubsreise oder ein Möbelstück ausgeben können.«

»Es geht mir nicht um die viertausend Dollar«, sagte Edek, »sondern darum, daß du diese viertausendzweihundertundfünfzig Dollar diesen Polacken gegeben hast.«

Ihr Vater hatte recht, dachte Ruth. Das Unerquicklichste an der ganzen Sache war nicht die Höhe des Geldbetrags, sondern wem sie das Geld gegeben hatte. Sie hatte es Leuten gegeben, die sich schon zuvor am Tod der Eltern und Geschwister und Neffen und Nichten Edeks bereichert hatten.

»Dieses Gezündel«, sagte Edek noch einmal. Ruth dachte, daß sie ihm eines Tages mehr Kraftausdrücke beibringen sollte. Edek beschränkte sich auf Gezündel und Bißbruder. Es gab farbigere Verunglimpfungen. Gezündel fand Ruth allzu harmlos. Es gab eine ganze Reihe wesentlich angemessenerer Beschimpfungen.

»Dann hat dieses Gezündel das bekommen, was es haben wollte«, sagte Edek.

»Wir haben bekommen, was wir haben wollten«, sagte Ruth.

»Ich wollte diese Sachen nicht«, sagte Edek.

»Aber ich«, sagte sie. Edek schwieg.

Ruth steckte die Fotos in den Umschlag zurück. Sie faltete den Mantel zusammen und legte ihn in seine neue Behausung zurück. Eine Einkaufstüte von Saks, Fifth Avenue. Edek ließ sich in das Sofa zurücksinken. Der Preis, den Ruth für den Mantel und das Porzellan und die Fotografien bezahlt hatte, schien ihn wie einen leeren Ballon zusammenschrumpfen zu lassen. Er sah niedergeschlagen aus.

»Wozu soll es gut sein, zu bezahlen so viel Geld?« sagte Edek. »Wozu sollen die Fotos gut sein? Ich hatte schon gewußt, wie aussehen meine Mutter und mein Vater.«

»Ich nicht«, sagte Ruth.

»Vermutlich nicht«, sagte Edek. »Aber außer dir will es niemand wissen. Es gibt keine Enkel. Es gibt niemanden.«

Ruth war überrascht. Normalerweise lamentierte Edek nicht darüber, daß sie keine Kinder oder er keine Enkel hatte. Offenbar hatten die Fotos das bewirkt. Zu sehen, wie verstümmelt die ganze Familie Rothwax war, fast ausgelöscht, das mußte Edek bedrücken. Ruth bekam Gewissensbisse.

»Ich könnte wahrscheinlich noch Kinder kriegen«, sagte sie.

»Das wirst du nicht tun«, sagte Edek.

Ruth war kalt. Sie spürte, wie sie zitterte. Sie wußte, daß es im Foyer warm war. Sie zitterte, weil sie überanstrengt war. Zu vieles stürmte auf sie ein. Warum mußte Edek jetzt auch noch mit Kindern anfangen? Es war verständlich. Sie hatten eben erst zwei der schönen Kinder angeschaut, die verloren waren. Verloren für ihre Eltern. Verloren für ihre Großeltern. Verloren für Tanten und Onkel. Verloren für Edek und für Ruth. Zwei der vielen schönen Kinder, die in Łódź verlorengegangen waren.

»Ich bin glücklich, daß du bekommen hast, was du haben wolltest«, sagte Edek zu Ruth.

»Die Fotos bedeuten mir so viel«, sagte sie. Edek nickte. »Vielleicht ist ein Ghettobesuch zuviel für dich«, sagte Ruth. »Vielleicht solltest du dich lieber etwas ausruhen.«

»Ich komme mit dir«, sagte Edek.

»Okay«, sagte sie. »Ich bringe die Sachen nach oben, und dann bestellen wir ein Taxi.«

»Soll ich vielleicht Stefan anrufen, damit er uns zum Ghetto fährt?« sagte Edek.

»Heute nachmittag sind wir stundenlang mit Stefan unterwegs, wenn er uns nach Krakau fährt«, sagte Ruth.

»Er ist doch kein übler Bursche«, sagte Edek. Ruth stöhnte. Sie war jetzt nicht in der Lage, es mit Stefan aufzunehmen.

»Ich hätte gern eine kurze Pause von Stefan«, sagte sie. »Falls es dir nicht sehr wichtig ist, ihn schon früher wiederzusehen.«

»Bist du dumm?« sagte Edek. »Ich habe es nur vorgeschlagen, weil es für dich bequemer wäre.«

»Ach so«, sagte Ruth. »Aber einen Mercedes sollten wir nehmen. Ich habe mich zum Mercedesfahren bekehrt.«

»Ein Mercedes ist ein sehr gutes Auto«, sagte Edek. »Eines der besten Autos.«

Ruth wurde gefaßter. Sie bewegten sich wieder auf harmloserem Terrain. Die Qualitäten eines Mercedes waren ein Thema, über das sie mittlerweile einer Meinung waren.

»Stefans Mercedes ist ein besonders guter Wagen«, sagte Edek. Ruth wollte ihn gerade auffordern, Stefan anzurufen, als er sagte: »Ach, vergiß es. Ich finde einen anderen Mercedes für uns.«

»Du kümmerst dich um den Mercedes«, sagte Ruth, »und ich bin in zehn Minuten wieder hier.«

Ruth nahm Israel Rothwax' Mantel aus der Saks-Fifth-Avenue-Tüte. Sie wollte nicht, daß ein Hotelangestellter dachte, der Mantel sei teuer. Was für ein alberner Gedanke, dachte sie. Die meisten Angestellten des Grandhotels Victoria in Łódź hatten wahrscheinlich noch nie von Saks, Fifth Avenue, gehört. Dennoch sah die Tüte nach einem teuren Laden aus. Und sicher war sicher. Ruth hängte den Mantel in den Wandschrank neben ihre übrige Kleidung. Sie begriff, daß alles, was sie mitgenommen hatte, demnächst nach Mottenkugeln riechen würde. Es machte ihr nichts aus. Diese Mottenkugeln hatten nichts mit gewöhnlichen Mottenkugeln zu tun.

Sie steckte die Fotos in einen Reiseführer über Polen. Sie konnte sich nicht vorstellen, daß irgend jemand einen Reiseführer über Polen stehlen würde. Sie ging hinunter. Ihr Vater stand vor dem höchstwahrscheinlich größten Mercedes von ganz Łódź. Er lächelte. Ruth ging zu ihm.

»Das ist ein großer Mercedes«, sagte sie.

»Es ist der größte Wagen, den Mercedes herstellt«, sagte Edek.

»Ich bin beeindruckt«, sagte Ruth. »Wo hast du den aufgetrieben?«

»Ich habe den Türsteher gefragt«, sagte Edek. »Er hat mir gesagt, daß er hat einen Freund mit einem sehr großen Mercedes. Und da habe ich gesagt, er soll ihn bitte für uns bestellen.«

»Was bezahlen wir für diesen Wagen?« sagte Ruth, obwohl sie den Eindruck hatte, daß diese Frage sich angesichts ihrer morgendlichen Extravaganz idiotisch ausnehmen mußte.

»Der Mercedes kostet das, was jeder andere Mercedes auch kostet«, sagte Edek.

»Ein Sonderangebot«, sagte sie. Edek lachte.

»Diese ganze Polenreise«, sagte er, »ist ein einziges Sonderangebot.«

Sie stiegen in den Wagen. »Sag dem Fahrer, daß wir nur etwa eine Stunde brauchen werden.«

»Ich habe ihm schon gesagt, daß es eine halbe Stunde dauert«, sagte Edek.

»Ich bin mir sicher, daß er uns nicht böse ist, wenn wir ein bißchen länger brauchen«, sagte Ruth. Edek probierte die Federung des Rücksitzes aus.

»Dieser Mercedes ist sehr komfortabel«, sagte er.

»Das ist er wirklich«, sagte Ruth und ließ sich im Sitz zurücksinken. Sie war so müde. Sie hatte gar nicht gemerkt, wie müde.

Edek langte in die Tasche seines Parkas. Er holte ein paar Dörraprikosen hervor. »Diese Aprikosen habe ich vom Frühstück aufgehoben«, sagte er. »Nimm ein paar. Dann geht es dir besser.« Sie sah offenbar so müde aus, wie sie sich fühlte, dachte sie. Sie nahm zwei Dörraprikosen. »Danke, Dad«, sagte sie.

Sie näherten sich dem Ghettobereich. Ruth fragte sich, was ihr Vater dachte. Dachte er an die Kartoffelschalen, aus denen er und Rooshka Kartoffelsalat zu machen versucht hatten? *Saƚatka* nannten sie das. Oder dachte er an die Verringerung des Angebots an Kartoffelschalen? Das war am 26. November 1942 geschehen, hatte Edek ihr erzählt. Die Verwaltung der Suppenküchen hatte angeordnet, daß der Kartoffelanteil in der Suppe für die Zwangsarbeiter zu reduzieren sei. Eine große Lieferung Kohl war eingetroffen und mußte verbraucht werden. Die Kohlsuppe war schmackhafter, hatte aber weniger Nährwert. Edek sagte, daß man den Unterschied spüren konnte. Mit Kohlsuppe im Bauch fiel die Arbeit noch schwerer.

Dachte er an den Tag nach der Kohlverordnung, als das Gerücht im Ghetto umging, die Strohschuharbeiter würden nach Posen verlegt werden? Die Deutschen waren der Ansicht, daß es einfacher sei, die Juden zu verlegen, als das Stroh von Posen herzubefördern. Edek hatte Rooshka, die damals in der Strohschuhmanufaktur arbeitete, gesagt, sie sollten sich verstecken, falls die Verlegung angeordnet würde. Er hatte gesagt, sie sollten sich durch nichts trennen lassen.

Der Mercedes bog von der Ogrodowastraße nach links in die Zachodniastraße. Ruth hatte einen Plan des einstigen Ghettos dabei. Sie befanden sich an der Ecke Zachodnia- und Podrzecznastraße. Ruth wußte, daß an dieser Stelle früher der Eingang zum Ghetto von Łódź gewesen war. Nichts kennzeichnete die Stelle. Sie sagte Edek, wo sie sich befanden. »Ich kann nichts wiedererkennen«, sagte er.

»Alle Gebäude wurden niedergerissen«, sagte sie.

»Ich zeige dir, wo Mum und ich die ersten zwei Jahre lang gelebt haben, wenn wir dort vorbeikommen«, sagte Edek.

Sie fuhren an der Lutomierskastraße vorbei, wo der alte Jüdische Friedhof von Łódź sich befunden hatte. Die ersten Deportationen hatten von hier aus stattgefunden. Den Friedhof gab es nicht mehr. Die Nazis hatten ihn zerstört. Die Grabsteine und Denkmäler hatten sie für den Straßenbau verwendet, so daß sie die übriggebliebenen Juden, die sie noch ermorden mußten, schneller erreichen konnten. Nicht weit entfernt, an der Ecke von Rynek Bałucki, befand sich eine Gedächtnisplakette für die jüdischen und Sinti- und Roma-Opfer der NS-Kriegsverbrechen. Ruth fragte sich, wie viele Polen den Blick auf diese Plakette richteten.

»Einmal hat Himmler das Ghetto besucht«, sagte Edek.

»Reichsführer-SS Heinrich Himmler?« sagte Ruth.

»Ja«, sagte Edek. »Himmler höchstpersönlich. Ich weiß noch, daß es ein Samstag war. Es war der 7. Juni 1941. Er kam in einem großen schönen schwarzen Wagen. Wahrscheinlich ein Mercedes. Das Verdeck von dem Wagen war offen. Wahrscheinlich weil es Sommer war. Ich weiß noch, was für ein Nummerschild der Wagen hatte.«

Edek sagte immer »Nummerschild« statt »Nummernschild«. Warum machte sie sich jetzt darüber Gedanken? Das war kaum der rechte Zeitpunkt, um sich von Edeks oder sonst jemands Aussprache ablenken zu lassen.

»Hast du Himmler gesehen?« sagte Ruth.

»Natürlich habe ich Himmler gesehen«, sagte Edek. »Wie sollte ich sonst seine Nummerschilder sehen? Diese Nummerschilder habe ich nie vergessen. Statt Zahlen hatten sie das SS-Emblem und die Ziffer I.«

Ruth schüttelte den Kopf. Sie fragte sich, ob Himmler unwissentlich die Mode besonderer Kennzeichen aus der Taufe gehoben hatte. Heutzutage schien halb Amerika mit solchen Kennzeichen spazierenzufahren. Warum dachte sie über solche Banalitäten nach? Zweifellos gab es Bedeutsameres an Himmlers Besuch im Ghetto von Łódź als die Frage, ob er die Mode spezieller Kennzeichen vorweggenommen hatte. Sie wollte diesen Polenbesuch nicht auf die leichte Schulter nehmen. Sie wollte soviel wie möglich aufnehmen. Darauf hatte sie so lange gewartet.

»Diesen Tag habe ich nie vergessen«, sagte Edek. »Es war derselbe Tag, an dem die Kripo, die Kriminalpolizei, einen sehr netten Jungen umgebracht hat, der in unserer Nähe lebte, Elia Hersz. Er war siebzehn. Er war ein aufgeweckter Junge. Er hat immer zu mir und zu Mum gesagt, daß wir nicht den Mut verlieren dürfen. Daß diese Sache nicht lange dauern würde. Für ihn hat es nicht sehr lange gedauert. Sie haben ihn um neun Uhr an diesem Abend umgebracht. Er hätte abends nicht aus dem Haus gehen dürfen. An diesem Tag durfte überhaupt niemand das Haus verlassen. Warum, weiß ich nicht. Vielleicht wollten sie nicht, daß Himmler Leute zu Gesicht bekommt, was nicht so besonders gut aussahen.«

»Man sollte meinen, der Anblick von zerlumpten, kranken und unterernährten Juden hätte Himmler ein Hochgefühl verschaffen müssen«, sagte Ruth.

»Wer weiß«, sagte Edek.

»Warum warst du draußen, wenn Ausgangssperre herrschte?« sagte Ruth.

»Mums Mutter war sehr krank, und Mum wollte ihr etwas von ihrem Brot abgeben«, sagte Edek.

»Und du hast es hingebracht?« sagte Ruth.

»Ich habe es hingebracht«, sagte Edek.

Sie befanden sich an der Kreuzung der Zgierskastraße und der Limanowskiegostraße. Beide Straßen waren Hauptverkehrsadern, die vom Zentrum der Stadt nach Norden und Westen führten. Die Kreuzung teilte das Ghetto in drei Teile, die untereinander durch Holzbrücken verbunden waren. Ruth hatte viele Fotos von armen Juden gesehen, die diese Brücken überquerten. Arme Juden. Warum fanden diese Wörter für sie so selbstverständlich zusammen? Es waren keine Wörter, die von der übrigen Welt selbstverständlich zusammengebracht wurden.

»Ich kann nichts wiedererkennen«, sagte Edek. Er klang bekümmert. »Ich wollte dir zeigen, wo Mum und ich gelebt haben. Ich habe jede Straße im Ghetto gekannt. Und jetzt weiß ich nicht, wo irgendwas sein könnte.«

»Das kommt daher, daß sie alles vernichtet haben«, sagte Ruth. »Sie hätten es lassen sollen, wie es war. Man hätte ein Freilichtmuseum daraus machen können. Viel wirkungsvoller als die ganzen Ausstellungsstücke, die man hinter Glas und mit Schildchen präsentiert.«

»Ich will dir zeigen, wo Mum und ich gelebt haben«, sagte Edek.

»Fahren Sie ganz langsam«, sagte Ruth zu dem Fahrer. Edek wiederholte es für ihn auf polnisch. Der Fahrer fuhr im Schrittempo weiter.

Sie waren in der Czarnieckiegostraße. Ruth wußte, daß der Hauptgefängniskomplex des Ghettos sich in der Nummer vierzehn dieser Straße befunden hatte. Sie wußte, daß er aus vierzehn Gebäuden bestanden hatte. Von dem Gefängnis war nichts übriggeblieben. Die Straße zeigte nichts als gleichförmige Wohnblocks in kommunistisch inspirierter Bauweise.

»Hier war früher das Gefängnis«, sagte Ruth zu Edek. Edek sah sich um. Er machte einen verwirrten und ratlosen Eindruck. »Wir sind in der Czarnieckiegostraße«, sagte Ruth. »Aber von dem Gefängnis ist nichts mehr zu sehen.«

»Ich kann überhaupt nichts wiedererkennen«, sagte Edek. Er klang mutlos. Beinahe deprimiert.

Ruth war nicht ganz klar, warum das Fehlen irgendeines wiedererkennbaren Bestandteils des Ghettos von Łódź ihn so aus der Fassung brachte. Vielleicht weil so vieles seiner Vergangenheit nicht zu lokalisieren war. Nicht zu glauben war. Nicht zu verstehen war. Vielleicht benötigte man angesichts all dieser Ungewißheit etwas, worauf man deuten konnte. Etwas Konkreteres als den Schrecken.

»Ich bin glücklich, daß es das Gefängnis nicht mehr gibt«, sagte Edek. »Ich habe keine so guten Erinnerungen an dieses Gefängnis.« Ruth hatte nicht gewußt, daß ihr Vater mit diesem Gefängnis Bekanntschaft geschlossen hatte. Es gab so vieles, was sie nicht wußte. Egal wieviel sie über das Ghetto von Łódź las, es war nie genug. Nie genug, um ihr begreifen zu helfen, wie es dort gewesen war. Nie genug, um ihr begreifen zu helfen, wie es dazu gekommen war. Sie konnte bis in alle Ewigkeit über das Ghetto lesen, dachte sie, und es würde nie genug sein.

Sie erinnerte sich, von einer Verordnung gelesen zu haben, die am 27. Juni 1942 im Ghetto erlassen worden war. Laut dieser Verordnung hatten alle Ghettobewohner zu salutieren, wenn sie deutschen Beamten in Uniform oder in Zivilkleidung begegneten. Ruth fand es unvorstellbar, daß die Nazis am 16. Februar 1944, als fast alle Juden tot oder nach Auschwitz deportiert waren, weiterhin Anordnungen erließen, daß die Juden zu salutieren hatten. Die Anordnungen von 1944 enthielten detaillierte Instruktionen, wie man ordnungsgemäß zu salutieren hatte. Die meisten der Juden, von denen das Salutieren verlangt wurde, konnten sich kaum auf den Beinen halten, geschweige denn salutieren.

Am selben Tag, an dem die Verordnung zum Salutieren erlassen wurde, am 27. Juni 1942, reichte Hans Biebow, der Kommandant des Ghettos von Łódź, eine offizielle Beschwerde über die Formulierungen der Todesanzeigen ein, wie sie die jüdischen Ältesten des Ghettos aufsetzten. Biebow ordnete an, daß Hinweise auf Hunger, Verhungern oder Hungerödeme zu unterbleiben hatten. Von da an sollte der Tod durch Hunger als Mangelernährung bezeichnet werden. Ruth wunderte sich immer wieder über die Kleinlichkeit der Anordnungen und Befehle. Nichts an den Juden und ihrem Leben war unwichtig oder nebensächlich genug, daß die Deutschen sich nicht darum gekümmert hätten. Unablässig mußten sie sich mit den Juden zu schaffen machen, an ihnen herumzerren und mit ihnen spielen. Nie hatten sie genug.

Ruth hatte ein Foto von Hans Biebow gesehen. Er war ein gutaussehender junger Mann. Auf dem Foto saß er gemütlich neben einem Tisch voller Austern, Muscheln, Kanapees, Hummer und Würsten in einem Sessel. Dieses Bild war zur gleichen Zeit im gleichen Ghetto aufgenommen worden, in dem Edek seine Zwanzig-Kilo-Ration Rüben für den Winter zugeteilt bekommen hatte. Er hatte stundenlang in der Kälte anstehen müssen, um die Rüben zu erhalten. Er hatte schrecklich gefroren. Er wog fast nichts mehr und bestand nur mehr aus Haut und Knochen. Und dann hatte er den halbverfaulten Sack hinter sich nach Hause schleppen müssen. Auf halbem Weg war der Sack gerissen, und die Rüben waren in alle Richtungen gerollt. Er hatte so viele wie möglich wieder eingesammelt. Als er nach Hause kam, weinte er.

»Weißt du noch, was ich dir über die Rüben erzählt habe?« sagte Edek. Ruth fuhr zusammen. »Daran hatte ich gerade gedacht«, sagte sie.

»Ich auch«, sagte Edek.

»Hier gibt es nichts mehr«, sagte Edek.

»Es hat nie etwas gegeben«, sagte Ruth. Beide schwiegen.

»Ich glaube, ich kann die Stelle, wo Mum und ich gelebt haben, nicht mehr finden«, sagte Edek.

»Zuerst habt ihr in der Nähe des Krankenhauses in der Łagiewnickastraße gewohnt, nicht wahr?« sagte Ruth.

»Du erinnerst dich an alles«, sagte Edek. Er schien sich zu freuen, daß Ruth dieses Detail eingefallen war.

»Ich erinnere mich, daß du mir von dem Tag erzählt hast, an dem sie das Krankenhaus aufgelöst haben«, sagte Ruth.

»Es war am 1. September 1942«, sagte Edek. »Es war Punkt sieben Uhr. Ein großer Lastwagen fuhr vor, und sie haben alle Patienten auf den Lastwagen verfrachtet. Sie hatten es eilig, und deshalb haben sie einige Patienten aus dem Fenster auf den Lastwagen geworfen.« Ruth sah Edek an. Tränen standen ihm in den Augen. Sie verließen besser den Ghettobereich, dachte Ruth. Sie hatte ihrem Vater für einen Tag genug Tränen beschert.

»Es tut mir leid, Dad«, sagte sie.

»Du bist nicht schuld«, sagte Edek. Er sah weg. Ruth hatte ein schlechtes Gewissen. Sie hatte diese Reise nicht geplant, um ihren Vater unglücklich zu machen.

»Ich weiß gar nicht, warum wir hier sind«, sagte Ruth.

»Es gibt Sachen, die sind schwer zu wissen«, sagte Edek.

»Komm, wir fahren weg«, sagte Ruth. »Laß uns nach Krakau fahren.«

»Ich habe nichts dagegen, woanders hinzufahren«, sagte Edek.

»Wahrscheinlich überallhin außer Łódź«, sagte Ruth. »Ich bin mit Łódź fertig.« Stimmte das? Oder war es gar nicht möglich? Würde sie nie in der Lage sein, mit Łódź fertig zu sein? Sie wußte es nicht.

Edek sagte dem Fahrer, daß er sie zum Hotel zurückbringen solle. Die ganze Rückfahrt über schwieg Edek. Sie hielten vor dem Hotel. Sogar das Grandhotel Victoria sah nach dem, was das Ghetto von Łódź gewesen war, einladend und vertraut aus.

»Soll ich für dich packen?« sagte Ruth zu Edek.

»Bist du verrückt?« sagte Edek.

»Das war einer meiner weniger verrückten Vorschläge«, sagte Ruth.

»Da muß ich dir zustimmen, um ehrlich zu sein«, sagte Edek. »Du hast viel verrücktere Einfälle.« Ruth legte ihrem Vater den Arm um die Schulter. Sie gab ihm einen Kuß auf die Wange.

»Danke, daß du mich erträgst«, sagte sie.

»Ich muß verrückt sein«, sagte er. Ruth lachte.

»Laß uns packen, und dann treffen wir uns unten.«

Ruth packte langsam. Alles an ihr war kraftlos. Ihre Augen, ihre Glieder, ihr Gehirn. Sie trug jeden Gegenstand einzeln zum Koffer. Sie war so froh, Łódź zu verlassen. Sie kam sich schmutzig vor. Sie hatte nicht genug Zeit, um zu duschen. Sie suchte nach ihrem Parfum. Etwas Parfum würde sie erfrischen. Sie liebte ihr Parfum. Seit Jahren benutzte sie das gleiche Parfum, Fracas von Robert Piguet. Sie konnte es nirgends finden. Wo konnte sie es nur hingetan haben? Sie sah im Badezimmer nach. Den Schrank im Badezimmer hatte sie bereits geleert. Das Parfum war nicht im Bad. Sie sah in ihrem Koffer nach. Dort war es auch nicht. Daß sie ihr Parfum verlegt hatte, irritierte sie. Sie konnte Unordentlichkeit nicht leiden.

Sie sah auf die Liste der Dinge, die sie in ihre kleinere Reisetasche packen wollte. Oben auf der Liste standen die Fotos aus der Kamedulskastraße. Wenn sie diese Fotos verlor, würde sie sterben, dachte sie. Dann wurde ihr klar, wie absurd dieser Gedanke war. Man starb nicht, wenn man andere Menschen verlor, von ein paar Fotos ganz zu schweigen. Aber sie hatte keine Menschen zu verlieren. Sie hatte nur diese Fotos. Sie verstaute den Umschlag mit den Fotos sorgfältig in ihrer Tasche. Dann sah sie sich nach den Fotofilmen um, die sie gekauft hatte. Der neue Film befand sich zusammen mit bereits benutztem Film in einer kleinen Tüte. Auf dem Weg nach Krakau wollte sie ein paar Fotos machen. Sie sah in die Tüte. Dort war nur der belichtete Film.

Ruth war verblüfft. Sie mußte wirklich allmählich den Verstand verlieren, dachte sie. Sie erinnerte sich, daß sie vier neue Filmrollen in die Tüte gesteckt hatte. Dann kam ihr die Erkenntnis. Natürlich – das Parfum und die Filmrollen waren gestohlen worden. Sie setzte sich auf das klumpige Bett und begann zu weinen. Sie weinte hemmungslos. Es kam ihr idiotisch vor, über verlorenes Parfum und Filmrollen zu weinen. Sie wußte, daß sie über viel mehr als nur das weinte. Sie mußte zu weinen aufhören, dachte sie. Sie wischte sich die Augen. Sie packte zu Ende.

Sie rief Edek an. »Bist du soweit?« sagte sie.

»Ich bin fast fertig«, sagte er. »Aber ich kann meine Rasierklingen nicht finden. Ich hatte ein neues Päckchen. Mit zwölf Rasierklingen. Solche, was man wegwirft.«

»Einwegrasierer«, sagte Ruth.

»Ich kann nicht finden, wo ich sie hingetan habe«, sagte Edek.

»Ich glaube, du könntest sie in der Tasche eines der Hotelangestellten finden«, sagte Ruth.

»Was?« sagte Edek.

»Mein Parfum und ein paar Rollen Film für den Fotoapparat sind auch verschwunden«, sagte Ruth. »Sie wurden gestohlen.«

Edek begann zu lachen. »Ich dachte schon, ich wäre nicht mehr bei Trost«, sagte er.

»Ich auch«, sagte sie.

»Vielleicht sind wir nicht bei Trost«, sagte er. »Warum wären wir sonst nach Łódź gekommen?«

»Ich kann es nicht fassen, daß sie unsere Sachen gestohlen haben«, sagte Ruth.

»Sie haben meine Rasierklingen und dein Parfum gestohlen?« sagte Edek.

»Und die Filme«, sagte sie. Edek lachte wieder. Er hörte nicht mehr zu lachen auf. Sein Lachen steckte Ruth an.

»Sie haben uns schon wieder reingelegt«, sagte Edek.

»Wir treffen uns unten«, sagte Ruth. Sie lachte noch immer.

Stefan war bereits da, als Ruth herunterkam. Edek umarmte ihn. Stefan schien sich zu freuen, Edek wiederzusehen. Ruth winkte Stefan zu und ging zur Rezeption, um zu zahlen. Sie mußte zehn Minuten warten, bis der Hotelcomputer die Rechnung ausdruckte. Sie sah sich nach Edek um. Er verteilte Trinkgelder. Tringeld für den Türsteher, Trinkgeld für den Portier. Ruth ging eiligen Schritts zu ihm.

»Warum gibst du diesen Leuten Geld?« sagte sie. »Sie haben unsere Sachen gestohlen.«

»Woher willst du wissen, daß sie es waren?« sagte Edek.

Vielleicht hatte er recht, dachte sie. Sie ging zur Rezeption zurück, um sich die Quittung geben zu lassen. Sie lächelte den Portier und den Türsteher an. Sie war glücklich abzufahren. Sie stieg in den Mercedes. Sie war glücklich, in dem Mercedes zu sitzen. Sie war sogar glücklich, Stefan wiederzusehen.

Sie verließen Łódź in Rekordzeit. Ruth fragte sich, ob Edek Stefan angewiesen hatte, sich zu beeilen. Sie war davon überzeugt, daß Edek genauso glücklich wie sie war, Łódź zu verlassen.

Schon bald befanden sie sich in einem ländlicheren Polen. Die Landschaft sah friedvoll aus, fand Ruth. Bauernhöfe und Hühner. Kleine Bauernkaten und schneebedeckte Büsche. Hie und da eine Kuh und ein paar Pferde. Ein paar Ziegen, die angebunden waren. Alles war so still. So wohltuend. Die meisten Bauernhäuser waren mit religiösen Symbolen geschmückt. Jesus am Kreuz, Muttergottesschreine, Kreuze. Manche der Schreine waren sehr aufwendig. Sie sahen fast aus wie kleine Kapellen. Kaum ein Haus war ohne Hinweis auf die Religiosität seiner Bewohner. Diese Beweise der Gottesfurcht waren überall in der Landschaft verstreut.

Sie kamen an Eseln und Karren vorbei, Eseln, die mit Kohle beladen waren, und Eseln, die Stroh trugen. Sie kamen an einem Mann vorbei, der aus Zweigen einen Besen band. Ruth war froh, daß sie aus der Stadt heraus waren. Sie fuhren an einer riesengroßen Muttergottesstatue vor einem Bauernhof vorbei. »Sieh dir diese Madonna an«, sagte Ruth zu Edek. Doch Edek hörte sie nicht. Er saß vorne und unterhielt sich mit Stefan.

Eine Minute später drehte Edek sich zu Ruth um. »Hast du was von Madonna gesagt?« sagte er. Ruth wollte ihm gerade erklären, daß sie ein Bildwerk der Muttergottes meinte, der Heiligen Jungfrau, und nicht des Popstars Madonna, als Edek sagte: »Diese Madonna wird es noch zum Star bringen.« Ruth brachte es nicht übers Herz, ihm zu sagen, daß Madonna bereits so sehr Star war, wie man es nur sein konnte. Im Vorjahr hatte Edek prophezeit, daß Michael Jackson es noch weit bringen würde. Er hatte damit kein Michael-Jackson-Revival voraussagen wollen. Edek hatte einfach nicht mitbekommen, daß Michael Jackson es schon ziemlich weit gebracht hatte.

Stefan war von der Landstraße auf eine Autobahn gefahren. Ruth war traurig, die ländlichen Idyllen zu verlassen. Edek und Stefan hatten sich seit ihrer Abfahrt ununterbrochen unterhalten. Ruth hörte, wie Stefan Edek zu seinem Polnisch beglückwünschte. »Den

Tag werde ich rot anstreichen«, sagte Edek zu Stefan. Ruth war sich nicht sicher, ob sie verdeutlichen sollte, daß Edek »im Kalender rot anstreichen« gemeint hatte, oder ob sie ihn darüber aufklären sollte, daß er englisch mit Stefan gesprochen hatte. Unvermittelt bemerkte Edek sein Versehen. Er lachte dröhnend. »Ich habe englisch mit Ihnen gesprochen«, sagte er zu Stefan. Dann schlug er sich an die Stirn und erklärte Stefan seinen doppelten Versprecher. Beide lachten schallend. Ruth lächelte. Sie war froh, daß Edek glücklich war.

Zwei Minuten später ließen Edek und Stefan laute Hallos und Ohos ertönen. Stefan fuhr langsamer. Ruth schaute aus dem Wagenfenster. Vor ihnen befanden sich beinahe mitten auf der Autobahn zwei Frauen. Zwei Frauen, die wie verrückt mit den Hüften wackelten. Das Hüftenwackeln dieser Frauen war mehr als unmißverständlich. Die zwei Frauen boten jedem Vorbeikommenden, den sie mit ihrem Hüftwackeln herbeilocken konnten, Sex an.

Ruth traute ihren Augen nicht. Solche Prostituierte hatte sie noch nie gesehen. Die eine der beiden hatte eine riesige gelbe Mähne, leuchtendrote Wangen, dick schwarzumrandete Augen und einen großen knallrosa Mund. Die andere war schwarzhaarig und schwarzäugig. Beide trugen Hot pants unter Wintermänteln. Die Schwarzhaarige winkte einem Lastwagenfahrer zu, der von der Autobahn herunterfuhr.

»Sie hat einen Kunden gefunden«, sagte Edek zu Stefan.

»Du mußt polnisch sprechen, wenn er dich verstehen soll«, sagte Ruth, obwohl sie Edek nicht gern zu verstehen gab, daß sie die Prostituierten gesehen hatte. Es wäre schlechterdings unmöglich gewesen, sie nicht zu sehen, denn Stefan fuhr im Kriechtempo. Edek und Stefan sahen die Frauen an und kicherten. Sie senkten die Stimme. Ruth konnte nicht hören, was sie sagten. Sie dachte sich, daß es besser so war. Für ihren Seelenzustand war es besser, wenn sie nicht erfuhr, was die beiden sagten.

Ruth begriff, warum die Prostituierten ihre Hüften mit so übertriebenen, drastischen Bewegungen rotieren ließen. Sie mußten übertreiben. Sie hatten nur einen kurzen Zeitraum, eine zeitlich begrenzte Möglichkeit, ihre Botschaft an den Mann zu bringen. Weniger aufdringliche Bewegungen würden von einem fahrenden Wagen aus nicht wahrgenommen werden.

»Wir halten doch nicht etwa an, oder?« sagte Ruth zu Edek. Stefan mußte den strengen Ton ihrer Stimme bemerkt haben, denn er gab Gas.

Sie sollte unterwegs etwas Arbeit erledigen, dachte sie. Sie sollte Max ein Fax schicken, in dem sie erklärte, daß es nicht möglich sei, das Copyright an einem ihrer Briefe zu verkaufen. Es war zu riskant, garantieren zu wollen, daß man nie für einen anderen den gleichen Brief schreiben würde. Wie viele Wörter durften nicht wiederholt werden? Einzelne Sätze? Einzelne Wörter? Es war zweifellos ein unerfüllbares Verlangen. Max würde Mr. Kendall mitteilen müssen, daß er das Copyright an dem von ihr verfaßten Brief, mit dem er sich geweigert hatte, seinen Namen für eine Unterschriftenaktion herzugeben, nicht erwerben konnte. Sie holte Stift und Papier hervor. Sie würde Max in einem Fax die Problematik darstellen, die der Verkauf eines Copyrights bedeutete. Sie blickte auf das leere Blatt Papier. Sie fühlte sich zu müde, um irgend etwas zu schreiben. Sie war sogar zu müde, um einen Einkaufszettel zu verfassen. Sie war erschöpft. Sie steckte das Papier weg.

Sie spürte, wie sie wegdämmerte. Sie versuchte wach zu bleiben. Sie schlief nie tagsüber. Sie hatte gelesen, daß Menschen, die an Schlaflosigkeit leiden, keine Nickerchen machen sollten. Sie litt nicht an Schlaflosigkeit, sondern an gelegentlichen Schlafstörungen. Sie dachte, es sei eine gute Präventivmaßnahme gegen jegliche potentielle Schlaflosigkeit, wenn sie tagsüber unter keinen Umständen schlief. Es fiel ihr immer schwerer wach zu bleiben. Sie überlegte, ob sie ein Gespräch mit Edek beginnen sollte. Aber er plauderte so glücklich mit Stefan. Sie wollte ihn dabei nicht stören. Sie fragte sich, wie lange es noch dauern würde, bis sie Krakau erreichten.

»Ruthie, Darling«, sagte Edek.
»Was willst du?« sagte sie.

»Du bist eingeschlafen.«

»Nein, das bin ich nicht«, sagte sie. »Ich schlafe nie tagsüber.« Sie sah aus dem Wagenfenster. Draußen war es dunkel. Sie war offenbar eingeschlafen. »Wo sind wir?« sagte sie.

»Wir sind bald in Krakau«, sagte Edek.

»Bald in Krakau?«

»Ich habe dir doch gesagt, daß du hast geschlafen«, sagte Edek.

Ruth war völlig verwirrt. Sie mußte über zwei Stunden geschlafen haben. Sie fühlte sich ganz zerschlagen. »Ich war sehr froh, daß du hast geschlafen«, sagte Edek.

»Hast du auch geschlafen?« sagte Ruth.

»Nein«, sagte Edek. »Aber ich bin nicht so müde wie du.«

»Łódź war ganz schön anstregend, nicht wahr?« sagte sie.

»Das kannst du laut sagen, Bruder«, sagte Edek.

Sie fuhren vor dem Hotel vor. Ruth kramte ein paar Pfefferminzpastillen hervor. Sie hoffte, daß der scharfe Geschmack sie zur Besinnung bringen würde.

»Bezahlst du Stefan, während ich uns eintrage?« sagte Ruth.

»Okey dokey«, sagte Edek. Okey dokey, dachte Ruth. Warum war ihr Vater so gut aufgelegt? Vielleicht weil sie nicht mehr in Łódź waren. Jeder, der Łódź verließ, mußte gute Laune bekommen.

Ruth legte dem etwa dreißigjährigen Mann an der Rezeption ihre Kreditkarte hin. »Zwei Zimmer auf den Namen Rothwax«, sagte sie.

»Sie sind hier, um das Auschwitz-Museum zu besuchen«, sagte der Mann. Ruth war entsetzt. Woher konnte er wissen, weshalb sie nach Krakau gekommen waren? Konnte er ihr ansehen, daß sie Jüdin war? Oder erkannte er Rothwax vielleicht als jüdischen Namen? Suchten alle Juden, die Krakau besuchten, Auschwitz auf?

»Ich bin nicht hier, um das Auschwitz-Museum zu sehen«, sagte sie mit lauter Stimme zu dem Mann an der Rezeption. »Ich bin hier, um das Todeslager Auschwitz zu besuchen.« Der Mann hüstelte nervös. Er sah betreten aus. Sie hatte lauter als beabsichtigt gesprochen. »Ich bin hier, um das Todeslager Auschwitz zu besuchen«, wiederholte sie mit leiserer Stimme. Der Mann senkte den Blick.

»Ich kann Ihnen einen guten Fahrer besorgen«, sagte er. »Das Museum liegt etwa vierzig Meilen westlich von Krakau.«

»Sie meinen das Todeslager«, sagte Ruth.

Er nickte. »Ich kann Ihnen einen sehr guten Fahrer mit einem Mercedes besorgen«, sagte er.

Polen schienen Experten darin zu sein, Juden mit Fahrern zu versorgen, die einen Mercedes fuhren, dachte Ruth. Vielleicht wurden die Fahrer mit Mercedes nicht nur Juden angeboten. Mercedes für Juden, dachte Ruth. Ein bizarres Geschäft. Edek war zu ihr getreten.

»Wir wollen zwei Zimmer nicht weit auseinander«, sagte er. »Ich will in der Nähe meiner Tochter sein.«

»Selbstverständlich«, sagte der Mann an der Rezeption.

»Stefan ist sehr glücklich«, sagte Edek. »Ich habe ihm ein gutes Trinkgeld gegeben.«

»Daran zweifle ich nicht«, sagte Ruth.

»Sie haben zwei benachbarte Zimmer«, sagte der Mann an der Rezeption.

»Vielen herzlichen Dank«, sagte Edek.

»Soll ich Ihnen einen Fahrer zum Auschwitz-Museum besorgen?« sagte der Mann an der Rezeption zu Ruth.

»Es ist ein Todeslager«, sagte sie.

»Wozu streitest du mit ihm?« fragte Edek.

»Ich weiß es nicht«, sagte sie.

»Stefan wartet, um dir auf Wiedersehen zu sagen«, sagte Edek.

Ruth ging zur Eingangstür, wo Stefan auf sie wartete. Stefan lächelte sie an. »Vielen herzlichen Dank«, sagte Ruth zu Stefan. Edek und Stefan umarmten einander. »Kommen Sie gut zurück«, sagte Edek zu Stefan. »Bleiben Sie gesund«, sagte Stefan zu Edek. Wieder umarmten sie sich. Ruth schüttelte den Kopf. Diese Freundschaft überstieg ihr Begriffsvermögen. War es eine Freundschaft? Sie wußte es nicht. Sie war viel zu müde, um sich darüber den Kopf zu zerbrechen. »Alles Gute, Miss Rothwax«, sagte Stefan zu Ruth. Ruth streckte ihm die Hand hin. Stefan beugte sich darüber und küßte ihr die Hand. Sie lächelte ihn an.

»Danke, daß Sie sich um uns gekümmert haben«, sagte sie.

Zwölftes Kapitel

Das Summen einer Stimme erklang über den ganzen Planty, den Park, der dem Verlauf der alten Befestigungsanlagen folgte und die Altstadt Stare Miasto im Herzen Krakaus umschloß.

Ruth wurde nervös. Es war sieben Uhr morgens. Sie war seit einer Stunde auf dem Weg gelaufen, der am Planty entlangführte. Der ungepflasterte Weg war uneben. Sie hatte sich bemüht, nicht auf vereinzelten Eispfützen auszurutschen. Es waren kaum Leute zu sehen. Der Weg verlief nahe genug an der Straße, daß sie sich sicher fühlen konnte. Ein Mann mittleren Alters durchquerte den Park diagonal vor ihren Augen. War er der Sänger? Sie sah zu ihm hin. Er sah nicht aus, als singe er.

Und auf einmal erkannte Ruth die Stimme. Es war kein Pole. Es war Höß. Höß war hier in Krakau. Sie verspürte Frustration und Aufregung.

»Sie haben mich am Singen erkannt, sehe ich«, sagte Höß. Er klang sehr aufgeräumt, beinahe munter.

Warum war Höß so gut gelaunt, fragte sich Ruth. Sie hörte zu laufen auf. Sie bückte sich, um ihren Schnürsenkel zu binden. Sie brauchte wirklich neue Laufschuhe. Sie war davon überzeugt, daß sie in diesen Schuhen mehr als fünfhundert Meilen gelaufen war, und sie wußte, daß Sportschuhe nach fünfhundert Meilen den größten Teil ihres Stoßabsorptionsvermögens einbüßen. Wie konnte sie jetzt an ihre Schuhe und deren Schockabsorptionsvermögen denken? Sie befand sich in Polen, in Krakau, im Planty, früh am Morgen und sprach mit Rudolf Höß.

»Ich dachte, ich wäre Sie endlich für immer los«, sagte sie zu Höß.

»So leicht ist es nicht, mich loszuwerden«, sagte Höß.

»Sie wollen sagen, daß es möglich ist?«

»Wenn Sie das nicht wissen, warum sollte ich es Ihnen dann verraten?« sagte er.

»Ich verrate Ihnen auch Dinge«, sagte Ruth.

»Und ich revanchiere mich dafür«, sagte Höß. »Sie wissen etwas nicht, was Sie wissen müssen«, sagte er.

»Ich weiß vieles nicht, was ich wissen muß«, sagte Ruth. Sie zurrte ihren Schrittzähler zurecht. Er hatte begonnen, sich in ihren Bauch zu graben. Die Kopfhörer ließ sie auf. Von der Kälte bekam sie manchmal Ohrenschmerzen.

»Ihr Vater weiß etwas, was Sie nicht wissen«, sagte Höß.

»Natürlich tut er das«, sagte Ruth. »Ich habe schließlich nicht sein Leben gelebt.«

»Er weiß etwas, was Sie wissen müssen«, sagte Höß. »Und er hat es seit Jahren gewußt. Seit Jahrzehnten. Fragen Sie ihn danach.«

»Sie geben mir noch mehr Ratschläge?« sagte Ruth. »Heute ist offenbar mein Glückstag.«

»Ich sehe, daß Sie meine Worte nicht ernst nehmen«, sagte Höß.

»Sie können sehen?« sagte Ruth.

»Ich kann sehen«, sagte Höß. Er holte tief Luft. Ruth hörte, wie er die Luft einsog. Höß atmete also dieselbe Luft wie alle anderen. Dieselbe Luft, die sie atmete. Wie gespenstisch, dachte Ruth.

»Edek Rothwax hat sich entschieden, Ihnen nichts davon zu sagen«, sagte Höß.

»Sie wissen, wie mein Vater heißt?« sagte Ruth.

»Selbstverständlich«, sagte Höß. »Warum überrascht Sie das? Sie und ich, wir wissen eine Menge übereinander.« Ruth nahm einen Schluck Wasser. Sie kam sich dehydriert vor. »Ich will Ihnen nur helfen«, sagte Höß.

»Was für ein Witz«, sagte Ruth. Sie lachte.

»Ich meine es ernst«, sagte Höß. »Ich will Ihnen helfen.«

Ruth blieb ganz gelassen. Solange Höß er selbst blieb, konnte sie es mit ihm aufnehmen. Aber wenn er Gefahr lief, sich in Mutter Teresa zu verwandeln, verlor sie jeden Rest Geduld. Die Erkenntnis, daß sie es mit Höß aufnehmen konnte, überraschte sie. Es war eine Offenbarung.

»Tun Sie nicht so, als wollten Sie mir helfen«, sagte Ruth. Sie grub die Ferse leicht in den Boden. Höß wand sich. Ein leiser Aufschrei entrang sich seinen Lippen.

»Ich tue nicht so«, keuchte er.

Ruth richtete sich auf. Die Stelle, an der sie ihre Ferse eingraben wollte, war gefroren, und sie wäre fast gestürzt. »Verpissen Sie sich«, sagte sie. »Sie bringen mich zum Kotzen.«

»Warum wollen Sie sich so obszön ausdrücken?« sagte Höß. »Auch wenn mein Englisch besser geworden ist, können Sie mich damit nicht verletzen.«

»Sie sollten sich ruhig damit vertraut machen, denn Englisch ist die Sprache der Zukunft in Europa. Das heißt, falls Sie eine Zukunft haben«, sagte Ruth.

»Selbstverständlich habe ich eine Zukunft«, sagte Höß. »Das habe ich Ihnen schon erklärt. Tote haben eine Zukunft. Eine Zukunft, die so kompliziert ist, wie man es sich nur wünschen kann.«

»Was für Komplikationen meinen Sie damit?« sagte Ruth.

»Es gibt Dinge, die man als Toter wiederholen muß«, sagte Höß. »Bestimmte Teile des eigenen Lebens und manchmal des eigenen Todes.«

»Wirklich?« sagte Ruth. »Das klingt nicht sehr einladend.«

»Im Himmel hat das Wiederholen des Lebens eine andere Konnotation«, sagte Höß. »Mir ist aufgefallen, daß sie im Himmel im großen und ganzen die angenehmen Aspekte ihres Lebens wiedererleben.«

»Aber nicht im Zweiten Himmelslager?« sagte Ruth.

»Nein«, sagte Höß. Er klang trübselig.

»Das freut mich«, sagte sie. Höß überhörte ihre Bemerkung.

Ruth stellte sich das Zweite Himmelslager als Universum voller Leute vor, die ihr Leben und Sterben wiederholten und zu berichtigen versuchten. Und dabei aller Wahrscheinlichkeit nach jeden Aspekt ihres früheren Lebens wiederholten. Es war schwer, sich zu ändern, zu lernen, sogar aus den eigenen Erfahrungen.

»Ich habe gehört, daß Englisch die Hauptsprache Europas werden soll«, sagte Höß. »Im Himmel bekommen alle Europäer Englischunterricht für Fortgeschrittene. Wir im Zweiten Himmelslager müssen uns diese Vergünstigung erst sauer verdienen.« Er seufzte. »Wir müssen uns offenbar alles sauer verdienen.«

»Tja, ohne Fleiß kein Preis«, sagte Ruth. Höß schwieg. »Das war ein Scherz«, sagte sie. »Es ist ein Sprichwort.« Sie schüttelte verärgert den Kopf. Warum brachte sie Höß Sprichwörter bei?

»Heute morgen habe ich gehört, daß die deutsche Regierung noch mehr Niederlassungen des Goethe-Instituts auf der ganzen Welt schließen will«, sagte Höß. »Sie wissen, was das ist?«

»Selbstverständlich«, sagte sie. »Das Goethe-Institut hat die Aufgabe, die deutsche Sprache im Ausland zu verbreiten. Mit dreizehn habe ich am Goethe-Institut von Melbourne in Australien einen Preis für meinen Vortrag des *Erlkönigs* bekommen.«

»Das weiß ich«, sagte Höß.

»Das wissen Sie?« sagte Ruth. Ihr war sonderbar zumute. Was wußte Höß sonst noch über sie? Und seit wann wußte er über sie Bescheid? Seit wann beobachtete er sie – falls er sie beobachtet hatte?

»Selbstverständlich«, sagte Höß. Worauf war das die Antwort, fragte sich Ruth. Auf ihre Frage oder auf ihre Gedanken? Sie nahm noch einen Schluck Wasser. Ihr war ganz elend zumute. Das bewirkte Höß jedesmal. Er bewirkte, daß ihr schlecht wurde.

»Sie litten an streßbedingter Übelkeit, lange bevor Sie mich kennenlernten, oder etwa nicht?« sagte Höß. Ruth nickte. »Es wurden bereits dreiundzwanzig Goethe-Institute in verschiedenen Ländern geschlossen«, sagte er. »Indem die deutsche Sprache zurückgedrängt wird«, sagte Höß, »verliert Deutschland an Einfluß auf das Weltgeschehen.«

»Das wäre vielleicht nicht das schlechteste«, sagte Ruth. Plötzlich spürte sie, daß Höß Unwohlsein ausstrahlte. Woran sie das erkennen konnte, wußte sie nicht genau. Eine kleine Veränderung. Etwas Unmerkliches. Ein Ton, eine Nuance, ein leises Geräusch. Ein Bekunden von Unwohlsein, Verstörung, Unruhe.

»Ich weiß, wohin es geht«, sagte Höß.

»Ich gehe zum Hotel zurück«, sagte Ruth.

»Ich weiß, wohin es geht«, sagte er. »Ich weiß, warum Sie hergekommen sind.«

»Wirklich?« sagte sie. »Ich wollte, ich wüßte es auch.«

»Das ist nicht der richtige Zeitpunkt für Späße«, sagte Höß.

Seine Stimme klang sonderbar. Sein forsches Auftreten war geschwunden. Er klang wie in Panik. »Sie fahren nach Auschwitz«, sagte er.

»Oh, das bringt Sie so aus dem Häuschen«, sagte sie.

Höß hustete. »Ich bin überhaupt nicht aus dem Häuschen«, sagte er.

»Wenigstens wissen Sie, daß es ein Todeslager ist und nicht ein Museum«, sagte Ruth.

»Selbstverständlich weiß ich das«, sagte Höß. »Ich habe persönlich Insassen des Zweiten Himmelslagers auf diesen Irrtum hingewiesen.«

»Ich wette, bei euch oben gibt es eine Menge Polen, die ›Auschwitz-Museum‹ sagen«, sagte Ruth. »Müssen Sie die am häufigsten auf ihren Irrtum hinweisen?«

»So könnte man es ausdrücken«, sagte Höß. »Obgleich auch andere immer wieder diesem Irrtum unterliegen.«

Ruth seufzte. Es war deprimierend, sogar bei Toten solchen Euphemismen zu begegnen.

»Ich war nicht Kommandant in einem Museum«, sagte Höß.

»Das wäre in Ihren Augen eine Degradierung, nicht wahr?« sagte Ruth.

»Selbstverständlich«, sagte Höß. Ruth war es, als habe sie nach seiner Antwort ein dumpfes Geräusch gehört.

»Jeder Deutsche hatte sich seiner Sache mit ganzem Herzen zu widmen, damit wir den Krieg gewannen«, sagte Höß.

»Und das haben Sie getan?« sagte Ruth. »Ich dachte, Sie ermordeten Juden.«

»Ich habe gewisse Teile der Bevölkerung eliminiert«, sagte Höß. »Das war mein Hauptziel. Aber es war auch mein Bestreben, sicherzustellen, daß diese Unternehmung unsere Kriegsanstrengung unterstützte. Damit entsprach ich nur den Direktiven des Reichsführers-SS. Er erklärte unmißverständlich, daß wir alles zu opfern hatten«, sagte Höß, »um unser großes Ziel zu erreichen. Den Krieg zu gewinnen.«

»Den Häftlingen haben Sie keine Opfer gebracht«, sagte Ruth. »Sie haben sie noch schneller in den Tod getrieben und die Kraftreserven jedes einzelnen Juden gnadenlos ausgebeutet. Ihre Haare, ihre Zähne, alles an ihnen. Sie haben ihnen noch weniger zu essen gegeben, sie noch härter arbeiten lassen, sie schneller beseitigt und ihre Leichen ausgeplündert, nachdem Sie ihren Besitz bereits an sich gebracht hatten. Sie haben sich noch weniger um sie gekümmert, sofern das überhaupt möglich war. Kein roter Heller sollte auf einen Häftling verschwendet werden.«

»Sie verstehen genau, worum es ging«, sagte Höß.

»Ich verstehe es?« sagte Ruth. »Ich werde es nie verstehen.« Sie überlegte, ob sie Höß treten konnte. Ihm einen Tritt verpassen, indem sie ihre Ferse tief in den Boden bohrte. Doch wozu? Wenn es ihr um Vergeltung ging, dann würde sie treten müssen, bis ihr die Füße abfielen.

»Himmler hat unmißverständlich klargestellt, daß die strengen Lagerbedingungen von zweitrangiger Bedeutung waren«, sagte Höß.

»Von zweitrangiger Bedeutung?« sagte Ruth. »Wäre ›ohne Bedeutung‹ nicht zutreffender?«

»Warum müssen Sie mich immer unterbrechen?« sagte Höß. »Ich versuche gerade, Ihnen eine ausgesprochen komplexe Situation zu schildern. Im Sommer 1941 erteilte der Reichsführer-SS mir die eindeutige Order, alles zu tun, um Auschwitz für Massenvernichtungen einzurichten«, sagte Höß.

»Himmler war also an allem schuld?« sagte Ruth. »Wollen Sie das damit sagen?«

»Die Befehle des Reichsführers-SS waren kein Erörterungsthema«, sagte Höß. »Es waren Befehle, nicht Vorschläge. Selbstverständlich hatte ich keine Ahnung von den Folgen, den Ergebnissen dieser Befehle.«

»Ich denke, wir könnten uns darin einig sein, daß das unstreitige und naheliegende Ergebnis eine Menge Toter war«, sagte Ruth.

»Damals war ich mir über die Konsequenzen nicht im klaren«, sagte Höß.

»Konsequenzen für wen?« sagte Ruth. »Für Sie?«

»Konsequenzen im allgemeinen«, sagte Höß.

»Kommen Sie mir nicht mit diesem Scheiß«, sagte Ruth. »Sie meinen doch Konsequenzen für Sie, oder etwa nicht?«

»Ja, ja«, sagte Höß.

»Sie werden noch Jahre in Ihrem Lager bleiben«, sagte Ruth, »Jahrzehnte. Ich bezweifle, ob Sie jemals die berühmten Tore des Himmels zu sehen bekommen werden.«

»Sie wollen mich nur ins Bockshorn jagen«, sagte Höß.

»Ich will gar nichts«, sagte Ruth. Sie bewegte leicht die Ferse. Ein leises Geräusch, eine kleine Schallwelle, ließ sie wissen, daß Höß zusammengezuckt war. Er hatte ihre Bewegung gespürt.

»Die Anordnung des Reichsführers-SS war zweifellos eine bedauerliche und unmenschliche Anordnung«, sagte Höß.

»Geben Sie klein bei?« sagte Ruth. »Das kann doch nicht sein.«

»Wie ich sagte, war es zweifellos unmenschlich und bedauerlich«, sagte Höß. »Und exzessiv. Aber dessen ungeachtet erschienen mir die ausschlaggebenden Gründe für das Vernichtungsprogramm einleuchtend zu sein.«

»Gott sei Dank sind Sie noch immer der alte«, sagte Ruth. »Eine Sekunde lang hatte ich befürchtet, Sie hätten sich in einen Menschenfreund verwandelt.«

Höß lachte. Ein dünnes, hinterhältiges Lachen. Das Lachen jagte Ruth einen Schauder über den Rücken. Lachte Höß über die Vorstellung von sich als einem Menschenfreund? Oder lachte er vor Freude über die Beständigkeit seiner Ansichten?

»Ich fürchte, die Gründe und Voraussetzungen für die Massenvernichtungen halten Sie heute noch für valide«, sagte Ruth. Höß hörte zu lachen auf.

»Heute wie damals«, sagte er. »Die Frage, ob diese Massenvernichtung von Juden notwendig war oder nicht, war keine Frage, die ich persönlich hätte beantworten können. Ich verfügte nicht über das erforderliche Wissen. Ich hatte keinen Überblick über die Lage.«

»Wahnsinn«, sagte Ruth. »Sie haben immer noch den Eindruck, es wäre möglich, Hitlers Programm unter verschiedenen Aspekten zu sehen?«

»Der Reichsführer-SS war Sprachrohr des Führers«, sagte Höß. »Für mich war es nicht anders, als wenn der Führer persönlich die Anordnungen gegeben hätte.«

»Wahrscheinlich wäre es in Ihrem Interesse, diesen unbedingten Gehorsam nicht so herauszustreichen«, sagte Ruth.

Höß schien das nicht zu verstehen. »Die Endlösung der Judenfrage mußte angegangen werden. Es wäre mir niemals in den Sinn gekommen, die Befehle des Führers in Frage zu stellen«, sagte er.

Ruth war deprimiert. Sie wollte nicht noch mehr hören.

»Viele hacken auf mir herum«, sagte Höß. »Sogar im Zweiten Himmelslager. Ich weiß nicht warum. Was ich getan habe, war nicht nur falsch. Ich war Nationalist. Viele Länder huldigen dem Nationalismus, auch das demokratische England. Jeder englische Patriot hat den Wahlspruch: *My country, right or wrong.*«

»Ich bin mir nicht sicher, ob Sie da nicht Patriotismus und Nationalismus verwechseln«, sagte Ruth. »Patriotismus könnte eine Voraussetzung sein, um in den Himmel zu kommen.«

»Nein, das stimmt nicht«, sagte Höß. »Patriotismus ist nicht erwünscht. Menschlichkeit ist erwünscht.«

»Dann sieht es schlecht für Sie aus«, sagte Ruth. »Menschlichkeit lernt man nicht so ohne weiteres.«

»Im Zweiten Himmelslager gibt es viele Kurse in Menschlichkeit«, sagte Höß.

»Haben Sie schon so einen Kurs besucht?« sagte Ruth.

»Das darf ich nicht«, sagte Höß. »Man muß zuerst das Sensibilitätstraining bestanden haben, bevor man sich zu einem Kurs in Menschlichkeit anmelden darf.«

»Das ist Voraussetzung?« sagte Ruth.

»Bedauerlicherweise ja«, sagte Höß.

»So bedauerlich ist das nicht«, sagte Ruth. »Wenn Sie schon mit der Sensibilität nicht zurechtkommen, dann würde die Menschlichkeit Sie erst recht in Schwierigkeiten bringen.«

Höß ließ einen Seufzer vernehmen. Einen Seufzer, der so lange währte, daß jedes Gramm Luft seine Lunge verlassen haben mußte, falls er noch eine Lunge besaß. »Ich muß diese Kurse absolvieren«, sagte er. »Ich halte es im Zweiten Himmelslager nicht länger aus. Es heißt, daß sie im Himmel herrliche Konzerte geben. Konzerte, bei denen die größten Musiker spielen. Im Zweiten Himmelslager hören wir hin und wieder schwache Klänge dieser Konzerte im Himmel. Gerade genug, um zu wissen, was sie spielen, aber nicht genug, um es richtig zu hören.«

Ruth fragte sich, ob Höß erwartete, daß sie ihn bedauerte. »Gestern hat Mario Lanza im Himmel ein Konzert gegeben«, sagte Höß.

»Mario Lanza?« sagte Ruth. Sie hatte seit Jahren niemanden diesen Namen erwähnen hören. Ihre Mutter hatte Mario Lanza gern gehört. Beim Geschirrspülen hatte Rooshka bisweilen *Arrivederci Roma* gesungen. Ruth wußte immer, daß ihre Mutter glücklich war, wenn sie aus der Küche den Refrain von *Arrivederci Roma* oder von *The Loveliest Night of the Year* hörte.

»Mario Lanza wurde erst nach meinem Hinscheiden bekannt«, sagte Höß.

»Nach Ihrem Hinscheiden?« sagte Ruth. »Nach Ihrer Hinrichtung, wollen Sie wohl sagen. Nachdem man Sie zu feiner Asche verbrannt hatte. Nachdem Sie ganz und gar zu Asche verbrannt waren.«

»Ja, ja, ja«, sagte Höß. Warum hatte sie *ganz und gar* gesagt? Konnte man auch teilweise zu Asche verbrannt werden? Wahrscheinlich. Warum nicht.

»Mario Lanza gibt also im Himmel Konzerte?« sagte Ruth.

»Ja«, sagte Höß finster.

Ruths Laune stieg. Vielleicht hörte ihre Mutter Mario Lanza. Sofort kam sie sich töricht vor. Ihre Mutter war tot. Sie hörte nicht Mario Lanza *If You Were Mine* singen, egal was Höß behauptete. Wahrscheinlich dachte Höß sich diesen ganzen Unsinn aus. Sie durfte ihm nicht trauen. Wie sollte man einem Geist trauen? Vor allem dem Geist eines ehemaligen Nazis. Sie korrigierte sich. An Höß' Naziverbundenheit war nichts Ehemaliges. Sie war so unverbrüchlich vorhanden wie eh und je.

»Ich weiß, was Sie denken«, sagte Höß. »Glauben Sie mir, Sie können mir vertrauen. Es liegt nicht in meinem Interesse, Ihnen etwas vorzumachen. Es geht mir besser als seit Jahren. Ich bin endlich auf dem richtigen Weg.«

»Wohin führt dieser Weg?« sagte Ruth.

»Selbst ich weiß das nicht mit Sicherheit«, sagte Höß.

»Es freut mich, daß es Ihnen besser geht«, sagte Ruth zu Höß. Sie traute ihren Ohren nicht. Auch Höß wirkte überrascht.

»Das zu hören überrascht mich«, sagte er.

»Es freut mich, daß ich Sie noch überraschen kann«, sagte Ruth. »Ich dachte, das sei nicht möglich.«

»Gestern war ich in der Messe«, sagte Höß. »Das habe ich seit mehr als achtzig Jahren nicht getan.«

»Sie haben im Zweiten Himmelslager Gottesdienste?« sagte Ruth.

»Selbstverständlich«, sagte Höß.

»Sie haben dort also auch Priester?« sagte Ruth.

»Viele hervorragende Priester«, sagte Höß.

»Wir sind nicht weit von den Bahngleisen entfernt, die nach Auschwitz führen, stimmt's?« sagte Ruth. Sie wußte, daß der Hauptbahnhof von Krakau sich nahe an der Innenstadt befand. Nicht weit von dort, wo sie jetzt stand. Sie wußte, daß einige der Transporte umgeleitet worden waren, damit sie nicht durch die Innenstadt gelangten. Höß hatte auf ihre Frage nicht geantwortet. »Wir sind nicht weit von den Bahngleisen entfernt, auf denen die Leute in Ihr Reich des Bösen befördert wurden, stimmt's?« sagte sie.

»Reich des Bösen?« sagte Höß. Er lachte. »Was wissen Sie schon über das Böse?« sagte er. Zum erstenmal klang sein Lachen bösartig. Ruth schauderte. »Sie denken, wenn Sie fünfmal mit dem linken Auge blinken, würde Sie das vor dem Bösen schützen?« sagte Höß. »Nur ein Wahnsinniger kann auf die Idee kommen, mit fünfmaligem Blinzeln könne sich jemand schützen. Könnte man böse Gedanken durch ein Blinzeln unschädlich oder ungeschehen machen, dann wäre das Zweite Himmelslager ratzekahl leer.« Er lachte dröhnend. Ruth spürte, wie der Boden im Planty neben ihr vor Höß' Gelächter vibrierte. Sie nahm sich vor, nie mehr zu blinzeln. Sie hatte den Eindruck, daß sie es nicht mehr brauchte.

»Sind Sie nervös, weil ich nach Auschwitz fahre?« sagte Ruth zu Höß.

»Nein, keineswegs«, sagte er. »Schließlich fahren Sie freiwillig hin.« Dennoch schien die Frage ihn nervös gemacht zu haben, denn er begann zu husten. Er hustete unaufhörlich. Ruth war davon überzeugt, daß ihre Frage diesen Hustenanfall herbeigeführt hatte. »Ich bin kein bißchen nervös«, sagte Höß hustend.

Ruth wartete, bis der Hustenanfall abgeklungen war. Wahrscheinlich hatte Höß recht, dachte sie. Wahrscheinlich war er nicht nervös. Warum hätte er nervös sein sollen? »Warum sollte ich nervös sein?« sagte Höß, als er nicht mehr hustete.

»Die Antwort auf diese Frage kann ich nicht einmal umreißen«, sagte Ruth. »Das würde uns zu weit führen.« Höß ignorierte ihre Worte.

»Mein Stellvertreter Fritzsch hat als erster Gas bei den Tötungen eingesetzt«, sagte Höß. »Fritzsch verwendete ein Blausäurepräparat namens Zyklon B, das wir im Lager zur Insektenvertilgung verwendeten. Fritzsch berichtete, daß er es bei Menschen erfolgreich eingesetzt hatte.«

»Warum sprechen Sie von den Vergasungen?« fragte Ruth.

»Sie haben das Thema Auschwitz immer wieder aufgebracht«, sagte Höß. »Bei der nächsten Vergasung, bei der Zyklon B eingesetzt wurde, war ich persönlich anwesend. Selbstverständlich trug ich eine Atemschutzmaske.«

»Selbstverständlich«, sagte Ruth.

»Die Vergasung fand in den Arrestzellen von Block II statt«, sagte Höß. »Die Zellen waren überfüllt. Als das Zyklon B hineingeworfen wurde, trat der Tod augenblicklich ein. Ein paar unterdrückte leise Aufschreie, und die ganze Sache war vorbei. Kein weiteres Geräusch war mehr von diesen ehemaligen Bewohnern von Block II zu vernehmen.«

Ruth nahm sich vor, nie wieder so früh am Morgen zu laufen. Offenbar hatte Höß um diese Tageszeit besonders leicht Zugang zu ihr.

»Ich kann Sie zu jeder Tageszeit erreichen«, sagte Höß, »und zu jeder Nachtzeit.«

»Und ich kann Sie jederzeit loswerden, wenn ich will«, sagte Ruth und grub ihre Ferse in den Lehmboden des Planty. Höß schrie gellend auf. Während er schrie, machte er ein gurgelndes Geräusch. Als müsse er sich jeden Moment übergeben. »Tun Sie das bloß nicht in meiner Nähe«, sagte Ruth. Höß schien sie nicht zu hören. Sie hörte ihn noch immer würgen. Und leise jammern.

»Mir ist nicht übel«, sagte Höß.

»Lügner«, sagte Ruth.

»Die Erfahrung, dieser Vergasung beizuwohnen, war eine große Beruhigung«, sagte Höß. »Die Aktionen zur Massenvernichtung von Juden standen kurz bevor, und um die Wahrheit zu sagen, hätten weder Eichmann noch ich bis zu diesem Zeitpunkt mit Gewißheit sagen können, wie die Tötungen durchgeführt werden sollten. Wir wußten zwar, daß es mit Gas geschehen sollte, doch welches Gas, auf welche Weise und in welcher Dosierung verabreicht, das wußten wir nicht. Zu meiner großen Erleichterung konnte ich jetzt berichten, daß wir nicht nur über das Gas verfügten, sondern daß wir auch ein Verfahren zu seiner Anwendung erprobt hatten!«

Ruth übergab sich. Sie hielt ihren Kopf so weit sie konnte von ihren Füßen entfernt. Sie wollte nicht auf ihre Laufschuhe kotzen. Die Heftigkeit, mit der sie sich übergab, war verblüffend. In geradezu vulkanischen Eruptionen schoß ihr Mageninhalt empor. Diese inneren Erdstöße erschreckten sie. Was geschah mit ihr? Sie kotzte weiter, bis nur noch Wasser kam. Und selbst dann spuckte sie noch.

Sie war erschöpft. Sie konnte es nicht fassen, daß sie sich in der Öffentlichkeit übergeben hatte. Mehrere Leute schauten zu ihr her. Niemand blieb stehen.

»Ihr Verdauungssystem ist nicht in Ordnung«, sagte Höß.

»Ganz andere Dinge als mein Verdauungssystem sind nicht in Ordnung«, sagte Ruth mit schwacher Stimme. In ihrem Mund war ein fürchterlicher Geschmack. Sie setzte sich. Wenigstens konnte sie jetzt unbeschwerter atmen. Sie schüttelte den Kopf. Was soeben geschehen war, entsetzte sie. Als hätten ihre Lunge und ihr Magen sich geweigert, ihre Reaktion auf das, was sie zu hören bekam, zu unterdrücken. Sie wischte sich mit den Händen das Gesicht ab.

Höß seufzte. »Seit ich diese Gespräche mit Ihnen führe, fühle ich mich viel besser«, sagte er. Ruth strich sich ihr Haar aus dem Gesicht. Sie hoffte, daß es keine Spuren von Erbrochenem aufwies.

»Im Zweiten Himmelslager bin ich nach wie vor unbeliebt«, sagte Höß. »Warum können die Leute nicht begreifen, daß ich in meinem Handeln und Denken nicht allein war, was ich auch getan haben mag? Kein Nazi war ein Einzeltäter. Das deutsche Volk stand hinter uns. Ich finde es äußerst ungerecht und irreführend, es den Nazis allein in die Schuhe zu schieben.« Seine Stimme klang winselnd. »Es ist ungerecht«, wiederholte er.

»Sie können nicht erwarten, daß allen Deutschen der Prozeß gemacht wird«, sagte Ruth. »Dafür ist ihre Schuld zu abstrakt.«

»Aber es gibt doch genug Belastungsmaterial«, sagte Höß.

»Es gibt zuviel davon«, sagte Ruth. »Zuviel für das Begriffsvermögen der Leute. Niemand will sich eingestehen, daß Tantchen oder Onkel, Opa oder Oma Mörder gewesen sein könnten. Niemand will wahrhaben, daß die eigenen Eltern von der Ermordung anderer Leute profitiert haben könnten. Leute, die man kennt, will man nicht in so einem Licht sehen.« Sie hielt inne, um Luft zu holen. »Niemand will wahrhaben, daß irgend jemand zu diesen Dingen fähig war«, sagte sie. »Zu all diesen Morden. Zu all diesem Haß.«

»Aber so war es«, sagte Höß.

»Das weiß ich«, sagte Ruth. Ihr war heiß. Sie hatte den Planty wieder und wieder umrundet. Die Sonne war herausgekommen. Eine bläßliche Wintersonne, keine strahlende gelbe Sonne. Ruth freute sich, die Sonne zu sehen. Wie merkwürdig war das Leben, dachte sie. Hier war sie in Polen, in Krakau, und war sich mit Rudolf Höß einig. Was für ein erstaunlicher Sachverhalt, dachte Ruth. Geradezu unvorstellbar. Wer auf Erden hätte so etwas für möglich gehalten? Ruth mußte über ihre letzte Wendung lachen. Sie korrigierte sie stillschweigend. Wer auf Erden oder sonstwo, falls es ein Sonstwo gab, hätte so etwas für möglich gehalten?

Gab es einen Ort wie das Zweite Himmelslager, fragte sie sich. War das Zweite Himmelslager die Hölle? Die Hölle galt als Aufenthaltsort des Satans. War Höß Satan? Oder einer von vielen Satans?

Teufel und Verdammte galten als Bewohner der Hölle. Ewiger Pein ausgeliefert. Ewigen Qualen und Strafen. Doch im Zweiten Himmelslager war eine Erlösung möglich. Man konnte sie sich verdienen. Durch den Erwerb von Erkenntnis und Verständnis konnten sich Insassen dieses Lagers allem Anschein nach aus ihm heraus- und in den Himmel hineindienen. In den Himmel, den Aufenthaltsort Gottes, der Engel und der Seelen jener, die der Erlösung teilhaftig geworden waren. Einen Ort der Schönheit und des Friedens. Falls es einen Himmel geben sollte, dachte Ruth, dann gehörte Höß nicht dorthin.

Sie war müde. Sie hielt sich seit einer Woche in Polen auf. Die Woche kam ihr vor wie ein Jahr. Wie ein ganzes Leben.

»Morgen sind wir uns vor einer Woche begegnet«, sagte Höß.

»Was?« sagte sie.

»Morgen kennen wir uns seit einer Woche«, sagte Höß.

»Wie eine Woche kommt es mir nicht vor«, sagte Ruth.

»Vielleicht ist es das auch nicht«, sagte Höß. »Vielleicht kennen wir einander schon länger.«

»Was soll das heißen?« sagte Ruth.

»Ich muß nicht alles, was ich sage, erklären«, sagte Höß.

»Ich kann Ihnen nur raten, keine derartigen Verbindungen zwischen uns herzustellen«, sagte Ruth. »Mit Ihnen verbindet mich gar nichts.«

»Da wäre ich mir nicht so sicher«, sagte Höß. Ruth hob den Fuß, um zuzutreten. »Ich bin nicht so hartherzig, wie Sie vielleicht denken«, sagte Höß.

»Es dürfte einen in der Tat hart ankommen, sich den Grad an Hartherzigkeit vorzustellen, der Sie auszeichnet«, sagte Ruth.

»Das ist nicht wahr«, sagte Höß. »Oft genug wanderten meine Gedanken, wenn ich zu Hause bei meiner Familie war, ohne Vorwarnung zu den Geschehnissen, die ich tagsüber miterlebt hatte.«

»Sie wollen sagen, wenn Sie sich abends in der Villa Höß ausruhten?« sagte Ruth. »Wenn Sie sich in Ihren Ledersessel zurücksinken ließen, inmitten all der anderen Lederwaren, die Sie hatten anfertigen lassen. Und inmitten Ihrer zahllosen Diebesbeute – Aktentaschen, Handtaschen, Koffer, Schuhe, Kinderspielzeug. Saßen Sie in Ihrem großen Sessel direkt unter dem Kronleuchter, wenn Ihre Gedanken sich bisweilen zu dem verirrten, was Sie tagsüber getan hatten?«

Höß schwieg.

»Hatten Sie es schön bequem auf dem dicken Teppich?« fragte Ruth. Höß tat so, als hätte er sie nicht gehört.

»Meine Gedanken schweiften dann«, sagte er. »Manchmal, wenn mir bestimmte Zwischenfälle einfielen, die sich während einer Vernichtungsaktion ereignet hatten, mußte ich das Haus verlassen und nach draußen gehen, weil es mir unerträglich gewesen wäre, mit den Gedanken an meine Alltagsarbeit im Kreis meiner Lieben zu verweilen.«

»Sie wollten nicht, daß Ihre Frau oder Ihre Kinder durch diese Gedanken beschmutzt wurden«, sagte Ruth. »Schreckliche Gedanken an Juden, die aus Augen, Mund und Nase bluteten. Juden mit eingeschlagenem Schädel. Kein Vater würde seine Kinder einem solchen Anblick aussetzen wollen. Welcher Vater würde seine Kinder nicht vor vergasten und verbrannten Juden in Schutz nehmen wollen?«

»Ich tat mein Bestes, um meine Frau und meine Kinder zu schützen«, sagte Höß.

»Aber Sie konnten es nicht«, sagte Ruth. »Ihre Frau und Ihre Kinder, alle fünf Kinder, die zwei Knaben und drei Mädchen, atmeten jeden Tag den Rauch der Toten ein. Die Luft, die aus den Kaminen der Öfen stieg, gelangte unmittelbar in die Lungen Ihrer Familie. Teilchen und Partikel und Reste von Juden setzten sich in Ihrer Frau und Ihren Kindern fest. Faßten Wurzel. Nichts konnte sie herausreißen.«

»Wie können Sie so etwas sagen?« sagte Höß. »Unser Haus befand sich inmitten von Bäumen. Und Blumen. Weit weg von den Kaminen.«

»Sie konnten sich gar nicht weit genug von diesen Kaminen entfernen, um ihrem Qualm zu entgehen. Auf Meilen hinaus verbreiteten sie Rauch und Ruß. Jüdischen Ruß.«

»Manchmal war das Glück meiner Frau mehr, als ich ertragen

konnte, vor allem wenn sie unser jüngstes Kind in den Armen hielt«, sagte Höß. Er klang melancholisch, beinahe kummervoll. »Ich sah sie an und mußte an das denken, was ich tagsüber zu sehen bekommen hatte«, sagte er. »Ich sah sie an und fragte mich, wie lange wohl unser Glück anhalten würde.«

Ruth war sprachlos. Sie hatte erwartet, daß Höß ein Mindestmaß an Mitgefühl für die Opfer zur Schau stellen würde. Ein wenig Beklommenheit angesichts der Diskrepanz zwischen seiner Lage und der ihren. Wie konnte sie das erwarten? Wie hatte sie soviel Menschlichkeit erwarten können?

»Meine Frau hatte kein Verständnis für die düsteren Stimmungen, die mich heimsuchten«, sagte Höß. »Sie machte dafür immer meine Arbeit verantwortlich.«

»Sie hatte kein Verständnis dafür, daß Sie sich davor fürchteten, das behagliche Leben, in dem Sie sich eingerichtet hatten, eines Tages ein Ende nehmen zu sehen«, sagte Ruth.

»So ist es«, sagte Höß.

»Sie liebten Ihre Frau, nicht wahr?« sagte Ruth.

»Ja, das tat ich«, sagte Höß. »Meine Frau war mir eine gute Ehefrau.«

»Ich bin mir sicher, daß Hedwig – ein Name, der mir gefällt – eine Spitzenehefrau war«, sagte Ruth.

»Es wäre mir lieber, wenn Sie den Vornamen meiner Frau aus dem Spiel ließen«, sagte Höß.

»So ein schöner Name«, sagte Ruth. »Hedwig Höß. Die Alliteration gefällt mir auch. Wissen Sie, was das Wort heißt?«

»Was denken Sie denn«, sagte Höß.

»Oho, Ihr Englisch wird tatsächlich immer besser«, sagte Ruth.

»Danke«, sagte Höß.

»Familie und Treue waren Ihnen wirklich wichtig, nicht wahr?« sagte Ruth.

»Ja, in hohem Maße«, sagte Höß. Er klang wieder munterer.

»Ich weiß, daß die Treue Ihnen viel bedeutet hat«, sagte Ruth. »Ich weiß, daß Sie sexuelle Beziehungen zwischen SS-Männern und weiblichen Häftlingen schärfstens verurteilt haben.«

»Ohne Frage«, sagte Höß. »SS-Offizieren und ihren Untergebenen war es strengstens untersagt, sich mit weiblichen Häftlingen abzugeben.«

»Sie wollten nicht, daß die Männer sich besudelten, nicht wahr?« sagte Ruth.

»Selbstverständlich nicht«, sagte Höß.

»Sie durften jüdische Frauen oder andere Häftlinge nicht berühren, oder?« sagte Ruth.

»Nein«, sagte Höß.

»Man kann nie wissen, was passiert, wenn man einen Juden anfaßt«, sagte Ruth.

»Das stimmt«, sagte Höß. »In dieser Hinsicht sind wir uns einig.«

Ruth lachte. »Was finden Sie daran amüsant?« sagte Höß.

»Daß wir uns einig sind«, sagte Ruth.

»Ich befahl meinen Leuten, sich von den weiblichen Häftlingen soweit wie möglich fernzuhalten«, sagte Höß. »Tätigkeiten, die größere Nähe erforderten, wurden von jüdischen Polizeibeamten oder -beamtinnen verrichtet.«

»Kapos«, sagte Ruth.

»So ist es«, sagte Höß.

»Es war nicht dumm von Ihnen, Juden von Juden überwachen zu lassen«, sagte Ruth. »Vor allem unter so unmenschlichen Bedingungen. – Sie waren empört, daß eine Ihrer weiblichen Aufsichtspersonen sexuelle Beziehungen zu einem Häftling unterhielt, nicht wahr?« sagte Ruth.

»Darüber wissen Sie Bescheid?« sagte Höß. »Ich war sehr verärgert. Wie konnte jemand nur so tief sinken?«

»Und was war mit Rapportführer Palitzsch?« sagte Ruth. » Er galt als einer Ihrer grausamsten Schergen.«

»Ich habe Rapportführer Palitzsch persönlich angezeigt«, sagte Höß. »Es hieß, er unterhalte sexuelle Beziehungen zu weiblichen Häftlingen in Birkenau. Ich habe klargestellt, daß ich so etwas nicht zulasse.«

»Manche der Männer waren verheiratet, nicht wahr?« sagte Ruth.

»Das, was sie mit den Häftlingen anstellten, war aufregender als das, was sie mit ihren Frauen machten. Es war nicht ganz frei von Brutalität, oder?«

»Man kann mich nicht für das verantwortlich machen, was einige meiner Männer mit einigen der Gefangenen angestellt haben«, sagte Höß. »Ich habe getan, was ich konnte, aber nicht alle meiner Männer waren so, wie sie hätten sein sollen. Es gab richtiggehende Asoziale unter ihnen.«

»Sie dagegen waren immer ein leuchtendes Beispiel«, sagte Ruth.

»Zweifellos«, sagte Höß.

»Sie und Hedwig und die fünf blonden Kinder.«

»Ja, ja, ja«, sagte Höß.

»Sind Sie sich da ganz sicher?« fragte Ruth.

»Aber gewiß doch«, sagte Höß. »Warum fragen Sie?«

»Wußte Hedwig von Eleonore Hodys?« sagte Ruth. Höß ließ eine Reihe von Geräuschen hören, die sie nicht einordnen konnte. Es klang wie entstelltes Würgen, verzerrtes Schnaufen und Stammeln. »Was hat Hedwig zu Eleonore Hodys gesagt?« sagte Ruth. »Oder hat Hedwig davon gar nichts erfahren?« Erstickte Vokale und Konsonanten drangen aus Höß' Kehle. Wortsplitter und -fragmente. Es klang, als stehe Höß im Begriff zu ersticken.

»Ersticken Sie an Ihren eigenen Lügen?« sagte Ruth. Sie lachte. »Ich hätte nicht gedacht, daß die Erwähnung ihres Namens Ihnen so sehr zu schaffen machen würde. Viele wußten von Ihrer Affäre mit der KZ-Insassin. Es hieß, sie sei Italienerin, doch dem Namen nach scheint sie mir eher Ungarin gewesen zu sein.«

»Sie hat bei mir zu Hause gearbeitet«, sagte Höß schließlich. Es war ihm gelungen, eine Spur Entrüstung in seinen Ton zu bringen.

»Es freut mich, daß Sie nicht ganz erstickt sind«, sagte Ruth. »Kann ein Toter überhaupt ersticken?«

»Selbstverständlich«, sagte Höß. »Diese Gefangene hat in meinem Haus für meine Frau und mich gearbeitet.«

»Das weiß ich«, sagte Ruth. »Aber sie hat noch mehr getan. Besser gesagt, Sie haben ihr mehr angetan. Ich kann mir nicht vorstellen, daß sie in der Sache viel zu sagen hatte.«

»Wie können Sie es wagen, so mit mir zu sprechen?« sagte Höß.

»Wie kann ich es wagen, Ihnen die Wahrheit zu erzählen?« sagte Ruth. »Ich finde auch, daß ich ganz schön mutig bin. Anfänglich habe ich mich viel mehr vor Ihnen gefürchtet. Eleonore Hodys hat sich vor Ihnen geekelt«, fuhr Ruth fort. »Sie haben Sie gefickt, wann immer Ihnen der Sinn danach stand. Es war nicht schwer, denn Hedwig war mit ihrem Garten beschäftigt, und der Vorgang als solcher dauerte nicht lange.«

»Wie können Sie es wagen!« brüllte Höß.

»Hören Sie auf zu brüllen«, sagte Ruth. »Wir befinden uns nicht in den guten alten Zeiten. Wenn Sie weiterbrüllen, trete ich so fest zu, daß Sie sich nie davon erholen.« Wie waren ihr diese Worte zugeflogen, fragte sie sich. Diese Drohungen. Hatte sie mehr Macht über Höß, als ihr bewußt war?

»Sie machten sich Sorgen wegen der Gerüchte, die über Sie und Ihr Verhältnis zu Eleonore Hodys aufkamen«, sagte Ruth. »Und deshalb ließen Sie sie in eine Strafkompanie stecken. Eine Strafkompanie, wo der Tod der Häftlinge innerhalb von Wochen garantiert war. Aber Eleonore Hodys starb nicht. Und Ihnen fehlte sie plötzlich, nicht wahr? Nicht sie, sondern ihr Körper.«

»Ich habe mir diese Beschuldigungen jetzt lange genug angehört«, sagte Höß.

»Das sind keine Beschuldigungen«, sagte Ruth, »sondern Tatsachen. Ihnen fehlten Eleonore Hodys' Arme und Beine und Brüste und Genitalien, und deshalb ließen Sie sie zurückbringen. Und noch immer war Hedwig ahnungslos.«

»Meine Frau war über solche Verdächtigungen erhaben«, sagte Höß.

»Über andere Sachen war sie das nicht«, sagte Ruth. »Sie sorgte dafür, daß nie Mangel an den Dingen herrschte, die sie am liebsten hatte – Sahne, Kakao, bestes Fleisch, Margarine, Nudeln. Wahrscheinlich war sie zu sehr damit beschäftigt, sich vollzustopfen, um sich Sorgen darüber zu machen, wen Sie vögelten.«

»Ich höre Ihnen nicht zu«, sagte Höß.

»Ich glaube, das müssen Sie aber«, sagte Ruth. »Ich habe den Eindruck, daß es nicht in Ihrer Macht liegt, ob Sie mir zuhören oder nicht.«

»Wovon reden Sie?« sagte Höß.

Ruth antwortete nicht. Sie wußte nicht, warum sie das eben gesagt hatte. Ein Eindruck, der sie plötzlich überwältigt hatte, der Eindruck, daß Höß' Beteiligung an alledem keineswegs so freiwillig war, wie es den Anschein hatte. Daß er keineswegs nach eigenem Belieben kommen und gehen konnte. Er war gefangen, nicht viel anders als sie. Dieser Gedanke verursachte ihr Übelkeit.

»Sie ließen Eleonore Hodys in Block II einsperren«, sagte Ruth. »Nicht in Block II, sondern in den stickigen Verliesen von Block II. Und dort, in der kleinen, erstickenden, verdunkelten Zelle haben Sie sie nach Herzenslust gevögelt. Danach sorgten Sie natürlich dafür, daß Ihre Uniform und Ihre Mütze wieder tadellos saßen. Ich kann verstehen, daß Sie nie Ihre Kleidung ablegten. Man kann ja nie wissen, wo sich diese Häftlinge aufgehalten haben. Sie litten immer unter der Furcht, daß Ihre unerlaubten Sexualbeziehungen sich durch Ausschläge oder andere Krankheitssymptome bemerkbar machen könnten. Sie befahlen den Wärtern, Fräulein Hodys vor Ihren Besuchen zu waschen.« Ruth machte eine Pause. »Ich bin froh, daß Sie den Mund halten«, sagte sie zu Höß. »Ich bin froh, daß Sie mir nicht mit dem Gefasel kommen, Ihre Frau hätte kein Verständnis für Sie gehabt. Das ist eine echte Erleichterung.«

»Meine Frau und ich waren sehr glücklich«, sagte Höß leise.

»Sie waren nicht der treusorgende Familienvater, der Sie gern gewesen wären«, sagte Ruth. »Sie gingen die Gefahr ein, Hedwig mit Läusen oder Flöhen zu infizieren.«

»Das stimmt nicht«, bellte Höß. »Ich habe nach diesen Episoden immer geduscht.« Seine Stimme klang, als werde er gleich implodieren. »Wo haben Sie das über Eleonore Hodys erfahren?« sagte er.

»Das wußte jeder«, sagte Ruth. »Die Wärter sagten immer: ›Unser Saubermann kommt, um seinen schmutzigen Geschäften nachzugehen‹, wenn Sie im Kerker erwartet wurden. Sie nannten Sie auch den Unbestechlichen, der sich päpstlicher als der Papst aufführte. Ich bin mir nicht sicher, ob Hedwig davon je zu hören bekam.«

»Lassen Sie meine Frau aus dem Spiel.«

»Sie haben das jedenfalls getan, nicht wahr? Sie haben dafür gesorgt, daß sie nicht erfuhr, wie regelmäßig Sie die arme Eleonore zusammenfickten.« Dumpfe Geräusche waren von Höß zu hören. Ruth wußte, daß er vor Wut schäumte. Mit rot angelaufenem Gesicht. Sie konnte seine Wut spüren. »Sobald Sie erfuhren, daß Eleonore Hodys schwanger war, spielten Sie mit dem Gedanken, sie dem Hungertod auszuliefern«, sagte Ruth.

»Woher hätte ich wissen sollen, von wem das Kind war?« schnaubte Höß.

»Was für ein Witz!« sagte Ruth. »Als hätte irgend jemand anders gewagt, sie anzurühren. Und warum tun Sie so, als hätte die Schwangerschaft in Ihren Augen auch ein Kind bedeutet? ›In den Kamin!‹ haben Sie zu dem Wärter gesagt. Sie wollten sie vergasen lassen.«

»Es war zum Besten aller Beteiligten«, sagte Höß.

»Aber Sie hatten Pech«, sagte Ruth. »Oder Sie machten einen Fehler. Max Grabner, den Blockführer von Block II, hatten Sie wegen einer Affäre mit einer Gefangenen angezeigt. Er konnte sein Glück kaum fassen, als er das von Ihnen und Eleonore Hodys erfuhr. Er ging schnurstracks zum SS-Richter, der ihn verhört hatte, und denunzierte Sie.«

»Das ist also passiert«, sagte Höß.

»Soll das heißen, daß Sie das nicht wußten?« sagte Ruth zu ihm. Was bedeutete es, daß sie Höß von seinem Leben erzählte? Es hatte nichts zu bedeuten. Es bedeutete nur, daß sie über ein Thema, das sie beide interessierte, Bescheid wußte. Sie spürte ihre Erschöpfung. Wahrscheinlich war sie wesentlich erschöpfter als Höß.

»Sie haben mich schon zu oft mit diesen Lügengeschichten unterbrochen«, sagte Höß.

»Sie können etwas, was Sie zugegeben haben, nicht als Lügengeschichten bezeichnen«, sagte Ruth. Was für eine idiotische Aussage, dachte sie. Als könne man von irgend etwas, was mit Höß zu tun hatte, Logik erwarten. »Jedenfalls wurden Sie für Ihr Vergehen nicht bestraft«, sagte Ruth. »Sie waren unersetzlich.«

»Warum fahren Sie nach Auschwitz?« sagte Höß. Ruth war zu müde, um zu antworten. Außerdem wußte sie die Antwort nicht.

»Meiner Familie war es zweifellos möglich, in Auschwitz sehr bequem zu leben«, sagte Höß. »Jeder Wunsch wurde meiner Frau von den Augen abgelesen.«

»Bis auf Ihre eheliche Treue. Aber vielleicht legte Ihre Frau darauf keinen Wert. Sie besaß genug anderes in der Villa Höß. Was bedeutet schon ein bißchen Untreue neben einem Blumengarten, den unzähligen Bediensteten, den reizenden Kindern und den Haustieren?«

»Meine Kinder liebten ihre Pferde, und das Fohlen war ihr besonderer Liebling«, sagte Höß. »Heute bedaure ich es zutiefst, daß ich nicht mehr Zeit mit meiner Familie verbringen konnte.«

»Wahrscheinlich war es am besten so, wenn man bedenkt, womit Sie Ihre Zeit weitestgehend verbracht haben«, sagte Ruth. »Vielleicht waren Ihre Kinder außerhalb Ihres Einflußbereichs besser aufgehoben.«

»Nehmen Sie sich Unverschämtheiten heraus?« sagte Höß. Seine Stimme hatte ihren militärischen Ton wiedererlangt.

»Nein«, sagte Ruth. »Ich habe nur laut gedacht. Ich will Ihnen nur helfen.«

»Wirklich?« sagte Höß.

»Eine Sache wüßte ich noch gerne«, sagte Ruth. »Wußte Hedwig über die arme Eleonore Hodys Bescheid?« Höß bellte und schnaubte. Die unterschiedlichsten unverständlichen Laute drangen aus seiner Kehle.

»Ich weigere mich, noch ein Wort mit Ihnen zu wechseln!« rief er. Ruth lachte. Ihr war plötzlich leicht ums Herz.

»Das stört mich nicht«, sagte sie. »Ich muß sowieso gehen.«

Dreizehntes Kapitel

»Ist mit dir alles in Ordnung?« sagte Ruth zu Edek, der am Buffet im kleineren Speisesaal des Hotels Mimoza stand. Auf Edeks Frühstücksteller befanden sich bereits ein Sardinenschwarm und ein Heringsgeschwader. Ruth hatte den Eindruck gehabt, daß er etwas blaß aussah. Doch ihre Frage war unnötig gewesen, wie sie begriff. Sie hätte nur einen Blick auf sein Frühstück werfen müssen. Jemand, der sich auch nur leicht unwohl fühlte, wäre kaum imstande gewesen, sich ein Frühstück auszusuchen, das den nächsten Ozean um die halbe Bewohnerschaft brachte.

Edek legte noch ein paar Silberzwiebeln und Pfefferkörner aus der Heringsmarinade auf seinen Teller.

»Ich fühle mich hundertprozentig«, sagte er.

»Hast du gut geschlafen?« sagte sie.

»Ich habe geschlafen perfekt«, sagte er. Er sah sie an. »Du siehst zum Fürchten aus«, sagte er.

»Ich bin nur ein bißchen müde«, sagte sie.

»Du läufst zuviel«, sagte Edek. Ruth wünschte, sie hätte das Gespräch nicht auf das Thema Wohlbefinden gebracht. »Es ist nicht normal, bloß zu laufen«, sagte Edek. »Zu laufen und zu laufen und zu laufen. Wenn man sich verspätet hat, dann muß man laufen, aber einfach nur zu laufen und zu laufen …« Er schüttelte den Kopf. »Es tut dir nicht gut«, sagte er.

Ruth war verärgert. Sie beschloß, davon abzusehen, ihren Standpunkt durch Zitate des Vorstands der amerikanischen Ärztevereinigung oder anderer Autoritäten, die das Laufen befürworteten, zu untermauern. Es war kaum anzunehmen, daß Edek sich von einer diesbezüglichen individuellen oder kollektiven Meinung beeinflussen ließ. Wäre Golda Meir eine Befürworterin des Laufens gewesen, dann hätte Edek vielleicht auf sie gehört. Golda Meir hatte hohes

Ansehen bei ihm genossen. Alles an ihr hatte er bewundert. Aber die amerikanische Ärztevereinigung war nicht Golda Meir. Deren Meinung konnte Edek nicht einmal ein müdes Lächeln entlocken. Was für ein merkwürdiges Bild, dachte sie. Woher kam es? Wer hatte es geprägt? Warum müdes Lächeln?

Edek unterbrach sie in ihrer Träumerei. »Du solltest auf mich hören«, sagte er. »Du bist zuviel gelaufen.«

»Laufen ist gesund«, sagte Ruth.

»Wenn es ist so gesunnt«, sagte Edek, »warum siehst du dann zum Fürchten aus?«

»Ich sehe nicht zum Fürchten aus«, sagte Ruth. Sie glättete ihr Haar. Vielleicht stand ihr Haar ab. Sie dachte, daß ihr Vater wahrscheinlich recht hatte. Nicht nur ihr Haar benötigte eine Überholung.

»Nimm etwas von dem Rollmops«, sagte Edek.

»Hering kann ich nicht zum Frühstück essen«, sagte Ruth, die bei der Vorstellung von zusammengerollten eingelegten Heringen mit Zwiebeln und ganzen Pfefferkörnern das Gesicht verzog.

»Es würde dir viel besser gehen, wenn du wärst jemand, was könnte essen einen Hering zum Frühstück«, sagte Edek.

»Vielleicht entwickle ich mich noch dazu«, sagte Ruth mit – wie sie hoffte – einer Spur Sarkasmus.

Edek ließ sich von ihrem Sarkasmus nicht beirren. Er war offensichtlich von der Bekömmlichkeit des Herings überzeugt. Selbst auf leeren Magen.

»Nur ein Stückchen«, sagte er zu ihr.

»Ich kann es nicht, Dad«, sagte sie.

»Dieses Vogelfutter, was du ißt, ist zu wenig«, sagte Edek. »Vögel sind klein. Sie sitzen den ganzen Tag in einem Baum. Für sie ist das Vogelfutter genug. Du brauchst Essen, was normale Leute essen.«

»Dad, bitte«, sagte sie, »ich bin müde.«

»Das sage ich doch«, sagte er. »Seit wir in Polen sind, bist du müde. Iß ein Stück Hering.«

»Vielleicht morgen, Dad«, sagte sie.

»Okay, okay«, sagte er.

Er ging zum anderen Ende des Buffets. »Schau mal, was es hier gibt«, rief er ihr zu. Ruth ging zu ihm. Er deutete auf eine große Wurst, eine Art Salami. »Diese Wurst ist sehr gut«, sagte Edek. »Solche Wurst habe ich in Melbourne gegessen, als Mum noch lebte.«

»Mum hat dich solche fetten Würste essen lassen?« sagte Ruth.

»Wenn wir Besuch hatten, durfte ich Wurst essen«, sagte er. Ruth wußte, daß alle Versuche Rooshkas, Edeks Eßgewohnheiten einzuschränken, nichts gefruchtet hatten. In ihrer Gegenwart hatte Edek gegessen, was er essen sollte, und unbeobachtet das, was er essen wollte.

Edek störte es nicht, daß auf seinem Teller bereits Wurstscheiben lagen. Er nahm ein Brotmesser und säbelte sich eine dicke Scheibe von der unberührten Wurst ab. Ruth zuckte zusammen. Sie nahm an, daß die unangeschnittene Wurst als Dekoration gedient hatte. »Ich mag Wurst nicht in dünnen Scheiben«, sagte Edek mit einem Blick auf die Wurstscheiben auf seinem Teller.

»Vor der Verdauung deines Vaters kannst du nur den Hut ziehen«, hatte Garth immer zu Ruth gesagt. »Er ißt, was er mag. Er ist nie krank und hat fast immer das gleiche Gewicht.« Ruths Standardantwort darauf hatte gelautet, daß ein bißchen weniger statt ein bißchen mehr dieses gleichen Gewichts Edek nicht schaden könnte. Aber sie hatte es nie ernst gemeint. Sie wußte, daß Edek nicht wirklich übergewichtig war. Und er liebte es zu essen. Warum dachte sie jetzt an Garth? Sie schüttelte den Kopf, um die Gedanken zu verscheuchen. Garth gehörte zur Vergangenheit. Und sie war im Augenblick mit soviel Vergangenheit beschäftigt, wie sie gerade noch ertragen konnte.

»So, fertig«, sagte Edek. Ruth sah auf seinen Teller. Jeder Zentimeter davon war beladen. Um nichts in der Welt hätte Edek noch etwas hinzufügen können. Der Tellerinhalt türmte sich schon jetzt übereinander. Die Sardinen und der Hering waren aufeinandergeschichtet.

»Nimm dir bitte auch etwas«, sagte Edek zu Ruth. Seine Stimme klang leicht näselnd.

»Hast du dich erkältet?« sagte sie.

»Nein, nur ein bißchen Schnupfen«, sagte Edek. »Hat nichts zu bedeuten.«

»Bist du sicher?« sagte sie zu Edek.

»So eine kleine Erkältung habe ich ein- oder zweimal jeden Winter«, sagte Edek. »Und hier in Polen ist Winter.«

»Hast du einen entzündeten Hals?« sagte sie.

»Nein«, sagte er.

»Bist du sicher?« sagte sie.

»Natürlich bin ich das«, sagte Edek. Er sah sie an. »Ich habe eine ganz normale Erkältung«, sagte er. »Ruthie, bitte nimm dir was zu essen. Iß ein Ei.«

Bei dem Gedanken an ein Ei mußte Ruth sich fast übergeben. »Ich nehme mir etwas Joghurt«, sagte sie. Sie dachte, daß Joghurt ihren Magen vielleicht in Ordnung bringen konnte. Ihr Magen brauchte fraglos etwas, was ihn in Ordnung brachte. »Ich hole mir etwas Joghurt und etwas Toast«, sagte sie zu Edek. Edek verdrehte die Augen. Er legte sich noch eine Portion Frischkäse auf den Teller. Der Frischkäse lag wie ein Brett über den Silberzwiebeln.

Edek ging mit seinem Frühstück zu ihrem Tisch. Ruth toastete sich etwas Weißbrot im Toaster des Hotels. Toast war keine polnische Erfindung. Auch keine amerikanische. Amerikaner aßen die seltsamsten Dinge zum Frühstück. Sie aßen Pfannkuchen und Bratwürste mit Ahornsirup. Eier und Würstchen mit Ahornsirup. Sie aßen auch Doughnuts und Muffins zum Frühstück. Es waren die mehr puritanischen Engländer und Australier, die Toast zum Frühstück aßen.

Ruth fragte sich, ob sie wirklich zum Fürchten aussah. Wahrscheinlich ja, dachte sie. Die zwei Scheiben Toastbrot wirkten so bescheiden, so maßvoll. Ruth kam sich allzu nüchtern, allzu maßvoll vor. Sie wäre gern weniger sparsam, weniger gemessen gewesen. Sie nahm sich etwas Marmelade.

Edek schüttelte den Kopf, als er Ruths Toast sah. »Ich hole mir später noch etwas Joghurt«, sagte sie zu ihm. An einem Tisch zu ihrer Rechten saßen zwei Frauen. Ruth war aufgefallen, daß sie Edek anstarrten. Wahrscheinlich wunderten sie sich über die

Essensberge auf Edeks Teller, dachte Ruth. Das war nicht verwunderlich.

»Die Wurst ist sehr gut«, sagte Edek. Er aß sie laut schmatzend in großen Stücken. Ruth bemühte sich, die Kau-, Schmatz- und Sauggeräusche, die er machte, zu ignorieren. Aber es gelang ihr nicht. Ihr war noch immer übel. Sie hoffte, Edek würde zu schmatzen aufhören. Wenn er weiter so laut aß, würde sie ihren Toast nie hinunterbekommen.

Ruth spürte, daß die Frauen ihren Blick änderten. Jetzt sahen sie sie an. Ruth nickte ihnen zu. Sie vermutete, daß beide Polinnen waren. Sie sahen gleichaltrig aus. Mitte sechzig. Eine der beiden war von kräftigem Körperbau. Alles an ihr war kräftig – Arme, Hals, Brust. Sie war nicht dick, nur kräftig. Sie sah gesund aus. Ihre Haut glänzte wie ein polierter Apfel. Ihr blondes Haar war zu einer langen Bürstenfrisur geschnitten und zurückgekämmt. Sie hatte rosige Wangen und blaue Augen. Ihr Mund war rot ohne Lippenstift. Das Gelb ihrer Haare war ein modisches Gelb, ein weißliches, offensichtlich gebleichtes Gelb. Ein Gelb, wie man es in diesem Jahr an vielen jungen Männern und Frauen in New York sehen konnte. Nicht das verfallene Gelb des Haars alter Frauen. Die Frau strahlte Gesundheit, Kraft und Stärke aus. Ruth verspürte bei ihrem bloßen Anblick Erschöpfung.

Die Freundin dieser Frau war klein. Klein und zierlich. Sie hatte ein zartgeschnittenes Gesicht mit großen Augen und hohen Backenknochen. Sie war von zierlichem Körperbau, beinahe vogelgleich. Ihr mittelbraunes Haar war konservativ frisiert, und sie war unauffällig und behutsam geschminkt. Die beiden Frauen schienen sich sehr gut zu verstehen. Sie frühstückten mit einer Ungezwungenheit, die auf große Vertrautheit schließen ließ. Ruth sah sie an. Sie waren ein groteskes Paar. Die voluminöse Frau lächelte Ruth an. Ruth fielen ihre Brüste auf, enorme Brüste. Stattliche, massive Brüste. Wie eine Ladentheke standen sie von ihrem Brustkorb ab.

Ruth fragte sich, ob die großen Brüste dieser Frau ein Blickfang für Männer waren. In Amerika waren große Brüste seit Jahren nicht mehr en vogue gewesen. Kleine Brüste hatten als vornehm und erstrebenswert gegolten. Zumindest unter Frauen. Doch inzwischen hatte sich der Wind gedreht. Große Brüste waren wieder im Kommen. Feierten ein Comeback. Große Brüste, die seit Twiggys Zeiten in den Sechzigern aus der Mode gewesen waren, erfreuten sich neuer Beliebtheit. Brustimplantate, die man zu Beginn der neunziger Jahre in Amerika aus gesundheitlichen Bedenken gescheut hatte, waren wieder vermehrt gefragt. In der *New York Times* wurde ein Schönheitschirurg zitiert, dessen Worten zufolge Frauen heute größere Implantate als je zuvor verlangten. Anstelle von Silikon wurden jetzt Salzwasserimplantate verwendet. Große Brüste wirkten lebensspendend, dachte Ruth. Sie kreuzte die Arme vor ihrer Brust, bevor sie merkte, was sie tat. Sie ließ die Arme sinken. Ihre Brüste waren nicht minderwertig. Sie mußte sie nicht verstecken.

Sie aß ihren Toast. Edek hatte sein Frühstück zu drei Vierteln bewältigt. Er hatte mehrmals im Essen innegehalten, um sich zu schneuzen. »Ich glaube, du hast dich wirklich erkältet«, sagte Ruth zu ihm.

»Ich habe dir selber gesagt, daß ich erkältet bin«, sagte Edek.

»Bist du sicher, daß du keine Halsentzündung hast?« sagte Ruth.

»Ja, bin ich«, sagte Edek.

»Sollten wir nicht lieber zu einem Arzt gehen?« sagte Ruth.

»Bist du verrückt geworden?« sagte Edek.

»In deinem Alter kann eine Erkältung sich leicht zu einer Lungenentzündung auswachsen«, sagte Ruth.

»Diese Erkältung muß noch ganz schön wachsen, um auch nur zu werden eine harmlose Grippe«, sagte Edek.

Ruth verspürte plötzlich Furcht. Eine Angst, die an Entsetzen grenzte, hatte sie unvermittelt gepackt. Sie hatte Angst, Edek zu verlieren. Sie kämpfte mit den Tränen.

»Ich will dich nicht verlieren, Dad«, sagte sie. Edek hörte zu essen auf.

»Jeder muß irgendwann sterben«, sagte er.

»Aber ich will nicht, daß du jetzt stirbst«, sagte Ruth.

»Sehe ich aus, als würde ich demnächst sterben?« sagte Edek.

»Vielleicht können sie uns hier im Hotel einen Arzt empfehlen«, sagte Ruth. »Wir lassen dich von ihm untersuchen.«

»Ich brauche keinen Arzt«, sagte Edek. »Wenn ich in Melbourne erkältet bin, gehe ich auch nicht zum Arzt.«

»Aber jetzt bist du in Polen«, sagte Ruth.

»Ich weiß, daß ich in Polen bin«, sagte Edek. »Aber meine Erkältung ist die gleiche, was ich habe in Melbourne.«

Die zwei Frauen am Nebentisch waren mit ihrem Frühstück fertig. Sie standen auf, um zu gehen. Beide Frauen wünschten ihnen auf polnisch einen guten Morgen, zuerst Edek, dann Ruth.

»Guten Morgen«, erwiderte Ruth auf englisch. Die größere der Frauen wandte sich ihr zu. »Guten Morgen«, sagte sie. »Ich wünsche Ihnen alles Gute für den heutigen Tag.«

»Vielen Dank«, sagte Ruth.

»Ich spreche sehr gern Englisch«, sagte die größere Frau. Die kleinere Frau nickte. »Ich spreche auch gern Englisch«, sagte sie.

Edek stand auf und verbeugte sich. Er wünschte beiden Frauen auf polnisch einen guten Tag.

»Das Frühstück war sehr gut«, sagte Edek.

»Ja, das war es«, sagte Ruth.

»Was willst du darüber wissen?« sagte er. »Du hast überhaupt nichts gegessen.«

»Ich habe gesehen, was die anderen hatten«, sagte Ruth.

»Du weißt nicht, was ein gutes Frühstück ist«, sagte Edek.

»Komm, wir gehen ein bißchen in Krakau spazieren«, sagte Ruth zu Edek.

»Wozu?« sagte Edek.

»Um zu sehen, wo wir sind«, sagte sie.

»Man muß nicht immer wissen, wo man ist«, sagte Edek. »Und ich weiß, wo wir sind. Wir sind in Krakau.«

»Du warst doch noch nie in Krakau«, sagte Ruth.

»Was gibt es hier schon zu sehen?« sagte Edek. »Straßen und Häuser. Dasselbe wie überall.«

»Die Straßen und Häuser hier sind eindeutig nicht dieselben wie in Warschau«, sagte sie. »Und ganz und gar nicht wie in Łódź.«

»Alles ist überall dasselbe«, sagte Edek. »Überall gibt es Straßen und überall Häuser.«

»Du gehst doch mit mir nach Kazimierz, in das alte jüdische Viertel von Krakau, oder?« sagte Ruth.

»Ich gehe mit, weil du es möchtest«, sagte Edek.

»Und in Krakau möchte ich eben auch spazierengehen«, sagte Ruth.

»Okay, okay«, sagte Edek. »Mir ist alles Hemd wie Jacke.« Er klang nervös.

»Es heißt nicht Hemd wie Jacke«, sagte Ruth, »es heißt Jacke wie Hose.«

»Es heißt nicht Jacke wie Hose«, sagte Edek, »sondern Hemd wie Jacke.«

»Du verwechselst ›Jacke wie Hose‹ mit ›das Hemd ist einem näher als die Jacke‹«, sagte Ruth.

»Was redest du da?« sagte Edek. Er sah verärgert aus.

Krakau war eine schöne Stadt. Die schönste Stadt, die Ruth kannte. Es war eine alte Stadt. Es gab wenig moderne Gebäude und keine Wolkenkratzer. Die höchsten Bauwerke, die Ruth sehen konnte, waren alte Kirchtürme. Krakau hatte schon immer als bedeutendes Zentrum polnischer Kultur gegolten. Die Stadt besaß Kunstgalerien und Museen und Konzertsäle. Und Krakau war eine Universitätsstadt. Neben der jahrhundertealten Jagiellonischen Universität gab es elf weitere Hochschulen. Ruth hatte das Gefühl, daß sie die Gelehrsamkeit, die Aneignung von Wissen, die ernsthaften Bestrebungen in der Luft spüren konnte. Sie nahm an, daß all diese Gelehrsamkeit die Atmosphäre der Stadt mit Bildung imprägnieren mußte. In Krakau sah sie mehr Studenten, als sie sonstwo in Polen gesehen hatte. Und sehr wenig ältere Polen. Der Unterschied in der Bewohnerschaft war unübersehbar.

Diese mittelalterliche Stadt war fast so schön wie Paris, dachte Ruth. Ihre Lebensgeister hoben sich. Sie merkte, daß sie sich in Krakau glücklich fühlte. In Krakau fiel es einem leichter zu vergessen, daß die Bewohner Polens Polen waren. Auf den Straßen

Krakaus herrschte eine Lebendigkeit, die sie anderswo in Polen nicht erlebt hatte. Sie befanden sich jetzt kurz vor dem Rynek Główny, dem Marktplatz. Ruth sah, daß Edek sie an einer Ecke des Rynek Główny erwartete. Sie holte ihn ein. »Ist das nicht ein wunderschöner Platz?« sagte sie. Edek sah auf. »Wahrscheinlich«, sagte er.

»Dad«, sagte sie. »Dieser Platz wurde 1257 angelegt und ist bis heute so erhalten geblieben.«

»Er ist also alt«, sagte Edek.

»Sehr alt«, sagte sie. Sie standen vor einem Stand, an dem *obwarzanki* verkauft wurden, Brotkringel, die einem verdrehten *bagel* ähnelten. »Die sehen herrlich aus«, sagte sie.

»Kauf dir einen«, sagte Edek.

Ruth kaufte einen mohnbesprenkelten *obwarzanki*. »Magst du etwas davon?« sagte sie zu ihrem Vater.

»Ich nicht, nein«, sagte Edek. »Ich habe eben erst gefrühstückt.«

Ruth biß in den *obwarzanki*. Er schmeckte unvorstellbar köstlich.

Neben dem Stand mit den *obwarzanki* war ein Stand mit Bananen und Birnen.

»Ich glaube, ich kaufe auch eine Banane und eine Birne«, sagte sie zu Edek.

Sie gingen um den Marktplatz herum. Jedes zweite Gebäude schien ein Café zu beherbergen. Einladende Cafés. Cafés, in denen Leute sich unterhielten und aßen. Krakau wirkte so zivilisiert. »Es ist immer noch eine provinzielle Stadt«, hatte ein Pole in New York, den sie kannte, über Krakau zu ihr gesagt. Robert Kostrzewa, ein junger Architekt, der sein Büro im gleichen Stockwerk des Gebäudes hatte, in dem sich Rothwax Correspondence befand, hatte Krakau und das übrige Polen verächtlich abgetan. »Sobald Sie die Altstadt von Krakau verlassen, sind Sie wieder im gewohnten Polen mit seiner gewohnten Engstirnigkeit, seinem gewohnten Sexismus und seinem gewohnten Antisemitismus. Lassen Sie sich von den alten steinernen Gebäuden in Krakau nicht täuschen«, hatte er zu ihr gesagt. »Sie beherbergen die gewohnten Polen.«

Ruth konnte Robert gut leiden. Nicht nur weil er etwas gegen Polen hatte. Sie hatte den Eindruck, daß sie und er ähnliche Ansichten, ähnliche kulturelle Prägungen und ähnliche Ängste teilten. Ruth kam es vor, als seien sie beide von ähnlicher europäischer Empfindsamkeit. Jetzt kam ihr der Gedanke, daß sie und Robert möglicherweise von ähnlicher polnischer Empfindsamkeit waren. Sie verzog das Gesicht. Der Gedanke sagte ihr nicht zu.

Einmal hatte er sie eingeladen. Sie hatte abgelehnt. Sie hatte gesagt, es wäre einer Bürobeziehung zu ähnlich – ihre Büros befanden sich nur zwei Türen voneinander entfernt. Doch in Wahrheit war er ihr zu vertraut. Er kam ihr zu sehr wie ein Bruder vor. Zu sehr wie ein Familienmitglied. Jetzt fand sie es verblüffend, wie vertraut ihr so vieles an polnischen Männern war. Die Unverblümtheit, die Direktheit, die Beschwerden, die resignierte und deprimierte Ausstrahlung – lauter Wesenszüge, die sie selbst besaß.

Ruth sah sich um. Schon wieder hatte sie Edek aus den Augen verloren. Sie ging weiter. Sie würde ihn schon finden, dachte sie. Robert Kostrzewa war der erste Pole, den sie kannte, der in ihrer Gegenwart von sich aus über polnischen Antisemitismus gesprochen hatte. Die meisten Polen leugneten die Existenz irgendwelcher antisemitischen Gefühle im Polen von heute oder von damals, ganz so wie die meisten Taxifahrer, mit denen sie und Edek zu tun gehabt hatten. Die intellektuelleren Polen wiesen darauf hin, wie viele Juden vor dem Zweiten Weltkrieg in Polen gelebt hatten. Das hielten sie für einen Beweis der Großzügigkeit des polnischen Volkes den Juden gegenüber.

Ruth entdeckte Edek, der in ein Schaufenster spähte. Es war das Fenster eines Wedel-Schokoladengeschäfts.

»Schau mal, was ich habe gefunden«, sagte Edek.

»Wedel-Schokolade«, sagte Ruth. Edek sah glücklich aus. Ruth war dankbar, daß Schokolade ihren Vater glücklich machen konnte. Den meisten, sie selbst eingeschlossen, fiel es so schwer, glücklich zu sein.

»Schau nur, sie haben die großen Pflaumen in Schokolade, was ich so gern mag«, sagte Edek. Die schokoladenüberzogenen Pflaumen wurden noch immer in dem blauen Stanniolpapier verkauft, an das Ruth sich aus ihrer Kindheit erinnerte.

»Wollen wir welche kaufen?« sagte sie zu Edek.

»Nicht jetzt, wenn wir noch unterwegs sind«, sagte er. »Ich kaufe welche, wenn wir mit dem Spaziergang fertig sind. Wie lange willst du noch spazierengehen?«

»Wir sind doch gerade erst losgegangen«, sagte Ruth.

Edek schaute verdrießlich drein. Ruth begriff, daß er genug von etwas hatte, was ihm als sinnloses Herumlaufen erschien. »Wir sind nicht mehr lange unterwegs«, sagte sie. »Vielleicht schauen wir uns noch den überdachten Markt auf dem Platz an und gehen dann nach Kazimierz.«

»Okey dokey«, sagte Edek. Der Gedanke, nach Kazimierz zu gehen, schien ihn aufzuheitern. Kazimierz gehörte zu ihren Reisezielen. Es war kein Umweg. Es gehörte zu ihrer Fahrt. Edek liebte Reisepläne, Ziele, Herausforderungen. Ruth fragte sich, ob Edek alles, was sie auf ihrer Reise erledigten oder über sich ergehen ließen, abhakte. Sie hatten Warschau und Łódź absolviert. Hatte Edek die Städte auf seiner geistigen Liste von zu erledigenden Dingen abgehakt? Wartete er jetzt darauf, Kazimierz und Auschwitz abzuhaken? War all das unerträglich für ihn? Ruth hoffte, daß es das nicht war.

»Okay, ich kaufe jetzt ein bißchen Schokolade«, sagte Edek, als hätte Ruth darauf bestanden.

Sie betraten den Laden. Die Schokolade beeindruckte Ruth. Sie fand, daß die Schokolade wirklich erstklassig aussah, und fragte sich dann, worin erstklassige Schokolade sich von ihren minderwertigeren Verwandten unterschied. Lag es am Glanz, am Schimmer, an der Farbe, der Dichte, den Formen? Sie hätte es nicht sagen können. Wahrscheinlich an allem.

Edek verlangte ein Pfund schokoladenüberzogene Pflaumen. Die Frau hinter der Theke lächelte ihn schüchtern an. Viele polnische Frauen verhielten sich so. Ruth konnte nicht verstehen warum. Wollten sie damit ihre angeborene Härte bemänteln? Edek lächelte zurück. »Wedel-Schokolade ist besonders schön«, sagte er.

»Sag es ihr auf polnisch«, sagte Ruth. »Dann versteht sie dich eher.«

»*Oj Cholera*«, sagte Edek und schlug sich vor den Kopf. Er wiederholte sein Lob der Wedel-Erzeugnisse auf polnisch. Die Frau strahlte.

Als sie den überdachten Markt auf dem Platz erreichten, aß Edek seine dritte Schokoladenpflaume. Auf den ersten Blick schienen die Verkäufer die üblichen Touristensouvenirs feilzubieten. Am beliebtesten waren offenbar holzgeschnitzte Kunsthandwerksartikel. Jeder Stand bot reihenweise Holzfiguren an. Es gab hölzerne Bauern, Männer in knielangen Lederhosen mit ledernen Hosenträgern und mit Hüten. Manche der hölzernen Bauern trugen Westen. Alle Bauern hatten lange Schnurrbärte, und alle hielten einen Bierkrug in der Hand.

Es gab hölzerne Weihnachtsmänner. Kugelrunde rot-weiße Weihnachtsmänner mit Rauschebärten und fröhlichem Gesichtsausdruck. Und es gab geschnitzte Juden. Juden in den langen schwarzen Mänteln und mit den breitkrempigen Hüten orthodoxer Juden. Vorne an den Mänteln befanden sich weiße Tefillin, jüdische Gebetsriemen. All diese Juden hatten lange Bärte und noch längere Nasen. Nasen, die in vielen Fällen bis unter den Mund reichten. Gewaltige, krumme Nasen, die spitz zuliefen.

Ruth war schockiert. Etwas Vergleichbares hatte sie noch nie zu sehen bekommen. Manche der geschnitzten Juden deuteten sich mit dem Finger an den Kopf. War das als Anspielung auf jüdische Schläue gemeint? Oder war diese Auslegung allzu freundlich? Alle hölzernen Juden wirkten bedrückt. Alles an ihnen hing traurig nach unten. Ihre Bärte hingen schlaff herab. Ihre großen Augen waren von schweren Lidern überschattet. Falten furchten ihre Stirnen. Waren diese Juden vom Geldzählen so erschöpft? Diese geschnitzten Juden waren zweifellos nicht glücklich.

Ruth fragte sich, wer als Kundschaft für solche jüdischen Souveniers in Frage kommen sollte. Juden jedenfalls nicht. Auf dem Markt wimmelte es von Touristen. Würde irgendein Tourist so etwas als Souvenir kaufen? Als Andenken woran? An Krakau? Die

Juden gehörten zur Vergangenheit Krakaus, einer Vergangenheit, die sich niemand zurückwünschte. Polen war seine Juden losgeworden, und jetzt hatte es Nippes aus ihnen gemacht. Bric-à-brac. Futter für die Tourismusindustrie.

Ruth war angewidert. Sie schaute zu Edek, um zu sehen, ob es ihm so ging wie ihr. Edek betrachtete ein Päckchen Spielkarten. Ruth schaute zu dem Stand daneben. Dort gab es nicht nur holzgeschnitzte Juden, sondern auch Juden aus Porzellan. Die hölzernen Juden stellten jüdische Musikanten dar. Ruth dachte, daß es offenbar einen großen Markt für falsche Juden gab.

Wie die orthodoxen Juden am Stand nebenan waren auch die jüdischen Musikanten schwarz gekleidet, doch in anderer Kleidung und mit anderen Hüten. Sie trugen kürzere Jacken und Hüte, die an die englische Melone erinnerten. Sie waren dunkelhaarig, nicht grauhaarig wie ihre religiöseren Brüder. Doch die schwarzhaarigen Juden sahen so traurig aus wie die orthodoxeren Figuren. Ihre Gesichtszüge waren sogar noch betonter, lächerlicher, übertriebener, verzerrter. Ihre Augenbrauen waren stark geschwungen und schwarz angemalt. Ihre Augen waren von dicken schwarzen Ringen umrahmt. Das viele Schwarz verlieh den Musikanten einen bösartigen Ausdruck, wie man ihn an Musikanten üblicherweise nicht findet. Und sie sahen ungesund aus. Ihre Haut war in einem dunklen, gelbsüchtigen Ocker gehalten. Ihre Nasen berührten ihre schwarzen Bärte. Jeder von ihnen hielt ein Cello oder eine Geige oder eine Flöte. Ihre Gesichter zeigten einen Ausdruck größten Unglücks.

Ruth war sprachlos. Hunderte solcher Juden wurden hier als Andenken feilgeboten. Wie war soviel Häßlichkeit mitten auf einem so schönen Platz möglich? Mehrere Verkäufer hatten Ruths Aufmerksamkeit zu wecken versucht. Sie hatten einen oder zwei hölzerne Juden hochgehalten und damit gewunken. Ruth wäre am liebsten hinter die Stände getreten, um die falschen Juden umzuwerfen. Sie war empört.

Edek holte sie ein. Sie fragte ihn, was er von den holzgeschnitzten Figuren hielt. Er schien sich nichts daraus zu machen. Ruth nahm an, daß neben den Pogromen und Schlägen und Steinwürfen, die

Edek und die Seinen im polnischen Alltag hatten hinnehmen müssen, solche Figürchen harmlos wirken mußten. »Ich kann sie nicht ausstehen«, sagte sie zu Edek. Ein Mann bot ihr und Edek einen geschnitzten Geiger an. Ruth hätte ihn am liebsten angespien. Sie gingen über den restlichen Markt. Noch mehr Judenfigürchen wurden ihnen angeboten. Kein einziger Verkäufer bot ihnen einen Weihnachtsmann an.

Außerhalb des Markts grillten Verkäufer bereits *kiełbasa*-Würste und brieten Kartoffeln. Wahrscheinlich für mittags, dachte Ruth. Die *kiełbasa* rochen gut. Seit Jahren hatte sie es nicht über sich gebracht, Fleisch zu essen. Hatte sie es nicht über sich gebracht, Fleisch anders zu nennen als »tote Tiere«. Was es zweifellos war. Die Bezeichnung »tote Tiere« war für die meisten Leute nicht leicht zu verdauen, und deshalb behielt Ruth sie weitgehend für sich. In letzter Zeit hatte sie hin und wieder versucht, Fleisch zu essen. Doch es war ihr nicht leichtgefallen. Fleisch kam ihr noch immer vor wie tote Tiere. Es überraschte sie, daß die gegrillte *kiełbasa* so appetitanregend duftete.

Edek war ihr vorausgegangen und sah den Männern zu, die lange *kiełbasa*-Würste auf dem Grill wendeten. »Sieht gut aus, findest du nicht?« sagte Ruth zu ihm.

»Sehr gut«, sagte er.

»Magst du eine?« sagte sie. Sie war davon überzeugt, daß er ablehnen würde. Es war noch früh. Zu früh für ein Mittagessen.

»Vielleicht eine ganz kleine«, sagte Edek. Er bestellte sich ein Sandwich mit *kiełbasa*.

Das *kiełbasa*-Brötchen, das Edek überreicht wurde, hatte die Länge eines durchschnittlichen Gartenschlauchs. Ruth kam es vor, als müsse es mindestens einen halben Meter lang sein. Edek mußte sich auf eine Bank setzen, um es zu essen. Es war nicht die Art Wurstbrötchen, die man im Stehen verzehren konnte.

Nebenan wurden an einem Stand Süßigkeiten verkauft. Ruth ging hin und sah sich die Süßwaren an. Es waren die gleichen, auf die man überall in der Welt traf. Es gab Geleefrüchte, Zuckerbonbons, Pfefferminzstangen und gemischte Lakritze. Gemischte Lakritze hatte

Ruth seit Jahren nicht mehr gesehen. Es war keine amerikanische Spezialität. Ruth hatte Lust auf gemischte Lakritze. Der Stand war ein Selbstbedienungsstand. Sie nahm sich eine Tüte und suchte sich die dicksten und farbenfrohesten Lakritzgebilde aus, die sie finden konnte. Sie war fröhlich und aufgeregt. Sie hoffte, daß die Lakritze gut schmecken würde.

Sie ging zurück und setzte sich neben Edek. Sie nahm eine Lakritze aus ihrer Tüte. Edek sah die Lakritze an. Er hatte sein Wurstbrötchen halb aufgegessen, und seinen Mund umrundete das Orangerot von Tomatensauce. »Warum ißt du solchen Dreck?« sagte er zu Ruth. »Immer noch besser als der Dreck, den du ißt«, hätte sie am liebsten geantwortet. Statt dessen schwieg sie. Sie aß die Lakritze. Die Lakritze schmeckte sehr gut. Die Füllung war weich, nicht hart. Die Lakritze selbst war noch biegsam. Ruth aß die ganze Tüte leer. Es war ihr egal, ob sie regredierte. In eine Kindheit zurückkehrte, in der sie bei Süßigkeiten Zuflucht gesucht hatte, wenn sie Probleme hatte. Die gemischte Lakritze beruhigte sie. Sie fühlte mehr Ruhe und Frieden, als sie je seit ihrer Ankunft in Polen gefühlt hatte.

Edek sah ihr zu, während sie die gemischte Lakritze aß. »Das hat mich beruhigt«, sagte Ruth. Edek ließ sich dadurch in seiner Kritik nicht beirren. »Dieses schwarze Zeug hat dich beruhigt?« sagte er. »Bist du verrückt?«

»Komm, wir gehen weiter, Dad«, sagte sie. Edek war mit seinem *kiełbasa*-Brötchen fertig. Er klopfte sich auf den Bauch.

»Vielleicht war das ein bißchen viel«, sagte er. Er sah aus, als leide er unter einem leisen Völlegefühl.

»Das verdaust du beim Gehen«, sagte sie. »Ich habe Mylanta dabei, wenn du welches brauchst.«

»Nach diesem schwarzen Zeug wirst du dein Mylanta brauchen«, sagte Edek, »nicht ich.«

»Komm, wir gehen«, sagte Ruth.

Sie gingen an einem großen Plakatständer vor einem Reisebüro vorbei, der beinahe mitten auf dem Gehsteig stand. SIGHTSEEING stand in roten Großbuchstaben oben auf dem Plakat zu lesen.

Darunter war in großer Schrift eine Liste von Ausflugsmöglichkeiten aufgeführt. Vor jedem Zielort war ein dicker grüner Punkt angebracht. »Salzbergwerk Wieliczka« war das erste Ausflugsziel, gefolgt von »Konzentrationslager Auschwitz-Birkenau« sowie – in Klammern – »Tschenstochau auf Nachfrage«. Unterhalb des fakultativen Tschenstochau stand »Stimmungsvolle Dunajec-Floßfahrt«. Der Text des Plakats auf der anderen Seite des Ständers lautete genauso. Ruth fragte sich, welchen Teil von Tschenstochau man zu sehen bekam, wenn man sich für den fakultativen Besuch in Klammern entschied. War es der einst dichtbesiedelte jüdische Teil von Tschenstochau, den die Deutschen in einer bitterkalten Januarnacht 1940 umzingelt hatten? Konnte man diesen Ort besuchen und daran denken, wie die Deutschen Juden aus ihren Heimen gezerrt und dabei »Juden raus« gebrüllt hatten? Sie hatten die Juden von Tschenstochau zu Reihen geschlagen und geprügelt und hatten sie auf dem großen Platz Aufstellung nehmen lassen.

Ruth war voller Zorn. Ihre Wut drehte ihr den Magen um. Sie wünschte, sie hätte die gemischte Lakritze nicht gegessen. Für die Polen waren Juden jetzt Holzpuppen und Dekoration und Tinnef. Die toten Juden waren ein wahrer Segen für die Tourismusindustrie.

»Ist es nicht ein Schock für dich, Auschwitz auf einem Werbeplakat angepriesen zu sehen?« sagte Ruth zu Edek.

Er war sehr still. »Es ist nicht sehr schön«, sagte er.

»Komm, wir gehen nach Kazimierz«, sagte Ruth.

»Wie weit ist es dorthin?« sagte Edek.

»Nicht weit«, sagte sie. »Willst du gehen oder lieber ein Taxi nehmen?«

»Laß uns ein bißchen gehen«, sagte Edek. »Ich fühle mich nicht so besonders gut. Ich glaube, die *kiełbasa* war ein bißchen mehr, als ich vertragen kann.« Ruth dachte sich, daß wohl eher das Plakat und nicht die *kiełbasa* mehr war, als Edek vertragen konnte.

»Mir geht es auch nicht blendend«, sagte Ruth. »Ich kann es einfach nicht fassen, wie die Polen es fertigbringen, so geschäftstüchtig aus toten Juden touristisches Kapital zu schlagen.«

»Es ist nicht sehr schön«, sagte Edek.

»Sie sind Judenhasser, weiter nichts«, sagte Ruth. »Dieser Haß sitzt ganz tief. Nichts, was sie unter den Deutschen erleiden mußten, hat an ihrem Judenhaß etwas geändert.«

»Das ist wahr«, sagte Edek.

»Nicht nur in Kielce haben Polen nach dem Krieg Juden ermordet«, sagte Ruth. »In Radom haben Polen das jüdische Kinderkrankenhaus überfallen. In Lublin wurden zwei Juden, die von Polen zusammengeschlagen worden waren, bis ins Krankenhaus verfolgt und in ihren Krankenhausbetten ermordet. Und das war nach dem Krieg, Dad.«

Edek sah blaß aus. »Woher weißt du solche Sachen?« sagte er.

»Ich weiß es vermutlich, weil ich es wissen will«, sagte Ruth.

»Hast du eine von deinen Mylanta-Tabletten für mich?« sagte Edek.

»Ja«, sagte sie. »Ich glaube, ich nehme auch eine.« Beide lutschten ihr Mylanta.

Die basischen Mylanta-Verdauungstabletten schmeckten nach Pfefferminz und waren grün. Ruth wußte, daß sie und Edek grüne Zungen bekommen würden. Sie überlegte, ob sie Edek einen Kaugummi anbieten sollte, damit er die grüne Farbe loswurde. Sie entschied sich dagegen. Eine grüne Zunge kam ihr plötzlich gar nicht mehr so abnormal vor.

»Entsetzlich«, sagte Edek.

»Was?« sagte sie.

»Daß die Polen nach dem Krieg Juden ermordet haben.«

»Es ist wirklich entsetzlich«, sagte sie. Sie fragte sich, warum es einem noch entsetzlicher vorkam als die Morde, die während des Krieges begangen worden waren. Sie nahm an, daß es an der Erkenntnis lag, daß all die Morde und Greueltaten kein Jota am polnischen Antisemitismus verändert hatten. Es hatte die Polen nicht bewegt. Was für ein grauenhafter Gedanke. Ein Gedanke, der wahrhaft entsetzlich war.

Ruth sah Edek an. Er war sehr still geworden. Ihr war nie ganz wohl, wenn er so still war. Sie hoffte, daß alles mit ihm in Ordnung war.

»Ist alles in Ordnung, Dad?« sagte sie.

»Mit mir ist alles in Ordnung«, sagte er. »Vielleicht nehme ich noch ein bißchen mehr von deinem Mylanta.«

»Fühlst du dich nicht wohl?« sagte sie.

»Mir geht es prima«, sagte er. »Ich habe nur zuviel gegessen.«

Ruth gab ihm noch zwei Mylanta-Tabletten. Sie fragte sich, ob ihm vom Essen übel war oder von dem Land und seiner Geschichte. Wahrscheinlich von Polen, vermutete sie. Nicht von der *kiełbasa*-Wurst oder seinem Frühstück aus Hering und marinierten Zwiebeln und Salami. Ihr Vater hatte immer eine gußeiserne Konstitution gehabt. *Kiełbasa* oder Salami hatten ihm nie Probleme bereitet.

»Wenn wir uns Kazimierz angeschaut haben«, sagte Ruth, »gehen wir ins Hotel zurück und ruhen uns aus.«

»Ich muß mich nicht ausruhen«, sagte Edek. »Hast du ein Stück Schokolade oder sowas?«

»Ich dachte, dir wäre nicht gut«, sagte Ruth.

»Mir geht es gut«, sagte er. »Aber das grüne Zeug schmeckt nicht so besonders gut.«

»Das Mylanta?« sagte sie.

»Natürlich«, sagte er. »Was für grünes Zeug sollte ich sonst meinen?«

»Du willst das Mylanta mit Schokolade übertönen?« sagte Ruth.

»Die Schokolade wird einen besseren Geschmack hinterlassen als das Mylanta«, sagte Edek. Ruth fiel kein vernünftiges Argument dagegen ein, Schokolade nach Mylanta zu essen.

»Du hast doch die Schokoladenpflaumen«, sagte sie zu Edek.

»Oj, das stimmt«, sagte er. »Die hatte ich ganz vergessen.« Er griff in seine Tasche und holte die Pflaumen hervor. »Das sind ganz vorzügliche Pralinen«, sagte er, als er sie aufgegessen hatte. Ruth war beruhigt. Jemand, der soviel Schokolade verputzte, konnte nicht ernsthaft krank sein.

Sie befanden sich jetzt im Herzen von Kazimierz. In der Szerokastraße, der Hauptstraße des jüdischen Viertels. Die Szerokastraße war eher ein länglicher Platz als eine Straße. Es war ein wunderschöner Platz. Die Gebäude hatten noch immer etwas Lebendiges.

Es fiel nicht schwer, sich die reichen, erfüllten Leben vorzustellen, die in diesen Häusern gelebt worden sein mußten. Es gab kleine Speicherfenster und Schornsteine und Türmchen und verzierte Eingänge und phantasievolle Windfänge.

Kazimierz war architektonisch um vieles interessanter als die benachbarten Viertel. Ruth hatte gelesen, daß das ganze Viertel nicht mehr als dreihundert Quadratmeter umfaßte. Ein sehr kompaktes Zentrum von Kultur und Religion und Gelehrsamkeit hatte sich einst auf diesen kleinen Bereich von Krakau konzentriert. Die ersten jüdischen Druckereien waren 1570 gegründet worden. Werke von grundlegender wissenschaftlicher und religiöser Bedeutung waren vom vierzehnten Jahrhundert bis zu der Zeit, als vierhundert Jahre später die Juden vertrieben und vernichtet wurden, in Kazimierz gedruckt worden.

»Ist das nicht wunderschön?« sagte Ruth zu Edek.

Edek sah auf. Er sah um sich. Er nickte. »Es ist sehr nett«, sagte er.

Ruth war aufgeregt. Dieses jüdische Viertel sah einigermaßen intakt aus. Nicht verfallen und heruntergekommen. Nicht alle Zeichen des Lebens, das hier einst gelebt worden war, hatten sich verflüchtigt.

»Wie aufregend«, sagte sie zu Edek.

»Leute gibt es hier keine«, sagte Edek.

Ruth wußte, was er meinte. Er meinte die Abwesenheit von Juden. Wollte ihre Begeisterung dämpfen. Ihr sagen, daß das hier nur Gebäude waren, keine Menschen.

Menschen gab es genug in Kazimierz. Auf dem Marktplatz parkten mehrere Touristenbusse und Privatwagen. Anfang der siebziger Jahre war Kazimierz als Touristenattraktion entdeckt worden. Die Polen hatten gemerkt, daß ein Ort wie Kazimierz mit sieben weitgehend intakten Synagogen, einstigen jüdischen Theatern und Badehäusern und einem alten Jüdischen Friedhof sich als Einnahmequelle anbot. Doch niemand kam. Polen interessierten sich nicht dafür, und außerhalb Polens wußte niemand von Kazimierz. Doch dann kam Steven Spielberg, und über Nacht war alles anders geworden. Kazimierz, das heruntergekommen und verdreckt gewesen war, wurde plötzlich attraktiv für polnische Privatunternehmer, die sich daran machten, die Stadt zu restaurieren.

Steven Spielbergs Film *Schindlers Liste* lockte die Touristen scharenweise nach Kazimierz. Obwohl der Großteil des Films im benachbarten Vernichtungslager Płaszów, im Ghetto von Podgórze und in Oskar Schindlers Fabrik spielte, genügte ihnen der Umstand, daß Spielberg in Kazimierz gedreht hatte. Die Folgen der Spielbergschen Aufnahmen waren nicht zu übersehen: Auf einer Seite des Platzes waren drei Restaurants mit hebräischer Beschilderung. In der Szerokastraße befanden sich außerdem ein koscheres Restaurant und etwas, was sich als jüdische Buchhandlung bezeichnete. Kazimierz existierte mit einemmal – in allen polnischen Reiseführern und in endlosen Broschüren der Reiseagenturen.

Als Ruth die Touristenbusse erblickte, wurde ihr flau im Magen. Warum war sie hergekommen? Zweifellos nicht, um sich an diesem Touristenzirkus zu beteiligen. Sie kamen an einer Touristengruppe vorbei, die hinter einem lautstarken polnischen Führer herwanderte. »Steven Spielberg kam 1992 zum erstenmal hierher«, sagte der Führer gerade.

»Findest du, daß die Leute aus dieser Reisegruppe jüdisch aussehen?« sagte Ruth zu Edek. Edek schüttelte den Kopf. »Das sind keine Juden«, sagte er.

»Steven Spielberg war bei seinem ersten Aufenthalt sechsunddreißig Stunden hier«, sagte der Führer. Die Gruppe war vor einem Gebäude stehengeblieben, das Ruth aus den Reiseführern als die Alte Synagoge identifizierte. »Während dieses Besuchs traf Steven Spielberg die Entscheidung, daß er *Schindlers Liste* nirgendwo anders als in Krakau drehen wollte«, sagte der Führer.

»Haben Sie Steven Spielberg kennengelernt?« fragte einer aus der Reisegruppe.

»Nein, ich nicht«, sagte der Führer, »aber ein enger Freund von mir. Spielberg hat mehrere Tage lang in der Szerokastraße gefilmt. Den Entschluß, die Ghettoszenen hier zu drehen, traf er während seines zweiten Besuchs in Krakau im Juni 1992.« Niemand fragte, um was für ein Ghetto es sich handelte oder wo sich das echte Ghetto befunden hatte.

»Komm, wir besichtigen die Alte Synagoge«, sagte Ruth zu Edek.

»Ich finde sehr interessant, was dieser Mann über Steven Spielberg erzählt«, sagte Edek. Ruth war verärgert. Merkte ihr Vater denn nicht, wie aufgesetzt dieses ganze Interesse an Kazimierz war?

»Wir sind nicht nach Kazimierz gekommen, um uns Geschichten über Steven Spielberg anzuhören«, sagte sie.

»Okay, okay«, sagte Edek.

»Die Alte Synagoge«, sagte Ruth zu Edek, »war das religiöse und administrative Zentrum der jüdischen Gemeinde von Krakau.«

Sobald sie die Synagoge betreten hatten, fühlte Ruth sich ruhiger. Sie fragte sich, woran es liegen mochte, daß Gotteshäuser immer etwas Beruhigendes hatten. Ansammlungen von Gebeten? Vorräte von Gottgefälligkeit, Güte, Wohlwollen? Zusammenwirken von Altruismus, Mildtätigkeit, Gnade? Ruth wußte, daß so etwas nicht auf Vorrat angehäuft werden konnte. Vergängliche Eigenschaften konnte man nicht sammeln und dauerhaft machen. Es gab keine Verzeichnisse von Gnade, Tugend oder Frömmigkeit. Keine brüderliche Liebe weilte mehr in dieser Synagoge. Oder doch? Ruth hatte den Eindruck, als könne sie etwas spüren. Etwas unter dem Rippenbogengewölbe der Synagoge. Etwas zwischen den zwei schmalen Säulen links und rechts der *Bime*. Etwas in der Luft, in der die Predigten gesprochen worden waren.

»Du weißt, daß es in Kazimierz heute noch sieben Synagogen gibt«, sagte sie zu Edek.

»Sehr gut«, sagte er.

»Wenn es schon keine Juden mehr gibt«, sagte sie, »dann gibt es wenigstens noch ihre Bauwerke.«

»Scheint so«, sagte er.

»Ist es zuviel Erinnerung für dich?« fragte sie ihn. Edek nickte. »Mußt du daran denken, wie du mit deinen Eltern in die Synagoge gegangen bist?« sagte sie. Er nickte wieder. Er entfernte sich, um etwas zu betrachten.

Es war kaum verwunderlich, daß Edek und Rooshka nach dem

Krieg Synagogen gemieden hatten, dachte Ruth. Synagogen waren mit Erinnerungen und Fragen allzu beladen, allzu belastet. Sie gesellte sich zu Edek. Er war in den ersten Stock gegangen, dessen Räume ein Museum beherbergten. Er betrachtete eine Sammlung von Sedergefäßen. Sein Blick war traurig.

»Diese Synagoge wurde 1507 von dem Architekten Mateo Gucci umgebaut«, sagte Ruth zu Edek. »Du siehst also, daß Juden und Gucci schon immer miteinander verknüpft waren.« Edek sah sie verständnislos an. »Juden und Gucci!« wiederholte sie. Edeks Miene erhellte sich nicht. Sie versuchte, ihren Scherz zu erklären – das Stereotyp reicher Juden in Gucci-Kleidung. Seine Miene blieb teilnahmslos. Ruth dachte sich, daß man vielleicht den Gucci-Stil kennen mußte, um den Scherz lustig finden zu können.

Im letzten Raum waren Fotografien und Dokumente ausgestellt, Fotografien und Dokumente, die die Judenvernichtung schilderten. Bilder von Familien, die mit Säcken und Bündeln auf dem Weg ins Ghetto waren. Dokumente, die die zunehmende Verschärfung der Erlasse bezeugten, mit denen die Deutschen die Krakauer Juden überzogen hatten. Die Instruktionen und Befehle und Strafandrohungen und Verbote und Anordnungen in deutscher und polnischer Sprache waren Edek vertraut. »In Łódź hatten wir die gleichen Anordnungen«, sagte er.

»Du warst längst im Ghetto, als diese Anordnungen in Krakau erfolgten«, sagte sie. Edek sah sie fragend an. »Die Ghettos von Łódź und von Warschau wurden vor dem Krakauer Ghetto eingerichtet.«

»Es gibt nichts, was du nicht weißt«, sagte er.

»Ich wollte, es wäre so«, sagte sie.

Edek betrachtete ein Bild von zwei kleinen jüdischen Jungen, die große Säcke auf dem Rücken trugen. Sie gingen mitten in einem Zug von Juden auf dem Weg ins Ghetto. »So war es mit uns allen«, sagte Edek. Er schüttelte den Kopf. »Manchmal es ist, als wäre das jemand anderem passiert«, sagte er. »Nicht mir. Manchmal denke ich, der im Ghetto war, das war nicht ich.« Wieder schüttelte er den Kopf. Ruth sah, daß ihm Tränen in den Augen standen. »Wenn ich dann sehe diese Fotos, weiß ich, daß ich es war. Ich und Mum. Ich weiß zuviel.«

Ruth schämte sich. Sie hatte sich keine Gedanken darüber gemacht, was die Ausstellungsstücke und Fotos in ihm bewirken würden. »Es tut mir leid, daß ich die Beherrschung verloren habe«, sagte Edek. Ruth legte ihm den Arm um die Schulter. »Es sind genug Dinge, die einem hier die Beherrschung rauben können«, sagte sie. Edek schneuzte sich. Es schien ihm peinlich zu sein, daß er geweint hatte. Sie verließen die Synagoge. Ruths Arm lag um Edeks Schulter, während sie gingen.

»Alles in Ordnung«, sagte er nach ein paar Minuten. »Ich wollte dich nicht aus der Fassung bringen.«

»Du hast mich nicht aus der Fassung gebracht«, sagte sie. »Was dir und Mum und all den anderen Juden geschehen ist, das bringt einen aus der Fassung. Nicht dein Kummer.«

»Jetzt geht es mir wieder gut«, sagte Edek.

Die Touristengruppe mit dem lauten Führer stand vor dem koscheren Restaurant. »Bald werden wir zur Józefastraße kommen«, sagte der Führer. Ruth schaute sich seine Reisegruppe an. Es war eine bunte Mischung älterer Europäer. Keiner von ihnen schien unter fünfzig zu sein. Keiner von ihnen sah jüdisch aus. »Die Szene, in der die Juden aus ihren Häusern vertrieben werden, hat Steven Spielberg in der Józefastraße gedreht«, sagte der Führer. »Diese Szene kommt vor den Szenen über die Gefangenschaft der Juden.« Ruth wäre ihm am liebsten ins Wort gefallen. Sie hätte gern darauf aufmerksam gemacht, daß die Episoden, über die er sich ausließ, keine Filmszenen waren, sondern reale Geschehnisse im Leben von Menschen. Mit einer etwas anderen Wortwahl wäre es ihm möglich gewesen, sowohl Spielbergs Film anzusprechen als auch das, was den Krakauer Juden widerfahren war.

»Die Juden gingen über eine Brücke von Krakau in das Ghetto«, sagte der Führer. »Diese Brücke sieht man in der berühmten Szene, in der die Juden in das Ghetto marschieren.«

»Sie sind nicht marschiert«, rief Ruth laut. »Sie sind gegangen. Soldaten marschieren, nicht eine ganze Bewohnerschaft, die man aus ihren Häusern vertreibt.«

Alle Touristen drehten sich um und starrten Ruth an.

»Ruthie, was ist in dich gefahren?« sagte Edek.

»Wut«, sagte sie zu Edek.

»Ich wollte mich nur vergewissern, ob Ihnen klar ist, daß Sie über echte Menschen, echte Geschichte, echte Leiden sprechen«, sagte Ruth zu dem Führer.

»Ja doch, gewiß«, sagte der Führer.

»Mehr wollte ich nicht sagen«, sagte Ruth zu dem Führer.

»Gott sei Dank«, sagte Edek.

Der Führer nahm seinen Vortrag wieder auf. »Als Steven Spielberg den Weg in das Ghetto filmte«, sagte er, »hat er die Richtung umgekehrt. Er hat die Juden dabei gefilmt, wie sie vom Ghetto nach Kazimierz gehen.«

»Er hat die Darsteller gefilmt«, sagte Ruth, »und nicht die Juden. Steven Spielberg hat Schauspieler gefilmt.«

Edek zupfte an ihrem Ärmel. »Ruthie, bitte, warum tust du das?« sagte er.

»Weil mich so etwas wütend macht«, sagte sie.

»Man kann nicht über alles wütend werden«, sagte er.

»Das tue ich auch nicht«, sagte sie.

Ruth spürte, daß ihr Gesicht vor Zorn gerötet war. Die Touristengruppe starrte sie wieder an.

»Sie müssen Achtung vor den Leuten haben, über deren Leben sie sprechen«, sagte sie zu dem Führer.

»Wir sprechen über Kazimierz und Steven Spielbergs Film«, sagte der Führer.

»Gib ihm keine Antwort«, sagte Edek. Ruth wollte Edek nicht beunruhigen. Sie gab dem Führer keine Antwort.

»Komm, wir gehen«, sagte Ruth zu Edek.

»Spielberg ließ also die Juden in die umgekehrte Richtung marschieren«, sagte der Führer zu seiner Reisegruppe.

»Gehen, nicht marschieren!« rief Ruth ihm nach, während sie sich mit Edek entfernte.

»Was ist in dich gefahren?« sagte Edek.

»Das ist kein Scheißfilmmotiv«, sagte sie.

»Deshalb mußt du nicht solche Wörter benutzen«, sagte Edek.

»Und Spielberg hat diesen Fim hier gedreht.« Ruth funkelte ihn zornig an.

»Es war der aufwendigste Film in der Geschichte Polens«, hörte Ruth den Führer sagen. »Allein die Bauten für die Dekoration des Konzentrationslagers haben sechshunderttausend Dollar gekostet«, sagte er.

»Bruder!« sagte Edek. »Sechshunderttausend Dollar!«

»Ungefähr hundertmal soviel wie der Originalschauplatz«, sagte Ruth. Edek lachte. Steven Spielberg und seine Dreharbeiten hatten Edeks Lebensgeister offenbar wieder geweckt.

»Wir werden jetzt in Steven Spielbergs Fußstapfen treten«, hörte Ruth den Führer sagen.

»Träumen Sie ruhig weiter!« rief Ruth dem Führer zu.

»Warum sagst du zu ihm, er soll weiterträumen?« fragte Edek.

»Das bedeutet, er soll seine Hirngespinste weiterspinnen«, sagte Ruth. »Der Führer hat gesagt, er trete in Spielbergs Fußstapfen.«

»Das hat er gesagt«, sagte Edek.

»Das bedeutet im übertragenen Sinn, daß man es jemandem gleichtut«, sagte Ruth.

»Jetzt verstehe ich«, sagte Edek.

Ruth fand, daß ihre Erklärung nicht weniger verwirrend war als die Begriffe, die sie zu erklären versuchte. Sie war froh, daß Edek es verstanden hatte.

»Ruthie, bitte«, sagte Edek. »Wenn wir noch mehr Touristen begegnen sollten, ist es nicht nötig, mit ihnen zu sprechen.«

»Okay«, sagte Ruth.

Die jiddischen und hebräischen Wörter auf den Schaufenstern der Läden und Restaurants in der Szerokastraße waren kein Zeichen, daß es noch Juden gab. Sie waren ein Zeichen des Kommerzes. Sie waren Haltepunkte auf den Routen der Reisegruppen, die es nach Geschichte verlangte, der gelangweilten Touristen, der Juden, die nach ihren Wurzeln suchten. Wer es nicht besser wußte, hätte meinen können, Kazimierz wäre noch immer ein jüdisches Viertel. Ruth und Edek betraten die Remuh-Synagoge. Sie war nach der

Alten Synagoge errichtet worden und hieß deshalb auch Neue Synagoge. Die Remuh-Synagoge, eine kleine Synagoge, war die einzige Synagoge im heutigen Krakau, die als Gotteshaus benutzt wurde.

Ein alter Mann saß neben der Tür in der Synagoge. Er sah uralt aus. Seine Kleidung war abgetragen, und er hatte keine Zähne. Er trug eine Jarmulke.

»Wie viele Synagogen müssen wir besuchen?« sagte Edek.

»Das ist die letzte«, sagte Ruth. »Glaubst du, er ist ein Jude?« sagte sie mit einem Blick auf den alten Mann. Edek fragte den alten Mann auf jiddisch, ob er Jude sei. Der alte Mann schüttelte den Kopf. »Ich bin Jude«, sagte er auf polnisch zu Edek, »aber ich spreche kein Jiddisch.«

»Für mich sieht er polnisch aus«, sagte Ruth.

»Was ist bloß los mit dir?« sagte Edek. Er beugte sich zu dem alten Mann hinunter.

»Diese Synagoge wurde von den Deutschen als Lager für gummierte Säcke benutzt«, sagte Ruth. »Das habe ich gelesen. Die Säcke wurden als Leichensäcke verwendet.«

»Von mir aus können wir gehen«, sagte Edek.

»Können wir noch einen Blick auf den Friedhof hinter der Synagoge werfen?« sagte Ruth.

»Okay«, sagte Edek. Er sah verdrießlich drein.

Eine Gruppe israelischer Schüler befand sich auf dem Friedhof. Es waren Teenager, dreizehn, vierzehn Jahre alt. Mehr als dreißig von ihnen, so daß der kleine Friedhof fast voll war. Ruth freute sich, sie zu sehen. Zeichen jüdischen Lebens zu sehen.

»*Shalom*«, sagte Edek zu mehreren Schülern.

»*Shalom*«, wiederholten sie. Einer von ihnen, ein großgewachsener, magerer Rotschopf, trat zu Edek und klopfte ihm auf den Rücken. »*Shalom*«, sagte er.

Ruth und Edek wanderten über den Friedhof. Frieden senkte sich über Ruth. Warum empfand sie solchen Frieden in Gesellschaft der Toten? Was für eine merkwürdige Wendung – in Gesellschaft der Toten. Konnten die Toten einem Gesellschaft leisten? Sie nahm

Edeks Arm. Sie hatte ein schlechtes Gewissen, weil sie ihn in Synagogen und auf Friedhöfe schleppte.

Die Nazis hatten diesen Friedhof zerstört. Sie hatten Grabsteine abgetragen und zerschmettert. Jetzt wurde der Friedhof wiederhergestellt. Überreste von Grabsteinen, die sich nicht mehr zusammenfügen ließen, waren in eine Mauer eingebettet. Die Mauer enthielt Bruchstücke von Namen, Reste von Lebensdaten, Fragmente von Ziffern und Buchstaben, Schnipsel von Symbolen. Es war ein eigenartig poetisches Mosaik.

Ruth blieb neben einem Grabstein stehen, auf dem zu lesen war: *Hier ruht Gitel, Tochter des Moses Auerbach aus Regensburg und Großmutter des berühmten Rabbi Moses Isserles.* Ruth hatte den Eindruck, daß sie Gitels Gegenwart spüren konnte. »Ich spüre, daß sie ein gutes Leben hatte«, sagte sie zu Edek. Von ihren Worten war sie selbst überrascht. Normalerweise sprach sie ihre bizzarreren und irrationaleren Gedanken nicht laut aus.

»Sie war sehr mildtätig zu den Armen«, übersetzte Edek den hebräischen Text auf dem Grabstein.

»Meinst du, es ist albern, sich einzubilden, man könnte das Leben eines anderen Menschen spüren?« fragte Ruth ihn.

»Vielleicht«, sagte er. »Vielleicht auch nicht. Vielleicht können manche Leute sehen Dinge, was andere nicht können sehen. Du hast immer Dinge gewußt, was andere nicht wußten.«

»Wirklich?« sagte Ruth.

»Du hast Dinge gesehen«, sagte Edek. Ruth war verdattert. »Du konntest sehen, daß Mrs. Watson von nebenan mit ihrem Ehemann nie glücklich war«, sagte Edek. Ruth war erleichtert. Edek sprach von Wahrnehmung, nicht von Telepathie.

»Du hast Mum erzählt, daß Mr. Watson nicht sehr nett zu Mrs. Watson war, als du warst sechs Jahre alt«, sagte Edek.

»Als ich sechs war?« sagte Ruth.

»Ja«, sagte Edek. Ruth dachte, daß sie ein naseweises und offenbar frühreifes Kind gewesen sein mußte.

»Du hast gesagt, daß Mrs. Watson hatte jemanden gehabt, der netter zu ihr war«, sagte Edek.

»Was?« sagte Ruth.

»Das hast du gesagt«, sagte Edek. »Und es hat gestimmt. Sie hatte einen ersten Ehemann gehabt, von dem wir nichts wußten.«

»Sie hat mir wahrscheinlich von ihm erzählt«, sagte Ruth.

Ruth erinnerte sich, daß sie bis zum Alter von zehn oder elf Jahren die meisten Sonntagnachmittage damit verbracht hatte, Mrs. Watson beim Kuchenbacken zuzusehen. Jeden Sonntagnachmittag buk Mrs. Watson vier Apfelkuchen, die sie abends in die Methodistenkirche brachte. Die benachbarte Methodistenkirche veranstaltete jeden Sonntagabend eine Armenspeisung.

Ruth sah gern zu, wie der Teig ausgerollt wurde und die Äpfel geschält und entkernt wurden. Sie wurde es nie müde, Mrs. Watson dabei zuzusehen, wie diese die Teigränder der Kuchen zusammendrückte und mit einer Gabel Muster in den Teigdeckel ritzte.

»Mrs. Watson hat gesagt, daß sie nie jemandem hat erzählt von ihrem ersten Ehemann«, sagte Edek. »Nicht einmal ihr Sohn wußte es.«

»Mir hat sie es offenbar erzählt«, sagte Ruth.

Man konnte eine Menge über jemanden erfahren, ohne explizit etwas erzählt zu bekommen, dachte Ruth. Sie erinnerte sich an Mrs. Watsons wehmütigen, geistesabwesenden Gesichtsausdruck. Ruth hatte gewußt, daß Mrs. Watson an jemand anderen dachte. An jemanden, den sie geliebt hatte. Jemanden, der nicht mehr am Leben war. Ruth hatte viel Erfahrung darin, diese Art von Sehnsucht zu identifizieren. Sie hatte soviel wehmütiges Wunschdenken mit angesehen.

»Mrs. Watson war mit jemandem verheiratet, der gestorben ist«, sagte Ruth.

»Das hast du Mum erzählt«, sagte Edek. »Mum hat Mrs. Watson gefragt. Und die arme Mrs. Watson hat fast einen ganzen Tag lang geweint, als Mum sie das gefragt hatte. Sie hat gesagt, sie hätte nie in ihrem Leben jemandem von dem toten Ehemann erzählt. Weder ihrem Sohn noch ihrem Mann. Sie wollte nicht, daß ihr Mann dachte, er wäre nicht der erste. Damals waren solche Sachen wichtig. Verstehst du?«

»Ich verstehe«, sagte Ruth. Sie wollte nicht, daß Edek ihr als nächstes erläuterte, wie wichtig es damals war, jungfräulich in die Ehe zu gehen.

»Mrs. Watsons erster Ehemann ist im Krieg ums Leben gekommen«, sagte Ruth.

»Genau das hat sie Mum erzählt.«

»Auch das wird sie mir erzählt haben«, sagte Ruth.

Edek sah sie mit besorgtem Blick an. »Du hast immer gewußt, was andere Leute denken«, sagte er. Er schüttelte den Kopf. »Aber das mit dem toten Ehemann von Mrs. Watson ist nicht etwas, was man kann ableiten aus dem, was andere denken.«

»Mrs. Watson wird es mir erzählt haben«, sagte Ruth.

»Sie muß es dir erzählt haben«, sagte Edek. »Meine Schwester Fela war auch so. Sie wußte, was andere Leute dachten.«

Edek ging vor Ruth her; er schüttelte noch immer den Kopf.

Ruth war beunruhigt. Sie konnte sich nicht daran erinnern, daß Mrs. Watson ihr diese Dinge erzählt hatte. Sie versuchte sich zu beruhigen. Man konnte eine Menge über einen anderen erfahren, ohne daß ein Wort gesprochen werden mußte. Verhalten und Bewegungen und Gesten und Gewohnheiten und Mienenspiel waren äußerst aufschlußreich. Es gab keinen Grund zur Beunruhigung. Edeks Schwester Fela war sicherlich ebenfalls eine gute Beobachterin gewesen. Dieser Gedanke heiterte Ruth auf. Die Vorstellung dieser Verbindung heiterte sie auf.

Vor dem Eingang zur jüdischen Buchhandlung Jordan und zu dem Café Arche Noah sprach eine junge Frau Edek und Ruth an.

»Hätten Sie Interesse an einer Führung zur Schindler-Fabrik?« sagte die junge Frau.

»Nein, danke«, sagte Ruth.

»Warum nicht?« sagte Edek.

»Willst du wirklich die Schindler-Fabrik sehen?« sagte Ruth.

»Warum nicht?« sagte Edek. »Ist doch interessant.«

»Wissen Sie viel über die Fabrik und ihre Geschichte?« fragte Ruth die junge Frau.

»Judaistik ist eines meiner Studienfächer an der Krakauer Universität«, sagte die junge Frau. Sie streckte ihre Hand aus. »Ich heiße Helena.«

Ruth und Edek schüttelten Helena die Hand.

»Sind Sie Jüdin?« fragte Ruth sie.

»Nein«, sagte sie. »Aber ich habe viel Sympathie für die Geschichte der Juden.«

»Was halten Ihre Eltern davon, daß Sie Judaistik studieren?« sagte Ruth.

»Sie sind darüber nicht sehr glücklich«, sagte Helena. »Aber inzwischen sind sie etwas weniger unglücklich, weil sie sehen, daß ich mein Studium mit dem Geld finanzieren kann, das ich mit den Führungen verdiene.«

»Mit diesen Führungen können Sie Ihren Lebensunterhalt bestreiten?« sagte Ruth.

»Ja, das kann ich«, sagte Helena. »Es gibt viele Touristenführer. Die Buchhandlung hat ihre eigenen Führer. Aber ich bin billiger.«

»Okay, wir machen die Führung mit«, sagte Ruth. »Aber vorher brauche ich eine Tasse Tee. Geben Sie uns zehn Minuten Zeit für einen Besuch in der Buchhandlung und im Café?«

»Selbstverständlich«, sagte Helena. »Ich warte hier draußen.«

Im Café Arche Noah stand auf einigen Tischen die fünfzig Zentimeter hohe Holzfigur eines orthodoxen Juden, der Cello spielte. Das Klavier dekorierten drei schwarze Jarmulkes mit goldenem Besatz. An den Wänden gab es hebräische Schriftzeichen, und die Hintergrundmusik war ein schwermütiges jiddisches Lied. Keiner der Cafégäste sah jüdisch aus.

Ruth wurde übel. Sie war es leid, Juden zu Karikaturen herabgewürdigt und als Kunsthandwerkserzeugnisse ausgestellt zu sehen. Edek setzte sich an einen der Tische. Er begann das jiddische Lied mitzusummen. Es war ein Wiegenlied. Ein Wiegenlied, in dem eine Mutter ihr Kind in den Schlaf singt. *Schlaf, mein Kindlein, schlaf,* sang die Mutter.

Die Speisenkarte des Cafés Arche Noah führte »jüdischen Käsekuchen« und eine weitere Auswahl als »jüdisch« bezeichneter Speisen.

»Ich glaube, ich nehme den Käsekuchen«, sagte Edek. »Und einen Cappuccino.«

»Ich bin mir nicht sicher, ob man in einem pseudojüdischen Café in Polen einen Cappuccino bekommt«, sagte Ruth. Die Kellnerin kam zu ihnen. Es gab keinen Cappuccino. Edek entschloß sich, eine Tasse Tee zu bestellen. »Wird dieses Café von Juden geführt?« fragte Ruth die Kellnerin.

»Nein«, sagte die Kellnerin.

»Warum fragst du solche Sachen?« sagte Edek zu Ruth.

»Weil ich es wissen will«, sagte sie.

»Man muß nicht immer alles wissen«, sagte er. Der Käsekuchen wurde gebracht. Es war ein kleines, flaches Kuchenstück.

»Es ist gar kein jüdischer Käsekuchen«, sagte Ruth.

»Er schmeckt aber sehr gut«, sagte Edek.

Ruth war wütend. Was dachten sich diese Polen dabei, ein jüdisches Leben nachzuäffen, dessen Verschwinden sie begrüßt hatten? Sie machten Geld damit, das war es. Edek aß seinen Käsekuchen auf. *Mottel, mottel*, eines seiner jiddischen Lieblingslieder, wurde jetzt gespielt. Edek begann wieder mitzusummen. Er drehte sich auf seinem Stuhl um und sah sich im Café um. »Sehr nett«, sagte er.

»Es ist polnisch«, sagte Ruth. Edek zuckte die Schultern.

Auch die jüdische Buchhandlung und Reiseagentur Jordan wurde nicht von Juden geführt. Bücher, Kunsthandwerk und Schmuck gab es zu kaufen. Silberne Davidsterne und hebräische Buchstaben an Silberketten. Es gab Kerzenleuchter und Sederteller. Auf einem kleinen Schild stand, daß man hier Bücher und Andenken an die jüdische Kultur erwerben konnte, Karten kaufen und Führungen buchen und Postkarten und Kassetten mit jüdischer Musik erhalten.

Auf einem anderen Schild wurden drei Führungen angeboten. Jede Tour war in Großbuchstaben genannt: FÜHRUNG DURCH DAS JÜDISCHE KAZIMIERZ, AUF DEN SPUREN VON SCHINDLERS LISTE und FAHRT NACH AUSCHWITZ-

BIRKENAU. Der Laden sah etwas unordentlich aus. Unaufgeräumt. Als hätten die Inhaber nicht recht gewußt, wie sie ihre Waren ausstellen sollten. Zweifellos würde kein Jude den Fuß in diesen Laden setzen, dachte Ruth. Auf einem der oberen Regale erblickte sie ein Buch über Auschwitz. Es enthielt Faksimiles aller von den Deutschen dort hinterlassenen Dokumente. Dieses Buch hatte sie noch nie gesehen. Es war groß und umfangreich. Sie ließ sich das Buch aus dem Regal holen. Sie blätterte darin. Es war ein sehr interessantes Buch. Ruth war hin- und hergerissen. Sie wollte dem Laden kein Geld zukommen lassen, aber sie wollte das Buch haben. »Ich nehme es«, sagte sie zu dem Mann hinter der Theke.

Edek wartete draußen mit Helena, ihrer Führerin.

»Der Besitzer der jüdischen Buchhandlung ist kein Jude, oder?« fragte Ruth Helena. Edek funkelte Ruth erbost an. Sie ignorierte seinen Blick.

»Nein«, sagte Helena. »Aber er ist ein guter Mensch. Er hat viel Sympathie für die Sache der Juden.«

»Siehst du«, sagte Edek.

»Was soll ich sehen?« sagte Ruth.

»Vergiß es«, sagte Edek. »Wir gehen jetzt zu Schindlers Fabrik.«

Ruth war verblüfft, daß Edek freiwillig zu Fuß ging. Sie hatte erwartet, daß er diese Tour so schnell wie möglich hinter sich bringen wollte. »Einverstanden«, sagte sie.

Edek und Helena gingen vor ihr her. Ruth konnte sehen, daß Edek Helena mochte. Er lächelte und plauderte mit ihr. Er erzählte ihr von seinem Leben in Australien. Er erzählte ihr von seiner Arbeit als Manager in der Versandabteilung des Sportartikelgeschäfts und von seiner darauffolgenden Tätigkeit in dem Reformhaus. Ausführlich legte er dar, wie wichtig in solchen Reformkostläden die Sauberkeit war. Helena lauschte wie gebannt.

Zehn Minuten später befanden sie sich noch immer auf dem Platz. Edek und Helena waren stehengeblieben und in ihr Gespräch vertieft. Ruth hatte den Eindruck, daß sie genug Geduld bewiesen hatte. »Können wir jetzt weitergehen?« sagte sie.

»Selbstverständlich«, sagte Helena.

»Wir wollten gerade weitergehen«, sagte Edek. »Helena ist ein sehr nettes Mädchen.« Helena errötete.

Sie gingen ein paar Minuten lang. Dann blieben sie vor einem Gebäude an der Szerokastraße stehen.

»In diesem Haus mit der Hausnummer sechs befand sich seit dem sechzehnten Jahrhundert das jüdische Badehaus und die *Mikwe*.«

»Siehst du, sie weiß, was eine *Mikwe* ist«, sagte Edek zu Ruth. Helena nickte. »Ein rituelles Badehaus für Frauen bei bestimmten Anlässen«, sagte sie.

»Ja, genau, das ist eine *Mikwe*«, sagte Edek. Helena strahlte.

Helena war wirklich ein reizendes Mädchen, dachte Ruth. Sie konnte nicht älter als zwanzig oder einundzwanzig sein.

»Dieses Badehaus wurde das große Badehaus genannt«, sagte Helena, »um es von dem kleinen Badehaus zu unterscheiden, das sich in der Nähe des Nowyplatzes befand.«

»Wie interessant«, sagte Edek. Helena fand Edek eindeutig interessant. Interessanter als Ruth. Ruth fiel auf, daß Helena ihre Worte ausschließlich an Edek richtete.

»Zwischen 1974 und 1976 wurde dieses Gebäude renoviert und modernisiert«, sagte Helena zu Edek. »Heute enthält es die Krakauer Zweigstelle der Werkstätten zur Renovierung historischer Monumente.« Edek nickte. Sie gingen weiter. Ruth sah auf die Uhr. Es war zwei Uhr nachmittags. Sie hoffte, daß sie Schindlers Fabrik vor Einbruch der Nacht erreichen würden.

Helena blieb vor einem weiteren Gebäude stehen. »Hier in der Bocheńskastraße befand sich von 1926 bis 1939 das jüdische Theater von Krakau«, sagte sie.

»Ein sehr schönes Gebäude«, sagte Edek. Ruth war sprachlos. Seit wann interessierte Edek sich für Gebäude? Er hatte noch nie irgendein Interesse an Gebäuden bekundet. Ruh sah Edek an. Er lächelte Helena an. Er sah so glücklich aus. Hübsche Mädchen und attraktive Frauen hatte er immer gemocht. Und sie hatten ihn gemocht. Offenbar hatte sich daran nichts geändert. Helena strahlte Edek an.

»Die berühmte jüdische Schauspielerin Ida Kamińska ist in diesem Theater regelmäßig aufgetreten«, sagte Helena zu Edek.

»Siehst du, sie weiß über Ida Kamińska Bescheid«, sagte Edek zu Ruth.

»Seit 1945 wird dieses Theater von der Amateurtruppe der Eisenbahnangestellten benutzt«, sagte Helena.

»Wahrscheinlich machen sie ihre Sache gut«, sagte Edek. Ruth traute ihren Ohren nicht. Edek hatte keine Ahnung vom Theater und noch weniger Ahnung von Eisenbahnern. Helena wirkte erfreut.

»Können wir jetzt weitergehen?« sagte Ruth. »Ich würde gerne Schindlers Fabrik sehen.«

»Selbstverständlich«, sagte Helena. Sie und Edek beschleunigten den Schritt. Ruth folgte ihnen.

Edek sah glücklicher aus als seit Tagen, dachte Ruth. Sie war froh, daß sie Helenas Führung mitmachten. Sie wußte, daß ihr Vater sie liebte, doch die viele Zeit, die er ausschließlich in ihrer Gesellschaft verbracht hatte, hatte ihn wahrscheinlich deprimiert, seine Lebensgeister gedämpft. Helenas Gesellschaft tat ihm gut. Ruth dachte, daß wahrscheinlich auch einige der Orte, die sie mit Edek besichtigt hatte, seine Lebensgeister gedämpft hatten. Nur die wenigsten würden Ghettos und Friedhöfe als aufmunternd empfinden.

Inzwischen hatten sie sich weit von Kazimierz entfernt. Der Teil Krakaus, in dem sie sich jetzt befanden, wirkte so heruntergekommen und verfallen, wie sie es aus Łódź kannten. Sie kamen an einer alten Frau vorbei, die mitten auf einem kleinen Platz hinter einem Tisch saß. Um den Kopf trug die alte Frau ein schmutziges rot und schwarz gemustertes Kopftuch. Auf dem Tisch lag eine kuriose Mischung aus Plastiktüten und Pappendeckeln. Mitten auf dem Tisch thronte auf zwei Bögen weißen Papiers ein riesengroßer, rosafarbener, in sich zusammengesunkener gerupfter Truthahn.

Der Truthahn hatte keine Füße. Die Beine ragten waagrecht hervor, als hätte die Leichenstarre bereits eingesetzt. Andererseits sah der Vogel dafür zu frisch aus, und vielleicht stellte sich keine Leichenstarre ein, wenn man bereits gerupft und geköpft war. Ruth nahm sich vor, in einem ihrer zahlreichen medizinischen Nachschlagewerke Näheres über Leichenstarre und ihre Begleitumstände nachzulesen. Unter dem Tisch stand ein Eimer mit Plastikresten. Wollte die Frau den Truthahn im ganzen verkaufen? Oder in Portionen? Ruth konnte kein Messer sehen. Wem wollte die Frau dieses Geflügel verkaufen? Ruth sah sich auf dem Platz um. Kunden schienen keine in Sicht zu sein.

Am anderen Ende des Platzes gab es zwei weitere Verkaufsstände. Ruth war an ihnen vorbeigekommen. Auf Tapeziertischen waren Schraubenzieher, Nägel, Hämmer und andere Metallwaren, die Ruth nicht identifizieren konnte, ausgelegt. Ruth fragte sich besorgt, wer den Truthahn kaufen sollte. Die Frau mußte wissen, was sie tat, dachte Ruth sich schließlich. Sie würde kaum aufs Geratewohl einen Tisch aufstellen und hoffen, einen toten Truthahn zu verkaufen. Ruth lächelte die Frau an. Die Frau starrte finster zurück.

Sie gelangten zu Schindlers Fabrik. Ruth erkannte die Torgitter aus dem Film wieder.

»Schau, Ruthie«, sagte Edek. »Die Fabrik von Oskar Schindler.«

»Hier, wo wir jetzt stehen, in der Nummer vier der Lipowastraße«, sagte Helena, »befand sich die Fabrik Oskar Schindlers. Wegen seiner Beziehungen zur Wehrmacht konnte Oskar Schindler eine kleine Fabrik mit fünfundvierzig Angestellten zu einem erfolgreichen Unternehmen ausbauen, das siebenhundertundfünfzig Juden aus dem Ghetto ganz in der Nähe dieser Fabrik beschäftigte.« Ruth und Edek nickten. Es war ein merkwürdiges Gefühl, dieses Gebäude in dieser stillen Straße anzusehen und dabei an die Leute zu denken, die durch diese Tore ein und aus gegangen waren. Juden, Gestapo, Polen, Deutsche. »Oskar Schindler hat insgesamt eintausendzweihundert Juden gerettet«, sagte Helena.

»Ich kenne zwei Juden, was er hat gerettet«, sagte Edek zu Helena. »Zwei Brüder in Melbourne.« Ruth kannte die zwei Männer, auf die Edek anspielte. Beide waren Musiker.

»Für den Film *Schindlers Liste* bekam Steven Spielberg sieben Oscars«, sagte Helena. Ruth stöhnte auf. »Steven Spielberg hat *Schindlers Liste* an fünfunddreißig Originalschauplätzen in Krakau gefilmt«, sagte Helena.

»Wirklich?« sagte Edek.

Ruth überlegte fieberhaft, wie sie das Gespräch unauffällig von Steven Spielberg wegmanövrieren konnte. Sie wollte Helena nicht verstimmen. Ihr fiel nichts ein.

»Sind Sie mit Steven Spielberg bekannt?« fragte Helena Ruth.

»Nein«, sagte Ruth. »Kein gewöhnlicher Sterblicher ist mit Steven Spielberg bekannt«, sagte sie. »Und ich weiß nicht, ob er mit gewöhnlichen Sterblichen bekannt ist.«

»Wirklich?« sagte Helena.

»Selbstverständlich«, sagte Edek im Brustton der Überzeugung. Ruth begriff, daß Edek etwas zu dem Gespräch beitragen wollte.

»Nur Berühmtheiten verkehren mit Steven Spielberg«, sagte Ruth.

»Das ist wahr«, sagte Edek. »Wie sollte jemand, was ist ein normaler Mensch, jemanden wie Mr. Spielberg kennenlernen, was ist kein Mensch, was kennenlernt normale Menschen?«

In seinem Bemühen, sich als Kenner des Themas auszuweisen und Helena zu beeindrucken, redete Edek im Kreis, dachte Ruth. »Präsident Clinton verkehrt mit Steven Spielberg«, sagte Ruth zu Helena. »Präsident Clinton und seine Ehefrau waren im Sommer Gäste von Steven Spielberg und dessen Frau in seinem Sommerhaus«, sagte sie.

»Meine Tochter weiß alles«, sagte Edek.

»Es stand auf der Titelseite jeder New Yorker Zeitung«, sagte Ruth.

»Der Präsident der Vereinigten Staaten war Gast im Haus von Steven Spielberg?« sagte Helena. Ruth fragte sich, ob diese neue Information Bestandteil aller künftigen Besichtigungstouren von Schindlers Fabrik sein würde.

»Ja«, sagte sie zu Helena. Helena schien sehr erfreut darüber, daß sie diesen Umstand erfuhr. Edek schien sehr erfreut darüber, daß Helena erfreut war.

»Ich kenne jemanden, der mit Steven Spielbergs Mutter bekannt ist«, sagte Ruth. Vor Erstaunen über ihre eigenen Worte trat sie einen Schritt zurück. Sie konnte nicht fassen, was sie eben gesagt hatte. Warum hatte sie das gesagt? Offenbar im Mitteilungsrausch. Berauscht vom Erfolg der Clinton-Klatschnachricht. Edek und Helena traten auf sie zu.

»Du kennst jemanden, was kennt die Mutter von Steven Spielberg?« sagte Edek. Er sah zutiefst beeindruckt aus.

»Sie kennen jemanden, der die Mutter von Steven Spielberg kennt?« sagte Helena.

Ruth fühlte sich wie der sprichwörtliche begossene Pudel. Sie konnte es nicht fassen, welche Wendung das Gespräch genommen hatte. Und sie war schuld daran. Sie hatte damit angefangen.

»Ich glaube, wir sollten lieber ein Taxi zum Hotel zurück nehmen«, sagte Ruth. Edek schaute enttäuscht drein. »Ich bin müde«, sagte Ruth.

»Meine Tochter muß sich ausruhen«, sagte Edek.

»Die frühere Schindler-Fabrik wird heute von einer Firma benutzt, die elektronische Bauteile herstellt«, sagte Helena. »Ich werde in der Firma ein Taxi für Sie bestellen. Die Leute dort kennen mich.«

Ruth und Edek warteten draußen. »Sie ist ein sehr nettes Mädchen«, sagte Edek zu Ruth.

»Sie ist ein sehr nettes Mädchen«, sagte Ruth.

Ruth war müde. Ihr war ein wenig übel. Das Taxi, das Helena für sie gerufen hatte, stank nach Zigaretten. Sie nahm sich vor, etwas zu essen.

»Willst du etwas zu Mittag essen?« sagte Ruth.

»Nein, danke«, sagte Edek. »Ich warte bis zum Abendessen.«

»Ich habe ein jüdisches Abendessen im Restaurant Samson für uns bestellt«, sagte Ruth. »Das Abendessen ist Bestandteil einer jüdischen Kabarettvorstellung.«

»Das klingt interessant«, sagte Edek. »Ein Kabarett.«

»Hätten Sie Interesse an einer Besichtigung des Auschwitz-Museums?« sagte der Taxifahrer. »Ich mache Ihnen einen guten Preis. Sehr günstig.« Ruth war sprachlos. Wie viele Leute verscherbelten in dieser Stadt Fahrten nach Auschwitz? Und woher wußten sie, welche Klientel dafür in Frage kam? Die Abnehmer, die potentiellen Kunden mußten ein todsicheres Erkennungszeichen aufweisen, dachte Ruth.

»In diesem Wagen wollen wir nicht hinfahren«, zischte Edek Ruth zu. Laut sagte er zu dem Fahrer: »Vielen Dank für Ihr Angebot. Aber wir haben bereits anderweitige Verfügungen getroffen.« Edeks übertriebene Höflichkeit diesem tabakdurchtränkten Fahrer gegenüber verärgerte Ruth.

»Ein Mercedes ist besser für so eine lange Fahrt«, sagte Edek zu Ruth.

»Es heißt Todeslager von Auschwitz«, sagte Ruth langsam zu dem Fahrer, »und nicht Auschwitz-Museum.«

»Das mußt du nicht sagen«, sagte Edek.

»Ich habe uns schon einen Mercedes bestellt«, sagte sie zu Edek.

»Gut«, sagte er. »Bitte sag nicht noch mehr zu diesem Fahrer.«

»Okay«, sagte sie. Sie wollte Edek nicht die gute Laune verderben.

»Nur junge Deutsche fahren nach Auschwitz«, sagte der Taxifahrer.

»Er spricht Englisch«, sagte Edek zu Ruth.

»Alte Deutsche nie«, sagte der Fahrer. »Wer weiß, vielleicht waren sie bei der Wehrmacht.«

»Fahren viele junge Deutsche hin?« sagte Ruth.

»Gar nicht so wenige junge Deutsche besuchen das Auschwitz-Museum«, sagte der Fahrer.

»Das Todeslager«, sagte Ruth.

»Ruthie!« sagte Edek.

»Entschuldige, Dad«, sagte sie. Sie war froh, daß die jungen Deutschen Auschwitz besuchten. Es war ein gutes Zeichen. Für die alten Deutschen war es sowieso zu spät. Für sie stand zuviel auf dem Spiel, als daß sie Reue hätten entwickeln können. Sie mußten so vieles rechtfertigen. Und wenn sie erst anfingen, die historischen Mythen, die sie sich zusammengestrickt hatten, aufzuribbeln, würden sie schnell die Fasson verlieren.

»Wirst du dich ausruhen?« fragte Ruth Edek, als sie im Hotel ankamen.

»Ich muß mich nicht ausruhen«, sagte Edek. »Ich lese ein bißchen. Ich habe heute gerade ein neues Buch angefangen.«

»Wie heißt das neue Buch?« sagte Ruth.

»*Angriff aus der Luft*«, sagte Edek.

Angriff aus der Luft? Was um alles in der Welt las ihr Vater da?

»*Angriff aus der Luft?*« sagte sie.

»Es ist ein sehr gutes Buch«, sagte Edek. »Es handelt von einem Mann, der früher Pilot war. Ein sehr guter Pilot.«

»Mehr mußt du mir nicht erzählen«, sagte Ruth. »Das genügt mir.«

»Das genügt dir?« sagte Edek. »Ich hab' dir noch gar nichts erzählt. Es ist eine sehr interessante Geschichte.«

»Ich muß etwas Arbeit erledigen«, sagte Ruth. »Wollen wir uns in zwei Stunden unten im Salon treffen?«

»Okey dokey«, sagte Edek.

»Vergiß nicht, dir etwas zu bestellen, wenn du Hunger hast«, sagte Ruth.

»Ich habe keinen Hunger«, sagte Edek. »Aber ich glaube, ich setze mich in den Salon und trinke ein Soda.«

»Sehr gut«, sagte Ruth. Lächelnd entfernte sie sich.

In ihrem Zimmer setzte Ruth sich auf das Bett. Es war ein schönes Zimmer. Ein helles Zimmer. Es hatte einen eigenen Balkon mit Blick auf ein kopfsteingepflastertes Sträßchen. Edeks Zimmer war noch größer als ihres. Er hatte sich mit dem Zimmer sehr zufrieden gezeigt. Sie hatte das Gefühl, sich mit Max in Verbindung setzen zu müssen. Um sich zu vergewissern, daß alles unter Kontrolle war. Unter Kontrolle. Konnte wirklich je etwas unter Kontrolle sein? Wahrscheinlich nicht. Sie hatte den Eindruck, daß sie nicht für ein Leben in Ordnung bestimmt war. Ein Leben, in dem alles unter Kontrolle war. Alle Ordnung, die sie zu schaffen versucht hatte, schien ausgefasert, ausgefranst zu sein. Warum verwendete sie Bilder aus der Sprache des Nähens? Sie wußte es nicht. Sie war müde.

Sie dachte, daß sie Max anrufen konnte. Sie legte ihre Füße auf das Bett. Warum war sie so müde? Warum war so viel müder als Edek?

Sie war doch viel jünger. Wahrscheinlich würde sie als alte Frau eine richtige Niete sein, falls sie so lange leben sollte. Die Coda »falls sie so lange leben sollte« fügte sie immer in Gedanken hinzu. Als würde man das Schicksal versuchen, wenn man es unterließ. Unmut auf sich ziehen. Wessen Unmut? Darüber hatte sie nie wirklich nachgedacht.

Ruth wählte Max' Privatnummer.

»Hi, toll, Ihre Stimme zu hören«, sagte Max. Max klang sehr munter. Zu munter für Ruths Geschmack.

»Hi, Max«, sagte sie.

»Lassen Sie mich zurückrufen«, sagte Max. »Sind Sie in Krakau?«

»Ja«, sagte Ruth. Sie wollte Max sagen, es sei nicht nötig, aber Max hatte schon aufgelegt. Warum klang Max so aufgeräumt? Für Max war es früher Morgen, und normalerweise war Max ein Morgenmuffel. Das Telefon läutete. Es war Max.

»Sie klingen erledigt«, sagte Max.

»Das können Sie im Lauf eines Gesprächs von zehn Sekunden erkennen?« sagte Ruth.

»Ja«, sagte Max.

»Na ja, die Reise war nicht gerade ein Zuckerlecken«, sagte Ruth.

»Das haben Sie auch nicht erwartet, oder?« sagte Max.

»Ich weiß nicht, was ich erwartet habe«, sagte Ruth.

»Der *Observer* hat angerufen«, sagte Max. »Sie wollten wissen, ob wir eine größere Anzeige schalten wollen. Sie haben ein Spezialangebot. Zwei Wochen lang könnten wir für einen unerheblichen Aufpreis eine doppelt so große Anzeige haben.«

»Wir brauchen keine größere Anzeige«, sagte Ruth.

»Können wir es nicht ausprobieren?« sagte Max. »Es kostet nicht viel.«

»Wir wollen nicht wie eine multinationale Gesellschaft aussehen«, sagte Ruth.

»Zehn mal zehn Zentimeter ist nicht besonders multinational«, sagte Max.

»Es gibt Dinge, die in kleinerem Maßstab wirksamer sind«, sagte Ruth.

»Sie denken doch nicht etwa an Männer?« sagte Max und lachte.

»Nein, keineswegs«, sagte Ruth. Sie dachte fast nie an Männer. Ihr Gehirn kam ihr schon ohne Gedanken an Männer zu vollgestopft vor. Zu viele Männer. Hatte die Zigeunerin das gesagt? Wie eigenartig, so etwas zu ihr zu sagen. »Sie denken zuviel an Sex, Max«, sagte Ruth. »Das ist mir aufgefallen, seit Sie diese Affäre mit einem verheirateten Mann haben.«

»Es hat fünf Minuten und dreißig Sekunden gedauert, bis Sie ihn erwähnten«, sagte Max. »Ich habe mit Bern gewettet. Ich habe gewettet, daß es keine fünf Minuten dauern würde, bis Sie ihn erwähnen. Ich schulde Bern zwei Dollar.«

»Lassen Sie uns das Geschäftliche zu Ende besprechen«, sagte Ruth.

»Ein Kunde hat gefragt, ob wir ihm einen Dankbrief schreiben können, in dem er sich dafür bedankt, daß man ihn mit einem Agenten bekannt gemacht hat«, sagte Max. »Er ist Schauspieler, und er sagt, er brauche einen ganz besonderen Brief. Die Person, an die er schreiben will, hat ihn mit einem der bedeutendsten Theateragenten New Yorks bekannt gemacht.«

»Können Sie das nicht tun, Max?« sagte Ruth.

»Ich habe es versucht«, sagte Max, »aber es will einfach nicht klappen.«

»Hat der Agent den Schauspieler unter Vertrag genommen?« sagte Ruth.

»Das weiß der Schauspieler noch nicht«, sagte Max.

»Okay, ich mache es«, sagte Ruth. »Faxen Sie mir die Einzelheiten.«

»Er braucht den Brief noch in dieser Woche«, sagte Max.

»Ich schreibe es in den nächsten Tagen«, sagte Ruth.

»Danke«, sagte Max.

»Was gibt es sonst noch?« sagte Ruth.

»John Sharp hat angerufen«, sagte Max. »Er wollte nur mit Ihnen persönlich sprechen.«

»Haben Sie ihm meine Nummer gegeben?« sagte Ruth.

»Nein«, sagte Max.

Ruth war erleichtert. John Sharp war unvorstellbar reich, und wie viele der unvorstellbar Reichen erwartete er, daß man nur für ihn da war, sobald er es wünschte. Ruth fühlte sich einem Anruf von John Sharp nicht gewachsen.

»Ich weiß, daß er ein wichtiger Kunde ist«, sagte Max. »Aber er bringt mich auf die Palme. Er spricht mit mir, wie wenn ich sein Dienstbote wäre. Er ist nichts weiter als ein großer, ungehobelter, abstoßender, übergewichtiger Mann, der zufällig eine Menge Geld hat.«

»Es heißt ›als wenn‹, nicht ›wie wenn‹«, sagte Ruth.

»Ich wußte, daß Sie damit ankommen würden«, sagte Max. »Jedenfalls kann ich John Sharp nicht ausstehen. Ich hoffe, er erstickt noch mal an einer großen Dose Beluga-Kaviar.«

Ruth lachte. »Sie müssen vorsichtig mit dem sein, was Sie über andere Leute sagen«, sagte sie. »Es könnte Rückwirkungen haben. In Form eines Karmas zu Ihnen zurückfinden.«

»Was ist mit Ihnen passiert, Ruth?« sagte Max. »Sie klingen so verändert. Sie klingen so geheimnisvoll. Es ist höchste Zeit, daß Sie nach New York zurückkommen.«

»Sie haben recht«, sagte Ruth. »Das ist es.«

Edek saß im Salon des Hotels Mimoza in einem Sessel. Auf dem Couchtisch vor ihm stand eine große, halbgeleerte Platte mit Käse, Räucherfisch, eingelegtem Fisch, Pastete und Wurstwaren. Auf dem Tisch war kein Zentimeter freier Platz. Um die Platte herum drängten sich Gläser, Servietten und drei fast leere Schalen mit Nüssen. Links und rechts von Edek saßen – ebenfalls in Sesseln – die zwei Frauen, denen Ruth und Edek beim Frühstück guten Tag gesagt hatten. Edek und die zwei Frauen lachten dröhnend. Edek erblickte Ruth. Er erhob sich und winkte ihr zu. Die Frauen erhoben sich ebenfalls.

Edek stellte Ruth vor. »Das ist meine Tochter Ruthie«, sagte er. »Und das sind Walentyna und Zofia, Ruthie.« Beide Frauen beeilten sich, Ruth die Hand zu schütteln. Zofia, die voluminösere der beiden, schüttelte ihr als erste die Hand. Ihr Griff war so fest, wie ihr stämmiges Aussehen vermuten ließ. Sie packte Ruths Hand und bewegte sie auf und ab, bis Ruth die Knöchel schmerzten. Walentyna, die zierlichere der beiden, gab ihr zurückhaltender die Hand.

Ruth blickte auf die Essensreste. Edek und die Frauen hatten es sich offenbar gutgehen lassen. »Setz dich«, sagte Edek. Er zog einen Stuhl für Ruth herbei.

»Essen Sie doch etwas«, sagte Zofia.

»Meine Tochter ißt nichts«, sagte Edek.

»Sie essen nichts?« sagte Zofia. »Ich habe gelesen, daß die Frauen in Amerika nichts essen.«

»In Amerika sind die Frauen gern schlank«, sagte Walentyna.

»Zu schlank ist nicht gut für eine Frau«, sagte Zofia. Sie sah Ruth an. »Sie verstehen, was ich meine?« sagte sie. Ruth hatte keine Ahnung, was Zofia meinte. Sie nickte. Sie wollte es nicht wissen. Zofias Kraft und Energie hatten etwas Einschüchterndes. Neben Zofia kam sie sich unbedeutend vor. Wie mußte sich erst Walentyna vorkommen? Walentyna verschwand schier neben Zofia.

»Ich esse sehr wohl«, sagte Ruth. »Ich esse genug.« Sie klopfte sich auf die Hüften, um zu verdeutlichen, daß sie nicht schmächtig und kein Gerippe war.

»Früher war sie ein Dickerchen«, sagte Edek.

»Sie ist kein bißchen dick«, sagte Walentyna.

»Sie ist nicht dick«, sagte Zofia. »Sie ist dünn.«

»Ich bin nicht dünn«, sagte Ruth.

»Sie sind dünn«, sagte Zofia. »Nehmen Sie sich etwas Leberwurst.«

»Die Leberwurst ist sehr gut«, sagte Edek.

Ruth setzte sich. Sie war wie benommen. Wie hatte dieses Gespräch begonnen? Und wie war es gekommen, daß sie so schnell hineingeraten war? Hier saß sie und klopfte sich auf die Hüften und diskutierte, ob sie dünn oder dick war. Ruth sah Edek an. Das Wort Dickerchen hatte er seit Jahren nicht mehr gebraucht.

»Ihr Vater hat von Ihnen erzählt«, sagte Walentyna, die zierlichere der zwei Frauen. Ein ungutes Gefühl überkam Ruth. Was mochte Edek noch alles gesagt haben?

»Er hat gesagt, daß Sie reich sind«, sagte Zofia. Ruth war sprachlos. Natürlich hätte sie sich das denken können. »Ich bin nicht reich«, sagte sie.

»Es ist gut, wenn man reich ist«, sagte Zofia. Ihr Ton ließ keinen Widerspruch zu.

»Sie sollten sich nicht schämen, reich zu sein«, sagte Walentyna.

»Ich schäme mich nicht«, sagte Ruth.

»Natürlich schämt sie sich nicht«, sagte Zofia. »Niemand schämt sich, weil er reich ist.«

»Meine Tochter schon«, sagte Edek.

In was war sie da hineingeraten, fragte sich Ruth. Sie wünschte, sie hätte sich nicht hergesetzt. Warum verbündete Edek sich mit diesen zwei Frauen gegen sie?

»Wollen Sie ein Bier?« sagte Zofia zu Ruth.

»Sie wird sich eine Tasse Tee mit Zitrone bestellen«, sagte Edek.

»Meine Damen, darf ich Ihnen noch etwas zu trinken bestellen?« sagte Edek zu den zwei Frauen auf polnisch.

»Wir können Englisch sprechen«, sagte Zofia. Ruth wünschte, sie sprächen Polnisch. Dann ließe man sie in Ruhe.

»Selbstverständlich«, sagte Edek. »Meine Tochter spricht nicht so besonders gut Polnisch.«

»Ich nehme ein Bier«, sagte Walentyna.

»Ich nehme einen Schnaps«, sagte Zofia.

Walentyna sah verstört drein. »Ich nehme auch lieber einen Schnaps und kein Bier«, sagte sie. Zofia wandte sich zu ihr.

»Du trinkst doch keinen Schnaps«, sagte sie.

»Jetzt hätte ich aber gerne einen Schnaps«, sagte Walentyna.

»Selbstverständlich«, sagte Edek. Er rief den Kellner und bestellte die Getränke.

»Ich nehme Kamillentee«, sagte Ruth zu Edek.

»Bringen Sie auch noch etwas Leberwurst«, sagte Edek zu dem Kellner.

Ruth fragte sich, auf wessen Rechnung dieses gesellige Beisammensein sich niederschlagen würde.

»Schreiben Sie es bitte auf meine Rechnung«, sagte Edek zu dem Kellner.

»Ihr Vater hat uns erzählt, daß diese Reise Ihre Idee war«, sagte Zofia.

»Ja, das war meine Idee«, sagte Ruth. »Möglicherweise nicht gerade meine beste Idee.«

»Warum?« sagte Walentyna. »Ihr Vater sagt, es sei eine sehr interessante Reise.«

Zofia unterbrach sie. »Er sagt, daß er sehr glücklich ist, diese Reise zu erleben«, sagte sie zu Ruth.

Walentyna sah gekränkt aus. »Ich wollte gerade der jungen Frau erzählen, wie glücklich ihr Vater mit ihr ist«, sagte sie.

»Und ich habe dir die Worte aus dem Mund genommen?« sagte Zofia. Walentyna sah aus wie ein Häufchen Elend. Ruth fragte sich, warum die beiden zusammen reisten. Sie wirkten als Paar so grotesk und inkompatibel.

»Nehmen Sie noch etwas Käse, Edek«, sagte Zofia. Sie tätschelte seinen Arm. »Ein erwachsener Mann muß essen.« Ruth konnte sich nicht viele Menschen vorstellen, die meinten, Edek zum Essen nötigen zu müssen. »Mein Vater hat einen sehr gesunden Appetit«, sagte Ruth zu Zofia.

Zofia sah Walentyna an und verdrehte die Augen. »Ich glaube, das haben wir gesehen«, sagte sie. Walentyna lächelte scheu. Ruth war aus dem Häuschen. Zofia hatte nicht Edeks Appetit auf Essen gemeint.

Ruth sah Zofia an. Zofia trug einen hautengen kurzen schwarzen Rock und ein tief ausgeschnittenes weißes T-Shirt. Ihre Beine waren mitten im Winter nackt. Es waren feste, stämmige Beine, so fest wie Zofias Handschlag. Walentyna trug eine weite beigebraune Baumwollbluse und einen brauen Faltenrock. Der Rock hatte die falsche Länge und viel zu viele Falten für einen so schmächtigen Körper. Walentyna sah aus, als hätte man sie in lauter Falten eingewickelt.

Beide Frauen schienen um die Sechzig zu sein. Zofia sah, daß Ruth Walentynas Rock betrachtete. »Walentyna hat einen sehr schönen Rock an, nicht wahr?« sagte Zofia.

»Sehr schön«, sagte Ruth.

»Ich habe den Rock und die Bluse für sie ausgesucht«, sagte Zofia. Ruth konnte es nicht fassen, daß Zofia Walentynas Kleidung ausgesucht hatte. Alles, was Zofia am Leib trug, war dazu gedacht zu zeigen, wie ihre Figur beschaffen war. Die Aufmachung, die Zofia für Walentyna ausgesucht hatte, verdeckte Walentyna gründlicher als jede Wolldecke.

»Sind Sie schon lange Freundinnen?« sagte Ruth.

»Seit sechsundfünfzig Jahren«, sagte Walentyna.

»Seit unserer Kindheit«, sagte Zofia.

Zofias und Walentynas Rollen waren zu eingeübt, dachte Ruth, um eine Veränderung zu erlauben. Walentyna tat ihr leid. Walentyna lächelte. »Wir haben Glück, daß wir einander haben«, sagte sie. »Als mein Mann starb, hätte ich es ohne Zofia nicht leicht gehabt.«

»Und als mein Mann starb, war Walentyna sehr gut zu mir«, sagte Zofia.

»Es ist gut, wenn man Freunde hat«, sagte Edek. Zofia beugte sich zu ihm und schlug ihm auf das Knie. »Es ist sehr gut, wenn man einen Freund hat«, sagte sie.

Die Getränke wurden gebracht. Ruth versuchte Edeks Blick zu erhaschen. Sie wollte ihm bedeuten, daß sie gerne bald aufbrechen würde. Sie konnte Edek nicht dazu bringen, in ihre Richtung zu sehen. Edek war damit beschäftigt, eine große Scheibe Leberwurst auf einem kleinen Stück Roggenbrot zu balancieren.

»Schwimmen Sie gerne?« sagte Zofia zu Ruth. Ruth nickte. »Ich schwimme gerne jeden Tag«, sagte Zofia. »Ich gehe jeden Morgen ins Wasser. Im Sommer wie im Winter schwimme ich im Meer. Schwimmen ist sehr gut für die Haut und für den Magen.« Sie schlug sich mit der flachen Hand auf Arme und Beine. »Nach dem Schwimmen geht es mir sehr gut«, sagte sie.

»Sie schwimmt im Winter«, sagte Walentyna.

»Ich liebe es, im Winter zu schwimmen«, sagte Zofia, und ihre Stimme klang noch lauter, als sie ohnehin schon war. »Ich dusche jeden Morgen kalt, bevor ich ins Meer gehe.«

»Sie wohnen am Meer?« sagte Edek.

»Wir wohnen in Zoppot«, sagte Walentyna.

»Ich war schon einmal in Zoppot«, sagte Ruth.

»Meine Tochter kennt alles«, sagte Edek.

»Sie waren in Zoppot?« sagte Zofia.

»Ja«, sagte Ruth. »Ich bin die lange Strandpromenade entlanggegangen, die mit Bänken auf beiden Seiten, die ins Meer hinausführt.«

»Dort gehe ich schwimmen«, rief Sofia, »von dort aus springe ich in das Wasser. Haben Sie die Stufen gesehen, die ins Wasser führen?«

»Ja«, sagte Ruth.

»Dort springe ich.« Zofia stand auf und deutete einen Sprung ins Wasser an. Zofias Busen befand sich nur Zentimeter von Edeks Kopf entfernt. »Schsch!« sagte sie, während sie so tat, als springe sie.

»Sie ist sicher eine gute Schwimmerin«, sagte Edek voller Bewunderung zu Ruth.

»Nehmen Sie sich noch etwas Fisch«, sagte Zofia zu Edek; sie spießte mit einer Gabel etwas Räucherfisch auf und legte ihn Edek auf den Teller.

»Danke«, sagte Edek.

»Gefällt Ihnen Zoppot?« fragte Walentyna Ruth.

»Ja, es gefällt mir«, sagte Ruth.

»Haben Sie in Zoppot Urlaub gemacht?« sagte Zofia.

»Nein, ich war damals in Danzig«, sagte Ruth. »In Danzig war ich, weil ich Stutthof besuchen wollte, das Konzentrationslager, in das meine Mutter nach Auschwitz deportiert wurde. Stutthof liegt wie Zoppot in der Nähe von Danzig.« Beide Frauen blickten sehr ernst drein. »Ich war in Zoppot, weil ich mich von dem Tag in Stutthof erholen wollte«, sagte Ruth. Walentyna hatte Tränen in den Augen. Sie wandte den Blick von Ruth ab. Zofia nahm Edeks Hand in die ihre.

»Das tut mir sehr leid«, sagte sie zu Edek. »Das, was den polnischen Juden geschehen ist, sollte nie vergessen werden.« Ruth sah Zofia an. Zofias Gesicht war gerötet, und sie sah hilflos aus.

Ein ungemütliches Schweigen entstand. Ruth fragte sich, wie sie es bewerkstelligen sollte anzudeuten, daß sie und Edek gehen mußten. Zofia hielt noch immer Edeks Hand. »Ich glaube, ich nehme ein Stückchen Essiggurke«, sagte Ruth. Sie langte über die Platte. Zofias Arm war im Weg. Zofia nahm die Hand aus Edeks Hand. Ruth suchte sich ein großes Stück Essiggurke aus.

»Sie sind eine gute Tochter, Ruthie«, sagte Zofia. Walentyna nickte. Ruth wünschte, Zofia würde sie nicht Ruthie nennen. Es brachte sie aus der Fassung, von einer Fremden mit diesem vertraulichen Namen angeredet zu werden. Warum hatte Edek sie als Ruthie vorgestellt?

»Ich kann sehen, daß Sie eine gute Tochter sind«, wiederholte Zofia.

»Ruthies Mutter hat gewußt, daß Ruthie eine gute Tochter ist«, sagte Edek. »Ihre Mutter ist nicht bei uns.«

»Ist sie in Australien?« sagte Walentyna. Beide Frauen verrenkten sich schier den Hals, um Edek besorgt anzusehen.

»Er will sagen, daß sie nicht mehr am Leben ist«, sagte Ruth. »Meine Mutter ist vor vierzehn Jahren gestorben.«

»Vor fast fünfzehn Jahren«, sagte Edek.

»War sie eine junge Frau?« sagte Zofia.

»Sechzig«, sagte Ruth.

»Wie ich«, sagte Zofia. »Wie schrecklich.« Walentyna nickte zustimmend.

»Wir haben sie sehr geliebt«, sagte Ruth.

»So habe ich meinen Mann geliebt«, sagte Zofia.

»Ich habe meinen Mann auch geliebt«, sagte Walentyna.

»Um wieviel Uhr gehen wir in dieses Kabarett?« sagte Edek zu Ruth.

»Um sieben«, sagte Ruth.

Edek sah auf seine Uhr. »Dann haben wir noch etwas Zeit«, sagte er.

»Sie gehen in ein Kabarett?« sagte Zofia.

»Ja«, sagte Edek. »Meine Tochter hat uns besorgt Karten.« Ruth hoffte, daß keine der Frauen fragen würde, ob sie mitkommen könne.

»Wir essen dort auch zu Abend«, sagte sie, obwohl sie sich beim Anblick der Fisch-, Wurst- und Käsereste von der Mahlzeit ihres Vaters nicht vorstellen konnte, wie er noch ein Abendessen zu sich nehmen wollte.

»Gibt es dort ein Buffet?« sagte Edek. Ruth lächelte in sich hinein. Edek interessierte sich tatsächlich noch für das Abendessen. Sie durfte seinen Appetit nicht so sträflich unterschätzen.

»Ich glaube nicht, daß es dort ein Buffet gibt«, sagte sie.

»Mögen Sie Buffets?« sagte Edek zu den Frauen. Beide nickten. »Ich mag Buffets sehr gerne«, sagte Edek.

Ruth wurde unruhig. Wie sollte sie Edek dazu bringen zu gehen? Sie wollte weder Zofia noch Walentyna verletzen. Überrascht stellte sie fest, daß die beiden Frauen ihr gefielen. Beide hatten etwas Unmittelbares. In New York war es schwer, unmittelbar zu sein. Die meisten zwischenmenschlichen Beziehungen hatten einen verborgenen Subtext. Zofia und Walentyna, dachte Ruth, versuchten sich jedenfalls nicht zu verstellen.

»Wir müssen gehen, Dad«, sagte sie.

»Darf ich die Damen noch zu einem Getränk einladen, bevor wir gehen?« sagte Edek. Ruth stöhnte.

»Zu einem Schnaps würde ich nicht nein sagen«, sagte Zofia.

»Ich auch nicht«, sagte Walentyna.

Edek machte sich auf die Suche nach dem Kellner.

»Ihr Vater ist ein sehr netter Mann«, sagte Walentyna zu Ruth.

»Ein Mann, der dich wie einen Floh zerdrücken würde«, sagte Zofia zu Walentyna. »Wenn so einer auf dir läge, würde er dir alle Knochen brechen.« Ruth war sprachlos. Sie konnte nicht fassen, was für eine Wendung das Gespräch genommen hatte.

»Mein Mann war ein kräftiger Mann«, sagte Walentyna auf polnisch zu Zofia.

»Nicht so kräftig wie unser Edek«, antwortete Zofia auf polnisch. Ruth sah die zwei Frauen an. Sie beachteten sie nicht. Sie sprachen weiter polnisch. »Edek ist ein Mann, den ich gern zwischen die Beine nehmen würde«, sagte Zofia. Ruth war verblüfft. Hatte Zofia das wirklich gesagt, fragte sie sich. Vielleicht hatte sie etwas falsch verstanden. Vielleicht hatte Zofia gesagt, daß Edek ein Mann war, den sie gern bei der Hand nehmen würde. Oder vielleicht war das, was Zofia gesagt hatte, eine umgangssprachliche Version der Aussage, daß sie Edek nett fand. Aber nein – Bein hieß auf polnisch *noga*, und der Plural lautete *nogi*. Zofia hatte gesagt: *Moje nogi*. Meine

Beine. Ruth merkte, daß ihr vor Verblüffung der Mund offenstand. Sie schloß ihn. Keine der beiden Frauen beachtete sie. »Edek ist ein Mann, den ich wirklich gern zwischen die Beine nehmen würde«, wiederholte Zofia. An dieser Zweideutigkeit war nichts zweideutig, dachte Ruth. Sie mußte über ihr Wortspiel lachen. Zofia meinte tatsächlich ihre Beine und nichts Übertragenes.

»Ich glaube, mich mag er auch«, sagte Walentyna zu Zofia.

Ruth war sprachlos. Sie wollte nichts mehr davon hören. »Sie sprechen sehr gut Englisch«, sagte sie laut zu den beiden Frauen.

»Wir haben beide in Zoppot bei einer Exportfirma gearbeitet«, sagte Walentyna. »Dort mußte man Englisch können.«

»Was hat die Firma exportiert?« sagte Ruth. Jedes Thema war ihr recht, damit sie nicht länger mit anhören mußte, was die Frauen mit ihrem Vater zu tun beabsichtigten.

»Marmelade«, sagte Zofia.

»Ja, Marmelade«, sagte Walentyna.

»Mein Vater liebt Marmelade«, sagte Ruth. Am liebsten hätte sie sich geohrfeigt. Warum hatte sie ihren Vater wieder in das Gespräch gebracht?

»Ich auch«, sagte Zofia.

»Ich auch«, sagte Walentyna.

Edek kam zu ihnen zurück. »Ich auch«, sagte Ruth voller Erleichterung. Edek setzte sich.

»Wir müssen gehen, Dad«, sagte Ruth.

»Okay, okay«, sagte Edek zu Ruth. »Meine Damen, es war mir ein Vergnügen, Sie kennenzulernen«, sagte er zu Zofia und Walentyna.

»Für uns war es auch ein großes Vergnügen«, sagte Walentyna.

»Es war ein sehr schöner Nachmittag für mich«, sagte Edek zu ihr. Walentyna schien förmlich zu wachsen. Sie saß kerzengerade da.

»Mögen Sie Käsekuchen?« sagte Walentyna zu Edek. Ruth verzog das Gesicht. Wie lange würde Edek noch brauchen, um sich endlich zu verabschieden? Mit ihrem Gesichtsausdruck versuchte Ruth Edek zum Aufbruch anzutreiben. Aber Edek sah Walentyna an. »Ich backe sehr guten Käsekuchen«, sagte Walentyna.

»Walentyna backt gar nicht so üblen Käsekuchen«, sagte Zofia. Während sie das sagte, schüttelte sie den Kopf und machte eine Grimasse in Edeks Richtung. Es stand außer Zweifel, daß Walentynas Käsekuchen nicht sonderlich gut war. Walentyna merkte nichts davon. Sie hatte den Blick nicht von Edek abgewendet.

»Wir müssen jetzt gehen«, sagte Ruth. Edek stand auf. Beide Frauen standen auf.

»Viel Vergnügen im Kabarett«, sagte Zofia wehmütig.

»Ja, viel Vergnügen im Kabarett«, fügte Walentyna hinzu. Einen Moment lang sah Edek aus, als wolle er Ruth fragen, ob die Frauen mitkommen konnten. Ruth bedachte ihn mit einem Blick, der das deutlich verneinte.

»Es sind sehr nette Frauen«, sagte Edek zu Ruth auf dem Weg zum Kabarett im Taxi.

»Ja, sehr nett«, sagte sie. Sie hielt ihren Kopf mit beiden Händen.

»Was ist los mit dir?« sagte Edek.

»Ich habe Kopfschmerzen«, sagte sie.

Ruth und Edek wurden im Restaurant Samson zu einem Tisch in Bühnennähe geführt. Ruth setzte sich. Sie war froh, daß sie und Edek eine gute Sicht auf die Bühne hatten. Das Restaurant war voller Menschen. Ruth sah sich die anderen Gäste an. Unter den Leuten, die in das Restaurant Samson gekommen waren, um jüdisch zu essen und sich ein jüdisches Kabarettprogramm anzuschauen, war kein einziger Jude. Die meisten Gäste schienen Touristen zu sein, Touristen aus Deutschland, Spanien, Frankreich, und daneben eine Handvoll Polen.

In der Szerokastraße im Herzen von Kazimierz gab es zwei Restaurants mit Namen Samson. Sie befanden sich Tür an Tür. Die polnischen Inhaber hatten einen Rechtsstreit um den Namen geführt. Edek und Ruth saßen im Original-Samson. Samson Nummer zwei war im Begriff, seinen Namen zu ändern. Warum sollte jemand ein Restaurant eröffnen und ihm den gleichen Namen geben wie dem Etablissement nebenan, fragte sich Ruth. Warum sollte man etwas so Idiotisches tun? Beide Samsons führten jüdische

Abendessen und Kabaretts. Und Klezmermusik. Die Dekoration des Restaurants, in dem sie und Edek saßen, bestand aus den üblichen jüdischen Kunsthandwerksgegenständen, gemildert durch einige Bilder von betenden orthodoxen Juden.

Ruth studierte die Speisekarte. Sie war hungrig. Es gab Karpfen auf sephardische Art, Fisch in jüdischem Aspik, Hühnersuppe, Pessachkäse und ein merkwürdiges Sammelsurium weiterer Gerichte. Ein Kellner brachte ihnen zwei Brötchen und ein sehr bleiches Stück *Mazze* in einem Körbchen. Die *Mazze* sah gar nicht gut aus, sie war zu dick und zu hell. Ruth sah sich um. Auf jedem Tisch stand ein Körbchen mit Brötchen und *Mazze*.

»Hast du Hunger?« sagte sie zu Edek.

»Nein«, sagte er, »heute habe ich nicht so viel Hunger.« Sie unterdrückte den Wunsch, ihn darauf aufmerksam zu machen, daß er den ganzen Tag mehr oder weniger pausenlos gegessen hatte.

»Ich nehme etwas Hühnersuppe«, sagte sie, »und etwas Karpfen.«

»Mum hat herrlichen Karpfen gemacht«, sagte Edek.

»Sie war eine großartige Köchin«, sagte Ruth. Edek sah bekümmert aus. »Magst du auch einen Teller Hühnersuppe?« sagte Ruth.

»Okay«, sagte er.

»Ich will auch den Pessachkäse bestellen«, sagte sie. »Hast du schon einmal von Pessachkäse gehört?«

»Nie im Leben«, sagte Edek.

Der Kellner erschien. »Können Sie mir sagen, was Pessachkäse ist?« sagte Ruth.

»Das ist jüdischer Käse, gnädige Frau«, sagte er.

»Aber was für Käse ist es?« sagte sie.

»Solcher Käse, wie ihn Juden essen«, sagte er.

»Na gut, da ich Jüdin bin, werde ich ihn bestellen«, sagte Ruth. Außerdem bestellte sie zwei Teller Hühnersuppe und eine Portion Karpfen.

»Ich nehme auch ein bißchen Fisch«, sagte Edek.

»Also zweimal Karpfen«, sagte Ruth. Der Kellner nickte.

»Wird dieses Lokal von Juden betrieben?« fragte Ruth den Kellner.

»Nein, gnädige Frau«, sagte er.

»Ruthie!« sagte Edek.

»Nur noch eine Frage«, sagte sie zu Edek. »Sind die Musiker Juden?« fragte sie den Kellner.

»Nein, gnädige Frau«, sagte der Kellner.

»Tut mir leid, Dad«, sagte Ruth. »Ich dachte, es wäre möglicherweise ein echtes jüdisches Kabarett.«

Ihr war todtraurig zumute. Was wollte sie hier? Wie hatte sie so naiv sein können zu glauben, es gebe noch irgend etwas Jüdisches in Polen? Nirgends auf der Welt gab es Juden, die jiddische Lieder sangen. Warum konnte sie das nicht endlich begreifen? Edek sah ihren Kummer. Er tätschelte ihr den Kopf.

»Nimm es dir nicht zu Herzen«, sagte Edek. »Ein Kabarett ist immer eine schöne Sache.«

Klezmermusik wurde angestimmt. Edek klopfte mit den Fingern den Takt. Ruth freute sich, daß er so gut aufgelegt war. Es wäre ein fürchterlicher Abend gewesen, wenn er ihre Trübsal geteilt hätte. Das Restaurant war völlig ausgebucht. Ruth konnte keinen einzigen leeren Tisch ausmachen. Es war nicht leicht gewesen, Karten für diesen Abend zu bekommen. Jeden Abend gab es zwei Veranstaltungen im Restaurant Samson, und beide waren ausgebucht. Ruth und Edek hatten sich für die erste Veranstaltung des Abends entschieden.

Das Essen wurde gebracht. Alles auf einmal: Suppe, Fisch und Käse. Der Kellner jonglierte die Teller hin und her, bis alles auf dem Tisch Platz fand.

»Ich nehme an, sie wollen uns abfüttern und loswerden, bevor der nächste Schub Gäste eintrifft«, sagte Ruth zu Edek.

Edek aß einen Löffel Suppe. »Keine schlechte Suppe«, sagte er. Ruth probierte ebenfalls.

»Du hast recht«, sagte sie, »nicht schlecht.« Es ging ihr besser, als sie ihre Suppe aß. Sie sah Edek an. Er war bereits mit seiner Suppe fertig. Er hatte doch Hunger gehabt, dachte sie. Die Lautstärke der Klezmermusik war aufgedreht worden. So laut, daß man sich nicht mehr unterhalten konnte. Vielleicht war das beabsichtigt, dachte

Ruth. Wenn die Gäste sich nicht unterhalten konnten, waren sie schneller mit ihrem Essen fertig.

»Der Fisch ist ekelhaft!« rief Edek unvermittelt. »Rühr ihn bloß nicht an!« Er hatte seinen Teller weggeschoben. Ruth probierte den Fisch. Er schmeckte scheußlich. Der Karpfen war abgestanden und lauwarm und schmeckte nach Schlamm. Schlaffe Weißkohlstränge dümpelten neben dem Fisch.

»Was soll daran jüdisch sein?« rief Ruth Edek zu.

»Nichts!« rief er zurück.

Ruth schob den Teller mit dem Fisch weg. »Laß uns den Pessachkäse probieren«, rief sie.

Vier gleichmäßig runde Klackse sogenannten Pessachkäses waren ohne jedes schmückende Beiwerk mitten auf dem Teller plaziert. Ruth stocherte mit der Gabel in einem der Käsehäufchen. So etwas hatte sie noch nie gesehen. Rosinen und Zitronenschale waren in eine Mischung aus Quark und Frischkäse eingearbeitet. In der Mitte jedes Häufchens befand sich ein Orangenschnitz. Auf keinem Sedertisch, den sie je zu sehen bekommen hatte, hatte sich ein solcher Käse befunden.

»Was soll das sein?« rief Edek Ruth zu.

»Das ist Pessachkäse«, rief sie zurück. Edek begann zu lachen.

»Das ist zu komisch!« rief er.

Ruth wünschte, sie könnte dieses Essen, dieses Restaurant, diesen Abend auch komisch finden.

Sie war hungrig. Sie aß etwas von dem Käse. Er schmeckte gar nicht so übel. »Gar nicht so übel«, rief sie Edek zu.

Plötzlich wurde das Licht schummerig. Jemand zündete die Kerzen einer Chanukka-Menora an, die sich neben der Bühne befand. Im Publikum machte sich Stille breit. Aus einer Seitentür liefen vier Männer und eine Frau, die alle ein Instrument spielten, auf die kleine Bühne des Restaurants. Sie waren als Juden verkleidet, mit schwarzen Hüten, in schwarzen Jacken und mit schwarzen Bärten. Ruth fand den Anblick abstoßend.

»Für mich sehen sie aus wie Ukrainer«, sagte sie zu Edek. Edek runzelte die Brauen und nickte. Auch er hatte erkannt, daß es keine

Juden waren. Aber es schien ihm nichts auszumachen. Ruth sah, daß der dickste Musiker eine falsche Nase aufhatte. Eine riesengroße krumme Plastiknase. Sie war wütend.

»Er hat eine falsche Nase auf«, sagte sie zu Edek.

»Psst«, sagte Edek.

»Warum muß er sich eine falsche Nase aufsetzen, wenn er einen Juden nachäffen will?« sagte Ruth.

»Juden haben große Nasen«, sagte Edek.

»Siehst du nicht, was für eine Verfälschung das ist?« sagte Ruth.

»Psst«, sagte Edek. »Sonst hören die Leute dich noch.«

Die Musiker spielten laut und schmissig. Ruth erkannte keine der Melodien wieder.

»Kennst du irgendeines dieser Lieder, Dad?« sagte sie.

»Nein«, sagte Edek. Die Musik war grobschlächtig. Lärmend. Uninspiriert. Der Akkordeonspieler spielte mechanisch, der Gitarrist war ein musikalischer Analphabet, Klarinettist und Geiger spielten ohne Schmelz, und der Schlagzeuger drosch auf sein Schlagzeug ein. Das Publikum war begeistert. Es klatschte am Ende jeder Nummer wie verrückt. Hin und wieder brachten die Musiker eine scherzhafte Nummer. Die Scherze waren immer schlüpfriger Art. Bei jeder grobschlächtigen Anspielung lachte das Publikum dröhnend.

Schließlich spielten die Musiker ein jüdisches Lied, *Chawa Nagila*, das fröhliche Lied, zu dessen Klängen Juden bei Hochzeiten und anderen glücklichen Anlässen tanzen. Die als Juden verkleideten Ukrainer spielten das Lied im Tempo eines Trauermarschs. Ruth vermutete, daß sie damit die Schwermut der Klezmermusik zum Ausdruck bringen wollten. Das Publikum verstand die Botschaft. Alle waren still.

Ruth spürte Hysterie in sich aufkommen. »Sie wissen überhaupt nicht, was für ein Lied sie spielen«, sagte sie zu Edek. Wie konnten sie es wagen, das Judentum zu einem albernen Jahrmarkt zu degradieren, mit dem man Geld machte? Ihr Kopf schmerzte. Sie wollte nach Hause. Sie war sich nicht sicher, wo sie zu Hause war. In New York? In Australien? Auf dem Friedhof von Łódź? Sie überlegte sich, ob sie aufstehen und zu schreien anfangen sollte. Am liebsten hätte sie die Menora ergriffen, den Musikern ihre Jarmulkes abgenommen und sie verprügelt. Edek klopfte mit dem Fuß den Takt zu der Musik. »Das Kabarett ist gar nicht so übel«, sagte er.

Vierzehntes Kapitel

Beim Aufwachen wußte Ruth nicht, wo sie war. Sie hatte von Beinen geträumt. Von Zofias Beinen. Stämmigen, kräftigen, kraftvollen Beinen. Gutgebauten Beinen. Beinen mit glatter Haut und festen Waden. Diese Beine waren neben einem anderen Paar Beine einen Strand entlanggegangen. Die anderen Beine gehörten Edek, wie Ruth gemerkt hatte, als sie die dünnen, weißen, blaugeäderten Beine mit ihren eigenartig zarten Knöcheln näher gesehen hatte. In ihrem Traum hatte sie versucht, die Beine einzuholen. Doch ihre eigenen Beine taten ihr weh. Sie konnte sie nicht schneller bewegen. Sie bewegten sich langsam und störrisch. Ruth war davon überzeugt, daß dieser Traum jede Menge Material für einen Analytiker enthielt. Er schien auch nicht gerade wenig Zweideutigkeiten zu enthalten.

Beide Wecker in Ruths Zimmer läuteten. Ruth war sich sicher gewesen, daß sie sie mit ein paar Minuten Abstand gestellt hatte. Heute wollten sie und Edek nach Auschwitz fahren. Sie wollte rechtzeitig wach sein. Nach Auschwitz fahren. Das klang eigenartig. Unheilverkündend. Ruth schaltete beide Wecker ab. Das Telefon läutete – ihr Weckanruf. »Stornieren Sie bitte meinen zweiten Weckruf«, sagte sie zu der Telefonistin. Sie stand auf. Auf dem Boden lag ein Fax von Max, das unter der Tür durchgeschoben worden war. Die Hotelangestellten gaben sich nicht die Mühe, Faxe zusammenzufalten. Ruth erkannte Max' markante Handschrift schon von weitem.

Sie ging zum Fax und hob es auf. »John Sharp braucht dreihundertsiebenundzwanzig individuelle Begleitbriefe für die Einladungen zur Hochzeit seiner Tochter«, stand darauf zu lesen. Scheiße, dachte Ruth. Dreihundertsiebenundzwanzig verschiedene Briefe bedeuteten einen organisatorischen Alptraum. Sie wußte, daß es um einen Auftrag in Höhe mehrerer zehntausend Dollar ging. Dennoch war sie müde. Sie konnte sich beim besten Willen nicht vorstellen, was sie im Namen von John und Sandra Sharp deren Gästen erzählen sollte.

Ruth stellte die Dusche an. Das Wasser sprudelte in einem dicken Strahl heraus. Gott sei Dank ist der Wasserdruck in Ordnung, dachte Ruth. Sie drehte den Heißwasserhahn auf. Ihr war nach einer sehr heißen Dusche zumute. Sie zog ihr Nachthemd aus und trat unter die Dusche. Sie seifte sich ein und genoß die Hitze und den Dampf. Sie wusch sich gründlich. Wusch und wusch sich. Sie seifte sich ein und schrubbte und rubbelte. Warum wusch sie sich so gründlich, fragte sie sich. Als sie die Dusche verließ, war ihre Haut weiß und schrumpelig.

Als Ruth den Frühstücksraum betrat, saß Edek schon am Tisch. Er sah gut aus. Ausgeruht und munter. Er aß eine Riesenportion Cornflakes.

»Du ißt Cornflakes in Polen?« sagte Ruth. Cornflakes waren so typisch australisch. »Hast du Heimweh?« sagte Ruth. Edek lachte. »Um ehrlich zu sein, haben mir die Cornflakes ein bißchen gefehlt«, sagte er. Er sah Ruth an. »Heute morgen siehst du viel besser aus, Ruthie«, sagte er. Ruth holte sich einen Teller eingemachtes Obst. Auf das Obst sprenkelte sie ein paar Cornflakes. Sie war froh, daß Edek fand, sie sehe besser aus. Sie wußte, daß sie ziemlich erledigt ausgesehen hatte.

Plötzlich erschienen Zofia und Walentyna inmitten einer Wolke parfümierter Luft, die nach Seife, Parfum und Körperlotion duftete. Ruth hatte sie nicht kommen sehen. Beide wirkten atemlos, als wären sie gerannt. »Guten Morgen, guten Morgen«, rief Zofia. Edek stand auf. Er schüttelte Walentyna die Hand, die an diesem Morgen in einem engen schwarzen Kleid besonders hübsch aussah.

Zofia boxte Walentyna aus dem Weg. Sie schob ihren Busen vor und baute sich vor Edek auf. »Wie schön, Sie heute morgen zu sehen, Edek«, sagte sie. Sie beugte sich vor und umarmte Edek. »Walentyna und ich haben den Nachmittag mit Ihnen sehr genossen.«

»Ich habe ihn auch sehr genossen«, sagte Edek.

»War das Kabarett gestern abend gut?« fragte Zofia.

»Es war nicht übel«, sagte Edek.

»Hat Ihnen das Kabarett gefallen?« sagte Walentyna zu Ruth.

»Ich fand es schauderhaft«, sagte Ruth. Beide Frauen sahen sie perplex an.

»Manches daran war nicht so besonders gut«, sagte Edek. Ruth war froh, daß er sie unterstützte. Sie wollte vor Zofia und Walentyna nicht als Stimmungmuffel dastehen.

Zofia fragte, ob sie und Walentyna ihnen beim Frühstück Gesellschaft leisten konnten. Edek wollte gerade ja sagen, als er Ruths unfreundlichen Gesichtsausdruck bemerkte. Er hielt inne. Diese Gelegenheit nutzte Ruth, um Zofias Frage zu beantworten. »Normalerweise würden wir uns freuen«, sagte sie. »Aber heute fahren wir nach Auschwitz, und deshalb denke ich, daß wir besser ein ruhiges Frühstück haben.« Zofia blickte ernst drein, doch ihre Enttäuschung war durch den Ernst hindurch erkennbar.

»Meine Tochter hat recht«, sagte Edek.

»Selbstverständlich hat sie recht«, sagte Walentyna.

»Selbstverständlich«, sagte Zofia. Sie wandte sich an Edek. »Nach einem so schrecklichen Erlebnis werden Sie ein wenig Trost brauchen«, sagte sie.

»Das, was am schrecklichsten war, ist schon passiert«, sagte Edek.

»Selbstverständlich«, sagte Walentyna.

»Wenn Sie zurückkommen, brauchen Sie ein bißchen Aufheiterung«, sagte Zofia auf polnisch zu Edek. Ruth war verärgert. Zofia war so aufdringlich. »Wann kommen Sie zurück?« sagte Zofia zu Edek.

»Das wissen wir nicht«, sagte Ruth. »Wir wissen nicht, wie lange wir uns dort aufhalten werden.«

Zofia sah Edek an. »Walentyna und ich werden auf Sie warten.«

»Das ist nicht nötig«, sagte Edek. Gott sei Dank, daß Edek nicht auf diesen Köder anbiß, dachte Ruth. Die Aussicht, es unmittelbar nach dem Auschwitz-Besuch mit Zofia und Walentyna aufnehmen zu müssen, hatte etwas Erdrückendes. Sie war erleichtert, daß Zofia und Walentyna zumindest nicht mit ihnen frühstücken würden. Sie wünschte sich tatsächlich ein ruhiges Frühstück. Es würde ein anstrengender Tag werden.

Zofia klopfte Edek auf den Rücken. »Kopf hoch«, sagte sie. »Walentyna und ich warten auf Sie, wenn Sie zurückkommen.«

»Wir werden warten«, sagte Walentyna leise.

»Vielen Dank«, sagte Edek.

Walentyna tat Ruth leid. Sie wurde durch Zofia und Zofias Busen so schrecklich in den Hintergrund gedrängt.

»Es sind nette Frauen«, sagte Edek, nachdem Zofia und Walentyna gegangen waren.

»Sie sind in Ordnung«, sagte Ruth. Edek blickte enttäuscht drein. Ruth schämte sich für ihre Bosheit. Warum hatte sie ihm dieses harmlose kleine Vergnügen verderben müssen? »Nein, sie sind wirklich sehr nett«, sagte sie zu Edek. »Ich finde nur, daß die kleine Walentyna von Zofia ein wenig herumkommandiert wird.«

»Das finde ich nicht«, sagte Edek. »Walentyna ist so eine stille Type. Zofia ist nicht so still.« Ruth schaute zum anderen Ende des Raums. Die zwei Frauen unterhielten sich angeregt. Vielleicht hatte Edek recht. Vielleicht gab es keinen Grund, Walentyna zu bemitleiden.

Ruth war hungrig. Sie aß ihren Teller Obst leer und holte sich noch mehr. Edek hatte den Cornflakes Bismarckhering, Rühreier und Bratwurst mit Röstzwiebeln folgen lassen. Jetzt beendete er sein Frühstück mit einer Scheibe Brot und Marmelade.

»Macht die Fahrt nach Auschwitz dich nervös, Dad?« sagte Ruth.

»Nein«, sagte er. »Warum sollte mich das nervös machen? Jetzt kann mir dort nichts passieren.« Er aß sein Marmeladenbrot auf und wischte sich mit der Serviette den Mund ab. Dann schob er seinen Teller und das Besteck außer Reichweite, um anzudeuten, daß sein Frühstück beendet war. »So, fertig«, sagte er.

Diese Geste hatte Ruth schon oft beobachtet. Sie besagte, daß Edek genug gegessen hatte. Ruth dachte sich, daß die Geste sich hauptsächlich an ihn selbst richtete. »So, fertig«, sagte er, jedesmal wenn er seinen Teller wegschob. Es sollte bestätigen, daß er wirklich fertig war. Daß er aufhören konnte zu essen. Daß er kein Schwein war. »So, fertig«, wiederholte Edek.

Der Mercedes, der sie draußen erwartete, war ein Mercedes mittlerer Größe. »Der ist nicht so groß wie der andere«, sagte Edek. »Das stimmt«, sagte Ruth. Sie hatte das Gefühl, sich allmählich zur Mercedes-Kennerin zu mausern.

»Willst du vorne neben dem Fahrer sitzen?« sagte Ruth.

»Nein«, sagte Edek. »Diesmal will ich neben dir sitzen.« Sie stiegen ein. Ruth fand, daß der Komfort in einem Mercedes etwas Tröstliches hatte.

»Sie wollen zum Auschwitz-Museum fahren?« sagte der Fahrer.

»Nein«, sagte Ruth. Der Fahrer drehte sich um. »Wir fahren zum Todeslager Auschwitz«, sagte sie zu ihm. »Würden Sie sich das bitte merken?« Der Fahrer nickte. Edek schaute unbehaglich drein. »Was ist schon groß daran, wie er nennt das Lager?« sagte er. »Es ändert doch nichts an dem, was dort passiert ist.« Ruth antwortete nicht. Sie wünschte, es wäre ihr egal, wie die Leute das Lager nannten. Die Bezeichnung war nicht das Ausschlaggebende.

»Ich habe etwas Wasser mitgenommen, falls wir Durst bekommen«, sagte sie zu Edek. Sie zeigte ihm das Wasser, das sie samt einigen Bananen und Birnen eingepackt hatte. Edek sah die Bananen und Birnen an.

»Wozu hast du soviel Obst mitgenommen?« sagte er.

»Es sind nur vier Birnen und vier Bananen«, sagte sie.

»In Auschwitz wirst du keinen Hunger bekommen«, sagte Edek. »Im Hotel, wo es gibt so ein gutes Buffet, ißt du nichts. Und in Auschwitz willst du essen?« Er schüttelte den Kopf.

»Ich habe auch etwas Schokolade für dich mitgenommen«, sagte sie. Sie holte eine Tafel Zartbitterschokolade von Wedel aus ihrer Tasche.

»Danke«, sagte Edek. Er schaute noch immer ratlos drein.

Ruth verstand seine Ratlosigkeit. Schließlich machten sie keine Vergnügungsreise. Als sie das Obst und die Schokolade einpackte, war ihr klargeworden, daß sie bei Auschwitz an die Situation des Verhungerns dachte und daß es schwer war, dies nicht auf die

Gegenwart zu übertragen. Von den getrockneten Aprikosen und Datteln in ihrem Rucksack erzählte sie Edek besser nichts. Ihr war zumute gewesen, als packe sie für eine Himalaya-Bezwingung oder eine ähnlich waghalsige Unternehmung. Ein merkwürdiger Einfall, denn der Himalaya war ihrem Leben so fern wie nur irgend möglich. Sie wußte nur, daß es ein Gebirge war. Berge in Kaschmir, Tibet und Nepal. Mehr wußte sie nicht über den Himalaya.

»Ich habe einen Führer bestellt, der uns Auschwitz und Birkenau zeigen wird«, sagte Ruth zu Edek.

»Einen Führer?« sagte Edek. »Wozu?« sagte er. »Wir brauchen keinen Führer.« Er wirkte empört. Als hätte Ruth jemanden dazu aufgefordert, sich auf einem Gebiet breitzumachen, das Edek gehörte. Ruth begriff seine Verärgerung. Sie hatte selbst gezögert, als sie den Führer engagierte, doch die Vorstellung, daß sie und Edek in Auschwitz herumirrten und zu identifizieren versuchten, was sich nie mehr identifizieren lassen würde, hatte sie erschreckt. Ein Führer hatte das Ganze erträglicher erscheinen lassen.

»Ich könnte mich dort mit geschlossenen Augen zurechtfinden«, sagte Edek.

»Das weiß ich«, sagte sie.

»Vor allem in Birkenau, wo ich die längste Zeit war.«

»Wenn der Führer dich stört, schicke ich ihn nach Hause«, sagte Ruth.

»Okay«, sagte Edek. »Vielleicht können wir von dem Führer etwas über das Stammlager Auschwitz erfahren.«

Ruth fragte sich, ob ihre Mutter mit Edek über Auschwitz gesprochen hatte. Ruth hatte das immer angenommen, aber jedesmal wenn sie diesen Zeitraum in Rooshkas Leben zur Sprache gebracht hatte, schien Edek nichts darüber zu wissen. Vielleicht war das, was Edek und Rooshka widerfahren war, das allerletzte, worüber sie sich austauschen wollten, als sie sich nach dem Krieg wiedergefunden hatten.

»Mum war in Auschwitz«, sagte Edek. »Und ich war in Birkenau.«

»Ich weiß«, sagte Ruth.

478

»Die Lager lagen drei Kilometer auseinander«, sagte Edek, »und es gab nicht viel Kontakt zwischen ihnen. Ich konnte nichts in Erfahrung bringen über Mum. Ich wußte nicht, ob sie tot oder lebendig war.« Er schüttelte den Kopf. Er sah elend aus. Ruth machte sich Sorgen. Vielleicht hätte sie ihn alledem nicht aussetzen sollen. Vielleicht war die ganze Reise ein Fehler gewesen.

»Ist mir dir alles in Ordnung?« sagte sie.

»Mit mir ist alles in Ordnung«, sagte er.

»Wir müssen da nicht hinfahren«, sagte sie.

»Wir sind schon unterwegs«, sagte Edek.

Die Fahrt von Krakau nach Auschwitz dauerte vierzig Minuten. Ruth sah auf ihre Uhr. Sie waren schon seit zwanzig Minuten unterwegs. Sie waren schon an zwei Wegweisern vorbeigekommen, auf denen »Auschwitz-Museum« stand. Sie kamen an einem dritten vorbei, der besagte: »30 Kilometer zum Auschwitz-Museum«. Der Begriff Todeslager war in Polen offenbar nicht beliebt. Sie fuhren schweigend. Ruth fragte sich, woran Edek denken mochte. Sie wollte ihn nicht fragen. Sie war froh, daß er zu schweigen vermochte. Auschwitz war nicht der Ort, in den man mitten aus einer scherzhaften Unterhaltung gestürzt werden wollte. Gestürzt. So war es allen widerfahren. All den Juden. Bald würden sie und Edek sich dort befinden. Still und aus eigenen Stücken.

Ruth verspürte Hunger. Sie nahm sich eine Banane und aß sie. Es war eine süße, reife Banane. Sie schmeckte gut. Ruth hatte einen eigenen Beutel für die Bananenschalen mitgenommen. Edek sah sie an. »Die ganze Zeit, was wir sind in Polen, ißt du nichts. Du ißt Kompott und Vogelfutter«, sagte er. »Und jetzt, auf dem Weg nach Auschwitz, ißt du. Manchmal denke ich, du bist verrückt.«

»Vielleicht«, sagte sie. Edek lächelte. Ruth wußte, daß er mit verrückt nicht verrückt meinte. Nicht verrückt im Sinne von geisteskrank. Nur verrückt im Hinblick auf normales Verhalten. Sie aß eine zweite Banane.

»Wir erreichen jetzt das Auschwitz-Museum«, sagte der Fahrer.

»Das Todeslager Auschwitz«, sagte Ruth.

»Ja«, sagte der Fahrer. Er bog von der Straße ab. »Ich warte auf dem Parkplatz auf Sie«, sagte er.

Alles, was Ruth vom Wagen aus sehen konnte, war der Parkplatz. Ein großer, bereits überfüllter Parkplatz. Es gab Busse und Wohnwagen und PKWs und Taxis auf diesem Parkplatz. Das hatte Ruth nicht erwartet. Es sah eher aus wie der Parkplatz eines Vergnügungsparks. Fahrer standen rauchend in Gruppen beieinander. Busladungen von Touristen stiegen aus stromlinienförmigen Bussen. Es war ein verstörender Anblick. »Ich habe dem Führer beschrieben, wie wir aussehen«, sagte sie zu Edek.

Sie stiegen aus dem Wagen. Edek streckte sich und sah sich um. »Es riecht gar nicht«, sagte er. Er schnüffelte die kalte Luft. »Der Geruch ist weg«, sagte er. »Wir hatten gedacht, er würde nie weggehen.« Sie gingen auf ein Schild mit der Aufschrift »Museumseingang« zu. Ruth blickte auf. Sie standen vor dem Eingangstor von Auschwitz. Direkt vor sich sahen sie die Inschrift *Arbeit macht frei*. Ruth atmete schwer. Die schmiedeeisernen Schriftzüge oben an dem Tor sahen so klein aus. Auf Fotos wirkten sie immer so groß. Ein Bild, das so viel Entsetzen hervorgerufen hatte. Das in seinem Spott und Hohn so unübertroffen war. Diese Tore und dieses Schild waren Ruth riesengroß erschienen. Sie hatten soviel Bedeutung gehabt. So vieles symbolisiert, was zu begreifen unmöglich war. Es war ein Schock für Ruth zu sehen, wie klein die Tore waren. Von beinahe menschlicher Größe. Durchschnittlich große industriell gefertigte Tore. Sie dachte, daß die Tore zu klein waren. Sie hätten größer gehört, bedachte man, was sie angerichtet hatten. Sie hätte erwartet, daß diese Tore fast bis zum Himmel reichten.

Sie stand da und starrte die Schrift an. *Arbeit macht frei*. Freiheit durch Arbeit. Was für ein Witz. Die Freiheit war der Tod gewesen. Falls der Tod Freiheit brachte. Sie begann zu weinen. Sie konnte es nicht ertragen, vor diesen Toren zu stehen. Sie wäre am liebsten weggelaufen. »Es gibt nichts mehr zu weinen, Ruthie«, sagte Edek. »Es ist alles passiert. Es ist zu spät zum Weinen.« Aber sie konnte nicht aufhören. Tränen liefen ihr über das Gesicht. Wie war es möglich gewesen, so viele Leute durch diese Tore zu pferchen? Sie in ihren Tod zu treiben? Wie Vieh. Sie zusammenzutreiben für einen Appell, wo man sie auszog und zusammenpferchte und beraubte und gen Himmel verschickte. Für die Deutschen war das nur eine Aufgabe gewesen. Eine Aufgabe, die sie fachmännisch, wenn auch grob, verrichtet hatten. Die Deutschen waren eben das Erledigen von Aufgaben gewohnt. Sie taten, was zu tun war. Dieses Schlachthaus hatte seinen Zweck weit besser erfüllt als die meisten Schlachthöfe der Welt.

Bilder langer Reihen von Juden drängten sich in Ruths Kopf. Lange Reihen von Juden auf der Laderampe in Auschwitz. Kleine Kinder, die sich an der Hand ihrer Mütter festhielten. Babys, die getragen wurden. Schwestern, die sich aneinander klammerten. Mütter und Töchter, die zusammenzubleiben versuchten. Sie weinte und weinte. Edek begann zu weinen. Sie standen vor den Worten *Arbeit macht frei* und weinten.

Ruth versuchte sich zusammenzureißen. »Wir werden nicht weit kommen«, sagte sie zu Edek, »wenn wir schon vor dem Eingangstor zusammenbrechen.« Zusammenbrechen. Das war allen Juden widerfahren. Ihre Körper waren zusammengebrochen. In verkohlte Überreste. In Knochenstücke, Zahnreste, Fettflecken, Mineralienreste und unidentifizierbare Partikel organischer Substanzen. Dehydrierte und geschwärzte Überreste. Abfälle und Überreste von Menschen. Die Asche, die von den Juden übrigblieb, wurde in die Weichsel gekippt. Sie hätte den Fluß fast verstopft.

»Ich werde nicht zusammenbrechen«, sagte Edek.

Ein Mann näherte sich Ruth und Edek. »Rothwax?« sagte er.

»Das sind wir«, sagte Ruth.

»Ich bin Jerzy Branicki, Ihr Führer«, sagte er. Jerzy Branicki sah aus, als sei er in Ordnung, dachte Ruth. Er war um die Siebzig und hatte ein sensibel wirkendes Gesicht.

»Ich hole die Eintrittskarten«, sagte Ruth zu Jerzy.

»Das ist nicht nötig«, sagte er. »Man muß nichts bezahlen, um Auschwitz zu betreten.«

»Gut«, sagte sie. Die Ironie, für einen Besuch in Auschwitz zu bezahlen, war ihr nicht entgangen.

»Meine Tochter sagt das nicht, weil sie sich den Eintritt nicht leisten könnte«, sagte Edek.

»Das hat Jerzy sicher verstanden«, sagte Ruth.

»Selbstverständlich«, sagte Jerzy.

»Ich wollte es nur klarstellen«, sagte Edek.

Ruth sah ihren Vater an. Er schien nicht fassen zu können, wo er sich befand. Als könne er es nicht wirklich glauben. Sie konnte es selbst kaum glauben. Es begann zu nieseln. Ruth war froh, daß es ein häßlicher, grauer, verregneter Tag war. Sie hätte Auschwitz nicht gerne bei Sonnenschein erlebt. Ein Schild am Eingang des nächsten Gebäudes besagte »Auschwitz-Museum«. Ruth war voller Zorn. Warum beharrten alle Leute darauf, das Wort Museum zu verwenden?

»Warum können sie nicht einfach Todeslager sagen?« sagte sie zu Edek.

»Drinnen ist es ein Museum«, sagte Jerzy. »In dem ehemaligen Todeslager sind Exponate ausgestellt.«

Ruth sagte zu ihm: »Das hier ist kein Museum. Das Museum of Modern Art ist ein Museum, und Museen für Naturgeschichte sind Museen, und das Guggenheim-Museum ist ein Museum. Aber das hier ist kein Museum. Es ist ein Todeslager.«

Jerzy zuckte die Schultern.

»Was macht es schon aus, wie man es nennt?« sagte Edek zu Ruth. »Es ist trotzdem der gleiche Ort.«

»Es fällt den Leuten leichter zu glauben, es wäre etwas anderes, etwas Abstraktes, wenn man es Museum nennt«, sagte Ruth. »Dann können sie vergessen, daß an diesem Ort Menschen abgeschlachtet wurden.«

»Was für Leute sollen sich so sehr für Auschwitz interessieren, Ruthie?« sagte Edek.

»Sieh selber, wie viele Besucher heute da sind«, sagte sie.

»Die, was herkommen, wissen, daß sie es nicht mit einem Vergnügungspark zu tun haben«, sagte Edek. »Wie sie es nennen, spielt keine Rolle.«

Im ersten Gebäude, das sie betraten, wiesen Schilder den Weg zu den Toiletten. Und zu einer Cafeteria. Natürlich brauchte ein Museum eine Cafeteria, dachte Ruth. In der Cafeteria gab es Getränke und Süßigkeiten und Kuchen und verschiedene warme Speisen inklusive Würstchen. Im ganzen Raum roch es nach Essen. Eine Cafeteria schien an einem Ort des Verhungerns irgendwie fehl am Platz zu sein. Mehrere polnische Schuljungen schubsten einander an der Cafeteriakasse. Sie kauften sich Coca-Cola-Dosen.

Ruth, Edek und Jerzy begannen zu gehen. Jerzy machte den Mund auf, um ihnen Statistiken über die Häftlinge zu verkünden. »Hätten Sie etwas dagegen, daß wir uns jetzt nicht unterhalten?« sagte Ruth. »Wenn wir irgend etwas wissen wollen, fragen wir Sie.« Jerzy schaute leicht verstimmt drein. Ruth scherte sich nicht darum.

Alles sah im einstigen Todeslager so sauber und aufgeräumt aus. Beinahe nichtssagend. Nicht bedrohlich. So harmlos wie eine x-beliebige Häuserzeile, der die Baracken entfernt ähnelten. Ein Schild mit einem Totenkopf und den Worten »Halt« und »stój« war das einzige Indiz, das mehr erahnen ließ. Jerzy wich Ruth und Edek nicht von den Fersen. Ruth bedauerte, daß sie ihn bestellt hatte.

Sie hatte eine Ausgabe des offiziellen Auschwitz-Führers dabei, veröffentlicht vom Staatlichen Museum in Oświęcim, wie die Stadt geheißen hatte, bevor die Deutschen sie Auschwitz genannt hatten. In diesem Buch, in dem Ruth gelesen hatte, daß man einen Führer engagieren konnte, stand auf der vorderen Innenklappe, daß an Tagen, »an denen Massenkundgebungen stattfanden, die von Rundfunk und Presse angekündigt waren«, das Museum geöffnet hatte, aber keine Führungen veranstaltet wurden. Was sollte das heißen? Was für Kundgebungen sollten das sein? Wer sollte etwas kundgeben oder kundtun? Kein Floh, keine Laus hatte das Lager überlebt. Erwartete man Kundgebungen gespenstischer oder spiritistischer Art? So etwas würde wohl kaum von der Presse angekündigt werden.

Ruth, Edek und Jerzy gingen einen der Hauptwege entlang. Zu beiden Seiten säumten Backsteinbaracken den Weg. Die Sauberkeit und Ordentlichkeit waren irritierend. Das gesäuberte und für Touristen tauglich gemachte Auschwitz sah aus wie ein gewöhnliches englisches Arbeiterwohnviertel. Was Ruth verstörte, war das Fehlen von Schmutz, von Dreck, von Geruch, von Gestank. Das Fehlen von Grausamkeiten, von Leiden. Sie hatte erwartet, das Leiden in der Luft, auf dem Boden, an den Wänden und Zäunen zu spüren.

Am fünfundzwanzigsten Dezember und am Ostersonntag war das Museum geschlossen, stand in dem Führer. Ruth hatte vorgehabt, dem Verlag zu schreiben und ihn darauf hinzuweisen, daß das Todeslager, das er als Museum bezeichnete, nie geschlossen gehabt hatte, nicht einmal an diesen höchsten katholischen Feiertagen.

Block 10 wurde gerade restauriert. Die Arbeiten sahen aus wie die Renovierung eines Wohnhauses der Mittelschicht. Das Gebäude war eingerüstet, Leitern und Werkzeug lagen herum. In Block 10 hatten Mengele und die anderen SS-Ärzte an jüdischen Frauen ihre Versuche durchgeführt. Ruth blieb vor Block 10 stehen. Das Gebäude sah gar so unscheinbar aus.

»Hier hat Mengele seine Arbeit verrichtet«, sagte sie zu Edek. Edek schüttelte den Kopf. »Ist alles mit dir in Ordnung?« sagte Ruth.

»Alles in Ordnung«, sagte Edek.

Block 10 war für das Publikum nicht zugänglich. »In Block 4 gibt es sehr gute Ausstellungen«, sagte Jerzy.

»Sollen wir dort hingehen?« sagte Ruth.

»Okay«, sagte Edek.

In Block 4 waren die Wände in zwei verschiedenen Grautönen gestrichen. Die Treppenstufen waren mit einer Marmor-Betonmischung verkleidet. In den diversen Räumen war der Boden mit Ölfarbe gestrichen. An den Wänden sah man Heizkörper. Alles strahlte eine befremdliche Reinlichkeit aus, die im größten Gegensatz zu den Brutalitäten und Obszönitäten stand, die sich innerhalb dieser Wände ereignet hatten.

Ruth wünschte, die Besucher hätten etwas von der Atmosphäre von Erniedrigung, Demütigung und Unmenschlichkeit miterleben können, die in diesen Blocks geherrscht hatte. Wie sollte man sich in geheizten und frischgestrichenen Baracken die Todesangst der Opfer vergegenwärtigen können? Aber vielleicht konnte nichts auf der Welt jemals einen Bruchteil dieser Atmosphäre wiedergeben, einen Bruchteil dessen, was hier vor sich gegangen war.

Niemand würde herkommen, dachte sie, wenn immer noch alles voller Scheiße und Pisse und Läuse und Ratten und Kotze und Asche und verrottender Leichname wäre. Dann würden sich keine Touristenbusse auf dem Parkplatz drängen. Dann würde niemand die Fotos und anderen Ausstellungsstücke in diesen Räumen anschauen. Wahrscheinlich waren die Renovierungsarbeiten notwendig. Sie mußte aufhören, immer alles zu verurteilen, dachte sie sich.

Vor einer ausgestellten Zyklon-B-Dose setzte Jerzy zu einem Vortrag an. »Warum stellen wir so etwas aus?« sagte er. Ruth war sich nicht sicher, wen er mit dieser idiotischen Frage ansprechen wollte. Edek oder sie konnte er kaum meinen, dachte sie. Sie sah sich um. Das Dutzend andere Touristen im Raum sah nicht zu Jerzy hin. »Wir machen diese Führungen«, fuhr er fort, »damit die Menschheit etwas lernen kann.«

»Danke schön«, sagte Edek.

»Auch Polen sind hier umgekommen«, sagte Jerzy. »Nicht nur Juden.«

»Dieses Sprüchlein höre ich nicht zum erstenmal in Polen«, flüsterte Ruth Edek ins Ohr.

»Psst«, sagte Edek.

»Meine Schwiegermutter und mein Schwiegervater sind hier umgekommen«, sagte Jerzy.

»Das tut mir sehr leid für Sie«, sagte Edek.

»Mir auch«, sagte Ruth.

»Meine Frau war eine Vollwaise«, sagte Jerzy. »Von ihrem sechzehnten Lebensjahr an mußte sie ohne Eltern aufwachsen.«

»Das ist sehr traurig«, sagte Edek.

»Die Polen haben sich sehr bemüht, den Juden zu helfen«, sagte Jerzy.

»Ich würde mir jetzt gern die Ausstellung ansehen«, sagte Ruth.

»Können wir uns draußen wieder treffen?« Jerzy starrte sie verblüfft an. »Bitte«, sagte sie.

»Selbstverständlich, wenn Sie das wünschen«, sagte er.

»Warum hast du ihn einfach so weggeschickt?« sagte Edek.

»Ich habe ihn höflich darum gebeten«, sagte Ruth. »Ich will mir nicht anhören, wieviel die Polen gelitten haben und daß kein Pole wußte, was mit den Juden passierte. Oder die noch fürchterlichere Version, die er uns gerade auftischen wollte, wie sehr die Polen sich bemüht haben, den Juden zu helfen.«

»Ich hab' dir ja gesagt, daß wir keinen Führer brauchen«, sagte Edek.

»Ich dachte, man würde sich hier nicht zurechtfinden«, sagte Ruth. »Ich hatte nicht bedacht, daß es hier so ordentlich aufgeräumt sein würde.«

»Das ließ sich vermutlich nicht umgehen«, sagte Edek.

Die Exponate in den Räumen waren bewegend. Ruth sah, wie bewegt die meisten von den Bergen alter Koffer mit Namens- und Adreßschildchen waren, von den Fotos, auf denen Frauen in die Gaskammern getrieben wurden, und von den Fotos hoher brennender Leichenberge. Sie blickte prüfend auf die ausgestellten Tuchballen. Sie wußte, worum es sich handelte. Es war Tuch aus Menschenhaar, das als Futter für Herrenanzüge gedient hatte.

»Das ist mit Mums Haar passiert«, sagte Edek.

»Genau das habe ich auch gerade gedacht«, sagte Ruth. Beide standen einen Augenblick lang schweigend vor den Tuchballen.

Im nächsten Block, Block 5, waren jüdische Gebetsriemen, Rasierpinsel und Zahnbürsten ausgestellt. Ruth fand, daß die Rasierpinsel und Zahnbürsten so verloren wirkten, als hätten sie noch immer nicht begriffen, daß man sie von ihren Besitzern getrennt hatte. Es gab einen Berg aus Brillen und einen Berg aus Schuhen. So viele persönliche Bestandteile des Lebens so vieler Menschen. Noch immer hier, so lange Zeit nach dem Verschwinden ihrer Besitzer. Es gab Prothesen und kiloweise Menschenhaar. So viele Teile, so viel Beiwerk vom Leben so vieler Menschen.

Der Umfang dessen, was hinterblieben war, machte einen Bruchteil dessen aus, was man in Auschwitz den Häftlingen weggenommen hatte. Nicht wenigen Besuchern standen Tränen in den Augen. »Es ist entsetzlich«, sagte Edek zu Ruth vor dem Berg aus Schuhen.

Kleine Schuhe, große Schuhe, Damenschuhe, Herrenschuhe und winzige Babyschühchen. Allesamt noch da.

Draußen fehlte das Verstörende, das von den Exponaten ausging. Ein offener Wagen auf Schienen, mit dem Leichen zum Krematorium geschafft worden waren, war mit Kerzen und Blumen geschmückt. Kein Chaos war zu spüren, keine Verlassenheit, nichts war zu spüren von einer verschwundenen Welt. Wo blieb die Unvorhersehbarkeit? Die unablässigen Schläge und Prügel? Die immerfort geänderten Befehle? Die ständig neuen und ausnahmslos sinnlosen Regeln? Wo war die Welt, in der alles unvorhersehbar war und in der nichts vorausgeahnt werden konnte? Eine Welt, in der Zufallsbegegnungen ein Leben retten oder auslöschen konnten. Eine Welt, in der alles ungewiß und nichts sicher war. In der Neuigkeiten nicht nachprüfbar und von Gerüchten nicht zu unterscheiden waren. Und in der Befehle wankelmütig und launenhaft waren. Eine Welt, in der das Töten nebenbei angeordnet wurde. Wo war dieses ungezügelte, ungeregelte, gesetzlose Universum?

Wo waren die endlosen zweimal täglich stattfindenden Appelle, deren Zweck keiner war? Sie waren verschwunden. Mit den Menschen verschwunden. Was hatte sie erwartet, dachte Ruth. Nachgestellte Prügelszenen und Appelle und Baracken voller läusegeplagter Körper? Nachgestellte Typhuskranke? Darstellungen von Frauen, denen Kot und Menstruationsblut an den Beinen hinunterrann? Hatte sie das erwartet?

Sie hatte etwas erwartet, was nicht da war. Sie hatte gedacht, in der Luft würden Gewalt und Wahnsinn widerhallen. Sie hatte gedacht, Schmerz, Fassungslosigkeit, Ungläubigkeit und Angst würden dort widerhallen. Ungesagte Abschiedsworte würden die Luft verstopfen und beschweren. Sie erinnerte sich daran, wie ihre Mutter ihr von ihrem ersten Appell in Auschwitz erzählt hatte. »Wir stellten uns zu den anderen Häftlingen«, hatte Rooshka gesagt. »Wir waren alle sehr dünn vom Ghetto, aber wir sahen noch wie Menschen aus. Die Leute beim Appell sahen nicht mehr wie Menschen aus. Sie waren nicht rund, sondern flach, wie aus Papier, nicht wie aus Fleisch und Blut. Sie standen so still bei dem Appell. Kein Leben war an ihnen zu entdecken. Niemand rührte sich. Sie standen mit den Lumpen an ihren Körpern da wie zerbrochene und zerrissene Ausschneidepuppen. Und bald darauf sah ich auch so aus.«

Jerzy erwartete sie vor Block 11, der die Gefängniszellen innerhalb dieses Gefängnisses barg. »Soll ich Ihnen etwas über die Gefängnisblocks erzählen?« sagte er.

»Nein, danke«, sagte Ruth. Sie sah zu Edek.

»Nein, vielen Dank«, sagte Edek.

Ruth ging zu dem vormals elektrisch geladenen Stacheldraht. Sie berührte ihn. Nichts geschah. Sie lehnte ihr Gesicht an den Stacheldraht. Sie fragte sich, was einst dieses Stück Stacheldraht berührt haben mochte. Sie wußte, daß Fleischfetzen von Häftlingen nach Flucht- oder Selbstmordversuchen oft im Stacheldraht gehangen hatten. Dieser Stacheldraht mußte eine große Versuchung dargestellt haben. Ein Sprung, und alles war vorbei.

Rooshka hatte sich geschämt, weil sie den Alptraum ihrer Tage in Auschwitz überlebt hatte. Hatte sich geschämt, daß sie nicht einfach gestorben war. »Die Besten starben zuerst«, hatte Rooshka immer wieder zu Ruth gesagt. »Das kann nicht sein«, sagte Ruth zu Rooshka, als sie älter war. »Bei ihren Selektionen unterschieden die Nazis nicht nach menschlichen Qualitäten.« Doch sie wußte, was ihre Mutter sagen wollte. Sie wollte sagen, daß sie sich dafür verachtete, all diese Brutalität und Gemeinheit überlebt zu haben. Ruth fragte sich, ob der Stacheldraht auch für ihre Mutter eine Versuchung gewesen war. Edek trat zu ihr und berührte den Stacheldraht. Er sah überrascht aus, daß nichts geschah. Er berührte ihn nochmals. »Wer hätte gedacht, daß ich das eines Tages tun könnte?« sagte er zu Ruth. Ruth nahm seinen Arm.

Weitere Touristen waren eingetroffen. Grüppchen wanderten mit und ohne Führer über das Gelände. Die meisten Besucher blickten ernst. Dennoch gingen sie Ruth auf die Nerven. Sie wäre lieber mit Edek allein hier gewesen. Mehrere Klassen polnischer Schulkinder kamen an ihnen vorbei. Sie redeten und lachten. Ruth wunderte sich, daß die Lehrer die Kinder nicht ermahnten, sich ruhig zu verhalten. Sie funkelte mehrere laute Kinder zornig an. Die zwölf- bis vierzehnjährigen Schüler kauten Kaugummi und aßen Süßigkeiten. In Ruths Nähe fingen zwei Jungen plötzlich zu raufen an. Sie tauschten ein paar Boxhiebe. Der Lehrer nahm keine Notiz davon.

Ruth ging auf die zwei Jungen zu. »Entschuldigen Sie«, sagte sie laut, »das hier ist ein Friedhof, eine Begräbnisstätte, kein Zirkus.« Der größere der Jungen lachte und sagte etwas, was Ruth nicht verstehen konnte, auf polnisch. Der Lehrer begnügte sich damit, Ruth anzustarren. »Sie sind das Letzte«, sagte Ruth zu dem Lehrer. Ihr Herz klopfte rasend. Sie konnte kaum atmen. Was dachte man sich dabei, diese halbwüchsigen Randalierer hierherzubringen? Für diese Jungen war es nur ein Ausflug wie viele andere, nur eine Chance, aus dem Klassenzimmer herauszukommen.

»Ruthie, Ruthie, was tust du nur?« sagte Edek, der zu ihr lief.

»Nichts«, sagte sie. »Was für Arschlöcher.«

»Ruthie, wir können nichts ändern, wenn wir so etwas sagen«, sagte Edek. »Wir können niemanden wiederbringen. Wenn sich jemand hier schlecht benimmt, was macht das schon? Die Leute, die tot sind, die sind tot. Sie sehen dieses schlechte Benehmen nicht.«

»Das kannst du nicht wissen«, sagte sie zu Edek. Edek sah sie an. »Ruthie, mein Schatz, die Toten sind tot«, sagte er.

»Wollen Sie als nächstes nach Birkenau?« fragte Jerzy.

»Fühlst du dich dem gewachsen?« sagte Ruth zu Edek.

»Ich fühle mich gewachsen«, sagte er. »Ich zeige dir meine Baracke und wo ich geschlafen habe.«

»Wollen Sie vorher den Museumsladen besuchen?« sagte Jerzy. Ruth hatte gewußt, daß es im Geschäft mit dem Auschwitz-Museum so etwas zwangsläufig geben mußte. Sie wollte zu dem Profit nichts beitragen.

»Laß uns sehen, was es dort gibt«, sagte Edek.

»Okay«, sagte sie.

Eine Fliege flog Ruth ins Gesicht und begann ihr um den Kopf zu brummen. Sie versuchte sie zu verscheuchen, doch sie kam immer wieder. Eine große schwarze Fliege. Ruth beobachtete sie voller Abscheu. Warum hatte die Fliege es auf sie abgesehen? Und was tat sie hier im Winter? Ruth hatte gedacht, daß es Fliegen nur im Sommer unterwegs gab. Hatte diese Fliege sich verirrt? Sollte sie eigentlich woanders sein? Die Fliege kam wieder näher. Ruth versuchte sie zu verscheuchen, indem sie den Kopf schüttelte. Die Fliege kam unbeirrt wieder. Ruth spürte, wie die Fliege ihr in die Wange stach. Vom Erfolg ihres Vorhabens offenbar erfreut, flog die Fliege weg.

Ruth betastete ihre Wange. Sie fühlte sich heiß an. Ruth spürte bereits, wie sie anschwoll. Sie sah sich um. Keine andere Fliege war zu entdecken. Wo war diese Fliege hergekommen? Und warum hatte sie sie gestochen? War es vielleicht gar keine Fliege? Vielleicht war es der Geist eines Menschen. Wen hatte sie verletzt, so daß er sich mit einem Stich an ihr rächen mußte? Sie schüttelte den Kopf. Sie mußte aufhören, solche Dinge zu denken. Es war lächerlich, eine Fliege für einen Geist zu halten, den Geist eines anderen Menschen. Polen verzerrte ihr offenbar den Blick. Verzerrte ihr das Denken und Fühlen.

Edek drehte sich um und sah den Stich. »Schau mal, was mit deinem Gesicht passiert ist«, sagte er. »Was war das?«

»Nur ein Stich«, sagte Ruth. »Ein Insektenstich.« Sie betastete ihr Gesicht. Sie konnte spüren, wie die Stelle weiter anschwoll.

»In Birkenau gab es keine Fliegen«, sagte Edek.

»Mum hat gesagt, daß es in Auschwitz keine gab«, sagte Ruth. »Mum hat gesagt, sie hätte hier keine einzige Fliege gesehen.«

»Nein?« sagte Edek.

»Sie hat gesagt, daß es keine Fliegen und keine Vögel gab«, sagte Ruth.

»Dein Gesicht sieht gar nicht gut aus«, sagte Edek. »Es sieht übel aus.«

»Ich bin allergisch auf Insektenstiche«, sagte Ruth. »Bei mir schwillt alles doppelt so schnell an wie bei anderen Leuten. Und alle Insekten stürzen sich sofort auf mich.«

»Du hast offenbar süßes Blut«, sagte Edek.

»Das sagen alle Leute«, sagte Ruth. Sie lachte. »Aber du weißt, daß mein Blut überhaupt nicht süß ist. Du weißt, daß ich alles andere als süß bin.«

»Was redest du da?« sagte Edek. »Warum denkst du immer, du wärst ein böses Mädchen? Schon als Kind hast du das gedacht. Du warst nie böse. Du warst immer ein liebes Mädchen.«

»Ich hatte immer das Gefühl, ich wäre schuld«, sagte Ruth.

»Was?« sagte Edek.

»Ich wäre schuld, daß Mum so viel leiden mußte«, sagte Ruth.

»Das ist ja verrückt«, sagte Edek.

»Alle Kinder denken, sie wären schuld, wenn es ihren Eltern schlecht geht«, sagte Ruth. »Als Kind kann man nicht verstehen, daß es nichts mit einem zu tun hat. Daß man keine Schuld daran hat. Und daß man nichts daran ändern kann.«

»Aber du hast für Mum eine Menge geändert«, sagte Edek. Ruth schwieg. »Sie war sehr glücklich mit dir«, sagte Edek. »Worüber sie nicht glücklich war, das waren andere Sachen.« Ruth traten Tränen in die Augen. Sie wollte nicht schon wieder weinen. Sie wollte Edek nicht mit ihren Tränen anstecken. Er weinte oft leise um Rooshka.

»Schreckliche Dinge sind Mum passiert«, sagte Edek.

»Ich weiß«, sagte Ruth. Ihre Wange brannte. Sie betastete sie mit den Fingern. Sie spürte, daß sich mitten in der Schwellung eine große Entzündung bildete. »Normalerweise werde ich im Winter nicht gestochen«, sagte sie zu Edek.

»Es sieht zum Fürchten aus«, sagte Edek. »Es muß eine große Fliege gewesen sein.«

»Es muß der Führer aller Fliegen gewesen sein«, sagte Ruth und lachte. Edek lachte auch. »Vielleicht war es der Generalfeldmarschall-Reichsführer-SS der Fliegen«, sagte Ruth. »Oder vielleicht gibt es noch größere Fliegen, und das hier war nur ein SS-Obergruppenführer oder gar nur ein SS-Hauptsturmführer.«

Edek lachte sich schier halb tot. Ruth fürchtete, er würde vor Lachen das Gleichgewicht verlieren. Sie faßte ihn am Ellbogen.

»Welcher Fliegenrang ist der niedrigste?« sagte Edek.

»SS-Unterscharführer«, sagte Ruth. Edek sah den Stich auf ihrer Wange an. »Ich glaube nicht, daß diese Fliege ein SS-Untersturmführer war«, sagte er und lachte, bis er nicht mehr konnte. Beide lachten, bis ihnen die Tränen kamen. Edek mußte Ruth sein Taschentuch leihen, damit sie ihre Tränen trocknen konnte. Jerzy stand schweigend hinter ihnen.

»Das war sehr komisch«, sagte Edek zu Jerzy.

»Wir gehen zum Museumsladen«, sagte Jerzy. Ruth und Edek, die noch immer lachten, gingen zu dem Laden.

In dem Laden gab es Postkarten, Dias, Bücher und Videos. Ruth wollte nichts kaufen. Es gab zwei verschiedene Serien von Postkarten; die eine hieß *Auschwitz I*, die andere *Auschwitz II*. Ruth öffnete das Päckchen mit Birkenau-Motiven. Jedes Foto hatte etwas Poetisches, sogar der elektrisch geladene Stacheldraht. Die Eisenbahnschienen waren mit gelben Blümchen im Gras daneben fotografiert.

Auf der Rückseite der Karte mit dem Denkmal für die Opfer von Auschwitz war zu lesen, das Denkmal befinde sich zwischen den »Ruinen zweier Anlagen zum Massenvölkermord«. Die sonderbar abstrakte Formulierung, die Gaskammern und Krematorien umschrieb, erstaunte Ruth. Es gab auch ein Bild von den Wachtürmen, ein Bild aus mittlerer Entfernung. Die Türme und der elektrische Stacheldraht neben ihnen sahen allzu harmlos aus. Ruth war frustriert. Nichts würde der Sache selbst je gerecht werden, nicht die detaillierteste fotografische Vergrößerung. Nichts reichte aus, um einen Bruchteil dessen auszudrücken, was man hätte ausdrücken müssen.

Sie kaufte die Postkarten, acht Bücher, zwei Videos und einen Packen Dias. »Das muß ich im Auto lassen«, sagte sie zu Jerzy. Jerzy strahlte die Frau an, die Ruths Einkäufe verpackte. Ruth hoffte, daß Jerzy keine Beteiligung an ihrem Einkauf kassierte.

»Wozu hast du dieses ganze Zeug gekauft?« sagte Edek.

»Ich wollte es haben«, sagte sie.

»Hast du nicht schon genug von diesem Zeug?« sagte Edek. »Deine Wohnung ist voll mit diesem Zeug. Bücher, Videos. Ist das nicht genug?«

»Es kann nie genug sein«, sagte Ruth.

Edek zuckte die Schultern.

»Ich kann mir nicht vorstellen, daß dieses Zeug gut für dich ist«, sagte er. »Es könnte dir schaden, zuviel von diesem Zeug zu lesen.«

»Ach, wirklich?« sagte Ruth. »Man kann es überleben, aber darüber zu lesen, das ist zu gefährlich. Das Gefährliche ist nicht, darüber zu lesen. Ist das wirklich Gefährliche nicht die Ignoranz?«

»Vielleicht hast du recht«, sagte er.

»Ich habe recht«, sagte sie.

»Okay«, sagte Edek.

»Können Sie dieses Zeug bitte für uns in unser Taxi bringen?« sagte Edek zu Jerzy.

»Selbstverständlich«, sagte Jerzy.

»Legen Sie es auf den Rücksitz«, sagte Ruth zu Jerzy, »nicht in den Kofferraum. Ich will es nicht im Wagen liegenlassen.«

»Ich glaube nicht, daß unser Fahrer dieses Zeug für sich behalten will«, sagte Edek und lachte.

Ruth lachte mit. »Das glaube ich auch nicht«, sagte sie.

»Ich fahre Sie mit meinem Wagen nach Birkenau«, sagte Jerzy. »Danach bringe ich Sie zu Ihrem Taxi zurück.«

»Fühlst du dich Birkenau gewachsen, Dad?« sagte Ruth.

»Ich fühle mich allem gewachsen«, sagte Edek. Ruth sah ihn an. Er sah ziemlich robust aus. Gutgelaunt. Seine Zähigkeit beruhigte sie. Sie fuhren die drei Kilometer nach Birkenau. Auschwitz II.

»Überlebende dürfen mit dem Wagen hineinfahren«, sagte Jerzy. »Alle anderen müssen zu Fuß gehen.«

»Wahnsinn«, sagte Ruth sarkastisch. Edek gebot ihr mit einem Blick Schweigen. »Das muß nicht sein, Ruthie«, sagte er ruhig. Sie fuhren durch das Tor.

»Möchten Sie zu dem Denkmal fahren?« fragte Jerzy.

»Wir sind nicht hergekommen, um das Denkmal zu besichtigen«, sagte Ruth.

Sie stiegen aus dem Wagen. Birkenau war menschenleer. Es war ein unheimlicher, gespenstischer Ort. Ruth fröstelte. Ihr war kalt. Sie hatte den Eindruck, als könnte sie Leichentücher, Formen und Geister spüren. Gespenstische Gesichter. Gequälte Propheten. Sie wußte nicht genau, warum sie davon überzeugt war. Sie fürchtete sich. Was sie spüren konnte, war, was sie sich vorzustellen vermochte, vermutete sie.

Wenig Menschen waren in Birkenau. Hier gab es keine Ausstellungen, keine Läden, keine Heizung. Nur die schwarzen Felder, die von heruntergekommenen Baracken übersät waren. Die Felder und Baracken schienen sich kilometerweit zu erstrecken. Ruth wußte, daß Birkenau vierhundertfünfundzwanzig Morgen bedeckte. Es hatte mehr als dreihundert Gebäude umfaßt. Sie wußte, daß es vier Krematorien mit Gaskammern gegeben hatte, zwei Behelfsgaskammern in Bauernhäusern, die für diesen Zweck umgebaut worden waren, und große Verbrennungsscheiterhaufen und -gruben, wenn die Gaskammern und Öfen nicht mehr ausgereicht hatten.

Ein kummervoller Nebel hing tief am Himmel. Über dem Nebel sah man vereinzelte düstere Wolken. Waren diese Wolken vom Ruß für immer geschwärzt und besudelt, fragte sich Ruth. Alles war so verödet und verlassen, wie es gewesen sein mußte, als die Nazis geflohen waren. Teilweise zerstörte Gebäude waren in ihrem unvollendeten Zerstörungszustand zurückgeblieben. Leere Stellen zeigten an, wo Baracken und Gebäude eingerissen worden waren. Von den Nazis, die ihre Spuren verwischen wollten, aus dem Boden gerissen worden waren. Es war so still. So ruhig.

»Wie fühlst du dich, Dad?« sagte Ruth.

»Alles in Ordnung«, sagte er. Er sah sehr niedergeschlagen aus. Sie ergriff seine Hand.

»Du und ich, wir sind hier zusammen«, sagte sie. Er nickte. Zusammen in Auschwitz-Birkenau, dachte sie. Kein Ort, den die meisten für ein Beisammensein wählen würden.

»Hier wurden die Häftlinge aus den Zügen ausgeladen«, sagte Jerzy. Edek sah verwirrt aus.

»Hier?« sagte er.

»Ja, hier«, sagte Jerzy. »Die Häftlinge wurden oft in versiegelten Viehwaggons angeliefert. Wie Vieh eingepfercht.«

»Das wissen wir«, sagte Ruth. »Mein Vater war einer von ihnen. Ebenso meine Mutter und zwei ihrer Schwestern und ihre Eltern.«

»Ja, gewiß«, sagte Jerzy.

»Es war nicht hier«, sagte Edek zu Jerzy.

»Wie bitte?« sagte Jerzy.

»Die Stelle, wo ankam der Zug und hielt an«, sagte Edek.

»Es war hier«, sagte Jerzy.

»Es war nicht hier«, sagte Edek, der sich aufzuregen begann.

»Hier wurden die Häftlinge ausgeladen«, sagte Jerzy.

»Fangen Sie nicht wieder mit Ihrem Sprüchlein an«, sagte Ruth zu Jerzy in einem Ton, von dem sie hoffte, er klinge drohend.

»Es war nicht hier«, sagte Edek. »Ich war hier. Und ich bin nicht hier aus dem Viehwaggon gestoßen worden. So etwas vergißt man nicht.« Edek sah bekümmert aus.

»Das war die einzige Stelle, an der die Häftlinge ausgeladen wurden«, sagte Jerzy. »Der Zug fuhr zum Tor hinein und hielt hier an.«

»Es war nicht hier«, sagte Edek. Er sah aus, als kämpfe er mit den Tränen.

»Sie werden eben alt«, sagte Jerzy zu Ruth. Er hatte sich von Edek abgewendet, damit Edek ihn nicht hörte. »Sie werden eben alt«, sagte er. »Und sie werden vergeßlich.«

»Sie?« sagte Ruth. »Sagen Sie das noch mal, und ich schlage Sie.« Sie ballte die Fäuste. Garth hatte ihr beigebracht, richtig zuzuschlagen. Er hatte in seiner Jugend mit seinem Vater geboxt.

Jerzy sah sie erschrocken an. »Ich schlage Sie«, wiederholte Ruth, »wenn Sie das noch einmal sagen. Und jetzt möchte ich, daß Sie hinter uns gehen. Mein Vater und ich werden die Stelle finden, nach der mein Vater sucht.« Ihr war scheußlich zumute. Wie konnte er es wagen, ihren Vater als »sie« zu bezeichnen. Als wäre er nicht anwesend. Als wäre Edek einer der toten Juden, von denen zu sprechen die Führer ausgebildet worden waren. Es hieß, daß Führer, die in Auschwitz arbeiteten, nicht nur mit den Fakten vertraut gemacht wurden, sondern auch darin ausgebildet wurden, wie sie diese Fakten darboten, wie sie ihre Führungen absolvierten. Was für eine Ausbildung sollte das sein, dachte Ruth. Sie wünschte, sie könne Jerzy sagen, er solle sich verpissen, aber sie wollte nicht, daß Edek die drei Kilometer nach Auschwitz und zu ihrem Taxi zu Fuß zurückgehen mußte.

»Es kam oft vor, daß Transporte außerhalb des Tors ausgeladen wurden«, sagte Ruth zu Jerzy. Beide standen jetzt wieder Edek gegenüber. »Vor allem 1944«, sagte sie, »als man sich vor Häftlingen kaum noch retten konnte. Sie kamen schneller an, als man sie vergasen und verbrennen konnte. Die Züge hielten an verschiedenen Stellen. Manchmal mußten mehrere Züge hintereinander halten. Nicht alles hat damals wie am Schnürchen geklappt.

Komm, Dad, wir gehen ein bißchen«, sagte sie zu Edek. Jerzy folgte ihnen.

»Ruthie, du bist ein kluges Mädchen«, sagte Edek. »Du weißt so viele Sachen.«

Edek sah sich beim Gehen nach rechts und nach links um. »Ich bin vom Zug geradeaus gegangen und dann nach links abgebogen«, sagte Edek. Er sah aufgeregt aus. »Ich muß es finden«, sagte er. »Ich war hier. Ich weiß, wo ich war.«

»Natürlich weißt du das«, sagte Ruth. Plötzlich beschleunigte Edek den Schritt. Er lief über eine Wiese und dann nach links. Er winkte Ruth, daß sie ihm folgen solle.

»Sieh nur«, sagte er. »Hier sind die Schienen, und hier ist es, wo ich aus dem Zug gekommen bin.« Er sah sie triumphierend an.

»Dieses Arschloch hat einfach keine Ahnung«, sagte Ruth.

»Bitte, Ruthie, sag nicht solche Sachen.«

»Ich wußte, daß du die Stelle finden würdest, an der sie euch ausgeladen haben«, sagte sie.

Jerzy holte sie ein.

»Die Rampe in Birkenau wurde 1944 errichtet«, sagte er. »Bis dahin wurden alle Züge in Auschwitz entladen.« Edek tat Jerzy mit einer Handbewegung ab, einer schroffen Geste, als wehre er einen üblen Geruch ab.

»Bitte, das wollen wir jetzt nicht hören«, sagte Edek.

»Könnten Sie uns bitte allein lassen«, sagte Ruth zu Jerzy. Jerzy sah wütend aus. Er entfernte sich ein paar Schritte.

Ruth dachte an ihre Mutter. Ihre Mutter war in Birkenau gewesen, bevor sie nach Auschwitz gebracht worden war.

»Hier wurde ich von Mum getrennt«, sagte Edek. Er sah unglücklich aus. »Ich zeige dir jetzt, wo meine Baracke war«, sagte er. »Ich weiß noch jeden Schritt, den ich vom Zug bis zu den Baracken gegangen bin. Als ich von Mum wegging, wußte ich, daß mein Leben nie mehr so sein würde wie vorher.«

Niemand, der zu diesen Transporten gehört hatte, konnte je wieder so leben wie vorher. Und das waren diejenigen, die Glück hatten, dachte Ruth. Diejenigen, die noch ein Leben hatten. Rooshka hatte ihr erzählt, daß man ihr als erstes gleich nach dem Ausladen erklärt hatte, daß hier keine Fragen gestellt wurden. »Keine Fragen!« hatte ein deutscher Offizier sie angebrüllt. »Und keine Antworten!« Ruth fühlte sich den Tränen nahe.

»Weine nicht, Ruthie«, sagte Edek. »Komm, ich zeige dir die Baracken.«

»Ich hoffe, es gibt sie noch«, sagte sie. Sie ging hinter Edek her. Sie gingen mehrere Minuten lang, dann begann Edek zu laufen. »Laufe nicht, Dad«, rief Ruth. »Es regnet, du könntest ausrutschen.« Edek lief weiter. Er rannte über eine große leere Wiese. Er rannte mit seinen kleinen, schnellen Schritten. Ruth rannte hinterher. Sie hatte schreckliche Angst, er könne stürzen. Sie sah sich um. Auch Jerzy rannte. Sie hörte ihn schnaufen.

Plötzlich erschien eine Gruppe Teenager, die sich in einer der Baracken befunden hatte. Ruth merkte, daß es Israelis waren. Sie sahen alle sehr niedergeschlagen aus. Einer von ihnen trug eine große israelische Flagge. Ruth dachte, daß es fast etwas Herausforderndes hatte, diese Flagge zu tragen. Sollte es doch jemand wagen, Einwände zu erheben. Ruth war froh, daß die jungen Israelis da waren. Ihre Gegenwart beruhigte sie.

Edek winkte ihr zu. Er stand vor einer der Holzbaracken. Ruth begann zu zittern. War Edek hier untergebracht gewesen? Waren das die Baracken, in denen er gelebt hatte, falls leben das richtige Wort für die Tage und Nächte war, die er in dieser Unterwelt zugebracht hatte? Diese verfallenen Holzbaracken, die für die Unterbringung von zweiundfünfzig Pferden gebaut worden waren, hatten bis zu tausend Menschen aufgenommen. Die Menschen schliefen auf dem nackten Zementfußboden in dichtgedrängten Reihen. Edek stand in der Tür und schüttelte den Kopf. »Das war meine Baracke, Ruthie«, sagte er. Abermals schüttelte er den Kopf. »Ich hätte nicht gedacht, daß ich in diese Baracken hier zurückkommen würde«, sagte er. Er schwieg. Dann sagte er: »Komm rein.« Es klang fast wie die Einladung eines Gastgebers, der einen Gast in sein Haus bat.

Ruth trat ein. Edek ging hinter ihr. Sobald er sich in der Baracke befand, seufzte er laut auf. Ruth drehte sich erschrocken um. »Alles sieht genauso aus wie damals«, sagte Edek. »Ganz genauso.« Ruth sah sich um. Sie konnte es kaum fassen, daß sie in Auschwitz-Birkenau in ebenjener Baracke stand, in der ihr Vater interniert gewesen war. Die langen, rechteckigen Baracken hatten zu beiden Enden große Holztüren. In den Türen waren Löcher, durch die der Wind pfiff. »So waren die Türen auch, als ich hier war«, sagte Edek. »Im Winter war es fürchterlich.«

Das Licht in den Baracken kam durch eine kleine Dachluke. Zu beiden Enden der Baracken gab es einen offenen Kamin und einen Schornstein. Ein gemauerter Heizkanal verlief die Längsseite der Baracken entlang. »Der Rauch aus dem Kamin wurde da reingeleitet«, sagte Edek, der auf den Heizkanal deutete, »und damit sollten die Baracken geheizt werden.«

»Ging das?« sagte Ruth.

Edek lachte unfroh. »Natürlich nicht«, sagte er. »Wir waren steifgefroren. Jeden Morgen gab es viele erfrorene Tote.« Ruth begann zu frösteln. Edek lief zum anderen Ende der Baracke. »Hier habe ich geschlafen, Ruthie«, sagte er und deutete auf eine Stelle links in der Barackenmitte. Er stand da und starrte auf die leere Stelle, wo er als Sechsundzwanzigjähriger geschlafen hatte. Als großgewachsener Sechsundzwanzigjähriger, der schon keine vierzig Kilo mehr wog und bald noch weniger wiegen würde. Ruth war überwältigt.

Es war sehr still in den Baracken. Ruth konnte die Abwesenheit spüren. Und die Anwesenheit. Die Anwesenheit all dieser bedauernswerten jungen Männer. Sie wußte, daß sie jung gewesen waren. Meist unter vierzig. Sie wußte, daß die älteren im Selektionsprozeß bei ihrer Ankunft ausgemerzt worden waren. Ruth konnte ihr Frösteln nicht unterdrücken. Sie konnte das Unheil in der Atmosphäre spüren.

Der Regen tröpfelte durch das lecke Dach herein. Alles war so grau, wie es damals gewesen sein mußte. Das Grauen war noch immer zu spüren. Ruth hörte es in der Stille. Es war greifbar. Es war nicht vergangen. An der oberen Türkante beider Barackentüren war ein handbreiter Spalt. Edek stand an der hinteren Tür. »Ich erinnere mich, als wäre es gewesen gestern. Ich schlief in der Mitte, um nicht so nahe an der Tür zu liegen. Ich hatte Glück.«

Ruth hätte ihn gern gefragt, wie er es fertiggebracht hatte, sich diese Stelle mitten in der Baracke freizuhalten, aber sie wollte ihn nicht mit solchen Kleinigkeiten belästigen. »In der Mitte wollte niemand schlafen«, sagte Edek. »Dort konnte man erdrückt werden.« Ruth dachte, daß er offenbar ihre Gedanken gelesen hatte. Er mußte gewußt haben, was sie gedacht hatte. Die Wände waren feucht vom Regen. Wasserpfützen bedeckten den Boden. »In der Mitte war es nicht so naß«, sagte Edek.

Ruth sah ihn an. Er sah müde aus. Langsam ging er die Längsseite der Baracke entlang. Er war wie in die Stille eingehüllt. Die leichenhafte Stille all jener, die nicht mehr waren. Ruth setzte sich auf den breiten Heizkanal aus Ziegeln. Sie zitterte noch immer. Sie war den Tränen nahe. »Willst du sehen, wo die Toiletten waren, Ruthie, oder lieber nicht?« sagte Edek nach ein paar Minuten.

»Ich will alles sehen«, sagte sie.

»Du bist ein komisches Mädchen, Ruthie«, sagte er. Er nahm ihren Arm. Sie dachte, daß es ihn freute, daß sie den Toilettenblock sehen wollte.

Jerzy hatte draußen auf sie gewartet. Er wirkte ungeduldig, als hätten sie sich verspätet. Ruth und Edek gingen an zwei weiteren Holzbaracken vorbei und blieben dann stehen. Jerzy, der hinter ihnen ging, blieb ebenfalls stehen.

»Fünfundvierzig Gebäude aus Backstein sind in Auschwitz erhalten«, sagte Jerzy, »und zweiundzwanzig Holzgebäude.«

»Hier sind die Toiletten«, sagte Edek.

Alle drei traten ein. An der Längsseite dieser Baracke verlief in parallelen Linien, was aussah wie drei breite Betonbänke. In die Oberfläche dieser Betonbänke waren Loch an Loch eingelassen.

Die Löcher hatten den Durchmesser eines Eßtellers. Nicht den der neumodischen überdimensionierten Teller in ambitionierten Restaurants, sondern normaler Teller. Zwischen den Löchern war nicht viel Platz. Sie berührten einander fast.

Ruth wußte, daß die Häftlinge in den kurze Augenblicken, die man ihnen für ihre intime Toilette zugestand, auf diesen Löchern gesessen hatten. Intime Toilette war nicht das richtige Wort, dachte sie. Hier mußten die Häftlinge innerhalb sehr kurzer Zeit urinieren und defäkieren, während die Kapos brüllten und sie zur Eile antrieben. Während andere kranke und ausgehungerte Häftlinge um einen Latrinenplatz kämpften, bevor ihre Därme und Blasen sich dort entleerten, wo sie standen. Vierunddreißig Kreise waren in jede Bank geschnitten. Sie lagen nur Zentimeter voneinander entfernt. Es war unmöglich, den Nachbarn nicht zu berühren. Jedermann hatte Durchfall. Die Oberfläche des Betons war immer naß und glitschig.

Edek stand vor den Betonbänken, die als Latrinen gegolten hatten. Er schüttelte den Kopf. Ruth hoffte, daß er sich nicht an etwas besonders Schaudererregendes erinnerte. Dann begriff sie, daß es in dieser Baracke nichts anderes gab als besonders schaudererregende Erinnerungen, genau wie in den anderen Baracken und im ganzen Lager. Es gab keine Augenblicke der Ruhe. Keine besseren Tage, keine schönen Nachmittage. Jede einzelne Sekunde jeder einzelnen Minute war unerträglich. Kein Wunder, daß jeder Überlebende sich gewundert hatte, nach all diesen Greueln noch am Leben zu sein. Jahre später waren manche der Überlebenden sich noch nicht sicher, ob sie am Leben waren. Ein Teil von ihnen war mit den Toten zurückgeblieben. Für immer an das Entsetzliche gebunden, mit ihm verbunden. Sogar in den Träumen. Wie sehr sie sich auch bemühten, sie konnten sich nicht davon lösen. Es gab keinen Fluchtweg. Keinen Ausweg. Sie konnten sich nicht entfernen, es nicht verlassen.

Ruth sah in die Löcher. Es gab Partikel, die aussahen wie vertrockneter Schlamm, Staub und normale Abfälle. Ruth fragte sich, ob diese Toiletten gereinigt worden waren. Wahrscheinlich ja. Sie spähte noch einmal hinein. Welche Leben hatten diese Partikel wohl hinterlassen? Mit den heutigen DNA-Testmethoden konnte man wahrscheinlich feststellen, wer hier gewesen war. Ihr Vater war hier gewesen. War irgend etwas von ihm am Boden dieser Grube vorhanden? Der Gedanke verursachte ihr Übelkeit.

Ruth zählte die Löcher. Zweihundert Männer konnten sich gleichzeitig auf diesen Löchern erleichtern. »Erleichtern« war nicht das richtige Wort für diese Latrinen, dachte sie. Die Grube unter den Löchern mußte sich schnell gefüllt haben, dachte sie.

»Es war fast bis obenhin voll«, sagte Edek. Er machte eine Grimasse und schauderte. »Es war fürchterlich«, sagte er. »So fürchterlich, daß ich nicht glauben kann, daß mir das passiert ist. Manchmal denke ich, daß es jemand anderem passiert sein muß.«

Ruth mußte würgen. Sie sah Edek an. Er sah nicht allzu wohl aus. Trotz der Kälte begann Ruth zu schwitzen. Sie dachte an Martina und an ihr kühles, blondes Haar. Warum dachte sie jetzt an Martina, fragte sie sich. Ihrer Mutter hätte Martina gefallen. Rooshka bewunderte blaue Augen und blondes Haar. »Sie hat so schöne blaue Augen«, sagte Rooshka oder: »Schau nur, das schöne blonde Haar.« Das Aussehen, das Rooshka am meisten bewundert hatte, war so arisch, daß es Ruth beunruhigte. Als wäre Rooshka in diesem Punkt mit den Nazis einer Meinung gewesen. Blaue Augen waren etwas Besseres. Und blondes Haar. Dennoch, dachte Ruth, war es verständlich. Die Deutschen hatten dunkelhaarige und schwarzäugige Juden mit soviel Scheiße beworfen, daß etwas davon kleben geblieben sein mußte.

Ruth fiel auf, daß sie in den Latrinen von Birkenau stand und über Scheiße nachdachte. Ihre Mutter war auf die NS-Propaganda über blaue Augen und blondes Haar hereingefallen. Ihre Mutter hatte diese NS-Scheiße geschluckt. Was für ein Satz. Ruth wurde schwindlig. Der Satz hatte sie aus der Fassung gebracht. Bilder ihrer Mutter, die Scheiße schluckte, füllten ihren Kopf. Ihr war entsetzlich übel. Sie näherte sich schnell einem der Löcher. Sie begann sich zu übergeben. Sie spuckte unaufhörlich. Als sie sich schließlich aufrichtete, überraschte es sie, daß sie noch stehen konnte. Sie konnte nicht fassen, was soeben geschehen war. So oft hatte sie sich während dieser Polenreise übergeben. Offenbar hatte sie eine Menge mangelndes Übergeben aus ihren bisherigen zweiundvierzig Lebensjahren wettgemacht. Sie fragte sich, ob jeder Mensch ein bestimmtes Quantum an Übergeben zu absolvieren hatte. Sie hoffte, daß sie ihr Quantum erfüllt hatte. Sie würde es nicht ertragen, so etwas noch einmal durchzumachen.

Ihr war scheußlich zumute. Sie riß sich zusammen. Sie war davon überzeugt, daß sie nach Erbrochenem roch. Jerzy stand vor ihr. Er sah entsetzt aus. Das Entsetzen auf seiner Miene hatte fast etwas Belustigendes. Hätte Ruth sich nicht so schwach gefühlt, hätte sie gelacht. Edek schaute besorgt drein. Er legte Ruth den Arm um die Schulter. »Ist alles in Ordnung, Ruthie, mein Schatz?« sagte er. Er gab ihr sein Taschentuch. Er tätschelte ihr den Kopf. »Alles in Ordnung, Ruthie«, sagte er, »alles in Ordnung.« Er hielt ihren Arm, als sie zum Wagen zurückgingen.

Jerzy fuhr sie nach Auschwitz zurück.

»Soll ich ihn bezahlen?« sagte Edek zu Ruth.

»Nein«, sagte sie, »das tue ich.«

Sie stiegen aus dem Wagen. Ruth bezahlte Jerzy.

»Ich hoffe, Sie waren mit meiner Führung zufrieden«, sagte Jerzy. Er zählte das Geld, das Ruth ihm gegeben hatte. Er wirkte beunruhigt.

»Hast du ihm ein Trinkgeld gegeben?« fragte Edek Ruth.

»Nein«, sagte sie. Edek gab Jerzy zwanzig Zloty.

»Wir waren zufrieden«, sagte Edek zu Jerzy.

Auf der Rückfahrt im Taxi war Edek schweigsam. Ruth war froh über die Stille. Sie mußte zu sich kommen. Zu sich kommen. Was für eine merkwürdige Formulierung. Wo war sie sich abhanden gekommen? In Auschwitz? Sie hatten das Hotel Mimoza fast erreicht, als Edek sie ansah. »Du hast deine Birnen nicht gegessen«, sagte er. »Aber vielleicht ist jetzt nicht der richtige Zeitpunkt, um Birnen zu essen. Du kannst später etwas essen.« Ruth trank einen Schluck von ihrem Wasser.

Ruth und Edek traten durch die Eingangstür des Hotels Mimoza. Ruth fühlte sich ein wenig besser. Sie war so erleichtert, sich besser zu fühlen. Sie blickte auf. Zofia und Walentyna saßen nebeneinander auf einem Sofa im Foyer. Zofia trug eine tiefrote Baumwollbluse, deren oberste Knöpfe geöffnet waren. Sogar von der Tür aus konnte man Zofias Dekolleté sehen. Zofias Brüste hoben und senkten sich sachte mit ihren Atemzügen. Die rote Bluse steckte in einem gerade geschnittenen leuchtendweißen Rock. Zofias gebräunte nackte Beine glänzten. Sie waren in Polen, und es war Winter, dachte Ruth. Zofia war gekleidet, als wäre sie auf dem Weg nach Saint-Tropez.

Walentyna trug ein blaues Kleid. Mitleid überwältigte Ruth. Ganz fraglos war noch nie jemand auf die Idee gekommen, Walentyna zu sagen, daß sie auf keinen Fall Ärmel tragen sollte, die an der Schulter gerüscht waren. Frauen, die so zierlich waren wie Walentyna, durften keine Kleider mit Rüschen tragen, ganz zu schweigen von Ärmeln in Gigotform, die an der Schulter einen Ballon bildeten. Zofia erblickte Edek. Sie stand auf und lief zu ihm, ihre Miene von tiefer Besorgnis gezeichnet.

»Mein armes Lämmchen, mein armes Engelchen«, sagte sie auf polnisch zu Edek. Sie nahm seinen Arm. »Wie um Himmels willen haben Sie diese Fahrt überlebt?« sagte sie. »Wie geht es Ihnen jetzt?« Ruth fragte sich, ob sie richtig gehört hatte. Ihr armes Lämmchen? Ihr Engel? Edek gehörte ihr nicht. Was hieß Engel auf polnisch? *Anioł.* Und *aniołek* war die Verkleinerungsform. *Mój biedny aniołek.* Mein armes Engelchen. Ja, das hatte Zofia gesagt.

Zofia nahm ihren Arm wieder aus Edeks Arm. Sie stellte sich vor Edek und sah ihn an. Und dann warf sie ihm in einer ungestümen Geste beide Arme um den Hals. »Mein armer, armer Engel«, sagte sie. Edek sah verblüfft, aber erfreut aus. »Mir geht es gut«, sagte er. »Wirklich gut.« – »Das glaube ich nicht«, sagte Zofia. Sie preßte sich an Edeks Körper. »Nach so einem Erlebnis muß man sich um Sie kümmern«, sagte sie. Ruth traute ihren Augen nicht. »Sie brauchen etwas zu essen«, sagte Zofia. »Wenn man so schrecklichen Erinnerungen und Tragödien ausgesetzt ist, raubt das sogar einem starken Mann wie Ihnen die Kräfte.«

Ruth dachte, Zofia mache Edek möglicherweise nervös. Sie wollte sich gerade einmischen, als sie sah, daß Edek viel munterer wirkte als ein paar Minuten zuvor, als sie in das Hotel gekommen waren. »Sie müssen etwas essen, mein armes Lämmchen«, sagte Zofia. Da, sie hatte es schon wieder gesagt. Zofia verlor wirklich keine Zeit. *Moja biedna owieczka.* Mein armes Lämmchen. Die Unverfrorenheit und Direktheit machte Ruth sprachlos. New Yorker Frauen konnten vor Zofia nur den Hut abnehmen, dachte sie. In New York scheuten Frauen keine Mühen, um an einem Mann nicht allzu interessiert zu wirken. In New York galt es als tödlich, sich zu großes Interesse an einem Mann anmerken zu lassen. Ruth war vor Bewunderung außer sich. Sie stand da und starrte Zofia und Edek an. Ein großer starker Mann wie Sie? Oder ein armer Engel? Welches von beiden? Widersprach sich das? Oder konnte Edek beides in sich vereinigen? Jedenfalls war er sich mit Zofia einig. Sie drückte ihn schon wieder an sich.

Walentyna machte sich bemerkbar. »Ich bin so froh, daß Sie wieder da sind, lieber Edek«, sagte sie. »Wir haben uns Sorgen gemacht.«

»Wir haben uns große Sorgen gemacht«, sagte Zofia. »Wir haben zweieinhalb Stunden gewartet. Ich wollte nirgends hingehen. Ich wollte hier sein, wenn Sie zurückkommen.«

»Ich wollte auch nirgends hingehen«, sagte Walentyna.

Das Schauspiel, das Zofia und Walentyna mit ihrer Besorgnis um Edek boten, übertönte fast ein paar der schlimmsten Bilder des Vormittags. Bilder von Ruths Mutter und von der in Asche erstickenden Weichsel und das Bild von ihr selbst, die sich in die Latrinen erbrach, begannen zu verblassen. Zofias und Walentynas bemühte Besorgnis war überwältigend. Zofia und Walentyna gluckten um Edek herum. Ruth mußte sich das Lachen verbeißen. Sie war erstaunt, daß sie irgend etwas komisch finden konnte. Aber das hier war komisch. Zwei erwachsene Frauen, die um einen älteren Mann wetteiferten. Das war Ruths Eindruck. Sie hatte den Eindruck, daß Walentyna noch immer im Rennen war.

»Kommen Sie und essen Sie etwas«, sagte Zofia. »Wir bestellen etwas Fisch und etwas Leberwurst. Mir ist gestern aufgefallen, daß Sie Leberwurst mögen.«

»Mir ist das auch aufgefallen«, sagte Walentyna.

»Okay«, sagte Edek. »Komm, Ruthie, nach so einem Tag haben wir es verdient, etwas zu essen.«

»Er hat es verdient, etwas zu essen«, sagte Zofia.

»Er hat es verdient«, piepste Walentyna.

»Ich glaube, ich gehe ein bißchen spazieren, Dad«, sagte Ruth. »Du gehst etwas essen. Ich glaube, ich brauche ein bißchen frische Luft.«

Edek sah niedergeschlagen aus. »Komm nur ein paar Minuten mit«, sagte er. »Bitte, Ruthie, du mußt etwas essen. Du hast hochgebracht die ganzen Bananen in Auschwitz, und die Birnen hast du nicht gegessen.«

»In Auschwitz kann man Birnen und Bananen kaufen?« sagte Zofia.

»Nein«, sagte Edek. »Ruthie hat sie im Wagen nach Auschwitz mitgebracht. Und in Auschwitz hat sie hochgebracht ein paar Bananen, und die Birnen hat sie im Wagen mit zurückgebracht.«

Zofia und Walentyna schauten ratlos drein. »Die Bananen hat sie hochgebracht, als sie war in Auschwitz, und die Birnen hat sie zurückgebracht«, sagte Edek zu den zwei Frauen. Er sagte es mit Bestimmtheit. Als müsse diese Erklärung die Sache aufklären. Beide Frauen schauten ihn hilflos an.

»Sie hat in Auschwitz Birnen gegessen und Bananen aus Auschwitz zurückgebracht?« sagte Zofia.

»Nein, die Birnen hat sie zurückgebracht«, sagte Edek.

»Zurückgebracht?« sagte Walentyna.

»Im Wagen«, sagte Edek.

»In Birkenau war mir nicht gut«, sagte Ruth, »aber jetzt geht es mir wieder gut.«

»Ich dachte, Ihnen wäre in Auschwitz schlecht geworden«, sagte Zofia.

»Auschwitz-Birkenau«, sagte Ruth. Wenn sie noch länger über dieses Thema sprach, dachte sie, würde ihr wieder schlecht werden.

»Was gibt es da für einen Unterschied?« sagte Edek. »Hauptsache, es geht ihr wieder besser. Das ist die Hauptsache.«

»Das ist die Hauptsache«, sagte Zofia.

»Das ist die Hauptsache«, sagte Walentyna.

Ruth verspürte keinen Wunsch, mit Zofia und Walentyna im Foyer des Hotels zu sitzen. Ihre Gesellschaft kam ihr angesichts dessen, wie sie sich im Augenblick fühlte, zu robust vor. Sie wünschte sich Stille.

»Bitte, Ruthie, du mußt etwas essen«, sagte Edek. »Du hast alles ausgespuckt, was du gegessen hattest.«

»Sie hat gespuckt?« sagte Zofia.

»Sie haben gespuckt?« sagte Walentyna.

»Ja, aber jetzt geht es mir gut«, sagte Ruth.

»Wahrscheinlich ist dir von dem Vogelfutter schlecht geworden, was du ißt«, sagte Edek.

Ruth versuchte zu überlegen, wie sie sich elegant aus dieser Situation befreien konnte. Sie hatte den Eindruck, in einem spiralförmigen Kaleidoskop aus Bananen, Birnen, Erbrochenem und Vogelfutter gefangen zu sein.

»Sie brauchen etwas trockenes Brot und eine Tasse Tee«, sagte Zofia.

»Ausgezeichnet«, sagte Edek.

»Das wollte ich auch sagen«, sagte Walentyna. »Trockenes Brot und Tee mit Zitrone.«

»Nicht mit Zitrone, Walentyna«, sagte Zofia. »Tee ohne Zitrone. Zitrone ist nicht gut, wenn man sich übergeben hat.«

Walentyna beugte sich vor Zofias Sachkenntnis zum Thema Erbrechen. Was für ein schreckliches Wort das Wort Erbrochenes war, dachte Ruth. Sie zwang sich, nicht ein Bild von mehreren Häufchen Erbrochenem vor sich zu sehen, die nebeneinander auf einer Straße oder anderen Oberfläche lagen. Ruth begriff, daß sie nachgeben mußte. Sie hatte keine Chance gegen Walentyna, Zofia und Edek.

»Ich setze mich für einen Augenblick zu Ihnen«, sagte sie. Edek sah glücklich aus. Sie gingen in den Salon. Ruth suchte sich den Sessel, der am weitesten von Edek entfernt stand. So konnten Zofia und Walentyna rechts und links von ihm sitzen.

Zofia bestellte eingelegten Hering, geräucherte Makrele, Sardinen, Leberwurst, Käse und eine große Portion Kartoffelsalat. Für Ruth bestellte sie Kekse. »Kekse werden Ihnen besser bekommen als trockenes Brot«, sagte Zofia. Ruth war zufrieden. Die Vorstellung von trockenem Brot war nicht sonderlich angenehm gewesen. Zofia und Walentyna strahlten Edek an. Edek sah ebenfalls zufrieden aus. Ruth empfand plötzlich Dankbarkeit den zwei Frauen gegenüber. Sie war dankbar, daß sie Edek aus der Depression gerettet hatten, die ihm nach Auschwitz hätte drohen können.

»Danke, daß Sie auf meinen Vater gewartet haben«, sagte Ruth zu Zofia und Walentyna.

»Wir haben auch auf Sie gewartet«, sagte Walentyna.

»Ich danke Ihnen«, sagte Ruth.

»Sie scheinen mir eine wirklich nette junge Frau zu sein«, sagte Zofia zu Ruth. Ruth freute sich, daß man sie jung nannte. Sie kam sich nicht sonderlich jung vor. Für sie waren Zwanzigjährige jung. Nicht Leute in ihrem Alter.

»Wie alt sind Sie, Ruthie?« sagte Zofia. Ruth spürte Verärgerung. Sie wünschte, Zofia würde sie nicht Ruthie nennen. Sie ärgerte sich, daß sie sich über Zofia ärgerte. Es war nicht nett von ihr. Und launisch. Erst empfand sie Dankbarkeit und im nächsten Moment Verärgerung. Das war kein edler Zug, ermahnte sie sich.

»Sie ist achtunddreißig«, sagte Edek.

»Für achtunddreißig sieht sie sehr jung aus«, sagte Walentyna. Edek sah erfreut aus. Er nickte zustimmend.

»Sie ist ein hübsches Mädchen«, sagte er. »Wie ihre Mutter.« Beide Frauen nickten.

»Ich bin dreiundvierzig, Dad«, sagte Ruth. Edek konnte sich nie ihr Alter merken. Jahrelang hatte er sie für eine Zwölfjährige gehalten. Zwischen ihrem zwanzigsten und ihrem dreißigsten Lebensjahr hatte er mit ihrem Alter Schritt halten können. Aber dann war er bei dreißig hängengeblieben. Vier Jahre lang. Und jetzt hatte er offenbar wieder die Spur verloren.

»Für dreiundvierzig sieht sie sehr jung aus«, sagte Zofia zu Edek.

»Danke schön«, sagte Ruth.

Zofia starrte Ruth mit zusammengekniffenen Augen an. Ruth merkte, daß Zofia auf ihre Wange starrte. Sie berührte die Wange mit der Hand. Der Fliegenstich war noch immer zu spüren. Geschwollen. Manchmal beruhigten sich die Schwellungen mit der Zeit, aber in diesem Fall war es nicht so. Die Schwellung war noch immer heiß und tastbar.

»Was ist mit Ihrem Gesicht passiert?« sagte Zofia.

»Sie ist von einer Fliege gestochen worden«, sagte Edek.

»Von einer Fliege?« sagte Zofia. »Mitten im Winter?«

»Mitten im Winter?« sagte Walentyna.

»Es war eine dicke Fliege«, sagte Edek.

»Dicke Fliegen im Winter sind nicht normal«, sagte Zofia.

»Vielleicht hat diese Fliege überwintert, weil man ihr gesagt hat, es würde ein milder Winter werden«, sagte Ruth. Beide Frauen starrten sie an.

»Es stimmt, es war ein milder Winter«, sagte Walentyna.

»Wie soll eine Fliege so etwas wissen?« sagte Zofia.

»Meine Tochter sagt manchmal verrückte Sachen«, sagte Edek.

»So verrückt war das nicht«, sagte Walentyna. »Es war lustig.«

»Ja«, sagte Zofia. »Es ist lustig, so über Fliegen zu denken.« Beide Frauen lachten.

Zofia sah Ruth wieder mit zusammengekniffenen Augen an. »Der Stich sieht nicht gut aus«, sagte sie.

»Nein«, sagte Edek.

»Nein«, sagte Walentyna.

»Bis morgen früh wird die Schwellung zurückgegangen sein«, sagte Ruth. »Wir müssen uns nicht länger darüber den Kopf zerbrechen«, sagte sie zu Edek. Zofia begriff. Sie beugte sich zu Ruth vor und wechselte das Thema.

»Sie sind nicht verheiratet?« sagte sie zu Ruth.

»Nein«, sagte Ruth.

»Sie war verheiratet«, sagte Edek, »aber sie ist geschieden.«

»Zweimal«, sagte Ruth, bevor ihr Vater dieses Detail zum besten geben konnte.

»Zweimal?« sagte Zofia.

»Dreimal«, sagte Edek. Beide Frauen sahen Ruth an.

»Das dritte Mal ging es nur um eine Green Card, eine Arbeitserlaubnis in Amerika. Das zählt nicht«, sagte Ruth.

»Es war eine Ehe«, sagte Edek.

»Es war nur eine Eheschließung«, sagte Ruth.

»Sie wurde dreimal geschieden«, sagte Edek.

Walentyna und Zofia schauten Ruth voller Bewunderung an. Ruth lächelte. Sie begriff, daß die Bewunderung dem Umstand galt, daß sie drei Männer dazu gebracht hatte, sie zu heiraten.

»Sie ist keine Type, mit der ist leicht Kirschen essen«, sagte Edek. Ruth stöhnte. Sie wußte, daß Edek jetzt wieder herunterbeten würde, warum sie besser verheiratet geblieben wäre. Warum eine verheiratete Frau unter allen Umständen besser dran war als eine alleinstehende Frau. »Es ist besser, wenn eine Frau hat einen Mann«, sagte Edek. Beide Frauen nickten heftig.

»Es ist besser, wenn sie den richtigen Mann hat«, sagte Ruth. Zofia und Walentyna nickten noch heftiger. »Wenn sie den falschen Mann hat, ist es nicht besser«, fügte Ruth hinzu.

»Okay, okay, ich will jetzt nicht mit dir streiten«, sagte Edek. »Sie gewinnt bei jedem Streit«, sagte er zu Zofia und Walentyna. »Sie hätte werden sollen ein Anwalt. Sie wäre besser als Perry Mason.« Die Anspielung auf Perry Mason sagte Zofia und Walentyna nichts, doch sie stimmten Edek bereitwillig zu.

»Man merkt, daß sie ein kluges Mädchen ist«, sagte Zofia.

»In manchen Sachen ist sie klug«, sagte Edek. Du lieber Himmel, dachte Ruth. Was würde sie sich jetzt anhören müssen? »Sie heiratet solche Typen, was sie mögen, aber nicht zu sehr«, sagte Edek. »Und sie mag sie auch nicht zu sehr. Die Typen, was sie mögen wirklich sehr, denen geht sie lieber aus dem Weg. Es macht sie nervös die Gegenwart von jemandem, was sie mag zu sehr.«

Zofia und Walentyna schüttelten den Kopf voller Mitgefühl für Edeks Verzweiflung über Ruths Vorliebe für nicht gerade ideale Verhältnisse. Edeks Analye hatte Ruth aufgeschreckt. Er hatte die Situation ziemlich gut erfaßt. Nicht übel für jemanden, der noch nie einen Therapeuten besucht und noch nie eine psychologische Zeitschrift in Händen gehalten hatte. In New York qualifizierten einen solche Erkenntnisse fast schon dazu, sich als Therapeut niederzulassen. Es schien Therapeuten zu geben, die in ihrem früheren Leben Sänger gewesen waren, Therapeuten, die nebenbei mit Kunst handelten, Therapeuten, die in ihrer Freizeit Schauspieler waren. New York konnte mit jeder Art von Therapeuten aufwarten.

»Habe ich recht, Ruthie?« sagte Edek. Ruth nickte. Wenn sie nicht zu sehr an einem Partner hing, ersparte ihr das viel Seelenpein – Ängste um die Gesundheit des Partners, Ängste vor Unfällen, Verlustängste. Zuneigung machte Ruth ängstlich. Weckte in ihr Ängste, den Menschen zu verlieren, an dem sie hing. Ruth vermutete, daß es ein verbreitetes Problem war, das möglicherweise den hohen Prozentsatz nicht zueinander passender Partner erklärte.

»Ich hatte eine Freundin, die dieses Problem hatte«, sagte Walentyna.

»Hat sie ihren Mann verlassen?« sagte Edek.

»Nein«, sagte Walentyna.

»Meine Tochter verläßt ihre Ehemänner«, sagte Edek. Ruth mußte sich beherrschen, um nicht zu lachen. Vor sich sah sie als Bild, wie sie ständig vor einer Reihe Ehemänner davonlief. Das Lachen blieb ihr im Hals stecken, als sie merkte, daß jeder der Männer im Bild Garth war. Sie ärgerte sich über sich selbst, daß sie an ihn dachte. Ihr Vater war daran schuld. Er stand noch immer in Verbindung mit Garth.

»Meine Tochter ist eine ziemlich sabbelige Type«, sagte Edek zu Zofia und Walentyna. Ruth wollte gerade erklären, daß er das Wort »zappelig« meinte, als beide Frauen nickten.

»Ich finde nicht, daß sie sabbelig aussieht«, sagte Walentyna.

»Sie sieht nie sabbelig aus«, sagte Edek, »aber innen drin ist sie immer sabbelig.«

»Ihr Vater ist ein sehr kluger Mann«, sagte Zofia.

»Sehr, sehr klug«, sagte Walentyna.

Das Essen wurde gebracht. Ruth war froh über die Ablenkung. »Es sieht herrlich aus«, sagte Edek, der die Platte mit dem Essen betrachtete, die vor ihm stand.

»Lieber Edek, nehmen Sie zuerst ein Stückchen Hering«, sagte Zofia und legte mehrere Streifen Hering auf Edeks Teller. Zofia schien für die Zuteilung des Essens zuständig zu sein. Sie legte eine Auswahl von Makrelen und Sardinen auf Walentynas Teller. »Walentyna ißt Makrele sehr gern«, sagte Zofia zu Edek. Dann reichte sie Ruth einen Teller mit einem halben Dutzend Trocken-keksen. »Ruthie, mein Schätzchen«, sagte sie, »essen Sie die Kekse. Dann wird es Ihnen besser gehen.«

Ruth lehnte sich in ihrem Sessel zurück. Zofias Koseworte steigerten sich. Jetzt waren sie der liebe Edek und Schätzchen Ruthie. Walentyna mußte sich ganz schön beeilen, wenn sie noch aufholen wollte. »Ist die Makrele gut?« fragte Ruth Walentyna. Walentyna nickte. Ruth merkte, daß sie sich einen schlechten Moment für ihre Frage ausgesucht hatte. Walentyna hatte den Mund voll Makrele. Sie blickte verlegen drein und versuchte ihren Fisch schnell aufzuessen. »Die Makrele ist sehr gut«, sagte Walentyna, während sie nervös die Reste ihres Fischs kaute. »Sehr gute Makrele«, fügte Zofia hinzu.

Ruth sah Zofia an. Zofia hatte mittlerweile fast so viel Essen auf ihrem Teller wie Edek auf dem seinen. Mindestens ein Kilo Hering.

»Essen Sie, Ruthie, essen Sie«, sagte Zofia.

»Ja, Ruthie, du mußt unbedingt etwas essen«, sagte Edek. Edek und Zofia strahlten, weil sie sich über das, was Ruth tun sollte, so einig waren. Ruth hatte den Eindruck, daß Walentyna sich ein bißchen überflüssig vorkam.

»Meine Tochter hat ihre eigene Firma«, sagte Edek. »Sie verdient eine Menge Geld.«

Ruth beschloß, Edek in diesem Punkt nicht zu widersprechen. Es hätte sowieso nichts genützt.

»Das haben Sie uns schon erzählt«, sagte Zofia. »Was ist das für eine Firma?«

»Sie schreibt Briefe für andere Leute«, sagte Edek.

»Briefe?« sagte Zofia.

»Briefe«, sagte Edek. »Damit kann man viel Geld verdienen. In Amerika wissen viele Leute nicht, wie man einen Brief schreibt.«

»Wirklich?« sagte Zofia. »Das ist doch nicht so schwer.«

»Amerikaner sind anders als Europäer«, sagte Walentyna.

»Selbstverständlich«, sagte Zofia.

Ruth wollte darauf aufmerksam machen, daß es Briefe gab, die zu schreiben schwierig war, aber sie ließ es bleiben. Die verblüffende Natur ihres Gewerbes machte Edek und den zwei Frauen immenses Vergnügen.

»Oft schreibt sie sehr schwierige Briefe«, sagte Edek.

»Oh!« sagten beide Frauen, offensichtlich erleichtert, daß es eine rationale Erklärung für Ruths Gewerbe und die vermeintliche Exzentrik der Amerikaner gab.

»Sie schreibt Geschäftsbriefe«, sagte Edek, »und Briefe für Tote.«

»Für Tote?« sagte Zofia mit ratlosem Gesichtsausdruck.

»Mein Vater meint Kondolenzbriefe«, sagte Ruth.

»Oh«, sagte Walentyna. »Kondolenzbriefe sind nicht so leicht zu schreiben.« Zofia stimmte ihr zu.

»Sie schreibt auch Liebesbriefe«, sagte Edek. Beide Frauen beugten sich vor.

»Liebesbriefe!« sagte Walentyna. »Liebesbriefe sind sehr schwer zu schreiben.«

»Das weiß ich auch«, sagte Zofia. Die Kekse hatten Ruths Magen beruhigt. Ihr war nicht mehr schwindlig.

»Seit ich die Kekse gegessen habe, geht es mir viel besser«, sagte Ruth.

»Gut«, sagten Zofia und Edek wie aus einem Mund.

»Gut«, sagte Walentyna mit etwas Verzögerung.

Edek hatte sich zu der Leberwurst vorgearbeitet. Seine Portion mußte mehrere Schweine oder Kühe oder welche Tiere auch immer, aus denen diese Wurst gemacht wurde, die Leber gekostet haben, dachte Ruth. Edeks Portion war gigantisch. Er aß die Leberwurst ohne Brot. Ruth bewunderte seine Verdauung. Sie mußte zu den weltbesten gehören, dachte Ruth. Zofia aß einen großen Teller Kartoffelsalat. Walentyna war noch immer mit ihrer Makrele beschäftigt. Walentyna tat Ruth leid. Sie überlegte, ob sie Walentyna auffordern solle, mit ihr einen Spaziergang durch die Altstadt zu machen. Dann besann sie sich eines Besseren. Es wäre

zweifellos keine besonders gute Idee, ihren Vater Zofia allein auszuliefern.

»Sie könnten sehr gute Reklame für Leute schreiben, die sich
treffen wollen«, sagte Zofia zu Ruth.

»Zofia meint Bekanntschaftsanzeigen«, sagte Walentyna.

»Bekanntschaftsanzeigen?« sagte Edek.

»Wenn Leute Anzeigen aufgeben, daß sie andere Leute treffen
wollen«, sagte Zofia.

»Ich weiß, was Sie meinen«, sagte Edek. »Wenn ein Mann eine
Anzeige schreibt, welche Frau er sucht. Er sagt, sie soll groß und
klein sein und so weiter.«

»Richtig«, sagten Zofia und Walentyna.

»Damit könnten Sie eine Menge Geld verdienen«, sagte Zofia. »Es
gibt viele einsame Leute.«

Edek stimmte ihr zu. »Es gibt viele Leute, was sind einsam.«

»Edek ist sicher auch einsam«, sagte Zofia.

»Nein, das ist er nicht«, sagte Ruth. Ihre Antwort überraschte sie.
Warum hatte sie das gesagt? Natürlich war Edek einsam. Er wollte
es bloß nie zugeben.

»Manchmal bin ich einsam«, sagte Edek. Es überraschte Ruth, ihn
einräumen zu hören, daß er manchmal einsam war.

»Mein armes Lämmchen«, sagte Zofia auf polnisch zu Edek. Sie
tätschelte seine Hand. Edek lächelte sie an.

»Das ist ein sehr guter Vorschlag, was hat gemacht Zofia«, sagte
Edek. Ruth erschrak. Welchen ausgesprochenen oder unausgesprochenen Vorschlag Zofias meinte er? »Der Vorschlag mit den Leuten,
was benötigen Einsamkeitsbriefe«, sagte Edek. Zofia strahlte.

»In Amerika heißt so etwas Kontaktanzeige und ist ziemlich billig«,
sagte Ruth. »Damit könnte jemand wie ich kein Geld verdienen.«

Auf Zofias Miene malte sich Enttäuschung. Ruth kam sich schäbig vor. Sie hätte besser den Mund gehalten. Es wäre nicht nötig
gewesen zu erklären, daß Kontaktanzeigen nicht die Zukunft ihres
Gewerbes darstellten.

»Nehmen Sie etwas Kartoffelsalat, Edek«, sagte Zofia. »Der Kartoffelsalat ist sehr gut.«

»Okay«, sagte Edek. Zofia schaufelte ihm acht oder zehn Löffel Kartoffelsalat auf den Teller. Ruth schämte sich, weil sie die Stimmung gedämpft hatte. »Hat eine von Ihnen beiden Kinder?« fragte sie Zofia und Walentyna.

»Ich habe ein Kind, einen Sohn«, sagte Walentyna.

»Walentynas Sohn ist ein guter Sohn«, sagte Zofia. Walentyna sah glücklich aus.

»Er ist dreiundvierzig, wie Sie«, sagte Walentyna.

»Aber er ist verheiratet«, sagte Zofia. Ruth lachte.

»Ich bin nicht auf Partnersuche«, sagte sie. Vor allem nicht in Polen, fügte sie in Gedanken hinzu.

»Er wird bald Großvater«, sagte Walentyna.

»Walentyna wird bald Urgroßmutter«, sagte Zofia. »Können Sie sich das vorstellen? Unsere winzige kleine Walentyna und bald Urgroßmutter.« Walentyna schaute unbehaglich drein, so als spüre sie, daß Zofias Worte nicht als Kompliment gemeint waren, und wisse nicht, wie sie darauf reagieren solle.

»Zofia hat keine Kinder«, sagte Walentyna.

»Ich wollte mein eigenes Leben leben«, sagte Zofia.

»Zofia ist ihrer Zeit voraus«, sagte Ruth zu Edek.

»Welchen Dank kann man schon von Kindern erwarten?« sagte Zofia.

Das, dachte Ruth, war eine typisch jüdische Empfindung, auf typisch jüdische Weise ausgedrückt. Vielleicht hatte Zofia trotz ihrer blonden Haare und ihrer Sportlichkeit doch jüdisches Blut.

»Ich bin gar nicht glücklich, daß Ruthie keine Kinder hat«, sagte Edek. »Ich hätte noch immer gerne ein Enkelkind.« Ruth war über die Wendung, die das Gespräch nahm, nicht erfreut. Sie glaubte nicht, daß Edek sich wirklich ein Enkelkind wünschte. Er wollte sie nur in einer Beziehung untergebracht wissen. Am liebsten mit Garth.

»Ruthie kann bald keine Kinder mehr bekommen«, sagte Zofia zu Edek. »Sie ist dreiundvierzig. Wenn sie Kinder will, muß sie sich sofort jemanden suchen.«

»Es gibt jemanden«, sagte Edek.

»Oh?« sagte Zofia.

»Dad, können wir das bitte lassen?« sagte Ruth.

»Ich erzähle es Ihnen später«, sagte Edek zu Zofia.

»Ich will keine Kinder«, sagte Ruth, um dafür zu sorgen, daß das Gespräch über Garth Fragment blieb.

»Das kann ich verstehen«, sagte Zofia. »Bei Kindern kann man nie wissen. Man weiß nicht, wie sie sich entwickeln. Walentyna hat Glück gehabt, sie hat einen netten Sohn. Aber ich habe nette Mütter mit schrecklichen Kindern erlebt und schreckliche Mütter mit netten Kindern.« Ruth verspürte mit einemmal Nähe zu Zofia.

»Ich denke genauso«, sagte sie. Zofia lächelte. Edek schaute unglücklich drein.

»Kinder sind eine gute Sache«, sagte Edek nach einer Minute. »Wo wäre ich heute ohne meine Tochter?« Dieses Argument zugunsten der Kinder brachte er mit einer untermalenden Handbewegung vor.

»Bei mir in Zoppot«, sagte Zofia. Sie tätschelte ihm den Arm.

Walentyna schaute betreten und begann sich mit ihrem Haar zu schaffen zu machen. Edek nahm sich noch mehr Kartoffelsalat. Zofias Antwort hatte ihn offenkundig nicht verstört. Ruth hatte sie nervös gemacht. Ruth sah Zofia an. Zofia schien die Nervosität, die ihre Antwort am Tisch hervorgerufen hatte, nicht zu bemerken. Ruth fand, daß es an der Zeit war zu gehen. Sie sah ihren Vater an. »Ich gehe ein bißchen spazieren«, sagte sie. »Willst du mitkommen?« Beide Frauen sahen Edek in angstvoller Spannung an.

»Nein, Ruthie«, sagte er. »Ich bleibe hier und esse meinen Kartoffelsalat auf.«

»Ich rufe dich auf deinem Zimmer an, wenn ich zurück bin«, sagte sie.

Es hatte zu regnen aufgehört. Ruth war froh darüber. Sie ging nicht gern im Regen spazieren. Selbst mit Regenmantel und Schirm kam sie sich durchweicht vor. Deprimiert. Sie brauchte diesen Spaziergang. Sie brauchte ihn, um einen klaren Kopf zu bekommen. Sie umwanderte die Altstadt. Die Altstadt war klein. Siebenhundertachtzig Meter breit und eintausendeinhundertneunzig Meter lang. Jede Straße der Altstadt war entzückend. Reizend. Viele junge Leute gingen spazieren und saßen in den Cafés. Studenten unterhielten sich in Gruppen. Die jungen Leute schienen sich ungezwungen unter die älteren und alten Leute zu mischen.

Die meisten Cafés waren voll. Die Leute in den Cafés sahen einander so konzentriert an, dachte Ruth. Sie sahen einander direkt in die Augen, ohne auszuweichen. In New York wirkten die Leute immer abgelenkt, egal ob sie allein oder mit jemand anderem zusammen waren. Es faszinierte Ruth, wie sich die Leute hier miteinander unterhielten. Leidenschaftlich und gefühlsbetont. Gab es das nur in Krakau? Oder hatte sie Vergleichbares auch in Warschau und Łódź erlebt? Vielleicht gab es in Warschau ähnliche Lebhaftigkeit und Intensität, dachte sie, doch in Łódź ganz gewiß nicht. Niemand in Łódź war annähernd so lebendig.

Sie sah die Leute an, die im Fenster eines Cafés in der Kanoniczastraße saßen. Frauen sprachen ernsthaft mit anderen Frauen, Männer mit Männern, und Männer und Frauen durcheinander. Jedermann war in sein Gespräch vertieft. Als ginge es um Wichtiges. In New York, dachte Ruth, sahen die Leute beim Reden oft über die Schulter oder auf die Uhr. Engagement sah man selten und schon gar nicht zwischen Bekannten, Freunden oder Liebenden.

In Krakau gab es noch echte Liebende. Das war Ruth schon bei ihrer Ankunft aufgefallen. Pärchen gingen Hand in Hand oder sahen einander tief in die Augen. Pärchen küßten sich leidenschaftlich in aller Öffentlichkeit. Ruth fragte sich, ob die vielen Liebespaare Folge des Umstands waren, daß es sonst nicht viel gab. Die Polen hatten weniger Geld als andere, weniger Zerstreuungen, weniger Besitz, weniger Aussichten. Sie hatten kaum etwas. Lag es daran, daß sie noch immer die Liebe hatten? Wenn die Liebe nur anhielt, dachte sie beim Gedanken an die Plakate der geschlagenen Ehefrauen und Kinder. In New York hatten die Leute alles andere im Überfluß. Die Liebe mußte man dort in den Kontaktanzeigen der Zeitungen suchen.

Ruth kam an einem Laden vorbei, in dessen Schaufenster wieder hölzerne Juden standen. Ein großes Schild über den Figuren besagte in Großbuchstaben SOUVENIRS. Was für Andenken sollten das sein? Andenken an ein Volk toter Juden? Das konnte Ruth sich nicht vorstellen. Sie hatte nicht den Eindruck, daß die meisten Polen die Juden vermißten. Plötzlich hatte sie den Wunsch, die Synagoge zu besuchen. Sie wußte, daß das ein irrationaler Wunsch war. Was sollte es ihr oder sonstwem nützen, wenn sie eine Synagoge besuchte? Dennoch wollte sie es tun. Es war Freitag, und in der Remuh-Synagoge würde es einen Sabbatsgottesdienst geben. Sie warf einen Blick auf ihre Uhr. Wenn sie sich mit der Rückkehr zum Hotel beeilte, konnte sie rechtzeitig in der Synagoge sein.

Edek saß genauso da, wie sie ihn verlassen hatte. Sie konnte es kaum fassen, daß alle noch genauso dasaßen. Das Essen war restlos aufgegessen. Vor ihnen standen die leeren Teller.

»So schnell zurück?« sagte Zofia.

»Ich war über eine Stunde weg«, sagte Ruth. »Ich bin wiedergekommen«, sagte sie zu Edek, »weil ich in die Synagoge gehen will.«

»In die Synagoge?« sagte Edek. »Wozu?«

»Das weiß ich nicht«, sagte sie.

»Setz dich, Ruthie, und laß dir eine Tasse Tee bringen«, sagte er.

»Trinken Sie eine Tasse Tee«, sagte Zofia.

»Ich will in die Synagoge gehen«, sagte Ruth.

Schweigen trat ein. Alle drei sahen sie an. Sie kam sich vor, als hätte sie sich aufgedrängt und den anderen alle Freude zerstört. Das Schweigen war so unbehaglich, als hätte sie laut gerülpst oder gefurzt.

»Synagoge?« sagte Zofia.

»Wir gehen nie in die Synagoge«, sagte Edek.

»Aber heute abend würde ich es gern tun«, sagte Ruth. »Es ist eine sehr hübsche kleine Synagoge«, sagte sie zu Zofia. Als würde die Größe der Synagoge das Ganze harmloser machen.

»Es ist keine schlechte Sache, in die Synagoge zu gehen«, sagte Walentyna. »Ich gehe auch manchmal in die Kirche.«

»Ich gehe nie in die Kirche«, sagte Zofia entschieden.

»Wir gehen nie in die Synagoge«, sagte Edek.

»Mach dir keine Sorgen, Dad«, sagte Ruth. »Du bleibst hier und unterhältst dich mit Zofia und Walentyna. Ich gehe allein.« Sie wußte, daß Edek seine Loyalität zu ihr bekennen mußte, wenn sie Zofia und Walentyna gegen sich ausspielte. Sie behielt recht.

»Natürlich gehe ich mit dir«, sagte Edek.

»Natürlich«, sagte Zofia. »Er ist ein sehr guter Vater«, sagte sie zu Ruth.

»Das weiß ich«, sagte Ruth. Sie wußte nicht genau, warum sie wollte, daß Edek sie begleitete. Vielleicht wollte sie ihn nur von Zofia und Walentyna loseisen. Sie dachte, er müsse eigentlich müde sein.

»Vielleicht sehen wir uns später noch«, sagte Zofia zu Edek und stupste ihn mit der Schulter an.

»Wir kommen erst spät zurück«, sagte Ruth.

»Wenn es so eine kleine Synagoge ist«, sagte Edek zu Ruth, »werden sie nicht haben einen Gottesdienst, was dauert Stunden.«

»Gut«, sagte Zofia.

»Dad, du mußt sehr müde sein«, sagte Ruth. »Du hast einen anstrengenden Tag hinter dir. Du brauchst Schlaf.«

»Ganz gewiß«, sagte Walentyna.

»Edek ist ein starker Mann«, sagte Zofia. »Er sieht nicht müde aus.«

»Mit mir ist alles in Ordnung«, sagte Edek.

»Ich für meine Person werde sofort ins Bett gehen, wenn wir zurückkommen«, sagte Ruth.

»Das ist eine gute Idee«, sagte Zofia, bevor Ruth hinzufügen konnte, daß sie für ihren Vater das gleiche empfahl.

»Gute Nacht«, sagte Ruth zu Zofia und Walentyna. Edek und Zofia und Walentyna standen auf. Walentyna und Zofia schüttelten Ruth die Hand.

»Gute Nacht«, sagten beide zu ihr. Walentyna tätschelte Edek den Rücken. »Gute Nacht, und schlafen Sie gut«, sagte sie zu ihm.

»Gute Nacht, mein lieber Edek«, sagte Zofia. Sie küßte ihn flüchtig auf die Wange.

»Gute Nacht, meine Damen«, sagte Edek.

»Danke, daß du mitgekommen bist«, sagte Ruth im Taxi zu Edek.

»Schon in Ordnung«, sagte er. Er sah sie an. »Hast du noch etwas anderes als die Kekse vorhin gegessen?« sagte er.

»Nein«, sagte sie. »Aber ich habe keinen richtigen Hunger.« Edek schüttelte den Kopf.

»Du ißt nicht genug«, sagte er. Edek hatte recht, sie aß kaum etwas. Sie dachte, daß sie sicher abnahm. Sie tastete nach ihrem Rockbund. Selbst im Sitzen fühlte er sich locker an. Unbestreitbar. Das freute sie. Irgend etwas Positives mußte all das mit sich bringen. Sobald sie wieder in Manhattan war, würde sie sich auf die Waage stellen, dachte sie.

In der Remuh-Synagoge waren fünfzehn bis zwanzig Leute. Selbst in einer so kleinen Synagoge wirkten fünfzehn bis zwanzig Anwesende nicht sonderlich zahlreich. Ruth verspürte Enttäuschung. Was hatte sie sich erhofft? Besuchermengen. Eine Menge, wie sie jetzt bereits das Restaurant Samson auf der anderen Seite des Platzes für die zwei Kabarettvorstellungen jeden Abend zu füllen begann? Ruth zählte die Leute, die sich zum Gottesdienst eingefunden hatten. Den Rabbi eingeschlossen waren es achtzehn.

Ruth und Edek warteten ein paar Minuten lang im Synagogeneingang. Ein Mann aus Idaho stellte sich ihnen vor. »Ich komme jedes Jahr her«, sagte er zu Ruth und Edek. »Ich bin in einem Dorf in der Nähe aufgewachsen, in Tokarnia«, sagte er. »Nahe den Bergen. Wir waren jeden Tag in den Bergen. Ich und meine Eltern«, sagte er. »Von dort kamen wir in das Ghetto von Płaszów und von dort nach Auschwitz«, sagte er, rollte seinen Ärmel hoch und zeigte ihnen die vertraute eintätowierte Nummer. »Ich weiß nicht, warum ich herkomme«, sagte er. »Ich komme jedes Jahr. Und jedes Jahr will ich nach zwei, drei Tagen wieder weg.«

»Wo sind die Leute?« sagte eine Frau zu Ruth und Edek. Ruth wußte, was die Frau meinte. Wo blieben die Gläubigen? »Tot«, sagte Ruth. Die Frau, eine Mittfünfzigerin aus Kalifornien, wirkte schockiert. »Natürlich«, sagte sie. Drei weitere Amerikaner und ein Kanadier befanden sich in der Synagoge. Sie waren alle ratlos. »Wo sind die Gläubigen?« sagte der Kanadier. Er war in Ruths Alter. »Tot«, sagte Ruth. Der Mann sah sie verblüfft an.

»Ruthie, vielleicht solltest du es nicht so ausdrücken«, sagte Edek zu ihr, als der Kanadier sich entfernt hatte.

»Wie soll man es sonst ausdrücken?« sagte sie. »Ich kann schlecht sagen, daß sie auf den Bahamas Ferien machen.«

Edek schüttelte den Kopf, obwohl er trotz allem lachen mußte. »Das kannst du tatsächlich schlecht sagen«, sagte er. Die einzigen Polen in der Synagoge waren alt. In Ruths Augen sahen sie nicht jüdisch aus. Doch es mußten Juden sein. Kein alter Pole würde einem Sabbatsgottesdienst in einer Synagoge beiwohnen, dachte sie.

Ruth ging zusammen mit den anderen Frauen in das Hinterzimmer der Synagoge. Der Raum befand sich am Ende eines kleinen Flurs. Es war dunkel und stickig. Ruth versuchte eines der Fenster zu öffnen, doch vergeblich. Offenbar waren die Fenster seit Jahrzehnten nicht geöffnet worden. Ruth ging zu ihrem Sitzplatz zurück. Ruth spürte, daß sie sich in diesem kleinen stickigen Hinterzimmer der Synagoge zu beruhigen begann. Sie merkte, daß sie ihre Handtasche unbeaufsichtigt ein paar Sitzplätze weiter hatte liegenlassen. Offenbar hatte ihre Vorsicht nachgelassen. Sie merkte, wie angespannt sie gewesen war. Jetzt fühlte ihr Körper sich beinahe schlaff an.

Sie spähte durch das kleine Fenster, um Edek auszumachen. Edek befand sich zusammen mit den anderen Männern im Hauptraum der Synagoge. Das Fenster zwischen den Räumen war mit alten Spitzenvorhängen verdeckt, durch die Ruth fast nichts erkennen konnte. Von Edek war nichts zu sehen. Ruth sah sich im Zimmer um. Die Frau aus Kalifornien weinte noch immer. Ruth hoffte, daß der Kanadier den Schlag besser verdaut hatte. Sie hatte einen Augenblick lang Gewissensbisse, doch was hätte sie sonst sagen sollen? Die Frau aus Kalifornien schneuzte sich.

»Erst hier in Polen«, sagte sie zu Ruth, »kann man erfassen, was geschehen ist. Hier gibt es tatsächlich keine Juden mehr«, sagte sie und schüttelte den Kopf.

»Wir sind alle hier, weil wir etwas suchen«, sagte Ruth. »Wir wandern von Friedhof zu Friedhof. Von Abwesenheit zu Abwesenheit.

Wir suchen alle nach der Anwesenheit von Leuten, die nicht mehr anwesend sind.« Die Frau begann wieder zu weinen.

Ruth wünschte, sie hätte geschwiegen. Sie lehnte sich auf der Bank zurück. Was für eine Erleichterung, Miene, Kiefer, Zähne nicht mehr anzuspannen. Keine angespannten Arme und Beine mehr zu haben. Ihr war zumute, als werde sie gleich einschlafen. Der Gottesdienst dauerte nicht lange. Hinterher traf sie Edek vor der Synagoge wieder.

»Es war kein übler Gottesdienst«, sagte Edek.

»Nochmals danke, daß du mitgekommen bist, Dad«, sagte Ruth.

»Es hat mir gefallen«, sagte Edek. Er rieb sich die Hände in der Kälte. »Komm, wir gehen nach Hause«, sagte er.

Fünfzehntes Kapitel

Ruth erwachte. Einen Moment lang dachte sie, sie sei in ihrer Wohnung in der Vierzehnten Straße. Sie betrachtete das Blumenmuster der Tapete und begriff, daß sie offenbar in Polen war. Sie fühlte sich scheußlich. So als hätte sie kein Auge zugetan. In ihrem Kopf wimmelte es von zufälligen Gedanken und Bildern. Ungeordnet, unsortiert, unzusammenhängend. Und allesamt angstfördernd.

Sie setzte sich im Bett auf. Sie mußte sich von diesen Ängsten befreien. Es gab nichts zu fürchten. Die formlose, amorphe Welt ihrer Träume war nicht ihre Welt. Sie befand sich in dem kostspieligen Hotel Mimoza. Dieses kostspielige Hotel konnte sie sich leisten, weil sie die Fähigkeit besaß, klar zu denken. Anderer Leute Belange zu sortieren und zu artikulieren. In ihrer Brieftasche in der dritten Schreibtischschublade befanden sich eine American-Express-Karte, eine MasterCard, eine Visa-Karte und eine Diner's-Club-Karte. Sie war eine zielstrebige Person. Sie war keine verlorene Seele.

Dann fiel ihr Traum ihr wieder ein. In ihrem Traum war ihre Seele aus ihr hinausgeschlüpft. So behende, wie Worte über die Lippen gleiten. Geschwind und mühelos. Als wäre die Seele geölt oder gesalbt. Es war im Handumdrehen geschehen. Eben noch war sie intakt gewesen, und im nächsten Augenblick schwebte ihre Seele über ihr. Im Traum konnte sie die Umrisse der Seele sehen. Sie war von gleicher Größe wie Ruth. Von gleicher Gestalt. Aber sie wirkte leichter. Ihr fehlte die Schwere des belebten Körpers. Sie war durchsichtig. Sie schwebte. Und doch war sie sie. Ihr Spiegelbild. Ein Abbild ihrer selbst in der Luft, über ihr schwebend.

Als Kind hatte sie diesen Traum oft geträumt. Er hatte sie immer erschreckt. Im Traum schwebte sie mit dem Gesicht nach unten über sich selbst. Stundenlang. Wie sehr sie sich auch anstrengte, es gelang ihr nicht, wieder zum Bett hinunterzukommen. Aus diesem Traum erwachte sie immer mit einem Gefühl des Schwindels. Als der Traum sich nicht mehr eingestellt hatte, war sie sehr erleichtert gewesen. Das war im Alter von siebzehn oder achtzehn Jahren geschehen. In einem Alter, in dem sie härter geworden war. Sie färbte ihr Haar pechschwarz und schminkte sich das Gesicht weiß mit dem hellsten Make-up, das es zu kaufen gab. Auf den konservativen Straßen von Melbourne in Australien war sie barfuß gegangen. Die Leute hatten sie mit offenem Mund angestaunt und mit dem Finger auf sie gezeigt. Sie war ein Beatnik, ein Hippie gewesen. Ganz allein. Unabhängig von Zeit und kulturellem Umfeld. Wenn Edek sie ansah, mußte er weinen. Über ihre schwarzumränderten Augen und weißgeschminkten Lippen. »Was ist aus meiner schönen Tochter geworden?« sagte er.

Rooshka hatte ein unerbittliches Schweigen gewahrt. Sie hatte die nackten Füße und die schwarzen Kleider geduldet. Ruth hatte abzunehmen begonnen, und der Gewichtsverlust freute Rooshka mehr, als es sie bekümmerte, einen Beatnik zur Tochter zu haben. Ruth war glücklich als Beatnik. Zum erstenmal konnte sie nachts fast immer durchschlafen. Wenn Rooshka im Schlaf schrie, wachte sie nicht mehr auf. Sie mußte sich nicht mehr das Kissen auf den Kopf pressen, um die Schreie ihrer Mutter auszusperren. Schreie, die immer auf jiddisch waren. Rooshka schrie ihrer Mutter etwas zu. Ihrer Mutter, die nach rechts, ins Gas, gegangen war, als Rooshka nach links gegangen war. Als Beatnik wurde Ruth einsam. Niemand wollte sie dabei unterstützen, die Bewegung wieder ins Leben zu rufen. Sie ließ die Farbe aus ihrem Haar herauswachsen und warf den weißen Lippenstift in die Mülltonne.

Ruth rieb sich die Augen. Sie fühlten sich entzündet an. Als wäre sie die ganze Nacht wach gewesen. Schon als Kind war sie aus diesem Traum erschöpft erwacht. Das Gesicht, das in ihren Kindheitsträumen über ihr schwebte, hatte immer einen düsteren Ausdruck gehabt. Nie lächelte oder lachte es. Es schwebte nur über Ruth. Die ganze Nacht.

Plötzlich wurde Ruth übel. Das Gesicht aus ihrem Kindheitstraum, das nachts stundenlang auf sie herabgesehen hatte, war das Gesicht auf dem Foto. Das Gesicht des Kindes von Edeks Schwester Fela. Liebalas Gesicht hatte über ihr geschwebt. Liebala, die ihr so ähnlich gesehen hatte. Liebala, die in Ruths Träumen immer ernst, immer feierlich schaute.

Ruth erinnerte sich deutlich an den Tag, an dem die Träume begannen. Es war ihr erster Tag in der vierten Klasse gewesen. Sie war damals acht Jahre alt. Das jüngste Kind in der vierten Klasse. Alle anderen Schüler waren neun Jahre alt, manche sogar zehn. Von diesem ersten Tag im neuen Schuljahr war sie müde nach Hause gekommen. Einige der Jungen waren grob zu ihr gewesen. Es war eine Arbeitergegend. Viele Kinder waren nicht allzu zart besaitet. Rooshka und Edek sagte Ruth nichts davon. Schon damals wußte sie, daß ein bißchen Grobheit in der Schule nichts war im Vergleich zu dem, was die beiden erduldet hatten. Und Rooshka war an jenem Tag glücklich gewesen. Glücklich und stolz, daß Ruth acht Jahre alt war und die vierte Klasse besuchte.

Acht. So alt war Liebala wohl auf den Fotos gewesen, dachte Ruth. Auf den Fotos hatte Liebalas Gesicht weniger gesetzt ausgesehen. Auf den Fotos hatte sie aktiver, interessierter, feuriger ausgesehen. In den Träumen waren Liebalas Locken das einzig Widerspenstige an ihr gewesen. Sie standen in eigenwilligen Winkeln ab. Alles andere an Liebala war reglos gewesen. Eine reglose Miene. Reglose Arme und Beine. Reglos schwebte sie. Schwebte sie über Ruth. Fast ohne sich zu bewegen. In den Träumen war Liebala in Schichten eines weißen Gazestoffes gehüllt. Der Stoff schwebte in der Luft. Manchmal konnte Ruth die Luftbewegung spüren, wenn die Gazebahnen von Liebalas Kleid sich im Raum bewegten. Nacht für Nacht hatte Liebala in ihrem wolkenlosen Gewand aus dünnen Gazeschichten zu Ruth herabgeblickt.

Ruth setzte sich auf die Bettkante in ihrem Zimmer im Hotel Mimoza und fürchtete sich. Wie hatte Liebala in ihre Träume geraten können? Sie hatte Liebalas Gesicht nie zu sehen bekommen. Sie hatte offenbar von sich selbst geträumt. Sie und Liebala waren einander so ähnlich. So gleich. Bis auf eine Kleinigkeit. Auf dem Foto hatte Ruth gesehen, daß Liebala ein Mal auf einer Wange hatte. Auf der linken Wange. Ruth erinnerte sich an das Mal aus ihren Träumen. Wie konnte sie von dem Mal gewußt haben? Wahrscheinlich hatte sie es träumend erfunden, dachte Ruth, um sich von der nächtlichen Besucherin zu unterscheiden. Sie betastete ihre Wangenknochen. Sie hatte kein Mal auf der Wange. Nur eine entzündete Schwellung dort, wo die Fliege sie gestochen hatte.

Sie versuchte sich zu beruhigen. Nichts von alledem war zum Fürchten. Es war nur ein Traum. Und wahrscheinlich hatte sie von sich selbst geträumt. Sie und Liebala waren einander so ähnlich. Den Ausdruck von Liebalas Gesicht auf dem Foto hatte sie wahrscheinlich auf ihre Erinnerungen an das Gesicht in den Träumen übertragen. Natürlich, das war es, das war eine völlig logische Erklärung.

Sie beschloß zu duschen. Heißes Wasser und Dampf halfen ihr nach einer schlechten Nacht oft, einen klaren Kopf zu bekommen. Nach einer heißen Dusche fühlte sie sich innerlich gereinigt, als wäre der Dampf bis in ihr Hirn und ihr Herz und ihre Lungen gedrungen. Heißes Wasser schien etwas von der Unordnung einer schlechten Nacht wegzuwaschen. Es schien die Anarchie einzudämmen und zu ordnen. Es schien zu reinigen und zu weihen. Nach fünf Minuten unter einer heißen Dusche konnte Ruth fast immer spüren, wie sie zurückfand. Zu sich selbst zurückfand.

Und wer war sie wirklich, fragte sie sich. Sie war jemand in Polen. Wer sie war, diese Frage konnte sie nie beantworten. Heute morgen brauchte sie eine klare Antwort. Sie war Ruth Rothwax, Präsidentin, Vorsitzende, Inhaberin und Leiterin der Firma Rothwax Correspondence. Sie konnte ohne weiteres zehn Meilen oder fünfzehn Kilometer laufen. Sie konnte mehr als einen Zentner stemmen. Und sie nahm ab. Der Gedanke, daß sie abnahm, hob stets ihre Stimmung.

Ruth hatte schon immer eine stürmische Beziehung zu ihren Träumen gehabt. Jahrelang hatte sie Alpträume über Kinder und Babys gehabt. Über Kinder, die ihr verlorengingen. Babys, um die sie sich nicht kümmern konnte. Der Traum, in dem sie ein krankes

Baby bekam, hatte sie tagelang verstört. Noch Tage später ertappte sie sich bei dem Versuch, herauszufinden, worin die Krankheit des Babys bestand und wohin es verschwunden war. Stets verschwand es gegen Ende des Traums. Allein die Erinnerung an diesen Traum ließ ihr die Haare zu Berge stehen. Warum war ihr dieser Traum wieder eingefallen? Gerade als sie sich selbst als erfolgreiche Geschäftsfrau gesehen hatte. Als Frau, die ein Schneiderkostüm tragen und es – bildlich gesprochen – im Stemmen und Gewichtheben mit jedem aufnehmen konnte. Das war sie! Nicht irgendeine verlorene, aus dem Körper gerutschte Seele. Von anderen besessen.

Woher war dieser Satz gekommen? Sie war nicht von anderen besessen. Es war ihr gelungen, sich von ihrer Mutter zu trennen. Von den Gespenstern der Vergangenheit ihrer Mutter. Von all den Toten. Sie war von ihren eigenen Gedanken und ihrer eigenen Vorstellungswelt erfüllt. Von ihrem eigenen Ich. Die Zeiten, als sie geglaubt hatte, sie sei in Auschwitz gewesen, waren vorbei. Sie wußte, daß ihrer Mutter das widerfahren war, nicht ihr. Die Zeiten, als sie sich den Toten näher gefühlt hatte als den Lebenden, waren vorbei. Sie lebte. Sie lebte eindeutig. Sie lebte gut.

Ruth war versucht, sich die Fotos von Liebala und Hanka und Fela und Juliusz anzuschauen, entschied sich aber dagegen. Das war nicht der geeignete Morgen, sich mit der Vergangenheit zu beschäftigen. Es war der richtige Morgen, der Zukunft entgegenzusehen. Der Rückkehr in die eigene Wohnung. Nach New York. Nie war ihr die Stadt so sehr wie ein wahrer Zufluchtsort vorgekommen. Sie korrigierte sich: Noch nie war sie ihr so vorgekommen. So etwas konnte der Vergleich mit Polen bewirken, dachte sie. Jeden anderen Ort gemütlich erscheinen lassen. Gemütlich und trostreich.

Sie beschloß, die Fotos erst wieder anzuschauen, wenn sie in New York war. Sie wollte sie rahmen lassen und an die Wand hängen. Vielleicht in ihrem Schlafzimmer. Aber vielleicht würden sie im Wohnzimmer besser aussehen. Sie konnte sie auch vergrößern lassen, dachte sie. Auf diese Weise konnte sie Miene und Ausdruck aller Abgebildeten besser studieren. Diese Aussicht hatte etwas Erregendes.

Sie dachte an das Geschirr. An all die Teller und Schüsseln und Tassen und Untertassen. Sie hätte es am liebsten berührt. Ihre Finger den vergoldeten Rand der Teller entlangwandern lassen. Die Tassenhenkel gehalten. Die Glasur der Teller gespürt. Es würde überwältigend sein, dieses Porzellan zu besitzen. Damit zu leben. Es jeden Tag zu betrachten. Ruth konnte sich nicht vorstellen, davon zu essen. Es bei Mahlzeiten zu benutzen. Sie hatte den instinktiven Wunsch, es hinter Glas aufzubewahren wie Museumsexponate. Das war absurd, dachte sie. Sie würde sich dazu zwingen müssen, es zu benutzen. Die Tassen und Untertassen und Schüsseln und Teller waren zum Gebrauch bestimmt. Bis Februar 1940 waren sie regelmäßig benutzt worden. Ruth hoffte, daß sie danach nicht mehr benutzt worden waren. Die Vorstellung, daß der alte Mann mit den braunen Zahnstummeln und seine perückenbekrönte Frau dieses herrliche Porzellan benutzten, war ihr unerträglich.

Auch den Mantel würde sie benutzen, dachte sie. Sie würde ihn ändern lassen. Sie würde ihn zu dem Änderungsschneider in der Zwölften Straße zwischen der Fifth und der Sixth Avenue bringen. Sie wußte, daß er teuer war. Sie hoffte, daß sich die Qualität seiner Arbeit in den Preisen spiegelte. Sie freute sich darauf, den Mantel zu tragen. Sie dachte, daß sie darin gut aussehen würde. Der Gedanke an das Porzellan und den Mantel hob ihre Lebensgeister.

Ruth sah auf die Uhr. Es war noch früh am Morgen. Vielleicht konnte sie eine halbe Stunde lang arbeiten, bevor sie duschte. Sie wußte genau, wie lange sie zum Duschen brauchte, ohne sich die Haare zu waschen, und wie lange es mit Haarewaschen dauerte. Sie wußte genau, wie lange sie brauchte, um zu duschen und um sich anzuziehen. Sie merkte sich bei allem, was sie tat, wie lange es dauerte. Oberflächlich betrachtet wollte sie ihre Zeit bestmöglich nutzen. Doch Ruth wußte, daß das Wissen darum, wie lange etwas dauerte, eine Möglichkeit war, die Angst vor dem Unbekannten zu mindern oder zu umgehen. Zu wissen, wie lange etwas dauerte, beruhigte sie. Wie lange es dauerte, zur Post zu gehen oder Gemüse zu kochen oder zu frühstücken oder die Zeitung zu lesen.

Zweifellos war es ein Versuch, die Dinge unter Kontrolle zu bringen. Um das zu erkennen, mußte man kein Geistesriese sein. Ruth war voller Furcht vor den Zufällen aufgewachsen, die in Rooshkas Leben dominiert hatten. Die über Nacht eingetreten waren. Alles verändert hatten. Und Rooshka zu jemandem gemacht hatten, der Jahrzehnte später bei jeder unerwarteten oder unvorhergesehenen Kleinigkeit die Nerven verlor. Ein Klopfen an der Tür, ein Telefonanruf konnten Rooshka zum Keuchen und zum Zittern bringen.

Die Welt der Briefe war lückenlos kontrollierbar. Niemand konnte in einen Brief eindringen. Oder anderer Meinung sein. Oder irgend etwas Unerfreuliches tun. Heutzutage galt der Wunsch nach Kontrolle als ungesund. Ruth hatte nichts gegen Kontrolle. So vieles am Leben aller Leute war außer Kontrolle. Warum sollte man nicht dort, wo es möglich war, Kontrolle ausüben?

Sie holte ihr Notizbuch hervor. Sie hatte Lust, mit der Hand zu schreiben. Die dreihundertsiebenundzwanzig Briefe für John Sharp wollte sie einstweilen noch aus ihren Gedanken verbannen. Statt dessen machte sie sich lieber an den Brief für den Schauspieler, der einem Agenten vorgestellt worden war. *Lieber X*, schrieb sie. All ihre Briefe richtete sie an X. Irgend jemanden mußte man schließlich ansprechen. Und nie hätte sie einen Brief schreiben können, der nicht mit »Lieber Soundso« begann. Manchmal setzte sie den Namen des Empfängers an den Briefanfang, aber meistens begann sie mit »*Lieber X*«.

Oft genug hatte sie versucht, Briefe ohne Anrede zu entwerfen. Es war ihr einfach nicht möglich. Ihr fiel nichts ein, wenn sie es nicht zu jemand Bestimmtem sagte. Und wenn diese Person nur X hieß. Sie betrachtete die Worte »*Lieber X*«. Sie fügte eine Zeile hinzu. *Ich möchte Ihnen für Ihre Großzügigkeit von Herzen danken*, schrieb sie. Ein, zwei Minuten lang dachte sie nach. *Und ich möchte, daß Sie wissen*, schrieb sie, *daß ich weiß, daß die Großzügigkeit in Ihrem Angebot besteht und nicht in einem eventuellen Ergebnis. In dem, was Sie für mich getan haben, nicht darin, was sich daraus ergeben kann.* Ruth legte ihren Stift hin. Sie konnte sich nicht auf den Brief einstimmen. Sie würde ihn ein andermal schreiben müssen. Zu viele andere Dinge beschäftigten sie zu sehr.

Sie befühlte wieder den Insektenstich. Die Stelle war noch immer entzündet und geschwollen. Warum hatte die Fliege sie damit gezeichnet? Was für eine idiotische Frage, dachte sie. Die Fliege hatte sie nicht gezeichnet. Sie hatte sie nicht unter allen Besuchern gezeichnet. Sie hatte sie bloß gestochen. Sie ärgerte sich, von einer Fliege in Auschwitz gestochen worden zu sein. Andererseits war ein Fliegenstich als einziges, was einem in Auschwitz passierte, etwas, was die anderen Insassen sich auf den Knien erfleht hätten. Ruth hielt inne. Es hieß nicht: andere Insassen, sondern: Insassen. Sie war kein Insasse. Andere, die nicht sie waren, hatten sich dort befunden. Sie nicht. Sie machte sich Vorhaltungen. Sie war über ein Jahrzehnt nach dem Ende all dessen geboren worden. Nach dem Ende für jene, die gestorben waren, und für jene, die überlebt hatten. Wer in Auschwitz gewesen war, konnte nicht wirklich weiterleben. Selbst wenn man aussah wie ein Lebender, wie die anderen um einen herum, konnte man nicht weiterleben. Man hatte Teile seiner selbst eingebüßt. Für alle Zeiten. Es war schwer zu leben, wenn man kein ganzer Mensch mehr war.

Ruth duschte und zog sich an. Sie fühlte sich besser. War wieder mehr sie selbst. Sie hatte ein Kleid in dunklem, flammendem Orange ausgewählt. Es hatte sie nach etwas Farbe verlangt. Seit ihrer Ankunft in Polen hatte sie ausschließlich schwarze Kleidung getragen. Sie beschloß, Edek zu überraschen und sich Eier zum Frühstück zu bestellen. Sie ging nach unten. Unter den Gästen, die bereits frühstückten, hielt sie Ausschau nach Edek. Es waren viele Leute im Raum. Edek war nirgends zu sehen. Ruth fand einen freien Tisch in der Nähe des Buffets. Sie legte ihren Zimmerschlüssel auf den Tisch und ging zum Buffet. Es gab gekochte Eier und Rührei und pochierte Eier. Ruth hatte noch nie zuvor in Polen pochierte Eier zu sehen bekommen. Sie setzte sich und wartete auf Edek. Wahrscheinlich würde er bald kommen, dachte sie. Normalerweise kam er nie zu spät zum Frühstück.

Sie verspürte Hunger. Es war einer der wenigen Morgen in Polen, an denen sie Hunger verspürte. Sie war froh, hungrig zu sein. Froh, wieder Appetit zu haben. Sie hatte den Kellner gefragt, ob sie frische pochierte Eier bestellen könne, statt sich am Buffet zu bedienen, und er hatte gesagt: »Selbstverständlich.« Sie hatte ihm erklärt, sie wolle auf ihren Vater warten, bevor sie ihre Eier bestellte.

Zehn Minuten später war Edek noch immer nicht erschienen. Ruth hatte sich bemüht, nicht nervös zu werden. Jetzt machte sie sich Sorgen. Edek verspätete sich nie bei Mahlzeiten. Der Auschwitz-Besuch war wohl doch mehr gewesen, als er verkraften konnte, dachte sie. Und dann hatte sie ihn auch noch in eine Synagoge geschleppt. Plötzlich überkam sie ausgemachte Panik. Ihr Herz klopfte zum Zerspringen. Wie konnte sie es fertigbringen, einfach nur hier zu sitzen und zu warten? Sie hätte beim ersten Anzeichen, daß er sich verspätete, zu seinem Zimmer eilen und sich vergewissern müssen, was los war.

Sie lief zum Aufzug. Lieber Gott, betete sie. Bitte mach, daß mit meinem Vater alles in Ordnung ist. Das Gebet schockierte sie. Zu was für einem Menschen wurde sie? Zu einem Menschen, der betete. Sie verließ den Aufzug und rannte zu Edeks Zimmer. Sie klopfte an die Tür. Keine Antwort. Ihr wurde schlecht. Lieber Gott, sagte sie, bitte laß meinen Vater nicht sterben. Sie klopfte abermals. Sie sah sich um, ob ein Zimmermädchen in der Nähe war. Zimmermädchen hatten fast immer einen Generalschlüssel. Sie spürte, wie ihre Übelkeit zunahm. Sie hatte gewußt, daß diese Polenreise ein Fehler war. Edek hatte nicht mitkommen wollen. Und jetzt hatte sie die Bescherung.

Es schnürte ihr fast die Luft ab. Sie klopfte ein letztes Mal. Eben wollte sie sich abwenden und zur Rezeption laufen, um Hilfe zu holen, als es ihr vorkam, als höre sie ein Geräusch aus dem Zimmer. Sie klopfte nochmals, so fest, daß ihre Knöchel schmerzten. Noch mehr Geräusche waren zu hören, und dann wurde die Tür geöffnet. »Guten Morgen, Schätzchen«, sagte Zofia zu ihr. Ruth starrte Zofia an. Was hatte Zofia hier zu suchen? Hatte sie an die falsche Zimmertür geklopft?

Alle schiefen, unebenen, unzusammenhängenden und disparaten Informationspartikel fügten sich mit einemmal zusammen. Ruth begriff, daß sie sehr wohl an die richtige Zimmertür geklopft hatte. Es war Edeks Zimmer. Zofia befand sich in Edeks Zimmer. Und befand sich dort seit geraumer Zeit, nach dem Anblick zu schließen, den sie bot. Zofia war nur halb angezogen. Ruth stand da und schüttelte den Kopf. Sie traute ihren Augen nicht. Vor einer Minute hatte sie geglaubt, ihr Vater wäre gestorben. Das Gebet, das sie an Gott gerichtet hatte, war ganz und gar überflüssig gewesen, begriff sie. Ihr Vater war alles andere als tot.

Zofia war im Büstenhalter. Ihre Brüste sahen gerötet und groß aus. Größer, als sie in bekleidetem Zustand aussahen. Ruth kam sich überängstlich und unbedeutend vor. Eine blasse, flachbrüstige, blutlose Zuschauerin.

Zofia mühte sich mit dem Reißverschluß eines sehr engen Stretchrocks ab. »Schätzchen«, sagte sie zu Ruth, »Ihr Vater ist unter der Dusche. Wir sind erst ziemlich spät ins Bett gekommen.« Ruth starrte sie wortlos an. Sie hatte noch kein Wort gesagt. Worte, vernünftige, angemessene, sinnvolle, wohlerzogene, würdevolle, geziemende Worte, steckten ihr im Hals fest. Sie öffnete den Mund, um zu sehen, ob das einige der Worte befreite. Nichts zu machen.

Was geschah mit ihr, dachte Ruth. Die Welt war schief, unbegreiflich, durcheinander, aus den Fugen. Nichts stimmte mehr. Unerwartetes und Unwahrscheinliches hatten die Oberhand. Fragwürdiges und Unvorstellbares hatten sich mit dem Unvertrauten und Ungeahnten verbündet und liefen unaufhaltsam Amok.

»Ihr Vater ist ein wunderbarer Mann«, sagte Zofia.

»Das denke ich auch«, sagte Ruth entschieden.

Zofia lächelte. »Ein wunderbarer Mann«, wiederholte sie. An ihrem Lächeln konnte Ruth erkennen, daß sie und Zofia nicht dieselben Eigenschaften Edeks meinten. Zofia meinte etwas, wovon Ruth lieber nichts hören wollte.

»Sagen Sie meinem Vater, daß ich zum Frühstück gehe und ihn später erwarte«, sagte sie zu Zofia.

»Schätzchen, wir sind in ein paar Minuten unten, um mit Ihnen zu frühstücken«, sagte Zofia. Wir? Sie waren bereits »wir«, dachte Ruth. Ihr wurde schwindlig. Zofia sah Ruths Gesichtsausdruck.

»Vielleicht möchte Ihr Vater erst mit Ihnen allein sprechen«, sagte sie. »Ich komme später nach.«

»Okay«, sagte Ruth.

»Ihr Vater ist ein sehr netter Mann«, sagte Zofia. »Und sehr gut in dieser gewissen Hinsicht«, sagte sie in verschwörerischem Ton mit einem Blick zum Bett. Ruth war scheußlich zumute. Warum mußte Zofia das zu ihr sagen? Und auf so selbstverständliche Weise. Ruth fand es nicht selbstverständlich, auf so selbstverständliche Art und Weise das Sexualleben eines Vaters mit dessen Tochter zu erörtern. Es schreckte sie ab. War sie nur prüde? Reserviert? Zickig? Zofia schien das Thema normal zu finden. Ruth hörte ihren Vater unter der Dusche etwas rufen. »Ich komme sofort, mein Kleiner«, rief Zofia ihm auf polnisch zu. Mein Kleiner? Hatte sie das wirklich gesagt? In Ruths Kopf drehte sich alles. *Mój mały chłopczyku.* Mein Kleiner. So hatte sie ihn genannt.

»So ein Mann ist schwer zu finden«, sagte Zofia zu Ruth. »Zu viele Männer sind nicht sehr befriedigend.« Ruth wurde schwindlig. Zu viele Männer. Hatte die Zigeunerin auf Zofias Leben angespielt? Zu viele Männer. Das waren die Worte der Zigeunerin gewesen. Ruth fühlte sich einer Ohnmacht nahe.

»Ich gehe nach unten«, sagte sie zu Zofia.

»Bis später, Schätzchen«, sagte Zofia, die ihren Rock noch immer nicht geschlossen hatte.

Ruth versuchte sich zu beruhigen. Was sollte an alledem so furchtbar sein? Nichts. Es war nichts Schlimmes geschehen. Nichts Außergewöhnliches. Und sie mußte endlich lernen, normalen Dingen keine unnormale Bedeutung zu verleihen. »Zu viele Männer« war eine ganz normale Wendung. Nichts Außergewöhnliches. Genau wie Sex. Sex war normal und verbreitet. Sex zwischen Freunden. Sex zwischen Liebenden. Sex zwischen Fremden. Ihr Vater hatte das Recht, mit einer Frau zu schlafen, wenn er es wollte. Daran war nichts Befremdliches. Dennoch war ihr unwohl. Sie ging auf ihr Zimmer und holte sich etwas Mylanta.

Ruth setzte sich an den Frühstückstisch. Sie spürte noch immer den Geschmack der Mylanta-Tablette auf ihrer Zunge. Sie würde gut daran tun, etwas zu essen. Den Mylanta-Geschmack zu übertönen. Aber sie hatte keinen Hunger mehr. Sie hatte den Appetit verloren. Ihr Vater litt zweifellos nicht unter Appetitmangel, dachte sie. Und das in jeder Hinsicht. Warum war sie so aus dem Häuschen, fragte sie sich. Ihr Vater hatte nichts Unrechtes getan. Er war nicht unloyal gewesen. Verlangte sie von ihm, daß er alle Polen haßte? Kam sie sich deshalb von ihm verraten vor? Sie konnte es nicht sagen. Sie wußte nur, daß ihr flau im Magen war. Daß sie aus dem Häuschen war. Und erschöpft.

Was für einen Kontrast mußten sie bieten, sie und Edek. Sie schluckte Tag und Nacht Mylanta und konnte nicht einmal das spartanischste Frühstück im Magen behalten. Und er verschlang alles, was ihm in die Hände kam. Sie hielt inne. Warum hatte sie das Wort »verschlingen« gedacht? Sie wollte sich nicht vorstellen, wie ihr Vater Zofias Brüste oder andere Körperteile verschlang. Sie schnitt eine Grimasse und versuchte, sich von dieser Vorstellung zu befreien. Sie hätte andere Wörter verwenden können. »Verschlingen« war nicht notwendig gewesen. Sie hätte »genießen«, »konsumieren«, »zu sich nehmen« denken können. Oder »verzehren« oder »sich einverleiben«. Nein, dachte sie, besser wäre das auch nicht gewesen. Die gleichen Bilder wurden dadurch hervorgerufen. Abermals schüttelte sie den Kopf, diesmal heftiger. Davon bekam sie Kopfschmerzen.

Edek erschien. Ruth sah sein Strahlen vom anderen Ende des Raums. Er sah erfrischt und munter aus. Während er zu Ruth gelaufen kam, glitt sein Blick über das Frühstücksbuffet.

»Es tut mir leid, daß ich mich verspätet habe, Schatz«, sagte er zu Ruth, »aber Zofia hat geredet wie ein Wasserfall. Und deshalb habe ich mich verspätet.«

»Ich hatte den Eindruck, daß sie sich nicht auf das Reden beschränkt hat«, sagte Ruth mit zusammengebissenen Zähnen. Edek lachte.

»Vielleicht«, sagte er. »Sie ist ein sehr nettes Mädchen.«

»Sie ist kein Mädchen«, sagte Ruth, »sondern eine Frau. Eine alte Frau.«

Warum mußte sie so etwas sagen, dachte Ruth. Es war durch und durch unnötig. Und so gehässig. Sie konnte es nicht leiden, wenn Frauen sich unsolidarisch verhielten. Frauensolidarität war eine wichtige Sache. Etwas, was feministische Ahhandlungen und Organisationen innerhalb von Jahrzehnten nicht wirklich hatten bewirken können. Frauen mußten sich gegenseitig helfen, wenn sie etwas erreichen wollten. Männer verhielten sich so. Und es funktionierte. Frauen galten zwar als nährend und unterstützend, doch diese Eigenschaften verwandten sie so gut wie nie auf andere Frauen. Hier saß sie selbst und versuchte Zofia schlechtzumachen, indem sie das schäbigste aller Argumente hervorkramte – Zofias Alter. Wenn sie sich nicht vorsah, sagte sich Ruth, würde sie als nächstes über Zofias Aussehen herziehen.

»So alt ist sie nicht«, sagte Edek.

»Du hast recht«, sagte Ruth. »Sie ist nicht alt, und für ihr Alter ist sie sehr attraktiv.« Sie dachte über ihre Worte nach. War das schon wieder eine Bosheit? Attraktiv für ihr Alter. War ihre Abneigung so stark, daß sie sich sogar bemerkbar machte, wenn sie sie zu unterdrücken versuchte?

»Sie sieht nicht schlecht aus«, sagte Edek.

»Sie ist eine sehr attraktive, lebendige, energische Frau«, sagte Ruth. Warum hatte sie »energisch« in dieser Abfolge von Adjektiven unterbringen müssen, fragte sie sich. Sie wollte sich keinesfalls irgendwelche energischen Aktivitäten Zofias vorstellen. Schon gar nicht solche neueren Datums. Diesen Gedanken mußte sie verscheuchen. Wieder schüttelte sie den Kopf.

»Warum machst du das mit deinem Kopf?« sagte Edek.

»Ich ärgere mich gerade über mich selbst.«

»Wozu soll es gut sein, sowas zu machen mit dem Kopf?« sagte Edek. »Das tut deinem Kopf ganz sicher nicht gut. Seit Jahren machst du das.«

»Wirklich?« sagte sie.

»Schon als Kind hast du geschüttelt deinen Kopf auf diese Weise.«

»Kein Wunder, daß ich ganz durcheinandergeschüttelt bin«, sagte sie.

»So durcheinandergeschüttelt bist du gar nicht«, sagte er.

»Danke«, sagte sie.

»Zofia ist wirklich eine sehr nette Person«, sagte Edek.

»Ganz gewiß«, sagte Ruth. »Hättest du etwas dagegen, wenn wir dieses Thema jetzt auf sich beruhen ließen?«

»Du willst nicht über Zofia sprechen?« sagte Edek.

»Nein, lieber nicht«, sagte Ruth.

»Es ist nichts, worüber du dich aufregen mußt«, sagte Edek.

»Ich rege mich nicht auf«, sagte Ruth.

»Doch, das tust du«, sagte Edek.

»Das tue ich nicht!« schrie sie.

Mehrere Frühstücksgäste richteten den Blick auf Ruth. Sie blickte finster zurück. »Ich rege mich nicht auf«, sagte sie zu Edek. »Ich rege mich nur darüber auf, daß du behauptest, ich würde mich aufregen.«

»Du regst dich auf wegen Zofia«, sagte Edek.

»Nein, das tue ich nicht«, sagte Ruth.

»Doch, das tust du«, sagte Edek. »Ich kenne meine Tochter.«

»Vielleicht bin ich ein bißchen durcheinander«, sagte Ruth. »Stört es dich nicht, daß sie Polin ist?«

»Stören?« sagte Edek. »Warum sollte es mich stören?«

»Weil wir Polen nicht leiden können«, sagte Ruth.

»Manche Polen können wir nicht leiden«, sagte Edek, »aber nicht alle. Zofia ist eine sehr nette Person.«

»Ja«, sagte Ruth. »Zofia ist eine sehr nette Person. Mit einem sehr großen Busen.«

»Ja, einen großen Busen hat sie«, sagte Edek. »Was soll daran schlimm sein?«

»Nichts«, sagte Ruth.

Sie konnte es nicht fassen, daß sie schon wieder auf hinterhältige, frauenfeindliche Taktiken zurückgegriffen hatte. Und sie konnte es nicht fassen, daß sie dieses Thema mit Edek erörterte. Es war nicht normal, mit dem eigenen Vater die anatomische Beschaffenheit seiner Geliebten zu erörtern. O Gott, dachte sie und verzog schmerzlich das Gesicht. Warum mußte sie ausgerechnet diese Wörter koppeln? Vater und Geliebte. Sie wünschte, sie hätte das Gespräch nicht auf Zofias Busen gebracht. Sie wünschte, sie hätte freundlicher über Zofia gesprochen.

»Du mußt dir wegen Zofia keine Sorgen machen«, sagte Edek.

»Ich mache mir keine Sorgen«, sagte Ruth.

»Zofia möchte nach dem Frühstück selber mit dir sprechen«, sagte Edek. »Sie will dir sagen, daß du dir keine Sorgen machen mußt.«

Ruth sah sich im Raum um. Weder Zofia noch Walentyna waren zu sehen. Ruth fragte sich, ob Walentyna Zofia gerade eine Szene machte. Wahrscheinlich nicht. Wahrscheinlich hänselte Zofia Walentyna mit Einzelheiten ihres gestrigen Erlebnisses. Ruth wußte, daß »Erlebnis« das richtige Wort war. Von einer näheren Bezeichnung als »Erlebnis« wollte sie nichts wissen.

»Wollen wir uns etwas zu essen holen?« sagte Ruth zu Edek. Edek stand auf. »Tatsächlich bin ich heute morgen ein bißchen hungrig«, sagte er. Er ging zum Buffet.

»Sie haben sehr gute Wurst«, rief er Ruth von der anderen Seite des Buffets zu. Der Kellner trat zu Ruth. »Wünschen Sie jetzt Ihre pochierten Eier, Madame?« sagte er. Ruth fuhr zusammen. Sie hatte ganz vergessen, daß sie dem Kellner gegenüber einen solchen Wunsch geäußert hatte. »Nein, vielen Dank«, sagte sie. »Ich glaube, ich nehme lieber etwas vom Buffet.«

Ruth sah zu, wie Edek zu ihrem Tisch zurückging. Was immer er sich genommen haben mochte – eine Menge davon türmte sich auf seinem Teller und ragte über den Tellerrand hinaus. Ruth löffelte etwas Kompott in ein Schüsselchen und setzte sich zu Edek. Edek betrachtete seinen Teller. Er hatte sich für Blutwurst entschieden. Auf seinem Teller lag schätzungsweise ein halber Meter von einer dicken Blutwurst.

Ruth starrte die Blutwurst an. Warum sah das Frühstück ihres Vaters in ihren Augen wie ein Phallussymbol aus? Warum konnte sie Blutwurst nicht Blutwurst sein lassen? Nur eine Rolle aus Fleisch. Eine Rolle aus Fleisch? Oje, dachte sie. Heute fielen ihr nur Wörter von fataler Mehrdeutigkeit ein.

Sie sah Edek an. Wie konnte er überhaupt auf leeren Magen diese Blutwurst essen?

»Vielleicht solltest du lieber zuerst ein paar Cornflakes essen«, sagte sie zu ihm. Edek verzog das Gesicht.

»Von den Cornflakes habe ich genug«, sagte er. »In Melbourne kann ich Cornflakes essen nach Herzenslust«, fügte er hinzu.

»Okay«, sagte Ruth.

»Diese Wurst schmeckt ausgezeichnet«, sagte Edek und führte eine große Portion zum Mund. Ruth sah auf ihr Kompott. Es wirkte ein wenig mickerig.

Edek verzehrte seine Blutwurst mit Genuß. Stück um Stück verschwand von seinem Teller. Zofia hatte seinen Appetit offenbar angeregt, dachte Ruth. Obwohl sein diesbezüglicher Appetit wahrscheinlich keine Anregung benötigte. Als Edek beinahe aufgegessen hatte, sah er vom Teller hoch. »Ich habe mit dem Anwalt über das Schweizer Bankkonto gesprochen«, sagte er.

»Wann?« sagte Ruth.

»Gestern abend«, sagte Edek.

»Hattest du dafür Zeit?« sagte Ruth. »Ich dachte, du hättest anderweitig zu tun gehabt.«

»Sei nicht albern, Ruthie«, sagte Edek. »Der Anwalt hat mir erzählt, daß die Schweizer Banken sich haben bereit erklärt zu zahlen eineinviertel Milliarden Dollar.«

»Ich weiß«, sagte Ruth. »Ich habe es heute morgen im *International Daily Journal* gelesen.«

»Der Anwalt hat gesagt, daß die Leute in der Schweiz sich Sorgen machen, das Herumgestreite könnte schaden ihrem Ansehen«, sagte Edek.

»Ist das nicht zum Kotzen?« sagte Ruth. »Die Leute in der Schweiz sind mit dem, worauf man sich geeinigt hat, nicht zufrieden. Der Schweizer Wirtschaftsminister Pascal Couchepin soll gesagt haben, viele von ihnen hätten den Eindruck gehabt, daß es uns nicht um die Wahrheit gegangen sei, sondern um Geld. Das alte Klischee vom raffgierigen reichen Juden, der nur an Geld denkt, das ist sehr praktisch, wenn man damit die eigene Geldgier und die eigene Bereicherung bemänteln kann. Und es funktioniert jedesmal wieder.«

»Reg dich runter, Ruthie, reg dich runter«, sagte Edek.

»Kommst du dir nicht vor, als würdest du mit dem Kopf gegen eine Wand rennen?« sagte Ruth zu ihm.

»Nein«, sagte Edek. »Es macht mich zornig. Aber solche Sachen bin ich gewohnt.« Ruth schenkte sich ein Glas Wasser ein. »Der Anwalt hat mir erzählt, daß die Schweizer Kantonalbank, was soviel Profit gemacht hat mit dem Gold, was die Nazis haben gestohlen den Juden, sich an dem Abkommen nicht beteiligt hat«, sagte Edek.

»Ich weiß«, sagte Ruth. »Die Privatbanken haben zugesagt, weil die amerikanischen Behörden finanziellen Druck auf sie ausgeübt haben.«

»New York City und der Staat New York wollten Sanktionen gegen die Schweizer Banken durchsetzen, nicht wahr?« sagte Edek.

»Ja, neben anderen«, sagte Ruth.

»New York ist keine üble Stadt«, sagte Edek.

Ruth verspürte Heimweh. Heimweh nach New York. Sie hatte nicht das Gefühl, daß sie sich je zuvor so sehr nach New York zurückgesehnt hatte.

»Ich freue mich auf die Heimreise«, sagte Ruth. »Morgen fliegen wir nach Warschau und von dort nach Hause.« Sie sah Edek an. Von Warschau würden sie und Edek in unterschiedliche Richtungen fliegen. Sie nach New York, Edek nach Australien. »Du wirst mir fehlen, Dad«, sagte sie. »Die Reise war ein echter Horrortrip.«

»Ein echter Horrortrip, wie man so sagt«, sagte Edek. Er sah traurig aus.

»Wir werden uns bald wiedersehen«, sagte Ruth. »Ich komme nach Australien, oder du kommst nach New York.« Der Abschied von Edek würde das Schwerste an der ganzen Reise sein, dachte sie. Sie hatte es nie leiden können, von ihrem Vater Abschied zu nehmen. Jeder Abschied war von der Furcht gezeichnet, ihn möglicherweise nie wiederzusehen. Tränen traten ihr in die Augen.

»Wir werden uns sehr bald wiedersehen«, sagte Edek.

»Natürlich werden wir das«, sagte sie. »Ich liebe dich, Dad«, sagte sie eine Minute später.

»Ich liebe dich auch, Ruthie«, sagte er.

Ruth blickte auf. Zofia näherte sich ihnen. Zofia erblickte Ruth und winkte.

»Zofia ist da«, sagte Ruth zu Edek. »Ich denke, wir sollten gehen. Das ist unsere letzte Chance, in Krakau spazierenzugehen.«

»In Krakau spazierenzugehen?« sagte Edek. »Warum hast du es so eilig damit, in Krakau spazierenzugehen? Wir haben jede Menge Zeit, um in Krakau spazierenzugehen.«

»Es ist unser letzter Tag in dieser Stadt«, sagte Ruth.

»Wir haben den ganzen Tag vor uns«, sagte Edek.

»Hallo, hallo«, sagte Zofia. Sie küßte Edek auf die Wange und beugte sich vor, um Ruth zu küssen. In einem Reflex bewegte Ruth den Kopf, so daß Zofias Kuß in ihrem Haar landete.

»Wir wollten gerade zu einem Spaziergang aufbrechen«, sagte Ruth zu Zofia.

»Wir haben jede Menge Zeit für unseren Spaziergang«, sagte Edek.

»Ich würde gern kurz eine Tasse Tee mit Ihnen trinken, Ruthie«, sagte Zofia. Ruth blickte unschlüssig.

»Geh schon, Ruthie«, sagte Edek. »Es kann dir nicht schaden, mit Zofia eine Tasse Tee zu trinken. Sie will dir nur sagen, daß du dir keine Sorgen machen mußt.« Ruth schwieg. »Ruthie, morgen fahren wir«, sagte Edek. »Bitte benimm dich Zofia gegenüber.«

Edek wandte sich an Zofia. »Normalerweise ist meine Tochter eine sehr nette Person«, sagte er. »Sie ist jetzt nur deshalb nicht ganz so nett, weil die Situation, worin sie hat uns vorgefunden, für sie nicht so leicht zu verdauen ist.«

»Selbstverständlich, Edek«, sagte Zofia. »Selbstverständlich.«

»Okay«, sagte Ruth zu Zofia. »Ich trinke eine Tasse Tee mit Ihnen.« Sie versuchte, ihre Stimme freundlich klingen zu lassen, doch sie konnte hören, wie wenig enthusiastisch ihre Antwort ausfiel.

»Danke, Schätzchen«, sagte Zofia.

»Ich komme wieder, wenn ich habe fertiggeschrieben meine Postkarten«, sagte Edek.

Ruth empfand törichte Furcht davor, mit Zofia allein zu sprechen. Sie lächelte Zofia an. Sie hoffte, daß ihr Lächeln nicht allzu gekünstelt wirkte.

»Sie müssen keine Angst vor mir haben, Ruthie«, sagte Zofia. »Ich bin kein böser Mensch. Ich bin ehrlich. Ich sage, was ich denke. Ich verberge nichts.«

»Schon gar nicht Ihre Brüste«, sagte Ruth und hielt sich voller Entsetzen ob der eigenen Worte die Hand vor den Mund.

Zofia lachte. »Die zu verbergen wäre nicht so einfach«, sagte sie.

»Das hatte ich nicht sagen wollen«, sagte Ruth.

»Ich bin Ihnen nicht böse«, sagte Zofia.

»Ich bitte trotzdem um Entschuldigung«, sagte Ruth. Zofia lächelte Ruth an und nickte zum Zeichen, daß sie einverstanden war.

»Ich mag Ihren Vater sehr gern«, sagte Zofia. Ruth schwieg. »Er mag mich auch sehr gern«, sagte Zofia. Ruth schwieg weiter. Sie wußte nicht, was sie sagen sollte. »Ich glaube, ich bin die Richtige für ihn«, sagte Zofia.

»Wie bitte?« sagte Ruth. Lauter und heftiger, als sie beabsichtigt hatte. Zofia wirkte verstimmt.

»Was haben Sie gegen mich?« sagte sie. »Warum sind Sie so überrascht?«

»Ich habe überhaupt nichts gegen Sie«, sagte Ruth. »Ich habe mich nur gewundert, weil Ihre Worte so unerwartet kamen.«

»Unerwartet?« sagte Zofia. »Eine Frau weiß es, wenn sie den Richtigen kennengelernt hat.«

»Aber Sie kennen meinen Vater gar nicht«, sagte Ruth.

»Ich kenne ihn«, sagte Zofia. »Ich kenne ihn. Man muß jemanden nicht seit zehn Jahren kennen, um ihn zu kennen.«

»Nun ja, aber länger als zehn Minuten muß man ihn schon kennen«, sagte Ruth.

»Das hängt davon ab, was in den zehn Minuten passiert«, sagte Zofia.

»Er kennt Sie nicht«, sagte Ruth.

»Er kennt mich, das können Sie mir glauben«, sagte Zofia.

Was wollte Zofia damit sagen, fragte sich Ruth. Meinte sie es im biblischen Sinn? Oder hatten die beiden sich auch die ganze Nacht unterhalten? Hatten sie einander mehr als ihren Körper enthüllt? Was wollte Zofia damit sagen?

»Wir reisen morgen ab«, sagte Ruth zu Zofia. »Sie haben keine Zeit mehr, eine Beziehung zu entwickeln.« Zofia schreckte das nicht ab. Sie lächelte Ruth an.

»Manche Dinge benötigen keine Zeit«, sagte sie. Diese rätselhafte, Zen-buddhistische Antwort verblüffte Ruth. Sie dachte sich, daß Zofia vielleicht nur bluffte.

»Ich werde gut für Edek sorgen«, sagte Zofia.

»Er kommt ganz gut allein zurecht«, sagte Ruth. Plötzlich wurde ihr die Absurdität der Situation bewußt. Sie versuchte tatsächlich einen potentiellen Eindringling abzuwehren, ganz so, wie Eltern potentielle Partner ihrer halbwüchsigen Kinder ins Kreuzverhör nahmen. Dieser eventuellen Freundin Edeks gegenüber nahm sie eine Elternhaltung ein. Sie war voreingenommen. Überkritisch.

Vielleicht war sie nur scharfblickend, dachte sie. Schließlich kannte sie ihren Vater. Sie besaß ausreichend Erfahrung im Taxieren potentieller Partnerinnen. Im übrigen war das ganze Gespräch einfach lächerlich. Schließlich reisten sie morgen ab. Zofia hatte keine Zeit mehr für weitere Schliche. Ruth biß sich auf die Zunge. So eine Haltung war sexistisch. Zofia statt Edek Schliche zu unterstellen. Aber vielleicht war es nicht falsch. Edek war nicht durch unverhülltes Umwerben Zofias aufgefallen.

»Ich kümmere mich um meinen Vater«, sagte Ruth zu Zofia.

»Ihr Vater braucht nicht noch mehr Geld«, sagte Zofia. Ruth unterließ es zu sagen, daß sie ihrem Vater mehr gab als nur Geld. Schließlich konkurrierte sie nicht mit Zofia um Edek. Und wenn, dann hatte sie schon längst gewonnen. Edek war ihr Vater. Er gehörte bereits zu ihr.

»Ihr Vater ist jemand, der sich nicht dafür interessiert, einen Haufen Geld zu haben«, sagte Zofia.

»Das stimmt«, sagte Ruth.

»Edek paßt nicht auf seine Gesundheit auf«, sagte Zofia. »Ich werde es tun. Ich werde dafür sorgen, daß er Sport treibt.«

»Das wäre ein Kampf gegen Windmühlen«, sagte Ruth. Zofia sah sie ratlos an. »Es ist nur eine Redewendung«, sagte Ruth. »Ich wollte damit sagen, daß es sehr schwer ist, meinen Vater dazu zu bringen, Sport zu treiben.«

»Es gibt viele Möglichkeiten, wie man einen Mann dazu bringen kann, Sport zu treiben«, sagte Zofia lächelnd. Was wollte Zofia damit sagen, dachte Ruth. Sie mußte unwillkürlich lächeln. Zofia war unverbesserlich, das mußte Ruth zugeben. In welcher Hinsicht war Zofia Ruth mit ihrem Wissen um Männer und deren Gewohnheiten überlegen? Wahrscheinlich in jeder, gestand Ruth sich ein. Neben Zofia war sie ein Naivling, ein blutiger Laie.

»Ich mache Edek fit«, sagte Zofia.

»Er ist fit«, sagte Ruth. »Für einen Einundachtzigjährigen ist er fit.«

»Das weiß ich besser als Sie«, sagte Zofia augenzwinkernd. Ruth war übel. Sie wollte keinesfalls länger bei diesem Aspekt des Gesprächs verweilen. »Ich mache ihn noch fitter«, sagte Zofia. »Ich gehe mit ihm spazieren, und wir schwimmen.«

»Er kann nicht schwimmen«, sagte Ruth.

»Ich werde es ihm beibringen«, sagte Zofia. »In Zoppot ist es leicht zu schwimmen.«

Ruth war entsetzt. »Mein Vater kann nicht in Zoppot leben«, sagte sie.

»Warum nicht?« sagte Zofia.

»Es ist zu weit weg«, sagte Ruth. Sie war sich nicht sicher, von wo Zoppot zu weit entfernt war. Vielleicht von der Realität, dachte sie.

»Zoppot ist New York näher als Australien«, sagte Zofia.

»Mein Vater wird nicht in Polen leben«, sagte Ruth entschieden.

Zofia sah sie an. »Na gut«, sagte sie. »Vielleicht werden wir beide in New York leben, Edek und ich.« Ruth war sprachlos. »Ich koche sehr gut«, sagte Zofia. »Ich mache viel besseren Käsekuchen als Walentyna.«

»Mein Vater braucht keinen Käsekuchen«, sagte Ruth.

»Er liebt Käsekuchen«, sagte Zofia. »Und meinen mache ich mit Hüttenkäse. Das ist nicht so fett.«

Ruth war versucht, Zofia zu fragen, wo man in Polen Hüttenkäse kaufen konnte. Sie hatte überall nur Vollfettkäse gesehen. Auch

Magermilch oder Magerjoghurt hatte sie nirgends sehen können. Sie entschied sich, nicht nachzufragen.

»Ich werde Ihren Vater glücklich machen«, sagte Zofia.

»Das glaube ich nicht«, sagte Ruth. Sie wollte ihre scheinbar schroffe Haltung erklären, Edeks Vergangenheit erklären und die Traumata, die er in Polen durchlitten hatte, als Zofia sie unterbrach.

»Sie haben keine Ahnung«, sagte Zofia.

»Doch, habe ich«, sagte Ruth wie aus der Pistole geschossen.

»Nein, das haben Sie nicht«, sagte Zofia. »Ich weiß, was Edek braucht, um glücklich zu sein. Er braucht mich. Er ist ein wunderbarer Mann«, sagte Zofia. »Er ist lebendiger als Männer von einem Viertel seines Alters. Ich habe mir immer einen lebendigen Mann gewünscht. Ich bin selber sehr lebendig.«

»Ich kann sehen, daß Sie ein sehr lebhafter Mensch sind«, sagte Ruth. Sie meinte es freundlich und hoffte, daß es nicht klang, als sei es tadelnd auf Zofias nächtliche sexuelle Aktivitäten gemünzt.

»Ich habe zu vielen Männern nein gesagt«, sagte Zofia. Da, schon wieder, dachte Ruth. Aber Zofia hatte »zu vielen Männern« gesagt, nicht »zu viele Männer«. Und die Zigeunerin hatte eindeutig gesagt: »Zu viele Männer«. In Ihrem Leben gibt es zu viele Männer, hatte sie gesagt. Sie konnte nur Zofias Leben gemeint haben, dachte Ruth.

»Ich habe zu Dreißigjährigen nein gesagt«, sagte Zofia.

»Wirklich?« sagte Ruth. Sie war beeindruckt. Hinter ihr waren keine Dreißigjährigen her.

»Ehrenwort«, sagte Zofia. »Ich schwöre beim Grab meiner Mutter, daß ich die Wahrheit sage.«

»Ich glaube Ihnen«, sagte Ruth.

»Ich wäre gern Ihre Freundin«, sagte Zofia. Sie beugte sich vor und legte ihre Hand auf Ruths Hand.

»Das können Sie sein«, sagte Ruth, »aber meinen Vater können Sie nicht haben.«

Zofia nahm ihre Hand weg. »Ich glaube doch«, sagte sie.

»Ich habe nichts gegen Sie«, sagte Ruth zu Zofia. »Aber Sie sind zu jung.« Wie kam sie auf so eine Idee, fragte sich Ruth. Wie idiotisch, so etwas zu sagen. Offenbar fürchtete sie Zofia mehr, als sie sich eingestehen wollte.

»Ihr Vater braucht jemand Jungen«, sagte Zofia. »Er ist selber sehr jung.« Ruth schwieg. Sie wollte nicht noch mehr Tadelndes, Abschätziges oder Gehässiges sagen. »Sie werden sehen«, sagte Zofia. »Ihr Vater wird sehr glücklich sein.«

Ruth sagte nichts. Widerstreitende Gefühle erfüllten sie – Bewunderung für Zofias Kühnheit und Verärgerung ob ihrer Siegesgewißheit. »Ich kann jederzeit umziehen«, sagte Zofia. »Meine Sachen sind im Handumdrehen gepackt. Ich habe keine Kinder. Ich habe nicht einmal eine Katze.«

»Mögen Sie Katzen?« sagte Ruth.

»Nein, überhaupt nicht«, sagte Zofia. »Und Hunde mag ich auch nicht.« Sie sagte es ohne jede Spur des Bedauerns. Die wenigsten wagten so unumwunden zu bekennen, daß sie Haustiere nicht mochten. Solche Bekenntnisse trafen fast ausnahmslos auf Feindseligkeit.

»Mein Vater mag Hunde«, sagte Ruth.

»Das macht mir nichts aus«, sagte Zofia.

Ruth war müde. Sie wünschte, ihr Vater käme zurück. Sie fragte sich, wie sie dieses Gespräch beenden konnte. Sie wollte es in versöhnlichem Ton beenden, Spannung und Reibungen ausbügeln. Die Verstimmung auflösen, die ihr so überflüssig vorkam. Sie und Edek reisten morgen ab. Sie würden Zofia nie wiedersehen. Warum sich also nicht im Einvernehmen trennen?

»Ich mag auch keine Katzen«, sagte Ruth. »Und keine Hunde. Obwohl man so etwas in Amerika besser nicht laut sagt.«

»Selbst in New York?« sagte Zofia.

»Selbst in New York«, sagte Ruth.

»Ich wollte schon immer einmal nach New York«, sagte Zofia.

Ruth wußte, daß sie das Gespräch auf schnellstem Weg wieder auf Haustiere zurückbringen mußte. »In Amerika gibt es Akupunktur für Hunde und Katzen«, sagte sie zu Zofia.

»Das kann doch nicht wahr sein«, sagte Zofia.

»Und Chiropraktiker für Hunde und Katzen gibt es auch«, sagte Ruth. »Sie wissen, was ein Chiropraktiker ist?«

»Selbstverständlich«, sagte Zofia. »Ich schwimme jeden Tag. Ich weiß über die Körperfunktionen gut Bescheid.«

Warum schien jeder Satz gefährliches Terrain zu eröffnen, fragte sich Ruth.

»Sie wollen keine Kinder, oder?« sagte Zofia zu Ruth.

»Nein«, sagte Ruth.

»Bei mir war es genauso«, sagte Zofia. Ruth wollte diese Nähe, diese Gemeinsamkeit im Denken über die Elternschaft mit mehr Distanz versehen.

»Vielen Leuten geht es so«, sagte Ruth zu Zofia.

»Aber nicht sehr vielen Frauen«, sagte Zofia.

»Es werden immer mehr«, sagte Ruth.

»Möglicherweise«, sagte Zofia.

Ruth konnte ihre Streitsucht kaum fassen. Mußte sie mit Zofia über alles streiten? Konnte sie nicht ein bißchen Einigkeit zwischen ihnen akzeptieren?

»Ich hätte Kinder haben wollen, wenn es möglich gewesen wäre, eineiige Zwillinge auf Wunsch zu bekommen«, sagte Ruth. »Eineiige Zwillinge haben mich schon immer fasziniert. Drillinge wären mir noch lieber gewesen.«

Zofia lachte. »Zwillinge hätte ich auch gerne gehabt«, sagte sie.

Ruth starrte Zofia ungläubig an. Sie war davon überzeugt, daß Zofia sie anschwindelte. Um größere Gemeinsamkeit herzustellen. »Meine Schwester hatte Zwillinge«, sagte Zofia.

»Eineiige Zwillinge?« sagte Ruth.

»Ja«, sagte Zofia.

»Die Glückliche«, sagte Ruth.

»Meine Schwester war sehr glücklich über ihre Zwillinge«, sagte Zofia.

Zofia sagte also doch die Wahrheit, dachte Ruth. Oder nicht? Vielleicht hatte sie die ganze Geschichte über ihre Schwester erfunden. Vielleicht hatte sie gar keine Schwester, von einer Schwester mit eineiigen Zwillingskindern ganz zu schweigen. Ruth wußte, daß ihr Argwohn sehr häßlich war, aber sie konnte ihn nicht unterdrücken. Sie mußte weg aus Polen, dachte sie. Polen machte sie zu einer anderen Person. Einer Person, die sie nicht besonders gut leiden konnte. Vielleicht war der Aufenthalt in Polen enthüllend. Vielleicht enthüllte er ihr Aspekte ihrer Persönlichkeit, vor denen sie bisher die Augen geschlossen hatte. Auch dieser Gedanke gefiel ihr nicht.

»Eineiige Zwillinge zu bekommen liegt nicht in der Familie«, sagte Ruth zu Zofia.

»Das weiß ich«, sagte Zofia. »Sonst hätte ich es versucht.« Ruth fragte sich, warum Zofia sich Zwillinge gewünscht hatte. Ihre eigene Sehnsucht nach mehrfachen Ausgaben der gleichen Person erklärte sie sich als den Wunsch, jene, die nicht mehr waren, zu reproduzieren. Sie korrigierte ihre Wortwahl. »Nicht mehr waren« war zu amorph. Jene, die ermordet worden waren. Sie hatte sich Zwillinge oder Drillinge gewünscht, um Duplikate zu besitzen, Duplikate von Menschen mit gleichen Zügen und Gesichtern. Was für ein Glück, daß es nicht möglich gewesen war. Was für ein Glück, daß die Technologie nur zu zweieiigen Zwillingen verhelfen konnte. Sie hatte den Eindruck, daß sie fast alles getan hätte, um eineiige Zwillinge zu bekommen. Sie hatte sich so sehr danach gesehnt. Es war wirklich ein Glück, daß so etwas nicht möglich gewesen war. Sie konnte sich nicht als Mutter von Zwillingen oder Drillingen oder Vierlingen sehen.

Sie dachte, es sei an der Zeit, dem Gespräch eine normalere Wendung zu geben. Tiere waren immer ein harmloses Thema. »Wußten Sie«, sagte sie zu Zofia, »daß in Australien eine Proteinspritze für Schafe erfunden wurde, die die Wolle von allein abfallen läßt?«

Zofia lachte. »Das glaube ich nicht«, sagte sie.

»Es stimmt aber«, sagte Ruth. »Wissenschaftler im Regierungsdienst haben das entwickelt.«

»Wie geht es vor sich?« sagte Zofia.

»Sie spritzen den Schafen das Protein«, sagte Ruth, »und eine Woche später fällt das Fell ab.«

»Genau eine Woche später«, sagte Zofia. »Das ist gut geplant.«

Ruth lachte. Über das Timing hatte sie nicht nachgedacht. Die Genauigkeit des Vorgangs reizte sie zum Lachen. »Es wäre nicht gut«, sagte Zofia, »wenn die Wolle im falschen Moment abginge.« Bilder von Schafen, die ihr Fell verloren, während sie einkauften oder spazierengingen oder beim Friseur saßen, schossen Ruth durch den Kopf. Sie lachte, bis sie nicht mehr konnte. Tränen liefen ihr das Gesicht hinab, als sie sich Gruppen von Schafen ausmalte, die im falschen Moment ihr Fell verloren. Zofia lachte nicht weniger.

Sie lachten immer noch, als Edek zurückkam. Ruth sah ihren Vater. Mitten im Lachen richtete sie sich auf. Edek strahlte. »Ich habe Zofia gerade von einer neuen Erfindung der australischen Regierung erzählt«, sagte sie zu Edek und erzählte ihm von den sich selbst scherenden Schafen.

»Davon hatte ich keine Ahnung«, sagte Edek zu Ruth. »Meine Tochter weiß alles«, sagte er zu Zofia.

»Vielleicht nicht alles«, sagte Zofia mit breitem Lächeln. Sie stand auf und küßte Edek auf die Wange. »Bis später«, sagte sie.

»Ich bin sehr froh, daß du dich mit Zofia so gut verstanden hast«, sagte Edek zu Ruth, als sie über den Marktplatz gingen.

»Ich wollte höflich sein«, sagte Ruth, »weil sie deine Freundin ist.« Sie hoffte, Edek werde abstreiten, daß Zofia seine Freundin sei. Sie hatte erwartet, daß er vehement widersprechen werde. Aber Edek sagte kein Wort. Ruth begann zu befürchten, daß ihr Vater Pläne haben konnte, von denen sie nichts wußte.

»Wir reisen doch morgen ab, oder?« sagte sie.

»Natürlich tun wir das«, sagte Edek. Ruths Anspannung wich. »Vielleicht reisen wir sogar ein bißchen eher ab als geplant«, sagte Edek.

»Okay«, sagte sie. »Und warum?«

»Das erkläre ich dir bei einer Tasse Kaffee«, sagte Edek.

Ruth verspürte Erleichterung. Sie reisten auf jeden Fall ab. Fuhren möglicherweise früher als geplant nach Warschau zurück. Eine frühere Abreise war keinesfalls Bestandteil der Pläne Zofias mit Bezug auf Edek. Vielleicht wollte Edek sich von Zofia befreien. Ruth spürte, wie sie ruhiger wurde. Schon bald würde sie zu Hause sein. Sie würde nach New York zurückkehren. In ihre Wohnung. Ihr Büro. Zu ihren Gewohnheiten. Schon bald würde das Leben wieder normal sein.

»Dieses Café macht einen guten Eindruck«, sagte Edek, der auf ein Café mit einer großen Auswahl an *pontshkes* im Schaufenster deutete. Sie betraten es.

»Ich bin froh, daß wir in ein Café gegangen sind«, sagte Ruth. »Wenn ich noch eine einzige antisemitische Holzjuden-Spottfigur zu sehen bekomme, fange ich zu schreien an.«

»Hast du Lust auf einen *pontshke*, Ruthie?« sagte Edek.

»Nein, danke«, sagte sie. »Nimm du einen.«

»Einen nehme ich«, sagte er.

»Entschuldigen Sie«, sagte ein Mann, der am Nachbartisch saß, zu Ruth und Edek. »Ich hörte gerade, daß Sie die Polen antisemitisch nannten«, sagte er. »Entschuldigen Sie bitte, aber dazu muß ich etwas sagen.« Ruth sah ihn an. Er war Mitte Dreißig und hatte ein intelligentes Gesicht mit klaren Zügen. »Es gibt einen Grund, warum Polen die Juden ablehnen«, sagte er. Ruth wandte sich um und sah ihn aufmerksam an.

»Ja?« sagte sie.

»Ruthie, Schatz, bitte«, sagte Edek.

»Die Polen mußten nach dem Krieg sehr unter der Behandlung durch die Juden leiden«, sagte der Mann. Ruth spürte, wie ihr Blutdruck stieg. Sie wußte, daß es hieß, man könne es nicht spüren, und sie wußte, daß sie es gerade spürte. Sie spürte es.

»Tatsächlich?« sagte sie zu dem Mann.

»Ruthie!« sagte Edek.

»Ja?« sagte sie zu dem Mann.

»Ja«, sagte er. »In der Vorkriegszeit und während des Krieges haben sich die Juden, die Kommunisten waren, nach Rußland abgesetzt, um sich vor den Nazis in Sicherheit zu bringen.«

»Sie meinen, alle Juden wären vor den Nazis nach Rußland geflohen?« sagte Ruth.

»Nicht alle, aber gar nicht so wenige«, sagte der Mann. »Und nach dem Krieg kamen sie alle zurück und besetzten Spitzenposten in der kommunistischen Regierung und verfolgten das polnische Volk.«

Ruth war sprachlos. Dieser Mann sah so gesittet, so vernünftig, so intelligent aus. Sein Englisch war tadellos. Er war ganz fraglos gebildet. Wie kam er zu solchen Ansichten? Und was ließ sich für weniger gebildete Polen erhoffen?

»Nach dem Krieg sollen sie alle zurückgekommen sein?« sagte Ruth. »Keiner kam zurück. Zweieinhalb Juden, wenn es hochkommt. In Polen gibt es keine Juden außer Phantomjuden und Holzfiguren. Haben Sie verstanden?« schrie sie. »Niemand kam zurück. Vielleicht hatten einige wenige Juden das Glück, den Nazis zu entkommen und in der Sowjetunion zu überleben. Und vielleicht waren sie Kommunisten. Aber daraus können Sie nicht zusammendichten, kommunistische Juden hätten das polnische Volk unterdrückt.«

»Ruthie, Ruthie, bitte reg dich runter«, sagte Edek.

Der Mann sah Ruth an. »Ich habe nicht erwartet, daß Sie meiner Meinung sind«, sagte er, »aber soviel Unhöflichkeit hätte ich nicht erwartet.«

»Unhöflichkeit?« schrie Ruth. »Ihr Polen seid das unhöflichste Volk der Welt. Lauter vulgäre, unflätige, verlogene, widerwärtige Arschlöcher!« Ruth sah ihn an. »Wenn Sie nicht sofort verschwinden, schlage ich Sie«, sagte sie. Sie war schweißbedeckt. Wie konnte dieser Mann wagen, solche Dinge zu sagen? Das Land war voller dumpfer Idioten, die jeder einzelne am antisemitischen Tropf hingen. Der Mann stand auf und ging zur Tür. »Ich wünsche Ihnen alles Schlechte«, rief Ruth ihm nach.

»Ruthie, Schatz, du darfst dir die Sachen nicht so zu Herzen nehmen«, sagte Edek.

»So ein Arschloch«, sagte Ruth.

»Ich weiß«, sagte Edek. »Aber du darfst dir das nicht so zu Herzen nehmen. Das tut dir nicht gut.«

»Ist schon in Ordnung«, sagte Ruth. »Vielleicht nehme ich einen *pontshke*.«

»Gut«, sagte Edek. »Ich hole uns ein paar *pontshkes*. Magst du auch eine heiße Schokolade?«

»Nein, danke«, sagte Ruth. »Ich nehme einen Kamillentee.«

»Mit Zitrone?« sagte Edek.

»Mit Zitrone«, sagte sie.

Sie zog ihre Jacke aus. Sie war immer noch erhitzt. Edek hatte recht, sie durfte sich nicht so aufregen. Sie atmete ein paarmal tief ein. Es freute sie, daß sie den Mann angeschrien hatte. Es tat gut zu sagen, was man sagen wollte. Besser gesagt es zu schreien. In New York schrie sie nie jemanden an. In New York gab es wenig Anlaß, andere anzuschreien. Dort lebten kaum Polen.

Sie konnte es kaum erwarten, Polen zu verlassen. Sie beschloß, Max anzurufen und sie zu bitten, etwas frisches Obst in ihre Wohnung zu bringen. Es wäre nett, bei der Heimkehr frische Erdbeeren und Mangos und Kiwis vorzufinden. In New York konnte man das beste Obst der Welt kaufen. Ruth tat ein Gelöbnis. Nie wieder wollte sie auf New York schimpfen.

Edek kam mit vier *pontshkes* zurück. »Vier?« sagte Ruth.

»Du mußt etwas essen«, sagte Edek. Ruth lachte.

»Einen nehme ich«, sagte sie. Es juckte sie, Zofia zu erwähnen. Um Edeks Reaktion zu testen. Sie wollte wissen, was er für Zofia empfand, doch andererseits wollte sie dem Thema nicht mehr Bedeutung verleihen, als es schon besaß. Falls es überhaupt von Bedeutung war. Sie wünschte, sie wüßte, was Edek für Zofia empfand. Viel konnte es nicht sein. Edek schien der Abreise aus Krakau sehr gefaßt entgegenzusehen.

Sie beschloß, Zofias Namen zu erwähnen. »Zofia mag keine Hunde«, sagte sie. Edek sah sie ratlos an. Ruth dachte, sie hätte das Thema Zofia geschickter anschneiden müssen. Die Mitteilung über Zofias Abneigung gegen Hunde kam Edek offenbar zusammenhanglos vor. So zusammenhanglos, wie sie tatsächlich war, dachte Ruth.

»Das fiel mir nur gerade ein, weil ich draußen einen Hund sah«, log sie.

»Wo?« sagte Edek.

»Er ist schon vorbei«, sagte Ruth. Warum benahm sie sich wie eine Halbwüchsige? Warum fragte sie ihren Vater nicht einfach, was er für Zofia empfand? »Katzen mag sie auch nicht«, sagte sie statt dessen. Edek sah sie wieder an.

»Du magst auch keine Hunde«, sagte er. »Offenbar gibt es viele Leute, was keine Hunde und Katzen mögen.«

Tja, mit ihrem Eröffnungszug war sie nicht sehr weit gekommen, dachte Ruth. Sie hatte nichts, gar nichts in Erfahrung gebracht. Sie schnitt ihren *pontshke* in Viertel. Edek hatte seinen ersten *pontshke* bereits aufgegessen. Er biß in einen zweiten. »Ruthie, mein Schatz«, sagte er, »ich möchte dir etwas erzählen, und du mußt mir versprechen, daß du mich nicht ausschimpfen wirst.« Bitte nicht, dachte Ruth. Sie erstarrte. Jetzt würde sie etwas über Zofia erfahren, was sie nicht hören wollte. Was beabsichtigte Edek zu sagen? Daß er wie wahnsinnig in Zofia verliebt war? Daß er mit ihr durchbrennen und in Zoppot leben wollte? Daß er in Polen leben wollte, umzingelt von lauter Polen? Sie nahm sich vor, auf seine Bekenntnisse maßvoll, vernünftig und verständnisvoll zu reagieren.

»Okay«, sagte Ruth. »Worum geht es? Ich hoffe, nichts allzu Schreckliches.«

»Was könnte schrecklich sein neben dem, was wir haben erlebt in Polen und woran wir haben gedacht?« sagte Edek. Ruth fragte sich, ob Edek den Antisemitismus und das Fehlen der Juden und die Greuel der Vergangenheit erwähnte, um das Thema Zofia harmloser erscheinen zu lassen. Nein, dachte sie. Das war ungerecht von ihr. So berechnend war Edek nicht.

»Ich möchte dir sagen«, sagte Edek, »daß ich Garth gesehen habe, bevor ich nach Polen kam.« Ruth war unendlich erleichtert. Es ging nicht um Zofia.

»Das stört mich nicht«, sagte sie. »Du kannst ihn sehen, sooft du willst. Mir macht das nichts aus.«

»Ich habe ihn in Sydney gesehen«, sagte Edek.

»Wann warst du in Sydney?« sagte Ruth.

»Dort war ich auf dem Weg nach Bangkok«, sagte Edek.

»Aber du hattest doch nur zwei Stunden Aufenthalt«, sagte Ruth.

»Ja«, sagte Edek. »Es war ein ganz schönes Gehetze. So herumgehetzt bin ich noch nie in meinem Leben.«

»Warum hast du das getan?« sagte Ruth. Warum glaubte Edek, sie würde sich darüber ärgern? Sie hatte ihm schon oft erklärt, daß sie nichts dagegen hatte, daß er mit Garth verkehrte. Allerdings, dachte sie, war es etwas übertrieben von ihm, Garth besuchen zu wollen, während er sich auf dem Flug nach Polen befand. Aber es störte sie nicht weiter.

»Ich habe ein Taxi genommen und bin zu Garth gefahren«, sagte Edek. »Wie nervös mich das gemacht hat, muß ich dir nicht extra sagen. Ich hatte Angst, zu verpassen das Flugzeug und dich zu ärgern.«

»Wenn du das Flugzeug verpaßt hättest, dann hätte ich mir Sorgen gemacht, aber ich hätte mich nicht geärgert«, sagte Ruth. »Außerdem hast du es nicht verpaßt.«

»Ich hatte aber Angst«, sagte Edek. »Ich war noch nie in Sydney gewesen. Ich wußte nicht, wie weit es war vom Flughafen zu Garth. Ich bin einfach in ein Taxi gestiegen und habe dem Fahrer die Adresse gesagt.« Edek schüttelte vor Verwunderung über seine eigene Kühnheit den Kopf. »Ich habe zu ihm gesagt, er soll schnell fahren«, sagte er.

»Nicht zu fassen«, sagte Ruth. »Du bist durch Sydney gerast, hast dein Leben in Gefahr gebracht, um Garth zu besuchen?«

»Zum Glück war er zu Hause«, sagte Edek. »Dem Fahrer, was mich hat gefahren, habe ich gesagt, er soll auf mich warten für den Fall, daß niemand da ist. Dann hätte er mich zum Flughafen zurückgebracht. Aber so hat Garth mich zum Flughafen gefahren.«

»Warum hast du das alles kurz vor einem Langstreckenflug angestellt?« sagte Ruth.

»Ich wollte Garth etwas fragen«, sagte Edek.

»Wäre das nicht telefonisch möglich gewesen?« sagte Ruth.

»Nein«, sagte Edek. »Das mußte ich ihn persönlich fragen.« Argwohn stieg in Ruth auf.

»Was wolltest du ihn denn fragen?« sagte sie.

»Versprichst du mir, daß du dich nicht aufregst?« sagte Edek.

»Ich werde mich bemühen«, sagte sie.

»Ich habe Garth gebeten, mich zu besuchen in New York«, sagte Edek. Er sah Ruth an, als rechne er mit einer Explosion.

»Was?« sagte Ruth. »Wie soll Garth dich in New York besuchen? Du fliegst doch gar nicht nach New York.«

»Vielleicht doch«, sagte Edek.

In Ruths Kopf begann sich alles zu drehen. War alles in ihrem Leben etwas anderes als das, wofür sie es hielt? Warum war so vieles verdreht? Umgekrempelt, aufgelöst? »Was ist los?« sagte Ruth zu Edek. »Was soll das heißen, daß du vielleicht nach New York fliegst?« Sie sah Edek an. »Sag mir jetzt klipp und klar, was los ist«, sagte sie. »Noch mehr Überraschungen ohne Erklärung kann ich nicht verdauen. Diese Reise hat mich sowieso schon an den Rand meiner Kräfte gebracht.«

»An den Rand deiner Kräfte?« sagte Edek. »Diese Reise war dein Einfall. Du wolltest unbedingt nach Polen fahren. Oder glaubst du etwa, ich hätte gewollt unbedingt nach Polen fahren? O nein.«

»Okay«, sagte Ruth. »Darüber müssen wir jetzt nicht streiten. Erzähl mir den Rest der Sache, über die ich nicht schimpfen soll.« Sie versuchte sich zu beruhigen. Angesichts aller anderen Eventualitäten war die Möglichkeit, Garth zu begegnen, vergleichsweise harmlos. Ruth würde beherrscht sein, freundlich und heiter. Sie würde dafür sorgen, daß die gemeinsame Vergangenheit kein Gesprächsthema bildete. Es würde so schlimm nicht sein. Nichts wirkte schlimm, solange es sich außerhalb Polens befand.

»Ich kann Garth nach New York einladen, wenn ich will«, sagte Edek.

»Natürlich kannst du das«, sagte Ruth. »Aber da er in meinem Leben eine gewisse Rolle gespielt hat, wäre es vielleicht nicht ganz unangebracht gewesen, so etwas vorher mit mir zu besprechen.«

»Du hättest gesagt, daß du ihn nicht sehen willst«, sagte Edek.

»Dafür hätte ich aber meine Gründe«, sagte Ruth.

»Die Gründe sind keine Gründe, was ich kann verstehen«, sagte Edek. Er sah Ruth an. »Garth ist für mich wie ein Schwiegersohn«, sagte er.

»Großartig«, sagte Ruth. »Du hast ihn über meinen Kopf hinweg mit mir verheiratet.«

»Er kann mein Schwiegersohn sein, auch ohne verheiratet zu sein mit meiner Tochter«, sagte Edek. »Er ist für mich wie ein Sohn.«

Schweigen trat ein. Ruth blickte auf und sah zu ihrem Entsetzen, daß Edek Tränen in den Augen standen. Ihr war scheußlich zumute.

»Dad, das verstehe ich ja«, sagte sie. »Ich verstehe, was du für Garth empfindest.« Edek begann zu weinen.

»Er ist wie ein Sohn für mich«, sagte er. »Garth ist der einzige Mensch, mit was ich bin gerne zusammen, seit Mum tot ist. Außer dir, Ruthie. Mit anderen Leuten ist es okay, aber mit Garth bin ich zusammen gerne. Er kennt mich, und ich kenne ihn.«

»Weine nicht, Dad«, sagte sie. »Es tut mir leid, daß ich dich so aus der Fassung gebracht habe. Ich verstehe dich.« Sie verstand ihn, dachte sie. Garth liebte Edek. Er strahlte vor Liebe, wenn er mit Edek zusammen war, und Edek war glücklich in Garths Gesellschaft. Sie war froh, daß Edek Garth hatte. Sie merkte, daß sie die Luft angehalten hatte. Sie atmete aus. Nun, zumindest war Zofia kein Thema mehr, dachte sie.

»Ich bin dir nicht böse«, sagte Ruth zu Edek. »Natürlich kannst du dich mit Garth treffen. Aber in New York? Du fliegst doch gar nicht nach New York.«

»Ich fliege nach New York«, sagte Edek.

»Wann?« sagte Ruth.

»Mit dir«, sagte Edek.

»Mit mir?« sagte Ruth. »Was willst du damit sagen?«

»Darum ging es im Flughafen von Warschau«, sagte Edek.

»Was?« sagte sie. Es fiel ihr schwer, dem, was ihr Vater sagte, zu folgen.

»Im Flughafen von Warschau habe ich mein Ticket umgetauscht«, sagte Edek. Er blickte Ruth erwartungsvoll und nervös an. Sie begriff immer noch nicht, was er sagen wollte. »Ich habe umgetauscht mein Ticket, um zu fliegen von Warschau nach New York«, sagte er. »Jetzt fliege ich von Warschau nach New York und von New York nach Sydney und von dort nach Melbourne.« Ruth war sprachlos. »Ich bleibe ein paar Tage bei dir in New York«, sagte Edek.

»Wann hast du dein Ticket umgetauscht?« sagte Ruth.

»Das hast du selbst gesehen«, sagte Edek. »Am Flughafen.«

»Als deine Reklamation bearbeitet wurde?« sagte Ruth.

»Es war gar keine Reklamation«, sagte Edek. »Mit meinem Sitz war alles in Ordnung. Ich habe das mit der Fußstütze nur erfunden, damit du verstehst, warum ich mußte etwas ändern lassen.«

Ruth schüttelte den Kopf. Sie traute ihren Ohren nicht. Ihr Vater hatte sie überlistet. Er hatte einen ganzen Dialog voller detaillierter Erklärungen für sein Vorgehen erfunden. Er hatte sie an der Nase herumgeführt. Wie konnte er ihr so etwas antun? Wie hatte er diese Scharade so meisterhaft ausführen können? Sie hatte nicht das geringste geargwöhnt.

»Du hast mir alles geglaubt?« sagte Edek.

»Selbstverständlich«, sagte Ruth.

»Du solltest mißtrauischer sein«, sagte Edek lächelnd. Ruth war froh, ihn lächeln zu sehen.

»Dir gegenüber?« sagte sie.

»Ja«, sagte Edek. »Die Geschichte mit der Fußstütze und mit dem Sitz, was nicht zurückging, war doch lächerlich. Welche Fluggesellschaft soll Sitze haben, was so kaputt sind? Nicht einmal Polskie Linie Lotnicze.«

»Ich muß wirklich blöd sein«, sagte Ruth. »Ich hatte nicht den leisesten Zweifel.«

»Ich liebe dich, Ruthie«, sagte Edek. Er sah jetzt viel glücklicher aus. Offenbar war er sehr erleichtert, daß sie über seine Eröffnung nicht ausgerastet war. »Ausrasten« – ein Begriff aus der Jugendsprache. Eigentlich waren ihr konventionellere Wendungen lieber. Beispielsweise »aus der Haut fahren« oder »die Beherrschung verlieren«. Sie schüttelte die Träumereien ab. Sie konnte sich jetzt nicht erlauben, über irgendwelche Sprachspielereien nachzusinnen.

»Ich habe Garth gesagt, an welchem Tag wir werden sein in New York«, sagte Edek. »Er kommt zwei Tage später.«

Ruth schüttelte abermals den Kopf. So etwas hätte sie Edek nie und nimmer zugetraut. Sie hätte ihm nie zugetraut, eine Täuschung so gekonnt durchzuführen und die ganze Reise über kein Sterbenswörtchen auszuplaudern. Nie im Leben wäre sie darauf gekommen, daß er mit ihr nach New York fliegen wollte. Sie hatte gedacht, sie würden in Warschau voneinander Abschied nehmen. Auf dem Flughafen. Es war ihr gelungen, Flüge zu buchen, die mehr oder weniger zeitgleich starteten. Ihrer nach New York, Edeks nach Australien.

Ihr Vater hatte eine Pantomime aufgeführt. Theater. Er war am Flughafen hin und her gerannt und hatte sich Erklärungen für sein absonderliches Tun einfallen lassen. Das hätte sie ihm nie zugetraut und noch weniger, daß er all das den größten Teil der Reise über für sich behalten konnte. Ein Lügenmärchen aufrechtzuerhalten war nicht so einfach. Und sie hätte nie gedacht, daß Edek zu so etwas fähig war.

Edek sah jetzt recht zufrieden aus. Er biß in einen weiteren *pontshke*. »Ich habe Garth gesagt, er soll zwei Tage nach uns nach New York kommen, weil du sollst Zeit haben, dich erholen zu können von deinem Jetlag«, sagte er.

»Danke«, sagte Ruth.

»Iß deinen *pontshke*«, sagte Edek. »Du hast noch keinen einzigen Bissen gegessen. Ich werde dich und Garth zu einem herrlichen Abendessen in New York ausführen«, sagte er.

»Mit meiner American-Express-Karte?« sagte Ruth lächelnd.

»Mit deiner American-Express-Karte«, sagte Edek. »Du sagst immer, ich soll sie benutzen, soviel ich will. Und ich will dich und Garth ausführen zu einem herrlichen Abendessen.«

»Es wundert mich nur, daß du noch keinen Tisch im Restaurant für uns bestellt hast«, sagte Ruth. Sie nahm ein Stückchen von ihrem *pontshke*. Sie steckte es in den Mund. Es schmeckte gut. Die Süße des Krapfens hatte etwas Besänftigendes. »Dieser *pontshke* schmeckt sehr gut«, sagte sie zu Edek.

»Was hab' ich gesagt?« sagte er. »In Polen gibt es die besten *pontshkes*.« Ruth aß einen zweiten Bissen von ihrem *pontshke*. Sie dachte an ihren Vater auf dem Warschauer Flughafen. Sie dachte daran, wie er vom einen Ende des Flughafens zum anderen gelaufen war. Wie er aufgetaucht und wieder verschwunden war. Sie dachte an die Einzelheiten, die er ihr erzählt hatte.

»Sitz 2B?« sagte sie zu Edek. »Das hast du mir erzählt. Sitz 2B.«

»Nicht schlecht, was?« sagte Edek. »Aus meinen Kriminalromanen habe ich eine Menge gelernt über solche Sachen. Ich habe gelernt, wie man dafür sorgt, daß niemand merkt, was wirklich passiert.«

»Das hast du gut gemacht«, sagte Ruth.

»Das habe ich alles aus meinen Krimis gelernt«, sagte Edek. »Man legt so eine falsche Fährte aus. So eine wie die mit dem Sitz 2B, und dann kann einen keiner verdächtigen. So etwas nennt man faule Fische.«

»Faule Fische?« sagte Ruth.

»Ja«, sagte Edek. »So wie Sand streuen.«

»Oh«, sagte Ruth, »du meinst Sand in die Augen streuen.«

»Genau«, sagte Edek. »Sand in die Augen streuen. Faule Fische verkaufen.« Er sah sehr zufrieden drein.

»Mit Fischen kennst du dich zweifellos aus«, sagte Ruth. »Vor allem mit Hering – mit eingelegtem Hering und Räucherhering.«

Edek lachte. »Den geräucherten Hering mag ich nicht so besonders gerne«, sagte er.

»Ich weiß«, sagte Ruth. »Der eingelegte Hering ist dir lieber. Vor allem als Rollmops.«

»Oj, Rollmops ist etwas Feines«, sagte Edek, »aber in Polen hatten wir nie welchen.«

»Vielleicht liegt es daran, daß es ein jüdisches Gericht ist«, sagte Ruth. Sie aß selbst gern Rollmops.

»Du ißt selbst gerne Rollmops, Ruthie«, sagte Edek.

»Das stimmt«, sagte sie.

»Ich habe es gar nicht so schlecht gemacht«, sagte Edek, der den letzten Puderzucker von seinem Teller wischte. »Du bist nicht so leicht hinters Licht zu führen. Du bist nicht dumm, und dir entgeht nichts, was ich tue.«

»Wirklich?« sagte sie.

»Ich beobachte dich«, sagte Edek. »Ich sehe, daß du alles beobachtest. Du beobachtest mich und andere Leute, was sind in unserer Nähe. Du beobachtest alles.«

»Wahrscheinlich hast du recht«, sagte sie. Edek hatte recht; sie hatte ihr Leben lang alles um sie herum beäugt und beobachtet.

»Und du weißt Sachen, Ruthie«, sagte Edek. »Sachen, was du gar nicht selbst gesehen hast.«

Ruth erschrak. War beunruhigt. Was meinte Edek damit?

»Ich kann sehen, was du spürst über die Juden, die früher haben gelebt in Łódź«, sagte Edek. »Ich kann sehen, wie du sie spürst, obwohl es gar keine Juden mehr gibt in Łódź.« Ruth war erleichtert. Ihr Vater meinte nur Sensibilität und Sympathie. »Du kannst die Juden spüren, Ruthie«, sagte er. »Ich habe dich beobachtet auf dem Friedhof. Und im Ghetto. In der Kamedulskastraße. Es ist, als wärst du selber dabeigewesen, als es gab die Juden. Manchmal denke ich, du kannst zuviel begreifen, Ruthie.«

»Ich glaube nicht, daß man je zuviel begreifen kann, Dad«, sagte sie. Sie hatte den Eindruck, daß es in ihrem Leben zu vieles gab, was sie noch immer zu begreifen versuchte.

»Warum kannst du nicht begreifen die Sache mit Garth?« fragte Edek. Das war die Frage. Warum konnte sie die Sache mit Garth nicht begreifen? Was gab es da zu begreifen? Sie hatten eine Beziehung gehabt, und die Beziehung war beendet. Das war alles.

»Was gibt es da zu begreifen, Dad?« sagte sie überdrüssig. »Daß du ihn liebst?«

»Was du begreifen solltest«, sagte Edek, »und was nicht so schwer zu begreifen sein kann, das ist, daß Garth dich liebt. Das wirst du sehen in New York, wenn wir alle zusammen sind.«

»Danke, Dad«, sagte sie. »Ich kehre zu einem Berg von Arbeit zurück, und du hast eingefädelt, daß ich Garth sehe.«

»Du hast schon zuviel Arbeit in deinem Leben gehabt«, sagte Edek. »Du hattest nicht genug andere Sachen.«

»Ich habe mehr als genug von allem gehabt, was ich brauchen konnte«, sagte Ruth. Sie war verärgert. Sie hatte so schwer gearbeitet, um ein ausgewogenes Leben zu führen, und jetzt schlug Edek ihr aus heiterem Himmel vor, sie solle unausgewogener leben. Sie hatte sich viele und ernste Gedanken über die Ausgewogenheit gemacht. Ihr Leben war ausgewogen.

»Du hast nie lange einen Mann zum Ehemann gehabt«, sagte Edek.

»Man kann auch ohne Ehemann leben, falls du das nicht wußtest«, sagte Ruth mit – wie sie hoffte – unverhülltem Sarkasmus. »Nicht jede Frau braucht einen Ehemann. Ich brauche keinen. Ich brauche keinen Mann in meinem Leben.«

»Reg dich runter, Ruthie, reg dich runter«, sagte Edek.

»Ich bin die Ruhe selbst«, sagte sie. »Die Welt hat sich verändert, Dad. Frauen brauchen keinen Mann mehr, um ein glückliches und erfülltes Leben zu führen.« Mißmut überkam sie. »Ich bin glücklich«, schrie sie Edek an, damit er endlich begriff. Sie war den Tränen nahe. Was war daran so schwer zu verstehen? Niemand hielt unverheiratete Männer für unglücklich oder bar des Lebensinhalts. Im Gegenteil – viele unbeweibte Männer galten als Glückspilze. Fröhliche Junggesellen. Von anderen Männern beneidet. Und für Frauen anziehend. Eine Träne lief ihr die Wange hinunter. Sie wischte sie weg.

»Wenn du so glücklich bist, warum weinst du dann?« sagte Edek.

»Vor Verzweiflung über dich«, sagte Ruth.

»Wenn du so glücklich bist«, sagte Edek, »warum bewegst du dann dein Bein immer auf und ab und machst so komische Sachen mit deinem Auge?« Ruth spürte, wie ihre Kräfte sie verließen.

»Hack nicht auf mir herum, Dad«, sagte sie.

»Ich hacke nicht herum«, sagte er.

»So viele Männer hast du gehabt, was dich wollten heiraten«, sagte Edek. Ruth schwieg. Sie hatte nicht mehr genug Kraft, um nochmals zu erklären, daß die Zeiten sich geändert hatten. Daß die Ehe für viele Frauen nicht mehr von ausschlaggebender Wichtigkeit war.

»So viele Männer hast du gehabt, was dich wollten heiraten«, wiederholte Edek. »Zu viele Männer.« Was hatte er da eben gesagt? Zu viele Männer. Allmählich hatte sie den Eindruck, von diesem Satz verfolgt zu werden.

»Wer wollte mich heiraten?« sagte sie zu Edek.

»Als erstes die zwei Ehemänner«, sagte er. »Und vielleicht sogar der Green-Card-Mann.«

»Sei nicht albern, Dad. Den mußte ich bezahlen«, sagte Ruth.

»Du mußtest ihn bezahlen?« sagte Edek.

»Ich mußte ihm viertausend Dollar bezahlen«, sagte Ruth. »Zweitausend bei Eheschließung und zweitausend bei der letzten Begegnung.«

»Oj, oj«, sagte Edek, »viertausend Dollar! Davon hast du mir nichts gesagt.«

»Es war nur eine der Sachen, die ich tun mußte, um in New York wohnen zu können«, sagte sie. »Außerdem wollte ich nicht, daß du dir wegen dem dritten Ehemann Sorgen machtest. Die zwei ersten Scheidungen haben dir genug zu schaffen gemacht. Ich wollte dich nicht auch noch mit der dritten Scheidung belasten.«

»Du hast recht«, sagte Edek. »Deine Scheidungen haben mir gemacht mehr zu schaffen als dir.«

»Ob man es so ausdrücken sollte, weiß ich nicht«, sagte Ruth. »Ein Vergnügen waren sie für mich auch nicht gerade.«

»Für mich waren sie das ganz sicher nicht«, sagte Edek.

Ruth war froh, daß das Gespräch sich von den Männern, die sie hatten heiraten wollen, entfernt hatte. Es waren ohnedies nicht viele gewesen.

»Sollen wir zum Hotel zurückgehen?« sagte Ruth. »Ich will nachsehen, ob Faxe gekommen sind.«

»Okay«, sagte Edek. Er sah auf die Uhr. »Es ist bald Zeit zum Mittagessen«, sagte er.

»Ich habe unterwegs ein kleines vegetarisches Restaurant gesehen«, sagte Ruth. »Wollen wir dort essen gehen, nachdem ich mich nach den Faxen erkundigt habe?«

»Vegetarisch?« sagte Edek. »Dieses Gemüse kannst du essen, wenn du wieder in New York bist. Warum essen wir heute nicht ein paar *pierogi*? In New Yok gibt es solche guten *pierogi* nicht.«

»Das stimmt«, sagte sie. »Die *pierogi* in New York sind gut, aber nicht so gut wie in Polen.«

»Das kannst du laut sagen, Bruder«, sagte Edek.

Ruth griff nach ihrer Handtasche, um zu zahlen, als sie Edeks Blick auf sich spürte. »Dieser John und dieser Allan wollten dich heiraten«, sagte er.

Ruth stöhnte. »Mit John wie-auch-immer war ich etwa vier Wochen lang befreundet, und Allan wollte mich gar nicht heiraten«, sagte sie. »Und ich wollte ihn ganz bestimmt nicht heiraten.«

»Dieser Allan hat mir gesagt, daß er dich wollte heiraten«, sagte Edek.

»Er war nicht ganz bei Trost«, sagte Ruth. »Und wenn schon! Du kannst den Wert einer Frau doch nicht danach bemessen, wie viele Männer sie heiraten wollten!«

»Nein?« sagte Edek.

»Nein!« schrie sie.

»Wozu das Geschrei?« sagte Edek. »Es geht doch nur darum, daß du nicht begreifen wolltest, daß Garth von allen diesen Männern war derjenige, der dich geliebt hat.«

»Das habe ich begriffen«, sagte Ruth.

Beide schwiegen. »Wir sind am Dreizehnten in New York, nicht wahr?« sagte Edek.

»Ja«, sagte Ruth. Plötzlich erschien die Zahl dreizehn ihr als unglückverheißende Zahl. »Hältst du die Zahl dreizehn für eine Unglückszahl?« fragte sie Edek.

»Unglück? Durch eine Zahl? Bist du verrückt?« sagte Edek. Ruth spürte Erleichterung. Abergläubische Vorstellungen waren etwas, womit man sich nur belastete, dachte sie.

Sie versuchte an Garths Besuch zu denken und daran, was dieser Besuch bedeutete, doch sie war zu müde. Sie begriff, daß sie sich all ihre Sorgen wegen Zofia hätte sparen können. Zofia schien sich nicht im Mittelpunkt von Edeks Universum zu befinden. Zofia schien keine Probleme mehr zu bereiten. Trotzdem gab es ein Problem: Edeks Pläne, Ruth wieder mit Garth zusammenzubringen. Doch dieses Problem würde sich bewältigen, würde sich lösen lassen. Es war ein bei weitem nicht so großes Problem, wie Zofia es vor nicht allzu langer Zeit gewesen war.

Das Wort »groß« in einem Satz, der sich auf Zofia bezog, erinnerte Ruth an Zofias Brüste. Warum war sie so sehr auf Zofias Brüste fixiert? Große Brüste waren nicht gar so begehrenswert. Viele großbusigen Frauen hatten Schwierigkeiten – Büstenhalterprobleme, Männerprobleme, Rückenprobleme, Probleme mit anderen Frauen. Warum machte sie aus Zofias Brüsten ein Problem?

»Ich werde Garth in New York sehen«, sagte sie zu Edek, »aber ändern wird sich dadurch nichts.«

»Das werden wir sehen«, sagte Edek.

»Garth gehört für mich zur Vergangenheit«, sagte Ruth. »Und was vorbei ist, ist vorbei.« Wenn das mal stimmte, dachte sie, nachdem sie es gesagt hatte.

Walentyna saß im Salon des Hotels Mimoza, als sie zurückkamen. Sie sprang auf, als sie Ruth und Edek sah.

»Kann ich einen Augenblick unter vier Augen mit Ruth sprechen?« sagte sie zu ihnen.

»Natürlich«, sagte Edek.

»Entschuldigen Sie bitte«, sagte Walentyna zu Edek. »Ich hoffe, es ist nicht unhöflich von mir, darum zu bitten.«

»Selbstverständlich ist es das nicht«, sagte Edek.

Ruth wunderte sich über Walentynas Bitte, sich mit ihr allein zu unterhalten.

»Ich gehe auf mein Zimmer«, sagte Edek zu Walentyna, »um mich auf das Mittagessen vorzubereiten.« Er sah auf seine Hände. »Ich muß mir die Hände waschen«, sagte er. »Sie sind ganz klebrig von den *pontshkes.*«

»Sie haben *pontshkes* gegessen?« sagte Walentyna.

»Ja«, sagte Edek. »Sehr gute *pontshkes.*«

»Die *pontshkes* waren ausgezeichnet«, sagte Ruth.

»Ich sehe die Damen später wieder«, sagte Edek.

Ruth setzte sich neben Walentyna. »Zofia ist eine gute Frau«, sagte Walentyna. Aha, dachte Ruth, darum ging es also. Walentyna setzte sich für Zofia ein. Es wunderte sie, daß sie das nicht gleich erraten hatte. Sie fragte sich, ob Zofia Walentyna um ihre Hilfe gebeten hatte. Ruth konnte sich nicht so recht eine Zofia vorstellen, die auf Walentynas Hilfe angewiesen war. Sie ärgerte sich über sich selbst. Warum mußte sie Walentynas Handeln so zynisch sehen? Warum konnte sie es nicht als freundschaftliche Handlung begreifen? Als Zeichen einer tiefen Verbundenheit zweier zutiefst unterschiedlicher Frauen. Sie verabscheute sich für ihren Zynismus.

»Ich bin davon überzeugt, daß Zofia eine gute Frau ist«, sagte Ruth.

»Ich weiß, daß sie es ist«, sagte Walentyna. Sie sah Ruth an. »Zofia hat mich nicht darum gebeten, mit Ihnen zu sprechen«, sagte sie.

»Zofia scheint mir nicht die Art Frau zu sein, die um Hilfe bittet«, sagte Ruth. Walentyna lachte.

»Da haben Sie recht«, sagte sie. »Zofia ist sehr selbständig. Aber sie ist ein guter Mensch. Sie müssen wegen ihr nicht nervös sein.«

»Ich bin nicht nervös«, sagte Ruth.

»Sie sind nervös«, sagte Walentyna. »Das kann ich sehen.«

Offenbar konnte jedermann ihre Nerven sehen. Konnte sehen, daß sie, Ruth Rothwax, ein Nervenbündel war, dachte Ruth. »Ich habe schon am ersten Tag gesehen, daß Sie wegen uns beiden nervös waren«, sagte Walentyna. »Aber es gibt keinen Grund, nervös zu sein. Wegen mir nicht. Und wegen Zofia auch nicht.«

Ruth wünschte, Walentyna würde einen anderen Begriff verwenden. Das Wort »nervös« hing ihr allmählich zum Hals heraus. Welche anderen Wörter hätte Walentyna verwenden können? Sie hätte »ängstlich«, »furchtsam«, »unruhig« sagen können. Oder »erregbar«, »übervorsichtig«, »zartbesaitet«. Nein, das war nicht fair von ihr. Man konnte von einem Polen nicht erwarten, daß er das Wort »zartbesaitet« auf englisch kannte. Ruth versank in ihre Träumerei über das Wort »nervös«, als Walentyna sie wieder ansprach. »Zofia ist ein guter Mensch. Ein sehr guter Mensch«, sagte Walentyna. »Und eine sehr gute Freundin.«

Eine gute Freundin? War Zofias Grimasse über Walentynas Käsekuchen die Tat einer guten Freundin, fragte sich Ruth. Wenn Walentynas Käsekuchen eine Heimsuchung war, dann ja, entschied sie.

»Ich weiß, daß man es mit Zofia nicht immer leicht hat«, sagte Walentyna. »Manchmal sagt sie zu deutlich, was sie denkt. Sie weiß nicht, wie stark sie ist. Manchmal komme ich fast nicht zu Wort, wenn ich mit ihr zusammen bin. Aber sie ist ein guter Mensch und eine gute Freundin.«

»Sicher ist sie das«, sagte Ruth. Walentyna hatte noch mehr zu sagen, merkte Ruth. Sie hatte nur innegehalten, um Luft zu holen.

»Und sie ist in Edek vernarrt«, sagte Walentyna, die von ihrer langen Rede ein wenig errötet und ein wenig atemlos war. »Wer wäre nicht in Edek vernarrt?« fügte sie schnell hinzu. »Ich finde ihn auch wunderbar, aber Zofia war schneller als ich.« Zofia war schneller, dachte Ruth. Was war Edek? Ein Preis, den man sich teilen konnte oder der dem Schnellsten überreicht wurde? Ruth beschloß, Walentynas Worte als Kompliment aufzufassen.

»Was mich betrifft«, sagte Walentyna, »ich bin zu still für Edek.« Sie legte ihre Hand auf Ruths Arm. »Geben Sie Zofia eine Chance«, sagte sie.

»Ich glaube nicht, daß Zofia meine Hilfe benötigt«, sagte Ruth. »Sie scheint mir ganz gut alleine zurechtzukommen.«

»Sie braucht Ihre Hilfe«, sagte Walentyna.

»Es gibt nichts, wobei ich ihr helfen könnte«, sagte Ruth. »Wir reisen morgen ab. Wir werden Sie und Zofia lange nicht sehen.«

Sie unterdrückte den Wunsch, die Worte »wenn überhaupt je wieder« hinzuzufügen. Sie wollte zu keiner der beiden Frauen unnötig unfreundlich sein. »Ich glaube nicht, daß wir in naher Zukunft wieder nach Polen kommen werden«, sagte sie zu Walentyna. Das war ein vernünftiger Kompromiß, dachte sie.

»Wir werden sehen«, sagte Walentyna.

»Ja«, sagte Ruth, »wir werden sehen.«

»Ich habe gehört, daß ein alter Freund Sie in New York besuchen wird«, sagte Walentyna. Ruth zuckte zusammen. Woher wußte Walentyna das? Hatte Zofia es ihr erzählt? Zofia mußte es ihr erzählt haben. Edek mußte es Zofia erzählt haben. Bevor er es Ruth gesagt hatte. Ihr war übel. Das war kein gutes Zeichen. Sie atmete tief ein. Sie benahm sich albern, dachte sie. Es gab keinen Grund zur Beunruhigung. Edek hatte die Nachricht von Garths Besuch lange für sich behalten. Offenbar war es ihm schwergefallen, weiterhin dichtzuhalten, und er hatte Zofia gegenüber etwas durchsickern lassen.

Ruth schauderte. Warum hatte sie das Wort »dichthalten« denken müssen? Und das Wort »durchsickern«. Was für schreckliche Metaphern. In Zusammenhang mit Zofia wollte sie nicht an ihren Vater als an jemanden denken, der dichthielt oder etwas durchsickern ließ. Sie schauderte wieder.

Edek kam zurück. »Bist du bereit, zum Essen zu gehen?« sagte er zu Ruth.

»Ja«, sagte sie schnell. Sie wollte Edek keine Möglichkeit geben, Zofia oder Walentyna zum Mittagessen einzuladen.

»Ich muß Zofia holen«, sagte Walentyna. »Wir wollen Schindlers ehemalige Fabrik besichtigen.«

»Nehmen Sie keinen Führer mit«, sagte Ruth, »es sei denn, Sie wollen sich etwas über Steven Spielberg erzählen lassen.«

»Warum mußt du solche Sachen sagen?« sagte Edek zu Ruth, als sie allein waren. »Vielleicht will Walentyna etwas über Steven Spielberg hören.«

»Wahrscheinlich ist es genau das, was sie hören will«, sagte Ruth.

»Daran ist nichts Schlimmes«, sagte Edek.

»Ich will, daß die Leute erst etwas über die Juden und über Oskar Schindler erfahren, bevor sie sich von Steven Spielberg erzählen lassen.«

»Was macht das schon aus?« sagte Edek.

»Mir macht es etwas aus«, sagte Ruth.

»Es ändert nichts an dem, was geschehen ist mit den Juden«, sagte Edek.

Ein Paar, Mann und Frau um die Sechzig, stand in der Nähe.

»Ich habe zufällig Ihr Gespräch mit angehört«, sagte die Frau. »Ich bin Sylvia Rosenzweig, und das ist mein Mann Tommy«, sagte sie. »Wir wollen heute abend das jüdische Kabarett im Restaurant Samson besuchen. Wissen Sie, ob man die Eintrittskarten vorbestellen muß?«

»Gehen Sie lieber nicht hin«, sagte Ruth zu Tom und Sylvia Rosenzweig. »Es ist nichts als antisemitisches Gesabber. An dem Kabarett ist nichts jüdisch.« Beide Rosenzweigs sahen schockiert aus.

»Ich hatte gehört, es sei ein jüdisches Kabarett«, sagte Sylvia Rosenzweig.

»Als das wird es ausgegeben«, sagte Ruth.

»Warum?« sagte Tommy.

»Das weiß ich nicht«, sagte Ruth. Die Rosenzweigs entfernten sich kopfschüttelnd.

»Warum hast du das gesagt?« sagte Edek. »Du machst verrückt alle Juden, was besuchen Polen, und alle Polen, was dir begegnen.«

»Es ist zum Verrücktwerden«, sagte Ruth.

Edek sah wieder glücklich aus, als sie zu Mittag aßen. Seine Verärgerung über Ruth schien sich verflüchtigt zu haben. Essen machte ihn oft glücklich. Ruth dachte über diesen Satz nach. Er war nicht korrekt. Essen machte ihren Vater immer glücklich. Das schien eine unausweichliche Folge der vielen Hungerjahre zu sein. Vielleicht war er aber auch schon vorher so gewesen. Ruths Gedanken über Edeks und Rooshkas Leben enthielten so viele Vielleicht.

Ruth und Edek saßen in einem kleinen Restaurant in der Mikołajskastraße, die von der Rynek Główny abging. Spezialität des Hauses waren *pierogi*. Edek hatte sich für Rindfleisch-*pierogi*, Kalbfleisch-*pierogi* und Kartoffel-Käse-*pierogi* entschieden. Ruth aß wieder einmal Hühnersuppe. Ihr Magen war gereizt. Krankheiten hatten ihre Vorteile, dachte sie. Noch nie war es ihr so wenig schwergefallen, auf Nahrung zu verzichten.

Edek aß ungewöhnlich schnell. Er aß immer geschwind, doch die Schnelligkeit, die er jetzt gerade zutage legte, erschreckte Ruth. Sie sah ihn an. Er war mit seinen *pierogi* fast zu Ende. Seine gute Laune schien zusammen mit den Rindfleisch-, Kalbfleisch- und Kartoffel-Käse-*pierogi* verschwunden zu sein. Plötzlich legte er Messer und Gabel hin. Mit der rechten Hand schlug er auf den Tisch. »Ich habe einen Entschluß gefaßt«, sagte er.

Ruth blieb das Herz stehen. Was würde sie jetzt zu hören bekommen? Sie legte ihren Löffel hin. Sie versuchte, dem, was sie zu hören bekommen würde, gefaßt entgegenzusehen. Welchen Entschluß hatte Edek gefaßt? Es klang nach einem weitreichenderen Entschluß als dem, noch eine Portion *pierogi* oder ein Stück Kuchen zu bestellen.

»Ich muß dir etwas sagen, Ruthie«, sagte Edek.

Ruth schüttelte den Kopf. Was immer es sein mochte, sie wollte nichts davon hören. »Warum schüttelst du den Kopf?« sagte Edek.

»Ich weiß über eine Menge Dinge mehr, als mir guttut«, sagte Ruth. »Ich muß nicht noch mehr erfahren. Mein Bedarf ist mehr als gedeckt.«

»Aber du willst doch immer Sachen wissen«, sagte Edek.

»Momentan nicht«, sagte Ruth. »Ich will nichts von Zofia hören und nichts von Garth. Ich will von überhaupt nichts etwas hören. Ich will nur nach Hause.«

»Das hier hat nichts mit Zofia zu tun«, sagte Edek, »und mit Garth auch nicht. Was es über Garth zu sagen gibt, habe ich dir alles gesagt.«

»Ja und?« sagte Ruth. »Worum geht es dann?«

»Ich muß noch einmal nach Łódź«, sagte Edek.

»Du willst noch einmal nach Łódź?« sagte Ruth. »Du hattest es doch so eilig wegzukommen. Du wolltest unbedingt weg.«

»Ich wollte nicht unbedingt weg«, sagte Edek.

»Du warst nicht gerne dort«, sagte Ruth.

»Welcher Mensch in meiner Lage wäre gerne in Łódź?« sagte Edek.

»Richtig«, sagte Ruth. »Weshalb willst du dann noch einmal dorthin?«

»Ich will es nur für eine Stunde oder zwei«, sagte Edek.

Ruth verspürte Furcht. Sie waren drei Tage lang in Łódź gewesen. Warum hatte Edek das, was er tun wollte, da nicht getan? Warum jetzt? Sie begann zu zittern.

»Was ist los, Ruthie?« sagte Edek.

»Mir ist nur kalt«, sagte sie.

Sie fragte sich, woher die Kälte in ihren Knochen kam. Ihre Zähne klapperten. Sie hätte am liebsten ihren Mantel angezogen, doch sie konnte sich nicht rühren. Sie spürte, daß ihre Lippen blau wurden. »Ich habe Angst«, sagte sie zu Edek.

»Du mußt keine Angst haben, Ruthie«, sagte er. Es beruhigte sie nicht. Wenn sie noch stiller dasaß, dachte sie, würde ihr Blut stocken. Es würde in jeder Vene oder Arterie, die es gerade durchfloß, einfach stehenbleiben. Und sie wäre ein Eisklotz. »Es ist nichts, wovor du Angst haben mußt«, sagte Edek.

»Könntest du mir helfen, meinen Mantel anzuziehen?« sagte Ruth. Edek stand auf und half Ruth in ihren Mantel.

»Ich will nur für eine Stunde oder höchstens zwei Stunden hinfahren«, sagte er. Eine oder zwei Stunden, dachte sie. Was sollte man in ein, zwei Stunden Schreckliches herausfinden können? Warum dachte sie, daß es darum ging, etwas herauszufinden? Vielleicht wollte Edek die Kamedulskastraße ein letztes Mal sehen. Sie preßte die Zähne zusammen, damit ihr Kiefer nicht klappern konnte.

»Wahrscheinlich ist gar nichts da«, sagte Edek.

»Ich dachte, das hätten wir bereits festgestellt«, sagte Ruth.

»Ich muß ein bißchen graben«, sagte Edek. Graben, dachte Ruth. Wo graben? Warum sprach ihr Vater die ganze Zeit in so unverständlichen verknappten Sätzen?

»Wo graben?« sagte Ruth.

»Im Hof in der Kamedulskastraße«, sagte Edek, »wo sonst?« Ruth schreckte auf. »Mein Cousin Herschel hat dort etwas vergraben«, sagte Edek.

»Der alte Mann hatte also recht«, sagte Ruth. »Dort ist etwas vergraben.«

»Dort war etwas vergraben«, sagte Edek. »Ich weiß nicht, ob es noch dort ist.«

»Es ist noch dort«, sagte sie unvermittelt. Edek sah sie an. Er wirkte verstört. Ruth war selbst verstört. Warum mußte sie immer solche Dinge sagen? Es war ihr ohne ihr Zutun entfahren. Es ist noch dort. Sie hatte die Worte gesprochen, ohne sich dessen bewußt zu sein.

»Woher weißt du das?« sagte Edek.

»Ich weiß es nicht«, sagte sie ruhig. »Ich vermute es wahrscheinlich nur.«

»Ich habe dir nie davon erzählt«, sagte Edek.

»Es war nur eine Vermutung«, sagte Ruth. Edek beäugte sie mißtrauisch. »Es war eine Vermutung«, sagte sie, »was bedeutet, daß eine fünfzigprozentige Chance besteht, daß es stimmt. Was auch immer dort sein mag oder nicht sein mag.«

»Weißt du, was es ist?« sagte Edek.

»Es ist etwas Kleines«, sagte Ruth. Edek schüttelte den Kopf. Er war bleich geworden. »Ich weiß nicht, warum ich das gesagt habe«, sagte Ruth.

»Es ist sehr klein«, sagte Edek ruhig.

»Es war nur eine gute Vermutung, Dad«, sagte sie. »Ich war schon immer gut im Raten.« Edek sah sie bedächtig an. Er wirkte ratlos.

»Ich glaube nicht, daß es nur eine Vermutung ist«, sagte er.

»Aber natürlich«, sagte sie. »Eine Vermutung auf logischer Basis. Wenn es etwas Großes gewesen wäre, hätten diese Polen es im Handumdrehen gefunden.« Ruth betastete ihren Nacken. Er war feucht. Kalter Schweiß war ihr ausgebrochen. »Es war eine intelligente Vermutung, Dad«, sagte sie und lachte, um die Atmosphäre aufzulockern.

»Vielleicht hast du recht«, sagte Edek.

»Kein Gold?« sagte Ruth. Edek lachte. »Nein, Ruthie, mein Schatz. Kein Gold.«

»Ich hätte nicht gedacht, daß wir noch einmal nach Łódź fahren würden«, sagte sie.

»Was denkst du dir denn?« sagte Edek. »Daß ich gedacht hätte, ich würde noch viele Male hinfahren? Ich dachte, ich wäre mit Łódź fertig.«

»Wir wohnen am besten wieder im Grandhotel Victoria«, sagte Ruth. Ihre Laune besserte sich. Wenn sie nach Łódź zurückfuhren, mußten Dinge organisiert werden. Reisevorbereitungen. Hotelbuchungen. All das belebte sie. Solche Aktivitäten hatten etwas Normales. Fahrpläne und Buchungen und Termine und Verabredungen. Sie informierte sich für ihr Leben gerne über Übernachtungskosten und Flugpreise und Zugfahrpläne. Hin und wieder las sie zur Entspannung Fahrpläne.

In ihrem Büroschreibtisch hatte sie eine Ausgabe des Long-Island-Railroad-Fahrplans. Die Präzision der Fahrpläne, die Zielorte und Abfahrtszeiten wärmten ihr das Herz. Ein Zug, der Penn Station um 7.03 morgens verließ, mußte die Endstation um 9.07 Uhr erreichen. Was für eine herrliche Welt der Ordnung und Gewißheit. Max hatte Ruths Freude am Long-Island-Railroad-Fahrplan nicht unbeträchtlich gemindert, als sie ihr eines Tages erzählt hatte, daß diese Bahngesellschaft nie pünktlich sei.

»Wozu brauchen wir ein Hotel?« sagte Edek.

»Wir brauchen es als Operationsbasis. Wir müssen uns eine Schaufel besorgen. Wir müssen das Ganze organisieren.«

»Okay«, sagte Edek. »Wahrscheinlich ist gar nichts mehr da«, sagte er nach ein paar Minuten. Ruth schwieg. Sie wußte, daß das, was dort war, da war. Dieses Wissen erschreckte sie.

»Was ist es, Dad?« sagte sie. »Was ist dort vergraben?«

»Ich sage es dir, Ruthie«, sagte er, »wenn wir in Łódź sind. Es ist keine so besonders leichte Geschichte.« Ruth wurde wieder übel.

»Es hat nichts mit dir zu tun, Ruthie«, sagte Edek. »Es hat nichts mit dir zu tun.«

»Ich lasse den Türsteher eine Schaufel für uns besorgen«, sagte Ruth. »Vielleicht bitte ich ihn sogar mitzukommen. Er kann uns das alte Paar vom Leib halten.«

»Du warst nicht besonders nett zu dem Türsteher«, sagte Edek. »Ich war immer nett zu ihm. Es kann nie schaden, mit jemand auf gutem Fuß zu stehen.«

»Du hast recht, Dad«, sagte sie. Sie war froh, daß sie dem Türsteher ein gutes Trinkgeld gegeben hatten.

Sie konnte es kaum fassen, daß sie nach Łódź zurückfahren würden. Und zu welchem Zweck? Wegen etwas, was vor zweiundfünfzig Jahren in der Erde vergraben worden war. Wenn es in der Erde ruhte, konnte es nichts allzu Erschreckendes sein. Was für ein alberner Gedanke, dachte sie. Ihr halbes Leben hatte sie damit verbracht, sich vor vergrabenen Dingen zu fürchten. Aber das hier war etwas sehr Kleines. Zu klein, um ein Lebewesen zu sein. Wie groß mußte ein Lebewesen sein, um ein Lebewesen zu sein?

Ruth schüttelte den Kopf. Sie mußte aufhören, sich mit abstrakten Rätseln verrückt zu machen. Sie wollte ihre Gedanken ablenken. Was hatte Edek vorhin gesagt? Er hatte gesagt, das, was er ihr erzählen wolle, habe weder mit Zofia noch mit Garth zu tun. Er hatte gesagt, er habe alles gesagt, was Garth betraf. Von Zofia hatte er das nicht gesagt. Hatte diese Auslassung etwas zu bedeuten? Bedeutete sie, daß es etwas gab, was Zofia betraf und was er nicht sagen wollte?

»Sollen wir uns einen Fahrer mit Mercedes bestellen, der uns nach Łódź fährt?« sagte Edek.

»Nach Łódź?« sagte Ruth. »Ich will nicht nach Łódź fahren. Außerdem haben wir dafür nicht genug Zeit. Ich will nach Hause. Wir fliegen nach Łódź.«

»Willst du wirklich fliegen?« sagte Edek. »Das Fahren war doch immer sehr bequem.«

»Ich will fliegen«, sagte Ruth. »Ich will schnell hin und schnell weg. Ich will mich nicht länger als nötig in Polen aufhalten. Ich habe genug von den Polen und genug von den polnischen Landschaften. Ich habe genug von den Schreinen und Kreuzen und Heiligen Jungfrauen und gekreuzigten Christussen. Ich habe so viele bonbonfarbene Muttergottesbildnisse gesehen, daß sie mir bis an mein Lebensende reichen. Ich habe mehr süße Esel und sauertöpfische Eseltreiber zu sehen bekommen, als ich brauchen kann.« Edek schaute sie beunruhigt an. Ruths Stimme war immer lauter geworden. Leute starrten sie an.

»Reg dich runter, Ruthie«, sagte Edek. »Reg dich runter.«

»Es heißt ab, nicht runter!« schrie sie.

»Okay, rab«, sagte Edek, »reg dich rab.«

»Es tut mir leid«, sagte sie.

»Die ganze Reise ist einfach zuviel für dich, Ruthie«, sagte Edek.

»Das kann man wohl sagen«, sagte sie.

Einige Gäste starrten sie noch immer an. Einer von ihnen war ein Priester. Ruth erwiderte seinen Blick. »Glotzen Sie nicht so scheinheilig«, sagte sie zu ihm. »Ihr Verein hat sich im Krieg nicht gerade mit Ehre bekleckert.« Sie hoffte, daß er Englisch verstand.

»Ruthie, Ruthie, was ist bloß in dich gefahren?« sagte Edek. Da war die Frage wieder. Nichts war in sie gefahren. Alles war seit langem in ihr.

»Ich hasse sie«, sagte sie.

»Wen?« sagte er.

»Die polnischen Priester«, sagte Ruth. »Vor allem die älteren. Sie tun immer so fromm.«

»Du kannst nicht alle Welt hassen«, sagte Edek.

»Das habe ich auch nicht getan, bis ich nach Polen kam«, sagte sie. Was geschah mit ihr? Wo war ihr Mitleid geblieben? Ihre

Menschlichkeit? Das, in was sie sich verwandelte, haßte sie noch mehr als die Polen. Sie mußte sich aus dieser Spirale des Hasses befreien.

»Können wir heute nachmittag abreisen?« sagte sie zu Edek.

»Willst du heute abreisen?« sagte Edek.

»Ja«, sagte sie.

»Warum nicht morgen?« sagte er.

»Ich muß raus aus diesem Land«, sagte Ruth.

»Du wolltest unbedingt nach Polen«, sagte Edek.

»Ja, aber jetzt reicht es mir«, sagte sie. »Ich will nach Hause.«

»Okay, okay«, sagte Edek. »Von mir aus können wir heute nach Łódź fahren.«

»Danke, Dad«, sagte sie. »Ich kümmere mich um die Hotelreservierung und den Flug. Ich will versuchen, einen Flug gegen sechs Uhr abends zu bekommen.«

»Ist mir recht«, sagte Edek.

Ruth hatte für einen Moment ein schlechtes Gewissen, weil sie Krakau so schnell wie möglich verlassen wollte, um Edek so wenig Zeit wie möglich für Zofia zu lassen. Aber nur für einen Moment. Edek hatte Zofia nicht erwähnt. Ihn beschäftigten ganz andere Dinge. Größere Dinge. So wie Zofias Brüste. Ruth mußte sich zwingen, nicht an Zofias Brüste zu denken. Bisher hatte sie immer kleinere Brüste für erstrebenswerter gehalten.

»Ich muß mich von Zofia und Walentyna verabschieden«, sagte Edek. Hatte sie ihre Gedanken an Zofias Brüste Edek auf telepathischem Weg mitgeteilt? Wie lächerlich, dachte sie. Gedanken konnte man nicht mitteilen. Wahrscheinlich hatte Edek den ganzen Vormittag Zofias Brüste in seinen Gedanken gehabt. Dafür brauchte es keine telepathische Mitteilung.

»Das ist eine gute Idee«, sagte Ruth.

Zofia und Walentyna waren beide aufgeregt. Ruth konnte sehen, wie aufgeregt sie waren, sobald sie aus dem Aufzug trat. Die zwei Frauen bildeten mit Edek im Salon ein enges Grüppchen. Ruth spürte die Aufregung in der Luft. Zofia ruderte mit den Armen und schüttelte die Schultern. Walentyna nickte. Ruth sah förmlich ihre Ausrufe und Beteuerungen.

Zofia erblickte Ruth. »Sie fahren heute schon?« rief sie. Ruth ging zu der Gruppe. »So bald schon?« wiederholte Zofia. Sie sah verletzt aus. Verwundet. Als hätte Ruth diese Abreise hinterrücks in die Wege geleitet.

»Wir müssen abreisen«, sagte Ruth. »Meinem Vater ist eingefallen, daß er in Łódź noch etwas erledigen muß.«

»Warum fahren Sie nicht morgen?« sagte Zofia. Walentyna nickte.

»Ich muß nach New York zurück«, sagte Ruth.

»Das muß sie«, sagte Edek. »Sie hat eine große Firma, um was sie sich muß kümmern.«

»Eine kleine Firma«, sagte Ruth. »Aber eine Firma, um die ich mich kümmern muß.« Zofia sah noch immer verletzt aus. »Wenn Sie je nach New York kommen«, sagte Ruth zu Zofia, »würde ich mich freuen, Sie zu sehen.« Ruth sah Walentyna an, um klarzustellen, daß diese Einladung auch ihr galt. Keine der Frauen erwiderte etwas.

»Es ist Zeit, daß wir uns auf den Weg machen«, sagte Edek zu den zwei Frauen. »Polen tut meiner Tochter nicht so besonders gut. Um ehrlich zu sein, tut es mir auch nicht so besonders gut.«

»Gewiß, lieber Edek, gewiß«, sagte Zofia.

»Gewiß«, sagte Walentyna.

»Es war nett, Sie kennenzulernen«, sagte Ruth zu Walentyna.

»Es war mir ein Vergnügen, Sie kennenzulernen und Edek kennenzulernen«, sagte Walentyna. »Ich finde, Sie sind ein tapferes Mädchen.«

»Ich bin kein Mädchen«, sagte Ruth, »sondern eine ziemlich schnell alternde Frau. Ich bin sehr erschöpft. Aber ich danke Ihnen trotzdem.«

»Sie sind ein tapferes Mädchen«, sagte Walentyna.

Zofia hatte Edek beiseite genommen und flüsterte ihm etwas zu. Ruth spitzte die Ohren. »Mein liebster Edek«, sagte Zofia, »ich werde jeden Tag anrufen, bis du nach Zoppot kommst.« Edek lachte.

»Wir müssen gehen«, sagte Ruth laut und ging zu Zofia und Edek.

»Wie ist es in Melbourne?« sagte Zofia zu Ruth.

»Feucht und grau«, sagte Ruth.

»Wie in Polen«, sagte Zofia und nickte. »Vielleicht komme ich nach Melbourne«, sagte Zofia zu Edek.

»Wir müssen gehen«, sagte Ruth noch einmal. Zofia schlang die Arme um Edek. »Wir werden uns bald wiedersehen, lieber Edek.« Edek lachte. Zofia wandte sich zu Ruth. »Adieu, Ruthie«, sagte sie. Sie umarmte Ruth und drückte sie. Mitten unter der Umarmung erstarrte Ruth. Sie wünschte, es wäre nicht geschehen. Sie wollte Zofias Gefühle nicht verletzen. Schließlich reisten sie ab. Sie war davon überzeugt, daß sie Zofia nie wiedersehen würde.

Ruth umarmte Walentyna. »Adieu«, sagte sie zu Walentyna. Walentyna küßte Edek auf die Wange. »Ihr seid beide tapfere Leute«, sagte sie zu Edek.

»Wer?« sagte Zofia. »Ich und Edek?«

»Nein«, sagte Walentyna. »Edek und Ruthie.« Zofia starrte Walentyna finster an und wandte sich dann an Edek. »Bis bald, lieber Edek«, sagte sie.

Ruth und Edek stiegen in ihr Taxi. Zofia stand auf der Straße und warf Edek Kußhände zu. Walentyna stand neben ihr. Ruth konnte Zofias Küsse bis ins Wageninnere hören. Laute, schmatzende Küsse. Zofia stand auf der Straße und warf Kußhände, bis Ruth und Edek verschwunden waren.

Der Flug der Polskie-Linie von Krakau nach Łódź war nicht überfüllt. In der ersten Klasse saßen nur zwei weitere Personen und in der zweiten Klasse zehn oder fünfzehn Passagiere. Ruth hatte Plätze in der ersten Klasse gebucht, damit sie und Edek nicht beengt sitzen mußten. »Ich will nicht in unmittelbarer Nähe zu irgendwelchen Polen sitzen«, hatte sie zu Edek gesagt.

Sie warf einen Blick zu Edek. Er sah munter und fröhlich aus, obwohl er müde sein mußte. Sie selbst war erschöpft, obwohl sie früh ins Bett gegangen war. Zofia, die ihnen Kußhände die ganze Straße entlang nachgeworfen hatte, kam ihr wieder in den Sinn. Es war ein nettes Bild gewesen. Die zwei Frauen, deren eine wie verrückt Kußhände verteilt hatte, während die andere schüchtern danebenstand.

»Du bist sicher müde, Dad«, sagte sie zu Edek.

»Ich bin nicht müde«, sagte er. Er sah Ruth an. »Wer hätte gedacht, daß ich nach Łódź zurückfahren würde? Was hätte Rooshka dazu gesagt?« Ruth war froh, daß Edek an ihre Mutter dachte. »Mach dir keine Sorgen, Ruthie«, sagte Edek. Ruth machte sich Sorgen. Edek hatte so oft gesagt, sie solle sich keine Sorgen machen, daß sie vermutete, er wolle sich damit selbst beruhigen. Sie versuchte ihre Unruhe zu unterdrücken. Was auch immer sich in Łódź befinden oder nicht befinden mochte, sehr bald würden sie nicht mehr dort sein, sondern auf dem Weg nach New York.

»Warum machst du nicht ein Nickerchen?« sagte Ruth zu Edek.

»Ich brauche kein Nickerchen«, sagte Edek. »Mir geht es gut. Ich habe mein Buch dabei.« Er hielt das Buch hoch, das er gerade zu lesen begann. *Leise tröpfelt das Blut.*

»O Dad«, sagte sie, »du suchst dir immer die Bücher mit den fürchterlichsten Titeln aus!«

»Das hier ist sehr gut«, sagte Edek. »Das merke ich jetzt schon. Es handelt von einem Mann, der eines Tages feststellt –«

»Erzähl mir nicht mehr«, sagte Ruth. »Bitte.«

»Wir haben jetzt unsere Flughöhe von siebentausend Metern erreicht«, sagte der Pilot auf polnisch und auf englisch. »Sie können jetzt Ihre Sicherheitsgurte ablegen, aber wir empfehlen Ihnen, während des ganzen Flugs angeschnallt zu bleiben.« Ruth betastete ihren Sicherheitsgurt. Und Edeks Gurt. Beide saßen fest.

Sie sah wieder zu Edek hinüber. Er war eingeschlafen. Ruth wunderte sich. Edek schlief tagsüber nie. *Leise tröpfelt das Blut* war ihm vom Schoß gerutscht. Edek war offenbar erschöpft, dachte sie. Sie sah wieder zu ihm. Er schlief tief und fest. Die letzte Nacht war wohl ziemlich aufregend gewesen, dachte sie.

Sechzehntes Kapitel

Ruth spürte eine Veränderung in der Atmosphäre der Flugzeug-kabine. Sie hatte sich Tagträumen hingegeben. Hatte an den Bauern-markt auf dem Union Square gedacht und sich vorgestellt, was sie dort kaufen würde. Sie sah um sich. Alles sah normal aus. Vom Cockpit aus war nichts zu hören gewesen. Keine Turbulenzen. Keine Piepser vom Kapitän an seine Mannschaft. Es war ein glatter Flug ohne Zwischenfälle. Dennoch war ihr eigenartig zumute. Sie hatte das Gefühl, eine Bewegung in der Luft zu spüren. Die norma-lerweise sterile, künstliche Flugzeugluft bewegte sich. Die üblicher-weise reglose, steife Flugluft war eindeutig in Bewegung. Ruth konnte sogar ein Wispern, ein Rascheln wie von Wind hören. Sie lauschte aufmerksam. Ganz fraglos raschelte und regte sich etwas.

Sie sah zu Edek. Er schlief noch immer. *Leise tröpfelt das Blut* lag noch immer auf dem Boden. Die zwei anderen Erste-Klasse-Passa-giere saßen bewegungslos in ihren Sitzen. Keiner von ihnen wirkte beunruhigt. Sie lauschte wieder. Sie hörte Atemzüge. Schwere Atemzüge. Sie spürte auch, daß jemand sich wand und zuckte. »Ich kann Sie hören«, sagte sie plötzlich. »Ich höre, wie Ihr Mund sich öffnet und schließt. Ich höre, wie der Speichel an Ihrem Zahnfleisch klebt. Ich höre halberstickte Sauggeräusche. Geht es Ihnen nicht gut?« Keine Antwort erfolgte. »Ich kann Ihre Knochen hören«, sagte Ruth. »Ich kann sie knirschen und klappern hören. Tun Ihre Knochen Ihnen weh?« Keine Antwort. Die Luft bewegte sich immer noch. War noch immer unruhig. »Ich weiß, daß Sie mich hören können«, sagte Ruth.

Sie erinnerte sich daran, wie fassungslos sie gewesen war, als sie diese Worte zum erstenmal vernommen hatte. »Ich glaube, Sie können mich hören.« Jetzt waren es ihre Worte. Und sie war nicht fassungslos. Nicht einmal nervös. »Ich weiß, daß Sie mich hören können«, wiederholte sie. Keine Antwort. Sie wurde unruhig. Warum beorderte sie ihn her? Warum rief sie nach ihm? Sie nahm an, daß sie ihm demonstrieren wollte, daß sie die Oberhand hatte. Daß er sie nicht mehr überraschen konnte. Daß sie seine Gegenwart wahrnehmen konnte.

»Ich weiß, daß Sie mich hören«, sagte sie lauter. Keiner der anderen Passagiere sah auf. Edek schlief weiter. »Ich weiß, daß Sie mich hören können«, rief sie. »Warum verstecken Sie sich? Wovor fürchten Sie sich?«

»Ich verstecke mich nicht«, sagte Höß.

»Sie haben sich vor mir versteckt«, sagte Ruth. »Warum plötzlich so schüchtern? Das ist doch sonst nicht Ihre Art. Das Veilchen im Moose dürfte niemandem in den Sinn kommen, der an Sie denkt.«

»Sie meinen, die Leute denken noch an mich?« sagte Höß.

»Das will ich hoffen«, sagte Ruth. Sie hatte den Eindruck, daß Höß sich über ihre Antwort freute. Sie spürte seine Freude. Die Freude mißfiel ihr. Sie wollte ihn piesacken, nicht erfreuen.

»Ich weiß, daß Sie Ihre Bemerkung nicht als Kompliment meinten«, sagte Höß.

»So ist es«, sagte Ruth.

»Sie und ich sind verschiedener Ansicht über meine künftige geschichtliche Rolle«, sagte Höß.

»Sie haben Ihre Rolle bereits erhalten«, sagte Ruth.

»Sie sprechen von meiner jüngsten Vergangenheit«, sagte Höß. »Aber das wird sich ändern.«

»Ich glaube nicht, daß man Sie jemals für einen Helden halten wird«, sagte Ruth.

»Wir werden sehen«, sagte Höß.

»Wenn Sie ein so großer Held sind, warum haben Sie sich dann versteckt?« sagte Ruth. Höß schnaubte. »Sie glauben, Sie könnten sich vor mir verstecken?« sagte Ruth. »Ich kann Ihre Anwesenheit spüren. Ich kann auch den Geruch wahrnehmen, der Sie umgibt.«

»Es ist ein schwacher Geruch, oder?« sagte Höß.

»Sie wissen also, welchen Geruch ich meine«, sagte Ruth.

»Selbstverständlich«, sagte Höß.

»Der Geruch von verbranntem Fleisch«, sagte Ruth, »haftet noch immer an Ihnen. Er klebt noch immer an Ihrer Haut.«

»Ich dachte mir schon, daß man es noch immer riechen kann«, sagte Höß. Sein Ton klang verdrossen.

»Zuerst konnte ich es nicht einordnen«, sagte Ruth. »Ich dachte, mir würde nur wegen Ihrer Gegenwart schlecht.«

»Ich kann den Geruch nicht loswerden«, sagte Höß. »Tag und Nacht, im Wachen und im Schlafen umgibt er mich. Dieser Gestank durchtränkt und durchdringt und überschwemmt mich.«

»Er muß in Ihre Seele eingedrungen sein«, sagte Ruth. »Brennendes Fleisch kann das.«

»Deshalb essen Sie kein Fleisch, stimmt's?« sagte Höß.

»Gegrilltes, gebratenes, geröstetes Fleisch erinnert mich an brennende Leichen«, sagte Ruth. Wie konnte sie an etwas erinnert werden, was sie nie gesehen, erlebt, gerochen hatte, fragte sie sich.

»Man muß etwas nicht unmittelbar erlebt haben, um es in sein Gedächtnis aufzunehmen«, sagte Höß. Er hatte leicht reden.

»Was wollen Sie schon davon wissen?« sagte sie.

»Wenn ich so wenig wüßte, würden Sie sich nicht mit mir abgeben«, sagte Höß.

»Sie denken, ich hätte Sie ausgesucht?« sagte Ruth.

»Ich weiß, daß Sie mich ausgesucht haben«, sagte Höß. Er machte ein pustendes Geräusch. »Heute ist der Gestank außerordentlich stark«, sagte er.

»Was stört Sie am Geruch von brennenden Leichen?« sagte Ruth. »Der müßte Sie doch an glücklichere Zeiten erinnern.«

»Dort, wo Sie sind, ist der Geruch nicht so stark«, sagte Höß. »Wenn ich näher kommen könnte, würden Sie umfallen. Ihnen wäre speiübel.«

»Da haben Sie völlig recht«, sagte Ruth. »Wenn Sie noch näher kommen könnten, würde mir speiübel werden. Sie können also nicht näher kommen?« sagte Ruth. »Das ist interessant. Ich bin froh, daß es eine Grenze gibt, die Sie nicht überschreiten können. Ich bin froh, daß Sie daran nicht rütteln können.«

»Niemand aus dem Zweiten Himmelslager darf diese Grenze übertreten«, sagte Höß.

»Gott sei Dank«, sagte Ruth. Höß schnaubte erbittert. »Warum danken Sie dauernd Gott?« sagte er.

»Ich muß irgend jemandem dafür danken, daß Sie die Kluft zwischen uns nicht überbrücken dürfen«, sagte Ruth. Ihre Worte entsetzten sie. Wie konnte sie auch nur entfernt glauben, die Kluft zwischen ihr und Höß sei so schmal, daß sie sich überbrücken ließ? Der Gedanke erschreckte sie. Zwischen ihr und Höß lagen Welten – physisch, moralisch, charakterlich. Sie mußte aufhören, sich auszudrücken, als seien sie einander nahe. Der Gedanke, Höß nahe zu sein, verursachte ihr Übelkeit. Verstopfte und blockierte sie. Als hätte Höß Besitz von ihr ergriffen. Sie wünschte, sie könnte spazierengehen. Frische Luft schnappen.

Sie öffnete den Mund. Ein lauter Rülpser erfolgte. Und dann ein Furz. Ein lauter Furz. Ruth fühlte sich erleichtert, aber auch peinlich berührt. Der Passagier, der ihr am nächsten saß, hatte aufgeblickt. Er wirkte überrascht. »Entschuldigen Sie bitte«, sagte Ruth zu ihm. Er nickte. Sie schämte sich. Kam sich ungehobelt vor. Erste-Klasse-Reisende pflegten normalerweise nicht zu rülpsen und zu furzen. Sie sah zu Edek. Er schlief. Sie hoffte, daß ihr Furz nicht stank.

»Heute ist in Auschwitz nichts zu riechen«, sagte sie zu Höß. »Der Gestank der verbrannten Leichen, der kilometerweit zu riechen war, ist verschwunden.« Höß schwieg. Ruth spürte, daß er sich dagegen wehrte, mit ihr über ihren Besuch an seiner einstigen Wirkungsstätte zu sprechen. An seinem einstigen Arbeitsort. Seinem einstigen Zuhause. Schweigen trat ein. »Wollen Sie darüber nicht sprechen?« sagte Ruth. Höß schwieg.

»Bei den Galgen, wo Sie gehängt wurden, gibt es keine Tafel«, sagte Ruth. »Ich hatte gedacht, es gebe vielleicht eine Tafel mit der Inschrift: ›Rudolf Franz Ferdinand Höß, Kommandant von Auschwitz, wurde hier gehängt.‹ Aber es war nicht der Fall.« Ruth war es, als könne sie jemanden würgen hören. »Die Galgen waren nicht weit von den Küchen entfernt, nicht wahr?« sagte sie.

Höß machte ein ersticktes und gurgelndes Geräusch.

»Ist das unangenehm für Sie?« sagte Ruth.

Höß schluckte. »Es ist keine angenehme Erinnerung«, sagte er.

»Das Hängen?« sagte sie. Höß begann zu husten.

»Ja, ja, ja«, sagte er, von Hustenanfällen unterbrochen.

»Haben Sie Halsschmerzen?« sagte Ruth.

»Ich bin bei bester Gesundheit«, sagte Höß, der wieder hustete.

»Was mich in Auschwitz auch überrascht hat, war die Inschrift *Arbeit macht frei*«, sagte Ruth. »Sie war so klein. Auf Fotos sieht sie immer so groß aus. Ich finde, die Inschrift hätte größer sein müssen«, sagte Ruth. »Die Größe stand in keinem Verhältnis zu ihrem Zweck.«

»Der Zweck war, daß sie harmlos erscheinen sollte«, sagte Höß, »und deshalb war die Größe angemessen.«

»Vermutlich«, sagte Ruth.

»Auschwitz ist auch nicht mehr, was es einmal war«, sagte Höß. Sein Ton war wieder forsch, fast so, als amüsiere es ihn zu sehen, was aus Auschwitz geworden war.

»Es ist der reinste Zirkus geworden«, sagte Ruth. »Es gibt ein Café und Touristenbusse und polnische Schüler, die es spannend finden, einen schulfreien Tag zu haben. Sie hätten besser ein eigenes Museum gebaut und Auschwitz gelassen, wie es war. So wie Birkenau. Die Touristen sind hauptsächlich damit beschäftigt, die Angaben zu den Ausstellungsstücken zu lesen. Sie gehen von Raum zu Raum und lesen. Das Lesen ersetzt das Empfinden. Sie können den Ort gar nicht spüren.«

»Und sie haben es warm«, rief Höß. »Auschwitz mit Heizung!« Er brüllte vor Lachen. Ruth hob die Ferse. Höß hörte zu lachen auf. Warum sprach sie überhaupt mit ihm? Ein Teil von ihr konnte es nicht fassen, daß sie schon wieder mit Höß sprach. Sie konnte es selbst kaum fassen, daß sie ihm im Flugzeug begegnet war. Auf einem Flug der Polish Airlines von Krakau nach Łódź.

Sie hätte Höß gerne gefragt, wo er sich aufgehalten hatte, seit sie zum letztenmal mit ihm zu tun gehabt hatte, aber sie wollte nicht den Eindruck erwecken, als interessiere sie sich für seine Gewohnheiten und Gepflogenheiten. Sie nahm an, daß er sich überall auf der Welt einfinden konnte.

»Ich war für ein paar Tage in Baden-Baden«, sagte Höß. Er konnte also ihre Gedanken lesen.

»In Ihrem Geburtsort«, sagte sie. »Wahrscheinlich haben Sie dort heute noch Verwandte.«

»Möglicherweise«, sagte Höß.

»Hat irgendeines Ihrer Kinder sich dort niedergelassen?« sagte Ruth.

»Ich beabsichtige nicht, meine Kinder mit Ihnen zu erörtern«, sagte Höß.

»Ich nehme an, daß sie den Namen geändert haben«, sagte Ruth. »Egal ob in Baden-Baden oder sonstwo in Deutschland.«

»Lassen Sie bitte meine Kinder aus dem Spiel«, sagte Höß mit lauter werdender Stimme.

»Sie waren also in Baden-Baden, um alter Zeiten zu gedenken?« sagte sie zu ihm.

»Ja«, sagte Höß. »Verglichen mit den Bewohnern des Himmels bin ich in meinem Bewegungsradius eingeschränkt, doch verglichen mit Ihnen kann ich überall hin. Sie sind eingeschränkt.«

»Es ist eine Einschränkung, mit der ich leben kann«, sagte Ruth. Höß kreischte vor Freude.

»Das war ein Wortspiel, was?« rief er. »Sie sind eingeschränkt, weil Sie noch am Leben sind.« Er wieherte vor Lachen. Ruth hielt sich die Hände über die Ohren. Es nützte nicht viel.

»Mit den Sprachspielereien habe ich Sie ganz schön an den Haken bekommen, nicht wahr?« sagte Ruth.

»Ja, ja«, quietschte er.

»Das ist besser, als im Wortsinn am Haken zu hängen«, sagte Ruth. »Wesentlich besser, als am Galgen zu hängen.«

Höß' Quietschen erstarrte förmlich und wurde zu einem Quietschen ganz anderer Art. Es wurde zu einem schrillen, grellen Quieken, dem Quieken eines Nagetiers. Hinter diesem Quieken konnte man den langen dünnen Schwanz und die spitze schnurrbärtige Schnauze eines rattenartigen Wesens spüren. Das Quieken machte Ruth eine Gänsehaut. Sie rieb sich die Arme.

»Ist Ihnen nicht wohl?« sagte Höß. Aus seinem Ton hörte sie Vergnügen an ihrem Unwohlsein heraus.

»Wie gelangen Sie an die verschiedenen Orte?« sagte Ruth.

»Es ist nur ein Akt des Wollens«, sagte er.

»Wirklich?« sagte Ruth.

»Ich kann fast überallhin, wenn ich es will«, sagte Höß. »Mit Ausnahme des Himmels, wie sich versteht. Beispielsweise habe ich mich nach Łódź begeben, um mit Ihnen zusammenzusein.«

»Mit mir zusammenzusein?« sagte Ruth. »Sie wollten sagen, um mit mir zusammenzutreffen. Nicht zusammenzusein. Ich kann mit Ihnen zusammentreffen, aber Sie können nie und nimmer mit mir zusammensein. Verstehen Sie mich?« Sie hob ihre Ferse.

»Ich verstehe«, sagte Höß. »Mein Ziel auf jener Reise war es, mit Ihnen zusammenzutreffen. Im übrigen würde wohl niemand, der bei Sinnen ist, ohne Grund nach Łódź reisen, nicht wahr?« Höß grunzte verschwörerisch. Ruth wurde übel. Die gleiche Meinung über Łódź zu haben, machte sie und Höß noch lange nicht zu Busenfreunden. Warum hatte sie das Wort »Busen« verwendet? Bei Busen fiel ihr Zofia ein. Sie und Zofia waren zweifellos ebenfalls alles andere als Busenfreundinnen.

Warum dachte sie an Zofia? Sie war davon überzeugt, daß sie Zofia nie wiedersehen würden. Warum war sie Zofia gegenüber so feindselig eingestellt? Was hatte sie gegen sie? Daß Zofia Polin war? Falls das der Grund war, dann war es sehr wenig fair von Ruth. War sie verärgert, weil Zofia mit ihrem Vater ins Bett gehopst war? Gehopst? Warum hatte sie das Wort »Hopsen« gedacht? Es klang so voreingenommen. Und woher wollte sie wissen, wer die Initiative ergriffen hatte? Vielleicht war es Edek gewesen. Obwohl es Zofia eher zuzutrauen war.

Sie mußte aufhören, an Hopsen zu denken. Zu viele Vorstellungen von Edek und Zofia in verschiedenen Stadien des Hopsens stauten sich in ihrem Kopf. Es war wirklich egal, wer die Initiative ergriffen hatte. So etwas durfte sie Zofia nicht zum Vorwurf machen. Junge Leute hopsten die ganze Zeit mit Fremden ins Bett. Junge Leute gingen ohne viel Federlesens miteinander ins Bett. Warum sollten Edek und Zofia das nicht tun dürfen? Sie schämte sich für ihre Abneigung gegen Zofia, für ihre völlig unangemessene Feindseligkeit.

»Ich befinde mich gegenwärtig auf einer Reise«, sagte Höß, der ihre Gedanken unterbrach. Ruth war verärgert. An Zofia zu denken war ihr immer noch lieber als an Höß zu denken. »Auf einer Reise, an deren Ende ein höheres Ziel steht«, sagte Höß. »Ein guter Zweck.«

»Was wollen Sie damit sagen?« sagte sie.

»Ich glaube, das wissen Sie«, sagte Höß.

»Ich habe nicht die geringste Ahnung, was Sie meinen«, sagte Ruth.

Eine Stewardess kam mit einem Korb Orangen vorbei. Sie reichte Ruth eine Orange. Dann sah sie zu Edek. »Ich nehme eine Orange für meinen Vater«, sagte Ruth. Sie erhielt die Orange in einer Serviette. Warum wurden ausgerechnet Orangen verteilt? Als sie vor fünfzehn Jahren mit Polskie-Linie geflogen war, hatte es auch Orangen gegeben. Damals hatte sie angenommen, daß es an der Lebensmittelknappheit lag. Orangen waren eine absurde Erfrischung auf einem Flug. Man konnte sie weder schälen noch in Schnitze zerteilen, ohne sich hinterher die Hände waschen zu müssen. Und sie befanden sich in der ersten Klasse. Offenbar wurden Orangen auf diesem Flug an alle Passagiere ausgegeben. Es sei denn, Kaviar und Petits fours folgten noch.

»Warum essen Sie Ihre Orange nicht?« sagte Höß.

»Weil ich sie nicht schälen kann, ohne alles vollzuspritzen«, sagte sie.

»Sie sollten sie essen«, sagte er. Ruth war verblüfft. Mittlerweile forderten Höß und ihr Vater sie auf, mehr zu essen. »Sie mögen doch Obst«, sagte Höß. »Mir ist aufgefallen, daß Sie sich Birnen und Bananen für Ihre Fahrt nach Auschwitz besorgt haben.« Er konnte sie also auch dann sehen, wenn sie seine Gegenwart nicht spürte.

»Ich bin überall«, sagte Höß.

»Das habe ich befürchtet«, sagte Ruth.

»An dem Tag, an dem Sie und Ihr Vater in Auschwitz waren, war ich auch dort«, sagte Höß.

»Daran zweifle ich nicht«, sagte sie. »Hatten Sie Heimweh?«

»Ich denke oft an die Zeit, die ich dort verbracht habe«, sagte Höß.

»Gut«, sagte Ruth.

»Ich verließ Auschwitz nicht gern«, sagte Höß. »Ich gab meinen Posten als Lagerkommandant nur ungern auf. Doch im November 1943 wurde ich befördert. Das sagte mir gar nicht zu. Ich hatte mich in Auschwitz gerade wegen der außergewöhnlichen Anforderungen, die meine Aufgabe an mich stellte, besonders gut eingelebt. Eine Beförderung kann man jedoch nicht ablehnen. Und so wurde ich Leiter des Amtes D1 der Amtsgruppe D im Wirtschaftsverwaltungshauptamt.«

»Damit waren Sie also für die Inspektion der Konzentrationslager zuständig, nicht wahr?« sagte Ruth.

»Ja«, sagte Höß. Er seufzte. »Ich wäre tatsächlich lieber an die Front versetzt worden«, sagte er, »aber der Reichsführer-SS hatte mir das strengstens untersagt. Nicht einmal, sondern zweimal.«

»Himmler hat Ihre Wünsche nicht berücksichtigt?« sagte Ruth.

»Der Reichsführer hat getan, was für unser Land das Beste war«, sagte Höß.

»Für die Häftlinge war es sicher das Beste, daß Sie nicht mehr in Auschwitz waren«, sagte Ruth. »Nach Ihrer Versetzung waren die Zustände eine Spur erträglicher.«

Höß lachte. »Ja, das habe ich gehört«, sagte er. »Es wird behauptet, daß es dort nach meiner Versetzung weniger streng zuging.«

»Der Unterschied war minimal«, sagte Ruth, »aber in Auschwitz konnte der geringste Unterschied einen gewaltigen Unterschied ausmachen.«

»Ich glaube nicht, daß der Unterschied so groß war«, sagte Höß. »Liebehenschel, mein Nachfolger, war ein kleiner, dicklicher Mann mit auffallend hervorstehenden Augen. Er war ein Schwächling.«

»Klein? Dicklich? Hervorstehende Augen?« sagte Ruth. »Wo steckten denn die ganzen Vorzeigearier?« Höß ignorierte ihre Worte.

»Ich sprach gerade von meiner neuen Tätigkeit als Inspektor der Konzentrationslager«, sagte er. »In meiner neuen Tätigkeit war es mir dank der Unterstützung durch eine funktionstüchtige Behörde möglich, die Entwicklung aller Konzentrationslager zu verfolgen. Ich konnte mir den Überblick verschaffen, der dringend erforderlich war.«

»Sie waren eine Art Effizienzprüfer«, sagte Ruth. »Sie hatten die Aufgabe, zu gewährleisten, daß die Todeslager bis an die Grenzen ihrer Kapazität ausgelastet waren und bei maximalem Profit produzierten.«

»So ist es«, sagte Höß. »Es war keine geringe Herausforderung. Mein Stellvertreter Maurer und ich konnten viele Fehlentwicklungen korrigieren. Doch 1944 war es zu spät für größere Veränderungen.«

»Wie schade«, sagte Ruth. »Wenn Sie ein Jahr länger im Amt geblieben wären, hätte Europa tatsächlich *judenrein* werden können. Dann wäre vielleicht kein einziger Jude übriggeblieben.«

»Ich denke ja«, sagte Höß im Ton einer sachlichen Feststellung.

»Sie waren noch kein Jahr in der neuen Stellung, als es für Sie den Bach hinunterzugehen begann, nicht wahr?« sagte Ruth.

»Das ist zutreffend«, sagte Höß. »Seit Beginn der verstärkten Luftangriffe 1944 verging kein Tag ohne Todesfälle.«

»Arme Deutsche«, sagte Ruth.

»Ja«, sagte Höß. »Die ununterbrochenen Luftangriffe trafen die Zivilbevölkerung sehr schwer. Vor allem die Frauen.«

»Ich hätte fast Ihr Mitgefühl mit Frauen vergessen«, sagte Ruth. »Waren alle Deutschen in dieser Hinsicht so sensibel wie Sie?«

»Nein«, sagte Höß. Ihr Sarkasmus fiel ihm nicht auf. Er war zu sehr mit seinen Erinnerungen beschäftigt, dachte Ruth. »Sogar die Berliner, die sich so leicht nicht unterkriegen lassen, verloren irgendwann den Mut«, sagte Höß. »Die unaufhörlichen Angriffe zermürbten sie. Ihre Nerven waren aufs äußerste angespannt, weil sie tage- und nächtelang im Luftschutzkeller sitzen mußten. Wenn die seelischen Qualen, denen das deutsche Volk ausgesetzt war, länger angedauert hätten, wären schwere psychische Schäden die Folge gewesen.«

»Sie wollen sagen, die Deutschen waren damit überfordert, sich in Kellern und Luftschutzbunkern vor den Bomben zu verstecken?« sagte Ruth.

»Ja«, sagte Höß. »Zweifelsfrei.«

»Es fällt mir schwer, dafür Mitleid aufzubringen«, sagte Ruth.

»Unsere neuen Jagdflieger konnten den Gegner nicht aufhalten«, sagte Höß. »Die Offensive hielt an und nahm an Gewalt zu. Dennoch befahl uns der Führer, von unserer Aufgabe und unseren Grundsätzen nicht einen Deut abzuweichen. Goebbels hat geschrieben, daß man an Wunder glauben muß, und er hat mehrere diesbezügliche Reden gehalten.«

»Und Sie hatten nicht den Eindruck, daß es sich dabei um Verzweiflungstaten handelte?« sagte Ruth. »Schließlich wurde mit Ihnen allen abgerechnet.«

»Ich hatte ernsthafte und begründete Zweifel daran, ob wir wirklich den Krieg gewinnen konnten«, sagte Höß.

»Das will ich auch hoffen«, sagte Ruth. »Der Krieg war so gut wie vorbei.«

»Aber ich habe mir nie erlaubt, an unserem Endsieg zu zweifeln«, sagte Höß.

»Nun ja, Sie wußten ja, daß Sie gewonnen hatten«, sagte Ruth. »Sie wußten, wie viele Juden Sie beseitigt hatten, wie viele Zigeuner und andere Leute, die Ihnen nicht in den Kram paßten, Sie ermordet hatten. Sie wußten, daß die Welt bereits zu einem anderen Ort geworden war. Und daß sie nie wieder wie vorher sein konnte. Sie wußten, daß Sie tatsächlich gewonnen hatten.«

»Wir hatten noch nicht wirklich gewonnen«, sagte Höß düster. »Unsere Sendung war es, die Macht innezuhaben. Europa zu säubern und dem deutschen Volk eine von Krankheit und Mißtrauen befreite Welt zu schenken. Mein Herz gehörte dem Führer und seinen Idealen. Ich wußte, daß wir diese Ideale hochhalten mußten.

Ganz gewiß dachten andere wie ich. Daß wir den Krieg vielleicht verlieren würden. Doch keiner von uns hätte gewagt, dies laut zu sagen. Jeder einzelne von uns arbeitete mit ganzer Kraft, als könnte jeder einzelne dadurch den Sieg erringen. Wir sorgten dafür, daß die Häftlinge in unseren Kriegsfabriken, die noch nicht zerstört waren, bis zur Erschöpfung arbeiteten. Was Defaitisten unter uns betraf, die behaupteten, unsere Anstrengungen seien zwecklos, gab es nur eine Haltung. Sie wurden sofort erledigt.«

»Als Sie Kollegen beseitigten, die Zweifel am Endsieg äußerten, wußten Sie ganz genau, daß alles vorbei war. Sie wußten, daß Sie vom Gegner eingekesselt waren. Sie wußten, daß bald Schluß sein würde«, sagte Ruth.

»Ich wußte, daß ich alles in meiner Macht Stehende tun mußte, um den Führer zu unterstützen«, sagte Höß.

»Sie fuhren nach Auschwitz, stimmt's?« sagte Ruth. »Sie verließen Ihren Posten und fuhren nach Auschwitz. Sie waren verzweifelt bemüht, Ihre Spuren und die Ihrer Gesinnungsgenossen zu verwischen.«

»Selbstverständlich«, sagte Höß mit Stolz in der Stimme. »Selbstverständlich. Ich hoffte, rechtzeitig nach Auschwitz zu gelangen, um dafür sorgen zu können, daß die Anordnungen, alles im Lager zu zerstören, korrekt befolgt wurden.«

»Sie wollten keine Beweise hinterlassen, nicht wahr?« sagte Ruth. »Warum? Wenn Sie so stolz auf Ihre Ideale waren, warum störten Sie sich dann daran, daß andere sehen konnten, was Sie getan hatten?«

Höß schnaubte verächtlich. »Was für eine dumme Frage!« sagte er. »Unterbrechen Sie mich bitte nicht. Ich wollte nach Auschwitz, doch ich gelangte nur bis zur Oder in der Nähe von Ratibor, weil die Russen mit ihren Panzern bereits das andere Flußufer besetzt hielten.« Er schwieg für einen Augenblick. »Die Szenen, die ich auf dieser Fahrt erlebt habe, werde ich nie vergessen«, sagte er. »Überall herrschte völliges Chaos. Ein Chaos, das daraus resultierte, daß angeordnet worden war, alle Konzentrationslager zu evakuieren.«

»Nazis führten halbtote Juden auf Todesmärschen durch ganz Polen nach Deutschland und in die Tschechoslowakei«, sagte Ruth.

»Ja«, sagte Höß. »Auf allen Straßen, sogar auf Feldwegen, begegnete ich Kolonnen und Aberkolonnen von Häftlingen. Diese elenden, jämmerlichen, verkommenen Gestalten mühten sich damit ab, im Schnee zu waten, der insbesondere westlich der Oder sehr hoch lag. Sie hatten nichts zu essen.«

»Das ist Ihnen aufgefallen?« sagte Ruth. »In Auschwitz hat Sie das nicht gestört.«

»Ich habe den Männern, die diese Häftlingskolonnen beaufsichtigten, unmißverständliche Befehle erteilt«, sagte Höß. »Ich habe ihnen unmißverständlich und mit aller Autorität meines Rangs in der SS erklärt, daß unter keinen Umständen Häftlinge erschossen werden durften, die nicht mehr laufen konnten.«

»Wirklich?« sagte Ruth. »Warum das? Sie halfen Ihnen doch, indem sie die Juden erschossen. Sie führten Ihre Arbeit fort. Ich kann mir nicht vorstellen, daß Hitler oder der Reichsführer Ihre Haltung geteilt hätten.«

»In einem Fall«, sagte Höß, »hörte ich Revolverschüsse ganz in der Nähe, als ich mit meinem Wagen neben einem Toten anhielt. Ich lief in die Richtung, aus der ich die Schüsse gehört hatte, und sah, daß ein Soldat im Begriff stand, einen Häftling zu erschießen, der an einem Baum kauerte. Der Soldat war von seinem Motorrad gestiegen und hatte seinen Revolver gezogen. Ich rief ihn an. Er ignorierte mich. Ich schrie ihn an. ›Was tun Sie hier?‹ schrie ich. ›Hat dieser Häftling Ihnen irgend etwas getan?‹ Der Soldat lachte mir nur frech ins Gesicht. ›Wollen Sie sich etwa einmischen?‹ sagte er voller Unverschämtheit zu mir.«

»Offenbar wußte er nicht, mit wem er es zu tun hatte«, sagte Ruth.

»Ich zog meine Pistole und erschoß ihn auf der Stelle«, sagte Höß. »Er war ein Feldwebel der Luftwaffe.« Höß atmete schwer. Ruth konnte spüren, daß er erregt war. Daß er den Adrenalinstoß dieser Erinnerung an seine schnelle Reaktion noch verspürte.

»Ich weiß, warum Sie so bemüht waren, Mitleid, Mitgefühl mit diesem Häftling zu demonstrieren«, sagte Ruth.

»Warum?« sagte Höß.

»Sie wollten Ihren Hals retten«, sagte Ruth. »Sie wußten, daß der Strick um ihn sich beängstigend zusammenzog.« Höß machte ein gurgelndes Geräusch, gefolgt von einem halbunterdrückten feuchten Husten. Ruth zuckte zusammen. Das Geräusch klang ekelhaft. »Es tut noch immer weh, stimmt's?« sagte sie zu Höß. »Die Erinnerung an das Hängen. Die Erinnerung an das Reißen an Ihrem Hals. Die Erinnerung an das Brechen des Genicks. An das Brechen und das Zerreißen.« Sie hielt inne.

Höß schwieg. Ruth war es, als könne sie ihn schlucken hören. »Also wirklich, Rudolf«, sagte sie. Überrascht verstummte sie. Sie hatte Höß noch nie beim Vornamen genannt. Es war ein eigenartiges Gefühl. Sie blickte in der Flugzeugkabine um sich. Niemand beachtete sie. Edek schlief. »Also wirklich, Rudolf«, wiederholte sie. »Ich verstehe nicht, warum Sie sich die Mühe gemacht haben, Besorgnis vorzuspiegeln. Finden Sie nicht, daß es ein bißchen spät am Tag war, um den eigenen Hals aus der Schlinge zu ziehen zu versuchen? Kennen Sie die Wendung ›ein bißchen spät am Tag‹?«

Höß antwortete nicht. »Ich spreche nicht von der Tageszeit«, sagte Ruth. »Ich spreche von Ihrem Leben. Für Sie war es zu spät. Sie hatten zu viele Menschen ermordet. Es war zu spät, um für einen Juden einzutreten. Um einen Juden zu retten. Einen NS-Luftwaffenoffizier zu erschießen. Oder irgendeinen anderen Deutschen. Es war schlicht und einfach zu spät. Sie hatten zu viele Menschen ermordet.«

»Als ich dieses Chaos sah, das sich am Ende auf den Straßen abspielte, habe ich mit aller Kraft bis zum allerletzten Moment versucht, Ordnung in diesen Wahnsinn zu bringen«, sagte Höß. »Aber es hat nichts genützt; ich konnte nichts mehr bewirken. Und zudem waren wir selbst auf der Flucht.«

»Man suchte nach Ihnen, nicht wahr?« sagte Ruth. »Sie mußten Hedwig packen und machen, daß Sie fortkamen.« Höß antwortete nicht. »Darüber sprechen Sie wohl nicht gern, was?« sagte Ruth. »Na gut, von mir aus können wir das Thema ruhen lassen.« Sie kam sich großherzig vor. Sie hatten Łódź fast erreicht. Sie würden sich kurz in Łódź aufhalten, und dann würde sie sich auf dem Heimweg befinden. Höß räusperte sich. Ruth fragte sich, ob er Relikte seines Erhängens aus der Speiseröhre zu entfernen versuchte.

»Sie werden bald auf Ihren Vater wütend sein«, sagte Höß.

»Ich war schon oft wütend auf ihn«, sagte Ruth. »Versuchen Sie nicht, sich als Prophet aufzuspielen. Ich weiß, daß Sie sich für einen Seher halten, aber Ihre Prophezeiungen machen mir keine Angst. Sie ärgern mich nicht einmal.« Sie nahm an, daß Höß sich von ihrer gespielten Tapferkeit nicht hinters Licht führen ließ. Andererseits –

was wußte er schon? Letztlich war er nichts weiter als ein alter Nazi. »Was wissen Sie schon?« sagte sie zu Höß. »Sie haben es immer noch nicht weiter gebracht als bis ins Zweite Himmelslager.«

»Das ist nicht wahr. Ich stehe im Begriff, ein Reise zu machen. Eine ziemlich weite Reise«, sagte Höß und lachte. Sein Lachen klang gespenstisch. Umheimlich. Eher wie ein Keckern oder ein heiseres Kreischen. Das Gelächter verklang. Ruth war davon überzeugt, daß man es im ganzen Flugzeug hören konnte. Sie sah zu der Stewardess, die ihr ein paar Kanapees anbot – Leberwurst auf einem Roggenkeks. Die Stewardess sah nicht aus wie jemand, der etwas Unnormales hört. Ruth lehnte die Kanapees ab.

Sie sah zu Edek. Er schnarchte leise. Er sah friedvoll aus. Sie fragte sich, warum sie und Edek nach Łódź zurückflogen. Was wollte Edek dort finden? Etwas Kleines. Warum hatte er nicht danach gesucht, als sie in Łódź gewesen waren? War es etwas, wovor er sich fürchtete? Etwas Beunruhigendes? Etwas, was er vielleicht gar nicht haben wollte? Etwas wirklich Wichtiges konnte es nicht sein. Er war zweiundfünfzig Jahre lang ohne dieses Etwas zurechtgekommen. Er hatte es kein einziges Mal erwähnt.

Edek hätte sie bitten können, sich darum zu kümmern, als sie vor fünfzehn Jahren in Łódź gewesen war, wenn es ihm so wichtig gewesen wäre, dachte sie. Sie seufzte. Sie hatte einfach nicht genug Energie, um sich über das vergrabene Objekt allzu viele Sorgen zu machen. So war es, dachte sie. Sie machte sich Sorgen. Beschwor sie herbei. Wünschte sie sich. Suchte danach. Und wenn die Sorgen dann da waren, war sie endlich beruhigt. Beruhigt dank Furcht, Angst, Anspannung und Vorahnungen, all dieser vertrauten Gefühle. Anspannung, Vorahnung und Beunruhigung versetzten sie in die Hemisphäre ihrer Mutter. Sie versetzten sie in die Welt der Leidenden.

»Der Stich in Ihrem Gesicht ist immer noch sehr geschwollen«, sagte Höß.

»Es war eine sehr große Fliege«, sagte Ruth.

»Ich weiß«, sagte Höß.

»Klar wissen Sie das«, sagte Ruth.

»Durch einen sehr sonderbaren Zufall«, sagte Höß, »wurde auch ich von einer großen Fliege umkreist.«

»Fliegen gibt es überall«, sagte Ruth. »Vermutlich sogar im Zweiten Himmelslager.«

»Die Fliege, die ich meine, umkreiste mich nicht im Zweiten Himmelslager, sondern in Auschwitz«, sagte Höß.

»Meine Mutter hat gesagt, daß es in Auschwitz keine Fliegen gab«, sagte Ruth.

»Für meine Zeit dort trifft das zu«, sagte Höß. »Aber diese Fliege trat später in mein Leben.«

»Na und?« sagte Ruth.

»Jedermann wunderte sich über eine Fliege im April«, sagte Höß. »Es war nicht einmal Ende April, sondern Mitte des Monats. Diese schwarze Fliege umkreiste mich unablässig.« Plötzlich begriff Ruth, wovon Höß sprach.

»Es war der sechzehnte April, nicht wahr?« sagte sie. »Der Tag, an dem Sie gehängt wurden.« Sie hörte, wie Höß sich krümmte. Das Wort tat ihm offenkundig weh.

»Es war der sechzehnte April«, sagte Höß. »Der Tag, an dem ich ge-h, -h, -h.« Mehr brachte er nicht heraus. Ruth begann zu lachen.

»Der Tag, an dem Sie gehängt wurden«, sagte sie. »So schwer ist das Wort gar nicht auszusprechen.«

»Ja, dieser Tag«, sagte Höß ruhig.

»Der Tag, an dem Sie in Auschwitz am selben Galgen gehängt wurden, an dem flüchtige Häftlinge aufgehängt worden waren«, sagte Ruth. Höß krümmte sich erneut. Ein leises Winseln entfuhr ihm, fast ein Quietschen. »Sie wurden an Ihrer einstigen Wirkungsstätte gehängt. Auf Ihrem einstigen Terrain. In Ihrem einstigen Reich«, sagte Ruth. Sie hörte, daß Höß versuchte, den Mund geschlossen zu halten. »Sie wurden an jenem Tag im April gehängt«, sagte sie. Höß blökte. »Gehängt, gehängt, gehängt«, sagte Ruth. Höß quiekte. »Wenn ich geahnt hätte, daß dieses Wort Ihnen so sehr zu schaffen macht, dann hätte ich es schon früher verwendet«, sagte Ruth.

»Interessiert Sie die Sache mit der Fliege?« sagte Höß. Seine Stimme war heiser und gebrochen. Er räusperte sich mehrmals. »Was glauben Sie, warum die Fliege Sie gestochen hat?« sagte er.

Ruth erstarrte. »Ohne Grund«, sagte sie. »Fliegen stechen einen nicht aus einem bestimmten Grund. Daß am Tag Ihrer Hinrichtung eine dicke schwarze Fliege um Sie herumbrummte, ist reiner Zufall. Und kein sonderlich bemerkenswerter Zufall.«

»Da bin ich anderer Meinung«, sagte Höß. »Die Fliege, die Sie gestochen hat, hat sich mir in letzter Zeit immer mehr genähert. An dem bewußten Tag umkreiste sie mich. Mein Gesicht befand sich nahe Ihrem Gesicht. Ich beobachtete Sie, als die Fliege zwischen uns flog. Sie stach Sie, und Sie entfernten sich. Die Fliege hat Sie aufgefordert, sich aus meinem Bereich zu entfernen.«

Ruth fühlte sich unwohl. Übelkeit stieg in ihr auf. Sie wünschte, Höß würde weiter von der Flucht vor den Alliierten erzählen.

»Wie Sie wünschen«, sagte Höß. »In Wismar erfuhren meine Frau und ich zufällig in einem Bauernhaus, daß der Führer tot war. Als wir das hörten«, sagte Höß, »wußten meine Frau und ich, was uns zu tun blieb. Wir mußten sterben. Wenn es keinen Führer mehr gab, gab es auch unsere Welt nicht mehr. Wie sollte man da noch weiterleben? Wir wußten, daß man uns aufspüren und verfolgen würde, wohin wir auch gingen.

Ich hatte Gift für mich und meine Frau bei mir«, sagte Höß. »Wir wollten es nehmen. Doch dann beschlossen wir, um unserer Kinder willen am Leben zu bleiben.«

»Gute Eltern bis ins Grab«, sagte Ruth.

»Es war ein großer Fehler«, sagte Höß. »Ein Fehler, den ich bis heute bereue. Wir hätten uns eine Menge Leid und Kummer und Trauer ersparen können. Schmerz und Elend, die meine Frau und die Kinder erdulden mußten, hätten wir verhindern können.

Der Reichsführer hatte sich zusammen mit anderen Regierungsmitgliedern in Flensburg versteckt. Ich meldete mich bei ihm. Es war ein trübseliges Wiedersehen. Keiner sprach mehr davon, daß wir für unsere Ideale zu kämpfen hätten. Jeder für sich, lautete nun die Parole.

›Nun, meine Herren, das ist wohl das Ende‹, sagte der Reichsführer-SS zu uns, und dann gab er uns seinen letzten Befehl. ›Verstecken Sie sich in der Armee‹, sagte er. Können Sie sich das vorstellen? Sich wie ein Feigling verstecken. Bis heute erfüllt mich Abscheu ob dieser Anweisung des Reichsführers.

Ich schickte meinen Sohn zusammen mit meinem Fahrer im Wagen zu seiner Mutter zurück«, sagte Höß.

»Bis zum Ende der Familie treu ergeben«, sagte Ruth.

»Ich bin noch nicht fertig«, sagte Höß. »Durch Zufall hörte ich im Radio, daß Himmler verhaftet worden war und sich mit Gift das Leben genommen hatte. Ich hatte ebenfalls meine Giftampulle bei mir. Ich beschloß, das Gift nicht zu nehmen. Ich wollte abwarten, wie sich die Dinge entwickelten. Die Leute aus unserem Amt erhielten falsche Papiere, mit denen sie in der Marine untertauchen konnten. Ich hatte das Glück, mich ein wenig in der Marine auszukennen, und konnte mich unauffällig verbergen. Doch da meine Papiere mich als Landwirt auswiesen, wurde ich bald entlassen«, sagte Höß. »Acht Monate lang arbeitete ich auf einem Bauernhof in der Nähe von Flensburg. Es war eine ruhige Zeit. Mein Schwager arbeitete in Flensburg. Durch ihn stand ich in Verbindung mit meiner Frau.«

»In Ihrer Familie hielt man wirklich zusammen«, sagte Ruth.

»In der Tat«, sagte Höß. »Mein Schwager erzählte mir, daß die britischen Feldjäger nach mir suchten. Ich erfuhr, daß meine Familie von ihnen überwacht wurde. Ich begriff, daß ich nicht mehr lange frei sein würde.«

»Damit hatten Sie recht«, sagte Ruth. »Man verhaftete Sie am 11. März 1946.«

»Meine Giftampulle war zwei Tage vorher zerbrochen«, sagte Höß.

»Kein sehr günstiger Zeitpunkt«, sagte Ruth.

»Das Glück hatte mich verlassen«, sagte Höß.

»Glauben Sie an so etwas?« sagte Ruth.

»Selbstverständlich«, sagte Höß mit tonloser Stimme.

»Glück gehört also zu den tatsächlich zufallsbedingten Elementen?« sagte Ruth.

»Genau wie Pech«, sagte Höß. »Und mein Pech war es, daß man mich gefangennahm.«

»Allerdings«, sagte Ruth.

»Meine Vernichtung war notwendig«, sagte Höß. »Die Welt verlangte sie. Ohne es zu wissen, war ich ein Rädchen im Getriebe einer gigantischen Vernichtungsmaschine. Als diese Maschine zerschlagen wurde und in ihre Einzelteile zerlegt wurde, mußte auch ich vernichtet werden.«

»Wie können Sie so etwas sagen, ohne rot zu werden?« sagte Ruth.

»Soll die Öffentlichkeit mich weiterhin für einen grausamen, erbarmungslosen, herzlosen Schlächter halten«, sagte Höß. »Soll sie mich für einen Massenmörder halten. Für eine unmenschliche, barbarische Bestie. Sie wird nie verstehen, daß auch ich ein Herz hatte und nicht von Natur aus böse war.

Heute, da ich viel Zeit hatte, mir darüber Gedanken zu machen«, sagte Höß, »weiß ich, daß die Führer des Dritten Reichs ihrer Machtpolitik wegen die Schuld auf sich nehmen müssen, diesen großen Krieg mit all seinen Folgen angezettelt zu haben. Und aus meiner zeitlichen Perspektive«, sagte er, »erkenne ich jetzt auch, daß die Judenvernichtung von Grund auf falsch war.«

»Wirklich?« sagte Ruth, die sich aufsetzte.

»Gewiß«, sagte Höß. »Denn diese Massenvernichtungen haben Deutschland den Haß und den Abscheu der ganzen Welt zugezogen.« Ruth ließ sich wieder in ihren Sitz sinken. »Viele Jahre hindurch wurden die Deutschen gehaßt«, sagte Höß. »Es dauerte geraume Zeit, bis die Feindseligkeit den Deutschen gegenüber schwächer wurde.«

»Glauben Sie, daß sie ganz verschwunden ist?«

»Selbstverständlich«, sagte Höß. »Sie nicht?«

»Doch«, sagte sie.

»Sie stehen jetzt wieder vor dem Sterben, nicht wahr?« sagte sie unvermittelt zu Höß. Er schwieg. »Sie müssen alles wieder durchleben, nicht wahr?« sagte Ruth. »Sie wollen, daß Sie es sühnen, nicht wahr?« sagte sie.

»Wer?« sagte Höß.

»Das weiß ich nicht«, sagte sie. »Aber ich habe recht, nicht wahr? Sie zwingen Sie, jeden häßlichen Augenblick, jedes unappetitliche

Detail Ihrer Existenz von neuem zu durchleben, um es zu sühnen, nicht wahr?«

»Nur die Augenblicke, die ich schwer zu ertragen finde«, sagte Höß ruhig.

Sie hatte recht, dachte sie. Höß stand im Begriff, abermals zu sterben. Er hatte gesagt, daß er vor einer Reise stehe. Vor einer Reise mit einem höheren Ziel. Höß hatte gedacht, sie wisse, wohin die Reise ging.

Ruth hörte, wie Höß sich räusperte. Sie wußte, daß er sich vorbereitete. Sie wußte, daß er von seinem bevorstehenden Tod wußte. Sie hörte ein Geräusch. Ein leises Geräusch. Das Geräusch, mit dem eine Schlinge sich Höß um den Hals legte. Höß schluckte mehrmals. Ruth konnte seine Nervosität spüren. Sie konnte die Spannung in der Luft spüren.

»*Mein Gott!*« schrie Höß.

Ruth schaute in die Richtung des Schreis. »Bitte schauen Sie nicht zu«, sagte Höß.

»Ich sehe nichts«, sagte Ruth.

»Doch, Sie sehen«, sagte Höß. »Wenn Sie herschauen, werden Sie es miterleben. Es wäre mir wesentlich lieber, wenn ich allein bleiben könnte.«

»Es steht außerhalb meiner Macht«, sagte Ruth.

»Gehen Sie«, bettelte Höß.

»Wie soll ich das tun?« sagte sie. Es stimmte, dachte sie. Sie wäre gegangen, wenn sie es gekonnt hätte. Wirklich? Oder blieb sie freiwillig? Sie wußte es nicht.

Luftblasen stiegen von irgendwo auf. Entsetzt merkte Ruth, daß Höß die Kontrolle über seine Gedärme verlor. Ihr wurde übel. Sie war davon überzeugt, daß sie die Scheiße riechen konnte. Sie hörte Höß keuchen. Sie hörte, wie er sich schämte. Sie hörte, wie er seinen Körper zu beherrschen versuchte. Seine Schließmuskel zu beherrschen versuchte. Er stöhnte, als es ihm nicht gelang. Dem Stöhnen folgte ein Geräusch des Fließens. Ruth krallte ihre Hände in die Sitzlehnen. Höß schien aufgegeben zu haben. »*Mein Gott*«, rief er noch einmal.

Er rief Gott an, dachte Ruth. Nicht seine Frau. Ruth fragte sich, ob Höß wieder ganz vorne beginnen mußte. Ob er seine Jugend und frühen Erwachsenenjahre von neuem durchleben mußte. Und wie oft mußte man sterben, bis man wirklich tot war, fragte sie sich. Bis man zu existieren aufhörte. Kam es je soweit?

»Ich dachte, Sie könnten mir helfen, dem zu entgehen«, sagte Höß mit keuchender Stimme.

»Ich?« sagte sie.

»Ja«, sagte er. »Ich dachte, Sie wären meine Rettung.«

»Ich Ihre Rettung?« sagte Ruth. Sie war verblüfft. Sie konnte Höß noch immer riechen. Der Geruch war grauenhaft. Sie hielt sich die Hand vor die Nase.

Mit einemmal fühlte Ruths Körper sich heiß an. Sie spürte, wie Höß sich anspannte. Wie er die Luft anhielt. Etwas bewegte sich. Sie wußte, was es war. Die Schlinge zog sich zu. Ein scharfes Geräusch war zu hören. Ein Klacken. Das Geräusch, mit dem jemand gehängt wurde. Sie spürte, wie er zuckte. Ein gurgelndes Geräusch ertönte aus seiner Kehle.

Ruth grub ihre Ferse in den Boden der Flugzeugkabine. Höß röchelte. Sie grub ihre Ferse wieder ein. Höß zuckte noch einmal. Kleine ungewollte Zuckungen. Ein Zittern und gurgelnde Geräusche. Ruth hielt die Ferse auf den Boden gepreßt. Sie spürte, daß sie schweißbedeckt war. Sie hörte einen Aufprall. Einen dumpfen Aufprall. Sie wußte, daß Höß nicht mehr war.

Sie griff zu ihrer Handtasche und holte ihren Lippenstift heraus. Es ging ihr jetzt viel besser. Sie kam sich beinahe erfrischt vor. Klar im Kopf. Sie hob die Ferse, die sie auf den Boden gepreßt hatte. Sie schlug die Beine übereinander. Sie wußte, daß Höß nicht mehr war. Sie lächelte. Sie nahm nicht an, daß sie noch einmal von ihm hören würde. Sie hoffte, sich nicht zu täuschen.

Siebzehntes Kapitel

Ruth und Edek warteten seit zwanzig Minuten an der Gepäckausgabe. Gepäck war keines zu sehen. Das Laufband hatte sich noch nicht einmal in Bewegung gesetzt. Die anderen Passagiere standen einfach da. Stumm. Resigniert. Keiner rührte sich. Keiner regte sich auf. In Amerika, dachte Ruth, hätten die Leute sich gewundert, sich geärgert, sich aufgeregt und sich beschwert. Hier in Łódź standen die Passagiere schweigend da und warteten.

»Was ist los?« sagte Edek.

»Nichts«, sagte Ruth. »Das Gepäck kommt nicht.«

»Was ist bloß mit ihnen los?« sagte Edek. »Alles dauert zweimal so lange wie nötig.« Auf polnisch fragte er zwei Passagiere, ob sie gehört hatten, daß es eine Verzögerung gab. Beide zuckten die Schultern.

»Ich hoffe, unser Gepäck ist nicht verlorengegangen«, sagte Ruth. Edek fragte einen weiteren Passagier, ob es üblich sei, daß Gepäck verlorenging. »Nicht üblich, aber auch nicht ungewöhnlich«, sagte der Mann.

»Großartig«, sagte Ruth. »Ich kann die Kleider nicht wechseln und muß das Scheißshampoo im Hotel benutzen.«

»Deshalb mußt du nicht solche Ausdrücke benutzen, Ruthie«, sagte Edek. Ruth wunderte sich, warum ihn das Wort »Scheiße« und die anderen bescheidenen Kraftausdrücke, die sie hin und wieder verwendete, so fassungslos machten. Offenbar klangen sie in seinen Ohren brutaler als in denen englischsprachig aufgewachsener Menschen.

»Wenn das Gepäck weg ist, kaufen wir uns neue Sachen«, sagte Edek. »Wir können es uns leisten.«

»Ich mache mir deswegen keine Sorgen«, sagte Ruth. Er hatte recht, dachte sie. Sie würde bald zu Hause sein. Sie konnte alles

ersetzen. Sie konnte sich neue Gesichtscremes, neue Reinigungs-
lotion, neue Laufkleidung kaufen. Sie konnte sich einen neuen
Schrittzähler kaufen, einen neuen Kassettenrecorder und neue
Kopfhörer mit Mikrofon. Es gab keinen Anlaß, in Panik auszubrechen. Alles war ersetzbar.

Das verlorene Gepäck beschäftigte sie nicht weiter. Es war ihr
egal, dachte sie, ob ein Angestellter der Fluglinie oder sonstwer das
Gepäck gestohlen hatte. Dann fiel ihr der Mantel ein. In ihrem Koffer befand sich Israel Rothwax' Mantel.

»Der Mantel«, sagte sie zu Edek.

»Du kaufst dir einen neuen«, sagte Edek.

»Nein, der Mantel deines Vaters«, sagte Ruth. Edek schwieg einen
Augenblick lang.

»Um ehrlich zu sein, Ruthie – dieser Mantel hätte an dir ein
bißchen komisch ausgesehen.«

»Ich will den Mantel haben«, sagte sie. »Ich lasse ihn mir nicht
wegnehmen.«

»Das Gepäck kommt schon noch«, sagte Edek.

Sie warteten. Zum Glück hatte sie die Fotos in ihrer Handtasche aufbewahrt, dachte Ruth. Sie öffnete die Handtasche. Die
Fotos waren da. Nach zehn Minuten wandte Edek sich zu ihr um.
»Du bleibst hier und wartest auf die Koffer. Ich bin gleich wieder
da.«

»Wo gehst du hin?« sagte Ruth. Doch er war schon weg. »Bin
gleich wieder da«, rief er Ruth zu, während er zum Ausgang lief.

Gleich wieder da, dachte Ruth. Hielt Edek sich für Arnold
Schwarzenegger im *Terminator*? Edek hatte genauso gesprochen
wie der Schauspieler, im gleichen Ton und mit fast dem gleichen
Akzent. Eilig. Und Hilfe verheißend. Was hatte Edek vor, fragte
sich Ruth. Was wollte er tun? Auf die Landebahn rennen? Das
Bodenpersonal ausquetschen? Ruth war beunruhigt. Warum mußte
Edek immer unerwartete Dinge tun? Warum konnte er nicht brav
abwarten? Wie die Polen. Keiner der versammelten Passagiere hatte
sich vom Fleck gerührt. Keiner sah auf die Uhr, keiner sprach in ein
Handy. Alle warteten reglos.

Das Laufband begann sich hörbar zu bewegen. Die Wartenden rührten sich nicht vom Fleck. Ruth trat näher an das Laufband. Einzelne Gepäckstücke erschienen. Nach ein paar Runden kam Ruths Koffer zum Vorschein, gefolgt von Edeks Koffer. Ruth hievte beide Koffer vom Laufband. Das grellgelbe Klebeband befand sich noch immer an Edeks Koffer, vermehrt um neu hinzugekommenes Band. Jetzt war der Koffer nicht nur quer, sondern auch längs damit beklebt. Ruth hatte Edek in Krakau im Taxi fragen wollen, wann er den Koffer neu beklebt hatte, doch Zofias Küsse hatten sie davon abgelenkt.

Ruth konnte das Geräusch der Kußhände Zofias, als sie in den Wagen gestiegen waren, noch immer hören. Laute, schmatzende Küsse. Sie erinnerte sich daran, daß Edek darüber gelächelt hatte. Ruth sah Edeks Koffer an. Worin bestand der Zweck der zweiten Umhüllung mit knallgelbem Klebeband? Schon die erste Umrundung machte ihn unverwechselbar genug. Wer konnte Edeks Denken ergründen? Und wo steckte Edek überhaupt?

Sie sah sich im Flughafen um. Rief er Garth an, fragte sie sich. Nein, warum sollte er das vom Flughafen aus tun. Er konnte Garth von seinem Hotelzimmer aus anrufen. Sie hatte keine Ahnung, was Edek gerade anstellen mochte. Sein Handeln und Denken war unmöglich zu verfolgen oder vorauszusagen. Sie sah auf ihren eigenen Koffer. Er war so unauffällig. Schwarzes Leder und ordentlich beschriftete Adreßschilder. Sie konnte sich nicht vorstellen, mit einem Koffer zu reisen, der mit grellgelbem Klebeband vollgeklebt war. Obwohl sie nicht hätte sagen können, warum sie so heikel und etepetete war.

»Ruthie«, hörte sie rufen. Sie blickte auf. Es war Edek, der durch die Gepäckausgabe auf sie zulief. Sie wünschte, er würde nicht immer alles im Laufschritt erledigen. Soweit sie es beurteilen konnte, gehörten die kritischen Momente in Edeks Leben größtenteils der Vergangenheit an. Es gab keinen Grund zu laufen. In Edeks Alter war es sogar gefährlich. Er konnte ohne weiteres ausrutschen.

»Ich habe uns einen Fahrer besorgt, der uns zum Hotel fährt«, sagte Edek, der leicht keuchte. Ruth war erleichtert. Edek hatte sich offenbar nur um ein Taxi gekümmert.

»Sehr gut«, sagte sie. »Mit einem Mercedes?«

»Ja«, sagte Edek, »natürlich.«

»Warum nicht?« sagte Ruth. »Wenn ich nach New York zurückkomme, werde ich wahrscheinlich an Mercedes-Entzug leiden.«

Edek lachte. »Du kannst dir ja einen Mercedes kaufen«, sagte er.

»Ich brauche kein Auto«, sagte Ruth.

»Du kannst dir aber eines leisten«, sagte Edek.

»Die Parkgebühren in New York sind astronomisch«, sagte Ruth.

»Wozu verdienst du so gut«, sagte Edek, »wenn du dir keinen Parkplatz leisten willst?«

»Ich habe dir schon hundertmal erklärt«, sagte Ruth, »daß ich in New York kein Auto brauche.«

Sie verwünschte sich dafür, das Thema Mercedes zur Sprache gebracht zu haben. Es hatte nur ein Scherz sein sollen. Und Edek hatte gelacht. »Außerdem dachte ich immer, daß wir keine deutschen Produkte kaufen«, sagte sie zu Edek.

»Och«, sagte er. »Das ist mir inzwischen egal. So wichtig ist das nicht. Wen kümmert es schon, ob wir uns ein paar deutsche Artikel kaufen oder nicht kaufen? Die Deutschen kümmert es nicht. Und mir ist es inzwischen egal.«

»Mir auch«, sagte Ruth. »Ich bin es langsam leid, deutsche Produkte zu boykottieren.«

»Vielleicht probieren wir in New York zusammen einen Mercedes aus«, sagte Edek.

»Dad«, sagte Ruth, »vergiß es bitte.«

»Vielleicht ziehe ich nach New York«, sagte Edek. »Zusammen mit Garth.«

»Du willst nach New York ziehen und mit Garth zusammenleben?« sagte Ruth.

»Bist du verrückt geworden?« sagte Edek. »Ich spiele mit dem Gedanken, nach New York zu ziehen und in deiner Nähe zu wohnen. Diejenige, was zusammenleben wird mit Garth, bist du.«

»Oh«, sagte Ruth, »danke, daß du mich in diese Pläne einweihst.«

»Das Auto könnte ich in New York gut gebrauchen«, sagte Edek.

Ruth war sprachlos. Welche neuen Pläne heckte Edek da aus? Zumindest hatte Zofia darin keinen Platz, dachte Ruth. Sie und Edek hatten den Ausgang des Flughafens fast erreicht.

»In Amerika sind Mercedes billiger«, sagte Edek. »In Australien kosten sie ein Vermögen.«

»So billig sind sie in Amerika auch nicht«, sagte Ruth.

»Ich habe nicht gesagt, sie wären billg«, sagte Edek. »Ich habe gesagt, sie sind billiger als in Australien. Ein Mercedes ist immer ein teures Auto. Das weiß jeder.« Er schwieg. »Warum soll ich keinen Mercedes haben, wenn ich wohne in New York? » sagte er. »Ich bin nicht mehr so gut zu Fuß, wie ich war früher. Ich werde langsam alt.«

»Du gehst schneller als ich«, sagte Ruth. »Einen Mercedes kriegst du erst, wenn du um einiges älter bist.« Edek begann zu lachen. Vor Lachen fiel er fast um. Er mußte seinen Koffer abstellen.

»Ruthie, manchmal bist du ein richtig komisches Mädchen«, sagte er.

»Du willst sagen, daß ich manchmal richtig komisch bin«, sagte sie. »Als Mädchen kann man mich nicht mehr so richtig bezeichnen.«

»Ich will sagen, daß du manchmal bist ein richtig komisches Mädchen«, sagte er.

Sie hatten die Eingangstür erreicht. Ruth sah den Mercedes, der draußen auf sie wartete. Es war ein großer Mercedes. Als der Fahrer Edek erblickte, sprang er aus dem Wagen, um beim Einladen des Gepäcks zu helfen. Er öffnete den Kofferraum. Ruth legte ihren Koffer in den Kofferraum. Der Fahrer sah sie entsetzt an. »Madame, bitte«, sagte er, »ich bin da, um Ihnen zu helfen.«

»Ich komme zurecht«, sagte sie zu ihm. Sie zeigte Polen gerne, daß sie muskulös und stark war. Edek war irritiert. »Warum läßt du ihn nicht den Koffer einladen?« sagte er zu Ruth.

»Ich hebe gern Koffer«, sagte sie.

»Du bist verrückt«, sagte Edek.

Ruth setzte sich auf den Rücksitz. »Ich setze mich nach vorne zum Fahrer«, sagte Edek. »Setz dich zur Abwechslung einmal mit mir nach hinten«, sagte Ruth. Edek sah sie an. »Es ist gar kein so übles Gefühl«, sagte er, »eine Tochter zu haben, was noch immer sitzen will neben ihrem Vater.« Ruth rutschte ein Stück weiter. Edek stieg ein. »Ich will immer neben dir sitzen«, sagte sie. Diese Worte schienen Edek zu überraschen. Tränen traten ihm in die Augen. »Bald sind wir nicht mehr hier, Dad«, sagte sie. »Bald sind wir in meiner Wohnung in New York.«

Ruth sah sich im Wageninneren um. Alles war in gedämpftem Braun gehalten. Eine geschmackvolle, elegante und zugleich nicht ungemütliche Farbe.

»Bis wir Polen verlassen«, sagte Ruth zu Edek, »werden wir jedes lieferbare Mercedes-Modell kennengelernt haben.« Edek lachte.

»Kann ich Sie in den nächsten Tagen irgendwohin begleiten?« sagte der Fahrer. Ruth fragte sich, wo er Englisch gelernt haben mochte. Es klang fast wie das Englisch eines Eton-Schülers. Ruth wollte gerade ablehnen, als Edek sagte: »Ja, tatsächlich.«

»Wohin möchten Sie fahren, mein Herr?« sagte der Fahrer.

»Könnten Sie uns morgen vormittag in die Kamedulskastraße fahren?« sagte Edek. »Und dort etwa eine halbe Sunde lang oder auch etwas länger auf uns warten?«

»Gewiß, mein Herr«, sagte der Fahrer. »Um wieviel Uhr soll ich Sie abholen?«

Edek sah Ruth an. »Was meinst du?« sagte sie zu ihm. »Zehn Uhr? Morgen ist Sonntag, und vielleicht ist es nicht sehr klug, die beiden aufzuwecken, indem wir zu früh kommen.«

»Wozu müssen wir die beiden überhaupt sehen?« sagte Edek.

»Weil wir nicht einfach mit einem Spaten erscheinen und in fremden Höfen herumgraben können«, sagte Ruth.

»Es ist kein fremder Hof«, sagte Edek, »sondern mein Hof.«

»Das alte Paar könnte die Polizei rufen«, sagte Ruth, »und es dürfte etwas schwierig sein, an Ort und Stelle zu erklären, daß es sich um deinen Hof handelt.«

»Mag sein«, sagte Edek. »Aber warum sollten sie die Polizei rufen?«

»Woher soll ich das wissen?« sagte Ruth. »In den Augen der beiden sind wir Eindringlinge. Auf ihrem Besitz.«

»Wir sind sehr gewinnbringende Eindringlinge«, sagte Edek.

Ruth lachte. »Ich denke, es wäre das klügste, den beiden zu sagen, was wir vorhaben«, sagte sie. »Ich denke, ich sollte ihnen Geld geben.«

»Geld geben, damit ich auf meinem eigenen Hof graben darf?« sagte Edek. »Wozu?«

»Damit alles reibungslos geht«, sagte Ruth.

»Du hast ihnen schon eine Menge Geld gegeben«, sagte Edek.

»Für das, was ich dafür bekommen habe, ist es nicht viel«, sagte Ruth.

»Ich würde den beiden gerne etwas sagen«, sagte Edek.

»Das hat aber keinen Sinn«, sagte Ruth. »Außerdem müssen sie mit sich selbst leben, und eine schlimmere Strafe kann ich mir nicht vorstellen.«

»So alt sind die beiden gar nicht«, sagte Edek. »Wahrscheinlich sind sie um einiges jünger als ich.«

»Wahrscheinlich hast du recht«, sagte Ruth.

»Laß uns um neun Uhr hingehen und es hinter uns bringen«, sagte Edek.

»Okay«, sagte sie.

»Könnten Sie uns bitte um neun Uhr abholen?« sagte Edek zu dem Fahrer.

»Gewiß, mein Herr«, sagte der Fahrer.

»Neun Uhr ist ein guter Zeitpunkt«, sagte Ruth zu Edek. »Auf diese Weise können wir sie abfangen, bevor sie in die Kirche gehen.«

»Denkst du, daß diese Leute in die Kirche gehen?« sagte Edek.

»Wahrscheinlich«, sagte Ruth. »Die meisten Polen scheinen es zu tun.«

»Ich hole Sie um Punkt neun Uhr ab«, sagte der Fahrer.

Wenigstens hatte der Fahrer ihnen nicht angeboten, sie zu einem als Museum verkleideten Todeslager zu fahren, dachte Ruth. Dann fiel ihr ein, daß es in der Nähe von Łódź keines gab. Sie kamen an Wandkritzeleien vorbei, weiß auf einer braunen Mauer. *Juden raus!* schrien die Schmierereien. Ihr Verfertiger konnte genug Deutsch, um das Ausrufungszeichen nicht zu vergessen. Ruth machte Edek darauf aufmerksam. Der Fahrer schaute, wohin sie schauten. »Nur Kindereien«, sagte Edek schnell zu dem Fahrer. Edek sah Ruth an und hob die Augenbrauen. Ruth verstand, daß er einer Antwort des Fahrers hatte zuvorkommen wollen. »Nur Kindereien«, sagte Ruth. Edek lachte. »Nur Kindereien«, wiederholte er. »Nur Kindereien«, sagte der Fahrer.

Edek sah Ruth wieder an. »Du siehst viel besser aus«, sagte er zu ihr.

»Besser?« sagte sie. »Besser als wann?«

»Besser als du ausgesehen hast die ganze Zeit in Polen«, sagte Edek. »Du hast nicht ausgesehen so besonders gut. Und jetzt siehst du viel besser aus.«

»Ich glaube, das liegt daran, daß wir auf dem Weg nach Hause sind«, sagte Ruth. »Von Polen habe ich genug.«

»Mehr als genug, glaube ich«, sagte Edek.

»Mehr als genug«, sagte sie.

Sie war froh, daß sie besser aussah. Sie fühlte sich auch besser. Wacher, optimistischer. Sie konnte es kaum erwarten, wieder in ihrer Wohnung zu sein.

»Es ist also nicht so schlimm, was ich ausgemacht habe mit Garth?« sagte Edek.

»Neben einer Menge schlimmer Dinge ist deine Einladung nach New York für Garth nicht besonders schlimm«, sagte Ruth.

»Willst du es versuchen?« sagte Edek.

»Was versuchen?« sagte Ruth.

»Dich mit Garth zu versöhnen«, sagte Edek.

»Dad«, sagte Ruth. »Ich habe dir gerade zugestanden, daß deine Einladung an Garth, ohne mich zu fragen, nicht so schlimm war. Können wir es dabei nicht belassen?«

»Meine Tochter ist sehr störrisch«, sagte Edek zu Ruth und schüttelte den Kopf.

Łódź war nicht schöner geworden. Es war noch immer düster und rauchgeschwängert. Was hatte sie erwartet, dachte Ruth, eine Verwandlung? Vor genau einer Woche waren sie und Edek in der Stadt angekommen. In der Stadt, in der Edek geboren und aufgewachsen war. Das Taxi bog in die Piotrkowskastraße ein. An diesem Samstagabend sah die Piotrkowska nicht anders aus als am Samstagabend der vergangenen Woche. Ähnlich wenige Leute wie letzte Woche waren auf der Straße zu sehen. Ruth sah aus dem Wagenfenster. Es mußte doch mehr Leute geben, die samstagabends ausgingen. Es mußte mehr Leute in Łódź geben, die sich erholten und amüsierten. Oder vielleicht nicht? Vielleicht gab es in Łódź nichts, was einen amüsieren konnte.

»Von den Samstagen, wie sie früher in der Piotrkowskastraße waren, ist nicht viel geblieben, nicht wahr?« sagte sie zu Edek.

Edek schüttelte den Kopf. »Die Straße ist nicht mehr dieselbe«, sagte er.

»Das kann man wohl sagen«, sagte Ruth. Sie sah die paar Leute an, die auf der Straße gingen. »Jetzt haben sie, was sie wollten«, sagte sie zu Edek. »Die Juden sind sie los. Man sollte meinen, daß sie glücklicher aussehen müßten.«

»Psst, psst«, sagte Edek. »Sag nicht solche Sachen, Ruthie. Warum mußt du solche Sachen sagen? Du verstörst damit die Leute«, sagte er mit einer Kopfbewegung in Richtung des Fahrers.

»Okay«, sagte Ruth. »Ich will versuchen, in der kurzen Zeit, die uns noch bleibt, niemanden zu verstören.«

»Ich danke dir von Herzen«, sagte Edek mit übertriebenen Dankesbezeigungen für ihre Bereitschaft, sich etwas wohlerzogener zu benehmen.

Ruth wandte den Blick ab. Sie spürte Edeks Blick. »Du siehst gar nicht so übel aus«, sagte Edek. »Zum erstenmal seit wir sind gekommen nach Polen, siehst du aus, wie du sonst ausgesehen hast.«

»Ich sehe aus, wie ich sonst ausgesehen habe?« sagte Ruth.

»Wie du sonst warst«, sagte Edek. »Nicht dauernd müde und mit diesen schwarzen Ringen um die Augen.«

»Ich komme mir weniger müde vor«, sagte sie.

»Du siehst wieder aus wie du selber«, sagte Edek.

»Prima«, sagte Ruth. Es freute sie, daß Edek fand, daß sie wieder wie sie selbst aussah. Wie sie selbst, dachte sie. Wer war das? Die Geschäftsfrau? Diejenige, die abends, wenn die anderen nach Hause gegangen waren, die Akten auf den neuesten Stand brachte? Würde sie diese Person je wieder sein? Oder war sie jemand anders? Jemand, der wußte, daß selbst noch soviel Ordnung gewisse Ungewißheiten nicht aus der Welt schaffen konnte?

»Ich bin froh, daß ich besser aussehe«, sagte Ruth. Sie sah Edek an. Er wirkte müde. »Du siehst müde aus, Dad«, sagte sie.

»Um ehrlich zu sein, ich bin ein bißchen müde«, sagte er. Ruth wußte, daß Edek in der Tat sehr müde sein mußte, wenn er so etwas einräumte. Offenbar war die Nacht mit Zofia ganz schön anstrengend gewesen.

»Du kannst heute früh ins Bett gehen, wenn du willst«, sagte Ruth zu ihm. »Morgen bist du dann wieder fit.«

»Natürlich bin ich das«, sagte Edek.

Sie waren vor dem Grandhotel Victoria angekommen. Ruth sah zu, wie Türsteher, Portier und Taxifahrer sich beeilten, die Wagentüren aufzureißen. Taxifahrer und Türsteher gerieten einander in den Weg. Es war fast wie im Slapstickfilm. Genauso war es gewesen, als sie und Edek letzte Woche angekommen waren. Inmitten diverser Kollisionen. Taxifahrer, Türsteher und Portiers in Łódź mußten überall blaue Flecken haben, dachte Ruth. Diese Tätigkeiten waren offenbar gefährlicher, als es den Anschein hatte.

Der Türsteher strahlte Ruth an. Ruth lächelte ihn an. Er strahlte noch breiter. »Willkommen, willkommen«, dröhnte er. »Ich kann Ihnen so viele stabile Kisten besorgen, wie Sie wollen«, sagte er.

»Nein, vielen Dank«, sagte Ruth zu ihm. »Aber herzlichen Dank für Ihr Angebot.« Sie gab ihm ein großzügiges Trinkgeld. »Ich würde später gerne etwas mit Ihnen besprechen«, sagte sie. »Es geht um etwas Geschäftliches.« Das Wort »Geschäftliches« betonte sie.

»Ich bin bis zehn Uhr abends da«, sagte der Türsteher in geschäftsmäßigem Ton. Vielleicht war er gar nicht so abstoßend, wie sie anfänglich gedacht hatte, dachte Ruth. Vielleicht hatte sie ihr Urteil etwas vorschnell gefällt.

Edek begrüßte den Türsteher voller Herzlichkeit. Man hätte meinen sollen, sie seien alte Freunde. Ruth sah weg. Edeks unbeschwertes Umgehen mit Polen war noch immer schwer für sie zu ertragen. Sie sah, daß Edek dem Türsteher etwas zugesteckt hatte, was nach einem großen Trinkgeld aussah.

Als Ruth wieder hinsah, umarmte der Türsteher Edek. Beide umarmten einander und tauschten sich schnell auf polnisch aus. Es schien eine freundschaftliche Unterhaltung zu sein. Ruth schüttelte den Kopf. Sie wußte, daß sie von den komplexen Beziehungen zwischen Edek und all den Polen, mit denen er sich so gut verstand, niemals auch nur einen Bruchteil begreifen würde. Welche gemeinsame Geschichte besaßen sie? Welche unausgesprochenen Gemeinsamkeiten? Welche unbegreiflichen Bande ließen sie so ungezwungen miteinander verkehren? Sie konnte es nicht einmal ansatzweise verstehen.

Ruth legte ihren und Edeks Paß auf den Schalter der Rezeption. Der Mann hinter dem Schalter sah auf und erkannte sie wieder. »Ich gebe Ihnen unsere besten Zimmer«, sagte er zu Ruth. »Vielen Dank«, sagte sie, »das ist sehr freundlich von Ihnen.« Edek wartete im Foyer auf sie. Er wirkte ein wenig verloren. Als wären ihm die Leute ausgegangen, die er umarmen und mit Trinkgeld entlohnen konnte, so daß er nicht recht wußte, was er mit sich anfangen sollte. Wie froh würde sie sein, Polen zu verlassen, dachte sie, als sie zu ihrem Vater ging.

»Sie sagen, sie geben uns die besten Zimmer, die sie haben«, sagte sie zu Edek.

»Sehr gut«, sagte er.

»Sollen wir auspacken und uns in zehn Minuten unten treffen?« sagte Ruth.

»Wo ist dein Zimmer?« sagte Edek.

»Zwei Türen von deinem entfernt«, sagte Ruth.

Edek sah erleichtert aus. »Gut«, sagte er. Sie gingen zum Aufzug. »Essen wir zu Abend?« sagte er.

»Natürlich«, sagte Ruth.

Edek sah sofort fröhlicher aus. »Bis in zehn Minuten«, sagte er.

Ruth sah sich in ihrem Zimmer um. Es machte keinen einladenderen Eindruck als das Zimmer, das sie letzte Woche bewohnt hatte.

So sah es aus, wenn man die besten Zimmer des Hotels bekam. Ruth hoffte, daß das Bett weniger klumpig sein würde als beim letztenmal. Sie schlug das Bettzeug zurück. Das Bett war mit drei schmalen Bettüchern als Ersatz für ein großes Leintuch überlappend bezogen. Ruth wußte, daß ihre Arme und Beine sich die ganze Nacht in den Bettüchern verfangen würden. Sie schaltete die Dusche ein. Das Wasser tröpfelte und spritzte. Sie hätte gern geduscht. Aber um sich zu waschen, würde sie unter dieser Dusche zwei Stunden verbringen müssen. Sie beschloß, am nächsten Tag in Warschau zu duschen.

Edek rief sie an. »Hast du das beste Zimmer gekriegt?« sagte er.

»Nein«, sagte sie, »ich nicht.«

»Ich auch nicht«, sagte er und begann zu lachen. Ruth war froh, ihn lachen zu hören. An einem Ort wie Łódź war es ein Trost, lachen zu können.

Edek lachte immer noch, als sie sich im Foyer trafen. »Mein Zimmer ist noch schlechter als beim letztenmal«, sagte er.

»Das kann doch nicht wahr sein«, sagte Ruth.

»Dem Bett fehlt ein Bein«, sagte Edek. Er lachte noch mehr. »Anstatt des Beins gibt es sechs Backsteine.«

»Sechs Backsteine?« sagte Ruth, die ebenfalls lachte.

Edek nickte. Er versuchte zu lachen aufzuhören. »Ich habe sie gezählt«, sagte er schließlich.

»Ist das nicht zum Lachen?« sagte Ruth, die sich die Augen wischte.

»Ruthie, das ist zum Lachen«, sagte Edek.

»Wenn du heute nacht nicht schlafen kannst«, sagte Ruth zu Edek, »dann ruf mich an, und ich sorge dafür, daß sie dir ein anderes Zimmer geben.«

»Das Bett habe ich schon ausprobiert«, sagte Edek. »Ich habe mich draufgelegt. Es war gar nicht so übel.«

»Wir müssen nur eine Nacht hier verbringen«, sagte Ruth. »In Warschau habe ich für unsere letzte Nacht in Polen Zimmer im Bristol bestellt«, sagte sie. »Ein bißchen Luxus kann ich jetzt brauchen.«

»Ich auch, Ruthie«, sagte Edek.

»Willst du richtig zu Abend essen oder nur eine Kleinigkeit?« sagte Ruth. Sobald sie die Worte gesagt hatte, bereute sie es. Edek konnte nie zugeben, daß er hungrig war oder sich ein richtiges Essen wünschte. »Wollen wir irgendwohin gehen, wo wir viel essen können, wenn wir hungrig sind, und weniger, wenn wir nicht so hungrig sind?« sagte sie.

»Ich bin nicht so hungrig«, sagte Edek.

»Auf der gegenüberliegenden Straßenseite ist ein Café«, sagte Ruth. »Dort gibt es kleine Mahlzeiten.«

»Ich habe im Flugzeug nichts zu essen bekommen«, sagte Edek.

»Da ist dir nicht viel entgangen«, sagte Ruth. »Leberwurst auf einem Keks und eine Orange.«

»Orangen mag ich nicht so besonders«, sagte Edek.

»Ich weiß«, sagte Ruth. »Laß uns ein Restaurant aussuchen.«

»Wie wär's mit dem Chineser?« sagte Edek.

»Meinst du den Chinesen, wo wir letztesmal waren?« sagte Ruth.

»Ja«, sagte Edek.

»Da gehe ich kein zweitesmal hin«, sagte Ruth.

»So schlecht war dieser Chineser doch nicht«, sagte Edek.

»Es war ein sehr polnischer Chinese«, sagte Ruth.

»Die Würmer haben dir geschmeckt«, sagte Edek.

»Nicht genug, um mich zu einem zweiten Besuch zu verlocken«, sagte Ruth. »Wie wäre es mit einem Franzosen?«

»Wie wäre es mit dem McDonald's?« sagte Edek.

»Dad, ich esse keine Hamburger in Amerika«, sagte Ruth. »Warum sollte ich in Polen welche essen?«

»Okay«, sagte Edek mit niedergeschlagenem Gesichtsausdruck.

»Komm, wir treffen uns in der Mitte«, sagte Ruth. »Ich gehe mit dir zu McDonald's, und du leistest mir später im Hotel bei einem Teller Suppe Gesellschaft.«

»Okay, das ist ein Vorschlag«, sagte Edek.

Im McDonald's bestellte Edek sich zwei Cheeseburger, zwei Portionen Pommes frites und zwei Schokoladenshakes. »Diese McDonald's machen sehr gute Hamburger«, sagte er beim Verzehr seines zweiten Cheeseburgers. Er sah weniger müde aus als vorhin, dachte Ruth. Die Hamburger hatten ihn belebt.

»Bestell dir doch noch einen«, sagte Ruth. »Sie sind nicht sehr groß.« Edek bestellte sich einen dritten Cheeseburger. Als er seine Pommes frites aufgegessen hatte, war seine Farbe zurückgekehrt. Seine Wangen waren rosig. Seine Augen strahlten. »Das war ein sehr gutes Abendessen«, sagte er zu Ruth. Sie gingen zum Hotel zurück.

»Ich glaube, ich lasse mir die Suppe auf mein Zimmer bringen«, sagte Ruth. »Ich bin ziemlich müde.«

»Okey dokey«, sagte Edek.

»Geh ruhig schon hoch«, sagte sie zu ihm. »Ich bestelle meine Suppe und erkundige mich, ob Faxe für mich gekommen sind.«

»Gute Nacht, Ruthie«, sagte Edek.

Es waren keine Faxe da. Ruth war erleichtert. Im Augenblick wollte sie nicht an ihre Arbeit denken. Sobald sie in New York war, würde sie sich gern mit alledem befassen, aber nicht jetzt. Der Türsteher machte ihr ein Zeichen. Sie ging zu ihm. »Wollen Sie jetzt die geschäftliche Sache mit mir besprechen?« sagte er.

»Ja«, sagte sie.

Sie wünschte, er würde die Haarbüschel beschneiden, die ihm aus den Nasenlöchern wuchsen. Sie verursachten ihr Übelkeit. Dieser Mann benötigte einen Klipper für Nasen- und Ohrenhaare. Vielleicht sollte sie ihm aus New York einen schicken. Sie versuchte, ihren Blick auf seine Augen gerichtet zu halten. Sie erklärte ihm, daß sie ihn gerne als Begleitung für eine Fahrt in die Kamedulskastraße engagieren würde, die sie und ihr Vater am nächsten Morgen unternehmen wollten.

Der Türsteher sah verwirrt aus. »Dorthin können Sie doch mit einem Taxi fahren«, sagte er.

»Mein Vater muß im Hinterhof eines Hauses in der Kamedulskastraße etwas ausgraben«, sagte Ruth zu dem Türsteher. »Was er sucht, wurde vor mehr als fünfzig Jahren vergraben.«

»Oh, Gold«, sagte der Türsteher.

»Nein«, sagte Ruth. »Was dort vergraben ist, hat keinen materiellen, sondern nur einen emotionalen Wert.«

»Worin besteht dann das Problem?« sagte der Türsteher und trat einen Schritt näher. Ruth trat einen Schritt zurück.

»Das Problem besteht darin, daß dieser Gegenstand auf einem Grundstück vergraben ist, das vor dem Krieg meinem Vater gehört hat«, sagte sie. »Die jetzigen Bewohner sind durch unsere Anwesenheit etwas beunruhigt. Ich möchte nur sicherstellen, daß mein Vater ungestört nach dem Gegenstand suchen und ungehindert gehen kann.«

»Ich verstehe«, sagte der Türsteher. »Sie wollen mich zum Schutz mitnehmen.«

»Ja«, sagte Ruth.

»Mit Vergnügen«, sagte der Türsteher. »Es wird mir ein Vergnügen sein, Sie zu beschützen.«

»Mich und meinen Vater«, sagte Ruth.

»Selbstverständlich«, sagte der Türsteher. Ruth war erfreut. Sie lächelte den Türsteher an. »Ich werde Sie gut bezahlen«, sagte sie. Er nickte. Sie war froh, daß er so stämmig war. Froh, daß er einen so dicken Hals und einen so dicken Körper hatte. Seine Gegenwart würde dem alten Paar beweisen, daß sie, Ruth, nicht mit sich spaßen ließ. Sie hoffte, daß er all seine goldenen Ketten anbehalten würde. Sie ließen ihn noch bedrohlicher erscheinen.

»Können Sie uns einen Spaten und ein Paar Gummihandschuhe besorgen?« sagte Ruth zu dem Türsteher. Er zögerte.

»Auch dafür werde ich gut bezahlen«, sagte sie.

»Einen großen Spaten?« sagte er.

»Einen mittelgroßen Spaten«, sagte Ruth. »Das, was wir suchen, ist ein kleiner Gegenstand.«

»Ich werde einen Spaten und Gummihandschuhe mitbringen«, sagte der Türsteher.

»Ich habe einen Wagen für neun Uhr morgens bestellt«, sagte Ruth.

»Sie werden mich Punkt neun Uhr hier sehen«, sagte der Türsteher.

»Danke«, sagte Ruth.

Sie ging auf ihr Zimmer. Sie rief Tadeusz, den Dolmetscher, an. Sie fragte ihn, ob er Zeit habe, sie in die Kamedulskastraße zu begleiten.

Tadeusz freute sich, von ihr zu hören. »Selbstverständlich werde ich Sie begleiten«, sagte er. Sie sagte ihm, daß der Türsteher ebenfalls mitkommen werde. Tadeusz lachte. »Ich freue mich, daß Sie diesmal besser vorbereitet sind«, sagte er.

Ruth kam sich vor, als hätte sie ein Schlägertrupp zusammengestellt. Leibwächter, Dolmetscher, Fahrer. Was würden sie überwachen? Was war in dem Hof vergraben? Und war es noch dort vergraben? Sie würde es bald wissen. Morgen würde sie es wissen. Sie überlegte, ob sie sich vom Zimmerservice etwas Suppe bringen lassen sollte. Sie entschied sich dagegen. Sie war nicht wirklich hungrig.

Sie sah in den Spiegel. Ihr Vater hatte recht. Sie sah viel besser aus. Ihre Züge waren nicht mehr von Ermüdung und Anspannung gezeichnet. Ihr Teint war klar, nicht totenbleich. Die dunklen Ringe unter den Augen waren verschwunden. Sie fuhr sich durch ihr Haar. Sogar das Haar wirkte wie neu belebt. Die Locken und Löckchen sahen ästhetisch ansprechend aus.

Sie ging zu ihrem Koffer und holte eine kleine Kerze in einem filigranen silbernen Behältnis heraus. Sie öffnete das Behältnis. Die Kerze hatte ihr vor Jahren jemand geschenkt. Seit Jahren nahm sie sie auf allen Reisen mit. Anfangs als Notbehelf im Fall eines Stromausfalls. Doch selbst nachdem sie bemerkt hatte, daß die meisten Hotels für solche Notfälle mit Generatoren ausgerüstet waren, nahm sie sie weiterhin mit. Die Kerze war unbeschädigt. Sie stellte sie in ihrem Kerzenhalter auf einen Teller. Sie holte die Streichhölzer hervor, die sie zusammen mit der Kerze aufbewahrte. Sie zündete die Kerze an. Die Flamme warf einen großen Schatten für eine so kleine Kerze. Ruth schaltete das elektrische Licht aus. Im Kerzenlicht zu sitzen verschaffte ihr ein Gefühl des Friedens. Großen Friedens.

In der jüdischen Tradition war die Kerze ein Sinnbild für Leib und Seele. Die Flamme war die Seele, die nach oben strebte. Im jüdischen Brauchtum galt eine angezündete Kerze als etwas, was der Seele eines Verstorbenen die Reise in den Himmel erleichterte. Ruth hatte gelesen, daß es früher üblich gewesen war, ein Handtuch und ein Glas Wasser neben eine solche Kerze zu legen und zu stellen, um den Todesengel zu besänftigen, der sein Schwert in dem Wasser waschen und mit den Tuch trocknen sollte. Andere Gelehrte waren der Ansicht, die Seele des Verstorbenen kehre wieder und reinige sich in dem Wasser. Ruth füllte ein Glas mit Wasser. Sie stellte es neben die Kerze und legte ein ordentlich gefaltetes Handtuch daneben. Sie setzte sich auf einen Stuhl vor der Kerze.

Juden entzündeten Kerzen am Sabbat, an den Feiertagen, bei Hochzeiten und Bar-Mizwa-Feiern. Kerzen waren auch ein Ausdruck von Lebensfreude. Ruth betrachtete ihre Kerze. Die Flamme schien ruhig zu brennen. Manche Kerzen flackerten unstet, diese brannte ruhig. Ruth atmete tief ein und aus. Worte aus einem alten Schulgebet fielen ihr ein. Es war ein christliches Gebet, das einzige Gebet, das Ruth an ihrer Grundschule gelernt hatte: »*Holt mich der Tod im Schlafe heim, dem Herrgott anempfehle ich die Seele mein*«, sagte sie.

In dieser Nacht schlief sie tief und fest. Sie träumte von der Zigeunerin in Warschau. In Ruths Traum war das Kind der Zigeunerin sauber und wohlgenährt. Ruth wachte mit einem Gefühl tiefen Friedens auf. Sie duschte in aller Ruhe und zog sich an. Sie beschloß, ein Paar Ohrringe zu tragen. Es waren kleine goldene Herzen, die sie seit ihrer Kindheit besaß.

Edek erwartete sie im Frühstücksraum. Er saß an einem Tisch im hinteren Teil des Zimmers. Seine Schultern wirkten eingefallen, er starrte auf das Tischtuch. Er wirkte verloren. Einsam. Allein. Ruth lief zu ihm. »Hi, Dad«, sagte sie und küßte ihn auf die Wange. »Wie geht es dir?« sagte sie.

»Alles in Ordnung, wie immer«, sagte Edek.

»So siehst du aber nicht aus«, sagte Ruth.

»Mit mir ist alles in Ordnung«, sagte Edek. »Wie immer.« Edek sah Ruth an. »Du siehst heute sehr hübsch aus, Ruthie«, sagte er.

»Danke, Dad«, sagte sie. »Das war eine anstrengende Reise, nicht wahr?«

»Das kannst du laut sagen, Bruder«, sagte Edek.

»Wir haben es fast geschafft«, sagte Ruth. »Schon bald sind wir nicht mehr hier, nicht mehr in Łódź und nicht mehr in Polen.«

»Ja«, sagte Edek. Er sah noch immer niedergeschlagen aus.

»Ich bin dir sehr dankbar, daß du nach Polen mitgekommen bist«, sagte Ruth. »Sehr, sehr dankbar.« Edek sah überrascht aus.

»Ich hatte nicht das Gefühl, daß du sehr glücklich warst über diese Reise nach Polen«, sagte er.

»Da hast du recht«, sagte sie. »Es war kein Spaziergang. Es war nicht das, was man ein Zuckerlecken nennt.« Edek lachte. »Aber ich bin froh, daß ich gefahren bin«, sagte sie. »Ich mußte es tun.«

»Du wolltest es schon lange tun«, sagte Edek.

»Sehr lange«, sagte sie. »Komm, wir frühstücken.«

»Okay«, sagte Edek. Ruth stand auf, um zum Buffet zu gehen. Edek blieb sitzen. »Um ehrlich zu sein, ich bin nicht so besonders hungrig«, sagte er. Ruth sah ihn an.

»Sonst bist du morgens immer hungrig«, sagte sie. »Du frühstückst immer sehr herzhaft.«

»Heute bin ich nicht so hungrig«, sagte Edek.

»Komm, Dad«, sagte sie. »Ein gutes Frühstück ist eine wichtige Grundlage.«

»Ruthie, mein Schatz«, sagte Edek, »ein Mädchen, was ißt Vogelfutter zum Frühstück, muß nicht einem alten Mann wie mir, der weiß, was ein Frühstück ist, erzählen, was ein Frühstück ist.«

»Ich esse kein Vogelfutter«, sagte Ruth. »Und außerdem bist du kein alter Mann.«

»Geh du zum Buffet, Ruthie«, sagte Edek. »Ich warte hier.« Ruth begann sich Sorgen zu machen. Edek verlor nie den Appetit. Das war kein gutes Zeichen.

»Machst du dir Sorgen wegen nachher?« sagte Ruth.

»Möglicherweise«, sagte Edek.

»Was auch immer dort vergraben oder nicht vergraben sein mag«, sagte Ruth, »ist etwas aus der Vergangenheit. Was es auch sein mag, wir werden es überstehen. Du und ich.« Sie sah Edek an. »Es gibt nichts, was wir nicht überstehen können, Dad«, sagte sie, »so lange wir einander haben.« Sie legte ihm einen Arm um die Schulter. »Verstehst du?« sagte sie. Edek sah aus, als werde er gleich in Tränen ausbrechen. »Bitte iß etwas, Dad«, sagte Ruth. »Wie wäre es mit einer heißen Schokolade?« Edek straffte die Schultern.

»Okay, ich nehme eine heiße Schokolade«, sagte er. »Um meiner Tochter eine Freude zu machen.« Ruth bestellte die heiße Schokolade. Vom Buffet holte sie für Edek eine Scheibe Biskuitkuchen.

»Das wird zu der heißen Schokolade gut schmecken«, sagte sie.

»Ißt du wieder dein Vogelfutter?« sagte Edek.

»Was soll ich tun?« sagte sie. »Ich esse nun einmal gerne Vogelfutter.« Edek lachte.

Ruth war erleichtert, ihn lachen zu hören. Sorgen, die ihm den Appetit raubten, konnte sie nicht auf die leichte Schulter nehmen. Was machte ihm Sorgen? Der Gedanke an das, was sie finden würden? Wahrscheinlich würden sie gar nichts finden, dachte sie. Die Polen hatten das Erdreich zweifellos gründlich durchwühlt. Sie fragte sich, was Edek suchen mochte. Sie hatte nicht die geringste Ahnung, was es sein konnte. Sie fragte sich auch, warum sie so gelassen war. Der Gedanke an den alten Mann und seine Frau war zweifellos keine erfreuliche Vorstellung. Ihre Gelassenheit rührte wahrscheinlich aus dem Wissen, daß diese Reise beinahe beendet war, dachte sie. Sie wußte, daß sie sich auf dem Weg nach Hause befand.

»Auf dem Buffet gibt es Kompott«, sagte Edek. »Soll ich dir welches holen?«

»Oh, danke, Dad«, sagte sie. »Ein bißchen Kompott wäre nicht schlecht.« Edek stand auf. Er lief zum Buffet. Bis zum Buffet waren es drei Meter. »Eine kleine Schüssel«, rief sie hinter ihm her.

Die Portion Kompott, mit der Edek zurückkam, hätte für sechs Leute ausgereicht.

»Ich habe den Anwalt in Melbourne angerufen«, sagte Edek.

»Wann?« sagte Ruth.

»Gestern abend«, sagte Edek. Er schüttelte den Kopf. »Bevor ich kam nach Polen, wollte ich zurückbekommen, was uns hat gehört«, sagte er. »Aber jetzt kommt mir das nicht mehr so wichtig vor.«

»Jetzt willst du nur noch Polen so schnell wie möglich verlassen«, sagte Ruth.

»Das ist wahr, Ruthie«, sagte er. »Ich bin jetzt bereit, Polen zu verlassen.«

»Was hat der Anwalt gesagt?« sagte Ruth.

»Er hat gesagt, weil sie hatten Erfolg mit den Schweizer Banken, was sich bereit erklärt haben, den Juden ihr Geld zurückzugeben, sie wollen jetzt große Unternehmen verklagen«, sagte Edek. »Große Unternehmen, was haben beschäftigt Zwangsarbeiter.«

»Sehr gut«, sagte Ruth.

»Der Anwalt hat auch gesagt, daß einige große Versicherungsgesellschaften in Europa bereit sind, von einer internationalen Expertenkommission ausarbeiten zu lassen, was sie sollen zahlen den Juden, die ihre Policen nicht bekommen haben ausbezahlt.«

»Magst du etwas von meinem Kompott?« sagte Ruth.

»Ein bißchen vielleicht«, sagte Edek. Ruth löffelte ihm etwas auf einen Teller. Edek probierte. »Das Kompott ist sehr gut«, sagte er.

Ruth war sehr erleichtert, daß Edek munterer geworden war. Daß er etwas gegessen hatte.

»Ich habe Tadeusz engagiert, den Dolmetscher, der mich letztesmal begleitet hat«, sagte Ruth.

»Du hast einen Dolmetscher engagiert?« sagte Edek. »Wozu?«

»Weil ich dachte, wir könnten jemanden brauchen, der emotional unbeteiligt ist«, sagte Ruth, »falls es etwas zu verhandeln gibt.«

»Was sollte es zu verhandeln geben?« sagte Edek.

»Das Recht, dort zu graben«, sagte Ruth.

»Wir brauchen keinen Dolmetscher«, sagte Edek. »Ich spreche perfekt Polnisch. Ich kann sprechen für mich selber.«

»Natürlich kannst du das«, sagte Ruth. »Aber ich wollte uns mögliche Scherereien ersparen. Das alte polnische Paar sollten wir nicht unterschätzen.«

»Okay, okay«, sagte Edek. »Aber verrückt ist das schon. Du gibst Geld aus für nichts und wieder nichts.«

»Das wäre nicht das erstemal in meinem Leben«, sagte Ruth.

»Das ist wahr«, sagte Edek. »Wenn man bedenkt, was du für Schuhe und für Kleider ausgibst, dann kostet dieser Dolmetscher weniger als ein Ärmel von dem Kleid, was du hast an.«

»Gut möglich«, sagte Ruth. Sie lachte. »So teuer sind meine Kleider nicht«, sagte sie. »Nicht für New Yorker Verhältnisse.«

»Und wenn schon«, sagte Edek. »Du hast verdient die Kleider und Schuhe, was du dir kaufst.«

»Den Türsteher habe ich auch engagiert«, sagte Ruth. Edek öffnete den Mund, um zu antworten. »Sag nichts«, sagte Ruth. »Ich habe ihn engagiert, damit er das alte Paar einschüchtert samt den Nachbarn, die sich möglicherweise einfinden.«

Edek schloß den Mund. »Das«, sagte er, »war eine gute Idee. Dieser Türsteher ist kein Zwerg.«

»Und er sieht nicht aus wie jemand, mit dem zu spaßen ist«, sagte Ruth. Edek lachte.

»Ich habe dir gesagt, daß du zu diesem Türsteher besser nicht unfreundlich bist«, sagte er. »Es ist nie falsch, zu haben ein gutes Verhältnis zu so einem Türsteher.«

Edek aß sein Kompott auf. Ruth war bereits fertig. Sie hatte fast ein Völlegefühl. So viel wie heute hatte sie auf der ganzen Reise noch nicht zum Frühstück gegessen.

»Bist du soweit, Dad?« sagte sie.

»Okay«, sagte er. »Bringen wir es hinter uns.« Er stand auf.

»*Oj, a broch*«, sagte Edek plötzlich.

»Was ist los?« sagte Ruth.

»Wir haben nichts zum Graben«, sagte Edek. »Heute ist Sonntag. Alle Läden in Łódź haben geschlossen.«

»Der Türsteher bringt uns einen Spaten mit«, sagte Ruth.

»Gott sei Dank«, sagte Edek. »Ein Glück, daß du immer an solche Sachen denkst, Ruthie.«

»Ich muß noch einmal auf die Toilette, bevor wir gehen«, sagte Ruth.

»Ich schaue mich nach dem Türsteher um«, sagte Edek.

Ruth traf Edek und den Türsteher und Tadeusz und den Taxifahrer als Grüppchen neben dem Hoteleingang. Bei ihrem Anblick hätte sie fast laut aufgelacht. Der Türsteher hatte eine Auswahl an Schaufeln und Spaten dabei. Ohne seine Uniform sah er fast noch einschüchternder aus. Noch mehr wie ein Ganove. Noch bedrohlicher. Die Männer mit ihren Geräten, dachte Ruth, wirkten wie ein Trüppchen, das in eine Kriegszone aufbrach. Sogar Tadeusz hatte sich um ein verwegenes Aussehen bemüht. Er trug eine Kunstlederjacke und hatte sein Haar mit Gel nach hinten gekämmt.

»Ich habe eine sehr stabile Kiste mitgebracht«, sagte der Türsteher, als er Ruth erblickte.

»Vielen Dank«, sagte sie, »aber wir werden sie nicht benötigen. Das, was wir suchen, ist sehr klein.«

»Ich nehme die Kiste für den Fall der Fälle mit«, sagte der Türsteher.

»Okay«, sagte Ruth. Sie stellte Tadeusz Edek vor. Die beiden schüttelten einander die Hand. Tadeusz stellte sich dem Türsteher vor. Abermals wurden Hände geschüttelt. Edek stellte den Fahrer vor. »Und das«, sagte er mit einer weit ausholenden Handbewegung, »ist unser Fahrer.« – »Ich heiße Robert«, sagte der Fahrer. Nochmals schüttelte man einander die Hand.

»Robert ist nicht so ein besonders polnischer Name«, sagte Edek.

»Aber es ist auch kein so untypischer Name in Polen«, sagte der Fahrer.

»Das stimmt«, sagte Tadeusz. »Ich persönlich kenne zwei polnische Roberts.«

»Ich kenne auch einen«, sagte der Türsteher.

Ruth wurde von der surrealen Wendung, die das Gespräch genommen hatte, allmählich schwindlig. Am liebsten hätte sie gelacht. Die Situation hatte etwas zutiefst Polnisches, obwohl sie nicht hätte sagen können, warum. Kurzes Schweigen trat ein. Die Männer sahen einander an. Der Türsteher sah auf seine Uhr. »Es ist zehn nach neun«, sagte er. »Wollen wir fahren?«

»Wir fahren«, sagte Ruth, die sich das Lachen verbeißen mußte. Es war wirklich nicht der richtige Augenblick für Gelächter, ermahnte sie sich. Sie lächelte den Türsteher an. Die Komik des Treffens hatte ihre Nervosität gedämpft. Auf beunruhigende Weise fühlte sie sich sorglos. Sie ermahnte sich zur Selbstbeherrschung. Ein wenig Anspannung war vielleicht nicht das Schlechteste in einer solchen Situation. Edek schaute fröhlich drein. Offenbar ging es ihm wieder besser, dachte Ruth.

»Ich setze mich nach vorne neben Robert«, sagte Edek.

»Wo möchten Sie sitzen?« sagte der Türsteher zu Ruth. Nicht neben dir, wäre wohl kaum die richtige Antwort, dachte Ruth. »Tadeusz«, sagte sie, »setzen Sie sich doch in die Mitte.«

»Tadeusz ist schmaler als Sie«, sagte Ruth zu dem Türsteher, um die Sitzordnung zu erklären. »Ich muß am Fenster sitzen, also ist es am besten, wenn Tadeusz in der Mitte sitzt«, fügte sie hinzu.

»Selbstverständlich«, sagte der Türsteher.

Ruth verspürte Erleichterung. Sie hätte nicht gern neben dem Türsteher gesessen, und sie wollte ihn nicht verletzen. Sie wunderte sich, daß sie nicht früher an das Problem der Sitzordnung gedacht hatte. Nun ja, dachte sie, sie konnte schließlich nicht an alles denken.

»Ich glaube«, sagte Ruth zu dem Türsteher, »daß Sie am besten im Wagen warten, wenn wir ankommen.«

»Wie Sie wünschen«, sagte er.

»Ich hole Sie dann, wenn wir Sie brauchen«, sagte Ruth.

»Ich werde jederzeit bereit sein«, sagte er.

Ruth ließ sich zurücksinken. Sie versuchte sich auf den Anblick des alten Mannes und möglicherweise den seiner Frau vorzubereiten. Sie sah aus dem Wagenfenster. Alle Straßen wirkten düster. Düster und farblos. Sie war froh, daß sie und Edek sich hier nur für kurze Zeit aufhielten. Sie konnte sich nicht vorstellen, jemals freiwillig in diese Stadt zurückzukommen. Sie hatte das Gefühl, endlich begriffen zu haben, daß es das, was es in Łódź nicht mehr gab, ein für allemal nicht mehr gab.

»Ich kenne zwei Roberts, nicht einen«, sagte der Türsteher.

»Dann habe ich mich geirrt«, sagte Edek vom Vordersitz aus, »und Robert ist kein so unüblicher Name in Polen. Aber ich persönlich habe keinen einzigen polnischen Robert gekannt.«

»Ich kenne auch einen polnischen Robert«, sagte Ruth. »Aber wahrscheinlich gab es nicht viele jüdische polnische Roberts, Dad, und das würde erklären, warum du keinen einzigen gekannt hast.«

»So wird es sein«, sagte ihr Fahrer Robert.

Sie hatten die Kamedulskastraße erreicht. Das Gespräch über die polnischen Roberts hatte Ruth abgelenkt. Mit einemmal wurde sie nervös. »Ist alles in Ordnung, Dad?« sagte sie.

»Natürlich«, sagte Edek. Der Wagen hielt vor der Hausnummer dreiundzwanzig.

»Wer hätte gedacht, daß wir noch einmal hierherkommen würden?« sagte Edek.

»Ich nicht«, sagte Ruth.

»Ich auch nicht«, sagte Edek.

Ruth, Edek und Tadeusz stiegen aus und gingen zur Eingangstür des Häuserblocks. »Auf jeden Fall komme ich nicht noch einmal hierher«, sagte Edek zu Ruth.

»Das gilt auch für mich, Dad«, sagte Ruth. Edek ging vor ihr die Treppe hoch. Ruth betrachtete ihren Vater, der auf den Stufen, die er so oft hinauf- und hinuntergegangen sein mußte, Schritt um Schritt tat. Er war der einzige Überlebende von so vielen Menschen, die diese Stufen hinauf- und hinuntergegangen waren. Und jetzt war er hier, mit einundachtzig Jahren, und brauchte in seinem eigenen Haus einen Leibwächter und einen Dolmetscher. Es war genug, um einem die Tränen in die Augen zu treiben.

»Ist mit dir alles in Ordnung?« sagte Ruth wieder zu Edek. Er blieb für einen Augenblick stehen.

»Mit mir ist alles in Ordnung, Ruthie«, sagte er.

Edek und Ruth standen jetzt vor der Tür seiner alten Wohnung. Tadeusz stand hinter ihnen.

»Sollen wir es hinter uns bringen?« sagte sie.

»Ja, wir wollen es hinter uns bringen«, sagte Edek. Er klopfte laut an die Tür.

»Ich hoffe, sie sind zu Hause«, sagte Ruth.

Die Tür wurde geöffnet, fast bevor sie die Worte gesprochen hatte. Hinter der halbgeöffneten Tür stand die alte Frau und starrte Ruth und Edek an. Ruth starrte zurück. Es wäre ihr schwergefallen, den Blick abzuwenden. Die alte Frau trug eine blonde Perücke. Eine sehr blonde Perücke. Ruth schaute genauer hin. Die alte Frau trug zwei Perücken. Die obere Perücke war von anderem Blond und anderer Textur als das künstliche Haar darunter.

»Ich wundere mich sehr, Sie wiederzusehen«, sagte die alte Frau zu Edek und Ruth.

»Sie sagt, daß sie sich wundert, Sie wiederzusehen«, sagte Tadeusz.

»Ich verstehe jedes Wort, was sie sagt«, sagte Edek.

»Ich habe es für Ihre Tochter übersetzt«, sagte Tadeusz.

»Wenn ich etwas übersetzt haben möchte, sage ich es Ihnen, Tadeusz«, sagte Ruth.

»Sehr wohl«, sagte Tadeusz.

»Mein Mann hat mir von dem Dolmetscher erzählt«, sagte die alte Frau. Sie sah Tadeusz an. »Der junge Mann sieht nicht übel aus«, sagte sie zu Ruth. »Hat er noch mehr Funktionen?«

»Sie hat gesagt –«, begann Edek.

»Ich habe es verstanden«, sagte Ruth. »Sie ist genauso widerwärtig wie ihr Mann.«

»Ruthie, fängst du schon wieder an?« sagte Edek.

»Ist schon gut«, sagte Ruth. »Sie kann mich nicht verstehen.«

»Gar nichts ist gut«, sagte Edek zu Ruth. »Benimm dich bitte.«

»Guten Morgen, gnädige Frau«, sagte Edek zu der alten Frau.

»Guten Morgen, mein Herr«, sagte sie. »Schau mal, wen wir zu Besuch haben«, rief sie in die Wohnung. »Sie haben Glück, daß wir da waren«, sagte sie und kehrte Edek den Rücken zu. Der alte Mann kam zur Tür.

»Was für eine Überraschung!« sagte er. »Mit Ihnen haben wir nicht gerechnet.«

Sein Anblick verursachte Ruth Übelkeit. Sie versuchte, tief einzuatmen, um die Übelkeit zu bekämpfen.

»Sie haben Glück, daß wir da waren«, wiederholte die alte Frau. »Wir wollten gerade in die Kirche gehen.«

»Daß Sie beide zur betenden Fraktion gehören, hatte ich mir schon gedacht«, sagte Ruth.

»Ruthie!« sagte Edek.

»Sie können kein Wort verstehen«, sagte Ruth zu ihm.

»Ihr Vater hat recht«, sagte Tadeusz. »Es ist besser, so etwas nicht zu sagen. Der Ton Ihrer Stimme verrät Sie.«

»Das ist mir egal«, sagte sie.

»Wollen Sie das erreichen, weshalb Sie gekommen sind?« sagte Tadeusz.

»Ja«, sagte sie.

»Danke, Tadeusz«, sagte Edek.

»Welchem Anlaß verdanken wir das Vergnügen?« sagte die alte Frau.

»Gold«, rief der alte Mann. »Sie sind gekommen, um das Gold zu holen.«

»Halt das Maul«, sagte die alte Frau zu ihrem Mann.

»Es geht nicht um Gold«, sagte Ruth. »Tadeusz, erklären Sie ihnen, daß es nicht um Gold geht.«

»Ich kann es ihnen sagen«, sagte Edek.

»Liebwerte gute Leute«, sagte er, »wir sind nicht gekommen, um nach Gold zu suchen.« Liebwerte gute Leute, dachte Ruth. Was für ein Blödsinn. Warum drückte Edek sich diesem alten Paar gegenüber so höflich aus? Sie wollte etwas sagen. Sie sah Tadeusz an. Er schüttelte den Kopf.

Ruth beschloß, den Mund zu halten. Sie und Edek hatten ein Ziel. Warum sollte Edek nicht so mit dem alten Paar sprechen, daß es seinem Ziel am zweckdienlichsten war? Ziel. Zweckdienlich. Das Ganze kam ihr mehr und mehr wie ein militärisches Manöver vor.

»Wir sind gekommen, um nach einem kleinen Gegenstand zu suchen«, sagte Edek. »Nach einer Sache, die für niemanden von Wert ist.«

»Für Sie ist sie von Wert«, sagte der alte Mann.

»Das ist wahr«, sagte Edek. »Wir müssen im Hinterhof ein kleines Loch graben.«

Der alte Mann klopfte sich auf den Schenkel und grinste. Ruth mußte den Blick abwenden. Sie konnte es nicht ertragen, noch einmal die verfleckten und verfaulten Zähne zu sehen. »Ich habe ja gesagt, daß sie etwas vergraben hatten«, sagte der alte Mann erregt zu seiner Frau. Wieder klopfte er sich auf den Schenkel, mit einem schwachen, hohlen Geräusch.

»Sie wollen also auf unserem Grundstück graben?« sagte die alte Frau.

»Ja, gnädige Frau«, sagte Edek. Ruth hielt den Mund. Sie waren nicht eigens nach Łódź zurückgeflogen, damit sie jetzt einen Streit darüber anzettelte, wem das Grundstück gehörte.

»Wir werden Sie für die Erlaubnis bezahlen«, sagte Ruth. Sie sah Tadeusz an. Er übersetzte ihre Worte.

»Oh«, sagte der alte Mann.

»Ausgezeichnet«, sagte seine Frau.

»Kommen Sie nach draußen«, sagte Ruth. »Wir zeigen Ihnen die Stelle, wo wir es vermuten.«

»Meine Tochter würde sich freuen, wenn Sie uns in den Hof begleiten könnten, wo wir Ihnen die Stelle zeigen wollen, an der der betreffende Gegenstand vergraben ist«, sagte Edek.

»Ich finde, wir sollten uns über den Preis verständigen«, sagte der alte Mann.

»Das können wir draußen tun«, sagte Ruth. »Mir ist nicht wohl. Ich muß an die frische Luft.« Tadeusz teilte dies dem alten Paar mit.

»Ihr ist nicht wohl«, sagte der alte Mann zu seiner Frau.

»Sie macht keinen schwächlichen Eindruck«, sagte die alte Frau.

»Glaube mir«, sagte der alte Mann, »sie ist schwächlich.«

»In seiner Gegenwart muß jedem schlecht werden«, sagte Ruth zu Edek.

»Ruthie«, sagte Edek, »bitte. Fühlst du dich nicht wohl?«

»Ich glaube, ich werde mich nicht wohl fühlen, solange wir dieses Land nicht hinter uns gelassen haben«, sagte Ruth. Edek sah Tadeusz an.

»Sie meint es nicht als Beleidigung Ihnen gegenüber, Tadeusz«, sagte er.

»Tadeusz weiß das«, sagte Ruth.

»Sie dürfen sich nicht so aufregen«, sagte Tadeusz zu Ruth.

»Ja«, sagte Edek. »Das sage ich die ganze Zeit. Reg dich runter, Ruthie. Reg dich runter.« Tadeusz nickte.

»Ihre Tochter ist nicht besonders ruhig«, sagte Tadeusz zu Edek.

»Das kannst du laut sagen, Bruder«, sagte Edek. Er drehte sich zu dem alten Paar um. »Kommen Sie mit?« Der alte Mann sah seine Frau an. Die Frau nickte.

»Wir werden unten alles besprechen«, sagte sie.

Am Fuß der Treppe stand der große braune Hund. Er sah Ruth. Er blickte zu ihr, und dann wandte er sich ab und lief in die entgegengesetzte Richtung. Ruth fand es verletzend, daß der Hund nichts von ihr wissen wollte. Sie wollte sich nicht von einem alten polnischen Hund abweisen lassen. Insbesondere von diesem Hund fühlte sie sich verraten. Wahrscheinlich erinnerte er sich daran, daß sie ihn getreten hatte, dachte sie. Der Hund war eindeutig klüger, als es den Anschein hatte, dachte sie.

Edek sah zum anderen Ende des Hofs.

»Ich glaube, daß es in etwa dort drüben vergraben ist«, sagte er.

»Dort haben wir gesucht«, sagte der alte Mann.

»Dort haben wir nichts gefunden«, sagte die alte Frau.

»Hier haben wir zuerst gesucht, weil wir hier den Juden graben gesehen haben«, sagte der alte Mann.

»Der Anblick eines grabenden Juden muß die ganze Nachbarschaft auf die Beine gebracht haben«, sagte Ruth zu Edek. »Wahrscheinlich ist jeder zweite Bewohner der Stadt hier mit einem Spaten aufgetaucht.«

»Mußt du es noch schwerer für mich machen, Ruthie?« sagte Edek.

»Nein«, sagte sie.

»Dann sag keine solchen dummen Sachen«, sagte er.

»Es sind keine dummen Sachen«, sagte sie.

»Ihr Vater will sagen, daß es nicht klug ist, diese Dinge in diesem Augenblick zu sagen«, sagte Tadeusz.

»Ich weiß, was er sagen will«, sagte Ruth trotzig. Es wurde ihr alles zuviel. Sie spürte, wie ihr Herz klopfte. Am liebsten hätte sie das alte Paar geschlagen und wäre gegangen.

»Hier ist nichts vergraben«, sagte die alte Frau.

»Versuchen können wir es zumindest«, sagte Ruth zu Edek.

»Wir wollen es versuchen«, sagte Edek zu dem alten Paar.

»Was ist es Ihnen wert?« sagte der alte Mann.

»Hundert Dollar«, sagte Ruth. Edek übersetzte ihre Worte.

»Das ist zu wenig«, sagte die alte Frau.

»Zweihundert«, sagte Ruth.

»Zu wenig«, sagte die alte Frau.

»Wenn wir etwas finden, bekommen Sie mehr«, sagte Ruth. »Wenn wir etwas finden, zahle ich Ihnen eine Prämie von fünfhundert Dollar.«

Edek drehte sich zu ihr um. »Wozu bietest du ihnen an mehr Geld, wenn wir etwas finden?« sagte er.

»Weil es zweckdienlich ist«, sagte sie.

»Wir wollen mehr Geld«, sagte der alte Mann. »Was sind schon ein paar Dollar für reiche Juden?« Er lachte. Das Lachen entblößte alle braunen Stummel in seinem Mund. Ruth wurde übel.

»Ich kann verhindern, daß Sie graben«, sagte die alte Frau. »Schließlich ist das hier nicht Ihr Grundstück.«

»Tadeusz, können Sie bitte unseren Begleiter holen?« sagte Ruth ruhig. »Sagen Sie ihm, daß dieses Paar uns bedroht.«

»Gewiß«, sagte Tadeusz. Der alte Mann und die alte Frau sahen ihm nach, als er sich entfernte.

»Wollen wir uns jetzt unter uns verständigen?« sagte der alte Mann zu Edek. »Sie und wir. Wir können ein Geschäft machen. Mit Ihrer Tochter habe ich sehr gute Geschäfte gemacht.«

»Hör gar nicht erst hin«, sagte Ruth zu Edek.

»Mit fünftausend Dollar sind wir einverstanden«, sagte die alte Frau. Ruth schnappte nach Luft. Sie glaubte sich verhört zu haben. Sie sah zu Edek. Er sah benommen aus.

»Was hat sie gesagt, Dad?« sagte Ruth.

»Fünftausend Dollar«, sagte Edek kopfschüttelnd.

»Was machen Ihnen schon ein paar Dollar mehr oder weniger aus?« sagte der alte Mann.

»Das macht ihr gar nichts aus«, sagte die alte Frau.

»Sag ihr, daß ich gesagt habe, ich würde ihnen fünfhundert Dollar Prämie geben, wenn wir etwas finden«, sagte Ruth.

»Wenn du unbedingt willst, daß ich es sage, dann sage ich es, Ruthie«, sagte Edek. »Obwohl ich dagegen bin, daß wir ihnen geben noch mehr von unserem Geld.« Edek unterbreitete dem Paar Ruths Angebot.

»Das genügt uns nicht«, sagte die alte Frau. »Ihr Juden müßt endlich lernen, uns Polen respektvoll zu behandeln.« Ruth sah, wie Edeks Züge erstarrten. Sie empfand Mitleid mit ihm.

»Nimm dir ihr Gerede nicht zu Herzen«, sagte sie. »Das dürfen wir nicht tun.«

»Mit mir ist alles in Ordnung«, sagte Edek. »Wir haben einen Begleiter mitgebracht«, sagte er zu dem alten Paar.

»Einen Verwandten?« sagte der alte Mann. »Den Cousin, der den Gegenstand vergraben hat?«

»Der Cousin ist nicht mehr am Leben«, sagte Edek.

»Das tut mir sehr leid«, sagte die alte Frau.

»Unser Begleiter ist Pole«, sagte Edek. »Ich glaube, wir sollten lieber ihn an unserer Statt verhandeln lassen.«

»Verhandeln ist das richtige«, sagte der alten Mann grinsend.

Tadeusz kam mit dem Türsteher zurück. Der Türsteher trug die Schaufeln und Spaten. Er nickte Ruth und Edek zu. Dann ging er auf das alte Paar zu.

»Guten Morgen, liebe Leute«, sagte er betont laut. »Gibt es an diesem schönen Morgen etwa irgendwelche Schwierigkeiten?« Der alte Mann und die alte Frau starrten ihn an.

»Mit einemmal hat es ihnen die Sprache verschlagen«, sagte Ruth zu Edek.

»Schwierigkeiten nicht unbedingt«, sagte Edek zu dem Türsteher. »Dieses freundliche Ehepaar versucht nur einen Preis dafür auszuhandeln, daß es uns erlaubt, auf einem kleinen Eckchen seines Hinterhofs zu graben.«

»Einen Preis?« sagte der Türsteher. »Dafür, daß man in einem dreckigen alten Hof graben darf?« Er trat näher an das alte Paar heran. Ruth hatte den Eindruck, daß er drei- bis viermal so groß war wie die beiden.

»Schon gut, schon gut«, sagte der alte Mann, der vor dem Türsteher zurückschrak. »Wir haben uns auf einen Preis geeinigt. Die reiche Jüdin und ich haben uns auf einen Preis geeinigt.«

»Die reiche Jüdin, hast du das gehört?« sagte Ruth zu Edek.

»Du verstehst, was er sagt?« sagte Edek zu Ruth.

»Leider ja«, sagte Ruth.

»Wie hoch ist der Preis?« sagte der Türsteher zu Ruth.

»Zweihundert Dollar jetzt und fünfhundert nach dem Graben«, sagte der alte Mann.

»Fünfhundert, falls wir etwas finden«, sagte Ruth zu dem Türsteher.

»Das ist sehr teuer«, sagte der Türsteher zu Ruth. »Sollen wir versuchen, den Preis zu senken?« sagte er auf polnisch.

»Abmachung ist Abmachung«, rief die alte Frau entrüstet. Ihre Perücken wippten.

»Ich bin bereit, mich an diesen Betrag zu halten«, sagte Ruth zu dem Türsteher. Sie holte ihre Brieftasche hervor.

»Ich hoffe, Sie zahlen in amerikanischen Dollars«, sagte der alte Mann.

»Ja«, sagte Ruth. Sie reichte das Geld dem Türsteher. »Geben Sie es ihm bitte«, sagte sie. Der alte Mann zählte das Geld und grinste.

»Willst du graben?« sagte Ruth zu Edek. »Oder wollen wir den Türsteher bitten, daß er uns hilft?«

»Ich will selber graben«, sagte Edek. Er griff zu einem der Spaten und sah sich den Boden an. Er stieß den Spaten in die Erde. Niemand sagte ein Wort. Der Boden war gefroren. Edek mühte sich ab, ohne erkennbare Spuren zu hinterlassen.

»Lassen Sie mich helfen«, sagte Tadeusz.

»Warum Sie?« sagte der Türsteher zu Tadeusz. »Ich kann helfen.«

»Dad, soll ich es probieren?« sagte Ruth.

»Nein«, sagte Edek. Er grub weiter. Es gelang ihm, die oberste gefrorene Erdschicht zu durchstoßen.

»Bitte«, sagte der Türsteher, »lassen Sie mich Ihnen helfen.«

»Es geht schon«, sagte Edek. Er bückte sich und tastete mit den Fingern in der Erde. Der alte Mann und seine Frau blickten gebannt auf Edeks Hände, die in der schwarzen Erde wühlten.

»Haben Sie was gefunden?« rief der alte Mann mit schriller Stimme. Ruth warf ihm einen Blick zu. Sein Gesicht war zu einer grinsenden Grimasse verzogen. Seine Frau, die neben ihm stand, war vor Konzentration zu lauter Falten geschrumpft.

»Ich kann nichts sehen«, sagte Edek. Er wischte sich die Stirn. Vom Graben war ihm warm geworden. Ruth sah den Schweiß auf seiner Stirn.

»Bitte, lassen Sie mich Ihnen helfen«, sagte der Türsteher.

»Nein, vielen Dank«, sagte Edek. Er zog seine Jacke aus und reichte sie Ruth.

Edek stieß den Spaten in den Boden und drückte ihn mit seinem Fuß hinein. Er schaufelte Erde aus dem Loch. Ruth sah ihrem Vater zu. Er folgte einem Ritual. Er wollte keine Hilfe. Es war sein eigenes Ritual. Sein eigenes Ritual des Zutageförderns von etwas seit langem Vergrabenen, seit langem der Erde Einverleibtem, von ihr Zugedecktem. Es kam Ruth vor wie die Umkehrung eines Begräbnisses. Was war die Umkehr eines Begräbnisses? Wiedergeburt, Erneuerung, Erlösung? Ein kleiner vergrabener Gegenstand konnte kaum Wiedergeburt, Erneuerung oder Erlösung bewirken.

Edek grub weiter. Er öffnete das Erdreich. Den Erdboden, auf dem seine Eltern und Geschwister und Geschwisterkinder gegangen waren. Ruth sah auf den Erdboden. Die Erde war sehr dunkel. Ruth hätte auch gern gegraben.

»Darf ich ein bißchen graben?« sagte sie zu Edek.

»Nein, Ruthie«, sagte Edek, der sich aufrichtete. »Hier ist nichts.« Er hatte ein großes, tiefes Loch gegraben. »Hier ist nichts«, wiederholte er.

»Trotzdem müssen Sie dafür zahlen«, sagte der alte Mann. »Sie haben ein großes Loch auf unserem Grundstück gegraben.«

»Sie haben unseren Garten ruiniert«, sagte die alte Frau. Beide, Mann und Frau, hatten vor Anspannung verkniffene Mienen.

»Ihren Garten?« sagte Ruth und lachte.

»Lassen Sie mich das Loch zuschaufeln«, sagte der Türsteher. »Es wird wieder aussehen wie vorher«, sagte er zu dem alten Paar. Die beiden blickten finster. Ruth sah zu ihrem Vater. Er wirkte niedergeschlagen. Ratlos.

»Tut mir leid, Ruthie«, sagte er. »Es ist nicht mehr da.«

»Das macht nichts, Dad«, sagte sie. »Wir haben es versucht.«

»Es tut mir leid, daß ich dich noch mal hierhergebracht habe«, sagte Edek zu Ruth. »Ich habe dich den ganzen Weg von Krakau hergeschleppt, und wozu? Für nichts und wieder nichts.«

»Das macht doch nichts«, sagte Ruth. »Es war trotzdem richtig, daß wir nach der Sache gesucht haben. Jetzt weißt du wenigstens, daß sie nicht mehr da ist.«

»Nichts ist mehr da«, sagte Edek. Er sah aus, als würde er in Tränen ausbrechen. Ruth trat zu ihrem Vater. Sie legte ihm einen Arm um die Schulter.

»Bald sind wir in New York«, sagte sie. »Wir gehen im Carnegie Deli einkaufen und nehmen Garth mit.« Edek versuchte zu lächeln. Ruth fühlte sich selbst deprimiert. Was hatte sie sich erhofft? Sie wußte es nicht. Sie wußte nur, daß sie sich etwas erhofft hatte.

»Wir finden, daß uns mehr Geld zusteht«, sagte die alte Frau, während sie ihre obere Perücke zurechtschob. »Wir mußten warten, solange Sie hier gegraben haben, und konnten deshalb nicht in den Gottesdienst gehen.«

»Sie hatten sicher einen langen Beichtzettel vorbereitet«, sagte Ruth.

»Übersetzen Sie das bitte nicht«, sagte Edek zu Tadeusz.

»Diese Leute sind die größten Arschlöcher dieser Erde«, sagte Ruth.

»Übersetzen Sie das bitte auch nicht«, sagte Edek.

Der Türsteher lachte. Ruth sah, daß alle seine Backenzähne, die oberen wie die unteren, Goldkronen hatten.

»Ihre Ausdrucksweise gefällt mir«, sagte er. »Arschlöcher dieser Erde.«

»Bitte«, sagte Edek. »Sagen Sie nicht solche Sachen.«

»Entschuldigen Sie«, sagte der Türsteher zu Edek. »Sie zahlen ihnen doch nicht etwa mehr?« sagte er zu Ruth.

»Nein«, sagte sie.

»Ich fülle das Loch auf«, sagte der Türsteher zu Edek. »Und ich spreche mit dem alten Ehepaar.« Er krempelte seine Ärmel auf.

Unvermittelt drehte Edek sich um. »Mir ist gerade etwas eingefallen, was Herschel hat gesagt«, sagte er zu Ruth. »Herschel hat gesagt, daß er es hat vergraben ganz nahe an der Aborttür, fast unter der Mauer.« Edek nahm den Spaten und ging zu der Mauer des Toilettenhäuschens. Er begann zu graben. Alle scharten sich hinter ihm. Ruth, Tadeusz, der Türsteher und das alte Paar standen jetzt dicht hinter Edek.

»Für diese Verwüstungen werden Sie zahlen müssen«, sagte der alte Mann. Er starrte Edek an. Verfolgte die Bewegungen des Spatens mit dem Blick. Er wirkte fast wie in Trance, dachte Ruth.

»Verwüstungen?« sagte Ruth. »Hier? Wir verschönern Ihren Hof. Tadeusz, erklären Sie den beiden, daß wir ihnen nur einen Gefallen tun.« Die alte Frau funkelte Ruth böse an. Offenbar hatte sie zumindest den Ton ihrer Worte verstanden. Ruth lächelte ihr zu.

»Das bringt uns nicht weiter«, sagte Tadeusz zu Ruth.

»Das ist mir egal«, sagte sie.

Sie sah zu Edek. Er grub noch immer. Sein Gesicht glänzte vor Schweiß. Besorgt dachte Ruth an die möglichen Auswirkungen der körperlichen Anstrengung und der Aufregung, doch sie wußte, daß sie ihn weitergraben lassen mußte. Mehrere Minuten lang grub er schweigend. Niemand sprach. Edek hatte mittlerweile einen Teil der Grundmauern des Häuschens freigelegt. Was wollten sie und Edek hier, fragte sich Ruth. Hier in Łódź, in dieser jämmerlichen, elenden Industriestadt, wo die Luft voller Kohlenrauch war und die Herzen der Bewohner voller Ruß waren. Was wollten sie hier? Zwei Juden, umzingelt von vier Polen, die sich allesamt eine goldene Nase an ihnen verdienten.

Ruth sah den alten Mann an. Sein Gesicht war zu einer erregten Grimasse gefroren. Er hopste von einem seiner mageren Beine auf das andere. Er schien nicht stillhalten zu können. Seine Frau trug eine finstere Miene zur Schau. Die Füße hatte sie auf den Boden gestemmt. Beide starrten dorthin, wo Edek grub. Ruth wünschte, sie könnte ihren Blick von dem alten Mann abwenden. Sein Gesicht glänzte. Hin und wieder verzog seine Grimasse sich zu einem breiten Grinsen.

»Ich glaube, wir finden doch etwas«, sagte der alte Mann zu seiner Frau.

»Vielleicht«, sagte sie. »In letzter Zeit war das Glück auf unserer Seite.« Der alte Mann lachte sich halb tot. Vor Begeisterung griff er sich zwischen die Beine. Ruth wurde übel. Die alte Frau sah ihren Mann an, der sich zwischen die Beine griff, und grinste. Ein breites, hinterhältiges Grinsen. Ruth war voller Wut. Am liebsten hätte sie das Grinsen ausgelöscht. Es getrübt. Vom Gesicht der alten Frau wegradiert. Die alte Frau sah Ruth an und deutete mit einer Kopfbewegung auf die Hand ihres Mannes zwischen seinen Beinen. Sie grinste Ruth an. Ruth wurde übel.

Ruth sah den Türsteher an. »Könnten Sie eventuell später noch einmal herkommen?« sagte sie zu ihm.

»Ja«, sagte er.

»Gut«, sagte sie. »Könnten Sie später wiederkommen und das alte Ehepaar in meinem Auftrag zusammenschlagen?« Der Türsteher sah sie an. »Ich würde Sie sehr gut dafür bezahlen«, sagte sie.

»Ich verstehe«, sagte der Türsteher.

»Das ist keine gute Idee«, sagte Tadeusz.

»Ich habe Sie nicht um Ihren Rat gebeten«, sagte Ruth. Sie fühlte sich besser. Sie lächelte den Türsteher an. Der Türsteher trat zu Edek.

»Wissen Sie, um was Ihre Tochter mich gebeten hat?« sagte er zu Edek. Der Türsteher senkte die Stimme. Ruth konnte die weiteren Worte nicht hören. Edek hörte zu graben auf.

»Was ist bloß in dich gefahren, Ruthie?« sagte er. Warum fragte Edek sie dauernd, was in sie gefahren sei?

»Nichts ist in mich gefahren«, sagte sie. »Ich bin immer noch ich. Dieselbe wie früher. Ich würde nur gern das alte Ehepaar umbringen.«

»Ruthie, Ruthie«, sagte Edek.

»Ist schon gut, ich tue ja nichts«, sagte Ruth.

Edek begann wieder zu graben. Er grub wie besessen. Die halben Grundmauern schienen bereits freigelegt zu sein. Edek kniete nieder und grub am Fuß der Grundmauern ein Loch. Plötzlich erstarrte er.

»Ich glaube, ich habe etwas gefunden.« Alle drängten sich um ihn.

»Machen Sie bitte Platz«, sagte der Türsteher zu dem alten Paar.

»Ich dachte, du hättest dort nachgeschaut«, sagte die alte Frau zu ihrem Mann.

»Das habe ich«, sagte er, »aber nicht unter der Mauer.«

»Du Idiot«, sagte sie und knuffte ihn an den Hinterkopf. Er krümmte sich.

»Wir kriegen immerhin fünfhundert Dollar«, sagte er zu ihr.

»Aber wer weiß, was er unter der Mauer versteckt hat«, sagte sie voller Verachtung.

»Schlagen Sie ihn noch mal«, sagte Ruth zu der alten Frau. Die alte Frau spuckte Ruth vor die Füße.

»Ruthie, Ruthie, reg dich runter«, sagte Edek. »Ich glaube, ich bin geworden fündig.« Er langte unter die Grundmauer und grub mit den Fingern. Er lag jetzt ausgestreckt auf dem Bauch.

»Kann ich Ihnen helfen?« sagte der Türsteher.

»Ich habe es«, sagte Edek atemlos. Er förderte einen kleinen Gegenstand zutage und begann ihn vom Schmutz zu säubern. Der alte Mann und die alte Frau versuchten näher zu treten.

»Was hat er da? Was hat er da?« sagte die alte Frau.

»Machen Sie bitte Platz«, sagte der Türsteher. Das alte Paar trat gleichzeitig zurück, wie Schulkinder, die ihrem Lehrer gehorchten. Ruth hätte den Türsteher am liebsten umarmt.

Edek richtete sich auf. Er hatte den Gegenstand gesäubert. Ruth sah jetzt, was es war – eine kleine, verrostete flache Dose. »Ich habe es gefunden«, sagte Edek und lächelte. Er schien sich zu freuen. Ruth blickte auf. Zwei Fremde waren erschienen. Sie standen da und beobachteten Edek.

»Wer sind Sie?« sagte der Türsteher zu den Männern.

»Nachbarn«, sagte einer der beiden.

»Haben sie Gold gefunden?« sagte der andere zu der alten Frau. Sie schüttelte den Kopf.

»Es war kein Gold da«, sagte sie.

»Die Juden haben es mitgenommen«, sagte der Nachbar. Die alte Frau nickte zustimmend.

Edek steckte die Dose ein. »Jetzt können wir das Loch auffüllen und gehen«, sagte er zu dem Türsteher.

»Ich komme später wieder und räume auf«, sagte der Türsteher. Ruth sah ihn an. Hoffnung keimte in ihr. Was wollte er damit sagen? Wollte er ihr damit signalisieren, daß er einverstanden war, das alte Paar zusammenzuschlagen? Der Türsteher lachte. »Ich wollte damit sagen, daß ich das Loch später zuschaufeln werde«, sagte er.

»Oh«, sagte Ruth.

»Sie gefallen mir«, sagte der Türsteher zu Ruth.

»Danke«, sagte sie. Er mußte sie für einen Ganoven halten, wie er einer war. Vielleicht hatte er recht.

»Öffnest du die Dose nicht?« sagte sie zu Edek.

»Nicht hier«, sagte er. »Damit warten wir, bis wir im Hotel sind.«

»Wo bleibt unser Geld?« sagte der alte Mann. »Sie haben uns fünfhundert Dollar versprochen, falls Sie etwas finden.«

Ruth öffnete ihre Brieftasche.

»Wollen Sie ihm wirklich das Geld geben?« sagte der Türsteher.

»Ich halte mein Wort«, sagte Ruth.

»Sie hat es versprochen«, sagte Edek.

»Was sind schon ein paar Dollar mehr oder weniger?« sagte Ruth zu Edek. Sie reichte dem Türsteher das Geld.

»Sagen Sie ihr, sie soll einen Augenblick warten«, sagte die alte Frau zu dem Türsteher, nachdem sie das Geld eingesteckt hatte. »Ich habe noch etwas, was sie sicher haben will.« Sie lief in das Haus. Ruth verspürte Übelkeit. Was würde die alte Frau als nächstes präsentieren?

»Wir brauchen nichts mehr«, sagte Edek. »Dieses Gezündel hat uns genug Geld abgenommen. Ich will nicht, daß du ihnen noch einen Cent gibst.«

»Laß uns sehen, was sie hat«, sagte Ruth. Sie benötigte dringend eine Mylanta-Pastille. Sie wünschte, sie wären ihr nicht ausgegangen. Der alte Mann lächelte sie an. Von seinem Lächeln wurde Ruth noch übler. Was führte das alte Paar im Schilde? Womit wollten sie sie überraschen? Was hatten sie in petto? Was würde die alte Frau ihr jetzt präsentieren?

Die alte Frau kam zurück. Sie atmete schwer. Sie trug eine Vase. Eine hellgrüne Vase mit einem Sprung an der Seite.

»Ich dachte, das könnte Sie interessieren«, sagte sie.

Edek sah die Vase an.

»Die hat uns nicht gehört«, sagte er zu Ruth. Ruth schüttelte den Kopf mit Blick auf die alte Frau. »Für diese Vase interessieren wir uns nicht«, sagte Edek auf polnisch zu dem Türsteher. Ruth hätte am liebsten die Vase genommen und auf den Köpfen des alten Paars zertrümmert. Statt dessen entfernte sie sich. Nach ein paar Schritten wandte sie sich um und spie in die Richtung der beiden. Edek sah sie an.

»Was ist in dich gefahren, Ruthie?« sagte er.

Sie fuhren schweigend zum Hotel zurück. Ruth war erschöpft. Edek mußte sehr müde sein, dachte sie. Er saß neben ihr auf dem Rücksitz. Die ganze Fahrt über sagte er kein Wort. Im Hotel dankte Edek Robert, dem Fahrer. Dann dankte er Tadeusz und dem Türsteher überschwenglich. »Ohne Sie hätten wir es nicht geschafft«, sagte er zu dem Türsteher. Ruth bezahlte Tadeusz und den Türsteher. Sie gab ihnen ein gigantisches Trinkgeld. Es war ihr egal. Sie war froh, das alte Paar nicht mehr sehen zu müssen. Die Kamedulskastraße nicht mehr sehen zu müssen. Sie wußte, daß Straße und Gebäude nichts mehr mit ihr oder Edek zu tun hatten. Sie wußte, daß sie nie wieder herkommen würde.

»Leg für den Türsteher noch etwas drauf«, sagte Edek.

»Okay«, sagte Ruth. Der Türsteher lächelte.

»Es ist ein Vergnügen, mit Ihnen Geschäfte zu machen«, sagte er zu Ruth.

»Meine Tochter ist eben eine Geschäftsfrau«, sagte Edek. Alle schüttelten einander die Hand.

»Danke nochmals, danke, danke«, sagte Edek abermals.

»Ich sage an der Rezeption Bescheid, daß wir um vier Uhr nachmittags abreisen«, sagte Ruth zu Edek. »Wir sehen uns im Foyer.«

»Soll ich etwas zu essen bestellen?« sagte Edek. Ruth sah ihn an. Es mußte ihm gutgehen, wenn er wieder Appetit hatte. Vielleicht war der Inhalt der Dose nichts allzu Beunruhigendes.

»Bestell dir, worauf du Lust hast«, sagte Ruth. »Und für mich etwas Suppe. Hühnersuppe.«

»Auch etwas Roggenbrot?« sagte Edek.

»Okay«, sagte sie.

Ruth bestellte ein Taxi für fünf Minuten vor vier. »Bitte einen Mercedes«, sagte sie zu dem Mann an der Rezeption. »Einen großen Mercedes.« Sie ging in ihr Badezimmer. Sie wollte sich das Gesicht waschen. Sie mußte den Schmutz dieses Vormittags abwaschen. Im Bad schaute sie in den Spiegel. Es wunderte sie, daß ihr Gesicht sauber aussah. Die Haut war rein. Die Augen waren klar. Ihre Locken bildeten fröhliche Wirbel. Sie schaute nochmals hin. Keinerlei Schmutz war zu entdecken.

Edek saß in einem Sessel an einem kleinen Tisch im Foyer. Als Ruth ihn erblickte, dachte sie, was für einen ruhigen Eindruck er machte. Sie holte sich einen zweiten Sessel.

»Was für ein Vormittag«, sagte sie zu Edek, als sie sich setzte.

»Was für ein Vormittag«, sagte Edek.

»Hast du die Dose aufgemacht?« sagte Ruth.

»Ja«, sagte Edek. »Ich habe schon nachgeschaut.«

»Ist das drinnen, was du gesucht hast?« sagte Ruth.

»Es ist das drinnen, was ich habe gesucht«, sagte Edek.

»Darf ich es sehen?« sagte Ruth.

»Laß uns erst etwas essen«, sagte Edek. »Nach so einem Vormittag sollte man etwas essen.«

»Okay«, sagte Ruth. »Du mußt sowieso etwas essen. Du hast viel gegraben. Und der Aufenthalt bei diesen Leuten war ganz schön schrecklich.«

»Es war nicht so besonders angenehm«, sagte Edek. Er rieb sich die Hände. »Die Suppe kommt gleich«, sagte er. »Und für mich selber habe ich ein Schinkensandwich bestellt.«

Ruth lachte. »Du mußt den polnischen Schinken genießen, solange wir noch hier sind. Bald sind wir nicht mehr hier.«

»Polnischen Schinken esse ich sehr gerne«, sagte Edek.

»Waren diese beiden Leute nicht die widerwärtigsten Menschen der Welt?« sagte Ruth.

Edek sah sie an. »Du warst nicht gerade ein Vorbild«, sagte er. »Ich hatte nicht gewußt, daß meine Tochter ist eine Kriminelle.«

»Ich bin keine Kriminelle«, sagte Ruth.

»Vielleicht würdest du nicht wirklich Ernst machen mit deiner Idee, daß der Türsteher soll die beiden zusammenschlagen«, sagte Edek. »Vielleicht würdest du es doch nicht tun, wenn der Türsteher wäre einverstanden, es zu tun.«

»Vielleicht nicht, vielleicht doch«, sagte Ruth.

Das Essen wurde gebracht. »Der Service hier ist sehr gut«, sagte Edek zu dem Kellner. »Gib ihm ein Trinkgeld«, sagte Edek zu Ruth. Ruth gab dem Kellner zwanzig Zloty.

»Unsere Trinkgelder machen inzwischen sicher mehr aus als unsere Hotelrechnungen und Flugkosten«, sagte Ruth.

»Na und?« sagte Edek.

Ruth nahm einen Schluck Suppe. »Wenigstens ist die Suppe sehr gut«, sagte sie. Sie aßen schweigend. Ruth spürte, wie die Suppe sie wärmte und nährte. Sie beschloß, Hühnersuppe zu kochen, sobald sie in New York war. Sie hatte ein Rezept von ihrer Mutter.

Edeks Schinkensandwich war von Kartoffelsalat, Dillgurken und Krautsalat begleitet gewesen. Edek aß ohne Unterbrechung. »Ich habe zum Frühstück nicht sehr viel gegessen«, sagte er schließlich, als er eine Pause machte.

»Noch nie in meinem Leben habe ich mich so sehr nach New York zurückgesehnt«, sagte Ruth zu Edek. »Du freust dich sicher auch darauf, Polen zu verlassen.«

»Das ist wahr, Ruthie«, sagte er. »Ich bin bereit abzureisen.« Er aß den Rest seines Krautsalats. Er seufzte vernehmlich und betupfte sich die Lippen mit der Serviette. Er schob alle Teller zur Seite und langte in seine Tasche. Ruth begann sich zu fürchten.

»Bist du dir sicher, daß du es mir zeigen willst?« sagte sie.

»Ich freue mich, daß ich es dir zeigen kann«, sagte Edek.

Ruth fürchtete sich noch mehr. Schlimme Vorahnungen begannen sie zu erfüllen. Sie spürte sie auf der Zunge, in der Kehle, in Lunge und Magen. Verstärkt durch ein Gefühl drohender Veränderung. Einer schwerwiegenden Veränderung. Einer Veränderung, die sich seit Jahren auf Ruth zubewegt hatte. Die unausweichlich war. Teil eines Schicksals, das vor langem festgelegt worden war. Warum dachte sie an Schicksal? Sie glaubte nicht an solche Dinge. War sie dazu bestimmt, den Inhalt der kleinen Dose zu sehen? Das konnte sie sich nicht vorstellen. Das Schicksal bestand aus gewichtigeren Momenten. Falls es ein Schicksal gab. Bestimmungen konnte es geben, dachte Ruth, aber keine Schicksale. Mit Bestimmungen konnte sie zurechtkommen. An Bestimmungen glaubte sie. Sie holte tief Luft. Es gab keinen Grund, sich zu fürchten, sagte sie sich.

Edek öffnete die Dose. Innen war keine Spur von Rost zu sehen. Das Innere schimmerte silbrig. Ruth staunte. Wie konnte das Innere der Dose nach zweiundfünfzig Jahren in der Erde so sauber sein? Nach zweiundfünfzig Jahren des Begrabenseins in polnischer Erde. Umgeben von Polen, die nach jüdischem Gold suchten. Und sie war noch immer da. Unversehrt. Ruth war froh, daß die Dose sich jetzt im Besitz ihres rechtmäßigen Eigentümers befand. Sie merkte, daß sie sich bemühte, den Inhalt der Dose nicht anzusehen. In der Dose befand sich ein einziger Gegenstand. Edek nahm ihn heraus. Es war ein Foto. Ein kleines Foto. Edek hielt das kleine sepiafarbene Bild in der Hand. Ruth sah die Dose an. Zweifellos befand sich nichts weiter in der Dose. War das Foto der Grund ihrer Reise nach Łódź?

Edek reichte Ruth das Foto. Sie sah es an. Es zeigte ihre Mutter. Rooshkas Haar war sehr kurz auf diesem Bild. Und ihr Gesicht war runder, als Ruth es je erlebt hatte. Rooshka hielt einen kleinen Säugling auf dem Arm. Der kleine Säugling war Ruth. »Das ist ein Foto von Mum und mir«, sagte sie zu Edek. »Nein, das kann nicht sein«, verbesserte sie sich und zuckte zusammen. »Damals war ich noch nicht auf der Welt. Als diese Dose vergraben wurde, war ich noch nicht geboren.«

»Es sieht aus wie du«, sagte Edek, »aber du bist es nicht.« Ruth wurde übel. Sie wünschte, sie hätte die Suppe nicht gegessen. Was war das? Wer war das?

»Es ist eines der Babys, die sie verloren hat, nicht wahr?« sagte Ruth. »Es ist eines der Babys, um die Mum ihr ganzes Leben lang getrauert hat.«

»Das ist richtig«, sagte Edek. Er schluckte schwer. Ruth konnte sehen, daß es eine schwierige Situation für ihn war.

Sie sah das Baby auf dem Bild an. Es sah ihr so ähnlich. Wie eines der Bilder aus ihrer Babyzeit. Große überschattete Augen. Zarte Gesichtszüge. Auf dem kleinen Foto war das Gesicht des Babys ganz deutlich zu erkennen. Ruth lief es kalt den Rücken hinunter. War dieses Kind das Baby aus ihren Träumen? Das Baby, um das sie sich nicht kümmern konnte? Das Baby, das sie immer verlor? Wer war dieser kleine Junge?

»Er hieß Israel«, sagte Edek.

»Nach deinem Vater?« sagte Ruth.

»Ja«, sagte Edek. »Nach meinem Vater.« Ruth begann zu weinen. »Weine jetzt nicht, Ruthie«, sagte Edek. »Ich will dir die ganze Geschichte erzählen.« Sie sah ihn an. Er hielt eine Serviette in der Hand. Seine Hand zitterte.

»Du weißt, daß sie uns nach Feldafing gesteckt haben, als Mum und ich uns nach dem Krieg wiedergefunden haben«, sagte Edek.

»In das Lager für Displaced Persons«, sagte Ruth.

»Ja«, sagte Edek. »Dort gab es noch immer nicht genug zu essen. Wir wohnten in Baracken. Mit bewaffneten Bewachern und Stacheldraht.«

»Der amerikanische General«, sagte Ruth, »General George S. Patton junior hatte durchgesetzt, daß jedes Lager für Displaced Persons in Deutschland, das unter die Oberhoheit der Vereinigten Staaten fiel, mit bewaffnetem Wachpersonal ausgestattet und mit Stacheldraht eingezäunt wurde. Er hat die Leute wie Gefangene behandelt.«

»Wir waren wieder Häftlinge«, sagte Edek. »Es war nur nicht mehr so schlimm wie vorher.«

»Was du und Mum vorher durchgemacht habt, kann man sich wohl kaum vorstellen«, sagte Ruth.

»Das ist wahr«, sagte Edek. »Und wir waren froh, daß wir ein Dach über dem Kopf und etwas zu essen hatten.«

»Ich glaube, der berühmte amerikanische General hatte Spaß daran, den Leuten das Leben schwerzumachen«, sagte Ruth. »In seinen Tagebucheintragungen heißt es sinngemäß, es gebe Leute, die Displaced Persons für Menschen hielten, was nicht der Fall sei, insbesondere bei den Juden, die niedriger anzusiedeln seien als Tiere.«

»*Oj, a broch*«, sagte Edek. »Ein großer amerikanischer General hat so etwas gesagt?« Er sah Ruth an. »Und du, Ruthie, du armes *kindele*, hast dir das alles gemerkt.«

Wieder traten Ruth Tränen in die Augen. *Kindele* hatte ihr Vater sie seit Jahren, seit Jahrzehnten nicht mehr genannt.

»Ich habe versucht, in Feldafing für Mum etwas zu essen aufzutreiben«, sagte Edek. »Wir waren beide halb verhungert. Es war nicht so einfach in Feldafing. Menschen, was waren jahrelang Häftlinge gewesen und behandelt worden schlechter als ein Hund, haben sich manchmal benommen wie Tiere. Sie wollten sich nicht waschen oder die Toilettenspülung ziehen. Es war nicht so einfach. Mum sagte immer, daß wir nicht am Leben geblieben waren, um zu werden wie die Tiere. Sie hat immer das ganze Bad in Feldafing saubergemacht, bevor sie es hat benutzt. Und viele Leute in dem Lager haben Essen versteckt. Sie haben es versteckt, damit sie etwas zu essen hatten, wenn man sie wieder hungern lassen würde.« Edek schwieg. »Arme Mum«, sagte er. »Sie hat Brot versteckt. Sie hat es versteckt in unseren Mänteln und in unseren Schuhen. Sie hat jeden Tag geglaubt, das Brot wäre unser letztes Brot. So haben wir lange gelebt.« Er sah Ruth an. »Manchmal, wenn ich Rooshka und mich selber ansah, habe ich mich gefragt, ob ich alles, was ich überlebt hatte, hatte überlebt, um zuzusehen, wie die arme Rooshka Brot versteckte.«

»Es muß besonders furchtbar für euch gewesen sein«, sagte Ruth, »weil ihr inzwischen wußtet, daß deine Eltern und Mums Eltern und alle deine Geschwister tot waren.«

Edek nickte. »Mum wußte nicht einmal, daß sie schwanger war«, sagte er. »Sie aß immer viel Brot und wurde nach und nach ein bißchen dick wie viele Frauen in diesem Lager. Wenn man sechs Jahre lang gehungert hat, ist es nicht so leicht zu essen aufzuhören. Eines Tages ging Mum zu einem Arzt, der einige Frauen in dem Lager besuchte, und er hat ihr gesagt, daß sie schwanger war. Sie war nicht glücklich, Ruthie. Welche Mutter will ein Baby in Baracken haben, wo es gibt Schmutz und Polizei und bewaffnete Aufseher. Ich mußte Rooshka versprechen, daß wir aus dem Lager herauskommen würden.« Edek seufzte schwer. »Es war nicht so einfach.«

»Arme Mum«, sagte Ruth.

»Arme Mum«, sagte Edek. »Ich war glücklich, daß wir ein Kind haben würden. Ich dachte, wir würden herauskommen aus dem Lager und ein neues Leben führen. Ich sagte zu Rooshka: ›Rooshka, dieses Kind wird sein ein ganz besonderes Kind.‹ Und Mum ging es auch besser. Sie hat Kleider gemacht für das Kind. Einer der Offiziere hat Mum etwas Fallschirmseide gegeben. Und sie hat sich hingesetzt und hat ausgeschnitten und von Hand genäht sehr schöne Sachen für das Baby.« Edek begann zu weinen. Ruth nahm seine Hand. »Es tut mir leid«, sagte er. Ruth begann ebenfalls zu weinen.

»Wir müssen uns nicht schämen, daß wir weinen, Dad«, sagte sie.

»Der Arzt hat mit Mum besprochen, daß eine Hebamme bei der Geburt helfen sollte«, sagte Edek. »Aber Mum wollte, daß der Arzt selber kam. Er hat gesagt, er wird es versuchen.« Edek schniefte und wischte sich mit dem Handrücken über die Augen. »Es war ein Glück, daß der Arzt gekommen ist«, sagte er. »Sobald er das Baby gesehen hat, hat er gesehen, daß etwas nicht hat gestimmt. Die Hebamme hat es auch gesehen. Als Mum gefragt hat, was los ist, hat die Hebamme gesagt, das Baby hätte nicht die richtige Farbe, und der Arzt hat gesagt, das Baby müßte ins Krankenhaus.«

Edek hielt inne. Er wandte sich von Ruth ab. Ruth sah, daß seine Schultern zuckten. Er weinte. Sie legte ihm den Arm um die Schulter.

»Dad, du mußt mir das alles nicht erzählen«, sagte sie. Edek zog ein Taschentuch aus der Tasche. Er schneuzte sich.

»Ich will es dir erzählen, Ruthie«, sagte er. Er wischte sich die Augen. »Mum hat geschrien und geschrien, als sie ihr das Baby weggenommen haben«, sagte Edek. »Ruthie, sie hat geschrien wie ein wildes Tier, wie jemand, was stirbt, es war ein schrecklicher, schrecklicher Schrei. Niemand konnte sie beruhigen. ›Wo ist mein Baby?‹ hat sie immer wieder geschrien auf deutsch, bis sie ihr etwas gegeben haben, damit sie einschläft. Sogar die Hebamme hat geweint.«

Ruth zitterte. Sie wollte nicht noch mehr hören. Sie wollte sich nicht vorstellen, daß ihre Mutter schrie. Schrie, weil man ihr ein Baby bei der Geburt weggenommen hatte.

»Als Mum eingeschlafen war, hat die Hebamme mir erzählt, daß sie glaubt, daß mit dem Herzen des Babys etwas nicht in Ordnung war«, sagte Edek und brach wieder in Tränen aus.

»Erzähl mir den Rest später«, sagte Ruth. »Du mußt mir jetzt nicht alles erzählen, Dad.« Sie war wie erfroren. Ihre Zähne klapperten. Sie konnte es nicht ertragen, Edek so weinen zu sehen.

»Die Hebamme hat gesagt, daß es eine Tragödie ist«, sagte Edek. »Die Hebamme hat Mum angeschaut und hat gesagt: ›Sie hat schon zu viele Menschen begraben müssen.‹ Ich habe zu der Hebamme gesagt: ›Sie hat keinen einzigen Menschen begraben‹«, sagte Edek. »Die Hebamme hat verstanden, was ich damit sagen wollte.«

Ruth war erschöpft. Ihre Beine zitterten. Sie versuchte die Füße auf dem Boden zu halten.

»Mum weinte immer noch, als sie aufwachte«, sagte Edek. »Am nächsten Tag hat der Arzt das Baby zurückgebracht. Mum war so glücklich. Es war ein wunderschönes kleines Baby. Der Arzt hat mir erklärt, was seiner Meinung nach mit dem Baby nicht in Ordnung war. Und ich mußte es Mum erklären.«

Edek schüttelte den Kopf und schneuzte sich noch einmal. Ruth sah ihn an. Seine Augen waren gerötet. Seine Züge waren entgleist. Er sah aus wie ein gebrochener Mann. Wie ein Mann mit gebrochenem Herzen. »Der Arzt hat mir erklärt«, sagte Edek, »daß mit dem Herzen des Babys etwas nicht in Ordnung war. Er hat mir erklärt, daß das Herz dafür da ist, zu pumpen das Blut durch den Körper. Das Blut bringt den Sauerstoff von der Lunge in das Gewebe, und es bringt das Kohlendioxyd vom Gewebe in die Lunge zurück. Er hat mir erklärt, daß das Herz hat zwei Hälften. Die rechte und die linke Hälfte. Die linke Hälfte ist größer und bekommt das Blut aus der Lunge mit dem vielen Sauerstoff und pumpt es in das Gewebe. Die rechte Hälfte ist kleiner und nimmt das Blut auf, was kommt zurück aus dem Gewebe, und pumpt es in die Lunge. Verstehst du mich, Ruthie?«

»Ich verstehe dich«, sagte sie.

»Der Arzt war ein netter Mann«, sagte Edek. »Er hat mir gesagt, daß er sich nicht sicher ist, aber daß er glaubt, daß das Baby ein kleines Loch hat zwischen zwei Stellen, was sind kleinere Pumpen an der linken und der rechten Herzhälfte. Er hat gesagt, das Baby würde nicht gleich sterben, aber Babys mit diesem Loch würden meistens nicht alt werden. Er hat gesagt, es würde davon abhängen, wie groß das Loch ist. Er hat gesagt, das Baby war nicht so blau angelaufen, und deshalb war das Loch vielleicht ein kleines Loch.«

Edek vergrub sein Gesicht in den Händen. »Der Arzt hat zu mir gesagt«, sagte er, »daß dieses Baby nicht in einer Baracke wohnen sollte. Vor allem nicht im Winter. Er hat gesagt, dieses Baby bräuchte die besten Ärzte.« Er hielt inne. »Ruthie, ich habe nie in meinem Leben soviel geweint. Ich habe geweint und geweint. Und dann mußte ich es Mum sagen. Bevor ich es Mum sagte, hat der Arzt mir gesagt, daß er kennt ein Ehepaar, das ein Kind zum Adoptieren sucht. Er hat gesagt, daß dieses Ehepaar reich ist. Er hat gesagt, es sind Nachbarn von ihm. Sie haben sich schon lange Kinder gewünscht. Der Arzt hat gesagt, daß solche Eltern wie dieses Ehepaar die einzige Chance für das Baby wären.«

Edek begann wieder zu weinen. Ruth war zumute, als zittere jede Fiber ihres Körpers. Ihr Gehirn, ihr Herz, ihre Finger, ihre Füße. Sie konnte nicht zu zittern aufhören. »Mum hat schon gegeben dem Baby die Brust«, sagte Edek. »Sie war so glücklich mit ihm. ›So ein wunderschönes Baby, Edek‹, sagte sie zu mir.« Edeks Stimme versagte wieder.

»Willst du eine Pause machen, Dad?« sagte Ruth. »Wollen wir ein bißchen spazierengehen oder nur an die Luft gehen?« Edek schüttelte den Kopf.

»Mum und ich, wir haben die Entscheidung gemeinsam getroffen«, sagte er. »Mum hatte das Gefühl, daß das, was mit dem Baby nicht in Ordnung war, ihre Schuld war.«

»Wieso?« sagte Ruth.

»Wegen der Sachen, was sie ihr angetan haben in den KZs«, sagte Edek. »Sie hat gesagt, ihr Körper wäre innen nicht sauber.«

»Wie schrecklich«, sagte Ruth. Tränen rannen ihr das Gesicht hinunter. »Mum glaubte, es wäre ihre Schuld.«

»Sie haben deiner Mum schreckliche Sachen angetan«, sagte Edek.

»Ich weiß«, sagte Ruth.

»Niemand, Ruthie, nicht einmal ich, kann wissen, was für schreckliche Sachen«, sagte Edek.

»Ich weiß«, sagte sie.

»Der Arzt hat uns gesagt, er würde sich um die Adoption kümmern«, sagte Edek. Er sah aus, als könne er nicht weitersprechen. Er schaute auf seinen Schoß hinunter und schluckte mehrmals. »Deine Mum, Ruthie«, sagte er, »hat gesagt, daß wir diesem Baby die besten Chancen zum Überleben geben müssen. Und sie hat gesagt, daß die besten Chancen für das Baby nicht sind, daß es bei uns bleibt.« Tränen rannen an Edeks Gesicht hinunter.

»Der Arzt hat gesagt, daß es für das Baby das Beste wäre, wenn Mum ihm zwei Wochen lang die Brust gibt«, sagte Edek. »Mum hat gesagt, daß sie alles tun würde, was das Beste für das Baby wäre. Der Arzt hat uns einquartiert für zwei Wochen in einem kleinen Haus in der Ortschaft Feldafing. Mum hat die ganzen zwei Wochen lang geweint.« Edek sah Ruth an. »Ist mit dir alles in Ordnung, Ruthie?« sagte er.

»Mit mir ist alles in Ordnung«, sagte sie. Sie hatte das Gefühl, keine Luft zu bekommen. Sie versuchte ihren Büstenhalter durch die Bluse hindurch zu öffnen. Zu guter Letzt ließ er sich öffnen. Vielleicht würde ihr das helfen, Luft zu bekommen, dachte sie.

»Wir haben eine Beschneidung organisiert«, sagte Edek. »Im DP-Lager gab es einen *Mohel* aus Polen. Am Vorabend der Beschneidung haben wir abgehalten eine *Wachnacht*, eine Nacht der Wache. In manchen jüdischen Familien war es Brauch, sich am Abend vor der Beschneidung zusammenzusetzen. Mum wollte, daß wir es so machten. Sie hat gesagt, daß wir alles tun müssen, was wir tun können. Deshalb haben wir Leute aus dem Lager gebeten, zu kommen und für das Baby zu beten. Die ganze Nacht haben wir gesessen bei dem Baby und gebetet. Das hat man getan, damit keine bösen Geister in der Nacht vor der Beschneidung Gewalt über das Baby bekommen können. Mein Cousin Herschel war auch da. Er hat mit uns gebetet.«

Edek sah Ruth an. »Du siehst nicht so besonders gut aus, Ruthie«, sagte er.

»Mir geht es gut«, sagte sie.

»Soll ich die Geschichte zu Ende erzählen?« sagte Edek. Ruth nickte. »Der Arzt hat uns gebracht alle Papiere für die Adoption«, sagte Edek. »Mum und ich haben sie unterschrieben, und Mum hat zu ihm gesagt, daß sie ihm am nächsten Tag das Baby gibt. Mum wollte eine letzte Zeremonie für ihren wunderschönen kleinen Sohn«, sagte Edek, der zu reden aufhörte und wieder zu weinen begann.

»Wir haben für unseren kleinen Sohn den Namen geändert«, sagte Edek nach ein paar Minuten. »Manche Juden hatten den Brauch, zu ändern den Namen eines Kranken. Sie glaubten, wenn man ihm einen anderen Namen gab, würde das durcheinanderbringen die bösen Geister, was dem Kranken schaden wollen. Herschel hat zusammengestellt einen *Minjan*, zehn Männer zum Beten für das Baby. Sie sind gekommen und haben gebetet. Sie haben Gott gesagt, daß das kranke Baby nicht mehr Israel heißt, sondern künftig würde heißen Chaim.« Edek schwieg einen Moment. »Das hat Mum beruhigt. Sie hat gesagt, daß sie nicht weiß, ob es einen Gott gibt oder nicht, aber daß es das beste wäre, alles für das Baby zu tun, was man tun kann. Natürlich würde das deutsche Ehepaar dem Baby als erstes einen neuen Namen geben. Ein deutsches Ehepaar wollte natürlich keinen Sohn haben, was hieß Chaim.«

Edek atmete tief aus. Er sah erschöpft aus. Erledigt. »Es gibt Dinge, Ruthie«, sagte er, »an die man besser nicht denkt. Ich habe viele Jahre lang versucht, an diese Sache nicht zu denken. Ich habe viel zu viele Jahre lang versucht, nicht zu denken an viel zu viele Dinge.«

»Ich weiß, Dad«, sagte Ruth. »Ich weiß.« Sie war wie benommen. Benommen vom Leid in Edeks und Rooshkas Leben. Warum war es notwendig gewesen, daß sie so vielem Leid ausgesetzt waren? Sie schüttelte den Kopf. Das war eine idiotische Frage. Auf diese Frage gab es keine Antwort.

»Ich weiß, daß Rooshka das nie vergessen konnte«, sagte Edek. »Jedesmal wenn sie mich hat angesehen, wußte ich, daß sie hat gedacht daran. Einmal habe ich sie gefragt, ob sie an das Baby denkt, als sie sehr unglücklich aussah. Sie hat gesagt, wenn ich ein Wort zu ihr über das Baby sage, würde sie etwas tun, was ihr würde leid tun. Da waren wir schon in Australien. Ich habe nicht gewußt, was sie damit gemeint hat, aber ich habe nie wieder ein Wort über das Baby gesagt.«

Ruth sah sich um. Sie war froh, daß außer ihnen niemand im Foyer saß. Was sie erlebten, war nichts, was andere etwas anging.

»Ich habe ein Foto von dem Baby gemacht«, sagte Edek. »Mum war böse auf mich. Sie hat gesagt, wenn wir den Jungen weggeben, gehört er nicht mehr in unser Leben, und warum sollen wir dann mit einem Foto so tun, als würde er dazugehören.«

»Er hat immer dazugehört«, sagte Ruth. Sie nahm das Foto in die Hand und sah es an. »Er ist ein wunderschönes Baby«, sagte sie.

»Er war ein wunderschönes Baby«, sagte Edek, »nicht ist.«

»Er hatte einen richtigen Haarschopf«, sagte Ruth.

»Ja«, sagte Edek. »Genau wie du.«

Ihre eigene Geburt, dachte Ruth, mußte für ihre Mutter ein Alptraum gewesen sein. Noch ein Baby. Noch ein Baby, das man verlieren konnte. Sie wünschte, Rooshka wäre da, damit sie ihr sagen konnte, daß sie sie verstand. Daß sie verstand, wie schwer Rooshkas Leben gewesen war. Sie hätte ihrer Mutter gerne zu verstehen gegeben, daß sie, Ruth, ihr nichts verübelte. Weder die abgeschnittenen Haare noch die Diäten, noch sonst etwas.

»Mum hat gesagt, es wäre nur noch schlimmer für uns, wenn wir ein Foto von dem Baby hätten«, sagte Edek. »Mum hat zu mir gesagt, ich soll das Foto wegwerfen. Aber ich wollte es nicht wegwerfen. In der Baracke konnte ich es nirgends vor Mum verstecken, und deshalb habe ich es Herschel gegeben. Herschel wollte zurück in die Kamedulskastraße. Er hatte dort im obersten Stockwerk gewohnt.«

»Und ist er zurückgegangen?« sagte Ruth.

»Herschel hat gesagt, die Kamedulskastraße wäre immer noch eher sein Zuhause als das Barackenlager. Als er hingekommen ist, hat er gemerkt, daß es nicht mehr war sein Zuhause. Er hat nicht gewußt, wohin mit dem Foto, und deshalb hat er es dort vergraben.«

Edek begann wieder zu weinen. Ruth legte ihm den Arm um die Schulter. Sie hatte zu zittern aufgehört. Sie war noch immer wie benommen. Wie betäubt. Sie drückte Edek.

»Es tut mir leid, daß du meinetwegen all das noch einmal hast durchleben müssen«, sagte sie.

»Es war sowieso immer da, Ruthie«, sagte Edek. »So etwas ist nicht etwas, was man vergißt.« Er atmete noch einmal tief ein. »Mum hat mir Vorwürfe gemacht«, sagte er. »Das habe ich immer gespürt. Sie hat mir die Schuld daran gegeben. Jeder von uns braucht jemand anderen, dem er kann geben die Schuld. Mum hatte so vieles durchgemacht, wofür sie niemandem konnte geben die Schuld. Deshalb hat sie gegeben mir die Schuld.« Er stützte den Kopf auf die Hände. »Ich habe das verstanden«, sagte er. »In ihrem Leben gab es zu viele Leute, die schuld waren an zu vielen Dingen. Aber es ist zu schwierig, Hunderten von Leuten Vorwürfe zu machen. Das ist unmöglich, und deshalb hat sie mir gemacht Vorwürfe für diese eine Sache. Daß wir unser Baby weggegeben haben. Und um ehrlich zu sein, ich habe mir selber gemacht Vorwürfe.«

»Es war nicht deine Schuld, Dad«, sagte Ruth.

»Ich glaube, wir haben getroffen die falsche Entscheidung«, sagte Edek. »Ich habe mich mein ganzes Leben lang geschämt.«

»Du hast nichts Schlimmes getan«, sagte Ruth. »Du wolltest das Beste tun für ein Kind, das eine teure ärztliche Behandlung benötigte. Du hast nichts Schlimmes getan. Du hast dem Kind eine Chance verschafft. Du hättest ihm nicht helfen können. Du und Mum, ihr hattet keine Kraft, keine Macht, keine Mittel und kein Zuhause. Ihr habt das Baby geliebt. Ihr wolltet das tun, was das Beste war.«

»Rooshka und ich haben lange geweint um das Baby«, sagte Edek. »In gewisser Weise hat der Entschluß, wegzugeben das Baby, so einen Schlitz zwischen uns gezogen. Verstehst du, was ich sagen will?«

»Du meinst, es hat einen Keil zwischen euch getrieben«, sagte Ruth.

»Richtig«, sagte Edek. »Einen Keil. Es hat gezogen einen Keil zwischen uns. Wir haben immer gewußt, daß wir das hatten getan.

Und das war kein gutes Gefühl. Mum hat gesehen ihre Liebe zu mir als etwas Gutes, als das einzig Gute in ihrem Leben vor dieser Sache. Und danach ist ihre Liebe zu mir gewesen vermischt mit der Entscheidung über das Baby. Ihre Liebe zu mir war für Mum nicht mehr wie vorher.«

Edek und Ruth weinten jetzt beide. »Aber Mum hat dich geliebt«, sagte Ruth.

»Sie hat mich geliebt«, sagte Edek. »Aber es war nicht mehr so wie vorher.« Er schwieg für einen Moment. »Ruthie«, sagte er, »als ich habe unterschrieben die Adoptionspapiere, da habe ich gewußt, daß ich weggebe einen Teil von meinem Leben auf dieser Erde. Und ich habe gewußt«, sagte er schluchzend, »daß es für Mum ganz genauso war.«

»Du hast nichts Schlimmes getan, Dad«, sagte Ruth. »Und Mum auch nicht. Im Gegenteil.«

»Viele Jahre später habe ich gelesen, daß es gibt eine Operation für diese Geschichte am Herzen«, sagte Edek. »In der Zeitung stand, wie die Operation hieß. Aber ich glaube, für unser Baby kam diese Operation zu spät.«

»Vielleicht hat er überlebt und konnte operiert werden«, sagte Ruth.

»Ich glaube es nicht«, sagte Edek.

»Warum habt ihr mir von dem Baby nichts gesagt?« sagte Ruth. »Es hätte mir geholfen, davon zu wissen.«

»Wenn ich nicht einmal mit deiner Mum über das Baby sprechen konnte«, sagte Edek, »wie hätte ich dann sollen mit dir darüber sprechen können? Manche Dinge sind einfach zu viel.«

»Das verstehe ich«, sagte Ruth. »Aber so vieles, was in eurem Leben geschehen ist, wurde Teil meines Lebens. Ich konnte gar nicht unbeschwert davon aufwachsen. Das, was dir und Mum widerfahren ist, wurde Teil meines Lebens. Nicht wirklich das, was euch widerfahren ist, aber die Auswirkungen, die es hatte.«

»Das verstehe ich, Ruthie«, sagte Edek.

»Es fällt den Leuten leichter zu glauben, die Kinder, die nach dem Krieg geboren wurden, hätten davon nichts mitbekommen«, sagte

Ruth. »Aber das stimmt nicht. Sie waren davon berührt. In sehr großem Maße. Auch wenn man sie vor dem, was geschehen war, noch so sehr zu behüten und zu schützen versucht hat. Man konnte sie nicht schützen. Es war unmöglich.«

»Heute begreife ich das«, sagte Edek.

»Du hast gesagt, das, was vergraben war, hätte nichts mit mir zu tun«, sagte Ruth. »Das hast du in Krakau gesagt.«

»Es ist geschehen Jahre vor deiner Geburt«, sagte Edek.

»Aber trotzdem hat es mit mir zu tun«, sagte Ruth.

»Es ist nur ein Bild«, sagte Edek, »nur ein Foto.«

»Es ist trotzdem mein Bruder«, sagte sie. »Mein Bruder.« Diese zwei Wörter zu sagen verursachte ihr ein Gefühl der Atemlosigkeit. »Mein Bruder.« Was für außergewöhnliche Wörter. Sie keuchte.

»Ist alles in Ordnung, Ruthie?« sagte Edek.

»Alles in Ordnung«, sagte sie. »Als ich eben ›mein Bruder‹ sagte, haben diese Wörter bewirkt, daß ich keine Luft mehr bekam.« Sie holte tief Luft.

»Das ist nicht dein Bruder«, sagte Edek. »Das ist ein Bild von deinem Bruder. Du mußt dich runterregen, Ruthie. Das ist ein Bild von einem Menschen, was möglicherweise gar nicht mehr ist am Leben.«

»Ich glaube, daß er am Leben ist«, sagte Ruth. Sobald sie es gesagt hatte, überkam sie ein Gefühl der Ruhe. Ihr Herz hörte auf wie wild zu klopfen. Sie kam sich eigenartig gelassen vor. Edek sah aus wie vom Donner gerührt.

»Du weißt nicht, was du redest, Ruthie«, sagte er. »Du bist zu aufgeregt. Du mußt dich ausruhen.«

»Vielleicht«, sagte sie. »Vielleicht.«

Sie hätte das eben nicht sagen sollen, dachte sie. Es war ihr herausgerutscht. Wie durch fremden Willen. Einen Willen, der mit ihrer Person nichts zu tun hatte. Sie hatte es gesagt, ohne zu wissen, wie es ihr in den Sinn gekommen war. Plötzlich fiel ihr Martinas Ehemann Gerhard Schmidt ein. Konnte es möglich sein, daß Gerhard das Baby war, das Edek und Rooshka weggegeben hatten? Wie absurd, dachte sie. Sie versuchte sich an Strohhalme zu klammern. Sie erinnerte sich daran, daß Martina gesagt hatte, Gerhard habe ein

Stück über deutsche Eltern geschrieben, die ein jüdisches Baby adoptieren. Adoptionen waren kein so entlegenes Sujet, dachte Ruth. Viele Kinder bildeten sich in ihren Tagträumen ein, sie seien adoptiert worden. Und Gerhard war Schriftsteller. Schriftsteller benutzten ihre Tagträume als Material. Sie erinnerte sich an Martinas Worte, daß Gerhards Mutter über das Stück geweint hatte. Bei einem solchen Thema würde jede Mutter weinen, dachte Ruth. Gerhard konnte unmöglich dieses Baby sein. Es war eine zu abenteuerliche Idee.

Gerhard klopfte mit dem Fuß, dachte sie. Was für ein lächerlicher Scheinbeweis, dachte Ruth. Solche Marotten wurden schließlich nicht vererbt. »Seine Eltern haben ihn immer behandelt, als wäre er sehr zerbrechlich«, hatte Martina gesagt. Das konnte ein Hinweis sein. Ein Hinweis worauf, fragte sie sich. Ein Hinweis auf etwas, was nicht sein konnte. Um sich selbst zu beruhigen, beschloß sie, Martina Schmidt anzurufen. Doch dann fiel ihr ein, daß sie Martinas Adresse oder Telefonnummer nicht wußte. Sie würde in der Filmhochschule von Łódź anrufen. Dort konnte man ihr sicher eine Adresse nennen.

»An welchem Tag ist das Baby auf die Welt gekommen?« sagte Ruth zu Edek.

»Es wurde am 7. September 1946 geboren«, sagte Edek. Ruth addierte die Ziffern und zog die Quersumme. Das ergab eine Acht. Laut Martina Schmidt hatte ein Numerologe Gerhard Schmidt erzählt, er suche nach einer Acht. Aber war er selbst eine? Warum zerbrach sie sich darüber den Kopf, dachte Ruth. Sie glaubte nicht an die Numerologie.

»Mein Geburtstag ist also der Tag vor dem Geburtstag des Babys zehn Jahre später«, sagte Ruth.

»Ja«, sagte Edek. »Rooshka wollte nicht, daß du kommst am gleichen Tag auf die Welt. Den ganzen Tag ist sie zu Hause hin und her gegangen. Den ganzen Tag hat sie gesagt: ›Dieses Baby wird heute geboren.‹ Und dann bist du genau fünf Minuten vor Mitternacht geboren. Mum war so glücklich. Sie hat gedacht, daß es ein schlechtes Zeichen für dich wäre, zu werden geboren am gleichen Tag. Ich habe zu ihr gesagt: ›Rooshka, Daten und Zahlen bringen kein Glück und kein Unglück‹, aber sie hat nichts davon hören wollen.«

»Ich bin müde, Dad«, sagte Ruth. »Ich gehe ein bißchen auf mein Zimmer.«

»Ich auch«, sagte Edek. »Vielleicht lese ich in meinem Buch.«

»Ist *Leise tröpfelt das Blut* gut?«

»Es war nicht übel«, sagte Edek. »Ich bin letzte Nacht fertig geworden.«

»Ich kann es nicht fassen, daß du es schon ganz gelesen hast«, sagte Ruth.

»Ich habe ein neues angefangen«, sagte Edek. »Es ist mein letztes, was ich mitgebracht habe nach Polen.«

»Wie heißt es?« sagte Ruth.

»*Der schielende Fremde*«, sagte Edek.

»Ich hoffe, es ist gut«, sagte Ruth.

»Es sieht bisher ganz gut aus«, sagte Edek. »Ein Glück, daß wir nach New York fliegen, wo ich mir neue Bücher kaufen kann.«

»In New York kannst du dir so viele kaufen, wie du willst«, sagte Ruth.

Ruth saß in ihrem Zimmer. Sie fühlte sich ausgelaugt. Sie mußte aufhören, an Zahlen und Babys und Herzoperationen zu denken. Sie dachte an die Zirkuswahrsagerin, die ihr als Sechzehnjähriger verkündet hatte, ein Mann mit einer Narbe werde eine wichtige Rolle in ihrem Leben spielen. Sie schüttelte den Kopf. Sie mußte aufhören, so zu denken. Sie glaubte nicht an Wahrsager. Sie glaubte an überhaupt keine Voraussagen. Außerdem, dachte sie, wenn diese Wahrsagerin so gut war, warum mußte sie dann Erfrischungsgetränke verkaufen, statt sich ganz auf das Wahrsagen zu konzentrieren?

Eine große Narbe, hatte die Wahrsagerin gesagt. Eine große Narbe, die senkrecht vom obersten Rippenbogen bis zum Bauch verlief. Ruth wurde plötzlich vom dringenden Wunsch erfaßt, in Erfahrung zu bringen, welche Art von Narbe eine Herzoperation hinterließ. Am liebsten hätte sie einen Arzt angerufen. Sie warf einen Blick auf die Uhr. In New York war es längst nach Geschäftsschluß.

Ruths Herz begann zu pochen. Natürlich hinterließ eine Operation am Herzen eine Narbe an der Brust. Das konnte sich jeder denken. Und was bewies es? Nichts. Es bewies nichts. Es bewies lediglich, daß es im Leben viele Zufälle gab, dachte Ruth. Und das hatte sie vorher auch schon gewußt. Und selbst wenn manche Leute die Gabe besaßen, Dinge vorauszusagen, hätte das noch immer nicht viel zu bedeuten. Es bedeutete nicht, daß das Baby überlebt hatte. Es bedeutete ganz gewiß nicht, daß das Baby Martinas Ehemann war. Es bedeutete wahrscheinlich wirklich nicht sehr viel.

Ruth begann sich zu fürchten. Was bedeutete das alles, dachte sie. Bedeutete es, daß es etwas wie das Schicksal gab? Eine höhere Macht? Eine höhere Macht konnte es nicht geben. Wenn es sie gäbe, dann hätte es das Leiden und Sterben all jener Juden so nicht gegeben. Gab es Menschen, die in die Zukunft sehen konnten? Die Einzelheiten aus der Zukunft wußten? Gab es einen allumfassenden Plan? Das konnte sie sich nicht vorstellen.

Sie beschloß, eine Liste anzulegen. Eine Liste würde ihr helfen, sich zu beruhigen. Sie wollte alles notieren, was es zu erforschen galt, sobald sie erst sicher in New York war. Sobald sie sich wieder auf vertrautem Territorium, vertrautem Gelände befand. An einem Ort, wo nicht alles aus dem Lot zu sein schien. Sie holte Papier und Stift. Als Überschrift setzte sie die Worte »In New York zu erkunden« auf das Papier. Darunter schrieb sie:

Ärzte, die in Feldafing DPs behandelt haben.

Hebammen, die im Raum Feldafing gearbeitet haben.

Adoptionsvermittlungsbüros in Süddeutschland.

Filmhochschule von Łódź anrufen.

Anzeigen in deutschen Zeitungen aufgeben.

Diese Liste bewirkte, daß sie sich viel besser fühlte. Es klopfte an ihrer Tür. Sie ging öffnen. Es war Edek.

»Ich wollte nur sehen, ob alles in Ordnung ist«, sagte er.

»Komm rein, Dad«, sagte sie. »Mir geht es gut. Sogar besser als vorher.«

»Ich fühle mich auch viel besser«, sagte Edek. »Ich bin froh, daß ich nach Łódź zurückgekommen bin und habe geholt das Foto«, sagte er. »Ich bin froh, daß ich dir alles erzählt habe.«

»Ich bin auch froh, Dad«, sagte sie.

Edek sah sich im Zimmer um. »Dieses Zimmer ist genauso schlecht wie meiniges«, sagte er.

»Ganz schön scheußlich, nicht wahr?« sagte Ruth.

»Entsetzlich scheußlich«, sagte Edek. Ruth schlug die Bettdecke zurück.

»Schau dir das an, Dad«, sagte sie. »Drei Bettlaken für ein Doppelbett!« Edek sah auf die Laken.

»Das ist wirklich ein spezieller Anblick. Das habe ich noch nie gesehen.«

»Eine Spezialität von Łódź«, sagte Ruth.

»Eine Spezialität, was es nur gibt in Łódź«, sagte Edek. Er begann zu lachen. »Das ist eine sehr komische Art, ein Bett zu machen«, sagte er. Er hielt sich den Magen und lachte noch heftiger. »Ich habe noch nie ein Bett gesehen, was gemacht war auf diese Weise«, sagte er.

Ruth begann zu lachen. »Ist das nicht zum Lachen?« sagte sie.

Das Telefon läutete. »Wer kann das sein?« sagte Ruth.

»Ich glaube, das könnte für mich sein«, sagte Edek. Er lief zum Telefon. Er nahm den Hörer ab. »Es ist für mich«, sagte er zu Ruth. Er wandte sich ab. »Hallo, hallo«, sagte er in den Hörer. Ruth fragte sich, wer der Anrufer sein mochte. Vielleicht war es Edeks Anwalt. Der Anwalt in Melbourne. Edek senkte die Stimme. Ruth hörte ihn sagen, daß er im Zimmer seiner Tochter sei. Ruth starrte ihn an. »Ich habe keine Zeit zurückzurufen«, sagte er jetzt auf polnisch.

Ruth war verblüfft. Mit wem sprach ihr Vater? Sie sah Edek an. »Ja, ja, ja«, sagte er gerade. »Ja, natürlich. Meine Tochter hat es sehr gut aufgenommen«, sagte er. Ruth berührte ihn an der Schulter.

»Wer ist das?« flüsterte sie.

»Meine Tochter läßt dich herzlich grüßen«, sagte Edek.

»Wer ist es?« sagte Ruth.

»Ja«, sagte Edek. »Sie läßt dich ganz, ganz herzlich grüßen.«

»Wer ist es?« fragte Ruth abermals.

»Ja, ja«, sagte Edek in den Hörer. Er lachte. »Ich habe jetzt keine Zeit zum Sprechen, mein Liebling«, sagte Edek. Mein Liebling, dachte Ruth. Hatte er das gesagt? Mein Liebling. »Mein Liebling, wir müssen aufbrechen, weil wir nach New York fliegen«, sagte Edek in den Hörer. *Moje ukochanie.* Mein Liebling. Mein Liebchen. Hatte Edek das wirklich gesagt? Die Worte drehten sich in Ruths Kopf. Mein Liebling. Das hatte Edek ganz eindeutig gesagt.

Ruth schüttelte den Kopf. Sie setzte sich auf das Bett. »Ich rufe dich an, sobald ich in New York angekommen bin«, sagte Edek in den Hörer. Ruth schüttelte noch immer den Kopf. »Auf Wiederse-hen, mein Liebling«, sagte Edek. »Ich rufe dich sofort an, wenn ich in New York bin.« Er legte den Hörer auf. »Das war Zofia«, sagte Edek.